中国古典诗词品汇

白居易诗品汇

陈才智　撰

长江出版传媒
崇文书局

图书在版编目（CIP）数据

白居易诗品汇 / 陈才智撰. -- 武汉 : 崇文书局，
2022.4
（中国古典诗词品汇）
ISBN 978-7-5403-6581-3

Ⅰ. ①白… Ⅱ. ①陈… Ⅲ. ①白居易（772-846）—
唐诗—诗歌欣赏 Ⅳ. ① I207.22

中国版本图书馆 CIP 数据核字 (2022) 第 035404 号

出 品 人　韩　敏
责任编辑　何　丹
封面设计　甘淑媛
责任校对　董　颖
责任印制　李佳超

白居易诗品汇

BAIJUYI SHI PIN HUI

出版发行　长江出版传媒 | 崇文书局
地　　址　武汉市雄楚大街 268 号 C 座 11 层
电　　话　(027)87677133　邮政编码　430070
印　　刷　湖北新华印务有限公司
开　　本　880mm×1230mm　1/32
印　　张　17
字　　数　437 千
版　　次　2022 年 4 月第 1 版
印　　次　2022 年 4 月第 1 次印刷
定　　价　66.00 元

前　言

“离离原上草，一岁一枯荣。”这讴歌春天的生机勃勃的诗句，出自一位妇孺皆知的伟大作家。他在当时文坛的地位就很高——高到唐代文人生前享盛名者中，无人可比，所谓“自篇章已来，未有如是流传之广者”（元稹《白氏长庆集序》），所谓“唐诗人生素享名之盛，无如白香山”（《唐音癸签》卷二十五）；对后代影响也很大，不仅对中国文学有突出贡献，在世界文坛上也享有极高声誉。他就是白居易。

白居易（772—846），字乐天，自号醉吟先生、香山居士。因晚年官太子少傅，谥号“文”，又称白少傅、白文公。祖籍山西太原，故写诗作文署名时，往往自称“太原白居易”。他的曾祖父时代，举家迁居下邽（今陕西渭南）。祖父白锽“幼好学，善属文，尤工五言诗，有集十卷”。在白锽任官河南时，白家寄居在新郑（今属河南）。大历七年（772）正月二十日，白居易就出生在这里。父亲白季庚，明经出身，先后做过彭城县令、徐州和襄州别驾。白居易兄弟四人，弟弟白行简，官至主客郎中，是文学史上有名的诗人和小说家。白居易从小聪颖过人。六七个月大时，乳母指着“之”“无”二字，读给他听，他口未能言，但心已默识，以后无论谁让他指认，他都能明辨无误。三岁时，母亲手把手地教他写字。五六岁时，开始学作诗，九岁时已懂得声韵。“十岁解读书，十五能属文”（《朱陈村》）。十五六岁时，知道了可以通过考进士来实现自己的理想，于是苦节读书。二十岁前后，白天学习作赋，夜里读书，稍有空闲则学习作诗，无暇寝息，以至于口舌成疮，手肘成胝，终于通过宣州府乡试。

唐德宗贞元十五年（799），白居易第一次到达长安。次年正月，他向给事中陈京写了一封信，同时献上杂文二十首、诗一百首，以求赏识。贞元十六年（800）二月，白居易一举登进士第（第四名），是登第十七人中最年少的。那一年他二十九岁。贞元十九年（803），白居易再登书判拔萃科（第三等），被授为秘书省校书郎，为朝廷校勘和整理图书典籍，从此踏上仕途。因为制举考试是皇帝下诏甚至亲临主持以选拔人才的特殊科目，名望较高，加之登科后不但可以立即授官，升迁较快，而且还能授以所谓美职、清要之官。于是，在唐宪宗元和元年（806），白居易辞去校书郎的职务，和好友元稹相约，共同应制举。元、白二人闭户累月，揣摩时事，在如切如磋的备考中，彼此交谊进一步加深。白居易在此期间撰写的《策林》七十五篇，对当时的政治、经济、军事、教育、文化等重大问题，都提出了自己的应对方案。

元和元年（806）四月，白居易、元稹同登才识兼茂明于体用科。元稹中第三次等（也就是实际上的第一名，因为唐代制科照例无第一等、第二等）。白居易则因为对策语直，屈居第四等。登科后，白居易被授为盩厔（今陕西周至）尉。第二年秋，白居易被朝廷调任为进士考官。考试完毕后，又被添补为集贤院校理。十一月五日，奉敕试制、书、诏、批答、诗五首，六日正式充任翰林学士。这是白居易仕途生涯上具有转折性的一次任职。元和三年（808）四月，白居易被任为制策考官。四月二十八日，迁左拾遗，依前充翰林学士。元和五年（810），改京兆府户曹参军，仍充翰林学士，草拟诏书，参预国家机要。这段时间，白居易的政治热情很高，“有阙必规，有违必谏”（《初授拾遗献书》）。他还写了《秦中吟》十首、

《新乐府》五十首等大量讽谕诗，进入诗歌创作的黄金时期。

这一时期，元稹、白居易以及李绅，以新乐府诗歌为轴心，初步形成倾向、内容乃至风格相近的创作群体，后人为表彰其成就和意义，称之为一场“运动”，即“新乐府运动”。元和五年（810），元稹贬官江陵，白居易卸任拾遗，新乐府创作作为一场“运动”，很快趋于消歇。元和六年（811）至十年（815），白居易因丁母忧而罢官返乡，服除回朝后，授太子左赞善大夫。就元白新乐府创作来说，元和五年（810）已是一个过渡。尽管此后元稹有《古题乐府》，仍继承着新乐府创作的精神，但就元白诗派的主要创作方向而言，已从元和五年（810）开始转变到元和诗，至于对这一“运动”在理论上予以回忆性的系统总结，则要等到白居易元和十年（815）所写的《与元九书》。

元和十年（815）六月，两河的藩镇联合叛唐，派人刺杀当时力主讨伐藩镇的宰相武元衡。时年四十四岁的白居易，第一个做出快速反应，上疏请求限期严缉凶手。不料，当朝宰相韦贯之等，以白居易身为东宫官，却先于台谏“越职言事”，不免嫌恶。一些素来对白居易没有好感的人趁机诬告说，白居易母亲是因看花坠井而死，他还作《赏花》及《新井》诗，其行为有伤名教。于是，当年八月，奏贬白居易为江州刺史。中书舍人王涯落井下石，说白居易不宜任地方长官，于是又追贬为江州司马。这次打击非常沉重，因此成为白居易一生的分界线。从此他由“志在兼济”，迅速而全面地转为“独善其身”，决心做到“宦途自此心长别，世事从今口不言”（《重题》），“面上灭除忧喜色，胸中消尽是非心”（《咏怀》）。但他并未辞官归隐，而是选择一条“吏隐”的道路，一边挂着闲职，一边在庐山盖起草堂，与僧朋道侣交游，以求知足保和，与世无忤。与之相适应，描写闲静恬淡境界、抒发个人情感的闲适诗和感伤诗开始多起来，前期那种战斗性强烈的讽谕诗比较少见了。

元和十三年（818）十二月，白居易改任忠州（今重庆忠县）刺史，仕途有了转机。他一面率州民西涧植柳，东坡种果，深得百姓拥戴；另一面则继续采取明哲保身、随遇而安的处世态度。元和十五年（820），他被召还长安，拜为尚书司门员外郎。唐穆宗长庆元年（821），迁任尚书主客郎中，知制诰，进中书舍人，又转上柱国。此时，朝中朋党倾轧，国是日非。为避免卷进政治斗争的漩涡，长庆二年（822），白居易请求外任，出为杭州刺史。后又做过短期的苏州刺史。在杭州任上，他疏浚城中的六口井，以利饮用；修筑湖堤，蓄水灌田千余顷。离任之时，他还将治水要领写成《钱塘湖石记》，刊于石上，使继任者知晓。离开杭州时，他把官俸留在州库，作为公家缓急之需。白居易为官认真，深得百姓爱戴，在任满离苏州时，郡中父老涕泣相送十里。

唐文宗大和元年（827），白居易改任秘书监（秘书省最高长官），又回到长安。大和二年（828）正月，授刑部侍郎（司法部门副长官）。次年，白居易58岁了。他深感年老体衰、宦途多险，乃决意彻底引退。大和三年（829）春，他以太子宾客的身份，分司东都洛阳，从此长别帝都长安。在洛阳，他过着饮酒、弹琴、赋诗、游山玩水和“栖心释氏”的“中隐”生活，既稳保富贵，又远祸全身。这一时期，“诗豪”刘禹锡成为白居易在元稹逝世后的新诗友。二人朝觞夕咏，相互唱和，时称“刘白”。唐武宗会昌二年（842），白居易以刑部尚书退休。会昌四年（844），白居易四处游说，筹募资金，开凿龙门八节险滩，为人生旅途留下灿烂的一笔。会昌六年（846）八月十四日，这位历经九朝、75岁高寿的文坛巨星在洛阳陨落。遵其遗嘱，家人将他葬在洛阳龙门香山寺北侧琵琶峰顶。

诗人李商隐为他撰写了墓志。唐宣宗亲自撰写《吊白居易》,诗曰:“缀玉联珠六十年,谁教冥路作诗仙。浮云不系名居易,造化无为字乐天。童子解吟长恨曲,胡儿能唱琵琶篇。文章已满行人耳,一度思卿一怆然。”

在中国诗歌史上,白居易是一位高产作家。他各体兼善,取材广泛,加之精励刻苦,交游广泛,文学活动持续的时间长,所以作品数量之多,在唐代首屈一指。白居易在去世前一年所作《白氏集后记》中说:“诗笔大小凡三千八百四十首。”今存诗歌2830首,散文866篇。白居易还是唐代诗人中较早有意识地整理和编集自己作品的诗人,他的集子也是唐代保存最完整的诗文别集。白居易不是唐代第一个编辑自己诗集的诗人,但绝对是最为成功的。在质量上,白居易也堪称大家,生前和身后的影响都很大。这既与精励刻苦,作品高产有关系,也与他的早慧、出道较早,深受前辈提携有关系,还与他年寿长、地位高、创作时间久、精品多,并且有意识地把作品整理后分藏多处有关系,更与他追求通俗平易的风格,善于团结同道,引领后学形成元白诗派有关系。

晚唐批评家张为的《诗人主客图》称他为“广大教化主”,可谓恰如其分。白诗在当时广泛流传于宫廷和民间,歌伎唱他的诗,寺庙、旅舍贴有他的诗,僧侣、官人、寡妇、少女读他的诗,宫中妃嫔甚至以诵得他的《长恨歌》而自负。相传写有白诗的帛可以当钱用。荆州市民葛清文身,在身上刻满白诗,称为“白舍人行诗图”,围观的人十分羡慕。四明人胡抱章作《拟白氏讽谏五十首》,行于东南;后蜀杨士达亦撰五十篇,颇讽时事。晚唐五代的罗隐、皮日休、陆龟蒙、聂夷中、黄滔、杜荀鹤、贯休,宋代的晁迥、王禹偁、梅尧臣、苏轼、张耒、陆游,元代的王恽,明代的宋濂、吴宽、唐寅、文征明、袁宗道,清代的吴伟业、赵执信、俞樾、黄遵宪等,都是受到白居易影响很深的文人。其他许多作家，也都在不同方面、不同程度上受到他的启示。元、明、清三代，有许多剧作家取白居易叙事诗为题材编写戏曲，如取自《长恨歌》的有白朴《梧桐雨》、洪昇《长生殿》，取自《琵琶行》的有马致远《青衫泪》、顾大典《青衫记》、蒋士铨《四弦秋》、赵式曾《琵琶行》等。白诗的词句，也有很多被宋、元、明话本所采用。

相对于白居易其诗而言，其人格范式同样有着不愧为"广大教化主"的巨大影响和当代价值。诗品出于人品，故"广大教化主"更为重要的一个含义，是指诗歌创作主体海纳百川、无所不容的"广大"性。白居易前期主张为政治为人生的文学观，是平民知识分子的代表；后期乐天知命，对孟子"穷则独善其身，达则兼济天下"加以实践、发挥和改造，成为后代知识分子重要的思想财富，其人格范式滋养了中国后世文人的精神家园。可以毫不夸张地说，在中国文学史上，白居易的影响始终绵延未断，构成一条多姿多彩的醉白思白的历史长河。宋人早有"李白为天才绝，白居易为人才绝"的说法。乐天型人格范式，上承陶渊明，下启苏东坡，是中国文人三大人格范式中的重要一环。白居易曾自比"异世陶元亮"，陶渊明，晋代之白乐天也；苏东坡，宋朝之白居易也。

白居易不仅对中国文学有深远影响，其声誉更远播海外。白诗当时就传至新罗（韩国和朝鲜）、日本、越南、暹罗（泰国）。在新罗，宰相以百金换白居易的一首诗，而且能辨明真伪。在日本，白居易更负盛名，被誉为"一代之诗伯，万叶之文匠"，世代传诵，历千年而不衰，对日本文学的发展产生深远影响。白居易也是西方国家最为熟悉的唐代诗人。目前来看，白居易诗歌英译总数，是中国诗人里最多的，影响也最大。因此，白居易不愧为世界级文化名人。

拙著《元白诗派研究》曾从流派角度探讨白居易文学集团及其诗歌创作，涉及元白诗派的组成人员、形成过程、文学特征和发展状况等。此后，为了系统梳理这位世界级文化名人对后世文学的影响，又编著有《白居易资料新编》，全面收录中唐至近代关于白居易的全部评述材料，另撰有《元白研究学术档案》，收集评述20世纪以来海内外的研究成果，意在贯穿古今，系统总结白居易的影响史、接受史和研究史，以期拓宽和加深对白居易的认知。可以毫不夸张地说，两书已建构起足够完备的白居易文献资料的数据库。

当今社会，经济迅猛发展，信息化速度飞快，但生态失衡，环境污染，资源破坏，个体的孤独、焦虑、困顿等负情绪，日益蔓延；人与人之间的隔膜、疏离、对立的张力，日益加大。因此，对闲适安宁的渴望与追求，相应更为强烈。在白居易经历了人生的宦海浮沉之后，还能以超然之志来淡然相对，人如其名其字，乐天知命，安闲顺世，其处变不惊的人生态度，善于自我调节的处世之道，其中所独具的诗性智慧富于启迪，令人深思；其人其诗所蕴含的知足保和的人生观念、闲静适世的志趣选择、和光同尘的哲学思想，正愈来愈显现出夺目的当代价值。正所谓：

"野火烧不尽，春风吹又生！"

陈才智

于京华酿雪斋

时当举国自我健康管理

凡　　例

一、本诗选文字，底本为宋绍兴刻本《白氏文集》七十一卷。绍兴本尽管已失白居易原编面貌，却是存世最早的白集刊刻本，保存不少白集原注，文字讹误较少。参校本为《四部丛刊》影印日本元和四年（1618）那波道圆翻刻朝鲜刻本《白氏文集》，明万历三十四年（1606）马元调刻本《白氏长庆集》等，底本之避讳缺笔字、常见俗写字及版刻变异字，径改为通行字体；底本明显的讹脱衍倒，参校本可据者，据以校改。如非必要，一般不做版本校勘、异文考订。

二、本诗选排序，按照写作时间编排。盖“叙诗之法，编年为上”（清赵殿成《王右丞集笺注·笺注例略》），而且“编年有利于明白形势，倘要知人论世，是非看编年的文集不可的”（鲁迅《且介亭杂文·序言》）。白诗编年和写作时间，参取陈振孙《白文公年谱》（汪立名《白香山诗集》附载）、汪立名《白香山诗集》附《年谱》、王拾遗《白居易生活系年》（宁夏人民出版社 1981 年版）、朱金城《白居易年谱》（上海古籍出版社 1982 年版）、罗联添《白乐天年谱》（台北编译馆 1989 年版）等。今人之研究成果，尽己所知，亦广为吸取。

三、本诗选注释，侧重诗中典故、人物、地理、史实、职官，及对白诗用语产生影响的前人诗文用例。可据辞书检得的语辞，从略从简。主要参考朱金城《白居易集笺校》（上海古籍出版社 1988 年版）、谢思炜《白居易诗集校注》（中华书局 2006 年版）等。晚近以迄今日之白诗选本训释成果，相关唐诗唐史研究成果，亦广为吸取。断句和标点，还曾参考顾学颉校点《白居易集》（中华书局 1979 年版）等。

四、本诗选评析，一般先介绍写作时间，写作地点，创作背景，再汇集前人评论，主要取材自中唐到清末有关白诗的各类评论，兼顾褒贬美刺，除各种诗选、诗话而外，并采集诗文集、史籍、碑刻、方志、佛藏、类纂、杂著、笔记、随笔、小说、年谱、日记等，兼及海外汉学中关于白居易研究的成果，是在拙著《白居易资料新编》基础之上，广泛收集并删订而成。在此基础上，根据笔者多年研究成果和心得，简要评析所选白诗之立意、结构、修辞和艺术表现，力求循其文而申其意，阐其艺而畅其趣。此外，尽己所知，介绍与题旨相关的作品，以资比较；同时联系所选白诗对后世的影响，以见传承。榜样固然好，比较更有趣。藉此可以勾勒白诗承上启下之接受与影响的线索和轨迹，再现这位广大教化主之于前世的继承、之于后世的遗泽。为目录编排醒目，个别较长之诗题略作简省，在评析中介绍其全称。

五、本诗选所选，兼顾各种风格，涵盖各类诗体，如绝句、律诗、格诗、乐府、古风、歌行等，力求展示白居易作为广大教化主的成就和全貌。当然要全面了解和研究白诗的成就得失，还需要阅读其全集，但对于大多数读者而言，在有限时间内，选择阅读代表作，不失为捷径。白诗今存近三千首，由于过于频繁的写作和取材的无所限制，常流于庸常和琐屑，以致“沙中金屑苦难披”。白居易对此颇有自知之明，因此才请知己元稹删定自己的文集。据拙编《元白研究学术档案》，留存至今的历代白居易诗选共 111 种。本诗选，参酌古今代表性的唐诗选本之外，重点选择具有代表性的 22 种白诗选本加以参考；以初版刊刻和印刷年代为序，胪列如下：

1.《王凤洲先生校选白乐天长庆集》二十二卷，［明］王世贞选，［明］徐守铭、张学礼校辑，明万历三十一年（1603）徐氏宁寿堂刻本。

2.《香山诗钞》二十卷，［清］杨大鹤选，清康熙四十年（1701）刻本。

3.《白居易诗》四十卷，［清］姚文田选，清道光八年（1828）选写本。

4.《香山诗选》六卷，［清］曹文埴选，清光绪十七年（1891）黟县李宗煝金陵书局刻本。

5.《白居易诗》，傅东华选注，上海：商务印书馆，1928年9月初版。

6.《元白诗选》，苏仲翔选注，上海：春明出版社，1956年2月第1版。

7.《白居易诗选译》，霍松林译注，天津：百花文艺出版社，1959年7月第1版。

8.《白居易诗选》，顾肇仓、周汝昌选注，北京：作家出版社，1962年12月第1版。

9.《白居易选集》，王汝弼选注，上海：上海古籍出版社，1980年10月第1版。

10.《白居易诗文选注》，龚克昌、彭重光选注，上海：上海古籍出版社，1984年1月第1版。

11.《白居易诗集导读》，朱金城、朱易安著，成都：巴蜀书社，1988年5月第1版。

12.《白居易诗歌赏析集》，褚斌杰主编，成都：巴蜀书社，1990年4月第1版。

13.《白居易诗歌精选》,时宜之选注,石家庄: 花山文艺出版社，1996 年 1 月第 1 版。

14.《中国古代十大诗人精品全集 · 白居易》,谢思炜选注,大连: 大连出版社，1997 年 1 月第 1 版。

15.《元白诗传》,郭杰著,长春: 吉林人民出版社，2000 年 1 月第 1 版。

16.《白居易选集》,周勋初、严杰选注,北京: 人民文学出版社，2002 年 1 月第 1 版。

17.《白居易诗选》,谢思炜选注,北京: 中华书局，2005 年 1 月第 1 版。

18.《白居易集》,严杰编选,南京: 凤凰出版社，2006 年 11 月第 1 版。

19.《白居易诗赏读》,张黔、吕静平著,北京: 线装书局，2007 年 4 月第 1 版。

20.《新译白居易诗文选》,陶敏、鲁茜注译,台北: 三民书局，2009 年 11 月第 1 版。

21.《白居易诗文鉴赏辞典》,上海辞书出版社文学鉴赏辞典编纂中心编著,上海: 上海辞书出版社，2014 年 8 月第 1 版。

22.《白居易诗选》,王志清撰,北京: 商务印书馆，2016 年 12 月第 1 版。

目　录

赋得古原草送别

离离原上草[①]，一岁一枯荣。野火烧不尽，春风吹又生[②]。远芳侵古道[③]，晴翠接荒城[④]。又送王孙去，萋萋满别情[⑤]。

【注释】

① 离离：茂密繁盛的样子，这里形容古原之草遍地都是。

② “野火”二句：吴开《优古堂诗话》称此联即“李太白《瀑布》诗‘海风吹不断，江月照还空’意”。田雯《古欢堂集》则称此联有取于刘孝绰妹诗“落花扫更合，丛兰摘复生”，孟浩然“林花扫更落，径草踏还生”。然非蹈袭也。

③ 远芳：远处的草。刘义恭《登景阳楼诗》：“弱蕊布遐馥，轻叶振远芳。”

④晴翠：晴日照耀下的青山。权德舆《送孔江州》：“秋光连瀑布，晴翠辨香炉。”

⑤ “又送”二句：《楚辞·招隐士》“王孙游兮不归，春草生兮萋萋”，说的是看见萋萋芳草而怀思游子。这里变其意而用之，说的是看见萋萋芳草，而平添送别的愁情。王孙，公子王孙，这里指所送之人。萋萋，指青草繁盛纷乱的样子。

【评析】

这首诗是白居易的成名作。诗题一作《草》。借古人诗句或成语命题作诗，是古人学习作诗，或聚会分题作诗，或科举考试时命题作诗的一种方式，诗题前一般冠以“赋得”，类似咏物诗的“咏”。宋陈振孙《白文公年谱》、清汪立名《白香山年谱》、朱金城《白居易年谱》，皆谓作于贞元三年（787），白居易时年16岁。唐张固《幽闲鼓吹》载：“白尚书应举，初至京，以诗谒顾著作况。顾睹姓名，熟视白公，曰：米价方贵，居亦弗易。乃披卷。首篇曰：咸阳原上草，一岁一枯荣。野火烧不尽，春风吹又生。即嗟赏曰：道得个语，居即易矣。因为之延誉，声名大振。”五代王定保《唐摭言》卷七云：“白乐天初举，名未振，以歌诗谒顾况，况谑之曰：‘长安百物贵，居大不易。’及读至《赋得原上草送友人》诗曰：‘野火烧不尽，春风吹又生。’况叹之曰：‘有句如此，居天下有甚难？老夫前言戏之耳。’”这是一则广为流传的逸话，未必凿然属实，但此诗在当时即熟在人口，广为传诵，则可以想见。

贞元五年（789），顾况贬饶州司户参军，而居易此前从未至长安，朱金城《白居易集笺校》认为此诗或系在江南时作。傅璇琮《顾况考》谓，这只不过是一种故事传说，而不能看成实有其事，不能作为依据来论述顾况和白居易事迹，更不能据此来确定“野火烧不尽，春风吹又生”为白居易十五六岁时的作品。谢思炜《白居易诗集校注》则认为，贞元五年（789）居易18岁时，从父任在衢州（今属浙江，时属江南东道），顾况贬官饶州取道苏、杭、睦州，随后即经衢州，故此时居易极有可能拜谒，传说或即由此生发。

后人于“野火烧不尽”一联好评颇多，如范晞文《对床夜语》云：“刘商《柳》诗‘几回离别折欲尽，一夜春风吹又长’，却不如乐天《草》诗‘野火烧不尽，春风吹又生’，语简而思畅。”但也有持异议者，宋代吴曾《能改斋漫录》说，“野火烧不尽，春风吹又生”两句，不若刘长卿“春入烧痕青”语简而意尽；清人边连宝《病余长语》亦云：“乐天句云‘野火烧不尽，春风吹又生’，能写出造化之妙，此即是硕果不食义也，宜读者旋其面目矣。司空曙又以五字括之曰‘春入烧痕青’，尤妙。白以韵胜，司空以格胜。”然而，这首诗的接受史证明：持这一看法的是没有眼光的。正如明人叶盛《水东日记》所云：“‘春入烧痕青’固是五字好句，‘野火烧不尽，春风吹又生’十字，句中自不可少。各相本题，各极其趣可也。如欲以彼掩此，奚可哉。”明人冯时可《雨航杂录》卷上：“白居易始终完节，心曲清妙，其为诗虽率意而不俗。《续古诗》云：‘何意掌上玉，化为眼中砂……’寓意深矣。‘……晴沙金屑色，春水曲尘波’，自是晚唐色相。至《古原草》诗‘野火烧不尽，春风吹又生’，几希初唐乎？”谭宗《近体秋阳》：“浑朴，其情当在《十九首》之间。”冯舒曰：“逋翁真巨眼。”清田雯《古欢堂集》说：“刘孝绰妹诗：‘落花扫更合，丛兰摘复生。’孟浩然‘林花扫更落，径草踏还生’，此联岂出自刘欤？白乐天咏原上草送客诗‘野火烧不尽，春风吹又生’，一句之意，分为两句，风致亦自不减。古人作诗，皆有所本，而脱化无穷，非蹈袭也。”查慎行云：“人但知三、四之佳，不知先有‘一岁一枯荣’句紧接上，方更精神。试置他处，当亦索然。”清宋宗元《网师园唐诗笺》称赞“野火”一联为“天然名句，宜见赏于逋翁”。《历代诗发》：“极平淡，亦极新异，宜顾况之倾倒也。”王尧衢《唐诗合解笺注》：“前解言原上草，以荣枯为眼。后解言其关情处。”高步瀛《唐宋诗举要》：“情韵不匮，句亦振拔，宜其见重于逋翁也。”

而在以上赞许之外，也有不一样的声音，如明唐汝询《唐诗解》云：“上二联写物生之无穷，下二联见草色之关情。乐天语尚真率，佳处固自不少。要非入选之诗，独此丰格犹存，姑采以备长庆之一体。”这还比较含蓄，下面则比较直率，如沈德潜《唐诗别裁集》云：“此诗见赏于顾况，以此得名者也。然老成而少远神，白诗之佳者，正不在此。”清顾安《唐律消夏录》亦云：“三、四的是佳句，但‘一岁一枯荣’虽是起下，而语太显露，遂使下句意味不全。五、六虽分‘古道’‘荒城’，而用意实是合掌。结句呆用王孙，更庸弱。香山诸体颇称大手笔，此作独枯率窄狭，不能展动，得非以好句累之乎？”何焯云：“少作自不足存，如《古原草》之属，编为外集可耳。”纪昀曰：“此犹是未放笔时，后乃愈老愈颓唐矣。”许印芳曰：“‘又’字复。”《王闿运手批唐诗选》卷二曰：“行卷诗便重一字，且重要紧字，若使我见之，居不易矣。”这些批评，未免有苛刻之嫌。

真正的经典佳作不怕苛批，但要当得起细读。笔者认为，这是一曲野草颂，更是一曲生命颂。“草”作为中心词，构成全诗意境的主体意象。全诗借景写情，蕴含深刻，刻画形象生动，用语自然流畅，意境浑然完整。虽是命题作诗，却能融入一定的生活感受，故字字含情，语语有味，不但得体，而且别具一格，在“赋得体”中，信为千古绝唱。按“赋得体”的标准，此诗结构也堪称严谨妥当：前四句写“原上草”，后四句写“古道送别”。然而，此诗佳处，远不止于此。其为名作，实因意胜，即赞美一种顽强向上的生命精神。有人说此诗别有寓意，是喻小人去之不尽，或者是喻世道治乱循环等。流传颇广的《唐诗三百首》就解释说：“（离离原上草，一岁一枯荣）诗以喻小人也。”“（野火烧不尽，春风吹又生）销除不尽，得时即生。”“（远芳侵古道……萋萋满别情）干犯正路，文饰鄙陋，却最易感人。”这完全是一厢情愿的附会。这首诗正如清代屈复《唐诗成法》所云：“不必定有深意，一种宽然有余地气象，便不同啾啾细声，此大小家之别。”俞陛云略作调停，其《诗境浅说》云：“此诗借草取喻，虚实兼写。三、四承上荣枯而言。唐人咏物，每有仅于末句见本意者，此作亦同之。但诵此诗者，皆以为喻小人去之不尽，如草之滋蔓。作者正有此意，亦未可知。然取喻本无确定，以为喻世道，则治乱循环；以为喻天心，则贞元起伏。虽严寒盛雪，而春意已萌。见智见仁，无所不可。一篇《锦瑟》，在笺者会意耳。五、六句古道荒城，言草所丛生之地；远芳晴翠，写草之状态。而以‘侵’字、‘接’字，绘其虚神，善于体物，琢句尤工。”其言允当平实，评语虽然浅白，但足可定论。

王昭君二首[①]

满面胡沙满鬓风[②]，眉销残黛脸销红。愁苦辛勤憔悴尽，如今却似画图中[③]。

汉使却回凭寄语，黄金何日赎蛾眉？君王若问妾颜色，莫道不如宫里时。

【注释】

① 王昭君：《后汉书·南匈奴传》："昭君字嫱，南郡人也。初，元帝时以良家子选入掖庭，时呼韩邪来朝，帝敕以宫女五人赐之。昭君入宫数岁，不得见御，积悲怨，乃请掖庭令求行。呼韩邪临辞大会，帝召五女以示之。昭君丰容靓饰，光明汉宫，顾景裴回，竦动左右。帝见大惊，意欲留之，而难于失信，遂与匈奴。生二子。及呼韩邪死，其前阏氏子代立，欲妻之。昭君上书求归，成帝敕令从胡俗，遂复为后单于阏氏焉。"《西京杂记》遂演为画工丑图之事。

② 满面：一作"满鬓"。

③ 却似：一作"却是"。

【评析】

作于贞元四年（788），诗题作者自注"时年十七"。古今咏昭君者多矣，一个17岁的少年，能够遵"哀而不伤，怨而不怒"之诗教，将这一烂熟的题材，写得言近旨远，诚属不易。《诗话总龟》前集卷八、《苕溪渔隐丛话》前集卷二一引《王直方诗话》："古今人作昭君词多矣，余独爱白乐天一绝云：汉使却回凭寄语……盖其意优游而不迫切故也。然乐天赋此时，年甚少。"《注解章泉涧泉二先生选唐诗》："此诗从

《汉武帝·李夫人传》变化来。李夫人病笃，上问疾，欲见其面。李夫人以帐掩面，上终不得见而去。左右怪之。夫人曰：‘上之爱我者，色也。我病久色衰，上见我形容非昔，宠爱必衰，不复思念我也。’”《寒夜录》曰：“罗景纶评昭君词，击节乐天一绝，以为高出众作之上。”

明敖英《唐诗绝句类选》卷一评第二首：“乐天沦落，不得还朝，托兴自况。”明唐汝询《唐诗解》卷二十九亦云：“此乐天被谪之时，思还京师，托明妃以自况。言明妃因汉使还国，藉以寄语，欲君王之以黄金赎己也。君倘问妾，当云‘颜色如故’耳。岂乐天自负其能，欲有所用，其未足欤？”《唐诗归折衷》曰：“唐云：此必乐天迁谪时作，自况不浅。唐人赋此题，率以调胜，此独以意胜，所以可传。”以上这些评论，皆未留意此诗白居易自注之写作时间，谬之远矣。

冯班倒是留意到写作时间，但评价不高，只轻描淡写云：“终是小儿语。”明谢榛《四溟诗话》亦曰：“此虽不忘君，而辞意两拙。”而其他评论者则多给与好评，如明邢昉《唐风定》曰：“咏昭君，别出一想，温柔悱恻，怨情无限。”钟惺云：“情婉而调直。”明周珽《删补唐诗选脉笺释会通评林》引周敬曰：“全以意胜，不徒以词求工。”引敖英曰：“就题翻意，得《风》之体。”明瞿佑《归田诗话》卷上：“诗人咏昭君者多矣，大篇短章，率叙其离愁别恨而已。惟乐天云：……不言怨恨，而惓惓旧主，高过人远甚。其与‘汉恩自浅胡自深，人生乐在相知心’者异矣。”胡应麟《诗薮》内编卷六：“乐天诗，世谓浅近，以意与语合也。若语浅意深，语近意远，则最上一乘，何得以此为嫌！《明妃曲》云：汉使却回频寄语……《三百篇》《十九首》不远过也。”其《题白乐天集》又云：“‘昭君’一绝，亦可为中唐第一。”《雪涛小书》：“时乐天《题昭君》云：汉使却回凭寄语……用意深远，思人不及思。《香山集》如此首，亦难多觅。”

《唐宋诗醇》云：“旧事翻新，思路自别。后二句总从赎字生出。

此与李商隐诗‘金徽本是无情物，不许文君忆故夫’二句用意极相似。然彼近尖刻，此则深厚，乃中晚之判也。”赵翼《瓯北诗话》卷十一云：“古来咏明妃者，石崇诗‘我本汉家子，将适单于庭’，‘昔为匣中玉，今为粪上英’，语太村俗。惟唐人‘今日汉宫人，明朝胡地妾’二句，不著议论，而意味无穷，最为绝唱。其次则杜少陵‘千载琵琶作胡语，分明怨恨曲中论’，同此意味也。又次则白香山‘汉使却回凭寄语……’就本事设想，亦极清隽。”王文濡《历代诗评注读本·唐诗评注读本》卷四曰：“昭君词，唐宋多咏之，然不若此诗之蕴藉。首二句代昭君设此痴想，以见其恋恋不忘汉家之心；末二句之‘莫道’二字，便见得形容憔悴，与在宫里时大不相同。幽恨之意，于言外见之。”徐增《而庵说唐诗》卷十一云：“此诗妙在冷敲。汉皇元帝思得绝色于图画，而绝色反嫁呼韩，许呼韩时尚不敢悔，恐失信于外国。既已去矣，纵有黄金，岂易云赎，只提起颜色使他惭愧而已。‘黄金何时赎蛾眉’忖量得妙，‘莫道不如宫里时’又叮咛得妙。”

在此诗之后，元和十二年（817），白居易46岁，时为江州司马，又有《昭君怨》：“明妃风貌最娉婷，合在椒房应四星。只得当年备宫掖，何曾专夜奉帏屏？见疏从道迷图画，知屈那教配虏庭？自是君恩薄如纸，不须一向恨丹青。”元和十四年（819），白居易自江州至忠州途中，有《过昭君村》（村在归州东北四十里）：“灵珠产无种，彩云出无根。亦如彼姝子，生此遐陋村。至丽物难掩，遽选入君门。独美众所嫉，终弃于塞垣。唯此希代色，岂无一顾恩？事排势须去，不得由至尊。白黑既可变，丹青何足论？竟埋代北骨，不返巴东魂。惨澹晚云水，依俙旧乡园。妍姿化已久，但有村名存。村中有遗老，指点为我言。不取往者戒，恐贻来者冤。至今村女面，烧灼成瘢痕。”杜甫《咏怀古迹五首》：“群山万壑赴荆门，生长明妃尚有村。”曾慥《类说》卷二引《逸士传》：“昭君村至今生女必灸其面。白乐天诗云：‘至今村女面，烧灼成瘢痕。'”元和十四年（819）前后，白居易又有《青冢》：“上有饥雁号，下有枯蓬走。茫茫边雪里，一掬沙培塿。传是昭君墓，埋闭蛾眉久。凝脂化为泥，铅黛复何有。唯有阴怨气，时生坟左右。郁郁如苦雾，不随骨销朽。妇人无他才，荣枯系妍否。何乃明妃命，独悬画工手？丹青一诖误，白黑相纷纠。遂使君眼中，西施作嫫母。同侪倾宠幸，异类为配偶。祸福安可知，美颜不如丑。何言一时事，可戒千年后。特报后来姝，不须倚眉首。无辞插荆钗，嫁作贫家妇。不见青冢上，行人为浇酒。”这些诗作，可见白居易对王昭君这位华容绝代、命运独特的不幸女性之特殊关注，皆可供理解其《王昭君二首》之参考。

江南送北客因凭寄徐州兄弟书

故园望断欲何如[①]，楚水吴山万里余。今日因君访兄弟[②]，数行乡泪一封书。

【注释】

① 故园：家园，故乡。骆宾王《晚憩田家》：“唯有寒潭菊，独似故园花。”

② 兄弟：这里指白行简、白幼美。

【评析】

诗题作者自注“时年十五”。现存白诗很多带有注释，数量不少于六分之一，通过文词和语气，绝大部分都能确认是作者自注。注释内容包括写作时日、写作情由，也有名物、本事与典语、掌故等，个别涉及诗篇措意、布置，几乎涵盖注释的所有类别。但涉及的年龄等，因为是出自回忆，未必尽可全信。

宋陈振孙《白文公年谱》、清汪立名《白香山年谱》、朱金城《白居易年谱》《白居易集笺校》，皆谓此诗作于贞元二年（786），当据诗题自注“时年十五”而定。另白居易《吴郡诗石记》云：“贞元初，韦应物为苏州牧，房孺复为杭州牧。……予始年十四五，旅二郡。……然二郡之物状人情，与曩时不异，前后相去三十七年。”据傅璇琮《韦应物系年考证》，韦应物为苏州刺史在贞元四年七月后，白居易《吴郡诗石记》作于宝应元年（762），以所云“三十七年”前推，当为贞元四年或五年。又白居易《襄州别驾府君事状》，其父季庚为徐州别驾在贞元初，再除衢州别驾亦当在贞元四年（788）或五年（789）。贞元四年（788），白居易17岁，从父任初至江南，因此谢思炜认为，此诗注云“时年十五”与《吴郡诗石记》“始年十四五”，或许是记忆有误。《江南送北客因凭寄徐州兄弟书》应作于贞元四年（788）或五年（789）。

建中三年（782），11岁的白居易，随父亲白季庚赴任徐州，举家移居符离（今属安徽宿州）。贞元元年（785），朝廷追念前功，加授白季庚检校大理少卿，依前徐州别驾、当道团练判官，仍知州事。贞元四年（788），秩满，改除大理少卿兼衢州别驾。17岁的白居易从父任往衢州，途经苏、杭二郡。白居易弟兄四人，友于情深。长兄白幼文是他的异母兄弟，因在浮梁县为官，白居易尊称为浮梁大兄。后白居易独子白阿崔早亡，过继兄白幼文之子白景受为子，白景受官至孟怀观察支使。同胞弟弟白行简也是唐代著名文学家，官至主客郎中，是文学史上有名的诗人和小说家。另有一异母兄弟白幼美，此时都还在徐州符离。当时有熟人北上，白居易请他捎带一封家信，表达思念，所以题目中出现“江南送北客”。故乡望眼欲穿，却总是看不到，中间远隔万里，不能相见的思念之苦如何排遣？故园迷处堪白头！今日正好有朋友北上，流着泪写下家信，几年飘荡累积的思乡之情不由爆发，此即“数行乡泪一封书”，以诗为书，家常如话，朴实无华，胸臆直抒，一气呵成，而情真意切，深切表达出思念之情。

江楼望归

满眼云水色，月明楼上人。旅愁春入越，乡梦夜归秦[①]。道路通荒服[②]，田园隔虏尘[③]。悠悠沧海畔，十载避黄巾[④]。

【注释】

①“乡梦”句：秦，指陕西。白居易祖上居太原，到曾祖父白温时，移居下邽（今陕西渭南东北），故以秦为乡梦所指。

②通荒服：一作“遥荒服”。荒服，本指王畿外围，古人五百里为一区划，按距离由近至远分为：侯服、甸服、绥服、要服、荒服。荒服最远，距王畿二千五百里。《书·禹贡》：“五百里荒服，三百里蛮，二百里流。”这里应该是泛指荒野、荒原。

③“田园”句：指白家在新郑的田园。白居易《故巩县令白府君事状》：“夫人河东薛氏……大历十二年六月十九日，殁于新郑县私第。”盖白家自白锽（居易祖父）起，即在新郑置有田产。虏尘，指中原叛乱的战火。

④“十载”句：自建中三年（782）乱起，下推至贞元七年（791）为十年。因此，诗中所言“十载”，盖追述前事，应为虚数，并非写实。黄巾，汉末太平道首领张角聚众起义，号黄巾军，这里借指建中年间的叛乱。

【评析】

诗题作者自注“时避难在越中（一作越地）”。清汪立名《白香山年谱》、朱金城《白居易年谱》谓作于贞元二年（786），王拾遗《白居易生活系年》系于贞元三年(787)春。谢思炜则认为,此诗当作于贞元四年(788),白居易从父之衢州期间,衢州即属越中之地。所谓避难,泛指建中年间避乱以来的颠沛流离,其中主要的战乱,是建中三年(782)李希烈叛唐,陷汝州、汴州等地,贞元二年(786)四月,为部将所杀,战乱稍息,白家自新郑迁居徐州。其后,贞元四年(788),居易随父改官至衢州,并非此时又有难事而出逃至越中。

方回《瀛奎律髓》卷二十九曰:"此少年作,已自成就如此。"冯舒曰:"此却似张、王。"纪昀曰:"此香山少作,转胜老境之颓唐。"一作"此犹未敢放笔时,故谨严深厚乃尔;成名以后,颓然自放矣。凡文士颓唐,多在名高以后"。

病中作

久为劳生事①,不学摄生道②。年少已多病③,此身岂堪老?

【注释】

① 劳生:《庄子·大宗师》:"夫大块载我以形,劳我以生,佚我以老,息我以死。"后以"劳生"指辛苦劳累的生活。

② 摄生:养生;保养身体。《老子》五十章:"盖闻善摄生者,陆行不遇兕虎,入军不被兵甲。"

③ 年少:一作"少年"。

【评析】

诗题作者自注"时年十八",可见作于贞元五年(789)。白居易时在长安。白居易少年漂泊，羁旅愁苦，劳碌奔波，衰病常侵，咏病涉病诗达 400 余首，贯穿一生。这一首可谓滥觞。疾病深刻影响到诗人的创作生涯，白居易对疾病的感受强于一般人，其咏病诗绝非仅仅“性慵无病常称病”（《酬皇甫宾客》），而是有着多方面的深层原因。

洪迈《容斋随笔》涉及白居易者共有 79 则，可谓宋人评白论白之集大成者。其中卷一“诗谶不然”一则云：“今人富贵中作不如意语，少壮时作衰病语，诗家往往以为谶。白公十八岁，病中作绝句云……然白公寿七十五。”王楙《野客丛书》卷二十七：“仆观白公年十八时，谓：‘少年已多病，此身岂堪老。’然安强寿考，至于七十有五，而后不禄，既有姬侍，不能无耗蚀气血，故寿夭虽系所禀，然方寸泰然，不汲汲于荣利，是亦养寿一端。今士大夫精耗于内，而神惊于外，所以罕终天年。观白公之诗，率多宽适，有以验其寿云。”李植《学诗准的》：“白香山年十八，病中有诗曰：‘久为劳生事，不学摄生道。少年已多病，此身岂堪老。’此岂未弱冠之人所道语？然乐天寿贵兼至，年近八秩而终，亦未可知也。且此是乐天少作，而宛然长庆风调，乃至文章韵趣，本出于天得，未尝有老少之异也。”梁启超批点《白香山诗集》：“公能老寿，功在自克耳。”

游襄阳怀孟浩然

楚山碧岩岩，汉水碧汤汤[①]。秀气结成象，孟氏之文章[②]。今我讽遗文，思人至其乡。清风无人继，日暮空襄阳。南望鹿门山，蔼若有余芳[③]。旧隐不知处，云深树苍苍。

【注释】

① 碧汤汤：碧色不断。一作“清汤汤”。汤汤，形容水势浩大，奔流浩荡，虽不深而澄清。

② “秀气”二句：《文心雕龙·征圣》：“精理为文，秀气成采。”

③ 蔼若：形容草木茂盛。

【评析】

本篇作于贞元十年（794），白居易23岁，在襄阳。宋陈振孙《白文公年谱》载：贞元十年（794）甲戌，“五月，襄州府君卒于襄阳官舍。府君自徐徙佐衢，又徙襄。公有《游襄阳怀孟浩然》诗，或是随侍时作”。襄州府君，指白居易的父亲白季庚，字子申，巩县县令白锽长子，华州下邽（今陕西渭南东北）人，祖籍同州韩城（今属陕西）。天宝末，明经出身，解褐，授萧山县尉，历左武卫兵曹参军、宋州司户参军。

诗先从孟浩然诗歌的生长环境着笔。楚山汉水的灵气，凝结成孟浩然笔下的艺术形象。简洁的画面，揭示出孟浩然山水诗的生长环境。孟浩然是唐代第一个倾大力写作山水诗的诗人。今存其诗200余首，除了在漫游途中写下的山水行旅诗，大部分是登临游览家乡一带的万山、岘山和鹿门山时所写的遣兴之作。楚山连绵，碧色不断。汉水蜿蜒，清波浩荡。山青青，水碧碧。诗人来到孟浩然的故乡襄阳，对已故诗人的敬仰之情油然而生，追念之情，正像这楚山碧水，长绿不枯，绵流难断。“岩岩”，显出山之险峻挺拔，虽不高而秀雅；“汤汤”，写出水之奔流浩荡，虽不深而澄清。加之地不广而平坦，林不大而茂盛，襄阳山水地貌的独特气势，可谓铺绘而出，赋中含兴。不管怎样思其人而至其乡，那里依然“楚山碧岩岩，汉水碧汤汤”，可是再没有人能像“孟氏之文章”那样，把“秀气结成象”了！

接着，写诵读孟诗，而感怀其人，由感怀其人，而至其家乡，点明题中“游襄阳”的缘由。游其乡,居其境,怀其人,慕其风。“清风无人继,日暮空襄阳”,在具体场景中抒发对孟浩然的怀念之情。显然,怀念之情,来自白居易对孟浩然人的品格、诗的风格的赞赏有加。《文心雕龙 · 征圣》所谓“精理为文,秀气成采”,一个“秀”字,一个“清”字,概括出白居易心目中孟浩然其人其诗的风格特点。一个“结”字,又道出文学与地域之间相互支撑、彼此成就的密切关系,也即前云孟浩然与襄阳之间缺一不可的联系。

人事有代谢,乐天复登临。白居易来到襄阳,除了“秀气”与“清风”,孟襄阳对他的其他启迪何在?第四联的答案似乎令人有些意外——“空”!这既是对孟襄阳之后再继无人的怅惘愁叹,也暗含对孟襄阳挚友王维诗意的认同,王维《哭孟浩然》诗云:“故人不可见,汉水日东流。借问襄阳老,江山空蔡州。”此诗《唐诗纪事》作王维诗,别本又作白居易诗,不同。王象之《舆地纪胜》卷八十三“京西南路 · 襄阳府”按语云:诗中有“故人不可见”之语,则是作诗之人与浩然相识也。浩然与王维同生于玄宗之世。按,《唐书》王维过襄阳,曾画浩然之像于亭上,则故人今不见之语,必王维所作也。末句“江山空蔡州”对白诗“日暮空襄阳”的启迪,望眼可见。确实,再也没有谁的作品能如孟襄阳诗歌那般,自然散发出清淡畅逸之气。这样的心境,有些苍凉,有些无望,就像日暮时分,面对夕阳带给我们的感觉一般;如今的诗坛,也像夕阳中空荡的襄阳城一样清冷。“清风无人继”写出当下之感怀,“日暮空襄阳”以眼前带有空凉之气的日暮景色,烘托出当下之心境。开篇前三联阔大的气象,由此顿时跌入慨叹无限的情绪。孟夫子斯人已没,清风随之难以复睹,落日中只剩下空荡荡的襄阳城。

如何平复、如何缓和这落差呢?不妨远望吧!向南,再向东南,越过襄阳城墙,在远方,草木郁郁,云树苍苍。鹿门山就是孟浩然昔日隐居、今日归葬之地,当年隐者留下的风致,余韵似乎犹可想象。于是,心中又生起几分喜慰。而遗踪杳杳，旧居毕竟已不可寻。留下的，是望不到边的林木郁郁葱葱，一片苍茫，心中不免再次升起淡淡的惆怅。末句“云深树苍苍”，既是赋笔实写，也含有以实写虚的比兴之意——触目所见，林木莽莽，而心中所感，也是“旧隐不知处”而“清风无人继”的空空荡荡，苍苍莽莽。

白居易青年时代的这首《游襄阳怀孟浩然》，以青春之笔，追踪盛唐气象，虽略含惆怅之意，却全无萧瑟之态。诗中满含对孟浩然的景仰之意，音节响亮，气韵潇洒，兼备兴象，而文字清淡简朴，铮铮然有盛唐之音，正是追踪孟浩然诗风的神似之作。清人黄培芳《粤岳草堂诗话》云：“诗贵清真，尤在气味。如孟襄阳、白太傅，俱不着一字，而襄阳则气逸而味腴，太傅则气和而味厚。若无气味，徒语清真，恐流于卑率浅薄，一览无余耳。”

这首《游襄阳怀孟浩然》虽然作于白居易早年，但亦无愧“气和而味厚”之评。如果比较相似主题前后之作，则更可明晰。例如其前，杜甫《解闷十二首》：“复忆襄阳孟浩然，清诗句句尽堪传。即今耆旧无新语，漫钓槎头缩颈鳊。”所言“清诗句句尽堪传”七字，与李白《赠孟浩然》诗中“风流”“清芬”四字一样，皆为孟浩然定评，亦为白居易《游襄阳怀孟浩然》所承继。

白居易之后，施肩吾《登岘亭怀孟生》：“岘山自高水自绿，后辈词人心眼俗。鹿门才子不再生，怪景幽奇无管属。”罗隐《孟浩然墓》：“数步荒榛接旧蹊，寒江漠漠草凄凄。鹿门黄土无多少，恰到书生冢便低。”唐彦谦《忆孟浩然》：“郊外凌竞西复东，雪晴驴背兴无穷。句搜明月梨花内，趣入春风柳絮中。”又《过浩然先生墓》：“人间万卷庞眉老，眼见堂堂入草莱。行客须当下马过，故交谁复裹鸡来？山花不语如听讲，溪水无情自荐哀。犹胜黄金买碑碣，百年名字已烟埃。”张蠙《吊孟浩然》：“每每樵家说，孤坟亦夜吟。若重生此世，应更苦前心。名与襄阳远，诗同汉水深。亲栽鹿门树，犹盖石床阴。”落笔侧重点和诗歌的风格不尽相同，而兴慨与感叹，则与白居易《游襄阳怀孟浩然》一脉相承。

旅次景空寺宿幽上人院

不与人境接，寺门开向山。暮钟鸣鸟聚，秋雨病僧闲。月隐云树外，萤飞廊宇间。幸投花界宿[1]，暂得静心颜。

【注释】

① 花界：莲花界，指寺院。沈佺期《奉和圣制同皇太子游慈恩寺应制》：“肃肃莲花界，荧荧贝叶宫。”

【评析】

朱金城《白居易集笺校》谓：“或作于贞元十六年。”不妥。按，当为贞元十年（794）在襄州作，因为诗中所云“景空寺”在襄州。白居易在襄州那一年是贞元十年（794），时年23岁。张说《襄州景空寺题融上人兰若》：“高名出汉阴，禅阁跨香岑。”孟浩然《游景空寺兰若》：“龙象经行处，山腰度石关。”《唐宋诗醇》云：“思致清幽，开晚唐宗派。”纪昀曰：“四句自佳。”

将之饶州江浦夜泊

明月满深浦，愁人卧孤舟[1]。烦冤寝不得[2]，夏夜长于秋。

苦乏衣食资，远为江海游。光阴坐迟暮，乡国行阻修。身病向鄱阳，家贫寄徐州。前事与后事，岂堪心并忧。忧来起长望，但见江水流。云树霭苍苍，烟波淡悠悠。故园迷处所，一念堪白头③。

【注释】

① 卧孤舟：一作“独卧舟”。

② 烦冤：烦躁愤懑。典出《楚辞·九章·思美人》：“蹇蹇之烦冤兮，陷滞而不发。”王逸注：“忠谋盘纡，气盈胸也。”

③ 一念：一作“一望”。

【评析】

本篇作于贞元十四年（798），白居易时年27岁，赴饶州途中。贞元十四年（798），白居易长兄幼文赴任饶州浮梁（今江西景德镇北）主簿。居易协助寡母和外祖母将家自符离迁徙到洛阳后，即只身再下江南，打算先去宣州溧水县看望在那里做县令的从叔白季康，然后再去饶州浮梁探视白幼文。在寂寞的旅途中，想到家贫多故，衣食维艰，前程如梦，愁肠百结，夜不能寐，写下此诗。饶州，《旧唐书·地理志三》江南西道：“饶州下，隋鄱阳郡。”浮梁为饶州属县。陈振孙《白文公年谱》系此诗于贞元十五年（799），盖据白居易《伤远行赋》。《伤远行赋》云：“贞元十五年春，吾兄吏于浮梁，分微禄以归养，命予负米而还乡。”可知贞元十五年（799）春，居易已在浮梁，且此诗有“夏夜长于秋”之句，故居易赴浮梁，必在贞元十五年（799）之前。诗题之“江浦”，指江滨。《吕氏春秋·本味》：“江浦之橘，云梦之柚。”高诱注：“浦，滨也。”岑参《题金城临河驿楼》诗：“忽如江浦上，忆作捕鱼郎。”白居易这首诗写漂泊之苦，思乡之情，虽为少作，然已语含沧桑，情调沉重。诗中利用时空关系扩展情感内涵。通过时间的推移，空间的远近，地域的不同，营造不同的心理感受。以鄱阳、徐州、家乡空间距离的跳跃，来表现诗人心理的孤独。用过去、现在、将来的时序推移，来映照世事、人生、历史现象的变化，衬托自己苍凉孤苦的心境。《唐诗镜》评云："语有苍色。"或有感于诗末之感慨。梁启超批点《白香山诗集》："此是少作。"

自河南经乱关内阻饥兄弟离散各在一处因望月有感

时难年饥世业空①，弟兄羁旅各西东②。田园寥落干戈后③，骨肉流离道路中。吊影分为千里雁④，辞根散作九秋蓬⑤。共看明月应垂泪，一夜乡心五处同⑥。

【注释】

① 时难年荒：指遭受战乱和灾荒。世业：指祖传的产业。

② 羁旅：指漂泊流浪。

③ 寥落：荒芜零落。干戈：古代的两种兵器，此代指战争。

④ 吊影：孤身，没有伴侣，对着自己的影子感伤。千里雁：雁群飞时，行列齐整，古人常用雁行比喻兄弟。

⑤ 辞根：草木离开根部，这里比喻兄弟们各自背井离乡。九秋：深秋时节。秋季三个月，有九旬（九十天），故有"三秋""九秋"之称。蓬：草名，即飞蓬。秋天枯死，常被风连根拔起，在空中随风飘转，所以又叫"飞蓬"。

⑥ 乡心：思念故乡之心。诗人虽然生长于河南新郑，但这里是指白氏祖墓所在下邽（治所在今陕西渭南东北）。

【评析】

诗题全称《自河南经乱，关内阻饥，兄弟离散，各在一处。因望月有感，聊书所怀，寄上浮梁大兄、於潜七兄、乌江十五兄，兼示符离及下邽弟妹》。这首诗作于唐德宗贞元十五年（799），白居易时年28岁，当时在洛阳。贞元十五年（799）二月，宣武（治所在今河南开封）节度使董晋死，其部下举兵叛乱。三月，彰义（治所在今河南汝南）节度使吴少诚又叛乱。朝廷分遣十六道兵马讨伐，平叛战争规模大、时间长，大战都发生在河南道境内。此即诗题所言“河南经乱”。而此时，关内旱灾严重，但交通阻绝，南方物资无法运送，致使饥荒严重。目睹天灾人祸纷至沓来，田园荒芜，骨肉离散，诗人不免伤乱悲离，思念亲人，于是写下这首感人肺腑的抒情诗。诗题中的“河南”，指唐时的河南道，辖今河南省大部和山东、江苏、安徽三省的部分地区。“关内”，指关内道，辖今陕西中部、北部及甘肃、宁夏、内蒙古的部分地区。“阻饥”，指遭受饥荒等困难。“浮梁大兄”，指白居易的长兄白幼文，贞元十四年（798）、十五年（799）间任饶州浮梁（今江西景德镇）主簿。“於潜七兄”，指白居易叔父季康的长子，时为於潜（今浙江临安）县尉。“乌江十五兄”，指白居易的从兄逸，时任乌江（今安徽和县）主簿。“符离”，治所在今安徽宿州的符离集。白居易的父亲在彭城（今江苏徐州）做官多年，就把家安置在符离，当时诗人即在此地。“下邽”，治所在今陕西渭南东北，诗人原籍，白氏祖墓所在地。篇末所谓“一夜乡心五处同”，指浮梁、於潜、乌江、符离、洛阳五处，易自身则在洛阳。五处乡心所指，是大家共同的故乡下邽，据白居易《伤远行赋》讲：“贞元十五年春，吾兄吏于浮梁，分微禄以归养，命予负米而还乡。……茫茫兮二千五百里，自鄱阳而归洛阳。……噫！昔我往兮，春草始芳；今我来兮，秋风其凉。独行踽踽兮惜昼短，孤宿茕茕兮愁夜长。……投山馆以寓宿，夜绵绵而未央。独展转而不寐，候东方之晨光。虽则驱征车而遵归路，犹自流乡泪之浪浪。”这些描写，正可与此诗参看。

白居易的七律诗大约有600首，这一首是现存创作时间最早的七律，诗写战乱思亲，读来如听诗人倾诉自己身受的离乱之苦。正如邹弢《精选评注五朝诗学津梁》所云：“感慨凄凉，想见离乱景况。”全诗语言浅白平实，如话家常，而意蕴精深，情怀真切，生动感人，已经显示出白体的特色。刘熙载《艺概·诗概》中说：“常语易，奇语难，此诗之初关也。奇语易，常语难，此诗之重关也。香山用常得奇，此境良非易到。”这首诗纯用白描手法，不用藻绘，也不用典故，堪称“用常得奇”的佳作代表。《唐诗贯珠》云：“诗之上界，直叙流离之苦。五、六佳，雁行本兄弟事，用得自然，‘辞根’‘九秋’皆沉著。”在结构上，“一气贯注，八句如一句，与少陵《闻官军（收河南河北）》作同一格律”（孙洙《唐诗三百首》评语）。杨逢春《唐诗绎》：“末二折到望月，一语总摄，笔有余情。”梁启超批点《白香山诗集》：“元白七律何以能为后人别开生面法门者，此类是也。须看其一气洋灏流转处，不能逐字逐句求之。”

客中守岁

守岁樽无酒①，思乡泪满巾。始知为客苦，不及在家贫。
畏老偏惊节，防愁预恶春②。故园今夜里，应念未归人。

【注释】

①樽：盛酒器，杯盏。李白《前有樽酒行》之一：“春风东来忽相过，金樽渌酒生微波。”

② 防愁：一作“怀愁”。

【评析】

诗题作者自注“在柳家庄”。约作于贞元十六年(800)以前。守岁，指阴历除夕终夜不睡，以迎候新年的到来。晋周处《风土记》：“蜀之风俗，晚岁相与馈问，谓之馈岁；酒食相邀为别岁；至除夕达旦不眠，谓之守岁。”孟浩然《岁除夜有怀》：“守岁家家应未卧，相思那得梦魂来。”“始知为客苦，不及在家贫”，堪称警句。《唐诗镜》云：“‘防愁预恶春’，说得宛转深入，当年余卧病中，深谙此况。”朱宝莹《诗式》评：“发句上句切‘守岁’，下句切‘客中’，对起格，首句不用韵。颔联承发句生发，下句从客中对面着想。颈联上句切‘守岁’，下句从‘守岁’透过一层结。”

秋雨中赠元九

不堪红叶青苔地，又是凉风暮雨天。莫怪独吟秋思苦，比君校近二毛年[①]。

【注释】

① 校近：很接近。白居易《郢州赠别王八使君》：“郢城君莫厌，犹校近京都。”二毛：斑白的头发，常用以指老年人。潘岳《秋兴赋序》：“余春秋三十有二，始见二毛。”后因以“二毛”指三十余岁。

【评析】

诗题中的“秋雨”，马元调本和《唐音统签》作“大雨”。诗题之“元九”，指元稹，字微之，行九，故云。河南人。两《唐书》有传。白居易有《河南元公墓志铭》。《旧唐书·元稹传》：“稹八岁丧父，其母郑夫人，贤明妇人也，家贫，为稹自授书……九岁能属文，十五两经擢第，二十四调判入第四等，授秘书省校书郎。二十八应制举才识兼茂、明于体用科，登第者十八人，稹为第一，元和元年四月也。制下，除右拾遗。”

中国文坛上以文会友、交情深厚者，不乏其人，而最以情同手足、金石之交见称者，非元白莫属。这是白居易集中赠元稹较早的作品。花房英树《白氏文集的批判的研究》将其创作年代系于贞元十八年（802）秋，并断定元、白于贞元十八年（802）秋相识，但尚未明言其凭据。朱金城《白居易集笺校》亦谓作于贞元十八年（802），长安，白居易时年31岁，云“元、白当订交于是年之前，陈《谱》谓相识于贞元十九年，恐非是。白氏元和五年所作《酬元九对新栽竹有怀见寄》诗亦云：‘昔我十年前，与君始相识。’以时间逆数，亦当为（贞元）十八年前”。智按，元稹有《酬乐天秋兴见赠》：“劝君休作悲秋赋，白发如星也任垂。毕竟百年同是梦，长年何异少何为。”自注：“本句云：莫怪独吟秋兴苦，比君校近二毛年。”卞孝萱《元稹年谱》、杨军《元稹集编年笺注·诗歌卷》系于元和元年（806），胥洪泉《元稹交游考》系于贞元十八年（802），周相录《元稹年谱新编》亦系《酬乐天秋兴见赠》及白居易《秋雨中赠元九》于贞元十八年（802）。

花房英树系《秋雨中赠元九》于贞元十八年（802），推定其原因可能在于《秋雨中赠元九》诗末句所云“比君校近二毛年”。前川幸雄《智慧的技巧的文学——关于元白唱和诗的诸种形式》，为此一问题予以明确的答案。其诗末句所谓“二毛”，指白发与黑发，即斑白的头发。“二毛年”通常指生了白发的老年或中年而言，但前川却断定“在诗中则是特指三十二岁”。接着，依诗中所云“校近”，还以为“白居易作此诗时尚不到‘二毛年’，但已很接近”，于是确定此诗为贞元十八年（802）白居易31岁所作。而前川断定“二毛年”特指32岁所举出典，即潘岳《秋兴赋序》“余春秋三十有二，始见二毛”，但是北周庾信《哀江南赋序》有云：“信年始二毛，即逢丧乱。”倪潘注：“以滕王逌序己亥，年六十七岁，逆数之，逢乱之岁，子山时年三十有六。”（《庾子山集注》卷二）宋李宗谔《先公谈录》：“宗谔二毛之年，丁先公忧。”按：先公李昉死于公元966年，宗谔生于公元964年，时年33岁。由此可知，“二毛年”不一定专指32岁。如果说“二毛年”指实际年龄，则与其说是32岁，不如说是30余岁。

二毛，本意是指斑白的头发，常用以指老年人。《左传·僖公二十二年》：“君子不重伤，不禽二毛。”杜预注：“二毛，头白有二色。”晋葛洪《抱朴子·遐览》：“二毛告暮，素志衰颓。”苏轼《八月七日初入赣过惶恐滩》诗：“七千里外二毛人，十八滩头一叶身。”有时也特指30余岁。潘岳《秋兴赋序》：“余春秋三十有二，始见二毛。”后因以“二毛”指三十余岁。“二毛”在白诗中，共有十例出现，大都是指斑白的头发，用以比喻衰老。如“萧条秋兴苦，渐近二毛年”（《社日关路作》），撰于28岁或29岁；“两腋不生翅，二毛空满头”（《寄远》），撰于50岁；“二毛晓落梳头懒，两眼春昏点药频”（《自叹二首》其二），撰于53岁；“但喜暑随三伏去，不知秋送二毛来”（《答苏六》），撰于58岁。以此观之，“二毛年”也可泛指头发开始斑白的年岁，不必解作特定的年龄。在此所谓“二毛年”的含意，也是如此。

白居易较元稹年长七岁，故《秋雨中赠元九》诗云：“莫怪独吟秋思苦，比君校近二毛年。”意思是说：“你不要责怪我一个人吟诗，又因秋思而烦恼；是因为我比你大七岁，更接近头发开始斑白的年岁。”也就因此，元稹和其诗云：“毕竟百年同是梦，长年何异少何为。”（《酬乐天秋兴见寄》）意思是：“毕竟谁也不能活到百年，你我人生都是如一场梦短暂；年岁大一点或者小一点，根本没有什么不同。”可见将“二毛年”解作一个特定的年龄，有勉强之嫌。“二毛年”并不一定特指32岁，“校近”也不能解释为“二毛年（即32岁）的前一年”，故《秋雨中赠元九》诗不一定是白居易31岁，即贞元十八年（802）所作。

那么，《秋雨中赠元九》诗应该作于哪一年呢？笔者认为，应当作于元和元年（806）秋，白居易35岁，时在长安，同时之作还有《赠元稹》。理由是元稹酬和之作《酬乐天秋兴见赠》即作于元和元年（806），一般来说，好友之间的酬和之作，如果同题同体，不大可能间隔长达四年之久：白赠于贞元十八年（802），而元酬于元和元年（806）。据拙作《元稹白居易“初识”之年再辨》（《文学遗产》2001年第5期），元白初识之年为贞元十九年（803），相处三年，彼此熟稔，乃有《秋雨中赠元九》。

常乐里闲居偶题十六韵①

帝都名利场，鸡鸣无安居。独有懒慢者，日高头未梳。工拙性不同，进退迹遂殊。幸逢太平代，天子好文儒②。小才难大用，典校在秘书。三旬两入省，因得养顽疏③。茅屋四五间，一马二仆夫。俸钱万六千，月给亦有余④。既无衣食牵，亦少人事拘。遂使少年心，日日常晏如。勿言无已知，躁静各有徒。兰台七八人⑤，出处与之俱。旬时阻谈笑，旦夕望轩车。谁能雠校闲⑥，解带卧吾庐。窗前有竹玩，门外有酒沽。何以待君子，数竿对一壶。

【注释】

① 常乐里：白居易《养竹记》：“贞元十九年春，居易以拔萃选及第，

授校书郎，始于长安求假居处，得常乐里故关相国私第之东亭而处之。”《唐两京城坊考》卷三：“朱雀门街东第五街……次南常乐坊，……刑部尚书白居易宅。……按乐天始至长安，与周谅等同居永崇里之华阳观。至选授校书郎，乃居常乐里。盖此为卜宅之始也。”据白居易永贞元年（805）作《春中与卢四周谅华阳观同居》诗，则居华阳观在常乐里后。

② 文儒：《论衡·效力》：“使儒生博观览，则为文儒。”《旧唐书·儒学传上》：“（太宗）及即位，又于正殿之左，置弘文学馆，精选天下文儒之士虞世南、褚亮、姚思廉等。”

③ 顽疏：愚钝而懒散。多用作自谦之辞。嵇康《幽愤诗》：“咨予不淑，婴累多虞。匪降自天，实由顽疏。”

④ “俸钱”二句：《新唐书·食货志五》：“（开元）二十四年，令百官防合、庶仆、俸食、杂用，以月给之，总称月俸”，“唐氏百官俸钱，会昌后不复增减，今著其数……四门助教，十六卫佐，秘书省、崇文、弘文馆校书郎、正字，太常寺奉礼郎、太祝，郊社、太乐、鼓吹署令，四门助教，京都宫苑总监副监，九成宫总监、主事，十六卫、六军卫佐，尚书省都事，万六千”。洪迈《容斋五笔》卷八：“白乐天仕宦，从壮至老，凡俸禄多寡之数，悉载于诗。……因读其集，辄叙而列之。”按，白诗所记，与史籍所载合。

⑤ 兰台：《旧唐书·职官志二》秘书省：“龙朔改为兰台，光宅改为麟台，神龙复为秘书省。”

⑥ 雠校：刘向《别录》：“雠校，一人读书，校其上下，得缪误为校。一人持本，一人读书，若怨家相对，故曰雠也。”

【评析】

本篇作于贞元十九年（803），白居易时年 32 岁，考上进士已有三年，被授予秘书省校书郎，在长安校刊书籍。诗题全称《常乐里闲居偶题十六韵兼寄刘十五公舆、王十一起、吕二炅、吕四颎、崔十八玄亮、元九稹、刘三十二敦质、张十五仲方》，作者自注“时为校书郎”。“帝都名利场，鸡鸣无安居”，尽管“小才难大用，典校在秘书”，而且“官小无职事，闲于为官时”（《首夏同诸校正游开元观因宿玩月》），但毕竟还是不错的起点，因为秘书省校书郎虽是闲职，品级不高，只是正九品上，职掌也与直接行政无关，但为文词清华之选，是文人官僚初仕最有希望的途径，主要工作不是学术性的，而是技术型的，目的只是让刚释褐的士人有一些工作的经验，远比县尉的工作性质单纯。元稹与白居易都是由此而进入仕途。

唐代长安是当时世界知名的大都市，白居易来到长安，首要的问题是住在哪儿。虽说他少年时就曾来到京城闯荡，但是真正在长安城落户还是到任校书郎后。徐松《唐两京城坊考》卷三载：“乐天始至长安，与周谅等同居永崇里之华阳观。至选授校书郎，乃居常乐里。盖此为卜宅之始也。”所谓“卜宅之始”，即出自白居易《养竹记》所云“始于长安求假居处”。不过，据白居易永贞元年（805）所作《春中与卢四周谅华阳观同居》诗，居华阳观实际上是在常乐里之后，徐松的叙述尚有失准确。同现在的北漂一族相似，初入京城的白居易选择了租房。租住的房子就在长安城常乐坊内，房主原是已故相国关播，唐德宗时曾为检校尚书右仆射。《旧唐书·关播传》载：“关播，字务元，卫州汲人也。天宝末，举进士。……建中三年十月，拜银青光禄大夫、中书侍郎、同中书门下平章事。……贞元十三年正月卒，时年七十九。”关相国去世六年后，白居易搬入关相国的旧宅，就住在其中被称作东亭的所在，宅院不大，倒很清幽。

秋　思

病眠夜少梦，闲立秋多思。寂寞余雨晴，萧条早寒至。鸟栖红叶树，月照青苔地。何况镜中年，又过三十二。

【评析】

作于贞元十九年（803），白居易时年32岁，在长安，任校书郎。《唐诗镜》云："三、四琢而工。"《精选评注五朝诗学津梁》云："萧条秋气味，未老已深谙。"

感秋寄远

惆怅时节晚，两情千里同。离忧不散处，庭树正秋风。燕影动归翼，蕙香销故丛。佳期与芳岁，牢落两成空①。

【注释】

① 牢落：司马相如《上林赋》："牢落陆离，烂漫远迁。"《文选》李善注："牢落，犹辽落也。"

【评析】

朱金城《白居易集笺校》谓约作于贞元十九年（803）至永贞元年（805）。白居易另有《寒闺夜》："夜半衾裯冷，孤眠懒未能。笼香销尽火，巾泪滴成冰。为惜影相伴，通宵不灭灯。"约作于贞元十六年（800）以前。《寄湘灵》："泪眼凌寒冻不流，每经高处即回头。遥知别后西楼上，应凭栏干独自愁。”作于贞元十六年（800），旅洺州时所作。《凉夜有怀》：“清风吹枕席，白露湿衣裳。好是相亲夜，漏迟天气凉。”约作于贞元十六年（800）以前。《冬至夜怀湘灵》：“艳质无由见，寒衾不可亲。何堪最长夜，俱作独眠人。”作于贞元二十年（804），与下一首《邯郸冬至夜思家》同在邯郸所作。邯郸正隶属洺州，相距不远。冬至寒夜，诗人独处邯郸旅次，思念秦中亲人，怀想春天刚刚分手的远在符离的湘灵。《感秋寄远》与以上四首诗歌时间相隔不远，应该亦为寄早年恋人湘灵之作。从情调上来看，同是尚未决然分手前所作。《唐宋诗醇》云：“律法整严，尚与盛唐相近。腹联已开晚唐李商隐一派。”

邯郸冬至夜思家

邯郸驿里逢冬至①，抱膝灯前影伴身②。想得家中夜深坐③，还应说著远行人。

【注释】

① 邯郸驿：一作“邯郸夜”。邯郸，《旧唐书·地理志二》河北道洺州：“贞观元年，又以废磁州之邯郸来属。……永泰之后，复以武安、邯郸属磁州。”今属河北。冬至：农历二十四节气之一，约相当于阳历十二月二十二日或二十三日。

② 抱膝：活画出枯坐的神态。伴身：一作“对身”。

③ 想得：料想。

【评析】

诗题一作《邯郸至除夜思亲》。作于贞元二十年（804）冬至，白居易33岁，时任秘书省校书郎。在唐代，冬至是很重要的节日。这一天，朝廷要放假，民间就更热闹了。大家穿新衣，互赠饮食，互致祝贺，一派过节的景象。白居易写这首诗时，正宦游在外，夜宿于邯郸驿舍中。

白居易的五七言绝句，共765首，约占全部诗作的百分之二十七。本诗是其中早期的一篇佳作，反映了游子思家之情，字里行间流露着浓浓的乡愁。其佳处，一是以直率质朴的语言，道出了人们常有的一种生活体验，感情真挚动人。正如沈德潜《唐诗别裁集》重订本卷二十所云："只有一'真'字。"二是构思精巧别致：首先，诗中无一"思"字，只平平叙来，却处处含着"思"情；其次，写自己思家，却从对面着笔，与王维《九月九日忆山东兄弟》"遥知兄弟登高处，遍插茱萸少一人"、杜甫《月夜》"今夜鄜州月，闺中只独看"，有异曲同工之妙。宋宗元《网师园唐诗笺》卷十六曰："三、四与杜陵'明年此会知谁健'句，同一落想。"也很有道理。宋人范晞文在《对床夜语》里说："白乐天'想得家中夜深坐，还应说著远行人'，语颇直，不如王建'家中见月望我归，正是道上思家时'，有曲折之意。"清人姚培谦则将李商隐《夜雨寄北》与白诗相比，说白诗是"魂飞到家里去"，李诗却是"预飞到归家后也"。换句话说，白诗仅仅穿越了空间，而李诗则同时跨越了时间和空间，所以更加"奇绝"。其实这几首诗各有独到之处，不必抑此扬彼。

早春独游曲江

散职无羁束，羸骖少送迎。朝从直城出，春傍曲江行[1]。风起池东暖，云开山北晴。冰销泉脉动，雪尽草芽生。露杏红初坼，烟杨绿未成。影迟新度雁，声涩欲啼莺。闲地心俱静，韶光眼共明。酒狂怜性逸，药效喜身轻。慵慢疏人事，幽栖遂野情。回看芸阁笑[2]，不似有浮名。

【注释】

① 直城：即长安城。《三辅黄图》卷一："长安城西出第二门曰直城门。"兴庆池（即兴庆宫龙池，见《长安志》卷九）、曲江均在长安城东南，"直城""曲江"又恰成偶对，故诸诗每连言之。

② 芸阁：即芸香阁，指秘书省。《初学记》卷十二引鱼豢《典略》："芸台香辟纸鱼蠹，故藏书台称芸台。"

【评析】

诗题作者自注"时为校书郎"。汪立名《白香山年谱》、朱金城《白居易集笺校》认为作于贞元十九年（803），长安；而《唐五代文学编年史·中唐卷》则认为，当作于贞元二十年（804）。白居易时年33岁，年富力强，而校书郎一职，节奏松弛，生活安逸，因此有充裕时间可以闲游。同年五月，元稹有《天坛上境》："野人性僻穷深僻，芸署官闲不似官。"也是描写在长安秘书省为校书郎的闲散生活。《唐宋诗醇》卷二十二云："中三联刻画早春之景，细腻清新。"

位于长安城东南隅的曲江，风光明媚，是长安名胜和游乐之地，《太平寰宇记》卷二五长安县："曲江池，汉武帝所造，名为宜春苑。

其水曲折，有似广陵之江，故名之。"《长安志》卷九升道坊："西北隅龙华尼寺，……寺南曲江。"《分门集注杜工部诗》卷三《哀江头》注引《两京新记》："升道坊龙华尼寺南有流水屈曲，谓之曲江。"康骈《剧谈录》卷下曲江："曲江池，本秦世隑洲。开元中疏凿，遂为胜境。其南有紫云楼、芙蓉苑，其西有杏园、慈恩寺。花卉环周，烟水明媚，都人游玩，盛于中和、上巳之节，彩幄翠帱，匝于堤岸，鲜车健马，比肩击毂。上巳即赐宴臣僚，京兆府大陈筵席。"几乎每位来长安的唐代诗人都到访过这里，留下众多诗篇，其中大部分是迎初春、赏仲春、惜晚春的诗作，白居易也不例外。他一有机会就会造访这里，无论高兴时还是哀伤时，都在这里写过诗，既有和朋友一起的，也有自己一人的。

夏承焘《据〈白氏长庆集〉考唐代长安曲江池》谓："因翻读《白氏长庆集》，仔细钩稽，始知曲江的面积，除了芙蓉园之外，实占有晋昌、青龙、曲池、敦化、立政、升道数坊的一部分，可能也侵及修政。"辛德勇《隋唐两京丛考》十三《曲江池与升道坊》谓其未曾分辨"曲江"与"曲江池"之别："根据考古工作者的探查，曲江池实际只占有城东南隅一坊余地，凡明确记叙曲江池范围的文献资料，也都说曲江池只占城东南隅一坊余地。……升道坊、升平坊和其他各坊中的所谓'曲江'，只是这个曲江池（芙蓉池）的下泄水道。"又，据《云麓漫钞》卷八引吕大防《长安图题记》及《太平御览》卷一九七引《天文要集》，"为芙蓉园，引黄渠水注之，号曲江"，故曲江池别称"芙蓉池"。《通鉴》卷一九四贞观七年（633）十二月，太宗幸芙蓉园条胡三省注引唐武平一《景龙文馆记》亦云芙蓉园"青林重复，绿水弥漫"，可证曲江池乃在芙蓉园中。

西明寺牡丹花时忆元九

前年题名处[①],今日看花来。一作芸香吏[②],三见牡丹开。岂独花堪惜,方知老暗催。何况寻花伴,东都去未回[③]。讵知红芳侧,春尽思悠哉。

【注释】

① 前年:指贞元十九年(803)。

② 芸香吏:指秘书省校书郎。芸香,即芸香阁,指秘书省。

③ “何况”二句:去年(贞元二十年,即公元804年)冬,元稹曾旅归洛阳,本年(永贞元年,即公元805年)春末,犹未回长安,故云。

【评析】

这首诗写于永贞元年(805),白居易时年34岁,当时在长安任秘书省校书郎。西明寺,位于长安外郭城北部,在朱雀门街西第二街街西,自北向南第七坊延康坊西南隅,本隋尚书令越国公杨素宅。武德初,万春公主居住。贞观中,赐濮王泰。泰死乃立为寺。显庆元年(656),高宗为孝敬太子病愈所立。大手笔苏颋《唐长安西明寺塔碑》云:“粤明庆元年仲秋癸酉,诏于京兆延康里置西明寺以报之。”(《文苑英华》卷八五五,《全唐文》卷二五七)日僧空海曾居于此寺。大中六年(852),改为福寿寺。后来,张籍也曾居于西明寺,温庭筠亦有《题西明寺僧院》诗。西明寺的牡丹,艳绝长安,元和元年(806)以前,元稹有《西明寺牡丹》:“花向琉璃地上生,光风炫转紫云英。自从天女盘中见,直至今朝眼更明。”元和四年(809),白居易《新乐府·牡丹芳》有“西明寺深开北廊”之句。

《西明寺牡丹花时忆元九》中，真正让作者“春尽思悠哉”者，并非牡丹花，而是昔日同寻共赏牡丹花的“寻花伴”，牡丹在这里退居配角，成为元白友谊的见证。元和五年（810）至九年（814），元稹为江陵士曹参军，撰有《遣春三首》，其二亦云：“唯余看花伴，未免忆长安。”与此诗正遥相呼应。此诗白居易集归为感伤类，白居易《与元九书》所谓“又有事物牵于外，情理动于内，随感遇而形于叹咏者一百首，谓之感伤诗”。感伤诗注重表现聚散丧亡等使人悲悼之事，意在自我排遣或与亲朋挚友交流，展示的是“本我”的一面；闲适诗注重表现兼济之志以外的独善之义、闲适之情，意在公诸同僚，展示的是“自我”的一面；讽谕诗注重反映社会现实问题，意在奉呈皇帝进行讽谏，展示的是“超我”的一面。

春题华阳观①

帝子吹箫逐凤皇②，空留仙洞号华阳。落花何处堪惆怅，头白宫人扫影堂。

【注释】

①华阳观：又名宗道观，在永崇坊。《唐两京城坊考》卷三朱雀门街东第三街永崇坊：“宗道观，本兴信公主宅，卖与剑南节度使郭英乂。其后入官。大历十二年为华阳公主追福，立为观。按观为华阳公主立，故亦曰华阳观。”

②“帝子”句：《列仙传》卷上：“萧史者，秦穆公时人也。善吹箫，能致孔雀白鹤于庭。穆公有女字弄玉，好之。公遂以女妻焉。日教弄玉作凤鸣，居数年，吹似凤声，凤凰来止其屋。公为作凤台，夫妇止其上，不

下数年，一旦皆随凤凰飞去。”白居易《两朱阁》：“帝子吹箫双得仙，五云飘飖飞上天。”

【评析】

本篇作于永贞元年（805），长安。诗题作者自注：“观即华阳公主故宅，有旧内人存焉。”这首七言绝句的结构很巧妙，“一、二作骨，本是‘影堂何处堪惆怅，头白宫人扫落花’，却将四字换转，后人从不晓此法也”（黄生《增订唐诗摘钞》卷四）。华阳观对于白居易而言，有着不寻常的意义。白居易《策林序》：“元和初，予罢校书郎，与元微之将应制举，退居于上都华阳观。”由于长安宫观宽敞雅静的环境氛围，唐代士子往往将之作为理想的修业之所。华阳观作为华阳公主故宅，虽有“内人”尚存，但与当时元稹、李绅同居的靖安里只有一街之隔，比邻而居无疑更便于相互交往，加深友情，共同备考。下一首《华阳观中八月十五日夜招友玩月》，也是永贞元年（805）所作。同一年，白居易还有《春中与卢四周谅华阳观同居》：“性情懒慢好相亲，门巷萧条称作邻。背烛共怜深夜月，踏花同惜少年春。杏坛住僻虽宜病，芸阁官微不救贫。文行如君尚憔悴，不知霄汉待何人？”永贞元年（805）至元和五年（810），白居易在长安又有《华阳观桃花时招李六拾遗饮》：“华阳观里仙桃发，把酒看花心自知。争忍开时不同醉，明朝后日即空枝。”元和九年（814）有《重到华阳观旧居》：“忆昔初年三十二，当时秋思已难堪。若为重入华阳院，病鬓愁心四十三？”元和十三年（818），《赠韦八》云：“曾同曲水花亭醉，亦共华阳竹院居。”看来，华阳观这一庙观里的春花秋月，承载着白居易和朋友的无数美好记忆，甚至已经成为一个标杆，所以白居易会说：“形容意绪遥看取，不似华阳观里时！”（《渭村酬李二十见寄》）

华阳观中八月十五日夜招友玩月

人道中秋明月好[1]，欲邀同赏意如何？华阳洞里秋坛上，今夜清光此处多[2]。

【注释】

① 中秋：一作“秋中”。

② 此处：一作“此最”。

【评析】

作于永贞元年（805），长安，白居易时为校书郎。黄生《增订唐诗摘钞》卷四评云：“章法错叙，以四句为二句。此诗顺说，则云‘人道中秋明月好’，况华阳洞里云云，欲邀同赏，君意如何？却将邀赏意说在前，后找出华阳观，味便隽永，且第三句用实接，更觉浑健无比。”吴师道《仙坛秋月图》四首即承白居易《华阳观中八月十五日夜招友玩月》而作，诗序云：“宫扇，马远画。宋宁宗后杨氏题诗，自称杨妹子。”诗云：“宫中美人秋思多，夜揖明月追仙娥。昼阑桂树倚楼阙，碧落天坛飞佩珂。”“画师不解西风梦，笔端便有华阳洞。更将妍画写清词，轻扇君王心已动。”“炎精季叶堪叹嗟，矧尔妖丽倾其家。申生遗祸到济渎，府中丞相真奸邪。”“吴宫一扫荒烟冷，旧事凄凉复谁省。百年永鉴不可忘，留与人间看扇影。”

赠元稹

自我从宦游，七年在长安。所得惟元君，乃知定交难。岂无山上苗，径寸无岁寒。岂无要津水，咫尺有波澜[①]。之子异于是，久要誓不谖[②]。无波古井水，有节秋竹竿。一为同心友，三及芳岁阑。花下鞍马游，雪中杯酒欢。衡门相逢迎[③]，不具带与冠。春风日高睡，秋月夜深看。不为同登科，不为同署官。所合在方寸[④]，心源无异端[⑤]。

【注释】

① 波澜：喻人心翻覆。陆机《君子行》："天道夷且简，人道险而难。休咎相乘蹑，翻覆若波澜。"

② 久要：用《论语·宪问》"久要不忘平生之言"意。一作"久处"。

③ 衡门：《诗·陈风·衡门》："衡门之下，可以栖迟。"毛传："衡门，横木为门，言浅陋也。"

④ 方寸：指心。《三国志·蜀书·诸葛亮传》："（徐）庶辞先主而指其心曰：'本欲与将军共图王霸之业者，以此方寸之地也。今已失老母，方寸乱矣。无益于事，请从此别。'"李白《赠崔侍郎》："长剑一杯酒，男儿方寸心。"

⑤ 心源：《文苑英华》作"心中"。以心为本源，故名心源。《大乘起信论》："又以觉心源故，名究竟觉。"梁释智藏《奉和武帝三教诗》："心源本无二，学理共归真。"

【评析】

关于诗题，一本题末有"诗"字。《文苑英华》作"寄赠元九"。此诗朱金城系于元和元年（806），白居易时在长安，良是。然朱金城《白居易集笺校》所云“白居易贞元十九年与元稹同登第，同授校书郎，而定交始于是年之前。诗云：‘自我从宦游，七年在长安。’白氏贞元十五年冬至长安应进士试，至元和元年适为七年”或可商榷。笔者认为，自贞元十六年（800）“居易以进士举一上登第”至元和元年（806），共计七年，正合“自我从宦游，七年在长安”之诗句。自贞元十九年（803）元白“始相识”至元和元年（806），共计三年，正合“一为同心友，三及芳岁阑”之诗句。

此诗称说二人的深厚友情，称赞元稹的为人，安恬平静，与世无争，如无波之井水；气节如竹之刚直清高。以形象表达情意，比喻贴切、生动、鲜明，意境称佳。《碧溪诗话》云：“用自己诗为故事，须作诗多者乃有之……《赠微之》云：‘昔我十年前，曾与君相识，曾将秋竹竿，比君孤且直。’盖旧诗云‘有节秋竹竿’也。”《瓮牖闲评》云：“苏东坡作《临江仙》词云：‘无波真古井，有节是秋筠。’乃用白乐天诗‘无波古井水，有节秋竹竿’。诗虽承乐天之语，而改‘竿’为‘筠’，遂觉差逊。”

白居易《祭微之文》云：“呜呼微之！贞元季年，始定交分。行止通塞，靡所不同；金石胶漆，未足为喻。死生契阔者三十载，歌诗唱和者九百章。”季年，指晚年、末年。辛文房《唐才子传》卷六亦云：“微之与白乐天最密，虽骨肉未至，爱慕之情，可欺金石，千里神交，若合符契，唱和之多，毋逾二公者。”由此可见，元白二人的友谊与诗文往来，确是文学史上之佳话。确定元稹白居易“始相识”之年，与研究元白交游，探讨元白诗派的形成有重要关系，值得认真辨析。

看浑家牡丹花戏赠李二十①

香胜烧兰红胜霞②，城中最数令公家③。人人散后君须看，归到江南无此花。

【注释】

① 浑家：浑瑊家。浑瑊，本名进，皋兰州（今宁夏青铜峡南）人，铁勒族浑部匈奴族。唐朝名将。

② 香胜烧兰：是比喻牡丹花的香气艳丽浓烈，胜过烧燃蜜膏所制成的烧兰，典出庾信《灯赋》"香添然（燃）蜜，气杂烧兰"。烧兰，指用泽兰炼成的芳香油脂，古代用来燃灯。泽兰又名水香，生于江东地区池泽中，花红白色，有异香。清吴兆宜《庾开府集笺注》卷一注云："宋玉《招魂》'兰膏明烛华容备'。"汉王逸《楚辞注》曰："以兰香练膏也。"红胜霞：与白居易《忆江南》"日出江花红胜火"异曲同工。

③ 令公：指中书令浑瑊。《唐两京城坊考》卷三朱雀门街东第四街大宁坊："河中节度使、兼中书令浑瑊宅。"注云："白居易有《看浑家牡丹花》诗，疑浑令之宅也。"刘禹锡有《送浑大夫赴丰州》："其奈明年好春日，无人唤看牡丹花。"诗题之"浑大夫"即浑瑊第三子浑鐬。可见浑家牡丹花，亦驰名长安，宜刘、白一再以之为诗料也。

【评析】

白居易集中酬李绅之诗共 22 首，其中最早者即此诗。朱金城以为该诗作于永贞元年（805），34 岁的白居易在长安任校书郎。但据尾句诗意，为送李绅归江南者，而李绅及第归江南在元和元年（806），故此诗更有可能作于元和元年（806）（卢燕平《李绅生平系年笺证》）。

吴伟斌《〈莺莺传〉写作时间浅探》分析白《看浑家牡丹花戏赠李二十》、元《赠李十二牡丹花片因以饯行》这两首诗谓："从诗意看，不应是元和元年李绅登进士第而荣归江南的欢快情调，而像是落第南返之情景。"乃据以系于贞元十八年(802)。证据欠充分，姑且录以备考。

李二十，指李绅，字公垂，排行二十。郡望亳州谯县(今安徽亳州)，祖籍长安，父辈移居常州无锡(今属江苏)。不仅与白居易同年而生(白居易生日是正月二十日，李绅生日不详)，而且同年所卒(李绅会昌六年七月卒，白居易八月卒)，故二人是彼此一生交往时间最长的挚友，定交之后，关系维持始终，交酬未断。元稹有《赠李十二牡丹花片因以饯行》诗云："莺涩余声絮堕风，牡丹花尽叶成丛。可怜颜色经年别，收取朱阑一片红。"岑仲勉《唐人行第录·李十二》云："元氏集一七《赠李十二牡丹花片因以饯行》，余疑是'李二十'之倒错，即绅也。"甚是。同为以牡丹为题寄赠李绅，同样两句咏物，两句抒怀，白诗的格调气韵明显略胜一筹，这与白诗后两句将视野推开不无相关，这后两句——"人人散后君须看，归到江南无此花"，还被后人推为与"惟有牡丹真国色，花开时节动京城"媲美的描写牡丹的佳句。王直方《王直方诗话》"牡丹诗"："宾护《尚书故实》云：'牡丹盖近有，国朝文士集中无牡丹诗。云尝言杨子华有画牡丹处极分明。子华北齐人，则知牡丹花亦已久矣。'予观文忠公所为《花品序》云：'牡丹初不载文字，自则天以后始盛，然未闻有以名者，如沈、宋、元、白，皆善咏花，当时有一花之异，必形篇什，而寂无传焉。唯刘梦得有诗，但云"一丛千朵"，亦不云其美且异也。'然余犹以此说为非。'惟有牡丹真国色，花开时节动京城。'岂不云美也？白乐天诗：'人人散后君须记，归到江南无此花。'又唐人诗云：'国色朝酣酒，天香夜染衣。'岂得为无人形于篇什？""归到江南无此花"，即晚唐李咸用《同友生题僧院杜鹃花得春字》"牡丹为性疏南国"，及其《牡丹》"少见南人识，识来嗟复惊"之意。

新栽竹

佐邑意不适[1]，闭门秋草生。何以娱野性？种竹百余茎。见此溪上色[2]，忆得山中情。有时公事暇，尽日绕栏行。勿言根未固，勿言阴未成。已觉庭宇内，稍稍有余清。最爱近窗卧，秋风枝有声[3]。

【注释】

① 意不适：一作“竟不适”。

② 溪上：一作“阶上”。

③ 秋风枝：一作“风枝秋”。

【评析】

作于元和元年（806），白居易时为盩厔县尉。盩厔，即今陕西周至。《元和郡县志》卷二关内道京兆府：“盩厔县……汉旧县，武帝置，属右扶风。山曲曰盩，水曲曰厔。后汉省，晋复立。武德三年属稷州。贞观元年废稷州，复属雍州。天宝中改名宜寿，后复名盩厔。”盩厔，言其地山水曲折蜿蜒，景物清幽，因以名县。境内名胜古迹甚多。《唐诗镜》云：“语韵洒洒。”

长恨歌

汉皇重色思倾国[1]，御宇多年求不得。杨家有女初长成，养在深闺人未识[2]。天生丽质难自弃，一朝选在君王侧。回眸一笑百媚生，六宫粉黛无颜色[3]。春寒赐浴华清池，温泉水滑洗凝脂[4]。侍儿扶起娇无力，始是新承恩泽时[5]。云鬓花颜金步摇，芙蓉帐暖度春宵[6]。春宵苦短日高起，从此君王不早朝。承欢侍宴无闲暇，春从春游夜专夜[7]。后宫佳丽三千人，三千宠爱在一身[8]。金屋妆成娇侍夜[9]，玉楼宴罢醉和春[10]。姊妹弟兄皆列土，可怜光彩生门户[11]。遂令天下父母心，不重生男重生女。骊宫高处入青云[12]，仙乐风飘处处闻。缓歌慢舞凝丝竹[13]，尽日君王看不足。渔阳鼙鼓动地来，惊破霓裳羽衣曲[14]。九重城阙烟尘生，千乘万骑西南行[15]。翠华摇摇行复止[16]，西出都门百余里[17]。六军不发无奈何[18]，宛转娥眉马前死[19]。花钿委地无人收[20]，翠翘金雀玉搔头[21]。君王掩面救不得，回看血泪相和流。黄埃散漫风萧索，云栈萦纡登剑阁[22]。峨嵋山下少人行，旌旗无光日色薄。蜀江水碧蜀山青，圣主朝朝暮暮情。行宫见月伤心色，夜雨闻铃肠断声[23]。天旋日转回龙驭[24]，到此踌躇不能去。马嵬坡下泥土中[25]，不见玉颜空死处。君臣相顾尽沾衣，东望都门信马归[26]。归来池苑皆依旧，太液芙蓉未央柳[27]。芙蓉如面柳如眉，对此如何不泪垂？春风桃李花开夜，秋雨梧桐叶落时。西宫南苑多秋草[28]，宫叶满阶红不扫。梨园弟子白发新[29]，椒房阿监青娥老[30]。夕殿萤飞思悄然，孤灯挑尽未成眠[31]。迟迟钟鼓初长夜[32]，耿耿星河欲曙天[33]。鸳鸯瓦冷霜华重[34]，翡翠衾寒谁与共[35]？悠悠生死别经年[36]，魂魄不曾来入梦。临邛道士鸿都客，能以精诚致魂魄[37]。为感君王展转思，遂教方士殷勤觅。排空驭气奔如电，升天入地求之遍。上穷碧落下黄泉[38]，两处茫茫皆不见。忽闻海上有仙山，山在虚无缥缈间。楼阁玲珑五云起，其中绰约多仙子。中有一人字太真，雪肤花貌参差是。金阙西厢叩玉扃，转教小玉报双成[39]。闻道汉家天子使[40]，九华帐里梦魂惊[41]。揽衣推枕起徘徊，珠箔银屏逦迤开[42]。云鬓半偏新睡觉，花冠不整下堂来。风吹仙袂飘飖举，犹似霓裳羽衣舞。玉容寂寞泪阑干[43]，梨花一枝春带雨。含情凝睇谢君王，一别音容两眇茫[44]。昭阳殿里恩爱绝[45]，蓬莱宫中日月长[46]。回头下望人寰处，不见长安见尘雾。唯将旧物表深情，钿合金钗寄将去。钗留一股合一扇，钗擘黄金合分钿[47]。但令心似金钿坚，天上人间会相见。临别殷勤重寄词，词中有誓两心知。七月七日长生殿，夜半无人私语时[48]。在天愿作比翼鸟[49]，在地愿为连理枝[50]。天长地久有时尽，此恨绵绵无绝期[51]！

【注释】

① 汉皇：指汉武帝刘彻。倾国：本来指能够使全国人为之倾倒的美色。《汉书·孝武李夫人传》载，李延年向汉武帝引荐李夫人时，曾歌曰："北方有佳人，绝世而独立。一顾倾人城，再顾倾人国。宁不知倾城与倾国，佳人难再得。"但在这里，后人读出了它的另一重意义："思倾国，果倾国矣！"唐人文学创作常以汉称唐，这里借指唐玄宗李隆基。本诗写唐明皇和杨贵妃的爱情故事，只开头一句以汉代唐，其他地名人名大多是真实的。

② "杨家"二句：杨家，指蜀州司户杨玄琰家。杨家有女，小名玉环，蒲州永乐（今山西芮城）人，自幼由叔父杨玄珪抚养。开元二十三年（735），杨玉环十七岁，被册封为玄宗之子寿王李瑁之妃。二十二岁时，玄宗欲纳为妃，慑于公媳名分，将其度为女道士，住太真宫，道号太真。二十七岁，玄宗册封她为贵妃。马永卿《嬾真子》卷二："诗人之言，为用固寡，然大

有益于世者，若《长恨歌》是也。明皇、太真之事，本有新台之恶，而《歌》云：'杨家有女初长成，养在深闺人不识。'故世人罕知其为寿王瑁之妃也。《春秋》为尊者讳，此歌真得之。"按，白诗未必有意回护，然可见传、诗叙事互异处。

③"回眸"二句：这里，"一"和"百"形成映衬，又和"六宫"形成对比。只"一笑"，就能生"百媚"，见出杨妃的绝顶美艳与万种风情。从"一"到"百"，再到"六宫"，数位的递升，展示了杨妃魅力的不可抗拒，为后文写她受到独宠做了铺垫。粉黛，本为女性化妆用品，这里代指六宫中的女性。《能改斋漫录》卷八："白乐天《长恨歌》云：'回眸一笑百媚生，六宫粉黛无颜色。'盖用李太白应制《清平乐》词云：'女伴莫话孤眠，六宫罗绮三千。一笑皆生百媚，宸游教在谁边。'"

④"春寒"二句：凝脂，出自《诗·卫风·硕人》"肤如凝脂"。传达出的感觉，一是白净细嫩，二是光滑滋润，三是清凉可人。杨妃"丰肉微骨"，"肌理细腻"，赐浴华清之时正值年轻，故以"凝脂"形容。华清池，在今陕西西安临潼南的骊山下。唐贞观十八年（644）建汤泉宫，咸亨二年（671）改名温泉宫，天宝六载（747）扩建后改名华清宫。玄宗每年冬季和春初都要到此游乐。

⑤恩泽：有两意，一指皇帝宠幸，二指云雨欢会。写云雨欢会，不带色情，而以含蓄丽辞状之，是高明处。

⑥"云鬓"二句：云鬓，形容女子鬓发轻盈飘逸。金步摇，古代贵族妇女的一种首饰。以金做成"山题"（山形的底座），用金银丝屈曲制成花枝形状，上面有金、银、翡翠做的花、鸟、兽等装饰，缀以珠玉，插在头上，随步而摇曳生姿，故曰"步摇"。芙蓉帐，绣着莲花的华贵帐子。芙蓉即荷花。参以下文"芙蓉如面柳如眉"、白居易《上阳白发人》"脸似芙蓉胸似玉"、《感镜》"自从花颜去，秋水无芙蓉"、《简简吟》"色似芙蓉声似玉"等诗，知此处不单单写帐，而有以帐上"芙蓉"与帐里"芙蓉"相比映之意。暖，

非仅指“芙蓉帐暖”，也有暗喻李、杨欢爱缠绵之意。度春宵，照应前文“春寒”句，又极言良宵之可贵。

⑦ “承欢”二句：承欢侍宴，《新唐书·杨贵妃传》：“……太真得幸，善歌舞，邃晓音律。且智算警颖，迎意辄悟。帝大悦，遂专房宴。”夜专夜，指夜夜由杨妃独占侍寝之机。

⑧ “后宫”二句：一句之中，用大小迥异的两个数字，形成对立之势，给诗句增添了表现力。前面“回眸”一联，采用的是递升的夸张，此处用的则是递减，充分写出杨妃得宠之专、受宠之深。

⑨ 金屋：指专为女性所修之华美房室。据《汉武故事》载，汉武帝年幼时曾说，如果能娶表妹阿娇做妻子，就给她造一座金房子住。这里是指杨贵妃的住所。

⑩ 玉楼：华贵的楼阁，《十洲记》：“昆仑有玉楼十二。”此指华贵的宫室。

⑪ “姊妹”二句：天宝四载（745），唐玄宗册封杨玉环为贵妃后，追赠其父杨玄琰为太尉、齐国公；叔杨玄珪擢升光禄卿；宗兄杨铦为鸿胪卿；杨锜为侍御史；杨钊为右丞相，赐名国忠；母封凉国夫人；大姐、三姐、八姐封为韩、虢、秦三国夫人。杨氏一门，出入宫廷，执掌朝政，势焰熏天。列土，即裂土，封有爵位和食邑（分封土地）。可怜，可爱，值得羡慕。

⑫ 骊宫：骊山上的宫殿，即华清宫。

⑬ 丝：指弦乐器。竹：指管乐器。

⑭ “渔阳”二句：渔阳鼙鼓，指天宝十四载（755）十一月，安禄山起兵叛乱。渔阳，郡名，辖今北京平谷区和天津蓟州区等地，当时属于平卢、范阳、河东三镇节度使安禄山的辖区。鼙鼓，古代骑兵用的小鼓，这里泛指战场上的鼓声。破，古乐舞曲中有“入破”，这里指破坏。霓裳羽衣曲，唐代大型舞曲。《新唐书·礼乐志十二》载，开元年间，“河西节度使杨敬忠献《霓裳羽衣曲》十二遍”，经唐玄宗润色并作歌辞。乐曲着意表现虚

无缥缈的仙境和仙女形象，天宝后曲调失传。

⑮“九重”二句：九重城阙，九重门的京城，此指长安。烟尘生，指发生战事。西南行，指逃亡四川。天宝十五载（756）六月，安禄山破潼关，逼近长安。玄宗带领杨贵妃等，凌晨自延秋门出，随从仅宰相杨国忠、韦见素、陈玄礼、内侍高力士及太子等人；亲王、妃主、皇孙以下，大都从之不及。

⑯翠华：皇帝仪仗队上树立的华盖，以翠鸟之羽毛为饰，故名。

⑰百余里：指马嵬距长安一百多里。

⑱六军：周代制度，天子六军，每军一万二千五百人，后泛称皇帝的警卫部队。

⑲宛转：犹“展转”，形容美人临死前哀怨凄楚缠绵的样子。蛾眉：本指美女的眉毛，后借指美女，此处指杨贵妃。

⑳花钿：用金翠珠宝等制成的花朵形首饰。

㉑翠翘：一种镀成翠色的、像鸟儿翘着长尾样的头饰。金雀：指雀形的金钗。玉搔头：指用玉制成的簪子。

㉒剑阁：又称剑门关，在今四川剑阁县东北大、小剑山之间，是由秦入蜀的要道。此地群山如剑，峭壁中断处，两山对峙如门。诸葛亮为蜀相时，命人凿石架凌空栈道以通行。玄宗幸蜀并不经过剑门关。如此虚构，意在借助剑门关的险峻，渲染艰辛的氛围。

㉓“行宫”二句：行宫，皇帝外出时临时居住的宫室。夜雨闻铃，栈道险要处，要拉铁索方能通过，上系铃铛，以便行人闻声前后照应。唐郑处诲《明皇杂录》云：“明皇既幸蜀，西南行。初入斜谷，属（遇）霖雨（连阴雨）涉旬，于栈道雨中闻铃音与山相应。上（明皇）既悼念贵妃，采其声为《雨霖铃》曲，以寄恨焉。”

㉔天旋日转：暗指肃宗至德二年（757）九月，郭子仪军收复长安，十二月唐玄宗回到长安。龙驭：皇帝的车驾。

㉕马嵬坡：在今陕西省兴平市西，即“西出都门百余里”所指之地。

㉖ 都门：都城之门，这里代指长安。

㉗ 太液：即太液池，在大明宫内。未央：汉有未央宫。这里借指唐长安皇宫。

㉘ 南苑：一作“南内”，皇帝居住的皇宫叫“大内”，亦简称“内”。唐代以太极宫为西内，大明宫为东内，兴庆宫为南内。唐玄宗回京后，先住在南内。唐肃宗上元元年（760），宦官李辅国挑拨玄宗和肃宗的父子关系，把玄宗迁到西内的甘露殿，实际是幽禁。

㉙ 梨园：唐玄宗时宫中教习音乐的机构。开元二年（714），选坐部伎子弟三百，唐玄宗亲自教法曲，号为“皇帝弟子”；因院所靠近禁苑的梨园，故又称“梨园弟子”。

㉚ 椒房：后妃居住之所，以椒和泥涂壁，取其温暖，兼辟除恶气，使有香气。后亦以“椒房”为后妃的代称。阿监：宫内近侍之女官或太监。青娥：年轻的宫女。

㉛ “孤灯”句：孤灯，除表示数量意义外，还带有情感色彩，实指孑然一身的玄宗。古时用灯草点油灯，过一会儿就要把灯草挑一下，让它继续燃烧。挑尽，意谓夜已深矣，灯草即将挑尽，既表示一种结果，也暗示一个过程，即一直挑至终了。

㉜ 钟鼓：报时的工具，所谓晨钟暮鼓。初长夜：意为漫漫长夜刚刚开始。

㉝ 耿耿：明亮之意。星河：银河。银河在即将天亮时愈显明亮，这是不眠人所见。

㉞ 鸳鸯瓦：屋顶上的瓦一俯一仰，相合构成一对，如鸳鸯双栖，故名。

㉟ 翡翠衾：布面绣着翡翠鸟的被子。鸟儿雌雄双飞，是爱情的象征。

㊱ 经年：唐玄宗于天宝十五载（756）六月离长安奔蜀，次年十二月回长安，历经一年半。

㊲“临邛”二句：临邛，今四川邛崃。司马相如、卓文君相爱发生在这里。

把道士说成是临邛的，除四川为道教发祥地外，还以相如与文君隐喻李、杨故事。鸿都，唐人例以指长安。张说《送薛植入京》："青组言从史，鸿都忽见求。"王昌龄《灞上闲居》："鸿都有归客，偃卧滋阳村。"

㊳ 碧落：道家所称东方第一层天，为碧霞满空状。这里泛指天上。《度人经》："昔于始青天中碧落空歌。"注："始青天乃东方第一天，有碧霞遍满，是云碧落。"黄泉：人死后埋葬的地穴，借指阴间。

㊴ "金阙"二句：金阙，黄金装饰的宫殿门楼。玉扃，玉石做的门环。小玉，吴王夫差女。双成，传说中西王母的侍女。

㊵ 汉家：代指唐朝。

㊶ 九华帐：绣饰华美的帐子。

㊷ 珠箔：珠帘。银屏：饰银的屏风。逦迤：接连不断，迂回曲折，与"徘徊"皆为叠韵语。

㊸ 阑干：纵横散乱貌。

㊹ 两渺茫：指李、杨两地悬隔，空有相思而不得相见。

㊺ 昭阳殿：汉成帝宠妃赵飞燕的寝宫，此借指杨贵妃住过的宫殿。

㊻ 蓬莱：传说中的海上仙山，这里指贵妃在仙山的居所。

㊼ "钗留一股"二句：以物之两半相合喻夫妻合谐，或以两半之分喻两情悬隔，这种写法由来已久。金钗、钿盒原是完整的两件东西，如今皆一分为二。一方面，如原文所言，是表示爱情的地久天长；但另一方面，意味着永无复合的可能。这也正象征李、杨再次结合的期望永无实现的可能。故具有反讽效果。

㊽"七月七日"二句：七月七日，牛郎织女一年一度相会之时。长生殿，在骊山华清宫集灵台侧近。唐代也称皇帝寝殿为长生殿。陈寅恪《元白诗笺证稿·长恨歌》云："长生殿七夕私誓之为后来增饰之物语，并非当时真确之事实"，"玄宗临幸温汤必在冬季、春初寒冷之时节。今详检两《唐书·玄宗纪》，无一次于夏日炎暑时幸骊山"。

㊾ 比翼鸟：传说中的鸟名，只有一目一翼，其名鹣鹣，雌雄并列，紧靠而飞。

㊿ 连理枝：两棵树枝干连生在一起。古人常用此二物比喻情侣相爱、永不分离。

51 “天长地久”二句：天长地久，《老子》谓“天长地久，天地所以能长且久者，以其不自生，故能长生”，这里反其意而用之。通过“尽”对“天长地久”的否定，夸张写出“恨”之永。

【评析】

世间伟大作品其实不多，而《长恨歌》是其中一个，无愧且独特。这是一首被誉为千古绝唱的长篇叙事诗，作于元和元年（806）十二月。白居易时年35岁，任盩厔（今陕西周至）县尉。一天，他与在当地结识的秀才陈鸿、王质夫同游仙游寺，谈起五十多年前的天宝往事。唐玄宗与杨贵妃的爱情悲剧及相关轶闻传说，让三人不胜感慨。他们惟恐这一希代之事，与时消没，不闻于世，王质夫遂提议，由擅长抒情的白居易为之作歌，由陈鸿为之写传奇小说《长恨歌传》。于是，诗、传一体，相得益彰。白居易由此被呼为“《长恨歌》主”。

这篇长诗，直面人生两大主题——生死与爱恨，又由二者引申至天人之际，带给我们故事，也带引我们思考。故事里有帝王和美人，有战争和相思，熔铸政治和情爱，触及肉体和灵魂，跨越历史与现实，沟通梦想与仙幻，投射着百年大唐兴衰的回眸，激荡起超越千载轮回的反思，而文字清婉动人，气度从容不迫，声调婀娜哀艳，因而读来一气舒卷，令人荡气回肠。

关于《长恨歌》的主题，历来有争论，至今仍是未解之谜。一篇长恨有风情，风情关处几纷争。主要观点有爱情说，兼含纯情说、同情说、惋惜说、感慨说、自伤说、歌颂说，又细别为帝妃爱情说、典型或普遍爱情说、作者寄托说、人生感叹说、爱情品格说等；讽喻说，兼含无情说、惩戒说、政争说、暴露与批判说、解剖制度说、有情婉讽说、婉转劝讽说等；感伤说，兼含时事变迁说、人生或生命创痛说、终极意义说等；隐事说，兼含逃日说、女冠说、流落民间说、背叛爱情说等；双重主题说，讽喻与爱情兼有说、带讽喻的同情说、带同情的讽喻说、矛盾主题说、主题转移说、形象大于思想说、正副主题说、表层深层主题说等；又有多重主题说，无主题说，泛主题说……或干脆称为风情说，或长恨说。

而归纳起来，爱情说、讽喻说、双重主题说，历来是争论的主要焦点。一篇诗歌受到如此广泛关注，出现如许纠葛，如许分歧，异乎寻常，前所未有。值得留意的是，日本学者大都持爱情说。他山之石，未必尽可攻玉。但若了解白居易和《长恨歌》在日本文化史上无可替代的重要地位，则这个倾向不容无视。而文学作品的价值并不止于"主题"。从作者创作意图来看，《长恨歌》即"歌长恨"，歌咏爱的长恨。白居易自言"一篇长恨有风情"（《编集拙诗成一十五卷因题末戏赠元九李十二》)，说明作者是为歌"风情"而作此诗。

长诗可分四段，先写热恋，突出贵妃之美，玄宗之恋，对因此而误国之事，虽有讥讽，但绝未遮掩主干。相当复杂的历史情节，只用删繁就简的几句诗就交代过去，裁剪开来，而着力在情的渲染。虽然从反思的角度点出造成悲剧的原因，但对悲剧的主人公主要是寄予同情和惋惜。次写兵变妃死，悲剧铸成，玄宗肠断。这是悲欢荣辱极端对比的写法。再写物是人非，刻骨铭心，思念无望。刻骨之相思，乃衍为不绝之长恨。笔调婉转细腻，却不失雍容华贵，全无半点纤巧之病。明明是悲剧，却写得那样超脱。此时，恐只有入仙，方能一纾主人公之长恨。于是过渡到写天人永隔之长恨。人世间破灭的爱情，只能在仙界延续；在仙界里，再没有任何力量可以阻隔这真挚的爱情。在仙界里，人间真情得到寄托，爱情从而获得永恒。虽然是艺术虚幻，但包含着对人生的肯定、对爱情的讴歌。由乐而悲,而思,而恨,构成全诗的感情脉络,其间因果关系密切而分明,跌宕却自然。

于是,在《长恨歌》的结尾,李杨悲剧升华为普天下痴男怨女的共同际遇。李杨二人的永恒分离与痛苦思恋,使读者感到:愈是饱含泪水不懈地追求与思恋,其分离就愈具悲剧意义,感伤的心灵就愈沉重,使人冥冥之中感到的那份无可奈何的心灵负荷就愈丰富。在这一意义上讲,"天长地久有时尽,此恨绵绵无绝期",已然带领读者,将政治和爱情悲剧放大开来,上升到人生悲剧、时代悲剧、宇宙悲剧的境界。生死、爱恨、天人,正堪称《长恨歌》三重境界的关键词,引导我们揭底《长恨歌》的谜与魅。

在顿挫淋漓、风华掩映的绝美诗句背后,不仅可以形象感知那曾改变一代历史走向的安史之乱,更可体会诗人对爱情、对人生的超越性思考。对当年这位35岁的年轻县尉而言,山水盘曲而历史文化深厚的盩厔,也是成就这部经典所不容忽视的地域因素。盩厔地近马嵬,是马嵬兵变后,玄宗西幸的必经之地。天宝十五载(756)马嵬喋血后的半个世纪以来,人们艳称的李杨悲剧,在这一地区广为流传,成为"家于是邑"的王质夫、陈鸿的谈资,进而成为《长恨歌》撰写的重要契机。正是呼吸彼地彼时的文化气息,白居易才能在风云际会的历史瞬间,将李杨故事超越其具体性、个别性,凝铸为具有普遍意义的世间传奇,贯其才情,凝于笔端,写就这词清意挚的千古绝唱。

但是,《长恨歌》的接受史,绝非一路鲜花,皆为赞美,它曾受到诗旨与诗艺的双重责难。宋代诗评家主要是非难《长恨歌》的露骨和失礼,如魏泰《临汉隐居诗话》拈出"六军不发争(无)奈何,宛转蛾眉死马前"的诗句,指斥诗人"岂特不晓文章体裁,而造语蠢拙,抑已失臣下事君之礼矣",并与惠洪《冷斋夜话》一样,同举杜甫《北征》加以对比。张戒《岁寒堂诗话》则举杜甫《哀江头》为例,称赞杜诗识君臣之大体，其词婉而雅洁，其意微而有礼。从曾巩、苏辙、洪迈、张邦基、陆游，直到宋末的陈模、赵与旹、俞文豹、车若水，亦颇有质难。不过历史是公正的，汪立名就对此种质难有所辩驳，其论略云："此论（指魏泰《临汉隐居诗话》）为推尊少陵则可，若以此贬乐天，则不可。论诗须相题，《长恨歌》本与陈鸿、王质夫话杨妃始终而作，犹虑诗有未详，陈鸿又作《长恨歌传》，所谓不特感其事，亦欲惩尤物、窒乱阶，垂于将来也，自与《北征》诗不同。若讳马嵬事，实则'长恨'二字便无着落矣。读书全不理会作诗本末，而执片词肆议古人，已属太过，至谓歌咏禄山能使官军云云，则尤近乎锻炼矣。宋人多文字吹求之祸，皆酿于此等议论。若唐人作诗，本无所谓忌讳，忠厚之风，自可慕也。然陈（鸿）传中叙贵妃进于寿邸，而白诗讳之，但云'杨家有女初长成，养在深闺人未识。天生丽质难自弃，一朝选在君王侧'，安得谓乐天不知文章大体耶！倘有祖其谬以罗织少陵者，必将以少陵《忆昔》诗'张后不乐天子忙'句，为失以臣事君之礼；'百官跣足随天王'句，为歌咏吐蕃追逼代宗，又岂通论乎？"此可谓通达之论。

《长恨歌》公认的名句"梨花一枝春带雨"，因入选"四雨"而受到称赏，即使如此，也有人嫌其有脂粉气，此言出自宋人陈善的《扪虱新话》："予尝与林邦翰论诗及四雨字句，邦翰云：'梨花一枝春带雨'句虽佳，不免有脂粉气。"还有人认为，"梨花一枝春带雨"不免气韵近俗，如宋人周紫芝《竹坡诗话》就说："白乐天《长恨歌》云：'玉容寂寞泪阑干，梨花一枝春带雨。'人皆喜其工，而不知其气韵之近俗也。东坡作送人小词云：'故将别语调佳人，要看梨花枝上雨。'虽用乐天语，而别有一种风味，非点铁成黄金手，不能为此也。"不过，清人薛雪《一瓢诗话》驳之云："白香山'玉容寂寞泪阑干，梨花一枝春带雨'，有喜其工，有诋其俗。东坡小词'故将别语调佳人，要看梨花枝上雨'，人谓其用香山语，点铁成金。殊不然也。香山冠冕，东坡尖新，夫人婢子，各有态度。”应该说东坡此二句不是尖新，实属儇薄，远不如香山原句之丽而正也。方回云：“淡中藏美丽，虚处著工夫。”香山原句足以当之。

宋元通俗文艺的兴起，悄悄改变了《长恨歌》的命运。描写这一题材的作品，金院本有《击梧桐》，元杂剧有庾吉甫《杨太真霓裳怨》和《杨太真浴罢华清宫》、关汉卿《唐明皇哭香囊》、岳伯川《罗光远梦断杨贵妃》，宋元南戏有《马践杨妃》，元诸宫调王伯成《天宝遗事诸宫调》中也有杨贵妃遗骸被马蹄践踏的记述。伴随李杨故事成为热门题材，元曲四大家之一白朴取《长恨歌》“春风桃李花开夜，秋雨梧桐叶落时”之句，作杂剧《梧桐雨》敷演君妃之间缠绵悱恻的爱情故事，赋予唐明皇悲剧人物之定位，对后来洪昇的杰作《长生殿》多有启发。进入明代，在新的文艺风气中，叙事诗学视角兴起，评家开始以全新眼光看待这一长篇，相对适宜的时空间隔，使《长恨歌》迈向经典。

明初瞿佑得风气之先，其《归田诗话》评价说：“乐天《长恨歌》凡一百二十句，读者不厌其长；元微之《行宫诗》才四句，读者不觉其短，文章之妙也。”针对宋人长不如短的偏见，主张长短各宜，进而认为《长恨歌》已臻文章妙境。此后虽仍不乏非议，但《长恨歌》作为“古今长歌第一”的经典地位已然确立；不仅更在民间传诵，也为诗歌选家所重视，频频进入各类诗选。明人唐汝询虽然批评《长恨歌》“格极卑庸，词颇娇艳；虽主讥刺，实欲借事以骋笔间之风流”，《唐诗品汇》收《琵琶行》而未收《长恨歌》，就是因为“其多肉而少骨也”，但其《唐诗解》却表彰《长恨歌》乃“长篇之胜”，“余采而笺释之，俾学者有所观法”，特别强调其典范意义。《删补唐诗选脉笺释会通评林》的编者周珽自己更有高度评价：“作长篇法，如构危宫大厦，全须接隼合缝，铢两皆称。乐天《琵琶行》《长恨歌》几许胆力，觉龙气所聚，有疑行疑伏之妙，读者未易测其涯岸。”清代以降，贺贻孙、黄周星、吴乔、徐增、沈德潜、宋宗元、吴北江等诗选者和诗评家大都给予《长恨歌》赞美之评，赵翼更断言“《长恨歌》自是千古绝作”；就作者而言，“盖其得名，在《长恨歌》一篇”；仅凭《长恨歌》和《琵琶行》，白居易即已声名不朽，“况又有三千八百四十首之工且多哉！”赖学海也有相似感慨：“人有一诗之传，遂足千古者，白香山之《长恨歌》是也。有此才笔，遇此佳题，而又恰与才称。香山一生遭际，无过此矣，况翼之以《琵琶行》哉！”这位布衣才子，与赵翼这位文史兼胜的大家，皆堪称白居易和《长恨歌》的知音。

不同于《琵琶行》咏写知音之叹，《长恨歌》咏写天人之恨——生死脱蒂于爱恨，爱恨长萦于天人，这大概是《长恨歌》的不朽魅力所在。《长恨歌》之魅，与《长恨歌》之谜，其实是一个问题的两个方面。《长恨歌》之谜在其主题，《长恨歌》之魅在其视角。主题之谜是身在庐山的困惑，视角之魅是跳出庐山的解惑。视角的意义，正如太阳（主题）始终如一，但于地球上的我们而言，冬日与夏阳却有温暖与炙热之别。《长恨歌》的作者，其视角偏于客观，叙述中蕴含抒情，相对知性一些；《琵琶行》的作者，其视角偏于主观，叙述乃为了抒情，相对感性一些。二者均有叙事成分，只是《琵琶行》的故事事出偶然，偶然遇到陌生的异性知音，是现实题材；《长恨歌》的故事事出必然，必然因重色而思倾国之恨（《唐诗三百首》评云“思倾国，果倾国矣”），是历史题材。现实题材的《琵琶行》，在偶然中亦因主人公白居易之“多于情”（见陈鸿《长恨歌传》）而存在必然；历史题材《长恨歌》，在必然中亦因作者视角的别样而存在偶然。

不过一《歌》一《行》，皆以长庆体，又多有相通之处。明人黄姬水即云：“《琵琶行》即《长恨歌》之流也。”而《歌》先《行》后，《琵琶行》的构思和撰就，其实在白居易心中，又颇有欲在《长恨歌》这一成名作基础之上，加以取舍避让之意，后来居上之愿。《长恨歌》节节之间往往音韵蝉联，《琵琶引》则在蝉联之外，颇留意节奏之顿挫。从《歌》到《行》，由渭水之滨来到浔阳江畔，见证了白居易从青年步入中年，春花之胜转为秋实之美，而恰如《长恨歌》的历史传奇有诗人早年身世和初恋的投影，《琵琶行》中的现实，其实也寓指着一段中唐世态人心的历史侧影，其间正可互文！而引其先声的《长恨歌》，也正是在历史与现实，真实与虚构，生死与爱恨，天地与人世，多重互文中，以一代诗豪之高才深情，惊艳了那段时光，牵动起永恒之美，令人百读未厌。

县西郊秋寄赠马造①

紫阁峰西清渭东②，野烟深处夕阳中。风荷老叶萧条绿，水蓼残花寂寞红。我厌宦游君失意，可怜秋思两心同。

【注释】

① 马造：或为马逢之昆仲辈。马逢，关中人，出扶风马氏，马署子。《元和姓纂》卷七扶风马氏："署生逢，监察御史。"当元和七年（812）《姓纂》成书时见官。贞元五年（789）登进士第，曾官盩厔尉。

② 紫阁峰：清《陕西通志》卷九鄠县："紫阁峰、白阁峰、黄阁峰，俱在县东南三十里。'紫阁峰阴入渼陂。'唐杜甫诗。'东望白阁云，半入紫阁松。'岑参诗。'紫阁峰有瀑布，景特奇绝。'王九思《终南山记》。'紫阁峰在县东南，旭日射之，烂然而紫。其形上耸，若楼阁然。白阁阴森，积雪弗融。'《雍胜略》。"元和五年（810），白居易有《宿紫阁山北村》。

【评析】

作于元和元年（806），白居易时为盩厔尉。此诗将写景、抒情与怀人有机融合。《唐宋诗醇》云:“前四句写景,极萧瑟之致,结出怀人意,自然。”

见尹公亮新诗偶赠绝句

袖里新诗十首余,吟看句句是琼琚。如何持此将干谒,不及公卿一字书?

【评析】

作于元和元年(806),白居易35岁,时任盩厔尉。盩厔距长安不远,白居易可以得公私之便,经常去长安逗留,真正在盩厔执役的时间似乎并不多。此诗辛辣讽刺官场黑暗:读书人要想在官场一试身手,即使满腹经纶、才华横溢,没有后台、背景,没有权倾朝野之人的举荐,也是枉然。诗题中的尹公亮,或即白居易同年所撰《秋霖中过尹纵之仙游山居》诗中的尹纵之,该诗云:“惨惨八月暮,连连三日霖。邑居尚愁寂,况乃在山林。林下有志士,苦学惜光阴。岁晚千万虑,并入方寸心。岩鸟共旅宿,草虫伴愁吟。秋天床席冷,雨夜灯火深。怜君寂寞意,携酒一相寻。”

凶　宅

长安多大宅,列在街西东[①]。往往朱门内,房廊相对空。枭鸣松桂枝[②],狐藏兰菊丛。苍苔黄叶地,日暮多旋风。前主为将相，得罪窜巴庸[3]。后主为公卿，寝疾殁其中[4]。连延四五主[5]，殃祸继相钟[6]。自从十年来，不利主人翁[7]。风雨坏檐隙，蛇鼠穿墙墉[8]。人疑不敢买，日毁土木功。嗟嗟俗人心[9]，甚矣其愚蒙。且恐灾将至，不思祸所从。我今题此诗，欲悟迷者胸。凡为大官人，年禄多高崇[10]。权重持难久，位高势易穷。骄者物之盈[11]，老者数之终。四者如寇盗，日夜来相攻。假使居吉土[12]，孰能保其躬？因小以明大，借家可谕邦。周秦宅崤函[13]，其宅非不同。一兴八百年，一死望夷宫[14]。寄语家与国，人凶非宅凶。

【注释】

①"长安"二句：此就朱雀街西东而言。《唐两京城坊考》卷二西京外郭城："当皇城南面朱雀门，有南北大街，曰朱雀门街，东西广百步。万年、长安二县，以此街为界。万年领街东五十四坊及东市，长安领街西五十四坊及西市。"

②枭鸣：古以枭鸣为不祥。《太平御览》卷四九六引桓谭《新论·见征》："余前为典乐大夫，有枭鸣于庭树上，而府中门下皆为忧惧。后余与典乐谢侯争斗，俱坐免去。"

③巴庸：古巴国、庸国，在今川东、鄂西一带。

④寝疾：卧病。《礼记·檀弓上》："（孔子）盖寝疾七日而没。"

⑤连延：枚乘《七发》："蒲伏连延。"《文选》李善注："连延，相续貌。"

⑥相钟：相聚。《说文》段注："钟，……引申之义为钟聚。"

⑦"不利"句：居宅不利主人，如《搜神记》卷三："上党鲍瑗，家多丧病，贫苦。淳于智卜之，曰：'君居宅不利，故令君困尔。'"

⑧墉：亦指墙。《诗·召南·行露》："谁谓鼠无牙，何以穿我墉？"

⑨ 嗟嗟：感叹声。《楚辞·九章·悲回风》："曾歔欷之嗟嗟兮，独隐伏而思虑。"

⑩ 年禄：年资和俸禄。高崇：犹丰厚。

⑪ "骄者"句：《易·谦·彖》："天道亏盈而益谦，地道变盈而流谦，鬼神害盈而福谦，人道恶盈而好谦。""骄""盈"连言，如《荀子·仲尼》："抑有功而挤有罪，志骄盈而轻旧怨。"

⑫ 吉土：《礼记·礼器》："是故因天事天，因地事地，因名山升中于天，因吉土以飨帝于郊。"郑注："吉土，王者所卜而居之土也。"白诗即谓吉地。

⑬ 崤函：贾谊《过秦论上》："秦孝公据崤函之固，拥雍州之地，君臣固守，以窥周室。"刘向《战国策书录》："是故始皇因四塞之固，据崤函之阻，跨陇蜀之饶。"

⑭ "一兴"二句：《左传·宣公三年》："成王定鼎于郏鄏，卜世三十，卜年七百。"《汉书·律历志》："周凡三十六王，八百六十七岁。"《旧唐书·文苑传·贾至》载至议："周有天下八百年，文武之政废而秦始并焉。"《史记·秦始皇本纪》："二世乃斋于望夷宫，……（赵高）阴与其婿咸阳令阎乐、其弟赵成谋……遣乐将吏卒千余人至望夷宫殿门……麾其兵进，二世自杀。"陈琳《为袁绍檄豫州》："赵高执柄，专制朝权，威福由己，时人迫胁，莫敢正言，终有望夷之败。"

【评析】

作于元和元年（806）至元和六年（811），长安。"凶宅"之说，屡见于唐人记载，如《太平广记》卷三七〇《韦协律兄》（出《玄怪录》）："太常协律韦生，有兄甚凶，自云平生无惧惮耳，闻有凶宅，必往独宿之。其弟话于同官，同官有试之者，且闻延康东北角有马镇西宅，常多怪物，因领送其宅……"又卷三八〇《韩朝宗》（出《朝野佥载》）："天宝中，万年主簿韩朝宗尝追一人，来迟，决五下。将过县令，令又决十下。其人患天行病而卒。后于冥司下状言朝宗，宗遂被追至。……木决二十放还。朝宗至晚始苏，脊上青肿，疼痛不复可言，一月已后始可。于后巡检坊曲，遂至京城南罗城，有一坊中，一宅门向南开，宛然记得追来及吃杖处。其宅空无人居，问人，云此是公主凶宅，人不敢居。乃知大凶宅皆鬼神所处，信之。”又卷四〇〇《苏遏》：“天宝中，长安永乐里有一凶宅，居者皆破。后无复人住，暂至，亦不过宿而卒，遂至废破。”查慎行《初白庵诗评》云：“《凶宅》‘四者如寇盗’四句，口头语，道得出。”沈德潜《唐诗别裁集》重订本卷三：“大声疾呼，可破聋聩。集中惜未议及葬师。”梁启超批点《白香山诗集》：“‘权重持难久，位高势易穷。骄者物之盈，老者数之终’，一读似鄙浅，词意却多极研炼。”

李都尉古剑[①]

古剑寒黯黯，铸来几千秋。白光纳日月，紫气排斗牛[②]。有客借一观，爱之不敢求。湛然玉匣中，秋水澄不流[③]。至宝有本性，精刚无与俦[④]。可使寸寸折，不能绕指柔[⑤]。愿快直士心，将断佞臣头[⑥]。不愿报小怨，夜半刺私仇。劝君慎所用，无作神兵羞。

【注释】

① 李都尉：六朝及唐人多称李陵为李都尉，《文选》江文通《杂体诗》三十首中有《李都尉陵》诗。庾信《拟连珠》：“是以李都尉之风霜，上兰山而箭尽。”戎昱《从军行》：“昔从李都尉，双鞬照马蹄。”皆可旁证。

②“白光”二句：《晋书·张华传》：“初，吴之未灭也，斗牛之间常有紫气，道术者皆以吴方强盛，未可图也，惟华以为不然。及吴平之后，紫气愈明。华闻豫章人雷焕妙达纬象，乃要焕宿，……华曰：‘是何祥也？’焕曰：‘宝剑之精，上彻于天耳。’……华大喜，即补焕为丰城令。焕到县，掘狱屋基，入地四丈余，得一石函，光气非常，中有双剑，并刻题，一曰龙泉，一曰太阿。其夕，斗牛间气不复见焉。”

③“湛然”二句：《庄子·刻意》：“夫有干越之剑，柙而藏之，不敢用也。”《白孔六帖》卷十三引《越绝书》：“太阿剑，其色如秋水。”

④精刚：精钢。陈琳《武军赋》：“铠则东胡阙巩，百练精刚。”

⑤“寸寸折”二句：宝剑乃百炼成钢，所斩之物可寸寸折断，但是，宝剑是刚强之性，不能使它变得软弱。刘琨《重赠卢谌》：“何意百炼钢，化为绕指柔。”

⑥“直士”二句：宝剑愿意刚直之士高兴，去斩断奸臣的头颅。佞臣，奸臣。《汉书·朱云传》：“云曰：‘……臣愿赐尚方斩马剑，断佞臣一人以厉其余。’上问：‘谁也？’对曰：‘安昌侯张禹。’上大怒。”

【评析】

作于元和元年（806）至元和六年（811）前后，长安。这首五言古诗写宝剑乃百炼成钢，刚者不可化为柔，以咏物而喻志，表现出诗人当时的刚直之性，浩然之气，欲为朝廷荡涤污秽、铲除奸邪的抱负，铿锵有力，正气凛然。清人潘德舆《养一斋诗话》卷十评论说：“白诗虽时伤浅率，而其中实有得于古人作诗之本旨，足以扶人识力，养人性天，不可不分别择出以求益焉。如《古剑》诗：‘可使寸寸折，不能绕指柔。’《孤桐》诗：‘四面无附枝，中心有通理。’《京兆府新栽莲》诗：‘托根非其所，不如遭弃捐。’《赠元稹》诗：‘无波古井水，有节秋竹竿。’《送王处士》诗：‘宁归白云外，饮水卧空谷。不能随众人，敛手低眉目。’《文柏床》诗：‘刮削露节目，拂拭生辉光。虽充悦目玩，终乏周身防。华采诚可爱，生理苦已伤。’《效陶》诗：‘形委有事牵，心与无事期。中臆一以旷，外累都若遗。但对松与竹，如在山中时。’《答友问》诗：‘置铁在洪炉，铁消易如雪。良玉同其中，三日烧不热。君疑才与德，咏此知优劣。’《感鹤》诗：‘鹤有不群者，飞飞在野田。饥不啄腐鼠，渴不饮盗泉。一兴嗜欲念，遂力矰缴牵。委质小池内，争食群鸡前。不惟怀稻粱，兼亦竞腥膻。不惟恋主人，兼亦狎乌鸢。物心不可知，天性有时迁。一饱尚如此，况乘大夫轩！’综而观之，心甚淡，节甚峻，识甚远，信有道者之言。诗可以兴，此类是也。若《重赋》诗：‘夺我身上暖，买尔眼前恩。’《伤友》诗：‘虽云志气高，岂免颜色低。’《不致仕》诗：‘朝露贪名利，夕阳忧子孙。’《买花》诗：‘一丛深色花，十户中人赋。’劲直沉痛。诗到此境，方不徒作。若概以浅率目之，则谬矣。”梁启超批点《白香山诗集》：“‘至宝有本性，精刚无与俦。可使寸寸折，不能绕指柔’，想见其为人。”

云居寺孤桐[①]

一株青玉立，千叶绿云委。亭亭五丈余，高意犹未已。山僧年九十，清净老不死。自云手种时，一颗青桐子。直从萌芽拔，高自毫末始。四面无附枝，中心有通理[②]。寄言立身者，孤直当如此。

【注释】

① 云居寺：在长安城南盩厔县境终南山中。白居易有《游云居寺赠穆三十六地主》诗。庾信有《和从驾登云居寺塔》诗，王褒有《云居寺高顶》

诗，其地在关中，或即居易所游。

② 通理：树之纹理通连。王珣《孝武帝哀策文》："殊柯通理，异蒂同根。"

【评析】

作于元和元年（806）至元和六年（811）前后。这是白居易170首讽谕诗中比较有代表性的一首。这首讽谕诗，以孤桐为比兴，表达对才德的坚守，与《答友问》以良玉和铁为比兴，意在"君疑才与德，咏此知优劣"的手法相似。查慎行《初白庵诗评》云："《云居寺孤桐》言简而意尽，不在排比见长。"《唐宋诗醇》云："香山集中，古体多以铺叙畅达见长，短篇则以含蓄蕴藉生姿，此首短峭中殊有远势，'高意犹未已'五字尤妙。"梁启超批点《白香山诗集》："'直从萌芽拔，高自毫末始。四面无附枝，中心有通理。'中有所恃，空诸依傍。"

问　友

种兰不种艾，兰生艾亦生。根荄相交长①，茎叶相附荣。香茎与臭叶，日夜俱长大。锄艾恐伤兰，溉兰恐滋艾。兰亦未能溉，艾亦未能除。沉吟意不决②，问君合何如③。

【注释】

① 根荄：荄为草根，此"根""荄"连言指根。《论衡·自然》："霈然而雨，物之茎叶根荄，莫不洽濡。"

② 沉吟：犹豫不决。王逸《九思·悼乱》："意欲兮沉吟，迫日兮黄昏。"

③ 合：应。常建《岭猿》："相思岭上相思泪，不到三声合断肠。"

【评析】

作于元和元年（806）至元和六年（811）前后，白居易时在长安。这是一首讽谕诗。兰是香草，艾是恶草，此诗继承《离骚》香草美人的比兴方式，可视为白居易以香兰恶艾为比兴，借此与友人探讨修身养性和品节问题，以便相互砥砺，与《李都尉古剑》《云居寺孤桐》的用意相似。查慎行《初白庵诗评》云："《问友》'锄艾恐伤兰'二句，却是未经人道。"《唐宋诗醇》云："通首分三层，一层一意，妙有顿挫。短篇换韵，音节亦古。"梁启超批点《白香山诗集》："'兰亦未能溉，艾亦未能除'，当有所指。"

观刈麦

田家少闲月，五月人倍忙[①]。夜来南风起，小麦覆陇黄[②]。妇姑荷箪食，童稚携壶浆[③]。相随饷田去，丁壮在南冈[④]。足蒸暑土气，背灼炎天光。力尽不知热，但惜夏日长。复有贫妇人，抱子在其旁。右手秉遗穗，左臂悬弊筐。听其相顾言，闻者为悲伤。家田输税尽，拾此充饥肠。今我何功德？曾不事农桑。吏禄三百石[⑤]，岁晏有余粮[⑥]。念此私自愧，尽日不能忘。

【注释】

①"田家"二句：农户人家一年四季很少有闲暇的时候，特别是到了五月收麦子的季节，人们更是加倍地繁忙。"少""倍"二字，是诗眼所在，前者表现了农民终年辛劳，后者反映出麦收季节的格外忙碌。

②"夜来"二句：夜里，一阵南风吹起，满地的小麦覆盖着田垄，到处

一片金黄。夜来，夜中，夜里。来，缀于名词或形容词之后，构成表时间的名词。孟浩然《春晓》："夜来风雨声，花落知多少。"陇，同"垅"，田埂。

③"妇姑"二句：这两句是互文，姑娘媳妇和孩童们肩挑着食盒，手提着壶浆。"荷箪食""携壶浆"的主语是"妇姑"和"童稚"。箪，古代盛饭用的圆形竹器。壶浆，用壶盛的汤水。妇谓儿媳，姑谓婆母。《礼记·内则》："妇事舅姑，如事父母。"《公羊传》昭公二十五年："高子执箪食，与四脡脯，国子执壶浆。"何休注："箪，苇器也。圆曰箪，方曰笥。"

④"相随"二句：互相招呼着送饭到田里去，因为那些青年壮汉正在南冈收割小麦。饷田，给在田里劳作的人送饮食。《三国志·魏书·常林传》裴注引《魏略》："(林)带经耕鉏，其妻常自馈饷之。"丁壮，指青壮年男子。韦应物《观田家》："丁壮俱在野，场圃亦就理。"

⑤"吏禄"句：《汉书·百官公卿表》："县令、长，皆秦官，掌治其县。万户以上为令，秩千石至六百石。减万户为长，秩五百石至三百石。皆有丞、尉，秩四百石至二百石，是为长吏。"居易时为县尉，从九品下，故言其一年俸禄大约三百石。

⑥岁晏：岁终。鲍照《冬至诗》："哀哀古老容，惨颜愁岁晏。"

【评析】

这是一首五言古诗，诗题原注云："时为盩厔县尉。"这是36岁的白居易于元和二年(807)任盩厔(今陕西周至)县尉时所写，是诗人早期一首著名的讽谕诗。白居易是一位擅长写叙事诗的艺术巨匠。他的叙事诗多能曲尽人情物态，将事件写得曲折详尽、娓娓动听。而且，他的叙事诗里总是有着心灵的揭示，蕴含着感情。在这首诗里，诗人的心灵显然是被耳闻目睹的悲惨景象震动了。他不仅生动真切地描绘出割麦者与拾麦者辛勤劳碌、悲惨痛苦的生活情景，而且在字里行间浸透着对他们的深切同情。难能可贵的是，诗人反躬自思，联想到自己。在那个时代,诗人能够主动去和农民对比,确实难得。梁启超批点《白香山诗集》:"'听其相顾言,闻者为悲伤。'公之自足,自薄宦时已然。"

这样的对比,新颖精警,发人深省,更显出这首诗的思想高度。《唐宋诗醇》云:"'力尽不知热'二句,曲尽农家苦心,恰是从旁看出。贫妇一段,悲悯更深,聂夷中诗摹写不到。"末尾一段抒情文字,是全诗精华所在,是作者触景生情的产物,表现了诗人对劳动人民的深切同情。白居易写讽谕诗,目的是"惟歌生民病,愿得天子知"。在这首诗中,他以自己切身的感受,把农民和作为朝廷官员的自己作对比,就是希望"天子"有所感悟。手法巧妙而委婉,可谓用心良苦。

闺怨词三首

朝憎莺百啭,夜妒燕双栖。不惯经春别,唯知到晓啼。
珠箔笼寒月,纱窗背晓灯。夜来巾上泪,一半是春冰。
关山征戍远,闺阁别离难。苦战应憔悴,寒衣不要宽[①]。

【注释】

① 寒衣:御寒的衣服。

【评析】

作于元和二年(807),长安。这三首闺怨词角度各异,各出新意。其中后两首前人好评较多,《养一斋诗话》卷一云:"《唐人万首绝句》,其原本不为不富,渔洋选之,每遗佳作。随意简出,如右丞'相送临高台''吹箫凌极浦',太白'天下伤心处''划却君山好''渌水明秋月’……香山‘珠箔笼寒月’，义山‘向晚意不适’……皆天下之奇作，而悉屏而不登，何也？”《唐宋诗醇》云：“二诗（按，后两首）意在言外，有盛唐人遗意。”徐增《而庵说唐诗》卷八细读第二首：“‘珠箔笼寒月’，室中映得空洞，是夜间将睡去的凄凉；‘纱窗背晓灯’，床头耿耿如豆，是晓来将醒时的凄凉。月与灯皆愁人下泪物也。‘夜来’是从夜以至天晓中上，总有一夜之泪。为何又说‘一半是春冰’？那一半却是甚么？盖既云‘夜来’，则巾上有一半隔宿之泪，有一半新下之泪。隔宿之泪已冷，故成冰；新下之泪尚温，故未成冰也。‘一半’二字妙绝，而庵拈出来，供人一笑。”

第三首诗为闺人设想，因念征人苦辛，必然瘦减，故有“寒衣不要宽”之句。徐增《而庵说唐诗》卷八细读曰：“‘关山征戍’，良人偏去得‘远’；‘闺阁别离’，妇人偏又觉得‘难’。二语已尽情事。‘苦战应憔悴，寒衣不要宽’，又十分体惜忖量他，此因自己之难想到良人之苦。若谓闺中凄凉，肌容憔悴、衣带宽缓。安坐尚然，良人在边上日夜苦战，当前则虞死伤，退后则犯军法，其何以堪？形体想比旧时瘦了。今作寒衣，定不可把来宽了。‘不要宽’，非是照旧衣放出来，是要比旧衣收窄些也。‘不要’二字妙绝！衣在汝手中作，略把来裁窄些就是了，为何要说出？汝要那个来听？虽然，心中万种思量，口中无数暗语。乐天心孔如丝，故能写到。而庵亦觉技痒，不过可恨被他先作去也。”

别元九后咏所怀

零落桐叶雨，萧条槿花风。悠悠早秋意，生此幽闲中。

况与故人别，中怀正无悰[①]。勿云不相送，心到青门东[②]。相知岂在多，但问同不同。同心一人去，坐觉长安空。

【注释】

①无悰：没有欢乐。《汉书·广陵厉王刘胥传》："何用为乐心所喜，出入无悰为乐亟。"韦昭注："悰，乐也。"

②青门：《汉书·王莽传》："霸城门灾，民间所谓青门也。"颜师古注："《三辅黄图》云：长安城东出南头名霸城门，俗以其色青，名曰青门。"

【评析】

作于元和二年（807），长安。元稹元和元年（806）九月十日自左拾遗出为河南尉，诗中所云即指此，笃友一去，偌大的长安城顿时为之空荡冷清。查慎行《初白庵诗评》云："《别元九后咏所怀》'同心一人去'二句，元、白交情，两言说尽。"

感鹤

鹤有不群者，飞飞在野田。饥不啄腐鼠，渴不饮盗泉[①]。贞姿自耿介[②]，杂鸟何翩翾[③]。同游不同志，如此十余年。一兴嗜欲念，遂为矰缴牵[④]。委质小池内[⑤]，争食群鸡前。不惟怀稻粱[⑥]，兼亦竞腥膻。不唯恋主人，兼亦狎乌鸢[⑦]。物心不可知，天性有时迁[⑧]。一饱尚如此，况乘大夫轩[⑨]。

【注释】

①"饥不啄"句：《庄子·秋水》："夫鹓鸰，发于南海而飞于北海，

非梧桐不止，非练实不食，非醴泉不饮。于是鸱得腐鼠，鹓鸰过之，仰而视之曰：‘吓！’”《说苑·谈丛》：“邑名胜母，曾子不入；水名盗泉，孔子不饮，丑其声也。”

② “耿介”句：《楚辞·离骚》：“彼尧舜之耿介兮，既遵道而得路。”王逸注：“耿，光也。介，大也。”以耿介誉禽鸟者，如《文选》潘岳《射雉赋》李善注：“薛君《韩诗章句》曰：雉，耿介之鸟。”

③ 翩翻：小鸟或飞虫飞翔貌。张华《鹪鹩赋》：“育翩翻之陋体，无玄黄以自贵。”《文选》李善注：“《字林》曰：翩，疾飞也。《说文》曰：翻，小飞也。”

④“一兴”二句：王褒《四子讲德论》：“鸟集兽散，往来驰骛，周流旷野，以济嗜欲。”《史记·留侯世家》：“上曰：‘为我楚舞，吾为若楚歌。’歌曰：‘鸿鹄高飞，一举千里。羽翮已就，横绝四海。横绝四海，当可奈何？虽有矰缴，尚安所施？’”集解：“韦昭曰：缴，弋射也。其矢曰矰。”

⑤ 委质：《史记·仲尼弟子列传》：“孔子设礼稍诱子路，子路后儒服委质，因门人请为弟子。”索隐：“服虔注《左氏》云：古者始仕，必先书其名于策，委死之质于君，然后为臣，示必死节于其君也。”此谓委身、置身。

⑥ “稻粱”句：《文选》李善注：“《韩诗外传》：田饶谓鲁哀公曰：黄鹄止君园池，啄君稻粱。”江淹《翡翠赋》：“鸡鹜以稻粱致忧，燕雀以堂借贻愁。”

⑦ “乌鸢”句：乌、鸢以鼠、蛇及腐肉等为食。《庄子·列御寇》：“庄子曰：‘在上为乌鸢食，在下为蝼蚁食，夺彼与此，何其偏也。’”

⑧ “天性”句：《论衡·率性》：“人之性，善可变为恶，恶可变为善，犹此类也。蓬生麻间，不扶自直；白纱入缁，不练自黑。彼蓬之性不直，纱之质不黑。麻扶缁染，使之直黑。夫人之性犹蓬纱也，在所渐染，而善恶变矣。”

⑨“大夫轩”句：《左传·闵公二年》：“卫懿公好鹤，鹤有乘轩者。”杜预注：“轩，大夫车。”

【评析】

作于元和二年（807）至元和六年（811），白居易时在长安。这首咏物诗，把比兴与讽谕结合在一起，以鹤喻人，感慨以峻洁持身而一念之误遂丧生平之志者。白居易喜欢象征高洁的动物，对鹤的喜爱就贯穿一生。“鹤”在白居易诗中是具有独特意味的意象，相伴着或漫步或独坐或酣眠的诗人，已经成为中国诗歌史上一道意味深长的风景。其咏《鹤》诗云：“人各有所好，物固无常宜。谁谓尔能舞，不如闲立时。”他爱鹤的独立悠闲姿态，正像超尘脱俗的仙人一样，风姿高妙，洗尽铅华。所谓“龙卧心有待，鹤瘦貌弥清”（《酬杨九弘贞长安病中见寄》）。白诗常以鹤鸣九皋、声闻于野为自己向往的理想人格，以笼中鹤自比身陷官场的不自由状态，以病鹤喻己年老多病。他尤其喜好华亭鹤，因为“其体高俊，绿足龟文，最为可爱”。罢杭州刺史时，他携一块天竺石、两只华亭鹤归洛阳。在白居易生活中，鹤扮演着重要的角色。晚年在洛阳，他更是以鹤为伴，人鹤不离。姿态闲静、品性高洁、热爱自由的鹤，成为他晚年生命状态、精神追求的外化和象征。“伴宿双栖鹤，扶行一侍儿”（《自题小草亭》），“何似家禽双白鹤，闲行一步亦随身”（《家园三绝》其三）。沈德潜《唐诗别裁集》评云：“有以峻洁持身而一念之误遂丧生平者，故作诗讽之。元微之晚节亦蹈此患。”

燕诗示刘叟（并序）

叟有爱子，背叟逃去，叟甚悲念之。叟少年时，亦尝如是。

故作燕诗以谕之矣。

梁上有双燕，翩翩雄与雌。衔泥两椽间，一巢生四儿。四儿日夜长，索食声孜孜[①]。青虫不易捕，黄口无饱期[②]。觜爪虽欲弊[③]，心力不知疲。须臾十来往，犹恐巢中饥。辛勤三十日，母瘦雏渐肥。喃喃教言语，一一刷毛衣[④]。一旦羽翼成，引上庭树枝。举翅不回顾，随风四散飞。雌雄空中鸣，声尽呼不归。却入空巢里，啁啾终夜悲[⑤]。燕燕尔勿悲，尔当返自思。思尔为雏日，高飞背母时。当时父母念，今日尔应知。

【注释】

① 孜孜：同“咨咨”，嗟叹声。韩愈《嗟哉董生行》：“父母不戚戚，妻子不咨咨。”白居易《新乐府·五弦弹》：“座中有一远方士，唧唧咨咨声不已。”“唧唧”可用以象鸟鸣声，如王维《青雀歌》：“犹胜黄雀争上下，唧唧空仓复若何。”故“咨咨”亦可用以象鸟鸣声，即“吱吱”。

② 黄口：鸟雀之幼者。《说苑·敬慎》：“孔子见罗者，其所得者皆黄口也。孔子曰：‘黄口尽得，大爵独不得，何也？’罗者对曰：‘黄口从大爵者不得，大爵从黄口者可得。’”

③ 觜：鸟喙。潘岳《射雉赋》：“当咮值胸，裂素破觜。”《文选》李善注：“觜，喙也。”

④ 刷毛衣：犹言刷羽。庾信《鸳鸯赋》：“浮波弄影，刷羽看风。”

⑤ 啁啾：同“啁噍”，鸟悲鸣声。《荀子·礼论》：“今夫大鸟兽则失亡其群匹，越月逾时，则必反铅，过故乡，则必徘徊焉，鸣号焉，踯躅焉，踟蹰焉，然后能去之也。小者是燕爵犹有啁噍之顷焉，然后能去之。”

【评析】

作于元和二年（807）至元和六年（811），白居易时在长安。此诗四年代王商为丞相，封安昌侯。为相六岁，鸿嘉元年以老病乞骸骨……天子数加赏赐，前后数千万。禹为人谨厚，内殖货财，家以田为业，及富贵，多买田至四百顷，皆泾、渭溉灌，极膏腴上贾。它财物称是。……禹虽家居，以特进为太子师，国家每有大政，必与定议。永始、元延之间，日蚀地震尤数，吏民多上书言灾异之应，讥切王氏专政所致。上惧变异数见，意颇然之，而未有以明见，乃车驾至禹第，辟左右，亲问禹以天变，因用吏民所言王氏事示禹。禹自见年老，子孙弱，又与曲阳侯不平，恐为所怨。禹则谓上曰：'……性与天道，自子赣之属不得闻，何况浅见鄙儒之所言。陛下宜修政事以善应之，与下同其福喜，此经义意也。……'上雅信爱禹，由此不疑王氏。后曲阳侯根及诸王子弟闻知禹言，皆喜说，遂亲就禹。"

④ 江充：《汉书·江充传》："江充，字次倩，赵国邯郸人也。……后上幸甘泉，疾病，充见上年老，恐晏驾后为太子所诛，因是为奸，奏言上疾祟在巫蛊。于是上以充为使者治巫蛊，充将胡巫掘地求偶人，捕蛊及夜祠，视鬼，染污令有处，辄收捕验治，烧铁钳灼，强服之。民转相诬以巫蛊，吏辄劾以大逆亡道，坐而死者前后数万人。是时，上春秋高，疑左右皆为蛊祝诅，有与亡，莫敢讼其冤者。充既知上意，因言宫中有蛊气，先治后宫希幸夫人，以次及皇后，遂掘蛊于太子宫，得桐木人。太子惧，不能自明，收充，自临斩之。骂曰：'赵虏，乱乃国王父子不足邪，乃复乱吾父子也。'太子繇是遂败。"

⑤ 佷：狠，本作"很"。《国语·晋语九》："宵之佷在面，瑶之佷在心。"

⑥ 梁冀：《后汉书·梁冀传》："冀，字伯卓……冀居职暴恣，多非法，父商所亲客洛阳令吕放，颇与商言及冀之短，商以让冀，冀即遣人于道刺杀放。……商薨未及葬，顺帝乃拜冀为大将军。……冲帝又崩，冀立质帝。帝少而聪慧，知冀骄横，尝朝群臣，目冀曰：'此跋扈将军也。'冀闻，深恶之，遂令左右进鸩加煮饼，帝即日崩。复立桓帝，而枉害李固及前太尉杜乔，海内嗟惧。"

⑦ 王莽:《汉书·王莽传》:“王莽,字巨君,孝元皇后之弟子也。……迁骑都尉、光禄大夫、侍中,宿卫谨敕,爵位益尊,节操益谦,散舆马衣裘,振施宾客,家无所余。收赡名士,交结将相、卿、大夫甚众,故在位更推荐之,游者为之谈说,虚誉隆洽,倾其诸父矣。……莽既拔出同列,继四父而辅政,欲令名誉过前人,遂克己不倦,聘诸贤良以为掾史,赏赐邑钱悉以享士,愈为俭约。……帝年九岁,太后临朝称制,委政于莽……于是附顺者拔擢,忤恨者诛灭。……莽既灭翟义,自谓威德日盛,获天人助,遂谋即真之事矣。”

⑧ 风、骚:《国风》《离骚》。曹植《求通亲亲表》:“是以雍雍穆穆,风人咏之。”应璩《与侍郎曹长思书》:“叔田有无人之歌,闉阇有匪存之思,风人之作,岂虚也哉。”萧统《文选序》:“又楚人屈原,含忠履洁……骚人之文,自兹而作。”

其　一

有木名弱柳,结根近清池。风烟借颜色,雨露助华滋。峨峨白雪花①,袅袅青丝枝。渐密阴自庇,转高梢四垂。截枝扶为杖,软弱不自持。折条用樊圃,柔脆非其宜②。为树信可玩,论材何所施。可惜金堤地③,栽之徒尔为。

【注释】

① 峨峨:高峻貌,又形容白雪,此借喻柳絮。李颀《欲之新乡答崔颢綦毋潜》:“寒风卷叶度滹沱,飞雪布地悲峨峨。”顾况《赠别崔十三长官》:“蔼蔼北阜松,峨峨南山雪。”

② “折条”二句:《诗·齐风·东方未明》:“折柳樊圃,狂夫瞿瞿。”毛传:“柳,柔脆之木。樊,藩也。圃,菜园也。折柳以为藩园,无益于禁矣。”

③ 金堤:张衡《西京赋》:“周以金堤,树以柳杞。”《文选》李善注:

"金堤，言坚也。"

其　二

有木名樱桃，得地早滋茂。叶密独承日，花繁偏受露。迎风暗摇动，引鸟潜来去。鸟啄子难成，风来枝莫住。低软易攀玩，佳人屡回顾。色求桃李饶，心向松筠妒。好是映墙花[①]，本非当轩树。所以姓萧人，曾为伐樱赋[②]。

【注释】

①好是：真是。韩翃《送客水路归陕》："好是吾贤佳赏地，行逢三月会连沙。"

②"所以"二句：萧颖士《伐樱桃树赋》："眷兹樱之攸止，亦在物之宜除。观其体异修直，材非栋干。外阴森以茂密，中纷错而交乱。先群卉以效谄，望严霜而雕换。缀繁英兮霰集，骈朱实兮星灿。故当小鸟之所啄食，妖姬之所攀玩也。"

其　三

有木秋不凋，青青在江北。谓为洞庭橘[①]，美人自移植。上受顾眄恩，下勤浇溉力。实成乃是枳，臭苦不堪食[②]。物有似是者，真伪何由识。美人默无言，对之长叹息。中含害物意，外矫凌霜色。仍向枝叶间，潜生刺如棘。

【注释】

①洞庭橘：仲子陵《洞庭献新橘赋》："本其来则风秋洞庭，霜落寰海。元侯布教，下吏旁采。碧林冬生，大小异名。已去霜蒂，初辞绿茎。然后盛以潇湘之竹，束以江淮之菁。背楚塞以西走，望秦云而北征。"

②"实成"二句：《周礼·冬官考工记》："橘逾淮而北为枳。"《说

命意本之“完山之鸟”事。《说苑·辨物》：“孔子晨立堂上，闻哭者声音甚悲，孔子援琴而鼓之，其音同也。孔子出，而弟子有咤者，问：‘谁也？’曰：‘回也。’孔子曰：‘回何为而咤？’回曰：‘今者有哭者，其音甚悲，非独哭死，又哭生离者。’孔子曰：‘何以知之？’回曰：‘似完山之鸟。’孔子曰：‘何如？’回曰：‘完山之鸟生四子，羽翼已成，乃离四海，哀鸣送之，为是往而不返也。’孔子使人问哭者，哭者曰：‘父死家贫，卖子以葬之，将与其别也。’孔子曰：‘善哉，圣人也。’”《唐宋诗醇》云：“极寻常语，却有关风化，足以警世。老妪皆知，或谓此也。”

有木诗八首（并序）[1]

余读《汉书》列传，见佞顺婞婅[2]，图身忘国，如张禹辈者[3]。见惑上蛊下，交乱君亲，如江充辈者[4]。见暴佷跋扈[5]，壅君树党，如梁冀辈者[6]。见色仁行违，先德后贼，如王莽辈者[7]。又见外状恢弘，中无实用者。又见附离权势，随之覆亡者。其初皆有动人之才，足以惑众媚主，莫不合于始而败于终也。因引风人、骚人之兴[8]，赋《有木》八章，不独讽前人，欲儆后代尔。

【注释】

① 有木：《说苑·善说》引越人歌：“山有木兮木有枝，心说君兮君不知。”

② 婞婅：依违随人，无主见。韩愈《石鼓歌》：“中朝大官老于事，讵肯感激徒婞婅。”

③ 张禹：《汉书·张禹传》：“张禹，字子文，河内轵人也。……河平

苑·奉使》:“江南有橘,齐王使人取之而树之于江北,生不为橘,乃为枳。”

其　四

有木名杜梨[①],阴森覆丘壑。心蠹已空朽,根深尚盘薄。狐媚言语巧[②],鸟妖声音恶。凭此为巢穴,往来互栖托。四傍五六本,叶枝相交错。借问因何生?秋风吹子落。为长社坛下,无人敢芟斫[③]。几度野火来,风回烧不著。

【注释】

①杜梨:《诗·召南·甘棠》:“蔽芾甘棠,勿翦勿伐。”毛传:“甘棠,杜也。”孔颖达疏:“《释木》云:杜,甘棠。郭璞曰:今之杜梨。又曰:杜,赤棠。白者,棠。”

②狐媚:《太平广记》卷四四七《狐神》(出《朝野佥载》):“唐初已来,百姓多事狐神,房中祭祀以乞恩,食饮与人同之,事者非一主。当时有谚曰:无狐魅,不成村。”元稹《古社》:“古社基址在,人散社不神。惟有空心树,妖狐藏魅人。狐惑意颠倒,臊腥不复闻。”

③“为长”二句:张华《朽社赋》:“伊兹槐之挺植,于京路之东隅。得托尊于田主,据爽垲以高居。垂重阴于道周,临大路之通衢。飨春秋之所报,应丰胙于无射。历汉京之康乐,逾丧乱之横逆。”

其　五

有木香苒苒,山头生一蕟[①]。主人不知名,移种近轩闼[②]。爱其有芳味,因以调曲糵[③]。前后曾饮者,十人无一活。岂徒悔封植[④],兼亦误采掇。试问识药人,始知名野葛[⑤]。年深已滋蔓[⑥],刀斧不可伐。何时猛风来,为我连根拔。

【注释】

① 蕟:《集韵》月部方伐切:“蕟,草名。”又废部放吠切:“竹发,籧篨也,或作蕟。”按,白诗蕟字押月韵。马本亦注:“放伐切。”白居易《蔷薇花一丛独死不知其故因有是篇》:“柯条未尝损,根蕟不曾移。”刘得仁《题新栽小松》:“却向旧山寻得处,白云根蕟觅应迷。”据此诸例,此字义当为植物根株。敦煌写本《字宝》(《碎金》):“草干茇,公罕反,下音钵。”与此字音义同。

② 轩闼:犹言轩室。《陈书·后主纪》改元大赦诏:“对轩闼而哽心,顾扆筵而栗气。”

③ 曲糵:酒曲。《书·说命下》:“若作酒醴,尔惟曲糵。”

④ 封植:种植。《左传·昭公二年》:“既享,宴于季氏,有嘉树焉。宣子誉之。武子曰:‘宿敢不封殖此树,以无忘《角弓》。’”

⑤ 野葛:《论衡·言毒》:“草木之中,有巴豆、野葛,食之凑懣,颇多杀人。”

⑥ 滋蔓:《左传·隐公元年》:“不如早为之所,无使滋蔓。蔓,难图也。”

其　六

有木名水柽[①],远望青童童。根株非劲挺[②],柯叶多蒙笼。彩翠色如柏,鳞皴皮似松。为同松柏类,得列嘉树中。枝弱不胜雪,势高常惧风。雪压低还举,风吹西复东。柔芳甚杨柳,早落先梧桐。唯有一堪赏,中心无蠹虫。

【注释】

① 水柽:《尔雅·释木》:“柽,河柳。”江淹《草木颂·柽》:“木贵冬荣,柽实寒色。停黛峰顶,插翠石侧。碧叶罨蔼,赪柯翕艳。方陋筠樌,

远笑荆棘。”

② 根株：根。《艺文类聚》卷八一引刘桢诗：“青青女萝草，上依高松枝。幸蒙庇养恩，分惠不可赀。风雨虽急疾，根株不倾移。”

其　七

有木名凌霄[①]，擢秀非孤标[②]。偶依一株树，遂抽百尺条。托根附树身，开花寄树梢。自谓得其势，无因有动摇。一但树摧倒，独立暂飘飖。疾风从东起，吹折不终朝[③]。朝为拂云花，暮为委地樵。寄言立身者，勿学柔弱苗。

【注释】

① 凌霄：即紫葳。陆游《老学庵笔记》卷九：“凌霄花未有不依木而生者，惟西京富郑公园中一株挺然独立，高四丈，围三尺余，花大如杯，旁无所附。”

② 擢秀：形容草木发荣、滋长。苏彦《秋夜长》：“贞松隆冬以擢秀，金菊吐翘以凌霜。”孤标：出众。萧绎《庄严寺僧旻法师碑》：“独振孤标，伦类之所远绝。”

③ 终朝：整天，终日。阮籍《咏怀》：“墓前荧荧者，木槿耀朱华。荣好未终朝，连飙陨其葩。”

其　八

有木名丹桂，四时香馥馥。花团夜雪明，叶剪春云绿。风影清似水，霜枝冷如玉。独占小山幽，不容凡鸟宿[①]。匠人爱芳直，裁截为厦屋。干细力未成，用之君自速。重任虽大过，直心终不曲。纵非梁栋材，犹胜寻常木。

【注释】

①“小山”二句:《楚辞·招隐士》序:“《招隐士》者,淮南小山之所作也。”辞云:“桂树丛生兮山之幽,偃蹇连蜷兮枝相缭。”《楚辞·九思·守志》:“桂树列兮纷敷,吐紫华兮布条。实孔鸾兮所居,今其集兮惟鹨。”注:“鹨,小鸟也。以言名山宜神鸟处之,犹朝廷宜贤者居位,而今惟小人,故云鹨萃之也。”

【评析】

作于元和二年(807)至元和六年(811),白居易时在长安。凌霄在中国已有两千多年栽培历史。《诗·小雅·苕之华》“苕之华,芸其黄矣”“苕之华,其叶青青”,苕就是凌霄。《尔雅》“苕,陵苕,黄花蔈,白花茇”,李时珍《本草纲目》称“附木而上,高数丈,故曰凌霄”,因此花赤艳,故名紫葳。凌霄具有攀附大树的特点。褒者称其不屈不挠,志存高远,如宋人贾昌朝《咏凌霄花》“披云似有凌云志,向日宁无捧日心。珍重青松好依托,直从平地起千寻”,赞其择良木而栖,壮志凌云。清代李渔也赞叹“藤花之可敬者,莫若凌霄”。但是大部分诗作是站在贬者的角度,斥其趋炎附势,不能自立,舒婷《致橡树》就说:“如果我爱你,绝不学攀援的凌霄花,借你的高枝炫耀自己。”白居易这首诗立意也是如此,劝诫世人立身应当重自立,戒依附。

宋人葛立方《韵语阳秋》卷十六:“白乐天赋《有木》八章,其六章托弱柳、樱桃、枳橘、杜梨、野葛、水柽,以讽在位者。至第七章则曰‘有木名凌霄,擢秀非孤标。偶依一株树,遂抽百尺条。自谓得其势,无因有动摇。一旦树摧倒,独立忽飘飖。疾风从东来,吹折不终朝’,专又以讽附丽权势者。其八章则曰‘有木名丹桂,四时香馥馥。风影清如水,霜华冷如玉。独占小山幽,不容凡鸟宿。重任虽大过,直心自不曲。纵非梁栋材,犹胜寻常木’,盖乐天自谓也。乐天素善李绅,而不入德裕之党。素善牛僧孺、杨虞卿,而不入宗闵之党。素善刘禹锡,而不入伾、文之党。中立不倚,峻节凛然,于八木之中,而自比于桂,殆未为过也。”明代赵钍《鹖林子》卷二亦云:“昔白乐天素善李绅而不入德裕之党;素善牛僧孺、杨虞卿而不入宗闵之党;素善刘禹锡而不入伾、文之党。尝赋《有木》八章,其弱柳、樱桃、枳橘、杜梨、野葛、水柽、凌霄,以讽在位与附丽权势者。其八章则曰‘有木名丹桂’云云,则托以自谓。若然,其真可以群矣。”其实,第一,白居易早年同情二王及八司马,后则接近牛僧孺、李宗闵党人,并非全然中立不倚。第二,白居易结识刘禹锡,在元和以后,所谓“不入伾、文之党”,无从谈起。

答友问

大圭廉不割①,利剑用不缺②。当其斩马时③,良玉不如铁。置铁在洪炉④,铁消易如雪。良玉同其中,三日烧不热⑤。君疑才与德,咏此知优劣。

【注释】

①“大圭”句:《礼记·礼器》:“大圭不琢,大羹不和。”郑注:“大圭长三尺,抒上终葵首。”孔颖达疏:“大圭,天子朝日月之圭也。”《说苑·修文》:“诸侯以圭为贽,圭者玉也。薄而不挠,廉而不刿,有瑕于中,必见于外。故诸侯以圭为贽。”刿,刺伤。

②“利剑”句:《论衡·率性》:“世称利剑有千金之价,棠溪、鱼肠之属,龙泉、太阿之辈,其本铤,山中之恒铁也。冶工锻炼,成为铦利。岂利剑之锻与炼,乃异质哉?”

③ 斩马:《汉书·朱云传》:“云曰:‘……臣愿赐尚方斩马剑,断佞

臣一人以厉其余。'"

④ 洪炉：冶炼之大炉。《后汉书·何进传》："今将军总皇威，握兵要，龙骧虎步，高下在心，此犹鼓洪炉燎毛发耳。"

⑤ "良玉"二句：《淮南子·俶真训》："譬若钟山之玉，炊以炉炭，三日三夜而色泽不变，则至德天地之精也。"

【评析】

作于元和二年（807）至元和十年（815）。查慎行《初白庵诗评》云："《答友问》'当其斩马时'六句，曲折如愿。"潘德舆《养一斋诗话》卷十："白诗虽时伤浅率，而其中实有得于古人作诗之本旨，足以扶人识力，养人性天，不可不分别择出以求益焉。如……《答友问》诗：'置铁在洪炉，铁消易如雪。良玉同其中，三日烧不热。君疑才与德，咏此知优劣。'……综而观之，心甚淡，节甚峻，识甚远，信有道者之言。诗可以兴，此类是也。"

新制布裘

桂布白似雪①，吴绵软于云②。布重绵且厚，为裘有余温。朝拥坐至暮，夜覆眠达晨。谁知严冬月，支体暖如春。中夕忽有念③，抚裘起逡巡。丈夫贵兼济，岂独善一身④。安得万里裘，盖裹周四垠⑤？稳暖皆如我⑥，天下无寒人。

【注释】

① 桂布：《太平广记》卷一六五《夏侯孜》（出《芝田录》）："夏侯孜为左拾遗，尝著绿桂管布衫朝谒。开成中，文宗无忌讳，好文，问孜衫何

太粗涩，具以桂布为对：'此布厚，可以欺寒。'他日，上问宰臣：'朕察拾遗夏侯孜必贞介之士。'宰臣具以密行：'今之颜冉。'上嗟叹久之，亦效著桂管布。满朝皆仿效之，此布为之贵也。"《太平御览》卷八二〇引沈怀远《南越志》："桂州丰水县有古终藤，俚人以为布。"又引万震《南州异物志》："五色斑布以丝布吉贝木所作。此木熟时如鹅毳，中有核如蛛珣，细过丝绵。人将用之，则治出其核，但纺不绩，任意小抽相牵引，无有断绝。欲为斑布则染之五色。织以为布，弱软，厚致。"朱金城《白居易集笺校》："古终藤即吉贝，乃今之树棉。"按，此"桂布"是否即为吉贝，不能确知。《册府元龟》卷一六九："湖南遣使献吉贝等三千匹。"桂布或为一种棉布，以草棉（即棉花）制成。草棉古亦称木棉（绵）。

② 吴绵：泛指江南所产丝棉。《新唐书·地理志五》淮南道："厥赋：绝、绢、绵、布。厥贡：丝、布、纻、葛"；江南道："厥赋：麻、纻。厥贡：金、银、纱、绫、蕉、葛、绵、练、鲛革、藤纸、丹沙。"

③ 中夕：中夜。刘伶《北芒客舍诗》："长笛响中夕，闻此消胸襟。"

④ "兼济"二句：《孟子·尽心上》："穷则独善其身，达则兼善天下。"任昉《为范始兴作求立太宰碑表》："道非兼济，事止乐善，亦无得而称焉。"后"兼善""兼济"混用。

⑤ "万里裘"二句：《三国志·吴书·三嗣主传》裴注引《吴录》："（孟）仁字恭武，江夏人也。……少从南阳李肃学。其母为作厚褥大被，或问其故，母曰：'小儿无德致客，学者多贫，故为广被，庶可得与气类接也。'"

⑥ 稳：谓睡稳。杜甫《王十七侍御抡许携酒至草堂》："老夫卧稳朝慵起，白屋寒多暖始开。"

【评析】

作于元和二年（807）至元和十年（815），白居易时在长安。这是一首言志的五言古诗，表述大丈夫贵在兼济天下，做利国利民之事，不能只顾独善一身，反映出一个有良知的知识分子的抱负和品德。白居易《与元九书》说：“古人云：穷则独善其身，达则兼济天下。仆虽不肖，常师此语……志在兼济，行在独善。”与此诗“丈夫贵兼济，岂独善一身”二句正可参看，可视为白居易的抱负和志向，也可视为他希望实行“仁政”的政治主张和处世哲学。宋陈岩肖《庚溪诗话》卷上：“白乐天有《新制绫袄》诗曰：‘水波文袄造新成，绫软绵匀温复轻。百姓多寒无可救，一身独暖亦何情。’卒章曰：‘争得大裘长万丈，与君都盖洛阳城。’可谓有善推其所为之心矣。又观《新制布裘》诗曰……后诗正与杜子美《茅屋为秋风所破歌》曰‘安得广厦千万间，大庇天下寒士俱欢颜，风雨不动安如山’同。观乐天前诗，则与‘楚人亡弓，楚人得之’相类。观乐天后诗及子美诗，可与‘人亡弓，人得之’其意同也。”黄彻《碧溪诗话》：“老杜《茅屋为秋风所破歌》云：‘自经丧乱少睡眠，长夜沾湿何由彻。安得广厦千万间，大庇天下寒士皆欢颜，风雨不动安如山。呜呼，眼前突兀见此屋，吾庐独破受冻死亦足。’乐天《新制布裘》云‘安得万里裘，盖裹周四垠。稳暖皆如我，天下无寒人’，《新制绫袄成》‘百姓多寒无可救，一身独暖亦何情……争得大裘长万丈，与君都盖洛阳城’，皆伊尹身任一夫不获之辜也。或谓子美诗意宁苦身以利人，乐天诗意推身利以利人，二者较之，少陵为难。然老杜饥寒而悯人饥寒者也，白氏饱暖而悯人饥寒者。忧劳者易生于善虑，安乐者多失于不思，乐天宜优。或又谓白氏之官稍达，而少陵尤卑，子美之语在前，而长庆在后。达者宜急，卑者可缓也。前者唱导，后者和之耳。同合而论，则老杜之仁心差贤矣。”清人宋宗元《网师园唐诗笺》卷三曰：“月色与人怀时时流露，杜陵后复见此公。”《柳南续笔》云：“杜少陵《茅屋为秋风所破歌》叹云：‘安得广厦千万间，大庇天下寒士俱欢颜。’白香山《新制布裘》诗云：‘安得万里裘，盖裹周四垠。’孟贞曜《咏蚊》诗云：‘愿为天下橱，一夜使景清。’三诗为题各异，而命意则同，盖皆仁人之言也。”梁启超批点《白香山诗集》：“杜老怀抱。”

初授拾遗

奉诏登左掖[①]，束带参朝议[②]。何言初命卑，且脱风尘吏。杜甫陈子昂[③]，才名括天地。当时非不遇，尚无过斯位。况予蹇薄者[④]，宠至不自意。惊近白日光，惭非青云器[⑤]。天子方从谏，朝廷无忌讳。岂不思匪躬[⑥]，适遇时无事。受命已旬月，饱食随班次[⑦]。谏纸忽盈箱[⑧]，对之终自愧。

【注释】

① 左掖：谓门下省。左拾遗为门下省属官。张说《和许给事中直夜简诸公》：“左掖知天近，南窗见月临。”

② 束带：官服。《三国志·魏书·杜恕传》载恕上疏：“况于束带立朝，致位卿相，所务者非特匹夫之信。”

③“杜甫”句：元稹《唐故工部员外郎杜君墓系铭》：“甫字子美，天宝中，献《三大礼赋》，明皇奇之，命宰相试文，文善，授甫曹署。京师乱，步谒行在，拜左拾遗。”新旧《唐书》本传谓拜右拾遗。《新唐书·陈子昂传》：“以母丧去官，服终，擢右拾遗。”《旧唐书》本传略同。

④ 蹇薄：犹言蹇剥。《易·剥·卦》：“剥，不利有攸往。”《蹇·彖》：“蹇，难也。险在前也，见险而能止，知矣哉。”

⑤ 青云器：指胸怀旷达、志趣高远的人才。颜延之《五君咏·阮始平》：“仲容青云器，实禀生民秀。”

⑥ 匪躬：《易·蹇·卦》：“王臣蹇蹇，匪躬之故。”孔颖达疏：“尽忠于君，匪以私身之故而不往济君，故曰匪躬之故。”

⑦“饱食”句:《论语·阳货》:“子曰:饱食终日,无所用心,难矣哉。”此谓常参官供食。《唐六典》卷十五光禄寺太官署令职掌注:“左右厢南牙文武职事五品以上及员外郎供馔百盘,余供中书、门下供奉官及监察御史,每日常供具三羊,六参之日加一羊焉。”

⑧谏纸:唐制,谏官每月领谏纸。白居易《与元九书》:“仆当此日,擢在翰林,身是谏官,月请谏纸。”又《论制科人状》:“臣今职为学士,官是拾遗,日草诏书,月请谏纸。”

【评析】

作于元和三年(808)五月,白居易37岁。这一年四月二十八日白居易除左拾遗,仍充翰林学士,所谓“擢在翰林,身是谏官”(《与元九书》),“职为学士,官是拾遗”(《论制科人状》)。五月八日,撰《初授拾遗献书》。这是左拾遗白居易的入职感言。可以对比岑参《初授官题高冠草堂》:“三十始一命,宦情多欲阑。自怜无旧业,不敢耻微官。涧水吞樵路,山花醉药栏。只缘五斗米,辜负一渔竿。”同为入职感言,而心境随着年龄、地位的差异,显出不同。白居易是幸运的,释褐不久,即以其卓越的文学才能蜚声朝野,寻即擢居近职,以左拾遗和翰林学士的双重身份参与朝政。作为“言官”,左拾遗“其选甚重,其秩甚卑”(《初授拾遗献书》),翰林学士也仅是一种差遣,有虚名而无实权。要想发挥其干预朝政的积极作用,在政治上有所作为,必须有一个前提,那就是得到最高统治者的信任与支持。由于谏官能够接近皇帝和权臣,若政绩显著则能得到破格提拔,这一角色在当时的政治生活中经常发挥关键作用,因此成为政治上积极进取者乐于担任的职务。在元和初期进入仕途的白居易,正好获得了这样难得的机遇,得以进闻于上,以遂平生之志。

洪迈《容斋三笔》卷十二评论说:“予年过七十,法当致仕,绍熙之末，以新天子临御，未敢遽有请，故玉隆满秩，只以本官职居里。乡衮赵子直不忍使绝禄粟，俾之因任，方用赘食太仓为愧，而亲朋谓予爵位不逮二兄，以为耿耿。予诵白乐天《初授拾遗》诗以语之曰：'奉诏登左掖，束带参朝议。何言初命卑，且脱风尘吏。杜甫陈子昂，才名括天地。当时非不遇，尚无过斯位。'其安分知足之意，终身不渝。因略考国朝以来，名卿伟人负一时重望而不跻大用者，如王黄州禹偁，杨文公亿，李章武宗谔，张乖崖咏，孙宣公奭，晁少保迥，刘子仪筠，宋景文祁，范蜀公镇，郑毅夫獬，滕元发甫，东坡先生，范淳父祖禹，曾子开肇，彭器资汝砺，刘原甫敞，蔡君谟襄，孙莘老觉，近世汪彦章藻，孙仲益觌，诸公皆不过尚书学士，或中年即世，或迁谪留落，或无田以食，或无宅以居，况若我忠宣公者，尚忍言之！则予之忝窃亦已多矣。"大谈人当知足之意，与白居易此诗原意颇有距离。

白牡丹（和钱学士作）[①]

城中看花客，旦暮走营营[②]。素华人不顾，亦占牡丹名。闭在深寺中，车马无来声。唯有钱学士，尽日绕丛行。怜此皓然质，无人自芳馨。众嫌我独赏，移植在中庭。留景夜不暝，迎光曙先明。对之心亦静，虚白相向生[③]。唐昌玉蕊花，攀玩众所争[④]。折来比颜色，一种如瑶琼[⑤]。彼因稀见贵，此以多为轻。始知无正色[⑥]，爱恶随人情。岂惟花独尔，理与人事并。君看入时者，紫艳与红英[⑦]。

【注释】

① 钱学士：指翰林学士钱徽，字蔚（或作尉）章，吴兴（今浙江湖州）

人。诗人钱起之子。钱徽元和三年(808)八月二十六日自祠部员外郎充翰林学士,元和十年(815)十一月出守本官。白居易元和二年(807)十一月六日入院,元和六年(811)四月丁母忧出院。元和三年(808)至元和六年(811)期间,白居易与钱徽同为翰林学士,多有交往。

② 营营:往来奔走貌,引申为操劳义。《庄子·庚桑楚》:“全汝形,抱汝生,无使汝思虑营营。”

③“对之”二句:《庄子·人间世》:“瞻彼阕者,虚室生白,吉祥止止。”司马彪注:“室,喻心,心能空虚,则纯白独生也。”江总《借刘太常说文》:“山宇生虚白,留连嗣芳杜。”

④“唐昌”二句:《唐两京城坊考》卷四朱雀门街西第一街安业坊:“横街之北,鄎国公主宅。次南,唐昌观。”《剧谈录》卷下:“上都安业坊唐昌观旧有玉蕊花,甚繁,每发,若瑶林琼树。元和中,春物方盛,车马寻玩者相继。忽一日,有女子,年可十七八,衣绣绿衣,乘马,峨髻双鬟,无簪珥之饰,容色婉约,迥出于众。从以二女冠、三女仆,仆者皆丱头黄衫。……伫立良久,令小仆取花数枝而出。将乘马,回谓黄冠者曰:‘曩者玉峰之约,自此可以行矣。’时观者如堵,咸觉烟霏鹤唳,景物辉焕。举辔百步,有轻风拥尘,随之而去。须臾尘灭,望之已在半天,方悟神仙之游。余香不散者,经月余日。时严给事休复、元相国、刘宾客、白醉吟俱有《闻玉蕊院真人降》诗。”按,此记事“元和”当为“大和”。攀玩,赏玩。上官婉儿《游长宁公主流杯池》:“此真攀玩所,临睨赏光辉。”

⑤ 一种:一样,同样。瑶琼:同“琼瑶”。《诗·卫风·木瓜》:“投我以木桃,报之以琼瑶。”毛传:“琼瑶,美玉。”张协《杂诗》:“尺烬重寻桂,红粒贵瑶琼。”

⑥ 正色:指青、赤、黄、白、黑五种纯正的颜色。《礼记·王制》:“奸色乱正色,不粥于市。”又《玉藻》:“衣正色,裳闲色。”

⑦“入时”二句:刘禹锡《同乐天和微之深春二十首》:“能偷新禁曲,

自剪入时花。”白居易《新乐府·牡丹芳》：“宿露轻盈泛紫艳，朝阳照耀生红光。红紫二色间深浅，向背万态随低昂。”盖牡丹以红、紫二色为贵。

【评析】

作于元和三年（808）至元和六年（811），长安。如果说白居易元和十年（815）的七绝《白牡丹》“白花冷淡无人爱，亦占芳名道牡丹”，是写给自己的，自况自嘲，借白牡丹受到的冷淡，对眼下的境遇发一发牢骚，对未来的仕途担一担杞忧，那么这首五古《白牡丹（和钱学士作）》，则是写给同事的，因同病相怜，而推己及人，由花而入人情，再由人情推至物理，即诗结尾所云“岂惟花独尔，理与人事并”。白居易的讽谕诗，特别善于运用对比手法。这首诗亦然，一层对比是在“看花客”与“钱学士”之间，另一层对比是在白牡丹和深色牡丹之间——“彼因稀见贵，此以多为轻”。

唐陈标《蜀葵》云：“能共牡丹争几许？得人嫌处只缘多。”唐韦绚《刘宾客嘉话录》：“以少为贵，世以不见为圣、为瑞而贵之也。所以进士陈标咏《蜀葵》诗。”宋吴开《优古堂诗话》“蜀葵诗”：“刘禹锡《嘉话》载陈标《蜀葵》诗：‘能共牡丹争几许？得人憎处只缘多。’《杂俎》载：贞元中，牡丹已多，柳浑善言：‘近来无奈牡丹何，数十千钱买一窠。今朝始得分明见，也共戎葵较几多。’二诗意相似。”柳浑，初名载，字元舆，后改名浑，字惟深，襄州（今湖北襄阳）人。天宝元年（742）进士，贞元二年（786）拜兵部侍郎，贞元三年（787）以本官同中书门下平章事。上引柳浑诗，《全唐诗》题为《牡丹》，“窠”作“颗”。“杂俎”云云，见段成式《酉阳杂俎》续集卷九；“牡丹已多”作“牡丹已贵”；“较”作“校”。

入时者乃紫艳与红英，攀玩众所争；我独赏者乃素华皓然质，正色自芳馨。其中“留景夜不暝，迎光曙先明。对之心亦静，虚白相向生”

四句，道出钱学士对白牡丹的倾情之恋，值得圈点。“留景夜不瞑”与白居易“夜惜衰红把火看”的爱之狂堪相比并；“迎光曙先明”点出白有白的特点，不亚于“紫艳与红英”的光芒；“对之心亦静，虚白相向生”，赏花而能入人心，悟道理——虚白，典出《庄子·人间世》：“虚室生白，吉祥止止。”谓心中纯净无欲。

寄唐生[①]

贾谊哭时事，阮籍哭路歧[②]。唐生今亦哭，异代同其悲。唐生者何人？五十寒且饥。不悲口无食，不悲身无衣。所悲忠与义，悲甚则哭之。太尉击贼日[③]，［段太尉以笏击朱泚。］尚书叱盗时[④]。［颜尚书叱李希烈。］大夫死凶寇[⑤]，［陆大夫为乱兵所害。］谏议谪蛮夷[⑥]。［阳谏议左迁道州。］每见如此事，声发涕辄随。往往闻其风，俗士犹或非。怜君头半白，其志竟不衰。我亦君之徒，郁郁何所为[⑦]？不能发声哭，转作乐府诗。篇篇无空文，句句必尽规[⑧]。功高虞人箴[⑨]，痛甚骚人辞[⑩]。非求宫律高[⑪]，不务文字奇[⑫]。惟歌生民病，愿得天子知。未得天子知，甘受时人嗤。药良气味苦[⑬]，瑟淡音声稀[⑭]。不惧权豪怒，亦任亲朋讥。人竟无奈何，呼作狂男儿。每逢群盗息，或遇云雾披[⑮]。但自高声歌，庶几天听卑。歌哭虽异名，所感则同归。寄君三十章，与君为哭词。

【注释】

①唐生：唐衢。《旧唐书·唐衢传》：“唐衢者，应进士，久而不第，能为歌诗，意多感发。见人文章有所伤叹者，读讫必哭，涕泗不能已。每

与人言论，既相别，发声一号，音辞哀切，闻之者莫不凄然泣下。尝客游太原，属戎帅军宴，衢得预会，酒酣言事，抗音而哭，一席不乐，为之罢会，故世称唐衢善哭。左拾遗白居易遗之诗曰……其为名流称重若此，竟不登一命而卒。”事又见《唐国史补》卷中、《桂苑丛谈》等。

②“贾谊”二句：《陈政事疏》：“臣窃惟时势可为痛哭者一，可为流涕者二，可为长太息者六。”《晋书·阮籍传》：“籍本有济世志，属魏晋之际，天下多故，名士少有全者，籍由是不与世事，遂酣饮为常。……时率意独驾，不由径路，车迹所穷，辄恸哭而反。”

③“太尉”句：太尉，段秀实。《旧唐书·段秀实传》：“段秀实字成公，陇州汧阳人也。……（建中）四年，朱泚盗据宫阙，……泚召秀实议事，源休、姚令言、李忠臣、李子平皆在座。秀实戎服，与泚并膝，语至僭位，秀实勃然而起，执休腕夺其象笏，奋跃而前，唾泚面大骂曰：‘狂贼，吾恨不斩汝万段，我岂逐汝反耶！’遂击之。泚举臂自捍，才中其颡，流血匍匐而走。……凶党群至，遂遇害焉。”德宗后下诏赠太尉。

④“尚书”句：尚书，颜真卿。《旧唐书·颜真卿传》：“颜真卿字清臣，琅邪临沂人也。……会李希烈陷汝州，（卢）杞乃奏曰：‘颜真卿四方所信，使谕之，可不劳师旅。’上从之，朝廷失色。……初见希烈，欲宣诏旨，希烈养子千余人露刃争前迫真卿，将食其肉。诸将丛绕慢骂，举刃以拟之，真卿不动。……时朱滔、王武俊、田悦、李纳使在座，目真卿谓希烈曰：‘闻太师名德久矣，相公欲建大号，而太师至，非天命正位？欲求宰相，孰先太师乎？’真卿正色叱之曰：‘是何宰相耶！君等闻颜杲卿无是吾兄也。禄山反，首举义兵，及被害，诟骂不绝于口。吾今年向八十，官至太师，守吾兄之节，死而后已，岂受汝辈诱胁耶！’……德宗复宫阙，希烈弟希倩在朱泚党中，例伏诛。希烈闻之怒，兴元元年八月三日，乃使阉奴与景臻等杀真卿。”

⑤“大夫”句：大夫，陆长源。《旧唐书·陆长源传》：“陆长源字泳

之……贞元十二年，授检校礼部尚书、宣武军行军司马，汴州政事，皆决断之。性轻佻，言论容易，恃才傲物，所在人畏而恶之。及至汴州，欲以峻法绳骄兵，而董晋判官杨凝、孟叔度亦纵恣淫湎，众情共怒。晋性宽缓，事务因循，以收士心。长源每事守法，晋或苟且，长源辄执而正之。及晋卒，令长源知留后事。……或劝长源，故事有大变，皆赏三军，三军乃安。长源曰：'不可使我同河北贼，以钱买健儿取旌节。'兵士怨怒滋甚，乃执长源及叔度等脔而食之，斯须骨肉糜散。"两《唐书》均未载陆长源带御史大夫衔，白居易《哀二良文》："丞相陇西公出镇于汴州，军司马、御史大夫陆长源实左右之。"则知长源在汴州时，为检校御史大夫。

⑥"谏议"句：谏议，阳城。《旧唐书·阳城传》："有薛约者，尝学于城，性狂躁，以言事得罪，徙连州，客寄无根蒂，台吏以踪迹求得之于城家。城坐台吏于门，与约饮酒诀别，涕泣送之郊外。德宗闻之，以城党罪人，出为道州刺史。……顺宗即位，诏征之，而城已卒。"

⑦ 郁郁：忧伤貌。《楚辞·九章·抽思》："心郁郁之忧思兮，独永叹乎增伤。"

⑧ "篇篇"二句：《国语·周语上》："故天子听政，使公卿至于列士献诗，瞽献曲，史献书，师箴，瞍赋，蒙颂，百工谏，庶人传语。近臣尽规，亲戚补察，瞽史教诲，耆艾修之，而后王斟酌焉。"

⑨ "功高"句：《左传·襄公四年》："（魏绛）对曰：'……昔周辛甲之为大史也，命百官官箴王阙，于虞人之箴曰：茫茫禹迹，画为九州，经启九道。民有寝庙，兽有茂草。各有攸处，德用不扰。在帝夷羿，冒于原兽。忘其国恤，而思其麀牡。武不可重，用不恢于夏家。兽臣司原，敢告仆夫。虞箴如是，可不惩乎？'于是晋侯好田，故魏绛及之。"

⑩ 骚人辞：指《楚辞》。屈原作《离骚》，因称楚辞作者为"骚人"。萧统《文选序》："又楚人屈原，含忠履洁，君匪从流，臣进逆耳，深思远虑，遂放湘南。耿介之意既伤，壹郁之怀靡诉。临渊有怀沙之志，吟泽有憔悴

之容。骚人之文，自兹而作。”

⑪ 宫律：宫商律吕，指音阶乐律，又指齐梁以来的诗歌声律说。《南齐书·陆厥传》载陆厥《与沈约书》：“自魏文属论，深以清浊为言；刘桢奏书，大明体势之致。岨峿妥怗之谈，操末续巅之说，兴玄黄于律吕，比五色之相宣。……一人之思，迟速天悬；一家之文，工拙壤隔。何独宫商律吕，必责其如一邪？”

⑫ 文字奇：《文心雕龙·辨骚》：“自风雅寝声，莫或抽绪，奇文郁起，其《离骚》哉！”又《定势》：“自近代辞人，率好诡巧，原其为体，讹势所变，厌黩旧式，故穿凿取新，察其讹意，似难而实无他术也，反正而已。故文反正为乏，辞反正为奇。效奇之法，必颠倒文句。……旧练之才，则执正以驭奇；新学之锐，则逐奇而失正。”

⑬ “药良”句：《韩非子·外储说左上》：“夫良药苦于口，而智者劝而饮之，知其入而已己疾也；忠言拂于耳，而明主听之，知其可以致功也。”

⑭ “瑟淡”句：《礼记·乐记》：“是故乐之隆，非极音也；食飨之礼，非至味也。清庙之瑟，朱弦而疏越，壹倡而三叹，有遗音者矣。大飨之礼，尚玄酒而俎腥鱼，大羹不和，有遗味者矣。”《老子》四十一章：“大音希声。”

⑮ “每逢”二句：《魏书·任城王传》：“（任城王）云廉谨自修，留心庶狱，挫抑豪强，群盗息止，州民颂之者千有余人。”谢灵运《拟魏太子邺中集·王粲》：“排雾属盛明，披云对清朗。”《文选》李善注：“盛明、清朗，喻太祖也。王隐《晋书》曰：乐广为尚书令，卫瓘见而奇之，命诸子造焉，曰：每见此人，莹然若开云雾之睹青天。阮瑀《谢太祖笺》曰：一得披玄云，望白日，唯力是视，敢有二心。”王楙《野客丛书》卷十二披雾睹天：“今用披雾睹青天事，多指乐广。如梁孝元诗：‘还思逢乐广，能令云雾褰。’骆宾王诗‘情披乐广天’是也。往往谓此语创见于晋，不知此语已先见于徐幹《中论》曰：‘文王畋于渭水，遇太公钓，召而与之言，载之而归。文王之识也，灼然若驱云而见白日，霍然如开雾而睹青天。’晋人盖引此语

以美乐广耳。曹植《谢入觐表》曰：‘若披浮云而晒白日。’”

【评析】

作于元和三年（808）至元和五年（810），在长安。此诗赞赏唐衢忠义正直的品格，并阐明自己《新乐府》诗的创作原则。“篇篇无空文，句句必尽规”，“惟歌生民病，愿得天子知”，强调以诗反映民生疾苦，发挥讽谕时政功用。“非求宫律高，不务文字奇”，主张形式服从于内容。不追求音律的高雅和文辞的新奇，而力求语言通俗平易，音律和谐婉转。白居易不仅如此说，也是这样做。黄彻《䂬溪诗话》卷十评云：“《雅》云：‘匪面命之，言提其耳。’‘彼童而角，实江小子。’‘忧心惨惨，念国之为虐。’‘乱匪降自天，生自妇人。’忠臣义士，欲正君定国，惟恐所陈不激切，岂尽优柔婉晦乎？故乐天《寄唐生》诗云：‘篇篇无空文，句句必尽规。’……乐天云：‘“余霞散成绮，别叶乍辞风”等语，丽矣，不过于嘲风雪，弄花草而已。’故《寄唐生》诗云：‘非求宫律高，不务文章奇。惟歌生民病，愿得天子知。’”

韩愈有《赠唐衢》：“虎有爪兮牛有角，虎可搏兮牛可触。奈何君独抱奇材？手把锄犁饿空谷。当今天子急贤良，匭函朝出开明光。胡不上书自荐达？坐令四海如虞唐。”程学恂《韩诗臆说》对比韩白二诗，称：“乐天遗唐衢诗，全赋其哭。此独不及其哭，但称其才之奇而已。须知哭处正是奇材无所发泄处也。”沈德潜《唐诗别裁集》评云：“白傅作诗，总是此旨（‘非求’二句下）。歌以代哭，一篇本旨。”黄周星《唐诗快》卷五评云：“该哭（‘所悲’二句下）。此真奇人奇事也。世传唐衢善哭，若无乐天此诗，只将衢看作杨朱、阮籍一流矣。即昌黎诗亦未曾写出。”查慎行《初白庵诗评》云：“《寄唐生》‘琴淡音声稀’，希。‘亦任亲朋讥’，议。”可见“稀”应作“希”，“饥”应作“议”。余成教《石园诗话》云：“香山《寄唐生》云：‘唐生者何人？五十寒且饥。……寄君三十章，与君为哭词。'《伤唐衢》云：'怜君儒家子，不得诗书力。……散在京洛间，何人为收拾？'合两篇观之，唐衢，即唐生也。想生亦元和间诗人，而诗不显于后世，幸而与香山相知，得附名于集，不然，千载而下，孰知头半白而志不衰之唐生也！"全诗以"哭"引起开篇，以"哭"作终篇之结，唐生"悲甚则哭之"，而白居易则长歌当哭。二人所哭形式不同，却为同一目的而哭，首尾呼应，形式和内容高度统一。梁启超批点《白香山诗集》："'贾谊哭时事，阮籍哭路歧。唐生今亦哭，异代同其悲。唐生者何人，五十寒且饥。'极洋灏流转之致。"

赠　内

生为同室亲，死为同穴尘[①]。他人尚相勉，而况我与君。黔娄固穷士，妻贤忘其贫[②]。冀缺一农夫，妻敬俨如宾[③]。陶潜不营生，翟氏自爨薪[④]。梁鸿不肯仕，孟光甘布裙[⑤]。君虽不读书，此事耳亦闻。至此千载后，传是何如人？人生未死间，不能忘其身。所须者衣食，不过饱与温。蔬食足充饥，何必膏粱珍[⑥]。缯絮足御寒，何必锦绣文。君家有贻训，清白遗子孙。我亦贞苦士，与君新结婚。庶保贫与素，偕老同欣欣。

【注释】

①"生为"二句：《诗·王风·大车》："谷则异室，死则同穴。谓予不信，有如皦日。"毛传："生在于室则外内异，死则神合同为一也。"《世说新语·贤媛》："郗嘉宾丧，妇兄弟欲迎妹还，终不肯归，曰：'生纵不得与郗郎同室，死宁不同穴？'"后亦称夫妻生时为同室。

②“黔娄”二句：刘向《列女传》卷二《鲁黔娄妻》：“鲁黔娄先生之妻也。先生死，曾子与门人往吊之。其妻出户，曾子吊之。上堂，见先生之尸在牖下，枕墼席藁缊袍不表，覆以布被，首足不尽敛，覆头则足见，覆足则头见。曾子曰：‘邪引其被则敛矣。’妻曰：‘邪而有余，不如正而不足也。先生以不邪之故，能至于此。生时不邪，死而邪之，非先生意也。’……曾子曰：‘唯斯人也而有斯妇。’君子谓黔娄妻为乐贫行道。”

③“冀缺”二句：《左传·僖公三十三年》：“初，臼季使过冀，见冀缺耨，其妻馌之，敬，相待如宾，与之归。言诸文公曰：‘敬，德之聚也。能敬必有德，德以治民，君请用之。臣闻之：出门如宾，承事如祭，仁之则也。’”

④“陶潜”二句：陶潜，陶渊明。萧统《陶渊明传》：“其妻翟氏，亦能安勤苦，与其同志。”《淮南子·泰族训》：“称薪而爨，数米而炊。”

⑤“梁鸿”二句：《后汉书·梁鸿传》：“梁鸿字伯鸾，扶风平陵人也。……势家慕其高节，多欲女之，鸿并绝不娶。同县孟氏有女，状肥丑而黑，力举石臼，择对不嫁，至年三十。父母问其故，女曰：‘欲得贤如梁伯鸾者。’鸿闻而娉之。女求作布衣、麻屦，织作筐缉绩之具。及嫁，始以装饰入门。七日而梁鸿不答。……乃更为椎髻，着布衣，操作而前。鸿大喜曰：‘此真梁鸿妻也。能奉我矣。’字之曰德曜，名孟光。……遂至吴，依大家皋伯通，居庑下，为人赁舂。每归，妻为具食，不敢于鸿前仰视，举案齐眉。”弘农杨氏为名门望族，较白居易门第更高，故孟光之典，屡见于白诗。

⑥“蔬食”二句：《论语·述而》：“子曰：‘饭疏食饮水，曲肱而枕之，乐亦在其中矣。不义而富且贵，于我如浮云。’”“疏食”或作“蔬食”。《释文》：“本或作‘蔬’。案《说文》无‘蔬’字，新附始有之。‘蔬’乃‘疏’之俗字。”《孟子·告子上》：“诗云：‘既醉以酒，既饱以德。’言饱乎仁义也，所以不愿人之膏粱之味也。令闻广誉施于身，所以不愿人之文绣也。”

【评析】

作于元和三年（808），长安。赠内，即送给妻子。白居易《祭杨夫人文》云："维元和三年岁次戊子八月辛亥朔十九日己巳……敬祭于陈氏杨夫人之灵。"又云："近接嘉姻。"可知白居易与妻子的婚期当在元和三年（808）七八月间，这位陈氏杨夫人是白居易妻子杨氏的长姊。白居易时年三十七，已是大龄青年。杨氏为杨汝士及杨虞卿之从妹。杨虞卿，字师皋，华阴弘农人。元和五年（810）擢进士第。杨汝士，字慕巢，虞卿从兄，居易妻兄。两《唐书》有传。居易与杨汝士、虞卿相识甚早，据白居易元和十一年（816）《与杨虞卿书》："且与师皋，始于宣城相识，迨于今十七八年，可谓故矣。"可知二人相识于贞元十五年（799）、十六年（800）。当时，白居易为宣州刺史崔衍所贡，杨虞卿跟随父亲至宣州，二人得以结识。大和九年（835），虞卿卒后，白居易有《哭师皋》诗云："往者何人送者谁？乐天哭别师皋时。平生分义向人尽，今日哀冤唯我知。我知何益徒垂泪，篮舆回竿马回辔。何日重闻《扫市歌》？谁家收得琵琶伎？萧萧风树白杨影，苍苍露草青蒿气。更就坟前哭一声，与君此别终天地。"足见感情至深。

这首赠给妻子的诗，堪称表达新郎誓言之典范，篇首"同穴"与篇末"偕老"出典均为《诗经》（前者《大车》，后者《击鼓》），都表示一生不变的夫妇情爱。这篇《赠内》在白居易集中被归在"讽谕诗"中，因为婚姻和家庭确是人生至关重要之事，唐代士人对婚姻的选择尤其慎重。陈寅恪云："唐代社会承南北朝之旧俗，通以二事评量人品之高下。此二事，一曰婚，二曰宦。凡婚而不娶名家女，与仕而不由清望官，俱为社会所不齿。"社会习俗如此，白居易更不例外，他与好友元稹一样，对婚姻的选择颇为慎重，不约而同地选择较自己门第更高者为婚姻对象，弘农杨氏乃名门望族，白居易与杨氏结缡，对于他后来的政治生涯颇有影响。相关研究还可参见王中儒、顾学颉、桐岛熏子、文艳蓉等人的文章。对于白居易的妻子和婚姻，平冈武夫《白居易和他的妻子》既从社会生活的广阔视角，又从家庭生活的细微视角，交织地对白居易和其妻子的爱情婚姻生活，作了系统的考察说明。王辉斌《白居易的婚姻问题》认为白居易曾两次结婚，第一次于元和三年（808）夏与杨虞卿从父之妹结婚，“杨氏因病约卒于白居易出牧苏州的宝历元年之前。大和元年或翌年春夏间，与杨汝士妹第二次结婚”。盖多有误会，结论难以据信。

议　婚

天下无正声，悦耳即为娱[①]。人间无正色，悦目即为姝[②]。颜色非相远[③]，贫富则有殊。贫为时所弃，富为时所趋。红楼富家女，金缕绣罗襦。见人不敛手[④]，娇痴二八初。母兄未开口，已嫁不须臾[⑤]。绿窗贫家女，寂寞二十余。荆钗不直钱，衣上无真珠[⑥]。几回人欲聘，临日又踟蹰。主人会良媒，置酒满玉壶。四座且勿饮，听我歌两途[⑦]。富家女易嫁，嫁早轻其夫。贫家女难嫁，嫁晚孝于姑。闻君欲娶妇，娶妇意何如？

【注释】

①“天下”二句：《荀子·乐论》：“凡奸声感人而逆气应之，逆气成象而淫乐兴焉。正声感人而顺气应之，顺气成象而和乐兴焉。”《魏书·乐志》：“逮乎末俗陵迟，正声顿废，多好郑卫之音，以悦耳目。”

②“人间”二句：《礼记·王制》：“奸色乱正色，不粥于市。”《说苑·修文》：“衣服容貌者，所以悦目也；声音应对者，所以悦耳也；嗜欲好恶者，所以悦心也。”《诗·邶风·静女》：“静女其姝，俟我于城隅。”毛传：“姝，

美色也。”

③ 颜色：容貌。陆机《拟青青河畔草》：“粲粲妖容姿，灼灼美颜色。”

④ 敛手：恭敬之态。《后汉书·鲍永传》：“帝常曰：‘贵戚且宜敛手，以避二鲍。’”

⑤ 不须臾：不长久。《古诗十九首》：“既来不须臾，又不处重闱。”

⑥ 真珠：即珍珠。《三国志·魏书·东夷传·倭人》：“出真珠、青玉。”杜甫《即事》：“百宝装腰带，真珠络臂鞲。”

⑦ 两途：两种情况。《魏书·公孙表传附孙邃》：“当斟酌两途，商量得失。”

【评析】

这首诗属于组诗《秦中吟》十首之一，诗前小序云：“贞元、元和之际，予在长安，闻见之间，有足悲者，因直歌其事，命为《秦中吟》。”可见《秦中吟》构思于“贞元、元和之际”。但真正落笔，则是在元和三年（808）或四年（809）。当时，白居易在长安任左拾遗、翰林学士。元和六年（811）至九年（814）间，白居易《伤唐衢》（其二）：“忆昨元和初，忝备谏官位。是时兵革后，生民正憔悴。但伤民病痛，不识时忌讳。遂作《秦中吟》，一吟悲一事。贵人皆怪怒，闲人亦非訾。天高未及闻，荆棘生满地。”元和十年（815）《与元九书》又说：“闻《秦中吟》，则权豪贵近者相目而变色矣……诸妓见仆来，指而相顾曰：此是《秦中吟》《长恨歌》主耳。”《编集拙诗成一十五卷因题卷末戏赠元九李二十》云：“一篇《长恨》有风情，十首《秦吟》近正声。”长庆四年（824），元稹《白氏长庆集序》云：“因为《贺雨》《秦中吟》等数十章，指言天下事，时人比之风、骚焉。……乐天《秦中吟》《贺雨》讽谕等篇，时人罕能知者。”从上述来看，似乎白居易对《秦中吟》的鼓吹更为用力，而且就当时的流传和社会影响而言，《新乐府》好像也略逊一筹。

这大概一是因为《秦中吟》落笔于元和三年（808）或四年（809），脱稿较早，《新乐府》虽始撰于元和四年（809），随后便流传了出去，但直到元和七年（812）仍在改定，《新乐府序》也是作于元和七年（812）；二是因为《新乐府》受到李绅、元稹的启发，是酬和二人之作，而《秦中吟》则是自己有感而发，“闻见之间，有足悲者，因直歌其事”。

冯班《二冯评点才调集》评云：“讽刺体。元白讽刺意周而语尽，文外无余意，异于古人也。大略亦是《小雅》之遗。白公讽刺诗，周详明直，娓娓动人，自创一体，古人无是也。凡讽谕之文，欲得深隐，使言者无罪，闻者足戒。白公尽而露，其妙处正在周详，读之动人，此亦出于《小雅》也。”

查慎行《初白庵诗评》云：“《议婚》‘天下无正声’八句，此即王摩诘‘贱日岂殊众，贵来方悟稀’二句意，而神韵不逮远矣。”智按：“贱日岂殊众，贵来方悟稀”，见王维《西施咏》。王文濡《历代诗评注读本·唐诗评注读本》曰：“议婚者之重富轻贫，古今同情。此诗亦为针砭时俗而作。至其平易近人，善于达意，则白诗之所独擅也。”

重　赋

厚地植桑麻，所要济生民[①]。生民理布帛，所求活一身[②]。身外充征赋，上以奉君亲[③]。国家定两税[④]，本意在忧人[⑤]。厥初防其淫，明敕内外臣[⑥]：税外加一物，皆以枉法论。奈何岁月久，贪吏得因循[⑦]。浚我以求宠，敛索无冬春[⑧]。织绢未成匹，缫丝未盈斤[⑨]。里胥迫我纳[⑩]，不许暂逡巡[⑪]。岁暮天地闭[⑫]，阴风生破村。夜深烟火尽，霰雪白纷纷。幼者形不蔽，老者体无温。悲端与寒气⑬,并入鼻中辛⑭。昨日输残税⑮,因窥官库门:缯帛如山积⑯,丝絮似云屯⑰。号为羡余物⑱,随月献至尊。夺我身上暖,买尔眼前恩。进入琼林库⑲,岁久化为尘!

【注释】

①“厚地”二句:《管子·牧民》:“故授有德,则国安;务五谷,则食足;养桑麻育六畜,则民富。”《颜氏家训·治家》:“生民之本,要当稼穑而食,桑麻以衣。”

②“生民”二句:《汉书·食货志上》:“《洪范》八政,一曰食,二曰货。食谓农殖嘉谷可食之物,货谓布帛可衣,及金刀鱼贝,所以分财布利通有无者也。二者,生民之本,兴自神农之世。”

③“身外”二句:《管子·五辅》:“薄征敛,轻征赋,弛刑罚,赦罪戾,宥小过,此谓宽其政。”《盐铁论·授时》:“易其田畴,薄其税敛,则民富矣。上以奉君亲,下无饥寒之忧,则教可成也。”

④两税:唐德宗时宰相杨炎创立的一种税法。因税分夏秋两季缴纳,故称。具体见《唐会要》卷八三租税上。又见《册府元龟》卷四八八、《旧唐书·杨炎传》等。

⑤忧人:犹言忧民。《孟子·梁惠王下》:“乐民之乐者,民亦乐其乐;忧民之忧者,民亦忧其忧。”

⑥“厥初”二句:《书·蔡仲之命》:“慎厥初,惟厥终,终以不困。”《盐铁论·本议》:“窃闻治人之道,防淫佚之原,广道德之端,抑末利而开仁义,毋示以利。”《汉书·平帝纪》元始四年诏:“其明敕百僚。”

⑦因循:轻率、马虎。《祖堂集》卷十九香严和尚:“莫因循,莫犹预,虚度光阴。”

⑧“浚我”二句:《左传·襄公二十四年》:“毋宁使人谓子‘子实生我’,

而谓子‘浚我以生’乎？”杜预注：“浚，取也。言取我财以自生。”

⑨ 缲：同“缫”，煮茧抽丝。《春秋繁露·实性》：“茧待缲以涫汤，而后能为丝。”

⑩ 里胥：指里正之类乡官。《通典》卷三三乡官：“大唐凡百户为一里，里置正一人。五里为一乡，乡置耆老一人。”又卷三食货三：“（里正）掌按比户口，课植农桑，检察非违，催驱赋役。”

⑪ 逡巡：迟疑拖延。《庄子·让王》：“子贡逡巡而有愧色。”

⑫ “岁暮”句：《礼记·月令》：“孟冬之月……是月也，天子始裘，命有司曰：天气上腾，地气下降，天地不通，闭塞而成冬。”《易·坤·文言》：“天地变化，草木蕃。天地闭，贤人隐。”

⑬ 悲端：可悲的情事。《梁书·明山宾传》：“追忆谈绪，皆为悲端，往矣如何！”也指哀伤的心绪，如谢灵运《登临海峤初发疆中作》：“兹情已分虑，况乃协悲端。”端，原为方位词，但表方位之义逐渐虚化，可接于表心理状态之名词或形容词后，无实义。类似之例有杜诗“忧端齐终南”。

⑭ 鼻中辛：犹言鼻酸。宋玉《高唐赋》：“孤子寡妇，寒心酸鼻。”

⑮ 残税：残剩未完之税。《太平广记》卷一二四《郝溥》（出《儆诫录》）：“伪蜀华阳县吏郝溥日追欠税户，街判司勾礼遣婢子阿宜赴县，且嘱溥云：不用留禁，残税请延期输纳。”

⑯ 缯帛：泛指丝织品。《旧唐书·宪宗纪》：“出内库缯帛五万匹充奉山陵。”

⑰ 丝絮：丝绵。《旧唐书·李晟传》：“（河陇）土无丝絮，人苦征役，思唐之心，岂有已乎。”

⑱ 羡余：唐以后地方官员以赋税盈余的名义向朝廷进贡的财物。

⑲ 琼林：唐内库名。德宗时设，以藏贡品。

【评析】

此诗属《秦中吟》十首之一。《唐宋诗醇》云："通达治体，故于时政源流利弊，言之了然，其沉著处令读者酸鼻，杜甫《石壕吏》之嗣音也。"宋宗元《网师园唐诗笺》卷三："有关系文字，不得仅以诗人目之（末四句下）。"《唐诗别裁集》重订本卷三："唐时已有进羡余者，言下慨然（末六句下）。"《养一斋诗话》卷十云："若《重赋》诗：'夺我身上暖，买尔眼前恩。'《伤友》诗：'虽云志气高，岂免颜色低。'《不致仕》诗：'朝露贪名利，夕阳忧子孙。'《买花》诗：'一丛深色花，十户中人赋。'劲直沉痛。诗到此境，方不徒作。若概以浅率目之，则谬矣。"

伤　宅

谁家起甲第①，朱门大道边？丰屋中栉比，高墙外回环。累累六七堂②，栋宇相连延。一堂费百万③，郁郁起青烟④。洞房温且清⑤，寒暑不能忏⑥。高堂虚且迥，坐卧见南山⑦。绕廊紫藤架，夹砌红药栏⑧。攀枝摘樱桃，带花移牡丹。主人此中坐，十载为大官。厨有臭败肉，库有贯朽钱。谁能将我语，问尔骨肉间：岂无穷贱者，忍不救饥寒⑨？如何奉一身⑩，直欲保千年⑪？不见马家宅，今作奉诚园⑫。

【注释】

① 甲第：《史记·孝武本纪》："赐列侯甲第，僮千人。"集解："《汉书音义》曰：有甲乙第次，故曰第。"张衡《西京赋》："北阙甲第，当道直启。"《文选》李善注："第，馆也。甲，言第一也。"

②累累：重叠貌。张九龄《登荆州城楼》："累累见陈迹，寂寂想雄图。"

③"一堂"句：《旧唐书·马璘传》："璘久将边军，属西蕃寇扰，国家倚为屏翰。前后赐与无算，积聚家财，不知纪极。在京师治第舍，尤为宏侈。天宝中，贵戚勋家，已务奢靡，而垣屋犹存制度。然卫公李靖家庙，已为嬖臣杨氏马厩矣。及安、史大乱之后，法度隳弛，内臣戎帅，竞务奢豪，亭馆第舍，力穷乃止，时谓'木妖'。璘之第，经始中堂，费钱二十万贯，他室降等无几。"

④郁郁：烟云盛多貌。《史记·天官书》："若烟非烟，若云非云，郁郁纷纷，萧索轮囷，是谓卿云。"

⑤洞房：深邃的内室。王延寿《鲁灵光殿赋》："旋室㛹娟以窈窕，洞房叫窱而幽邃。"

⑥忓：通"干"。《国语·鲁语下》："以歜之家，而主犹绩，惧忓季孙之怨也。"

⑦南山：指终南山。张说《三月二十日诏宴乐游园赋得风字》："北阙连天顶，南山对掌中。"

⑧红药：芍药。谢朓《直中书省》："红药当阶翻，苍苔依砌上。"

⑨忍不：犹言何忍不、争忍不。崔日用《又赐宴自歌》："日用读书万卷，何忍不蒙学士。"胡曾《独不见》："万里寂寥音信绝，寸心争忍不成灰。"

⑩"如何"句：《汉书·杨王孙传》："杨王孙者，孝武时人也。学黄老之术，家业千金，厚自奉养生，亡所不致。"《晋书·纪瞻传》："厚自奉养，立宅于乌衣巷，馆宇崇丽，园池竹木，有足赏玩焉。"

⑪直欲：真欲，竟欲。张谓《代北州老翁答》："近传天子尊武臣，强兵直欲静胡尘。"

⑫"不见"二句：《旧唐书·马燧传》："燧赀货甲天下，燧既卒，畅承旧业，屡为豪幸邀取。贞元末，中尉杨志廉讽畅令献田园第宅，顺宗复赐畅。初为汇妻所诉，析其产，中贵又逼取，仍指使施于佛寺，畅不敢吝。

晚年财产并尽，身殁之后，诸子无室可居，以至冻馁。今奉诚园亭馆，即畅旧第也。"《唐国史补》卷中："马司徒之子畅，以第中大杏馈窦文场，文场以进。德宗未尝见，颇怪之，令使就第封杏树。畅惧，进宅，废为奉诚园，屋木尽折入内也。"

【评析】

此诗属《秦中吟》十首之一。叶燮《原诗》云："《重赋》《不致仕》《伤友》《伤宅》等篇，言浅而深，意微而显，此风人之能事也。"王文濡《历代诗评注读本·唐诗评注读本》卷一曰："功薄而飨厚，则富贵难守。此诗与韩退之《圬者王承福传》同一寄慨。"

伤 友

陋巷孤寒士，出门苦恓恓。虽云志气在，岂免颜色低。平生同门友，通籍在金闺①。曩者胶漆契，迩来云雨睽②。正逢下朝归，轩骑五门西③。是时天久阴，三日雨凄凄。蹇驴避路立，肥马当风嘶。回头忘相识，占道上沙堤④。昔年洛阳社⑤，贫贱相提携。今日长安道，对面隔云泥。近日多如此，非君独惨凄。死生不变者，唯闻任与黎⑥。［任公叔、黎逢］

【注释】

①"通籍"句：谢朓《始出尚书省》："既通金闺籍，复酌琼筵醴。"《文选》李善注："金闺，即金门也。《解嘲》曰：历金门，上玉堂。应劭《汉书注》曰：籍者，为二尺竹牒，记其年纪、名字、物色，悬之宫门，案省相应，乃得入也。""金闺籍"后用以指在朝为官。

②“胶漆”二句：《后汉书·雷义传》：“乡里为之语曰：胶漆自谓坚，不如雷与陈。”《易·序卦》：“睽者，乖也。”颜延之《和谢监灵运》：“虽惭丹雘施，未谓玄素睽。徒遭良时诐，王道奄昏霾。人神幽明绝，朋好云雨乖。”《文选》李善注：“张载《咏怀》诗曰：云乖雨散，心乎怆而。”

③五门：指大明宫南面五门。《唐六典》卷七大明宫：“南面五门，正南曰丹凤门，东曰望仙门，次曰延政门，西曰建福门，次曰兴安门。”《旧唐书·宪宗纪》：元和二年(807)“六月丁巳朔，始置百官待漏院于建福门外”。又《文宗纪》：大和九年(835)，“先是，宰相武元衡被害，宪宗出内库弓箭、陌刀赐左右街使，俟宰相入朝，以为翼从，及建福门退”。《新唐书·严郢传》：“长安中日数千人遮建福门讼郢冤。”又《李训传》：“召群臣朝，至建福门，从者不得入。”盖建福门为百官出入大明宫之门，故诗言“五门西”。

④沙堤：《唐国史补》卷下：“凡拜相，礼绝班行，府县载沙填路，自私第至子城东街，名曰沙堤。”白居易《新乐府·官牛》：“载向五门官道西，绿槐阴下铺沙堤。”

⑤洛阳社：葛洪《抱朴子·杂应》：“洛阳有道士董威辇，常止白社中，了不食，陈子叙共守事之，从学道积久。”后称退隐者所居为洛阳社。

⑥任与黎：指任公叔、黎逢，均为大历十二年(777)进士。见《登科记考》卷十一。

【评析】

此诗属《秦中吟》十首之一。诗题自注云：“又云伤苦节士。”《唐宋诗醇》云：“‘是时天久阴’六句，摹写炎凉之况，真是不堪。‘近日多如此’，又拓开一层，寄慨益深。”沈德潜《唐诗别裁集》重订本卷三：“‘是时天久阴’六语，一经点染，便觉不堪。”《唐贤小三昧集》云：“形容出色，信觉难堪。”

不致仕

七十而致仕，礼法有明文。何乃贪荣者，斯言如不闻。可怜八九十，齿堕双眸昏。朝露贪名利[①]，夕阳忧子孙[②]。挂冠顾翠緌[③]，悬车惜朱轮[④]。金章腰不胜[⑤]，伛偻入君门。谁不爱富贵，谁不恋君恩。年高须告老，名遂合退身。少时共嗤诮[⑥]，晚岁多因循。贤哉汉二疏，彼独是何人。寂寞东门路，无人继去尘。

【注释】

① 朝露：喻人生短促。《汉书·李陵传》："人生如朝露，何久自苦如此？"此指壮年之时。阮籍《咏怀》："壮年以时逝，朝露待太阳。"

② 夕阳：刘琨《重赠卢谌》："功业未及建，夕阳忽西流。"《文选》李善注："夕阳西流，喻将老之人也。"忧子孙：为子孙计。《后汉书·独行传·李充》："大丈夫居世，贵行其意，何能远为子孙计哉。"

③ "挂冠"句：《后汉书·逢萌传》："时王莽杀其子宇，萌谓友人曰：'三纲绝矣！不去，祸将及人。'即解冠挂东都城门，归将家属浮海，客于辽东。"《礼记·内则》："冠緌缨。"郑注："緌，缨之饰也。"

④ 悬车：指致仕。一般七十岁辞官家居，废车不用，故云。班固《白虎通·致仕》："臣七十悬车致仕者，臣以执事趋走为职，七十阳道极，耳目不聪明，跂踦之属，是以退去避贤者，所以长廉耻也。悬车，示不用也。"朱轮：古代王侯显贵所乘的车子。因用朱红漆轮，故称。唐人亦用以指太守。《汉书·杨恽传》载恽报孙会宗书："恽家方隆盛时，乘朱轮者十人，位在列卿，爵为通侯。"

⑤ 金章：金印。《晋书·职官志》："文武官公，皆假金章紫绶，著五时服。"

⑥ 嗤诮：讥笑责备。《旧唐书·李齐运传》："末以妾卫氏为正室，身为礼部尚书，冕服以行其礼，人士嗤诮。"

【评析】

此诗属《秦中吟》十首之一。诗题《才调集》作《合致仕》。此诗盖讥杜佑也。按，白居易《高仆射》："富贵人所爱，圣人去其泰。所以致仕年，著在礼经内。玄元亦有训，知止则不殆。二疏独能行，遗迹东门外。清风久销歇，迨此向千载。斯人古亦稀，何况今之世。遑遑名利客，白首千百辈。唯有高仆射，七十悬车盖。我年虽未老，岁月亦云迈。预恐耄及时，贪荣不能退。中心私自儆，何以为我戒？故作仆射诗，书之于大带。"作于元和五年（810）九月后，此诗命意之近同。《唐国史补》卷中："高贞公致仕，制云：'以年致政，抑有前闻。近代寡廉，罕由斯道。'是时杜司徒年七十，无意请老，裴晋公为舍人，以此讥之。"《尧山堂偶隽》卷三："元和初，杜佑为司徒，年过七十，犹未请老。裴晋公度时知制诰，因高郢致仕，命词曰……盖讥佑也。"汪立名引录《八朝偶隽》（即《尧山堂偶隽》）后云："公此诗所指，当与裴（度）同，盛为当时传诵。厥后杜牧之每于公多不足语，形之诗篇。至托李戡之言，极口诋诮，文章家报复可畏如此。宋祁不察，据以论公，过矣。牧之，佑之孙也。"沈德潜《唐诗别裁集》重订本卷三："'朝露'二语，耐人寻味，岂浅易人所能。"《唐宋诗醇》云："'朝露贪名利'二句，入之《渊明集》中，几无以辨，或谓乐天浅易，岂其然乎？"

轻　肥

意气骄满路，鞍马光照尘。借问何为者？人称是内臣。朱绂皆大夫，紫绶或将军①。夸赴军中宴，走马去如云。樽罍溢九酝②，水陆罗八珍③。果擘洞庭橘，鲙切天池鳞④。食饱心自若，酒酣气益振。是岁江南旱，衢州人食人⑤！

【注释】

①“朱绂”二句：朱绂，犹言朱袍。唐五品以上衣朱，因用以指五品以上官服。《旧唐书·良吏传·薛苹》：“理身俭薄，尝衣一绿袍，十余年不易，因加赐朱绂，然后解去。”紫绶，紫色丝带，作印组。《史记·范雎蔡泽列传》：“怀黄金之印，结紫绶于要。”朱金城《白居易集笺校》：“唐人诗文中多称‘朱衣’‘紫衣’为‘朱绂’‘紫绶’。白氏《初著绯戏赠元九》诗：‘……我朱君紫绶，犹未得差肩。’……均为有力之证，今人所注唐诗及白诗选本，多误释为系印之绶，盖未熟语唐人诗文中之习语也。”按，以“朱绂”称衣朱，为唐人习语；以“紫绶”指衣紫，则未可概言，所举白氏《初著绯戏赠元九》诗毋宁为一变例。

②“樽罍”句：樽、罍，均为酒器。吴均《酬别江主簿屯骑》诗：“赵瑟凤凰柱，吴醥金罍樽。”九酝，酒名，产于宜城。宋俊《柳亭诗话》卷十八：“襄阳宜城东，有金沙泉，造酒甚美，世称宜城春，又名竹叶清。张华《轻薄篇》：‘苍梧竹叶清，宜城九酝酒。’”

③八珍：古代八种烹饪法。《周礼·天官·膳夫》：“珍用八物。”郑注：“珍谓淳熬、淳母、炮豚、炮牂、捣珍、渍、熬、肝膋。”后泛指珍馐美味。《晋书·石崇传》：“丝竹尽当时之选，庖膳穷水陆之珍。”

④ 天池鳞:《庄子·逍遥游》:“穷发之北有冥海者,天池也。有鱼焉,其广数千里,未有知其修者,其名为鲲。”此借用。

⑤“是岁”二句:此当指元和三年(808)、四年(809)间江南之旱而言。《旧唐书·宪宗纪》:元和三年(808),“是岁,淮南、江南、江西、湖南、山南东道旱”。《旧唐书·地理志三》江南东道有衢州。

【评析】

此诗属《秦中吟》十首之一。轻肥,是“轻裘肥马”的略语。《论语·雍也》:“子曰:赤之适齐也,乘肥马,衣轻裘。”范云《赠张徐州谡》:“傧从皆珠玳,裘马悉轻肥。”权德舆《侍从游后湖宴坐》:“轻肥何为者,浆藿自有余。”也指轻暖和肥壮。杜甫《秋兴》其三:“同学少年多不贱,五陵衣马自轻肥。”白居易这首《轻肥》,运用鲜明的对比,把两种截然相反的现象并列在一起,在前面淋漓尽致地描绘大夫、将军等文武官员酒醉肴饱以后,结尾笔锋骤然一转,在内臣行乐图背后,点出江南正在发生“人食人”的惨象,一乐一悲,判若天壤,不作任何说明,不发一句议论,读者自可得出应有的结论,比作者直接发表议论更有效果,更有说服力。宋宗元《网师园唐诗笺》卷三白傅曰:“与少陵忧黎元同一心事(末二句下)。”末二句直赋其事,奇峰突起,使全诗顿起波澜,使读者动魄惊心,确是十分精彩的一笔!《唐宋诗醇》云:“结句斗绝,有一落千丈之势。”梁启超批点《白香山诗集》亦认为末句“笔力陡绝”。

至于《围炉诗话》卷二所云:“诗贵和缓优柔,而忌率直迫切。元结、沈千运是盛唐人,而元之《舂陵行》《贼退诗》,沈之‘岂知林园主,却是林园客’,已落率直之病。乐天《杂兴》之‘色禽合为荒,政刑两已衰’,《无名税》之‘夺我身上暖,买尔眼前恩。进入琼林库,岁久化为尘’,《轻肥》篇之‘是岁江南旱,衢州人食人’,《买花》篇之‘一丛深色花,十户中人赋’等，率直更甚。”率直之评，未免过苛；迫切之论，不适合《秦中吟》这类诗歌。正如清人冯班《二冯评点才调集》所云：“白公尽而露，其妙处正在周详，读之动人。”清人刘存仁《屺云楼诗话》亦曰：“诗贵有关系，古者采风，所以宣达下民之疾苦也。……白香山《秦中吟》十首，篇篇须全读。《议婚》云：‘贫家女难嫁，嫁晚孝于姑。’《重赋》云：‘夺我身上暖，买尔眼前恩。’《合致仕》云：‘朝露贪名利，夕阳忧子孙。’《轻肥》云：‘是岁江南旱，衢州人食人。’《买花》云：‘一丛深色花，十户中人赋。’《感鹤》云：‘一饱尚如此，况乘大夫轩。’《凶宅》云：‘骄者物之盈，老者数之终。’现前指点，可使顽石点头。其实千锤百炼，出以自然，不尽老妪都解也。”所言极是。这些千锤百炼的名言警句，无一例外地使用了对比的手法。

歌 舞

秦中岁云暮，大雪满皇州。雪中退朝者，朱紫尽公侯。贵有风云兴[①]，富无饥寒忧。所营唯第宅，所务在追游。朱轮车马客，红烛歌舞楼。欢酣促密坐，醉暖脱重裘[②]。秋官为主人[③]，廷尉居上头[④]。日中为一乐，夜半不能休。岂知阌乡狱[⑤]，中有冻死囚！

【注释】

①风云：陆机《日出东南隅行》：“蔼蔼风云会，佳人一何繁。”《文选》李善注：“风云，言多也。”

②“欢酣”二句：傅毅《舞赋》：“郑卫之乐，所以娱密坐、接欢欣也。”贾谊《新书·谕诚》：“楚昭王当房而立，愀然有寒色，曰：‘寡人朝饥馑

时酒二觛，重裘而立，犹憯然有寒气，将奈我元元之百姓何！'是日也，出府之裘以衣寒者，出仓之粟以赈饥者。"

③ 秋官：古官名。《周礼·秋官·大司寇》："大司寇之职，掌建邦之三典，以佐王刑邦国。"

④ 廷尉：《汉书·百官公卿表》："廷尉，秦官，掌刑辟。"

⑤ 阌乡：《旧唐书·地理志一》关内道虢州属县有阌乡。

【评析】

此诗属《秦中吟》十首之一。诗题《才调集》作《伤阌乡县囚》。白居易另有《奏阌乡县禁囚状》："伏闻前件县狱中有囚数十人，并积年禁系，其妻儿皆乞于道路，以供狱粮。其中有身禁多年，妻已改嫁者；身死狱中，取其男收禁者。云是度支转运下，囚禁在县狱，欠负官物，无可填陪。一禁其身，虽死不放。……自古罪人，未闻此苦，行路见者，皆为痛伤。"这可为此诗结尾一句说明。宋宗元《网师园唐诗笺》卷三曰："感时伤乱，读其诗想见其人。"沈德潜《唐诗别裁集》重订本卷三云："连上三章（指《轻肥》《五弦》《歌舞》），讽意俱于末二语结出。乐天《和答微之诗序》云：'每下笔时，辄相顾共患其意太切而理太周。盖理太周则词繁，意太切则言激。与足下为文，所长在此，所病亦在此。'玩此数言，白傅已自定其诗，杜牧之讥之，直是隔壁语耳。"王文濡《历代诗评注读本·唐诗评注读本》卷一曰："白诗虽浅显，而寓意自深。此诗大旨于后半揭明，谓狱有冻囚，而秋官方事歌舞，其何以对吾民耶？"

买　花

帝城春欲暮，喧喧车马度[①]。共道牡丹时，相随买花去。贵贱无常价，酬直看花数[②]：灼灼百朵红，戋戋五束素[③]。上张幄幕庇，旁织巴篱护[④]。水洒复泥封，移来色如故。家家习为俗，人人迷不悟。有一田舍翁[⑤]，偶来买花处。低头独长叹，此叹无人谕：一丛深色花，十户中人赋[⑥]！

【注释】

①"帝城"二句：京城的春季将要过去，大街小巷来来往往奔驰着喧闹不已的车马。《汉书·陈咸传》："咸数赂遗（陈）汤，予书曰：'即蒙子公力，得入帝城，死不恨。'后竟征入为少府。"此指唐都城长安。

②"贵贱"二句：贵贱没有固定的价格，还价要看花朵的数目。酬直，计价付钱。《梁书·陆襄传》："忽有老人诣门货浆，量如方剂，始欲酬直，无何失之。"

③"灼灼"二句：鲜艳的红花一百朵，价值二十五匹帛。灼灼，形容鲜艳光彩。戋戋，委积貌，形容二十五匹帛堆积起来的庞大体积。五束素，即二十五匹帛。《诗·周南·桃夭》："桃之夭夭，灼灼其华。"毛传："灼灼，华之盛也。"《易·贲·卦》："六五，贲于丘园，束帛戋戋。"孔颖达疏："束帛，财物也"，"束帛乃戋戋，众多也"。素，素绢。《玉台新咏》卷一《古诗》："新人工织缣，故人工织素。"

④"上张"二句：在花的上面张起帷幕遮盖，周围还编起篱笆保护。幄幕，帐幕。《左传·昭公十年》："桓子召子山，私具幄幕、器用。"巴篱，即篱笆。《齐民要术·园篱》："秋上酸枣熟时，收于垄中，概种之。……至明年春，剥去横枝，剥必留距，剥讫，即编为巴篱。"

⑤ 田舍翁：农夫。《旧唐书·王珪传》："昔汉高祖，田舍翁耳。"

⑥ 中人赋：据《旧唐书·食货志上》，唐时按户口征收赋税，分为上、中、下户，中人赋为中户赋。中人，中产之家。《汉书·文帝纪》："尝欲作露台，召匠计之，直百金。上曰：'百金，中人十家之产也。吾奉先帝宫室，常恐羞之，何以台为？'"

【评析】

此诗属《秦中吟》十首之一。诗题《才调集》作《牡丹》。这首诗通过对"京城贵游"买牡丹花的描写，揭露了社会矛盾的一些本质问题，表现了具有深刻社会意义的主题。诗人的高明之处，在于从买花场景中发现一位别人视而不见的"田舍翁"，从而触发灵感，完成独创性的艺术构思。敢用自己的诗歌创作谱写人民的心声，这是十分可贵的。《秦中吟》与《新乐府》不仅体现出共同的讽兴时事的乐府精神，而且在内容上也可相互参照。如这首《秦中吟·买花》就与《新乐府·牡丹芳》主旨相仿，不过前者"一丛深色花，十户中人赋"之句，更显惊警。《唐宋诗醇》云："结语即汉文惜造露台意。"《网师园唐诗笺》："言者无罪、闻者足戒（末二句下）。"王文濡《历代诗评注读本·唐诗评注读本》卷一曰："尔时洛阳俗尚奢华，故借买花一事，赋此以讥之，大旨直于末二句揭出。"

这是一首颇有叙事因素的讽谕诗，在主角——面朝黄土背朝天的"田舍翁"出现之前，是叙事发展的第一个阶段，写京城贵游买花。"帝城"点出事件发生的地点，"春欲暮"点出事件发生的时间。芳春欲暮之时，田里正青黄不接，农事加倍繁忙，而京城贵游所在的长安城中，却是车马喧喧，杂沓驰过，争相买花，一派男癫女狂，笑语欢呼。这景象可以引白居易《新乐府·牡丹芳》"花开花落二十日，一城之人皆若狂"、刘禹锡《赏牡丹》"惟有牡丹真国色，花开时节动京城"、白派及门弟子徐凝《寄白司马》“三条九陌花时节,万马千车看牡丹”、王叡(一作王毂)《牡丹》“牡丹妖艳乱人心,一国如狂不惜金”共参。白居易晚辈李肇的记述亦可互证,李肇《唐国史补》卷中:“京城贵游,尚牡丹三十余年矣。每暮春,车马若狂,以不耽玩为耻。执金吾铺官围外寺观种以求利,一本有直数万者。元和末韩令始至长安,居第有之,遽命斫去,曰:‘吾岂效儿女子耶?’”一株开了百朵花的红牡丹,价值居然相当于五束(捆)白绢,何等昂贵!那么“上张幄幕庇,旁织巴篱护。水洒复泥封,移来色如故”,其珍惜无异珠宝,自不言而喻。“上张幄幕庇”,即《新乐府·牡丹芳》所云“共愁日照芳难驻,仍张帷幕垂阴凉”。明人沈右《与慎独诗简》云:“所谓芍药屋,疑只是用幄帘覆架者,古人称牡丹为木芍药,白居易有诗云‘上张幕幄庇’,岂亦本诸此?”宋人贺铸《翦朝霞·牡丹》词所云“半垂油幕护残寒”,亦此意也。以上作客观描绘,至“人人迷不悟”,始露作者倾向。酒不醉人人自醉,花不迷人人自迷。

叙事发展的第二个阶段,田舍翁,也就是庄稼汉出场,庄稼汉一句话都没说,但他的一声长叹,却蕴含着身后观察者白居易作为左拾遗、作为翰林学士的全部深思。如果这深思,戛然而止于此,作为诗人的他,已经可以收笔了。不过作为“忝备谏官位”的左拾遗、作为翰林学士,他还需要尽而又露,才能使闻之者戒,“权豪贵近者相目而变色”,因此也就“但伤民病痛,不识时忌讳”(《伤唐衢》其二)了。不仅如此,结尾十字,揭出作诗本旨,乃振聋发聩之名言,“劲直沉痛,诗到此境,方不徒作;若概以浅率目之,则谬矣”(潘德舆《养一斋诗话》卷十)。

王应麟《困学纪闻》卷十八:“‘一丛深色花,十户中人赋。’白乐天谓牡丹也。‘岂知两片云,戴却数乡税。’郑云叟谓珠翠也。侈靡之蠹甚矣。”许自昌《樗斋漫录》卷十:“白乐天赋牡丹有云:‘一丛深色花，十户中人赋。'可以为园囿之戒。郑云叟赋珠翠有曰：'岂知两片云，载却数乡税。'可以为歌舞之戒。一衲子见此云：此乃秀才见识，中人赋，数乡税，亦不至付之无用之地，匠氏工人，衣食嫁娶，实取之此矣。"贺裳《载酒园诗话又编》曰："《秦中吟》《喜雨诗》《哭孔戡》《宿紫阁村》皆乐天得意作。《紫阁村》尚有《石壕吏》遗意。《秦中吟》末篇'一丛深色花，十户中人赋'，差可讽咏。余皆骨弱体卑，语直意浅。虽欲以广宸聪，副忧勤，而'言之无文，行之不远'，去《祈招》之义远矣。……吾读白讽谕诗，每叹其有美意而无佳词也。"而从谢赐履《帝京元夕》尾句"莫道骄奢让往年，一灯尚费中人产"，也可看出，《秦中吟》的讽谕精神，在清代得以再生和重光！这正如清人王必达《牡丹三绝句次甲寅原韵》（三首其三）所云："一丛深色中人赋，试咏看花白傅篇。"

宴周皓大夫光福宅①

何处风光最可怜②？妓堂阶下砌台前③。轩车拥路光照地，丝管入门声沸天。绿蕙不香饶桂酒，红樱无色让花钿。野人不敢求他事，唯借泉声伴醉眠④。

【注释】

①周皓大夫：白居易又有《题周皓大夫新亭子二十二韵》："十载歌钟地，三朝节钺臣。"陆贽《奉天荐袁高等状》："周皓，曾任丹延都团练观察使。"盖即此人。《太平广记》卷二一三《周昉》（出《画断》）："长兄皓善骑射，随哥舒往征吐蕃，收石堡城，以功授执金吾。时德宗修章敬寺，召皓谓曰：'卿弟昉善画，朕欲请画章敬寺神，卿特言之。'"以时代、

身份考之，当即一人，晧、皓或传写之异。然以时间论，其人至元和间年当逾八十。光福宅：光福坊在长安朱雀门街东第一街。见《唐两京城坊考》卷二。

② 可怜：可爱。

③ 妓堂：贵族宅第中女妓歌舞处。沈佺期《同李舍人冬日集安乐公主山池》："紫岩妆阁透，青嶂妓楼悬。"砌台：阮阅《诗话总龟》前集卷十五引《谈苑》："砌台，即今拨擦台也。王侯家作，以为临观之戏。唐张仲素诗云：'写望临香阁，登高下砌台。林间踏青去，席上意钱来。'即知唐来有之。太祖朝大王都尉家，其子承裕幼时，其父戏补砌台使。"任半塘《唐戏弄》六《设备》："按唐杨汝士诗：'抛却弓刀上砌台，上方楼殿窣云开。'与张仲素诗所云，皆指有梯级之高台，初非上述舞台或锦筵可拟也。……惟白居易《宴周大夫光福宅》……将'砌台'与'妓堂''丝管'等联系，虽仍曰怜赏风光，又似为奏伎之地。"按，砌台之名，宋时犹存。洪适《盘洲文集》卷七十《南华斋罗汉疏并序》："绍兴二十年十二月一日，舟泊虔州，梦至一古屋……予入穴，觉其中皆是沙，努力以下，颇如今之砌台。"

④ 泉声：一作"流泉"。

【评析】

约作于元和三年（808）至元和六年（811），长安。诗题作者自注："座上作。"查慎行云："前六句摹写豪华，尽态极妍矣。结处疏淡，微含讽意。"纪昀曰："五、六亦常意，而倒转便觉近野。"

惜牡丹花二首

惆怅阶前红牡丹，晚来唯有两枝残。明朝风起应吹尽，夜惜衰红把火看[①]。

寂寞萎红低向雨，离披破艳散随风。晴明落地犹惆怅[②]，何况飘零泥土中。

【注释】

① 衰红：凋谢的花。

② 晴明：《文苑英华》作“晴天”。

【评析】

诗题原注：“一首翰林院北厅花下作，一首新昌窦给事宅南亭花下作。”李肇《翰林志》：“其北门为翰林院。……南厅五间，本学士驸马都尉张垍饰为公主堂。……北厅五间，东一间是承旨阁子，并学士杂处之。……北厅之西南小楼，王涯率人为之。院内古槐、松、玉蕊、药树、柿子、木瓜、庵罗峘、山桃、李、杏、樱桃、紫蔷薇、辛夷、蒲萄、冬青、玫瑰、凌霄、牡丹、山丹、芍药、石竹、紫花芜菁、青菊、当陆、茂葵、萱草、紫苑，署学士至者，杂植其间，殆至繁隘。”窦易直，字宗玄，京兆人。元和八年（813）自御史中丞改给事中。见《旧唐书》卷一六七本传。按，注称“窦给事”，盖后来所加。新昌坊，在朱雀门街东第五街，白居易宅亦在新昌坊，《唐两京城坊考》卷三朱雀门街东第五街新昌坊：“……刑部尚书白居易宅。……其时有《和元微之诗序》云……按微之宅在靖安里，永寿寺在永乐里，永寿之南即靖安北街。乐天下直，每自朱雀街经靖安之北，集中有《靖安北街赠李二十》诗是也。微之盖东出延兴门或春明门，故经新昌之北。”白居易两度居长安新昌里：第一次在元和三年（808）为翰林学士时，其《醉后走笔酬刘五主簿长句之赠兼简张大贾二十四先辈昆季》诗云：“晚松寒竹新昌第，职居密近门多闭。”第二次在长庆元年（821）春官主客郎中、知制诰时，有《题新昌所居》诗。

日月忽其不淹，春与秋其代序。惟草木之零落兮，恐美人之迟暮。花落意味着季节的轮换，生发岁月易逝、青春难驻之感。“可怜颜色经年别，收取朱阑一片红”（元稹《赠李十二牡丹花片因以饯行》），花落之后往往会令人倍起惜花之情，这两首诗即以此立意。两首分别作于不同的牡丹花下，一是值夜班时看到的“唯有两枝残”的衰红，一是去同事家里看到的“破艳散随风”的萎红，前者由今夜之衰想到明朝之萎，乃把火夜照，令人联想起《古诗十九首》所云“人生不满百，常怀千年忧。昼短苦夜长，何不秉烛游”。曹丕《与吴质书》亦云：“古人思秉烛夜游，良有以也。”李白《春夜宴诸从弟桃李园序》径袭为：“古人秉烛夜游，良有以也。”在引起李白“浮生若梦，为欢几何”深慨的桃花、李花开后，已是“一年春色摧残尽”的暮春时节，衰红独把之际，白居易既无《古诗十九首》及时行乐的态度，亦无李白《古风》“三万六千日，夜夜当秉烛”那般潇洒浪漫，与之相似的是好友元稹的《牡丹二首》（其二）“繁绿阴全合，衰红展渐难。风光一抬举，犹得暂时看”（元稹《元氏长庆集》卷十四。贞元十七年［801］或十八年［802］，任校书郎以前作于长安）。以及同调王建的《惜欢》：“岁去停灯守，花开把烛看。”钱锺书《谈艺录》云：“东坡《海棠》诗曰：‘只恐夜深花睡去，高烧银烛照红妆。’冯星实《苏诗合集》以为本义山之‘客散酒醒深夜后，更持红烛赏残花’，不知香山《惜牡丹》早云：‘明朝风起应吹尽，夜惜衰红把火看。’”

白居易《惜牡丹花二首》诗，两个“惆怅”，深深隐含着诗人的哀伤。这惆怅和哀伤，后来继续飘荡，衍为李商隐的“客散酒醒深夜后，更持红烛赏残花”(《花下醉》)，情调变得凄艳迷惘；衍为司空图的“五更惆怅回孤枕，犹自残灯照落花”(《华上二首》)，格致愈加惆怅衰残；至宋代，苏东坡有“只恐夜深花睡去，故烧高烛照红妆”(《海棠》)，一下子又转为豁达开朗，范成大有“欲知国色天香句，须是倚阑烧烛看”(《与至先兄游诸园看牡丹三日行遍》)，更为斩绝，真是创造性地反仿！钱锺书《谈艺录》云：“唐人衰飒之语，一入东坡笔下，便尔旖旎缠绵，真所谓点铁成金、脱胎换骨者也。”非独东坡，石湖亦然。但不应忘记，是白乐天笔下那簇夜照衰红的烛光，将李商隐、司空图、苏东坡和范成大点亮。

贺 雨

皇帝嗣宝历[①]，元和三年冬。自冬及春暮，不雨旱爞爞[②]。上心念下民，惧岁成灾凶。遂下罪己诏，殷勤告万邦[③]。帝曰予一人，继天承祖宗[④]。忧勤不遑宁，夙夜心忡忡[⑤]。元年诛刘辟，一举靖巴邛[⑥]。二年戮李锜，不战安江东[⑦]。顾惟眇眇德，遽有巍巍功[⑧]。或者天降沴，无乃儆予躬[⑨]？上思答天戒，下思致时邕[⑩]。莫如率其身，慈和与俭恭[⑪]。乃命罢进献，乃命赈饥穷。宥死降五刑，责已宽三农[⑫]。宫女出宣徽[⑬]，厩马减飞龙[⑭]。庶政靡不举，皆出自宸衷[⑮]。奔腾道路人[⑯]，伛偻田野翁。欢呼相告报，感泣涕沾胸。顺人人心悦，先天天意从[⑰]。诏下才七日，和气生冲融。凝为悠悠云[⑱]，散作习习风[⑲]。昼夜三日雨，凄凄复蒙蒙[⑳]。万心春熙熙[㉑]，百谷青芃芃[㉒]。人变愁为喜，岁易俭为丰。乃知王者心，忧乐与众同[23]。皇天与后土，所感无不通。冠佩何锵锵，将相及王公。蹈舞呼万岁[24]，列贺明庭中[25]。小臣诚愚陋，职忝金銮宫[26]。稽首再三拜[27]，一言献天聪[28]：君以明为圣，臣以直为忠[29]；敢贺有其始，亦愿有其终[30]。

【注释】

① 宝历：谓国祚。《梁书·元帝纪》："何以应宝历，何以嗣龙图。"《陈书·后主纪》："朕以哀茕，嗣膺宝历。"

② 爞爞：《尔雅·释天》："爞爞、炎炎，熏也。"郭璞注："皆旱热熏炙人。"

③ "罪己"二句：《论语·尧曰》："朕躬有罪，无以万方；万方有罪，罪在朕躬。"《墨子·兼爱》《吕氏春秋·顺民》均谓此为成汤战胜夏桀后，遭逢大旱，向上天祈祷求雨之词。后因称帝王自责为罪己。《资治通鉴》唐宪宗元和四年（809）三月："上以久旱，欲降德音。翰林学士李绛、白居易上言，以为欲令实惠及人，无如减其租税；又言宫人驱使之余，其数犹广，事宜省费，物贵徇情；又请禁诸道横敛，以充进奉；又言岭南、黔中、福建风俗，多掠良人卖为奴婢，乞严禁止。闰月己酉，制降天下系囚，蠲租税，出宫人，绝进奉，禁掠卖，皆如二臣之请。己未，雨。"白居易《奏请加德音中节目状·缘今时旱请更减放江淮旱损州县百姓今年租税》："右，伏以圣心忧轸，重降德音，欲令实惠及人，无如减放租税。昨正月中所降德音，量放去年钱米。……伏望圣恩更与宰臣及有司商量，江、淮先旱损州作分数，更量放今年租税。"诗言"罪己诏"，即《通鉴》及白居易此文所言宪宗所降"德音"。

④ "帝曰"二句：《书·汤诰》："王曰：嗟尔万方有众，明听予一人诰。……其尔万方有罪，在予一人；予一人有罪，无以尔万方。"《谷梁传》

宣公十五年："为天下主者天也，继天者君也。"《汉书·宣帝纪》："朕以眇身奉承祖宗。"

⑤"忧勤"二句：《诗·小雅·鱼丽》序："文、武以《天保》以上治内，《采薇》以下治外，始于忧勤，终于逸乐。"《书·无逸》："自朝至于日中昃，不遑暇食。"《书·泰誓》："予小子夙夜祗惧，受命文考。"《诗·召南·草虫》："未见君子，忧心忡忡。"

⑥"元年"二句：《新唐书·宪宗纪》：元和元年(806)正月，以高崇文为左神策行营节度使，率众"以讨刘辟"；九月辛亥，"高崇文克成都"。同书《刘辟传》："刘辟者，字太初，擢进士宏词科，佐韦皋府……皋卒，辟主后务，讽诸将徼旄节……时帝新即位，欲静镇四方，即拜检校工部尚书、剑南西川节度使。辟意帝可动，益骜蹇，吐不臣语，求统三川，欲以所善卢文若节度东川，即以兵取梓州。且以术家言五福、太一舍于蜀，乃造大楼以祁祥，帝始重征讨。"

⑦"二年"二句：《新唐书·宪宗纪》：元和二年(807)十月，"镇海军节度使李锜反"，"淮南节度使王锷为诸道行营兵马招讨使以讨之"。十一月甲申，"李锜伏诛"。同书《李锜传》："李锜，淄川王孝同五世孙。以父国贞荫调凤翔府参军。贞元初，迁至宗正少卿。……迁润州刺史、浙西观察、诸道盐铁转运使。多积奇宝，岁时奉献，德宗昵之。锜因恃恩骜横。……宪宗即位，不假借方镇，故倔强者稍稍入朝。锜不自安，亦三请觐。……称疾迁延不即行。(王)澹及中使数趣之，锜不悦，乘澹视事有所变更者，讽亲兵图澹。……室五剑，授管内镇将，令杀五州刺史。属别将庾伯良兵三千筑石头城，谋据江左。"

⑧"顾惟"二句：顾惟，自念、自谓之义。李隆基《鹡鸰颂》："顾惟德凉，夙夜兢惶。"杜甫《寄题江外草堂》："顾惟鲁钝姿，岂识悔吝先。"眇眇，微小之义。《书·顾命》："眇眇予末小子，其能而乱四方。"传："言微微我浅末小子，其能如父祖治四方。"《论语·泰伯》："子曰：大哉尧之

为君也，巍巍乎。”

⑨“或者”二句：降沴，降灾。此谓不雨由阴阳不和所致。《汉书·五行志》：“气相伤，谓之沴。沴犹临莅，不和意也。”董仲舒《雨雹对》：“……敞曰：‘然则未至一日，其不雨乎？’曰：‘然。颇有之，则妖也。和气之中，自生灾沴。能使阴阳改节，暖凉失度。’”《书·大禹谟》：“帝曰：来，禹。降水儆予，成允成功。”传：“儆，戒也。”

⑩“上思”二句：《书·胤征》：“先王克谨天戒，臣人克有常宪。”时邕，同“时雍”。雍，和也。《书·尧典》：“协和万邦，黎民于变时雍。”传：“协，合。黎，众。时，是。雍，和也。”

⑪“莫如”二句：《左传·昭公二十八年》：“赏庆刑威曰君，慈和遍服曰顺。”俭恭，恭俭之倒文。《书·周官》：“恭俭惟德，无载尔伪。”

⑫“宥死”二句：《书·舜典》：“象以典刑，流宥五刑。”传：“宥，宽也。以流放之法宽五刑。”又：“汝作士，五刑有服。”传：“五刑，墨、劓、剕、宫、大辟。”《左传·成公二年》：“乃大户，已责。”杜预注：“弃逋责。”谓宽免拖欠之债务。《周礼·天官·大宰》：“以九职任万民，一曰三农，生九谷。”郑注：“郑司农云：三农，平地、山、泽也。”

⑬“宫女”句：《唐两京城坊考》卷一大明宫：“由紫宸而东，经绫绮殿、浴堂殿、宣徽殿……以达左银台门。”“宣徽殿”注：“在浴堂殿东，见《大典》阁本《图》。”王建《宫词》：“往来旧院不堪修，近敕宣徽别处楼。闻有美人新进入，六宫未见一时愁。”知宣徽殿亦为宫女所居之处。

⑭“厩马”句：《雍录》卷八：“飞龙厩，后苑有骥德院，禁马所在。韦后入飞龙厩为卫士斩首，盖自玄武门出宫入厩也。”《唐两京城坊考》卷一大明宫：“北面三门：中玄武门，门外有飞龙厩。”《新唐书·宪宗纪》：“（元和四年）闰月己酉，以旱……省飞龙厩马。”

⑮“庶政”二句：《书·周官》：“庶政惟和，万国咸宁。”传：“官职有序，故众政惟和。”宸，代指帝王。王慈《朝堂讳榜表》：“若使銮驾纡览，

四时临阅，岂不重增圣虑，用感宸衷。”

⑯ 奔腾：道路奔波。此指诸道进奉之人。《后汉书·和帝纪》：“旧南海献龙眼、荔枝，十野一置，五里一候，奔腾险阻，死者继路。”

⑰ “顺人”二句：《管子·君臣上》：“是以明君顺人心，安情性，而发于众心之所聚。”《易·乾·文言》：“先天而天弗违，后天而奉天时。”孔颖达疏：“先天而天弗违者，若在天时之先行事，天乃在后不违，是天合大人也。”

⑱ 悠悠：《诗·王风·黍离》：“悠悠苍天。”毛传：“悠悠，远意。”

⑲ 习习：《诗·邶风·谷风》：“习习谷风，以阴以雨。”毛传：“习习，和舒貌。”

⑳ 凄凄：《诗·郑风·风雨》：“风雨凄凄，鸡鸣喈喈。”朱熹《集传》：“凄凄，寒凉之气。”蒙蒙：《诗·豳风·东山》：“我来自东，零雨其蒙。”毛传：“蒙，雨貌。”郑笺：“道遇雨，蒙蒙然。”

㉑ 熙熙：繁盛貌。刘禹锡《省试风光草际浮》：“熙熙春景霁，草绿春光丽。”

㉒ 芃芃：《诗·小雅·黍苗》：“芃芃黍苗，阴雨膏之。”毛传：“芃芃，长大貌。”

㉓ “王者”二句：《孟子·梁惠王下》：“为民上而不与民同乐者，亦非也。……乐民之乐者，民亦乐其乐。忧民之忧者，民亦忧其忧。乐以天下，忧以天下，然而不王者，未之有也。”

㉔ 蹈舞：朝廷跪拜之仪。韦应物《滁城对雪》：“厕迹鸳鹭末，蹈舞丰年期。”《新唐书·杜审言传》：“后武后召审言，将用之。问曰：‘卿喜否？’审言蹈舞谢。”

㉕ 明庭：传说为黄帝接万灵之所，后指帝王祀神之所，亦代指朝廷。《汉书·郊祀志》：“申公曰：……其后黄帝接万灵明庭。明庭者，甘泉也。”杨炯《奉和上元酺宴应诏》：“宣室召群臣，明庭礼百神。”

㉖金銮宫：即金銮殿。《雍录》卷四："金銮殿者，在蓬莱山正西微南也。龙首山坡陇之北至此余势犹高，故殿西有坡，德宗即之以造东学士院。"又："翰林院、学士院皆在三殿西廊之外，……而金銮殿又在学士院之左。"白居易时为左拾遗、翰林学士，故云"职忝金銮宫"。

㉗"稽首"句：《周礼·春官·大祝》："辨九拜：一曰稽首，二曰顿首，三曰空首，四曰振动，五曰吉拜，六曰凶拜，七曰奇拜，八曰褒拜，九曰肃拜。"郑氏注："稽首，拜头至地也。"贾公彦疏："此三者（谓稽首、顿首、空首），正拜也。稽首，拜中最重，臣拜君之拜。"《仪礼·燕礼》："小臣请致者，若君命皆致，则序进奠觯于篚，阼阶下，皆再拜稽首。"顾炎武《日知录》卷二八"九顿首三拜"："韩之战，秦获晋侯，晋大夫三拜稽首。古但有再拜稽首，无三拜也。申包胥之九顿首，晋大夫之拜也。《楚语》：'椒举遇蔡声子，降三拜，纳其乘马。'亦亡人之礼也。《周书·宣帝纪》：'诏诸应拜者皆以三拜成礼。'后代变而弥增，则有四拜。"

㉘天聪：对天子听闻的美称。曹植《求存问亲戚疏》："冀陛下倘发天聪而垂神听也。"王维《送綦毋秘书弃官还江东》："顽疏暗人事，僻陋远天聪。"

㉙"君以明"二句：《书·冏命》："昔在文武，聪明齐圣，小大之臣，咸怀忠良。"《史记·平津侯主父列传》："臣闻明主不恶切谏以博观，忠臣不敢避重诛以直谏。"《汉书·贾山传》："臣闻忠臣之事君也，言切直则不用而身危，不切直则不可以明道，故切直之言，明主所欲急闻，忠臣之所以蒙死而竭知也。"

㉚"有其始"二句：《易·谦·卦》："君子有终。"《诗·大雅·荡》："靡不有初，鲜克有终。"按，此亦用《诗·小雅·鱼丽》序称周文王、武王"始于忧勤，终于逸乐"意。

【评析】

《唐诗纪事》云："《贺雨》诗，元和三年冬作。"实际上当为始撰之时间，据《贺雨》诗云"皇帝嗣宝历，元和三年冬。自冬及春暮，不雨旱爞爞"，可知定稿当为元和四年（809）春，陈振孙《白文公年谱》、汪立名《白香山年谱》、朱金城《白居易集笺校》亦皆谓作于元和四年（809），长安。黄周星《唐诗快》卷五云："只如说家常话，忠爱恳恻，字字从肺腑中流出，真仁人君子之言。"许学夷《诗源辩体》卷二十八："乐天五言古，如《贺雨》《大觜乌》等，虽成大变，而叙事详明，用韵稳贴，首尾匀称，靡不如意，其所长正在于此；或以诸篇为冗滥而不当录者，非所以论元和也。"沈德潜《唐诗别裁集》重订本卷三云："先叙遇灾修省，次写天人感应，而以箴规保治作结，忠爱之意，油然蔼然。"《唐宋诗醇》云："'皇帝嗣宝历'至'皆出自宸衷'，历叙遇灾修省之政，应天以宝，不以文也。'奔腾道路人'至'岁俭易为丰'，极形喜雨之情。天人感召，捷于影响也。'乃知王者心'至末，铺陈贺雨之意，而以'愿有其终'结，致规戒之词焉。史称宪宗刚明果断，慨然发愤，削平僭叛唐之威令，几于复振晚节信用，非人不终其业，盖保治之难如此。是诗情辞剀切，忠爱蔼然，极有关系之作。"贺裳《载酒园诗话又编》："《秦中吟》《喜雨诗》《哭孔戡》《宿紫阁村》，皆乐天得意作。"陈继辂《合肥学舍札记》卷十一："香山《贺雨》诸篇，命意源《三百篇》，体格本古乐府，人所共知。尤当师其文从字顺，无一句一韵不如天施地生。学杜既成，往往不免牵凑生硬之病，非参以乐天之妥适，义山之艳逸，终属粗才，杜公不任其咎也。"梁启超批点《白香山诗集》："以颂为规，大雅之遗，允可弁冕全集。"

《贺雨》诗是白居易《白氏长庆集》的压卷之作，可见作者之自矜自赏——偏偏"时人罕能知者"（元稹《白氏长庆集序》），幸运的是，五百年后，得到元代王恽的隔代致意。王恽《瑞雪歌》云："……元和老臣爱君深，《贺雨》诗成伸戒励。小臣今作《瑞雪歌》，要见天心爱民意。”又有《水龙吟》词、《贺雨诗》、《元贞二年丙申元会日大雪》等，如此一而再、再而三地向白居易《贺雨》遥相致意，倾心之意可见一斑。文章千古，得失寸心；知音之感，令人慨念。

新乐府（并序）

序曰：凡九千二百五十二言，断为五十篇。篇无定句，句无定字①，系于意，不系于文②。首句标其目③，卒章显其志④，《诗三百》之义也。其辞质而径⑤，欲见之者易谕也。其言直而切⑥，欲闻之者深诫也。其事核而实，使采之者传信也⑦。其体顺而肆，可以播于乐章歌曲也⑧。总而言之，为君、为臣、为民、为物、为事而作，不为文而作也⑨。

【注释】

①“篇无定句”二句：此为乐府杂言体之特征。《南齐书·乐志》：“明堂歌辞……谢庄歌宋太祖亦无定句”，“晋《公莫舞歌》二十章，无定句”。

②“系于意”二句：张邈《释嵇叔夜难宅无吉凶摄生论》：“足下忘于意而责于文，抑不本矣。”

③“首句”句：此下抄本及《白氏讽谏》有“古十九首之例也”一句。铃木虎雄《业间录》以为有此句是，陈寅恪《元白诗笺证稿》以为其说殊未谛。按，《诗·周南·关雎诂训传第一》孔颖达疏，《诗》三百名篇之例，并非仅取首句。《古诗十九首》则各篇原无篇名，陆机拟其作才径以首句为题。白居易《丘中有一士》题下注：“命首句为题二首。”盖与此首句标目近同。

④ 卒章：在《诗经》指各篇末章，《左传》称引之例屡见。后以指诗文结束部分。《文心雕龙·诠赋》："序以建言，首引情本。乱以理篇，写送文势。按《那》之卒章，闵马称乱。"

⑤ "其辞"句：班彪《史记论》："然善述序事理，辩而不华，质而不野，文质相称，盖良史之才也。"《汉书·司马迁传》："然自刘向、扬雄博极群书，皆称迁有良史之材，服其善序事理，辩而不华，质而不俚。"盖前人仅言"质而不俚"，若从抄本作"质而俚"，则白氏有意反诸旧说。钟嵘《诗品》宋征士陶潜："每观其文，想其人德，世叹其质直。"径，径直。《荀子·性恶》："少言则径而省。"

⑥ "其言"句：《文心雕龙·明诗》："又古诗佳丽，或称枚叔。……观其结体散文，直而不野，婉转附物，怊怅切情。"又《比兴》："故比类虽繁，以切至为贵。"

⑦"其事"二句：《汉书·司马迁传》："其文直，其事核，不虚美，不隐恶，故谓之实录。"《谷梁传》桓公五年："《春秋》之义，信以传信，疑以传疑。"

⑧ "其体"二句：白居易《与元九书》："音有韵，义有类，韵协则言顺，言顺则声易入。"《易·系辞下》："其旨远，其辞文，其言曲而中，其事肆而隐。"陆机《文赋》："被金石而德广，流管弦而日新。"《文选》李善注："言文之善者，可被之金石，施之乐章。"

⑨ "为君"二句：《礼记·乐记》："宫为君，商为臣，角为民，徵为事，羽为物。五者不乱，则无怗滞之音矣。"独孤申叔《审乐知政赋》："奏宫而君位斯合，动商而臣道克符，角之鸣人斯度矣，征之应事而形乎。"《文心雕龙·情采》："昔诗人什篇，为情而造文；辞人赋颂，为文而造情。"

【评析】

诗题自注："元和四年为左拾遗时作。"可见作于元和四年（809），白居易38岁，在长安，任左拾遗、翰林学士，正是他在政治上直言敢谏、积极进取的时期。今存《白氏文集》一至四卷收录讽谕诗170余首，代表作《新乐府》五十首、《秦中吟》十首占了大概三分之一，而大型组诗《新乐府》五十首更为系统，堪称是一部唐代开国以来的诗歌形式的简史，“洵唐代诗中之巨制，吾国文学史上之盛业也”，“乃一部唐代《诗经》，诚韩昌黎所谓作唐一经者。不过昌黎志在《春秋》，而乐天体拟《三百》”（陈寅恪《元白诗笺证稿》）。

元稹《和李校书新题乐府十二首》序：“余友李公垂贶余《乐府新题》二十首，雅有所谓，不虚为文。余取其病时之尤急者，列而和之，盖十二而已。昔三代之盛也，士议而庶人谤。又曰世理则词直，世忌则词隐。余遭理世而君盛圣，故直其词以示后，使夫后之人谓今日为不忌之时焉。”按，李绅《乐府新题》二十首今不存。元稹所和十二首之题，则为居易采用，并扩充为五十首。元稹《乐府古题序》：“况自风雅至于乐流，莫非讽兴当时之事，以贻后代之人。沿袭古题，唱和重复，于文或有短长，于义咸为赘剩。尚不如寓意古题，刺美见事，犹有诗人引古以讽之义焉。曹、刘、沈、鲍之徒时得如此，亦复稀少。近代唯诗人杜甫《悲陈陶》《哀江头》《兵车》《丽人》等，凡所歌行，率皆即事名篇，无复倚傍。予少时与友人乐天、李公垂辈，谓是为当，遂不复拟赋古题。”又谢偃有《乐府新歌应教》（《全唐诗》卷三八），《旧唐书·李白传》：“玄宗度曲，欲造乐府新辞，亟召白。”此所谓“乐府新歌”“新辞”，固无讽兴之义，然其出现又在杜甫之前。白居易于“新乐府”题下特注明“杂言”，与卷一、卷二讽谕诗之“古调诗”迥然分别，此为新乐府诗体之明确规定，与元稹之作及所举杜甫《悲陈陶》等均为“歌行”亦相吻合。郭茂倩编《乐府诗集》于“新乐府辞”单列一类，然于解题中引元稹《乐府古题序》语多有混淆，所收作品亦不仅限于歌行杂言之体。

《新乐府序》对《新乐府》五十首所代表的诗歌体式给予全面界定

和具体说明。“系于意,不系于文”,是主张以内在的意义,不以外在的文辞形式,为编排准则。“首句标其目,卒章显其志,《诗三百》之义也”,讲“新乐府”篇章结构上的特征。“其辞质而径,欲见之者易谕”,意谓语言质朴、通俗易懂,目的是使读者“易谕”,容易理解。“其言直而切,欲闻之者深诫”,是指用语切中要害,直截了当,爱憎分明,毫无虚饰,这样才可以引起读者或当事人真正的警觉与惕励。“其事核而实,使采之者传信”,是强调诗作素材的真实性,只有选取现实、当世生活中的实事,才能扩大作品的流传范围,赢得广大读者的信服。“其体顺而肆,可以播于乐章歌曲”,是指诗歌行文畅达、声韵灵活,摒弃格律的制约,以有利于和乐演唱。序文末尾,强调创作目的“为君、为臣、为民、为物、为事而作,不为文而作”,这“五为一不为”的方针,在白居易后来《与元九书》所云“文章合为时而著,歌诗合为事而作”,得以在逻辑意蕴上被自然延伸。白居易提出的新乐府诗歌理论,具有鲜明的政治背景,在一系列重要问题上,如文艺产生的根源、文艺的社会作用及理想形式等,白居易都本着批判现实的精神,通过对汉以来儒家文艺思想的抉择和扬弃,提出许多前人所不曾提或不敢提的观点和见解,因此批判性、战斗性都超越前人。

七德舞

武德中,天子始作《秦王破阵乐》以歌太宗之功业。贞观初,太宗重制《破阵乐舞图》,诏魏徵、虞世南等为之歌词,因名《七德舞》。自龙朔已后,诏郊庙享宴,皆先奏之。

七德舞,七德歌,传自武德至元和。元和小臣白居易,观舞听歌知乐意,乐终稽首陈其事。太宗十八举义兵,白旄黄钺定两京[①]。擒充戮窦四海清，二十有四功业成。二十有九即帝位，三十有五致太平[②]。功成理定何神速[③]？速在推心置人腹。亡卒遗骸散帛收[④]，[贞观初，诏天下阵死骸骨，致祭瘗埋之，寻又散帛以求之也。]饥人卖子分金赎[⑤]。[贞观二年大饥，人有鬻男女者。诏出御府金帛尽赎之，还其父母。]魏徵梦见子夜泣[⑥]，[魏徵疾亟，太宗梦与徵别，既寤，流涕。是夕徵卒。故御亲制碑云：昔殷宗得良弼于梦中，今朕失贤臣于觉后。]张谨哀闻辰日哭[⑦]。[张公谨卒，太宗为之举哀。有司奏曰：在辰，阴阳所忌，不可哭。上曰：君臣义重，父子之情也。情发于中，安知辰日？遂哭之。]怨女三千放出宫[⑧]，[太宗尝谓侍臣曰：妇人幽闭深宫，情实可愍，今将出之，任求伉俪。于是令左丞戴胄、给事中杜正伦于掖庭宫西门，拣出数千人，尽放归。]死囚四百来归狱[⑨]。[贞观六年，亲录囚徒死罪者三百九十，放令归家，令明年秋来就刑。应期毕至，诏悉原之。]剪须烧药赐功臣，李勣呜咽思杀身[⑩]。[李勣尝疾，医云：得龙须灰，方可疗之。太宗自剪须烧灰赐之，服讫而愈。勣叩头泣涕而谢。]含血吮疮抚战士，思摩奋呼乞效死[⑪]。[李思摩尝中矢，太宗亲为吮血。]则知不独善战善乘时，以心感人人心归[⑫]。尔来一百九十载，天下至今歌舞之。歌七德，舞七德，圣人有作垂无极。岂徒耀神武，岂徒夸圣文[⑬]。太宗意在陈王业，王业艰难示子孙。

【注释】

①"白旄"句：《书·牧誓》："王左杖黄钺，右秉白旄以麾。"《淮南子·览冥训》："武王伐纣，渡于孟津，阳侯之波，逆流而击，疾风晦冥，人马不相见。于是武王左操黄钺，右秉白旄，瞋目而扮之，曰：'余任，天下谁敢害吾意

者。’于是风济而波罢。”

②“三十有五”以上六句：陈寅恪《元白诗笺证稿》：“‘太宗十八举义兵’句，盖据(《贞观政要》)《论慎终篇》中之语改写而成。‘擒充戮窦四海清，二十有四功业成，二十有九即帝位’三句叙写次序，全与《论灾祥篇》中之语相同。‘三十有五致太平’者……太宗以武德九年即位，其年二十有九。次年改元贞观，至贞观六年适为三十五岁。故乐天此句殆即由此章暗示而来。”《贞观政要·慎终》：“朕观古先拨乱之主皆年逾四十，惟光武年三十三。但朕年十八便举兵，年二十四定天下，年二十九升为天子，此则武胜于古也。”又《灾祥》：“但朕年十八便为经纶王业，北剪刘武周，西平薛举，东擒窦建德、王世充，二十四而天下定，二十九而居大位，四夷降伏，海内乂安。”

③理定：即治定，避唐讳改。《礼记·乐记》：“王者功成作乐，治定制礼。”《旧唐书·礼仪志二》：“审夫功成作乐，理定制礼，草创从宜，质文递变。”

④“亡卒”句：《旧唐书·太宗纪》：“(贞观二年)夏四月己卯，诏骸骨暴露者，令所在埋瘗。”“(四年)九月庚午，令收瘗长城之南骸骨，仍令致祭。”即此句下注文所云。

⑤“饥人”句：《贞观政要·仁恻》：“贞观二年，关中旱，大饥。太宗谓侍臣曰：‘水旱不调，皆为人君失德。朕德之不修，天当责朕，百姓何罪，而多遭困穷。闻有鬻男女者，朕甚愍焉。’乃遣御史大夫杜淹巡检，出御府金宝赎之，还其父母。”

⑥“魏徵”句：《旧唐书·魏徵传》：“及病笃，舆驾再幸其第，抚之流涕……后数日，太宗夜梦徵若平生，及旦而奏征薨，时年六十四。太宗亲临恸哭，废朝五日。……帝亲制碑文，并为书石。”按，此句下注文所记详于新旧《唐书》及《贞观政要》所载。《大唐新语》卷一：“徵薨，太宗御制碑文并御书，后为人所谗，敕令踣之。及征辽不如意，深自悔恨，乃叹

曰：'魏徵若在，不使我有此举也。'既渡水，驰驿以少牢祭之，复立碑焉。"

⑦"张谨"句：《贞观政要·仁恻》："贞观七年，襄州都督张公谨卒，太宗闻而嗟悼，出次发哀。有司奏言：'准《阴阳书》云：日在辰，不可哭泣。此亦流俗所忌。'太宗曰：'君臣之义，同于父子，情发于中，安避辰日？'遂哭之。"《旧唐书·张公谨传》记此事作"日子在辰，不可哭泣"。

⑧"怨女"句：《贞观政要·仁恻》："贞观初，太宗谓侍臣曰：'妇人幽闭深宫，情实可愍。隋氏末年，求采无已。至于离宫别馆，非幸御之所，多聚宫人。此皆竭人财力，朕所不取。且洒扫之余，更何所用？今将出之，任求伉俪，非独以省费，兼以息人，亦各得遂其情性。'于是后宫及掖庭前后所出三千余人。"《旧唐书·太宗纪》记此事于贞观二年（628）九月："于是遣尚书左丞戴胄、给事中杜正伦等，于掖庭宫西门简出之。"

⑨"死囚"句：《旧唐书·太宗纪》："（贞观六年）十二月辛未，亲录囚徒，归死罪者二百九十人于家，令明年秋末就刑。其后应期毕至，诏悉原之。"《通典》卷一七〇载此事作"放死罪三百九十人归于家"，与此句下注文合。《唐语林》卷一作"二百九十人"。

⑩"剪须"二句：《贞观政要·任贤》："（李）勣时遇暴疾，验方云须灰可以疗之，太宗自剪须为其和药。勣顿首见血，泣以陈谢。太宗云：'吾为社稷计耳，不烦深谢。'"《旧唐书·李勣传》所载同。

⑪"含血"二句：李思摩，即阿史那思摩。《贞观政要·仁恻》："太宗征辽东，攻白岩城，右卫大将军李思摩为流矢所中，帝亲为吮血，将士莫不感动。"《旧唐书·突厥传上》："思摩者，颉利族人也。……太宗嘉其忠，除右武候大将军、化州都督。……思摩遂轻骑入朝，寻授右武卫将军，从征辽东，为流矢所中，太宗亲为吮血，其见顾遇如此。"

⑫"不独"二句：《管子·山至数》："王者乘时，圣人乘易。"《盐铁论·击之》："休劳用供，因弊乘时，帝王之道，圣贤之所不能失也。"《易·咸·彖》："天地感而万物化生，圣人感人心而天下和平。"

⑬“岂徒”二句：《左传·哀公二十三年》：“君命瑶，非敢耀武也，治英丘也。”《汉书·刑法志》：“汉兴，高祖躬神武之材，行宽仁之厚，总揽英雄，以诛秦、项。”《晋书·乐志》载《食举东西厢歌》：“猗欤盛欤，先皇圣文。”

【评析】

诗题自注：“美拨乱，陈王业也。”《公羊传》哀公十四年：“拨乱世，反诸正，莫近诸《春秋》。”《诗·豳风·七月》序：“《七月》，陈王业也。周公遭变故，陈后稷先公风化之所由，致王业之艰难也。”七德舞，《旧唐书·音乐志二》：“《破阵乐》，太宗所造也。太宗为秦王之时，征伐四方。人间歌谣《秦王破阵乐》之曲。及即位，使吕才协音律，李百药、虞世南、褚亮、魏徵等制歌辞。百二十人披甲持戟，甲以银饰之。发扬蹈厉，声韵慷慨，享宴奏之，天子避位，坐宴者皆兴。”又《音乐志一》：“（贞观）七年，太宗制《破阵舞图》，左圆右方，先偏后舞，鱼丽鹅贯，箕张翼舒，交错屈伸，首尾回互，以象战阵之形。令吕才依图教乐工百二十人，被甲执戟而习之。凡为三变，每变为四阵，有来往疾徐击刺之象，以应歌节，数日而就。更名《七德》之舞。”《左传·宣公十二年》：“夫武，禁暴、戢兵、保大、定功、安民、和众、丰财者也。……武有七德，我无一焉，何以示子孙。”陈寅恪《元白诗笺证稿》：“此篇专陈祖宗王集之艰难以示其子孙。易言之，即铺谏太宗创业之功绩，以献谏于当日之宪宗，所谓采诗、讽谏、为君诸义，实在于是。斯乐天所以取此篇，为其《新乐府》五十首之冠也。”朱金城《白居易集笺校》：“元（稹）集卷二四《乐府新题·法曲》云：‘秦王破阵非无作，作之宗庙见艰难。’又《立部伎》云：‘太宗庙乐传子孙，取类群凶阵初破。’居易则取意别为一篇，即此篇是也。”

《鸡肋集》载：“余幼时读《太平广记》，见唐太宗遣萧翼购《兰亭叙》事，盖谲以出之，辄叹息曰：‘《兰亭叙》若是贵耶？至使万乘之主，捐信于匹夫，传称子贡诈而存鲁，弦高诞而存郑，遗一言之细，建二国之业，犹不可以为常。以太宗之贤，巍巍乎近古所无，奈何溺小嗜好，而轻丧其所常之宝，异于得原失信，不为而去矣。晚多闲居，颇屏世好，独于古人笔墨之遗，犹爱而不能置。’……因诵白居易《七德歌》曰：‘功成理定何足远，速在推心致人腹。怨女三千放出宫，死囚四百来归狱。’复叹曰：‘太宗以一旅取天下，惟信耳。夫不吝三千女而出宫，自信也，不约四百囚而来归狱，人信也。晋舍原，何足道哉！’”《宋名臣言行录》云：“太宗语侍臣曰：朕何如唐太宗？左右互辞以赞。独昉无他言。微诵白居易讽谏《七德舞》词曰：‘怨女三千放出宫，死囚四百来归狱。’上闻之，遽兴曰：‘朕不及，朕不及，卿言警朕矣。’”《唐宋诗醇》云：“五十首以此起，体裁极合《大雅》原周受命之由，而必本之文王，以明王业之所由盛。唐之受命，始于高祖；而开王业者，则太宗之功。大意归重在得人心，人心之归，王业之本也。‘亡卒遗骸散帛收’十句，皆得人心之实事，铺陈详赡，词旨庄雅，琅琅可诵。”

海漫漫

海漫漫，直下无底旁无边。云涛烟浪最深处，人传中有三神山①。山上多生不死药，服之羽化为天仙。秦皇汉武信此语，方士年年采药去。蓬莱今古但闻名，烟水茫茫无觅处。海漫漫，风浩浩，眼穿不见蓬莱岛。不见蓬莱不敢归，童男丱女舟中老②。徐福文成多诳诞③，上元太一虚祈祷④。君看骊山顶上茂陵头⑤，毕竟悲风吹蔓草。何况玄元圣祖五千言⑥，不言药，不言仙，不言白日升青天。

【注释】

①“云涛”二句:《史记·秦始皇本纪》:“齐人徐市等上书,言海中有三神山,名曰蓬莱、方丈、瀛洲,仙人居之。请得斋戒,与童男女求之。于是遣徐市发童男女数千人,入海求仙人。”

②丱:《诗·齐风·甫田》:“婉兮娈兮,总角丱兮。”毛传:“丱,幼稚也。”

③徐福:徐市。《史记·封禅书》:“齐人少翁以鬼神方见上。上有所幸王夫人,夫人卒,少翁以方盖夜致王夫人及灶鬼之貌云。天子自帷中望见焉。于是乃拜少翁为文成将军,赏赐甚多。……乃为帛书以饭牛,详不知,言曰此牛腹中有奇,杀视得书,书言甚怪,天子识其手书,问其人,果是伪书。于是诛文成将军隐之。”

④“上元”句:上元,正月十五日,道教三元节之一。《初学记》卷四:“《史记·乐书》曰:‘汉家祀太一,以昏时祠到明。’今人正月望日夜游观灯,是其遗事。”《史记·孝武本纪》:“亳人薄诱忌奏祠泰一方,曰:天神贵者泰一,泰一佐曰五帝。”索隐:“案《乐汁征图》云:紫微宫北极,天一、太一。宋均以为天一、太一,北极之别名。”

⑤“骊山”句:《史记·秦始皇本纪》正义:“《关中记》云:始皇陵在骊山。”《汉书·武帝纪》:“三月甲申,葬茂陵。”注:“茂陵在长安西北八十里也。”

⑥“玄元”句:指《老子》。唐初追号老子为“太上玄元皇帝”。《旧唐书·礼仪志四》:“(天宝)二年正月丙辰,加玄元皇帝尊号大圣祖三字。”

【评析】

诗题自注:“戒求仙也。”陈寅恪《元白诗笺证稿》疑此篇作于元和五年(810)以后,引《旧唐书·宪宗纪》元和五年(810)八月李藩对宪宗事为证,谓:“宪宗为有唐一代中兴之英主,然卒以服食柳泌所制丹药,躁渴至极,左右宦官多因此得罪,遂为陈弘志所弑。观元和五年宪宗问李藩之语，知其已好神仙之道。乐天是时即在翰林，颇疑亦有所闻知。故《海漫漫》篇所言，殆陈谏于几先者。此篇末句以老子不言药为说，远引祖训，近切时宜，诚《新乐府》大序所谓为君而作者也。”朱金城《白居易集笺校》谓，李语与白诗亦偶合耳，且李语出于白诗亦非绝无可能。似不能仅凭此孤证即断言《海漫漫》一篇不作于元和四年（809）也。谢思炜则云，《新乐府》组诗是否作于元和四年（809），未可遽断。

《贞观政要·慎所好》：“贞观二年，太宗谓侍臣曰：神仙事本是虚妄，空有其名。秦始皇非分爱好，为方士所诈，乃遣童男童女数千人随其入海求神仙，方士避秦苛虐，因留不归。始皇犹海侧踟蹰以待之，还至沙丘而死。汉武帝为求神仙，乃将女嫁道术之人，事既无验，便行诛戮。据此二事，神仙不烦妄求也。”似即《海漫漫》一篇所本。黄周星《唐诗快》云：“余尝谓人皆可以求神仙，惟帝王不可以求神仙。神仙不无，但决非帝王所能求耳。”《唐诗别裁集》云：“此言求仙之妄也。唐代崇奉老子，而五千言中不言神仙，恍然可悟矣。”《唐宋诗醇》云：“神仙之说，世主多为所惑，而方士因得乘其蔽而中之，史策所垂，足为炯戒，宪宗不悟，服柳泌金丹致殒。此诗作于元和初，想尔时已有先见耶？唐室崇奉老子，一结借矛攻盾，极其警快。”

上阳白发人

天宝五载已后，杨贵妃专宠，后宫人无复进幸矣。六宫有美色者，辄置别所，上阳是其一也。贞元中尚存焉。

上阳人，红颜暗老白发新。绿衣监使守宫门[①]，一闭上阳多少春。玄宗末岁初选入，入时十六今六十。同时采择百余人，零落年深残此身。忆昔吞悲别亲族，扶入车中不教哭[②]。皆云入内便承恩，脸似芙蓉胸似玉。未容君王得见面，已被杨妃遥侧目。妒令潜配上阳宫，一生遂向空房宿。秋夜长，夜长无寐天不明。耿耿残灯背壁影[③]，萧萧暗雨打窗声[④]。春日迟，日迟独坐天难暮。宫莺百啭愁厌闻，梁燕双栖老休妒。莺归燕去长悄然[⑤]，春往秋来不记年。唯向深宫望明月，东西四五百回圆[⑥]。今日宫中年最老，大家遥赐尚书号[⑦]。小头鞋履窄衣裳，青黛点眉眉细长[⑧]。外人不见见应笑，天宝末年时世妆。上阳人，苦最多。少亦苦，老亦苦。少苦老苦两如何？君不见昔时吕向《美人赋》[⑨]，［天宝末，有密采艳色者，当时号花鸟使。吕向献《美人赋》以讽之。］又不见今日《上阳白发歌》！

【注释】

①“绿衣”句：《旧唐书·职官志三》内侍省：“掖廷局：令二人，从七品下。丞三人，从八品下。宫教博士二人，从九品下。监作四人，从九品下。……掖廷令掌宫禁女工之事。凡宫人名籍，司其除附，公桑养蚕，会其课业。”监使盖指此。

② 不教：不让。王昌龄《出塞》：“但使龙城飞将在，不教胡马度阴山。”

③ 耿耿：谢朓《暂使下都夜发新林至京邑赠西府同僚》：“秋河曙耿耿，寒渚夜苍苍。”《文选》李善注：“耿耿，光也。”以言灯，白居易《禁中秋宿》：“耿耿背斜灯，秋床一人寝。”

④ 萧萧：朱金城《白居易集笺校》以为诸本误，当作“潇潇”。按，唐人象雨声，亦用“萧萧”。杜甫《雨二首》：“片片水上云，萧萧沙中雨。”“潇潇”字盖晚出，或为后人所改。元稹《通州丁溪馆夜别李景信三首》：“雨

潇潇兮鹃咽咽，倾冠倒枕灯临灭。”

⑤ 悄然：黯然神伤。《旧唐书·王毛仲传》：“玄宗或时不见，则悄然如有所失。”

⑥ “望明月”二句：陈寅恪《元白诗笺证稿》：“假定上阳宫人选入之时为天宝十五载（756），其年为十六。则至贞元十六年（800），其年六十。自入宫至此凡历四十五年，须加十六闰月，共约五百五十六望，除去阴雨暗夕，上阳宫人之获见月圆次数，亦不过四五百回。三五之时，月夕生于东，朝没于西，所以言东西者，盖隐含上阳人自夕至旦通宵不寐之意也。”按，陈释月圆次数过泥，白诗言“今六十”及“四五百回圆”，均不过言其约数，此人物亦为虚拟，无从考证。日本释信救《新乐府略意》：“‘唯向深宫望明月，东南四五百回圆’者，《湓浦亭望月》诗云：‘西北望乡何处是，东南望月几回圆。’”平冈校本亦引此诗（《八月十五日夜湓亭望月》），定“东南”为是。按，望月言东西、东南，皆有据。刘长卿《游四窗》：“日月居东西，朝昏互出没。”刘希夷《捣衣篇》：“西北风来吹细腰，东南月上浮纤手。”

⑦ “大家”句：《元白诗笺证稿》：“据蔡邕《独断》上云：‘亲近侍从官称曰大家。’盖‘大家’乃汉代宫中习称天子之语也。”又引唐人用例多条，谓：“直至唐世，犹保存此称谓。乐天诗咏宫女，故用宫中俗语也。”《旧唐书·后妃传·上官昭容》：“观其此意，即当次索皇后以及大家。”按，作“天家”亦有据。蔡邕《独断》上：“天子无外，以天下为家，故称天家。……亲近侍从官称曰大家，百官小吏称曰天家。”唐人用例，李商隐《为濮阳公附送官告申使回状》：“诏开垂露，降自天家。”《旧唐书·职官志三》宫官：“六尚，如六尚书之职掌。”《元白诗笺证稿》：“又女尚书之号，古已有之，如《三国志·魏志》三明帝青龙三年注引《魏略》，及《北史》一五《魏书》一三《后妃传序》等，即是其例。……是唐代沿袭前代，宫中亦有女尚书之号也。”

⑧“小头”二句：《新唐书·五行志一》：“天宝初，贵族及士民好为胡服胡帽，妇人则簪步摇钗，衿袖窄小。”盖短衣便于骑乘，时有流行。元稹《有所教》：“莫画长眉画短眉，斜红伤竖莫伤垂。”《元白诗笺证稿》：“颇疑贞元末年之时世妆，其画眉尚短，与乐天此诗所言天宝末年之时尚……适得其反也。”

⑨“吕向”句：《新唐书·吕向传》：“吕向，字子回，亡其世贯，或曰泾州人。……玄宗开元十年召入翰林，兼集贤院校理，侍太子及诸王为文章。时帝岁遣使采择天下姝好，内之后宫，号花鸟使，向因奏《美人赋》以讽，帝善之，擢左拾遗。”据此则吕向献《美人赋》在开元间，非天宝末，白居易原注有误。岑仲勉《翰林学士壁记注补》考证吕向殆卒天宝初年，其说可信。检卢校无注，费氏覆宋本同。又敦煌本亦无注。元稹《上阳白发人》自注云“天宝中密号采取艳异者为花鸟使”，亦未言及吕尚。疑宋本以降各本此注为后人所妄加。《大唐传载》：“天宝中，天下无事，选六宫风流艳态者，名花鸟使，主宴。”《南部新书》庚、《唐语林》卷五所载略同，为另一说。

【评析】

这是《新乐府》五十首中的第七首，是一首著名的政治讽谕诗。诗题自注：“愍怨旷也。”典出《孟子·梁惠王下》：“内无怨女，外无旷夫。”古时，称成年无夫之女为怨女，成年无妻之男为旷夫。这里“怨旷”并举，实际上写的是宫廷怨女。封建统治者常强选大量民间少女入宫。她们被禁锢在戒备森严的深宫，白白葬送如花似锦的青春人生。诗人对宫女极为同情，元和四年（809）曾有《请拣放后宫内人》的奏章，同年写下这首诗。上阳，指当时东都洛阳的皇帝行宫上阳宫。唐天子自开元二十四年（736）十月以后，即不再到东都，上阳宫自然冷落下来。《旧唐书·地理志一》河南道宫城：“上阳宫，在宫城之西南隅。

南临洛水，西拒谷水，东即宫城，北连禁苑。……上阳之西，隔谷水有西上阳宫，虹梁跨谷，行幸往来。皆高宗龙朔后置。”又《宦官传》：“玄宗在位既久，崇重宫禁……开元、天宝中，长安大内、大明、兴庆三宫，皇子十宅院，皇孙百孙院。东都大内、上阳两宫，大率宫女四万人，品官黄衣已上三千人，衣朱紫者千余人。”《本事诗·情感》：“顾况在洛，乘间与三诗友游于苑中，坐流水上，得大梧叶，题诗上曰：‘一入深宫里，年年不见春。聊题一片叶，寄与有情人。’况明日于上游，亦题叶上，放于波中，诗曰：‘花落深宫莺亦悲，上阳宫女断肠时。帝城不禁东流水，叶上题诗欲寄谁。’后十余日，有人于苑中寻春，又于叶上得诗，以示况，诗曰：‘一叶题诗出禁城，谁人酬和独含情。自嗟不及波中叶，荡漾乘春取次行。’”事又见《云溪友议》卷下等。又顾况《李湖州孺人弹筝歌》：“上阳宫人怨青苔，此夜想夫怜碧玉。”盖上阳宫女之传说，在当时颇为流传。又按，上阳宫至建中贞元间已封闭颓毁，亦无宫女居住。王建《行宫词》：“当时州县每年修，皆留内人看玉案。禁兵夺得明堂后，长闭桃源与绮绣。……官家乏人作宫户，不泥宫墙斫宫树。两边仗屋半崩摧，夜火入林烧殿柱。”张籍《洛阳行》：“上阳宫树黄复绿，野豺入苑食麋鹿。”

这是一首别开生面的宫怨诗。全诗共44句，270多字。诗中没有一般化地罗列后宫女子的种种遭遇，而是选取一个终生被幽禁的宫女为典型。不写她的青年和中年，而是写她的垂暮之年；不写她的希望，而是写她的绝望。通过这位宫女一生的悲惨遭遇，形象概括地反映了所谓“后宫佳丽三千人”的悲惨命运，揭露了宫廷生活的黑暗、残酷，控诉了封建帝王广选姬嫔、摧残无辜女性的行径。洪迈《容斋随笔》卷二云：“白乐天《长恨歌》《上阳人歌》，元微之《连昌宫词》，道开元间宫禁事，最为深切矣。”黄周星《唐诗快》云：“只此一语，可以泣鬼矣（‘入时十六’句下）。泣鬼语（‘零落年深’句下）。殊可切齿。

马嵬之死，不足悲也（‘未容君王’二句下）。泣鬼语（‘一生遂向’句下）。泣鬼语（‘唯向深宫’句下）。要他何用（‘大家遥赐’句下）？泣鬼语。此一语更惨（‘天宝末年’句下）。”田雯《古欢堂集杂著》云：“香山讽谕诗乃乐府之变，《上阳白发人》等篇，读之心目豁朗，悠然有余味。”沈德潜《唐诗别裁集》十卷本卷八：“只‘唯向深宫望明月，东西四五百回圆’二语，已见宫人之苦，而杨妃之嫉妒专宠，足以致乱矣。女祸之诫，千古昭然。”清人刘存仁《屺云楼诗话》云：“诗贵有关系，古者采风，所以宣达下民之疾苦也。……白香山《秦中吟》十首，篇篇须全读。《议婚》云：‘贫家女难嫁，嫁晚孝于姑。’《重赋》云：‘夺我身上暖，买尔眼前恩。’《合致仕》云：‘朝露贪名利，夕阳忧子孙。’《轻肥》云：‘是岁江南旱，衢州人食人。’《买花》云：‘一丛深色花，十户中人赋。’《感鹤》云：‘一饱尚如此，况乘大夫轩。’《凶宅》云：‘骄者物之盈，老者数之终。’现前指点，可使顽石点头。其实千锤百炼，出以自然，不尽老妪都解也。七古讽谕体，如《七德舞》云：‘怨女三千放出宫，死囚四百来归狱。’《海漫漫》云：‘君看骊山顶上茂陵头，毕竟悲风吹蔓草。’《上阳宫人歌》云：‘惟向深宫望明月，东西四五百回圆。’《新丰》云：‘边功未立生人怨，请看新丰折臂翁。’《青石》云：‘长使不忠不烈臣，观碑改节慕为人。’《秦吉了》云：‘吾闻凤凰主，尔竟不为凤凰之前致一言，空多喋喋闲言语。’明白如话，讽谕入神，极关系名教作。若《长恨歌》《琵琶行》，删之可也。”

在唐代以宫女为题材的诗歌中，这首诗堪称少有的佳作。其特点是语言通俗浅易，具有民歌的风调。它采用“三三七”的句式和顶真、对比等修辞手法，音韵转换灵活，长短句式错落有致。诗中融叙事、抒情、写景、议论于一体，描述生动形象，富有感染力。《上阳白发人》本为李绅、元稹《新题乐府》原题，而白居易诗则后来居上。《元白诗笺证稿》云《上阳白发人》：“本悯宫人之幽闭，而其篇末乃云：‘此辈贱嫔何足言，帝子天孙古称贵。诸王在阁四十年，七宅六宫门户闭……'此为微之前任拾遗时之言论，于作此诗时不觉连类及之，本不足异，亦非疵累。但乐天《上阳白发人》之作，则截去微之诗末题外之意，似更切径而少枝蔓。"

新丰折臂翁

新丰老翁八十八①，头鬓眉须皆似雪。玄孙扶向店前行，左臂凭肩右臂折。问翁臂折来几年，兼问致折何因缘。翁云贯属新丰县②，生逢圣代无征战。惯听梨园歌管声③，不识旗枪与弓箭。无何天宝大征兵，户有三丁点一丁。点得驱将何处去？五月万里云南行。闻道云南有泸水，椒花落时瘴烟起④。大军徒涉水如汤，未过十人二三死。村南村北哭声哀，儿别爷娘夫别妻⑤。皆云前后征蛮者，千万人行无一回。是时翁年二十四，兵部牒中有名字⑥。夜深不敢使人知，偷将大石锤折臂。张弓簸旗俱不堪⑦，从兹始免征云南。骨碎筋伤非不苦，且图拣退归乡土⑧。臂折来来六十年⑨，一肢虽废一身全。至今风雨阴寒夜，直到天明痛不眠。痛不眠，终不悔，且喜老身今独在。不然当时泸水头，身死魂飞骨不收。应作云南望乡鬼，万人冢上哭呦呦。［云南有万人冢，即鲜于仲通、李宓曾覆军之所也。］老人言，君听取。君不闻开元宰相宋开府⑩，不赏边功防黩武？［开元初，突厥数寇边，时天武军牙将郝灵荃出使，因引特勒回鹘部落⑪，斩突厥默啜，献首于阙下，自谓有不世之功。时宋璟为相，以天子年少好武，恐徼功者生心，痛抑其赏。逾年，始授郎将。灵荃遂恸哭呕血而死也。]又不闻天宝宰相杨国忠，欲求恩幸立边功？边功未立生人怨，请问新丰折臂翁！［天宝末，杨国忠为相，重结阁罗凤之役，募人讨之，前后发二十余万众，去无返者。又捉人连枷赴役，天下怨哭，人不聊生，故禄山得乘人心而盗天下。元和初，而折臂翁犹存，因备歌之。］

【注释】

① “新丰”句：首句一作“新丰老翁年八十”。据后面诗云“是时翁年二十四”，“是时”指大征兵的那一年，即天宝十三载（754），到作此诗的元和四年（809），当以“年八十”为是。此言“八十八”，是为了押韵。新丰，故城在今陕西西安临潼境内，为华清宫所在地。

② 贯属：乡贯所属。《旧唐书·李抱玉传》：“臣贯属凉州，本姓安氏。”

③ “惯听”句：一作“唯听骊宫歌吹声”。梨园歌管，指从宫廷里传出的音乐声。梨园，唐玄宗时宫廷中练习音乐的机构。

④ “闻道”二句：《后汉书·西南夷传·滇王》：“（刘）尚军遂度泸水，入益州界。”注：“泸水一名若水，出旄牛徼外，经朱提至僰道入江，在今嶲州南。特有瘴气，三月四月经之必死，五月以后，行者得无害。故诸葛亮表云：五月渡泸。言其艰苦也。”云南产椒，《新唐书·地理志六》黎州：“土贡：升麻、椒、麝香、牛黄。”骆宾王《从军中行路难二首》：“三春边地风光少，五月泸中瘴疠多。”

⑤ 爷娘：通“耶娘”。《梁鼓角横吹曲·木兰诗》：“朝辞爷娘去，暮宿黄河边。”杜甫《兵车行》：“耶娘妻子走相送，尘埃不见咸阳桥。”

⑥ 牒：文书，这里指征兵名册。《旧唐书·职官志二》尚书省：“凡下之所以达上，其制亦有六，曰表、状、笺、启、辞、牒。……非公文所施，有品已上公文，皆曰牒。”此指申报于兵部的文书。《唐六典》卷五：“凡诸州军府应行兵马之名簿，器物之多少，皆申兵部。”

⑦ 簸旗：摇旗。卢仝《月蚀诗》："蚩尤簸旗弄旬朔，始捶天鼓鸣珰琅。"

⑧ 拣退：新兵入伍后经拣选，不合格者退回。《旧唐书·忠义传·许远》："虢王巨受代之时，尽将部曲而行，所留者拣退羸兵数千人。"

⑨ 来来：陈寅恪《元白诗笺证稿》引段成式《戏高侍御七首》之一："青琴仙子长教示，自小来来号阿真。"谓："'来来'连文亦唐人常语。"是。来来，即以来之义。皮日休《病中书情寄上崔谏议》："十日来来旷奉公，闭门无事忌春风。"

⑩ 宋开府：指宋璟，字广平，邢州南和（今河北邢台南和区）人。睿宗时曾任宰相，玄宗开元五年（717）至八年（720）再次任宰相，后改授开府仪同三司，时人称为宋开府。他为人刚正不阿，敢于犯颜直谏；为相坚持正道，刑赏无私，致力于选贤授能，使官吏各称其职。史称"唐世贤相，前称房（玄龄）杜（如晦），后称姚（崇）宋（璟），他人莫得比焉"（《资治通鉴》卷二一一）。

⑪ 特勒回鹘部落：《元白诗笺证稿》谓"特勒"为"铁勒"之误，盖铁勒乃种族名，特勒即"特勤"，为突厥王子之称。《资治通鉴》承圣元年："突厥土门……自号伊利可汗，号其妻为可贺敦，子弟谓之特勒。"《旧唐书·回纥传》："回纥，其先匈奴之裔也，在后魏时，号铁勒部落。其象微小，其俗骁强，依托高车，臣属突厥，近谓之特勒。……特勒始有仆骨、同罗、回纥、拔野古、覆罗步，号俟斤，后称回纥焉。"岑仲勉《突厥集史·旧唐书回纥传校注》："'特勒'实'特勤'之讹称，《（资治通鉴）考异》一二引柳芳《唐历》，称特勒回纥，以铁勒为特勒，殆由芳始。《考异》七又云：'突厥子弟谓之特勒，诸书或作特勤，今从刘昫《旧唐书》及宋祁《新唐书》。'开元已后，唐与北蕃不复如前密切，疑其时早有讹特勤为特勒者，史家不察，糅为一称，故曰'近谓之特勒'，言'近'则见初唐未有此号也；《新传》删去此语，不为无见。"白诗亦称"特勒"，是其时有此讹称之证。

【评析】

诗题自注:“戒边功也。”已将意旨揭示得明明白白,毫不含糊。这首诗通过一位老翁亲身经历的自述,反映了广大人民在这几次穷兵黩武的开边战争中所蒙受的巨大苦难;劝诫当朝统治者要从正反两方面吸取教训,体恤百姓的怨苦,慎于开边用兵,鲜明地体现了白居易关心民生疾苦并敢于揭露时弊的锐气。《唐宋诗醇》云:“大意亦本之杜甫《兵车行》,前、后《出塞》等篇,借老翁口中说出,便不伤于直遂,促促刺刺,如闻其声,而穷兵黩武之祸,不待言矣。末又以宋璟、杨国忠比勘,开元、天宝治乱之机,具分于此,前事不忘,后事之师也,可谓诗史。”诗中所叙,以唐玄宗天宝年间的历史事实为背景。当时,云南少数民族白族所建立的南诏国与唐王朝有封建的藩属关系。天宝九载(750),南诏王阁罗凤因受云南太守张虔陀的迫辱,愤而起兵,杀死张虔陀,反叛唐王朝。次年四月,唐王朝派剑南节度使鲜于仲通率兵八万征讨。阁罗凤曾派人讲和,鲜于仲通不听,结果被阁罗凤大败于泸南,死六万人。天宝十三载(754)六月,以宰相名义兼领剑南节度使的杨国忠派李宓再次率兵七万征讨,结果又是全军覆没,李宓亦被擒。杨国忠隐瞒了兵败的消息,反以捷报上闻,进而大肆搜捕民丁,强令队伍继续发兵攻打南诏。这几次战争前后共死亡近二十万人。白居易在《寄唐生》诗中说:“非求宫律高,不务文字奇。惟歌生民病,愿得天子知。”这首诗正是通过新丰折臂翁的经历,表达反对穷兵黩武的主题,目的也是为生民请命。清代施补华《岘佣说诗》评价说:“《上阳白发人》《新丰折臂翁》两篇,长于讽谕,颇得风人之旨,惜词未简古。”黄周星《唐诗快》云:“泣鬼语(‘夜深不敢’句下)。呜呼,为民父母者,奈何使天下有折臂翁乎!”陈寅恪《元白诗笺证稿》对这首诗的结语十分赞赏,说:“此篇为乐天极工之作。其篇末‘老人言,君听取’以下,固新乐府大序所谓‘卒章显其志’者,然其气势若常山之蛇,首尾回环救应，则尤非他篇所可及也。后来微之作《连昌宫同》，恐亦依约摹仿此篇，盖《连昌宫词》假宫边老人之言，以抒写开元、天宝之治乱系于宰相之贤不肖及深戒用兵之意，实与此篇无不相同也。”

这首诗的题材独特，很有看点。尽管自我折臂之人十分罕见，但新丰折臂翁这一形象具有很强的典型意义。沈德潜《唐诗别裁集》十卷本卷八：“穷兵黩武之祸，慨切言之。末以宋璟、杨国忠对言，见开、宝治乱之机，实分于此。”诗人揭露天宝时期几次开边战争带给人民的深重苦难，没有从正面直接描写战争的惨酷，没有铺陈和渲染沙场上白骨横陈的景象；而是以折臂翁的叙说和独白，作为艺术结构的基点，刻画其心理；同时通过应征者及其亲属的悲痛，尤其是通过逃征者的幸免于难，间接地表现不义战争给人民造成的巨大灾难。这首诗诗意显豁明白，语言晓畅浅易。通篇既没有罕见的典故，也没有生僻艰涩的词语，显示了白居易《新乐府》创作的总体特色：通俗性和明朗性。但它在艺术表现手法上又有独特之处，即诗人提炼和表现生活的角度选择得好，能于直中见曲。通过所写生活局部，启发读者去想象、思索那些没有写出却又着意表现的内容。对折臂翁，诗人明明是哀其不幸，却偏从他侥幸全身的一面突出他的“不悔”和“且喜”。折臂是痛苦的，以折臂来逃避征兵也是十分可悲的，诗人却把可悲之事当作可喜之事来叙写。而读者正从这反常的含泪之“喜”中，更强烈地感受到主人公内心巨大的悲痛。再进一步，还能从生者发出的怨苦之音中，体会到那些无言的战死者更大的不幸和冤愤。在艺术表现上，直和曲是对立的；但在这首诗中却相反相成，互为补充，构成一个和谐的艺术整体，即直中有曲，直中见曲。直则畅，意激而言质，它对社会问题的揭露是鲜明的、尖锐的。曲则深，言近而旨远，它所概括的生活内涵又是丰富的，读后发人深思。正如刘熙载《艺概》所云“香山用常得奇，此境良非易到”，袁枚《续诗品》所谓“意深词浅，思苦言甘”。

太行路[1]

太行之路能摧车，若比人心是坦途。巫峡之水能覆舟，若比人心是安流。人心好恶苦不常，好生毛羽恶生疮。与君结发未五载，岂期牛女为参商[2]。古称色衰相弃背，当时美人犹怨悔。何况如今鸾镜中[3]，妾颜未改君心改。为君薰衣裳，君闻兰麝不馨香。为君盛容饰，君看金翠无颜色。行路难，难重陈。人生莫作妇人身，百年苦乐由他人。行路难，难于山，险于水。不独人间夫与妻，近代君臣亦如此。君不见：左纳言，右纳史[4]。朝承恩，暮赐死。行路难，不在水，不在山，只在人情反复间！

【注释】

① 太行路：曹操《苦寒行》："北上太行山，艰哉何巍巍。羊肠坂诘屈，车轮为之摧。"《史记·夏本纪》："太行、常山至于碣石，入于海。"又《周本纪》正义："《括地志》云：太行、恒山连延，东北接碣石，西北接岳山。"

② 牛女：牵牛星与织女星。苏彦《秋夜长》："牛女隔河以延伫，列宿双景以相望。"参商：参星与商星。陆机《为顾彦先赠妇二首》："形影参商乖，音息旷不达。"

③ 鸾镜：妆镜。《艺文类聚》卷九十范泰《鸾鸟诗序》："昔罽宾王结罝峻卯之山，获一鸾鸟，王甚爱之，欲其鸣而不致也，乃饰以金樊，飨以珍馐，对之愈戚，三年不鸣。其夫人曰：'尝闻鸟见其类而后鸣，何不悬镜以映之？'王从其意，鸾睹形悲鸣，哀响中霄，一奋而绝。嗟乎兹禽，何情之深。"谢朓《咏风诗》："时拂孤鸾镜，星鬟视参差。"

④"左纳言"二句：《旧唐书·职官志二》门下省："侍中二员。隋曰纳

言，又名侍内。武德为纳言，又改为侍中。龙朔改东台左相，光宅元年改为纳言，神龙复为侍中。开元元年改为黄门监，五年复为侍中。天宝二年改为左相。至德二年复改为侍中。”中书省：“中书令二员。……隋曰内书令，武德曰内史令，寻改为中书令。龙朔为西台右相，咸亨复为中书令。……天宝改为右相，至德二年复为中书令。”

【评析】

诗题自注：“借夫妇以讽君臣之不终也。”黄周星《唐诗快》云：“此等诗可谓极显浅矣。然一字一句，何非名理？即不作诗观，亦当作格言观。”陈寅恪《元白诗笺证稿》引德宗赐死刘晏、杨炎及宪宗贬韦执谊崖州诸事，谓：“杨炎以文学器用，窦参以吏识强干，俱为德宗所宠任，擢登相位，而并于罢相后不旋踵之间，遂遭赐死，此诚可致慨者也。……刘晏为代宗朝旧相，最有贤名，而德宗以疑似杀之，斯为失政之尤。此当时后世所以咸致冤痛也。……韦执谊流贬于宪宗即位之年，距乐天作诗之时甚近。乐天始终同情于牛僧孺，而牛僧孺曾受韦执谊之知奖。复考《白氏长庆集》二七有《为人上宰相书》一篇，据其中所言此宰相拜相之日，知必为执谊无疑。然则执谊虽未赐死，但其进退荣辱，易致乐天之感触，自甚明也。乐天此篇之作，或竟为近慨崖州之沉沦，追刺德宗之猜刻，遂取以讽谏元和天子耶？”

牡丹芳

牡丹芳，牡丹芳，黄金蕊绽红玉房。千片赤英霞烂烂，百枝绛点灯煌煌。照地初开锦绣段，当风不结兰麝囊。仙人琪树白无色，王母桃花小不香。宿露轻盈泛紫艳，朝阳照耀生红光。红紫二色间深浅，向背万态随低昂。映叶多情隐羞面，卧丛无力含醉妆。低娇笑容疑掩口，凝思怨人如断肠。秾姿贵彩信奇绝，杂卉乱花无比方。石竹金钱何细碎[①]，芙蓉芍药苦寻常[②]。遂使王公与卿士，游花冠盖日相望。庳车软舆贵公主[③]，香衫细马豪家郎[④]。卫公宅静闭东院[⑤]，西明寺深开北廊。戏蝶双舞看人久，残莺一声春日长。共愁日照芳难驻，仍张帷幕垂阴凉。花开花落二十日，一城之人皆若狂。三代以还文胜质[⑥]，人心重华不重实。重华直至牡丹芳，其来有渐非今日。元和天子忧农桑，恤下动天天降祥。去岁嘉禾生九穗[⑦]，田中寂寞无人至。今年瑞麦分两岐，君心独喜无人知。无人知，可叹息。我愿暂求造化力，减却牡丹妖艳色。少回卿士爱花心，同似吾君忧稼穑。

【注释】

① 金钱：金钱花。《酉阳杂俎》前集卷十九广动植："金钱花，一云本出外国，梁大同二年进来中土。"卢肇《金钱花》："时时买得佳人笑，本色金钱却不如。"

② 苦：极，甚。杜甫《戏赠阌乡秦少公短歌》："今日时清两京道，相逢苦觉人情好。"

③ 庳车：低车。《史记·循吏列传》："楚民俗好庳车。"索隐："庳，下也。"软舆：软轿。《旧唐书·李训传》："又奏曰：'事急矣，请陛下入内。'即举软舆迎帝。"

④ 细马：良马。《旧唐书·职官志三》车府署："凡马，有左右监，以别其粗良。以数纪名，著之簿籍。细马称左，粗马称右。"

⑤ 卫公：指李靖，坊里未详。李德裕会昌四年（844）封卫国公，必非此诗所指。

⑥“三代”句：《论语·雍也》：“子曰：‘质胜文则野，文胜质则史。文质彬彬，然后君子。’”《春秋元命苞》：“夏人之立教以忠，其失野，故救野莫若敬。殷人之立教以敬，其失鬼，故救鬼莫若文。周人之立教以文，其失荡，故救荡莫若忠。如此循环，周则复始，穷则相承。”

⑦“嘉禾”句：《后汉书·光武帝纪下》：“是岁县界有嘉禾生，一茎九穗，因名光武曰秀。”《后汉书·张堪传》：“（堪）拜渔阳太守……百姓歌曰：‘桑无附枝，麦穗两岐，张君为政，乐不可支。’”

【评析】

这是白居易咏牡丹诗最长的一首，也是唐牡丹诗篇幅之冠，长达49句327字。诗题自注：“美天子忧农也。”讽谕诗将“所遇所感”发于“美刺兴比”，并非都是投枪匕首，直刺现实，揭露黑暗，也有颂美，也就是委婉地进谏。平心而论，白居易进谏的对象唐宪宗算是个奋发有为的皇帝，在元和初年，宪宗励精图治，广开言路，信用裴垍、李绛等忠介之士，一改德宗时代废相权一揽天下细务的做法，推心委政事于宰相。同时，察纳雅言，虚心求谏，故而白居易等人虽常常言语激切，仍获宪宗优容。国家政治因此一度回到正轨，史称元和中兴。诗中所云“元和天子忧农桑，恤下动天天降祥”，“去岁嘉禾生九穗”，“今年瑞麦分两岐”，稽之史籍无可考实，惟《唐会要》卷二十九“祥瑞下”载：“元和二年八月，中书门下奏，诸道草木祥瑞及珍禽异兽等，准永贞元年八月敕。自今以后，宜并停进者。伏以贡献祥瑞，皆缘腊飨告庙，及元会奏闻，若例停奏进，即恐阙于盛礼，准仪制令。其大瑞即随表奏闻，中瑞下瑞，申报有司。元日闻奏，自今以后，望准令式，从之。七年十一月，梓州上言，龙州界嘉禾生，有麟食之。每来，一鹿引之，群鹿随焉，光华不可正视，使画工就图之，并嘉禾一函以献。”《旧唐书·宪宗纪》略同。据此可知，元和时曾恢复元日贡献祥瑞之制。《元白诗笺证稿》云：“乐天《秦中吟》有《买花》一首，可与此篇相参证。盖二者俱为咏牡丹之作也。……此花于高宗、武后之时，始自汾晋移植于京师。当开元、天宝之世，犹为珍品。至贞元、元和之际，遂成都下之盛玩。此后乃弥漫于士庶之家矣。李肇《国史补》之作成，约在文宗大和时。其所谓‘京师贵游尚牡丹三十余年矣’云者，自大和上溯三十余年，适在德宗贞元朝。此足与元、白二公集中歌咏牡丹之多相证发者也。白公此诗之时代性，极为显著，洵唐代社会风俗史之珍贵资料，故特为标出之如此。”

全诗用三分之二篇幅极写牡丹之秾丽，“绝道花之妖艳”（《容斋随笔》卷二），雕镂万状，如化工肖物，其中“红紫二色间深浅，向背万态随低昂”，形态与色泽并胜，“映叶多情隐羞面，卧丛无力含醉妆”，反李白《清平调》以花写人之道，而拟人写花，花容将人意同醉，为诗评家所津津乐道。宋人赵与虤《娱书堂诗话》云：“牡丹篇咏，至唐人始盛。如李正封、罗邺之句，尤脍炙人口。白乐天有‘映叶多情隐羞面，含丛无力倚新妆’。”智按，罗邺句，见宋朱胜非《绀珠集》卷九引《古今诗话》：“罗邺《牡丹》云：‘买栽池馆恐无地，看到子孙能几家。’人皆谓之诗中虎也。”其原诗云：“落尽春红始见花，花时比屋事豪奢。买栽池馆恐无地，看到子孙能几家。门倚长衢攒绣毂，幄笼轻日护香霞。歌钟满座争欢赏，肯信流年鬓有华。”写豪家竞栽牡丹以炫耀，但“看到子孙能几家”一句，写出繁华之难以持续，并感叹在此欢赏奢华中流年渐逝的悲哀。罗隐还有《牡丹花》：“似共东风别有因，绛罗高卷不胜春。若教解语应倾国，任是无情亦动人。芍药与君为近侍，芙蓉何处避芳尘？可怜韩令功成后，辜负秾华过此身。”颔联两句诚为妙对，故流布尤广。李正封句，指“天香夜染衣，国色朝酣酒”，即成语“国色天香”的来源，此诗全篇今已不存。唐李濬《松窗杂录》载：“大和、开成中，有程修己者，以善画得进谒。修己始以孝廉召入籍，故上不甚以画者流视之。会春暮，内殿赏牡丹花，上颇好诗，因问修己曰：‘今京邑传唱牡丹花诗，谁为首出？’修己对曰：‘臣尝闻公卿间多吟赏中书舍人李正封诗曰：“天香夜染衣，国色朝酣酒。”’上闻之，嗟赏移时。杨妃方恃恩宠，上笑谓贤妃曰：‘妆镜台前宜饮以一紫金盏酒，则正封之诗见矣。’”“颇好诗”之“上”，指唐文宗，程修己为宫廷画师，尤善花卉，他转达的是京城公议。文宗调侃爱妃的话，对此二句作了即景解读。李正封，字中护，陇西人。元和二年（807）举进士及第，同年贤良方正能直言极谏科及第。历任监察御史、司勋员外郎、彰义军判官、司勋郎中。他是韩愈好友，韩集附有二人联句诗，功力悉敌。白居易《山石榴花十二韵》亦云：“此时逢国色，何处觅天香。”当据此而来。

直至“花开花落二十日，一城之人皆若狂”两句精彩绝伦之笔，方稍稍收束了这场大唐牡丹的饕餮之赏。以下转入美刺兴比，《唐宋诗醇》卷二十析云：“极写牡丹之秾丽，忽接‘三代以还文胜质’四句，迂腐语耸然夺目。下乃接‘元和天子忧农桑’一段正意，便觉峭折有波澜。若低手为之，则一直说下耳。”这首诗可谓全面反映了中唐社会牡丹在世人，尤其是文人士子中的不二地位。首先，人们对牡丹的观感更加细腻，牡丹的娇艳与姿容在人们面前无不体现得更为细微。其次，人们对牡丹的热爱堪超盛唐，“花开花落二十日，一城之人皆若狂”，这种满城迷狂，即使盛唐诗人笔下也未看到。再次，人们对牡丹的痴迷反映的是人心的尚华不实，所谓“重华直至牡丹芳，其来有渐非今日”，华而不实的风气是逐渐积累下来的，到了中唐渐至顶峰，这样的社会风气对于农业社会来说弊害可想而知。对于李唐这样一个农业大国，对农桑的重视应该远超过对牡丹的重视，这是本和末问题。最后，白居易身兼左拾遗和翰林学士，同时又是心灵敏感的年青诗人，更清楚地感觉到这一不良社会动向，意识到应该加以调整。从颂美天子的角度来提出，比自己站出来疾呼，要有效得多。而“我愿暂求造化力，减却牡丹妖艳色”，希望借助造化的神力，减却牡丹的妖娆之色，使社会戒除奢靡浮华的不良风气，而对农桑更加重视，自是诗人浪漫之口吻。在白居易和同代诗人其他牡丹诗中，这一立意也有不同程度的表达，只是在《牡丹芳》中表现得尤为完整和真切。红牡丹与白牡丹，华与实，牡丹与农桑，奢靡与节俭，一组组鲜明的对立，正是中唐社会的真实写照。

唐宪宗没有回应白居易的颂美，倒是千年后的清高宗，在诗歌史上独一无二地回应了白居易的“愿”。爱新觉罗·弘历在避暑山庄长夏消暇之余，撰成《用白居易新乐府成五十章并效其体》，序云：“白居易新乐府五十章，少即成诵。喜其不尚辞藻，而能纪事实，具美刺；一代政要，略见梗概，有《三百篇》之遗意，所谓为君臣民物而作，不为文而作，非虚言也。久欲效其体而为之，以万防少暇，日迁月延，且体大物博，未可率略命笔也，然终弗忘于怀者，诚以如此为诗，方可谓之诗，有关于世道人心者，匪浅鲜耳。且以古喻今，以今方古，我国家受命开基，祖功宗德，俾子孙知创业之艰，谨神器之守，则又有不可以不文，畏难而罢者。名各从其朔，是者是之，非者非之，长短有所弗拘，要以达意传实为止。咨政之余，积以月余而成，读者亦不必以重儓议之矣。”其《牡丹芳》诗云：“牡丹芳，世人甚爱牡丹自李唐。谱传其名，盖不可以屈指数。纵有绘事，谁能貌其丰韵与艳香。上始紫禁下朱邸，无论寺观及村庄。开落二十日之内，举国游人诚若狂。牡丹芳，元和天子忧农务，不赏牡丹，惟是农务蕿。一念之诚天降祥，瑞麦两岐为表扬。是以白傅因有牡丹芳之章，乃至愿减牡丹色，以回卿士爱花心。心其君心忧稼穑，我闻此语增叹息。白傅岂弗列乎卿士中，岂弗闻风行草偃，君令而臣从，弗爱牡丹惟忧农。君心如是臣心犹弗格而移，世道人心日流日下斯可知。”臣子颂美其作“询足藻金石，而绑万祀”，但历史证明，其诗品之庸劣，堪与其书品共比，这里就不庸置评了。还是宋代翰林学士李昉《牡丹盛开对之感叹寄秘阁侍郎》说得好：“白公曾咏牡丹芳，一种鲜妍独异常。眼底见伊真国色，鼻头闻者是天香。”

卖炭翁

卖炭翁，伐薪烧炭南山中[①]。满面尘灰烟火色，两鬓苍苍十指黑。卖炭得钱何所营？身上衣裳口中食。可怜身上衣正单，心忧炭贱愿天寒。夜来城外一尺雪，晓驾炭车辗冰辙。牛困人饥日已高，市南门外泥中歇。翩翩两骑来是谁？黄衣使者白衫儿[②]。手把文书口称敕，回车叱牛牵向北[③]。一车炭，千余斤，宫使驱将惜不得[④]。半匹红纱一丈绫，系向牛头充炭直[⑤]。

【注释】

① 南山：即终南山，秦岭山脉的主峰之一，在今陕西西安南五十里处。

② 黄衣使者：指宦官。《旧唐书·宦官传》：“玄宗在位既久，崇重宫禁……品官黄衣已上三千人，衣朱紫者千余人。”白衫儿：即《顺宗实录》所云“白望数百人”。《旧唐书·张建封传》：“（苏）弁对曰：‘京师游手堕业者数千万家，无土著生业，仰宫市取给。’”白衫，平民所服。于渍《恨从军》：“不嫁白衫儿，爱君新紫衣。”

③ “回车”句：唐代长安城市之建置，市在南而宫在北。

④ 宫使：宫内使者，指宦官。王建《温泉宫行》：“温泉决决出宫流，宫使年年修玉楼。”驱将：驱赶。将为语尾助词，接动词后。如白居易《西凉伎》“河陇侵将七千里”。

⑤ “半匹”二句：《新唐书·食货志二》：“是时，宫中取物于市，以

中官为宫市使。两市置白望数十百人，以盐估敝衣、绢帛，尺寸分裂酬其直。”《唐会要》卷八六：“贞元以后，京都多中官市物于廛肆，谓之宫市。不持文牒，口含敕命，皆以盐估不中衣服、绢帛杂红紫之物，倍高其估，尺寸裂以酬价。”《元白诗笺证稿》：“此二句关涉唐代估法问题。……‘省估’者，乃官方高抬之虚价，‘实估’者，乃民间现行之实价，即韩愈《顺宗实录》所谓‘本估’。唐代实际交易，往往使用丝织品。宫廷购物，依虚估或即依‘省估’。”李锦绣《唐代财政史稿》下卷第二编第二章盐铁收支第四节盐铁司支用“五、供宫禁服御等”：“贞元以后，盐利多用于进奉，供度支、宫禁钱按虚估折，‘率千钱不满百三十而已’，宫内宦官支用这笔钱也按虚估，甚至市买时强取，使宫市成为弊民蠹政。盐利收支有限，而支出有定额，移正额盐利充进奉，只能减少已固定的支用，固定支用既不可明减，只能利用虚估物价，上下其手，宫市之弊源于宦官跋扈，其根源在于盐铁使以虚估供宫禁经费钱。顺宗即位取消盐铁月进，宫市之弊得到缓解。”

【评析】

这首诗是《新乐府》五十首中的第三十二首，诗题自注“苦宫市也”，说明诗的主旨：一是指百姓苦于宫市的巧取豪夺；二是指宦官的恶行，败坏了宫市之名，毁了皇家的声誉。既为民生叫屈，又为皇上担忧。“宫”指皇宫，“市”是买的意思。自唐德宗贞元末年起，宫中日用所需，不再经官府承办，由太监直接向民间“采购”，谓之“宫市”，又称“白望”（言使人于市中左右望，白取其物）。太监常率爪牙在长安东市、西市和热闹街坊，以低价强购货物，甚至不给分文，还勒索进奉的“门户钱”及“脚价钱”，百姓深受其害。韩愈《顺宗实录》卷二：“旧事，宫中有要，市外物，令官吏主之，与人为市，随给其直。贞元末，以宦者为使，抑买人物，稍不如本估。末年不复行文书，置白望数百人于两市并要闹坊，阅人所卖物，但称宫市，即敛手付与，真伪不复可辨，无敢问所从来，其论价之高下者，率用百钱物买人直数千钱物，仍索进奉门户并脚价钱。将物诣市，至有空手而归者。名为宫市，而实夺之。尝有农夫以驴负柴至城卖，遇宦者称宫市取之，才与绢数尺。又就索门户，仍邀以驴送至内。农夫涕泣，以所得绢付之，不肯受。曰：'须汝驴送柴至内。'农夫曰：'我有父母妻子，待此然后食。今以柴与汝，不取直而归，汝尚不肯，我有死而已。'遂殴宦者。街吏擒以闻，诏黜此宦者，而赐农夫绢十匹，然宫市亦不为之改易。""名为宫市，其实夺之"八字，可谓一语道破！宫市事又见《旧唐书·张建封传》《新唐书·吴凑传》《新唐书·食货志二》等。《元白诗笺证稿》："此篇所咏，即是此事。退之之史，即乐天诗之注脚也。""宫市者，乃贞元末年最为病民之政，宜乐天《新乐府》中有此一篇。且其事又为乐天所得亲有见闻者，故此篇之摹写，极生动之致也。……更有可论者，此篇径直铺叙，与史文所载者不殊，而篇末不著己身之议论，微与其他诸篇有异，然其感慨亦自见也。"

这是一首讽谕诗。作者以个别表现一般，目的是要揭露宫市的弊端带给劳动人民的不幸，同时也表现了对下层劳动人民的深切同情，希望得到皇帝的注意。这也是一首叙事诗，作者仅用21句135字，便完整地记述了一位卖炭老人烧炭、运炭和卖炭未成、被宫使掠夺的全部经过，层次清楚，脉络分明。在内容上，可分为三段。第一段由开头至"心忧"句，交代卖炭翁生活的艰辛和愿望。第二段，自"夜来"句至"市南"句，描述他进城卖炭。第三段，自"翩翩"句至结尾，写炭被掠夺。全诗有叙述，有描写，有细节，有对比。笔法简洁，语言精练，在概括、剪裁和渲染等方面，处处显出诗人的匠心。尤其是结尾处，和《新乐府》的其他诗作不同，没有"卒章显其志"，没有直接发表议论，而是在矛盾冲突的高潮中戛然而止。不著一字，尽得风流，正如《唐宋诗醇》卷二十所说："直书其事,而其意自见,更不用著一断语。"

醉后走笔酬刘五主簿长句之赠兼简张大贾二十四先辈昆季[1]

刘兄文高行孤立,十五年前名翕习[2]。是时相遇在符离[3],我年二十君三十。得意忘年心迹亲,寓居同县日知闻。衡门寂寞朝寻我,古寺萧条暮访君。朝来暮去多携手,穷巷贫居何所有。秋灯夜写联句诗,春雪朝倾暖寒酒。陴湖绿爱白鸥飞[4],濉水清怜红鲤肥[5]。偶语闲攀芳树立,相扶醉踏落花归。张贾弟兄同里巷,乘闲数数来相访。雨天连宿草堂中,月夜徐行石桥上。我年渐长忽自惊,镜中冉冉髭须生。心畏后时同励志,身牵前事各求名。问我栖栖何所适,乡人荐为鹿鸣客[6]。二千里别谢交游,三十韵诗慰行役。出门可怜唯一身,弊裘瘦马入咸秦。咚咚街鼓红尘暗,晚到长安无主人。二贾二张与余弟,驱车逦迤来相继。操词握赋为干戈,锋锐森然胜气多。齐入文场同苦战,五人十载九登科。二张得隽名居甲[7],美退争雄重告捷[8]。棠棣辉荣并桂枝[9],芝兰芬馥和荆叶。唯有沅犀屈未伸,握中自谓骇鸡珍[10]。三年不鸣鸣必大,岂独骇鸡当骇人。元和运启千年圣,同遇明时余最幸。始辞秘阁吏王畿,遽列谏垣升禁闱。蹇步何堪鸣佩玉,衰容不称著朝衣。阊阖晨开朝百辟,冕旒不动香烟碧[11]。步登龙尾上虚空[12],立去天颜无咫尺。宫花似雪从乘舆,禁月如霜坐直庐[13]。身贱每惊随内宴,才微常愧草天书。晚松寒竹新昌第,职居密近门多闭。日暮银台下直回[14],故人到门门暂开。回头下马一相顾,尘土满衣何处来。敛手炎凉叙未毕,先说旧山今悔出。

岐阳旅宦少欢娱⑮,江左羁游费时日。赠我一篇行路吟,吟之句句披沙金⑯。岁月徒催白发貌,泥涂不屈青云心。谁会茫茫天地意,短才获用长才弃。我随鹓鹭入烟云⑰,谬上丹墀为近臣⑱。君同鸾凤栖荆棘,犹著青袍作选人。惆怅知贤不能荐,徒为出入蓬莱殿⑲。月惭谏纸二百张,岁愧俸钱三十万。大底浮荣何足道,几度相逢即身老。且倾斗酒慰羁愁,重话符离问旧游。北巷邻居几家去?东林旧院何人住?武里村花落复开⑳,流沟山色应如故㉑。感此酬君千字诗,醉中分手又何之?须知通塞寻常事,莫叹浮沉先后时。慷慨临歧重相勉,殷勤别后加餐饭。君不见买臣衣锦还故乡,五十身荣未为晚㉒。

【注释】

① 刘五主簿:据诗中前四句,为白居易十五年前在符离结识的旧友。白居易元和二年(807)有七绝《县南花下醉中留刘五》:"百岁几回同酩酊?一年今日最芳菲。愿将花赠天台女,留取刘郎到夜归。"大和八年(834)有七律《送刘五司马赴任硖州兼寄崔使君》:"位下才高多怨天,刘兄道胜独恬然。贫于杨子两三倍,老过荣公六七年。笔砚莫抛留压案,箪瓢从陋也销钱。郡丞自合当优礼,何况夷陵太守贤!"不知是否为同一人。张大:张彻,元和四年(809)登进士第,以进士累官至范阳府监察御史。白居易少时居符离,与张彻同邻里,故元和三年(808)有《邓鲂、张彻落第》,长庆元年(821)又有《张彻宋申锡可并监察御史制》。贾二十四:贾悚,字子美,贞元十九年(803)进士擢第,元和三年(808)又登制策甲科,见《登科记考》卷十五及卷十七。大和九年(835)拜中书侍郎、同平章事。见两《唐书》本传。

② 翕习:王延寿《鲁灵光殿赋》:"祥风翕习以飒洒,激芳香而常芬。"

《文选》李善注："翕习，盛貌。"

③ 符离：时为宿州州治所在，"其地南临汴河，有埇桥为舳舻之会，运漕所历，防虞是资"（《元和郡县图志·河南道五·宿州》），是当时水运交通要冲。《旧唐书·地理志一》河南道："宿州上，徐州之符离县也。元和四年正月敕，以徐州之符离置宿州"，"符离，汉县。隋治朝解城。贞观元年，移治竹邑城。元和四年正月，置宿州，仍为上州"。按，白家移居符离在建中三年（782）其父官徐州期间，贞元四年因父官衢州而随往，贞元七年（791）其年二十在符离，当因其父卸任而返符离。

④ 陴湖：《水经注》睢水："睢水，又东与滭湖水合。水上承甾丘县之滭陂。"杨守敬注疏："赵改滭。会贞按：《新唐志》：'宿州符离东北九十里有隋故牌湖堤。'《九域志》：'符离有陴河。'《金史地理志》：'符离有陴湖。'又云：'陴湖即今滭湖。'滭也，滭也，牌也，陴也，皆以形声相近错出。窃以牌、陴、滭三字皆从卑，而滭又从水，当以作滭为是。故至今犹称滭湖。……在今宿州东北。"据此，则"陴湖"当作"滭湖"。

⑤ 濉水：《太平寰宇记》卷十七宿州："睢水在符离县北二十里。"白诗作"濉水"。又《祭符离六兄文》："春草之中，画为墓田。濉水南岸，符离东偏。"

⑥ "乡人"句：《诗·小雅·鹿鸣》序："《鹿鸣》，燕群臣嘉宾也。"此谓乡荐应试而为天子之臣。

⑦ "二张"句：二张指张彻及其弟张复。张复擢进士第在元和元年（806）。韩愈《清河张君墓志铭》："君弟复亦进士。"《五百家注》引孙注："元和元年，复中进士。"张复后为元稹从事。

⑧ 美、退：指贾竦及白行简。贾竦，字子美。白行简，字知退，元和二年（807）登进士第，见《唐诗纪事》卷四一。

⑨ 棠棣：即常棣，指兄弟。《诗·小雅·常棣》序："常棣，燕兄弟也。"桂枝：喻登科及第。《晋书·郄诜传》："以对策上第……武帝于东堂会

送，问诜曰：'卿自以为何如？'诜对曰：'臣举贤良对策，为天下第一，犹桂林之一枝，昆山之片玉。'"

⑩"唯有"二句：《战国策·楚策一》："乃遣使车百乘，献鸡骇之犀、夜光之璧于秦王。"《抱朴子·登涉》："又通天犀角有一赤理如綖，有自本彻末，以角盛米置群鸡中，鸡欲啄之，未至数寸，即惊却退，故南人或名通天犀为骇鸡犀。……他犀亦辟恶解毒耳，然不能如通天者之妙也。"此盖指刘五未登科第而言。

⑪"阊阖"二句：《楚辞·离骚》："吾令帝阍开关兮，倚阊阖而望予。"王逸注："阊阖，天门也。"《诗·大雅·假乐》："百辟卿士，媚于天子。"郑笺："百辟，畿内诸侯也。"《礼记·礼器》："天子之冕，朱绿藻十有二旒。"

⑫龙尾：龙尾道，《长安志》卷六东内大明宫："丹凤门内当中正殿曰含元殿，武后改为大明殿，即龙首山之东麓也。阶基高平地四十余尺，南去丹凤门四百余步，中无间隔。左右宽平，东西广五百步。龙朔二年造蓬莱宫、含光殿，又造宣政、紫宸、蓬莱三殿。……殿左右，有砌道盘上，谓之龙尾道。"《唐两京城坊考》卷一大明宫："龙尾道自平地七转，上至朝堂，分为三层。上层高二丈，中下层各高五尺，边有青石扶栏。上层之栏，柱头刻螭文，谓之螭头，左右二史所立也。谏议大夫立于此，则谓之谏议坡。两省供奉官立于此，亦谓之蛾眉班。其中、下二层石栏，刻莲花顶。"

⑬直庐：旧时侍臣值宿之处。陆机《赠尚书郎顾彦先诗二首》："朝游游层城，夕息旋直庐。"《文选》李善注："张晏《汉书注》曰：直宿曰庐也。"

⑭银台：银台门，大明宫右银台门。《翰苑群书》卷四韦执谊《翰林院故事》："翰林院者，在银台门内麟德殿西重廊之后，盖天下以艺能伎术见召者之所处也。"李肇《翰林志》："（翰林院）今在银台门之北，第一门向□榜曰翰林之门，其制高大重复，号为胡门。"所言银台门皆谓右银台门，参《长安志》卷六、《雍录》卷四。

⑮岐阳：指凤翔府。《旧唐书·地理志一》关内道："凤翔府，隋扶风郡。

武德元年，改为岐州。……（贞观）七年，又置岐阳县。”

⑯“吟之”句：钟嵘《诗品》：“谢混云：‘……陆（机）文如披沙简金，往往见宝。’”

⑰鹓鹭：鹓鹭行，指朝班。《隋书·乐志》载北齐元会大飨歌《食举乐》：“怀黄绾白，鹓鹭成行。”颜师古《奉和正日临朝》：“肃肃皆鹓鹭，济济盛簪绅。”

⑱丹墀：犹言赤墀。皇宫中的台阶，因以赤色丹漆涂饰，故称。

⑲蓬莱殿：《唐两京城坊考》卷一大明宫：“宣政殿后为紫宸殿，殿门曰紫宸门，天子便殿也。不御宣政而御便殿，曰入阁。紫宸之后曰蓬莱殿。”按，大明宫又名蓬莱宫，此亦泛指皇宫。

⑳武里村：在符离。光绪《宿州志》卷三《舆地志·山川》：“武里山，距城七十五里，高里半，南北长二里，在闵贤集。山下有武里村，地甚清幽。唐白居易尝游此。俗作‘五柳’，误。”

㉑流沟山：在符离东北，山下有流沟寺。白居易有《乱后过流沟寺》《题流沟寺古松》，均作于贞元十六年（800）赴京应进士第以前。

㉒“买臣”二句：《汉书·朱买臣传》：“朱买臣字翁子，吴人也。家贫，好读书，不治产业，常艾薪樵，卖以给食。担束薪，行且诵书。其妻亦负戴相随，数止买臣毋歌呕道中。买臣愈益疾歌，妻羞之，求去。买臣笑曰：‘我年五十当富贵，今已四十余矣。女苦日久，待我富贵报女功。’妻恚怒曰：‘如公等，终饿死沟中耳。何能富贵！’买臣不能留，即听去。……拜为太守，买臣衣故衣，怀其印绶，步归郡邸。……会稽闻太守且至，发民除道，县吏并送迎，车百余乘。入吴界，见其故妻、妻夫治道。买臣驻车，呼令后车载其夫妻，至太守舍，置园中，给食之。居一月，妻自经死，买臣乞其夫钱，令葬。”

【评析】

作于元和四年（809），白居易时在长安任左拾遗、翰林学士。这首703字的长篇叙事诗，记述白居易青年时代居留符离期间，同刘五、二张、二贾亲密交往的一段难忘经历，是研究白居易早年生活的难得资料，也是一篇励志之作。诗作由叙写往日交游说起，由人而及已，再由已而及人，最后以感慨收束。尽管以铺叙事实为主，但贯穿全篇者，不外一"情"字。光绪《宿州志·艺文》载有清蔡霖苍《过白香山韩昌黎符离寓居处有感》诗，开篇云："符离古孔道，前贤流寓多。白韩二钜公，到处迹不磨。白年方二十，五岁居此邑。"五岁恐有夸张，或当为五载，也即大约贞元七年（791）至九年（793），及贞元十年（794）到十三年（797）为父守丧期间，白居易在符离度过，与知友相互勉励，勤学苦读，为应科举考试积极准备。梁启超批点《白香山诗集》："此亦集中一长篇，然了无动人处者，意境凡下故也。"曾国藩《读书录·白氏长庆集》云："自首至'月夜'句，叙昔年与刘及张、贾兄弟同居符离；自'我年渐长'至'骇人'句，叙公与张、贾先后登科，而刘未得科第；自'元和运启'至'才微'句，公自叙遭际明时，得官禁近；自'晚松寒竹'句至末，叙重与刘君相聚，刘有赠诗而公酬之。"全诗语势一气呵成，但就内容来看，可分成两大段落。上半段至"岂独骇鸡当骇人"止，是回忆青年时期在符离与刘、二张、二贾五人共同励志苦学、饮酒联句、游山玩水的生活。下半段以"元和运启千年圣"过渡，写当前自己和刘五主薄荣枯不同的情况，为刘五主薄的蹭蹬抱屈，反观自己身居谏官，明知旧友是贤才，但为避嫌而不能举荐，所以十分"惆怅"。最后劝慰旧友不要灰心丧气，因为自古贤人多晚达。岁月虽然催人渐老，但身处泥途却仍当不坠青云之志。《唐宋诗醇》卷二十二评说此诗云："七古长篇，一气盘旋，不必刻意求奇，自具大家风格，非晚唐人寒俭迫促者所能到。'惆怅知贤不能荐'四句，自占身分极高。末段仍归旷达。

是诗作于元和之初，居易为左拾遗，未几即丐改官，除京兆户曹参军外出，盖立朝而道不行，则奉身而退，知愧者庶可无愧也。”余恕诚亦谓此诗“一气盘旋，情意殷殷，浑厚而又畅达，可谓自成一境”。所言极是。全诗或四句一韵，或两句一韵，转韵比较自由。诗中有叙事，有议论，有写景，叙事有层次，议论有见识，写景亦不乏情致，如“陴湖绿爱白鸥飞，濉水清怜红鲤肥”；不乏感慨，如“武里村花落复开，流沟山色应如故”。至于其描写之委曲细密，声韵之和谐动听，如果真是“醉后走笔”而就，诚可谓酒助文思之佳例。

同李十一醉忆元九

花时同醉破春愁，醉折花枝作酒筹[①]。忽忆故人天际去，计程今日到梁州[②]。

【注释】

① 酒筹：饮酒记数的筹码。又，行酒令的签也叫酒筹。

② 梁州：《旧唐书·地理志二》山南西道：“梁州兴元府，隋汉川郡。武德元年，置梁州总管府，管梁、洋、集、兴四州。……开元十三年，改梁州为褒州，依旧都督府。二十年，又为梁州。天宝元年，改为汉中郡，仍为都督府。乾元元年，复为梁州。兴元元年六月，升为兴元府。”元稹元和四年（809）奉使东蜀。兴元府即梁州汉中郡，唐属山南西道，为元稹使蜀所经之地。一作“凉州”。凉州武威郡属陇右道。梁、凉音同而误。

【评析】

作于元和四年（809），白居易在长安任左拾遗、翰林学士。诗题中的“李十一”，指李建，字杓直，举进士，授秘书省校书郎，德宗闻其名，擢为左拾遗、翰林学士。长庆元年（821）二月卒于长安。两《唐书》有传。李建是元稹、白居易挚友，白居易有《有唐善人墓碑》，元稹有《与乐天同葬杓直》和《唐故中大夫尚书刑部侍郎上柱国陇西县开国男赠工部尚书李公墓志铭》，《李公墓志铭》云：“公始校秘书时，与同省郎白居易、元稹定死生分。”

这首诗的特点是即席拈来，不事雕琢，以朴素浅显的语言，表达深厚真挚的情意。无限相思，一片真情，全在其中。篇末“计程今日到梁州”一句，信手写出生活中的实意常情，给人以亲切之感。元稹《梁州梦》诗序云：“是夜宿汉川驿，梦与杓直、乐天同游曲江，兼入慈恩寺诸院。倏然而寤，则递乘及阶，邮吏已传呼报晓矣。”诗云：“梦君同绕曲江头，也向慈恩院院游。亭吏呼人排去马，忽惊身在古梁州。”千里神遇，若合符契。

传为白行简所撰《三梦记》载：“元和四年，河南元微之为监察御史，奉使剑外，去逾旬，予与仲兄乐天、陇西李杓直同游曲江，诣慈恩佛舍，遍历僧院，淹留移时，日已晚，同诣杓直修行里第，命酒对酬，甚欢畅。兄停杯久之曰：‘微之当达梁矣。’命题一篇于屋壁，其词曰：‘春来无计破春愁，醉折花枝作酒筹。忽忆故人天际去，计程今日到梁州。’实二十一日也。十许日，会梁州使适至，获微之书一函，后寄《纪梦诗》一篇，其词曰：‘梦君兄弟曲江头，也入慈恩院里游。属吏唤人排马去，觉来身在古梁州。’日月与游寺题诗日月率同，盖所谓此有所为而彼梦之者矣。”《本事诗·征异第五》载，元和四年（809）三月，元微之为御史，鞫狱梓潼，乐天兄弟送别后旬日，与李侍郎建闲游曲江，及慈恩寺饮酣，作此诗，后旬日，得元书，果以是日至褒，仍寄诗曰：“梦君兄弟曲江头，也向慈恩寺院游。驿吏唤人排马去，忽惊身在古梁州。”所载略同。

方诗铭、黄永年曾撰文考辨《三梦记》之伪，并据《本事诗》自序题“光启二年”，认为《三梦记》伪造时代不可能早于唐末；又据《太平广记》没有收录，判定北宋初年编纂《广记》时伪《三梦记》还未流传；计有功编写《唐诗纪事》时已有采录，可见南宋时伪《三梦记》已流传于世。朱金城也认为其说荒诞不经，盖文人故弄狡狯而已。但也有学者认为《三梦记》所记并非全伪，其事或有偶合，毕竟难以全然罔信。

元、白二人诗，一写于长安，一写于梁州；一写居者之忆，一写行人之思；一写真事，一写梦境，诗中所述“若合符契”。两诗写于同一天，押的同一韵；两情“千里神交”，异地同思，相互感应，无论是内容之感人、艺术之魅力，无不给人以真与美的享受。明敖英《唐诗绝句类选》卷一分析说：“前二句以近者言，后二句以远者言。此诗家远近格。”唐汝询《唐诗解》卷二十九云：“乐天语尚真率，然浅而不俚，方是妙境，此诗得之。”《删订唐诗解》卷十五吴昌祺眉批云：“亦情文相生矣。”《唐诗训解》：“一味天真。”《增订评注唐诗正声》：“郭云：王元美云：元轻白俗，如此诗浅而较真，犹胜填词一格。”《唐宋诗醇》云：“意浅情深，格调最近王龙标。”俞陛云《诗境浅说续编》曰：“人当花晨月夕，把酒寻欢，忽忆素心人不得此时同醉，为之惘然，此本性情中事。元、白交谊深挚，微之别乐天诗云‘我诗多是别君辞’，可见两人之彼此眷怀也。首二句言与李十一芳时同醉，藉解春愁，以花枝作酒筹，想见其风趣，后二句言我辈欢娱，而故人行役，遥计征程辛苦，计此日可抵梁州。非特临觞怀远，其平日之抡指征程，关心驿路可知矣。”

送王十八归山寄题仙游寺[①]

曾于太白峰前往[②]，数到仙游寺里来。黑水澄时潭底出[③]，白云破处洞门开。林间暖酒烧红叶，石上题诗扫绿苔。惆怅旧游无复到，菊花时节羡君回[④]。

【注释】

① 仙游寺：《长安志》卷十八盩厔县："仙游寺在县东三十五里，唐咸通七年置。"按，白诗屡屡言及仙游寺，其置在咸通前。

② 太白：《长安志》卷十五武功县："《三秦记》曰：太白山在县南，去长安二百里，不知高几许。俗云：武功、太白，去天三百。"峰前往：一作"峰前住"。

③ "黑水"句：仙游寺潭，《长安志》卷十八盩厔县："仙游潭在县南三十里，阔二丈，其水黑色，相传号五龙潭，每岁降中使投金龙。"可知此潭色黑，称龙潭，每岁亦有"投金龙"即祀龙之事，并为居易所熟悉。李华《仙游寺（有龙潭穴弄玉祠）》："巍然龙潭上，石势若奔走。"

④ 羡君回：一作"待君回"。

【评析】

作于元和四年（809），白居易在长安任左拾遗、翰林学士。诗题所云"王十八"指白居易的好友王全素，字质夫，行十八，琅琊（今山东诸城南）人，隐居于盩厔城南仙游寺蔷薇涧。陈鸿《长恨歌传》："元和元年冬十二月，太原白乐天自校书郎尉于盩厔，鸿与琅琊王质夫家于是邑。"白集有《招王质夫》《祗役骆口因与王质夫同游秋山偶题三韵》《翰林院中感秋怀王质夫》《寄王质夫》《期李二十文略王十八质夫不至独宿仙游寺》《酬王十八见寄》《酬王十八李大见招游山》《和王十八蔷薇涧花时有怀萧侍御兼见赠》诸诗。元和十五年（820）《哭王质夫》有句云："仙游寺前别，别来十年余。"可知王质夫卒于元和十五年（820）之前。元稹有《二月十九日酬王十八全素》，知"全素"为其本名，质、素相切故也。俞樾《九九销夏录》卷九："元微之《骆口驿》诗'崔李题名王白诗'，则以白香山与王质夫合称王、白。"

方回《瀛奎律髓》卷四十七评云："五、六自然而工。"纪昀评曰："四句较有致。（五、六）最是小家样范。"金圣叹《贯华堂选批唐才子诗》云："乐天诗，都作坊厢印板贴壁语耳，胡可仰厕风雅末席？兹亦聊摘其数首稍文者，以塞人问，实非平时之所常读也。送人诗，只末句三字略带，其外通首纯是寄题。此法他人亦曾有之，然定觉还有意致，还有风格，此则不过直直眼见之笔耳。前解写寺景。后解写旧游。前解'黑水''白云'，后解'红叶''绿苔'，一何丑乎。"金雍补注："只取其'无复到'三字，是诗家顿挫法。"俞陛云《诗境浅说》曰："此白傅寄题仙游寺之诗。暖酒题诗，韵事也。暖酒而在林翠之中，题诗而在岩石之上，逸趣也。更以红叶绿苔装点之，雅事与丽句兼矣。虽落叶作薪，未足以暖酒，苔石乍扫，未宜于题诗，但词人托兴，不可质实求之。宋代王晋卿，曾以此句作画，绢素未损，古雅绝伦，为老友式之所藏，余曾见之。可见此诗流传之价值矣。"

八月十五日夜闻崔大员外翰林独直对酒玩月因怀禁中清景偶题是诗

秋月高悬空碧外，仙郎静玩禁闱间[1]。岁中唯有今宵好，海内无如此地闲。皓色分明双阙榜，清光深到九门关。遥闻独醉还惆怅，不见金波照玉山。

【注释】

① 仙郎：唐人称尚书省各部郎中、员外郎。李白《江夏使君叔席上赠史郎中》："仙郎久为别，客舍问何如。"

【评析】

作于元和四年（809），白居易在长安任左拾遗、翰林学士。诗题中的"崔大员外"，指崔群，字敦诗，贝州武城（今属山东）人。未冠举进士，授中书侍郎、同平章事，历武宁、荆南节度使，吏部尚书。岑仲勉《翰林学士壁记注补》："崔群元和二年十一月六日自左补阙充。三年四月二十八日，加库部员外郎。五月五日，加库部郎中知制诰。十二月赐绯。七年四月二十九日，迁中书舍人。"大和六年（832），白居易《与刘禹锡书》云："平生相识虽多，深者盖寡。就中与梦得同厚者，深、敦、微而已。"李绛，字深之；崔群，字敦诗；元稹，字微之。《唐宋诗醇》评云："绚烂之极，乃造平淡，此诗家渐老渐熟之境，非浅学所可貌为也。"

望驿台

靖安宅里当窗柳[①]，望驿台前扑地花。两处春光同日尽，居人思客客思家。

【注释】

① 靖安宅：元稹靖安坊宅，在长安朱雀门街东第二街。元稹居此，其《答姨兄胡灵之见寄五十韵》诗注云："予宅在靖安北街。"《唐两京城坊考》卷三朱雀门街东第五街新昌坊："按微之宅在靖安里，永寿寺在永乐里，永寿之南即靖安北街。乐天下直，每自朱雀街经靖安之北，集中有

《靖安北街赠李二十》诗是也。”

【评析】

作于元和四年(809),白居易在长安任左拾遗、翰林学士。这是白居易应和好朋友元稹的诗,元、白二人在贞元十九年(803)同登制科,俱授秘书省校书郎,始相识并订交,“谊同金石,爱等弟兄”。元和四年(809)二月,元稹授监察御史,三月七日,以监察御史身份自长安出发,出使东川按狱,往来鞍马间,写下一组总题为《使东川》的绝句。元稹《使东川诗序》:“元和四年三月七日,予以监察御史使东川,往来鞍马间赋诗凡三十二章,秘书省校书郎白行简为予手写为东川卷。今所录者但七言绝句、长句耳。起《骆口驿》,尽《望驿台》,二十二首云。”稍后,正在长安任左拾遗和翰林学士的白居易写了总题为《酬和元九东川路诗十二首》的和诗,序云:“十二篇皆因新境追忆旧事,不能一一曲叙,但随而和之,惟予与元知之耳。”《望驿台》是其中的第十一首。诗题自注:“三月三十日。”望驿台,在今四川广元,冯浩《玉溪生诗详注》卷二《望喜驿别嘉陵江水二绝》注:“《广元县志》:南去有望喜驿,今废。按,香山《酬元九东川路诗》中有嘉陵县望驿台,即望喜驿也。”

元稹《望驿台(三月尽)》云:“可怜三月三旬足,怅望江边望驿台。料得孟光今日语,不曾春尽不归来!”孟光,这里借指诗人的妻子韦丛。这是元稹在三月的最后一天,为思念妻子而作。结句“不曾春尽不归来”,是诗人的悬揣之辞。料想妻子以春尽为期,待他重聚,而现在竟无法实现,怅惘之情,宛然在目。

白居易的和诗与原作一样,采用平起仄收式,但又与原诗不同,下笔便用对句,且对仗工稳。不仅具有形式整饬之美,而且加强了表达力量。因为在内容上,这两句是赅举双方,用了对句,则见双方感情同等深挚，相思同样缠绵；形式与内容和谐一致，相得益彰。又由于对起散收，章法于严谨中有变化，也就增加了诗的声情之美。诗的中心是一个“思”字。全诗紧扣“思”字，层层展开。首句“当窗柳”，传出闺中绮思，意即怀人。唐人风俗，折柳以赠行人，因柳而思游子，取柳丝柔长不断，以寓彼此情愫不绝之意。次句镜头一换，转到四川的望驿台，用“扑地花”，写出驿旅苦思。那里元稹独处驿邸，见落花而念如花之妻。这一句巧用比喻，富于联想，饶有诗情。前两句都通过形象以传情，不言思而思字灼然可见。三句推进一层，写出了三月三十日这个特定时日，由希望转入失望的刻骨相思。但仍不直遂，只以“春光尽”三字出之，颇富含蓄之妙。“尽”字如利刀割水，效果强烈，含有春光已尽、人在天涯的感伤情绪。“春光”，不单指春天，而兼有美好的时光、美好的希望的意思。“春光同日尽”，是说预期的欢聚落空了，自然导出“居人思客客思家”。本来，思念决不限此一日，但这一日既是春尽日，这种思念之情便更加重了。一种相思，两处离愁，感情的暗线，把千里之外的两颗心紧紧联系了起来。四句更推进一层，含蓄变成了爆发，直点“思”字，而且叠用两个思字，将前三句都绾合起来，点明诗旨，收束得很有力量。

和元九与吕二同宿话旧感赠

见君新赠吕君诗，忆得同年行乐时。争入杏园齐马首[①]，潜过柳曲斗蛾眉。八人云散俱游宦，七度花开尽别离。闻道秋娘犹且在[②]，至今时复问微之。

【注释】

① 杏园：《唐两京城坊考》卷三朱雀门街东第三街通善坊："杏园，为新进士宴游之所。按贞元四年，以《曲江亭望慈恩寺杏园花发诗》试进士。慈恩、杏园皆在曲江之西南也。"

② 秋娘：唐代负盛名之歌伎女伶的泛称。白居易《琵琶引》："曲罢曾教善才伏，妆成每被秋娘妒。"

【评析】

作于元和四年（809），白居易在长安任左拾遗、翰林学士。查慎行《初白庵诗评》点评"八人云散俱游宦"二句曰："自在。"诗题中的"吕二"，指吕炅，字子元，与元稹、白居易贞元十九年（803）科第同年。见《登科记考》卷十五、岑仲勉《唐人行第录》。元稹有《酬哥舒大少府寄同年科第》诗："前年科第偏年少，未解知羞最爱狂。九陌争驰好鞍马，八人同著彩衣裳。自言行乐朝朝是，岂料浮生渐渐忙！赖得官闲且疏散，到君花下忆诸郎。""八人同著彩衣裳"句下注云："同年科第：宏词吕二炅、王十一起，拔萃白二十二居易，平判李十一复礼、吕四颎、哥舒大烦、崔十八玄亮逮不肖，八人皆奉荣养。"

白居易所和元稹之诗，即其元和四年（809）所撰《赠吕二校书》诗："同年同拜校书郎，触处潜行烂熳狂。共占花园争赵辟，竞添钱贯定秋娘。七年浮世皆经眼，八月闲宵忽并床。语到欲明欢又泣，傍人相笑两相伤。"诗题元稹注云："与吕校书同年科第，后为别七年，元和己丑岁八月，偶于陶化坊会宿。"元稹时在洛阳，为监察御史分司东台。"为别七年"，指贞元十九年（803）至元和四年（809），即白居易此诗所云"七度花开尽别离"。

宿紫阁山北村

晨游紫阁峰[①]，暮宿山下村。村老见予喜，为予开一樽。举杯未及饮，暴卒来入门。紫衣挟刀斧[②]，草草十余人[③]。夺我席上酒，掣我盘中飧[④]。主人退后立，敛手反如宾。中庭有奇树，种来三十春。主人惜不得，持斧断其根。口称采造家，身属神策军[⑤]。主人慎勿语，中尉正承恩[⑥]。

【注释】

① 紫阁峰：在长安西南百余里，今陕西鄠县东南三十里，是终南山的一个著名山峰。清雍正《陕西通志》卷九鄠县引《雍胜略》介绍紫阁说："紫阁峰在县东南，旭日射之，烂然而紫。其形上耸，若楼阁然。白阁阴森，积雪弗融。"

② 紫衣：指唐代下层胥吏所服粗紫。《唐会要》卷三一舆服上杂录："其年七月，度支户部盐铁三司奏……通引官许依前粗紫絁及紫布充衫袍……其行官门子等，请许依前服紫粗絁充衫袄……其骡纲车纲等，缘常押驴骡于诸州府搬运，及送远军衣赐，须应程期，请许依前粗紫絁充袄……余并不得违元敕。"又唐人文献中多见"紫衣吏"。《太平广记》卷五三《麒麟客》（出《续玄怪录》）："紫衣吏数百人，罗拜道侧。"

③ 草草：《诗·小雅·巷伯》："骄人好好，劳人草草。"毛传："草草，劳心也。"这里指喧闹、杂乱，乱糟糟的样子。

④ "席上酒"二句：不由分说，抢过酒杯，径自而饮；又将盘中的饭菜抢掠一空。飧，饭食。《诗·小雅·大东》："有饛簋飧，有捄棘匕。"毛传："飧，熟食。"

⑤ "口称"二句：自称负有采伐木料的使命，本是堂而皇之的神策军

人。采造家，犹言采造之人。采造，采伐营造，特用于唐代宫廷。《太平广记》卷八四《会昌狂士》（出《芝田录》）："会昌、开成中，含元殿换一柱，敕右军采造，选其材合尺度者。"《册府元龟》卷六一帝王部立制度第二："唐文宗大和元年五月癸酉，左神策军奏当军请铸'南山采造印'一面。"可见，南山采造是左神策军的直属机构。

⑥"主人"二句：主人啊，你千万不要开口，神策军的头领正承受皇恩，炙手可热！何焯云："此亦谓承璀。"吐突承璀元和初为左军中尉。王承宗叛，诏以承璀为行营招讨处置使统兵征讨，谏官李墉、许孟容、李元素、李夷简、吕元膺、穆质、孟简、独孤郁、段平仲、白居易等众对延英，谓古无中人位大帅，恐为四方笑，乃更为招讨宣慰使。见《旧唐书》卷一八四、《新唐书》卷二〇七本传。参见白居易《论承璀职名状》。

【评析】

这首诗就是作者在《与元九书》中所说的使"握军要者切齿"的那一篇，大约作于元和五年（810），白居易时年39岁，《白居易集笺校》误作"长安，左拾遗、翰林学士，京兆户曹参军、翰林学士"，应为"长安，左拾遗、翰林学士"。

所谓"神策军"，在天宝时期，本来是西部的地方军；后因"扈驾有功"，变成了皇帝的禁卫军。从唐德宗贞元年间开始，特设左、右神策军护军中尉，由宦官担任。他们以皇帝的家奴掌握禁卫军，势焰熏天，把持朝政，打击正直的官吏，纵容部下酷虐百姓。《旧唐书·职官志三》："上元中，以北衙军使卫伯玉为神策军节度使，镇陕州以拒东寇。以中使鱼朝恩为观军容使，监伯玉军。及伯玉入为羽林帅，出为荆南节度使，朝恩专统神策军镇陕。广德元年，吐蕃犯京师，代宗避狄幸陕，朝恩以神策军迎扈。及永泰元年，吐蕃犯京畿，朝恩以神策兵屯于苑中。自是神策军恒以中官为帅。建中末，盗发京师，窦文场以神策军扈跸山南，及还京师，赏劳无比。贞元中，特置神策军护军中尉，以中官为之，时号两军中尉。贞元已后，中尉之权，倾于天下，人主废立，皆出其可否。”元和初年，宪宗宠信宦官吐突承璀，让他做左神策军护军中尉；接着又派他兼任“诸军行营招讨处置使”（各路军统帅）。白居易曾上书谏阻让宦官当大元帅。这首诗中的“中尉”，即神策军的统帅，就包括吐突承璀。元和时期，经常调用神策军修筑宫殿。承璀于元和四年（809）领功德使，修建安国寺，为宪宗树立功德碑。因此出现了“身属神策军”而兼充“采造家”的暴卒。做一个神策军人，已经够骄横的了，又兼充“采造家”，自然就更加为所欲为，不可一世。

白居易不愧为大家，只用一百个字，就充分展示了一个具有丰富政治内容的历史画面。一百个字，字字浅显，而句句含蕴深意，正是前人所谓“炼意”的典范。钟惺《唐诗归》评云：“乐府妙语。”全诗谋篇布局颇具匠心，前后映衬，层层深入。前四句蕴含的自然美与人情美，和后十六句所揭示的丑剧，形成强烈的对比，极尽以乐景写哀痛之能事。写受害者的情态，由喜而惧，由惧而争，由争而恨，层次分明，耐人寻味。讥刺入宅抢掠者，始为来历不明的“暴卒”；进而亮出他们的招牌“采造家”“神策军”；再捅出他们的后台“中尉”；后以“承恩”二字暗示，指向“中尉”的后台，即当今皇上。《容斋续笔》云：“宣和间，朱勔挟花石进奉之名，以固宠规利，东南部使者郡守多出其门。如徐铸、应安道、王仲闳辈济其恶，豪夺渔取。士民家一石一木稍堪玩，即领健卒直入其家，用黄封表志，而未即取，护视微不谨，则被以大不恭罪。及发行，必撤屋决墙而出。人有一物小异，其指为不祥，唯恐芟夷之不速。……偶读白乐天《紫阁山北村》诗，乃知唐世固有是事，漫录于此。”梁启超批点《白香山诗集》：“‘中庭有奇树……中尉正承恩。’何减风人之作。”

赠樊著作

阳城为谏议，以正事其君[①]。其手如屈轶，举必指佞臣[②]。卒使不仁者，不得秉国钧[③]。元稹为御史，以直立其身[④]。其心如肺石，动必达穷民[⑤]。东川八十家，冤愤一言伸。刘辟肆乱心，杀人正纷纷。其嫂曰庾氏，弃绝不为亲。从史萌逆节[⑥]，隐心潜负恩[⑦]。其佐曰孔戡，舍去不为宾。凡此士与女，其道天下闻。常恐国史上，但记凤与麟。贤者不为名，名彰教乃敦[⑧]。每惜若人辈，身死名亦沦。君为著作郎，职废志空存。虽有良史才，直笔无所申[⑨]。何不自著书，实录彼善人[⑩]。编为一家言，以备史阙文[⑪]。

【注释】

①“阳城”二句：《旧唐书·阳城传》：“阳城字亢宗，北平人也。……（李）泌为宰相，荐为著作郎……寻迁谏议大夫。……时德宗在位，多不假宰相权，而左右得以因缘用事。于是裴延龄、李齐运、韦渠牟寻以奸佞相次进用，诬谮时宰，毁诋大臣，陆贽等咸遭枉黜，无敢救者。城乃伏阁上疏，与拾遗王仲舒共论延龄奸佞，贽等无罪。德宗大怒，召宰相入议，将加城罪。时顺宗在东宫，为城独开解之，城赖之获免。……时朝夕欲相延龄，城曰：‘脱以延龄为相，城当取白麻坏之。’竟坐延龄事改国子司业。”

②“其手”二句：《论衡·是应》：“太平之时，屈轶生于庭之末，若草之状，主指佞人。佞人入朝，屈轶庭末以指之，圣王则知佞人所在。”《文选》王元长《三月三日曲水诗》序李善注：“《田俅子》曰：黄帝时，有草生于帝庭阶，若佞臣入朝，则草指之，名曰屈轶，是以佞人不敢进也。”

③国钧：同“国均”。《诗·小雅·节南山》：“尹氏大师，维周之氐。

秉国之均，四方是维。”郑笺：“持国政之平，维制四方。”

④“元稹”二句：《旧唐书·元稹传》：“宪宗召对，问方略。为执政所忌，出为河南县尉。丁母忧，服除，拜监察御史。四年，奉使东蜀，劾奏故剑南东川节度使严砺违制擅赋，又籍没涂山甫等吏民八十八户田宅一百一十一、奴婢二十七人、草千五百束、钱七千贯。时砺已死，七州刺史皆责罚。稹虽举职，而执政有与砺厚者恶之。使还，令分务东台。浙西观察使韩皋封杖决湖州安吉令孙澥，四日内死。徐州监军使孟升卒，节度使王绍传送升丧柩还京，给券乘驿，仍于邮舍安丧柩。稹并劾奏以法。河南尹房式为不法事，稹欲追摄，擅令停务。既飞表闻奏，罚式一月俸，仍召稹还京。”

⑤“其心”二句：《周礼·秋官·大司寇》：“以肺石达穷民。凡远近惸独老幼之欲有复于上，而其长弗达者，立于肺石。三日，士听其辞，以告于上而罪其长。”郑注：“肺石，赤石也。穷民，天民之穷而无告者。”贾公彦疏：“阴阳疗疾法，肺属南方火，火色赤，肺亦赤，故知名肺石是赤石也。必使之坐赤石者，使之赤心不妄告也。”

⑥从史：即卢从史。

⑦隐心：此谓隐瞒真心。《后汉书·皇甫规传》载规对策：“臣诚知阿谀有福，深言近祸，岂敢隐心以避诛责乎。”

⑧“贤者”二句：《韩非子·外储说左上》：“利之所在，民归之；名之所彰，士死之。”《吕氏春秋·义赏》：“赏罚之柄，此上之所以使也。其所以加者义，则忠信亲爱之道彰。久彰而愈长，民之安之若性，此之谓教成。”

⑨“良史”二句：《左传·宣公二年》：“孔子曰：董狐，古之良史也，书法不隐。”《晋书·郭璞传》载璞上疏：“臣以人乏，忝荷史任，敢忘直笔，惟义是规。”

⑩“何不”二句：扬雄《法言·重黎》：“或问《周官》，曰立事。《左

氏》，曰品藻。《太史迁》，曰实录。”《汉书·司马迁传》赞：“然自刘向、扬雄博极群书，皆称迁有良史之材，服其善序事理，辨而不华，质而不俚，其文直，其事核，不虚美，不隐恶，故谓之实录。”

⑪“一家言”二句：司马迁《报任安书》：“亦欲以究天人之际，通古今之变，成一家之言。”《论语·卫灵公》：“子曰：‘吾犹及史之阙文也。有马者借人乘之，今亡矣夫。’”

【评析】

作于元和五年（810），白居易39岁，在长安任左拾遗、翰林学士。黄周星《唐诗快》卷五云：“如此显微阐幽，诗乃更胜于史。”梁启超批点《白香山诗集》：“格局奇拔。”诗题中的“樊著作”，指樊宗师，字绍述，南阳（今属河南）人。襄阳节度樊泽子。元和三年（808）擢军谋宏远科，授著作佐郎。历金部郎中，绵州刺史，徙绛州。见两《唐书》本传、《元和姓纂》二十二元、韩愈《南阳樊绍述墓志铭》。《新唐书·百官志二》秘书省：“著作局，郎二人，从五品上；著作佐郎二人，从六品上；……著作郎掌撰碑志、祝文、祭文，与佐郎分判局事。”

白居易撰《赠樊著作》的同一年，时为江陵士曹参军的元稹，有《和乐天赠樊著作》诗：“君为著作诗，志激词且温。璨然光扬者，皆以义烈闻。千虑竟一失，冰玉不断痕。谬予顽不肖，列在数子间。因君讥史氏，我亦能具陈。羲黄眇云远，载籍无遗文。煌煌二帝道，铺设在典坟。尧心惟舜会，因著为话言。皋夔益稷禹，粗得无间然。缅然千载后，后圣曰孔宣。迥知皇王意，缀书为百篇。是时游夏辈，不敢措舌端。信哉作遗训，职在圣与贤！如何至近古，史氏为闲官。但令识字者，窃弄刀笔权。由心书曲直，不使当世观。贻之千万代，疑信相并传。人人异所见，各各私所偏。以是曰褒贬，不如都无焉。况乃丈夫志，用舍贵当年。顾予有微尚，愿以出处论。出非利吾己，其出贵道全。全道岂虚设？道全当及人。全则富与寿，亏则饥与寒。遂我一身逸，不如万物安。解悬不泽手，拯溺无折旋。神哉伊尹心，可以冠古先。其次有独善，善己不善民。天地为一物，死生为一源。合杂分万变，忽若风中尘。抗哉巢由志，尧舜不可迁。舍此二者外，安用名为宾！持谢著书郎，愚不愿有云。”

重题西明寺牡丹

往年君向东都去，曾叹花时君未回。今年况作江陵别[1]，惆怅花前又独来。只愁离别长如此，不道明年花不开。

【注释】

①江陵：《旧唐书·地理志二》：“荆州江陵府……上元元年九月，置南都，以荆州为江陵府。”

【评析】

作于元和五年(810)春，白居易时年39岁，在长安任左拾遗、翰林学士。诗题自注：“时元九在江陵。”元和五年(810)三月，元稹自监察御史贬为江陵府士曹参军。《旧唐书·元稹传》：“宿敷水驿，内官刘士元后至，争厅，士元怒，排其户，稹袜而走厅后。士元追之，后以棰击稹伤面。执政以稹少年后辈，务作威福，贬为江陵府士曹参军。”白居易集归为律诗，白居易《与元九书》：“又有五言、七言、长句、绝句，自一百韵至两韵者四百余首，谓之杂律诗。”可见白居易初编集时，名为“杂律诗”。元稹《唐故工部员外郎杜君墓系铭》：“唐兴，官学大振，历世之文，能者互出，而又沈宋之流，研练精切，稳顺声势，谓之为律诗。由是而后文变之体极焉。”又《叙诗寄乐天书》:“声势沿顺,属对稳切者,为律诗,仍以七言、五言为两体。”又《上令狐相公诗启》:“又与同门生白居易友善,居易雅能为诗,就中爱驱驾文字,穷极声韵,或为千言,或为五百言律诗,以相投寄。小生自审不能有以过之,往往戏排旧韵,别创新词,名为次韵相酬,盖欲以难相挑耳。”“律诗”之名,盖定于元、白时。此前则称为“今体”“近体”。

诗中“今年况作江陵别”之“况”字,颇堪玩味,白居易诗颇爱用此连词,在对比之间更递进一层,如《微之宅残牡丹》“况当元九小亭前”;有时径曰“何况”,如《西明寺牡丹花时忆元九》“何况寻花伴”,《惜牡丹花二首》其二“何况飘零泥土中”。钱泳《履园谈诗》曾云:“咏物诗最难工,太切题则黏皮带骨,不切题则捕风捉影,须在不即不离之间。”咏物诗一般应该是体物言志,形神兼备,不粘不脱,既紧扣所咏之物的特点,又在其中有所寄寓。这样的作品,白居易集亦有,例如《晚桃花》:“一树红桃亚拂池,竹遮松荫晚开时。非因斜日无由见,不是闲人岂得知。寒地生材遗较易,贫家养女嫁常迟。春深欲落谁怜惜,白侍郎来折一枝。”全诗着眼诗题中的“晚”字,自写襟期,满怀秋士迟暮之感,读之令人惘然。王揖唐《今传是楼诗话》称许说:“咏物之工,此为绝调。”但《重题西明寺牡丹》和五年前的那首《西明寺牡丹花时忆元九》一样,摆脱了习规定套,舍去了物态刻画,唯存情语抒写,不见咏物写景,读者难觅诗题中的“牡丹”的踪影,即使它是西明寺的骄傲、大唐春色的代表。这也可以理解吧。当我们面对良辰美景,赞叹玩赏之余,恐怕第一念头就是,如果能和家人亲属或知音挚友同玩共赏,那该多爽。为何当年冠盖满京华,而斯人独憔悴?因为没有太白,子美焉能不寂寞!元、白贞元十九年(803)春同登科第,俱授秘书省校书郎,始相识也,并定交分,自此“行止通塞,靡所不同;金石胶漆,未足为喻。死生契阔者三十载,歌诗唱和者九百章”(白居易《祭微之文》)。有过同赏牡丹花的元、白二人,理同境近,情亦相似。

元、白同赏牡丹不仅在西明寺,还有崇敬寺。元和五年(810),白居易《代书诗一百韵寄微之》"唐昌玉蕊会,崇敬牡丹期"句下自注:"唐昌观玉蕊,崇敬寺牡丹,花时多与微之有期。"唐昌玉蕊会,还涉及一段奇闻。康骈《剧谈录》"玉蕊院真人降"条载:"上都安业坊唐昌观旧有玉蕊花,甚繁,每发,若瑶林琼树。元和中,春物方盛,车马寻玩者相继。忽一日,有女子,年可十七八,衣绣绿衣,乘马,峨髻双鬟,无簪珥之饰,容色婉约,迥出于众。从以二女冠、三女仆,仆者皆丱头黄衫,端丽无比。既下马,以白角扇障面,直造花所,异香芬馥,闻于数十步之外。观者以为出自宫掖,莫敢逼而视之。伫立良久,令小仆取花数枝而出。将乘马,回谓黄冠者曰:'曩者玉峰之约,自此可以行矣。'时观者如堵,咸觉烟霏鹤唳,景物辉焕。举辔百步,有轻风拥尘,随之而去。须臾尘灭,望之已在半天,方悟神仙之游。余香不散者,经月余日。时严给事休复、元相国、刘宾客、白醉吟俱有《闻玉蕊院真人降》诗。严给事诗曰:'味道斋心祷至神,魂消眼冷未逢真。不如满树琼瑶蕊,笑对藏花洞里人。'又云:'羽车潜下玉龟山,尘界无由睹蕣颜。惟有无情枝上雪,好风吹缀绿云鬟。'元相国诗曰:'弄玉潜过玉树时,不教青鸟出花枝。的应未有诸人觉,只是严郎卜得知。'刘宾客诗云:'玉女来看玉树花,异香先引七香车。攀枝弄雪时回首,惊怪人间日易斜。'又云:'雪蕊琼丝满院春,羽衣轻步不生尘。君王帘下徒相问,长记吹箫别有人。'白醉吟诗云:'嬴女偷乘鸾去时,洞中潜歇弄琼枝。不缘啼鸟春饶舌,青锁仙郎可得知。'"

这如真似幻的奇闻,也是元、白共同拥有的美好回忆。只是奇闻发生的时间"元和"当为"大和",具体而言应是大和三年(829)。二人集中歌咏牡丹之作都很多,正源于其中多有二人的美好回忆。良辰美景独自赏,赏心乐事谁堪伴?五年前,君在洛阳,吾在长安。现如今,吾再访牡丹，君更远在江陵。牡丹再好，可奈何无君共赏；重逢有日，犹难料可值花期？“眼看吹落地，便别一年春。”这是元稹《牡丹二首》其一中的诗句，适可移栽此处，聊解乐天的“惆怅花前又独来”。

微之宅残牡丹

残红零落无人赏，雨打风摧花不全。诸处见时犹怅望①，况当元九小亭前②。

【注释】

① 诸处：别处。白居易《冬夜示敏巢》：“他时诸处重相见，莫忘今宵灯下情。”

② 小亭：一作“小庭”。

【评析】

作于元和五年（810）春，长安，白居易时为左拾遗、翰林学士。微之宅，在长安朱雀门街东第二街靖安坊。元稹《答姨兄胡灵之见寄五十韵》注：“予宅在靖安北街。”元稹《莺莺传》：“贞元岁九月，执事李公垂宿于予靖安里第。”元稹宅有牡丹庭，元和五年（810），白居易《和元九悼往》云：“旧宅牡丹院，新坟松柏林。”同年《见元九悼亡诗因以此寄》又云：“夜泪暗销明月幌，春肠遥断牡丹庭。”所谓“残牡丹”不是残破之牡丹，乃剩余未谢之牡丹。残者，剩也。与白居易《惜牡丹花二首》其一提到的“晚来唯有两枝残”和李商隐《花下醉》“更持红烛赏残花”之残同意。后两句用对比和递进，倍进一层写微之宅之牡丹不同别处，盖因白居易深知其好友也是多情人、惜花人。

忆元九

眇眇江陵道[1]，相思远不知。近来文卷里，半是忆君诗。

【注释】

① 眇眇：指辽远，高远。《楚辞·九章·悲回风》："登石峦以远望兮，路眇眇兮默默。"洪兴祖补注："眇眇，远也。"江陵道：一作"江陵路"。元和五年（810），元稹贬江陵府士曹参军。

【评析】

作于元和五年（810），白居易39岁，在长安，任左拾遗、翰林学士。诗题之元九，指元稹。元和五年（810），元稹自长安赴江陵途中撰《思归乐》，此为元稹集压卷之作，中云："江陵道途近，楚俗云水清。"白居易诗中的"眇眇江陵道"，正与之相应。元和九年（814），白居易在下邽有《开元九诗书卷》，中云"红笺白纸两三束，半是君诗半是书"，亦与此诗"近来文卷里，半是忆君诗"相应，二人深情厚谊可见一斑。

酬元九对新栽竹有怀见寄

昔我十年前，与君始相识。曾将秋竹竿，比君孤且直[1]。中心一以合[2]，外事纷无极[3]。共保秋竹心，风霜侵不得。始嫌梧桐树，秋至先改色。不爱杨柳枝，春来软无力。怜君别我后，见竹常相忆。常欲在眼前，故栽庭户侧。分首今何处，君南我在北。吟我赠君诗，对之心恻恻[4]。

【注释】

① "孤且直"句:《史记·老子韩非列传》:"故作《孤愤》《五蠹》《内外储》《说林》《说难》十余万言。"索隐:"孤愤,愤孤直不容于时也。"

② 中心:心中。《诗·邶风·谷风》:"行道迟迟,中心有违。"

③ 外事:犹言外物。《庄子·外物》:"外物不可必。"司马彪曰:"物,事也。"

④ 恻恻:悲伤貌。潘岳《寡妇赋》:"庶浸远而哀降兮,情恻恻而弥甚。"

【评析】

这是一首讽谕诗。诗题自注:"顷有赠元九诗云:'有节秋竹竿。'故元感之,因重见寄。"汪立名、花房英树、朱金城皆谓作于元和五年(810)。白居易时在长安,任京兆户曹参军、翰林学士。朱金城《白居易集笺校》云:"此诗有'昔我十年前,与君始相识'之句,则知元、白相识于贞元十八年前。陈《谱》云定交于贞元十九年,非是。元稹有《种竹》诗,此诗为和作。"王汝弼《白居易选集》也认为,元稹于元和五年(810)作《种竹》诗赠白氏,白居易写此首诗作为酬答,白诗所云"昔我十年前,与君始相识。曾将秋竹竿,比君孤且直",若自元和五年(810)逆数十年,则贞元十六年(800)。(参见金卿东《元稹白居易初识之年考辨》,《文学遗产》2000年第6期)

然笔者以为,白居易《酬元九对新栽竹有怀见寄》一诗,如果诗中"昔我十年前,与君始相识"之"十年"不是约数,而是确数,则此诗应系于元和八年(813),自元和八年(813)逆数十年,即为贞元十九年(803),正可合白居易所言:贞元十九年(803)"始相识"。《酬元九对新栽竹有怀见寄》,汪立名《白香山年谱》系于元和五年(810)(《四部备要》本汪立名编《白香山诗集》卷首《白香山年谱》第7页上),但未言根据,卞孝萱《元稹年谱》据之系元稹《种竹》于元和五年(810),

亦未言根据。这里存在两种可能：一、元稹《种竹》和白居易《酬元九对新栽竹有怀见寄》均作于元和八年（813）；二、元稹《种竹》作于元和五年(810)，白居易《酬元九对新栽竹有怀见寄》作于元和八年(813)。这两种可能，与元、白行迹均无不合之处。（参见拙作《元稹白居易“初识”之年再辨》，《文学遗产》2001年第5期）

秋题牡丹丛

晚丛白露夕，衰叶凉风朝。红艳久已歇，碧芳今亦销。幽人坐相对[1]，心事共萧条。

【注释】

① 幽人：一作“忧人”。有杞人忧天、我忧牡丹之意。

【评析】

作于元和五年（810）秋，长安。白居易39岁，时为京兆户曹参军、翰林学士。此诗白居易集归为感伤类，所谓“有事物牵于外，情理动于内，随感遇而形于叹咏者”（白居易《与元九书》）。在一个晚秋的黄昏时分，诗人独对牡丹花丛，只见红艳久歇，碧芳尽销，回想刚刚逝去的绚烂花季，令他倍起萧条之感。元和五年（810），他的好友元稹，时被贬为江陵士曹参军，有《和乐天秋题牡丹丛》：“敝宅艳山卉，别来长叹息。吟君晚丛咏，似见摧隤色。欲识别后容，勤过晚丛侧。”摧隤，意同摧颓，指摧折衰败。敝宅即元稹靖安坊之宅，宅中植有数株牡丹。身在江陵贬所，元稹忆起故宅的牡丹，忆起好友的《微之宅残牡丹》，忆起曾经红妆艳丽、如今摧隤香销的绝世花王，于好友之诗同声相应、同气相求、惺惺相惜之外，恐怕伤心人别有独怀——别有加倍之伤怀吧。

初与元九别后忽梦见之

永寿寺中语，新昌坊北分[①]。归来数行泪，悲事不悲君[②]。悠悠蓝田路[③]，自去无消息。计君食宿程，已过商山北[④]。昨夜云四散，千里同月色。晓来梦见君，应是君相忆。梦中握君手，问君意何如？君言苦相忆，无人可寄书。觉来未及说，叩门声冬冬。言是商州使[⑤]，送君书一封。枕上忽惊起，颠倒著衣裳。开缄见手札，一纸十三行。上论迁谪心，下说离别肠。心肠都未尽，不暇叙炎凉。云作此书夜，夜宿商州东。独对孤灯坐，阳城山馆中。夜深作书毕，山月向西斜。月下何所有，一树紫桐花。桐花半落时，复道正相思。殷勤书背后，兼寄桐花诗。桐花诗八韵，思绪一何深。以我今朝意，忆君此夜心。一章三遍读，一句十回吟。珍重八十字，字字化为金。

【注释】

①“永寿寺”二句：永寿寺，在长安城中部永乐坊，是白居易与元稹道别处。新昌坊，是白居易居宅。白居易《和答诗十首》序：“五年春，微之从东台来，不数日，又左转为江陵士曹掾。诏下日，会予下内直归，而微之已即路，邂逅相遇于街衢中，自永寿寺南，抵新昌里北，得马上语别。语不过相勉保方寸、外形骸而已，因不暇及他。”

②“悲事”句：所悲者是元稹因言事以致由监察御史谪江陵士曹参军这件事，而不是为了同情元稹个人。《旧唐书·元稹传》载，元稹此次

是因为在御史任弹劾东川节度使严砺贪暴罪状而触怒严党。又在由东都召赴长安道中，于敷水驿和宦官刘士元为住厅堂事相争，"士元怒，排其户，稹袜而走厅后。士元追之，后以棰击稹伤面。执政以稹少年后辈，务作威福，贬为江陵府士曹参军"。当时白居易曾上书为他争辩。

③ 蓝田：《新唐书·地理志一》京兆府："蓝田，畿。……有覆军山。有蓝田关，故峣关。有库谷，谷有关。"

④ 商山：元稹由长安谪往江陵的必经之地。《史记·苏秦列传》正义："商阪即商山也，在商洛县南一里。亦曰楚山。武关在焉。"《清一统志》商州："商山在州东。……《旧志》：山在州东八十里丹水之南，形如商字，路通武关。俗以四皓隐此，有避世之智，亦名为智亭。"白居易有《登商山最高顶》。

⑤ 商州：《旧唐书·地理志二》山南西道："商州，隋上洛郡。武德元年，改为商州。"

【评析】

诗题全称《初与元九别后忽梦见之。及寤而书适至，兼寄桐花诗。怅然感怀，因以此寄》。作者自注："元九初谪江陵。"作于元和五年（810），白居易 39 岁，在长安任京兆户曹参军、翰林学士。诗题所谓"桐花诗"，指元稹《桐花》诗，白居易以《答桐花》作答，元稹又有《三月二十四日宿曾峰馆夜对桐花寄乐天》，白居易再以此诗作答。元、白二人，一在长安，一谪江陵，山川异域，而心意通联。《唐诗镜》云："散散诞诞，称情便足。"《唐宋诗醇》云："一意百折，往复缠绵，极平极曲，愈浅愈深，觉两人觌面对语，无此亲切也。杜甫于李白，居易于元微之，皆友谊中最笃者，故两集中赠答诗，真挚乃尔。'悲事不悲君'一句，见从前之上章论救，不系于私情也，此是篇中眼目。"《二冯评点才调集》云："将题面匀匀作一首起结。"

代书诗一百韵寄微之

忆在贞元岁，初登典校司[①]。身名同日授，心事一言知。［贞元中，与微之同登科第，俱授秘书省校书郎，始相识也。］肺腑都无隔，形骸两不羁。疏狂属年少，闲散为官卑。分定金兰契[②]，言通药石规。交贤方汲汲，友直每偲偲[③]。有月多同赏，无杯不共持。秋风拂琴匣，夜雪卷书帷。高上慈恩塔，幽寻皇子陂[④]。唐昌玉蕊会，崇敬牡丹期[⑤]。［唐昌观玉蕊，崇敬寺牡丹，花时多与微之有期。］笑劝迂辛酒，闲吟短李诗[⑥]。［辛大丘度，性迂嗜酒；李二十绅，形短能诗。故当时有迂辛短李之号。］儒风爱敦质[⑦]，佛理尚玄师[⑧]。［刘三十二敦质，雅有儒风；庾七玄师，谈佛理有可赏者。］度日曾无闷，通宵靡不为。双声联律句[⑨]，八面对宫棋[⑩]。［双声联句，八面宫棋，皆当时事。］往往游三省，腾腾出九逵。寒销直城路[⑪]，春到曲江池。树暖枝条弱，山晴彩翠奇。峰攒石绿点[⑫]，柳宛曲尘丝。岸草烟铺地，园花雪压枝。早光红照耀，新溜碧逶迤。幄幕侵堤布[⑬]，盘筵占地施。征伶皆绝艺，选妓悉名姬。铅粉凝春态，金钿耀水嬉。风流夸坠髻，时世斗啼眉[⑭]。［贞元末，城中复为坠马髻、啼眉妆也。］密坐随欢促，华樽逐胜移[⑮]。香飘歌袂动，翠落舞钗遗。筹插红螺碗[⑯]，觥飞白玉卮。打嫌调笑易[⑰]，饮讶卷波迟[⑱]。［抛打曲有《调笑令》，饮酒曲有《卷白波》。］残席喧哗散，归鞍酩酊骑。酡颜乌帽侧，醉袖玉鞭垂。紫陌传钟鼓，红尘塞路歧。几时曾暂别？何处不相随？荏苒星霜换，回环节候摧。两衙多请假[⑲]，三考欲成资[20]。运偶千年圣,天成万物宜[21]。皆当少壮日,同惜盛明时。光景嗟虚掷,云霄窃暗窥。攻文朝矻矻,讲学夜孜孜。策目穿如札[22],[时与微之结集策略之目,其数至百十。]毫锋锐若锥[23]。[时与微之各有纤锋细管笔,携以就试,相顾辄笑,目为毫锥。]繁张获鸟网,坚守钓鱼坻。[谓自冬至夏,频改试期,竟与微之坚待制试也。]并受夔龙荐[24],齐陈晁董词[25]。万言经济略,三道太平基[26]。中第争无敌,专场战不疲。辅车排胜阵,掎角搴降旗[27]。[并谓同铺席、共笔砚。]双阙纷容卫[28],千僚俨等衰[29]。[谓制举人欲唱第之时也。]恩随紫泥降[30],名向白麻披。既在高科选,还从好爵縻[31]。东垣君谏诤[32],西邑我驱驰。[元和元年同登制科,微之拜拾遗,予授盩厔尉。]再喜登乌府[33],多惭侍赤墀。[四年,微之复拜监察,予为拾遗、学士也。]官班分内外,游处遂参差。每列鹓鸾序[34],偏瞻獬豸姿[35]。简威霜凛冽,衣彩绣葳蕤[36]。正色摧强御[37],刚肠嫉喔咿[38]。常憎持禄位[39],不拟保妻儿。养勇期除恶,输忠在灭私。下鞲惊燕雀,当道慑狐狸[40]。南国人无怨,东台吏不欺。[微之使东川,奏冤八十余家,诏从而平之,因分司东都。]理冤多定国,切谏甚辛毗[41]。造次行于是,平生志在兹[42]。道将心共直,言与行兼危。水暗波翻覆,山藏路险巇。未为明主识,已被幸臣疑。木秀遭风折,兰芳遇霰萎。千钧势易压,一柱力难支。腾口因成痏[43],吹毛遂得疵。忧来吟贝锦[44],谪去咏江蓠。邂逅尘中遇,殷勤马上辞。贾生离魏阙[45],王粲向荆夷[46]。水过清源寺[47],山经绮季祠[48]。心摇汉皋佩,泪堕岘亭碑[49]。[并途中所经历者也。]驿路缘云际,城楼枕水湄。思乡多绕泽,望阙独登陴。林晚青萧索,江平绿渺弥。野秋鸣蟋蟀,沙冷聚鸬鹚。官舍黄茅屋,人家苦竹篱。白醪充夜酌，红粟备晨炊。寡鹤摧风翮，鳏鱼失水鳍。暗雏啼渴旦[50]，凉叶坠相思。[此四句兼含微之鳏居之思。]一点寒灯灭，三声晓角吹。蓝衫经雨故，骢马卧霜羸。念涸谁濡沫？嫌醒自歠醨[51]。耳垂无伯乐，舌在有张仪[52]。负气冲星剑，倾心向日葵。金言自销铄，玉性肯磷缁[53]？伸屈须看蠖[54]，穷通莫问龟。定知身是患，当用道为医。想子今如彼，嗟予独在斯。无憀当岁杪，有梦到天涯。坐阻连襟带，行乖接履綦。润销衣上雾，香散室中芝。念远缘迁贬，惊时为别离。素书三往复，明月七盈亏。[自与微之别经七月，三度得书。]旧里非难到，余欢不可追。树依兴善老，草傍靖安衰[55]。[微之宅在靖安坊西，近兴善寺。]前事思如昨，中怀写向谁？北村寻古柏，南宅访辛夷。[开元观西北院，即隋时龙村佛堂，有古柏一株，至今存焉。微之宅中有辛夷两树，常与微之游息其下。]此日空搔首，何人共解颐？病多知夜永，年长觉秋悲。不饮长如醉，加餐亦似饥。狂吟一千字，因使寄微之。

【注释】

①“贞元”二句：贞元十九年（803），元稹、白居易登吏部科第，授秘书省校书郎。典校司，指秘书省。《旧唐书·温大雅传》：“彦将与愍楚弟游秦，典校秘阁。”

②“金兰”句：《易·系辞》：“二人同心，其利断金；同心之言，其臭如兰。”《吴声歌·子夜四时歌·冬歌十七首》：“果欲结金兰，但看松柏林。经霜不堕地，岁寒无异心。”

③“友直”句：《论语·季氏》：“益者三友，损者三友。友直，友谅，友多闻，益矣。”。又《子路》：“朋友切切偲偲。”集解：“马曰：切切偲偲，相切责之貌。”

④ 皇子陂：《长安志》卷十一万年县："永安坡在县南二十五里，周七里。《十道志》曰：秦葬皇子，起冢陂北原上，因名皇子陂。"白居易《与元九书》："如今年春游城南时，与足下马上相戏，因各诵新艳小律，不杂他篇。自皇子陂归昭国里，迭吟递唱，不绝声者二十里余。樊、李在旁，无所措口。"

⑤ 崇敬：崇敬寺，在朱雀门街东第二街靖安坊。《长安志》卷七："崇敬尼寺，本僧寺，隋文帝所立。大业中废。龙朔二年，高宗为长女定安公主薨后改立为尼寺。"

⑥"笑劝"二句：辛大丘度，元、白之科第同年。《南部新书》辛："元和十五年，辛丘度、丘纾、杜元颖同时为遗补令史分直，故事但举其姓，曰辛、丘、杜当入。"《云溪友议》卷上江都事："辛氏郎君，即丘度之子也。谓李公（绅）曰：'小子每忆白廿二丈诗：闷劝畴昔酒，闲吟廿丈诗。'李公笑曰：'辛大有此狂儿，吾敢不存旧矣。'"李绅，字公垂。两《唐书》有传。白居易《编集拙诗成一十五卷因题卷末戏赠元九李二十》："每被老元偷格律，苦教短李伏歌行。"李绅元和元年（806）进士，是年由长安东归，经润州，浙西（镇海军）节度使李锜留掌书记。至元和四年（809）始至长安为校书郎。元和八年（813）前后为国子助教。《旧唐书》本传谓绅"元和初登进士第，释褐国子助教"，盖误。白居易元和五年（810）作此诗时，李绅仍为校书郎。

⑦ 敦质：刘敦质，见白居易《哭刘敦质》。

⑧ 玄师：庾玄师，见白居易《闻庾七左降因咏所怀》。

⑨"双声"句：《南史·谢庄传》："王玄谟问庄：'何者为双声？何者为叠韵？'答曰：'玄护为双声，磝碻为叠韵。'"《文心雕龙·声律》："凡声有飞沈，响有双叠；双声隔字而每舛，叠韵杂句而必睽。"吴聿《观林诗话》："谢灵运有'蘋苹泛沉深，菰蒲冒清浅'，上句双声叠韵，下句叠韵双声。后人如杜少陵'卑枝低结子，接叶暗巢莺'，杜荀鹤'胡卢杓酌春浓酒，

舴艋舟流夜涨滩’，温庭筠‘废砌翳薜荔，枯湖无菰蒲’‘老媪宝藁草，愚夫输逋租’，皆出于叠韵，不若灵运之工也。”

⑩ 宫棋：亦名逼棋，以黑白棋子杂布局中，各认一子为标，左右巡拾，以所得多少为胜负。参翟灏《通俗编》卷三一。王建《夜看美人宫棋》：“宫棋布局不依经，黑白分明子数停。巡拾玉沙天汉晓，犹残织女两三星。”

⑪ 直城：即长安城。白居易《早春独游曲江》：“朝从直城出，春傍曲江行。”

⑫ 石绿：一种颜料。白居易《裴常侍以题蔷薇架十八韵见示因广为三十韵以和之》：“烟条涂石绿，粉蕊扑雌黄。”

⑬ “幄幕”句：《开元天宝遗事》卷下：“长安贵家子弟，每至春时，游宴供帐于园圃中，随行载以油幕，或遇阴雨，以幕覆之，尽欢而归”，“长安士女游春野步，遇名花则设席藉草，以红裙递相插挂，以为宴幄，其奢逸如此也”。

⑭ “风流”二句：《后汉书·梁冀传》：“寿色美而善为妖态，作愁眉，啼妆，堕马髻，折腰步，龋齿笑，以为媚惑。”李贤注引《风俗通》：“愁眉者，细而曲折。啼妆者，薄拭目下若啼处。堕马髻者，侧在一边。折腰步者，足不任体。龋齿笑者，若齿痛不忻忻。始自冀家所为，京师翕然皆放效之。”

⑮ 逐胜：逐胜景，逐胜游。姚合《题宣义池亭》：“寻芳行不困，逐胜坐还迁。”

⑯ 筹：酒令筹，酒令中有以筹巡酒之筹令。《何满子歌》：“何如有态一曲终，牙筹记令红螺碗。”

⑰ 打：打令。巡酒行令，伴以舞蹈。《唐国史补》卷下：“古之饮酒，有杯盘狼藉、扬觯绝缨之说，甚则甚矣，然未有言其法者。国朝麟德中，壁州刺史邓宏庆始创平、索、看、精四字令。至李稍云而大备，自上及下，以为宜然。大抵有律令，有头盘，有抛打。”《朱子语类》卷九二：“唐人俗舞，谓之打令。其状有四，曰招，曰摇，曰送，其一记不得。盖招则邀之意，摇

则摇手呼唤之意，送者送酒之意。……舞时皆裹幞头，列坐饮酒，少刻起舞。”抛打令亦为酒令之一。洪迈《容斋续笔》卷十六：“予按皇甫松所著《醉乡日月》三卷，载《骰子令》云……又有《旗幡令》《闪摩令》《抛打令》，今人不复晓其法矣。惟优伶家犹用手打令以为戏云。”

⑱ 卷波：卷白波，亦为一种酒令，与筹令同属律令。《唐语林》卷八：“壁州刺史邓宏庆，饮酒至平、索、看、精四字。酒令之设，本骰子、卷白波律令。”

⑲ 两衙：早衙、晚衙。王建《昭应官舍书事》：“两衙早被官拘束，登阁巡溪亦属忙。”

⑳ 三考：《书·舜典》：“三载考绩，三考黜陟幽明。”《旧唐书·职官志一》：“职事官资，则清浊区分，以次补授。……开元中，裴光庭为吏部尚书，始用循资格以注拟六品已下选人。其后每年虽小有移改，然相承至今用之。”

㉑ 天成：《左传·僖公二十四年》：“《夏书》曰：地平天成。”杜预注：“地平其化，天成其施，上下相称为宜。”

㉒ “策目”句：白居易《策林序》：“元和初，予罢校书郎，与元微之将应制举。退居于上都华阳观，闭户累月，揣摩当代之事，构成策目七十五门。及微之首登科，予次焉。凡所应对者，百不用其一二，其余目以精力所致，不能弃捐，次而集之，分为四卷，命曰《策林》云耳。”《艺林伐山》卷十七：“白乐天诗：‘策目穿如札，毫锋利似锥。’札，甲也。”革甲内外厚薄复叠七层，称七札。详《周礼·考工记·函人》孙诒让《正义》。

㉓ 毫锋：《清异录》卷下：“唐世举子将入场，嗜利者争卖健毫圆锋笔，其价十倍，号定名笔。”

㉔ 夔龙：《书·舜典》：“伯拜稽首，让于夔龙。”传：“夔、龙，二臣名。”

㉕ 晁董：晁错、董仲舒。二人均举贤良对策，见《史记·袁盎晁错列传》及《汉书·董仲舒传》。

㉖“三道”句:《册府元龟》卷六三九贡举部条制一:“永淳二年三月初:令应诏举人并试策三道,即为永例。”《唐会要》卷七六制科举:“开元八年三月,上亲策试应制举人于含元殿,谓曰:古有三道,今减从一道。”诗所言盖从旧制。《汉书·楚元王传附刘向传》:“使是非炳然可知,则百异消灭,而众祥并至,太平之基、万世之利也。”

㉗“辅车”二句:《左传·僖公五年》:“谚所谓辅车相依,唇亡齿寒。”《吕氏春秋·权勋》:“虞之与虢也,若车之有辅也。车依辅,辅亦依车,虞、虢之势是也。”《左传·襄公十四年》:“譬如捕鹿,晋人角之,诸戎掎之。”《史记·刘敬叔孙通列传》:“汉王方蒙矢石争天下,诸生宁能斗乎?故先言斩将搴旗之士。”

㉘容卫:仪仗护卫。《荀子·正论》:“居则设张容,负依而坐。”杨倞注:“容谓羽卫。”

㉙等衰:犹等差。《左传·桓公二年》:“故天子建国,诸侯立家,卿置侧室,大夫有贰宗,士有隶子弟,庶人、工、商各有分亲,皆有等衰。”

㉚紫泥:指诏书。

㉛縻:通“靡”。《易·中孚·卦》:“我有好爵,吾与尔靡之。”孔颖达疏:“靡,散也。”

㉜东垣:指门下省。元稹元和元年(806)授左拾遗,为门下省属官。崔峒《酬李补阙雨中寄赠》:“独愧东垣友,新诗慰旅魂。”

㉝乌府:御史台。《汉书·朱博传》:“是时御史府吏舍百余区,井水皆竭。又其府中列柏树,常有野乌数千栖宿其上。”

㉞鹓鸾:犹言鹓行。指朝官的行列。宋之问《春日宴宋主簿山亭得寒字》:“帝城归路直,留兴接鹓鸾。”

㉟獬豸:御史戴獬豸冠。

㊱葳蕤:草木初生貌。此谓御史绣服之图案。陈羽《送戴端公赴容州》:“分命诸侯重,葳蕤绣服香。”

㊲ 强御：强暴。《后汉书·党锢传》："学中语曰：天下模楷李元礼，不畏强御陈仲举，天下俊秀王叔茂。"

㊳ 喔咿：强语笑貌。《楚辞·卜居》："宁超然高举，以保真乎？将哫訾栗斯，喔咿儒儿，以事妇人乎？"

㊴ 持禄：犹言尸位素餐。《史记·秦始皇本纪》："上乐以刑杀为威，天下畏罪持禄，莫敢尽忠。"《汉书·匡张孔马传赞》："然皆持禄保位，被阿谀之讥。"

㊵ "下鞲"二句：《太平御览》卷二五三引《东观汉记》："善吏如良鹰矣，下鞲即中。"《汉书·孙宝传》："入见，敕曰：'今日鹰隼始击，当顺天气取奸恶，以成严霜之诛，掾部渠其有人乎？'文印曰：'无其人不敢空受职。'宝曰：'谁也？'文曰：'霸陵杜稚季。'宝曰：'其次？'文曰：'豺狼横道，不宜复问狐狸。'宝默然。"《后汉书·酷吏列传·阳球》："因求见帝，叩头曰：'臣无清高之行，横蒙鹰犬之任。前虽纠诛王甫、段颎，盖简落狐狸，未足宣示天下。愿假臣一月，必令豺狼鸱枭，各服其辜。'"

㊶ "理冤"二句：《汉书·于定国传》："其决疑平法，务在哀鳏寡，罪疑从轻，加审慎之心。朝廷称之曰：张释之为廷尉，天下无冤民；于定国为廷尉，民自以不冤。"《三国志·魏书·辛毗传》："帝欲徙冀州士家十万户实河南。时连蝗民饥，群司以为不可，而帝意甚盛。毗与朝臣俱求见，帝知其欲谏，作色以见之，皆莫敢言。毗曰：'陛下欲徙士家，其计安出？'帝曰：'卿谓我徙之非邪？'毗曰：'诚以为非也。'帝曰：'吾不与卿共议也。'毗曰：'陛下不以臣不肖，置之左右，厕之谋议之官，安得不与臣议邪！臣所言非私也，乃社稷之虑也，安得怒臣！'帝不答，起入内。毗随而引其裾，帝遂奋衣不还，良久乃出，曰：'佐治，卿持我何太急邪？'毗曰：'今徙，既失民心，又无以食也。'帝遂徙其半。"

㊷ "造次"二句：《论语·里仁》："君子去仁，恶乎成名？君子无终食之间违仁。造次必于是，颠沛必于是。"《左传·襄公二十一年》："《夏

书》曰：念兹在兹，释兹在兹，名言兹在兹，允出兹在兹，惟帝念功。”

㊸腾口：亦作“滕口”，谓众口宣腾。释慧琳《龙光寺竺道生法师诔》：“默荫去大，弭此腾口。”

㊹贝锦：《诗·小雅·巷伯》：“萋兮斐兮，成是贝锦。彼谮人者，亦已大甚。”毛传：“兴也。萋、斐，文章相错也。贝锦，锦文也。”郑笺：“锦文者，文如余泉余蚳之贝文也。兴者，喻谗人集作己过，以成于罪，犹女工之集采色以成锦文。”

㊺贾生：贾谊。魏阙：借指朝廷。《庄子·让王》：“身在江海之上，心居乎魏阙之下。”

㊻“王粲”句：《三国志·魏书·王粲传》：“年十七，司徒辟，诏除黄门侍郎，以西京扰乱，皆不就，乃之荆州依刘表。”王粲《七哀诗》：“西京乱无象，豺虎方遘患。复弃中国去，委身适荆蛮。”

㊼清源寺：在蓝田县辋谷。

㊽绮季祠：即四皓庙。

㊾“心摇”二句：《列仙传》卷上：“江妃二女者，不知何所人也。出游于江汉之湄，逢郑交甫。见而悦之，不知其神人也。谓其仆曰：‘我欲下，请其佩。’……遂手解佩与交甫，交甫悦受而怀之中当心，趋去数十步，视佩，空怀无佩。顾二女，忽然不见。”《晋书·羊祜传》：“祜乐山水，每风景，必造岘山，置酒言咏，终日不倦。尝慨然叹息，顾谓从事中郎邹湛等曰：‘自有宇宙，便有此山，由来贤达胜士登此远望，如我与卿者多矣。皆湮灭无闻，使人悲伤。如百岁后有知，魂魄犹应登此也。’……襄阳百姓于岘山祜平生游憩之所建碑立庙，岁时飨祭焉。望其碑者莫不流涕，杜预因名为堕泪碑。”

㊿渴旦：《礼记·坊记》：“诗云：相彼盍旦，尚犹患之。”郑注：“盍旦，夜鸣求旦之鸟也，求不可得也。”盍旦，或作“渴旦”。

51 歠醨：饮薄酒，比喻随波逐流，从俗浮沉。语出《楚辞·渔父》：“屈原曰：'举世皆浊我独清，众人皆醉我独醒，是以见放。'渔父曰：'圣人不凝滞于物，而能与世推移。世人皆浊，何不淈其泥而扬其波？众人皆醉，何不餔其糟而歠其醨？'"

52 "耳垂"二句：《战国策·楚策四》："君亦闻骥乎？夫骥之齿至矣，服盐车而上太行，蹄申膝折，尾湛胕溃，漉汁洒地，白汗交流，中阪迁延，负辕不能上。伯乐遭之，下车攀而哭之，解纻衣以幂之。骥于是俯而喷，仰而鸣，声达于天，若出金石者何也？彼见伯乐之知己也。"《史记·张仪列传》："张仪已学游说诸侯，尝从楚相饮，已而楚相亡璧，门下意张仪，曰：'仪贫无行，必此盗相君之璧。'共执张仪，掠笞数百，不服。醳之。其妻曰：'嘻！子毋读书游说，安得此辱乎？'张仪谓其妻曰：'视吾舌尚在不？'其妻笑曰：'舌在也。'仪曰：'足矣。'"

53 "金言"二句：《庄子·大宗师》："今之大冶铸金，金踊跃曰：'我且必为镆铘。'大冶必以为不祥之金。"枚乘《七发》："虽有金石之坚，犹将销铄而挺解也。"《淮南子·俶真训》："譬若钟山之玉，炊以炉炭，三日三夜而色泽不变，则至德天地之精也。"《论语·阳货》："不曰坚乎，磨而不磷；不曰白乎，涅而不缁。"

54 "伸屈"句：比喻大丈夫能屈能伸，一如尺蠖之屈伸。蠖，虫名，即尺蠖，北方称步曲，南方称造桥虫。体细长，生长于树，爬行时一屈一伸。种类很多，为害各种植物。《尔雅·释虫》："蠖，蚇蠖。"郝懿行义疏："其行先屈后伸，如人布手知尺之状，故名尺蠖。"

55 "兴善"二句：《唐两京城坊考》卷二朱雀门街东第一街靖善坊："大兴善寺，尽一坊之地。"朱雀门街东第二街靖安坊元稹宅引居易此诗："按兴善寺在靖善坊，靖善东与靖安邻，故元宅西与之接也。"

【评析】

作于元和五年（810），白居易39岁，在长安任京兆户曹参军、翰林学士。《代书诗一百韵寄微之》开篇云："忆在贞元岁，初登典校司。身名同日授，心事一言知。"自注："贞元中，与微之同登科第，俱授秘书省校书郎，始相识也。"据白居易《养竹记》"贞元十九年春，居易以拔萃选及第，授校书郎"，知元白"同登科第，俱授秘书省校书郎"在贞元十九年(803)春。白居易自道其与元稹"始相识"在贞元十九年(803)春，应该是不容置疑的。

这是一首五言排律，"心事一言知"句下，《唐风怀》："南村曰：千古神交，在此一语。"篇末"不饮长如醉，加餐亦似饥"，写对元稹的思念，以致心神不安，不饮酒似醉，纵加餐仍饥，比喻奇特，运笔巧妙，足见友情之深厚，想念之殷切。洪迈《容斋续笔》卷十四曰："作诗至百韵，词意既多，故有失于点检者。如杜老《夔府咏怀》，前云'满坐涕潺湲'，后又云'伏腊涕涟涟'。白公《寄元微之》，既云'无杯不共持'，又云'笑劝迂辛酒''华樽逐胜移''觥飞白玉卮''饮讶卷波迟''归鞍酩酊迟''酡颜乌帽侧''醉袖玉鞭垂''白醪充夜酌''嫌醒自啜醨''不饮长如醉'，一篇之中说酒者十一句。东坡赋《中隐堂》五诗各四韵，亦有'坡垂似伏鳌''崩崖露伏龟'之语，近于意重。"

《滹南诗话》卷一云："乐天之诗，情致曲尽，入人肝脾，随物赋形，所在充满，殆与元气相侔。至长韵大篇，动数百千言，而顺适惬当，句句如一，无争张牵强之态。此岂捻断吟须悲鸣口吻者之所能至哉！而世或以浅易轻之，盖不足与言矣。"《唐宋诗醇》云："长律百韵，始于杜甫《夔府咏怀》一篇，继之者元微之、白居易。居易集中百韵诗凡三篇。杜甫排奡沉郁，局阵变化，其才气笔力，自非居易所及。居易法律井然，条畅流美，实可为后来之法。学者未能窥杜之阃奥，且从此种问津，自无艰涩凌乱之病。"查慎行《初白庵诗评》云："《代书诗一百韵寄微之》'幄幕侵堤布'，'粉黛凝春态'，宋板'布'作'步'，'粉'作'铅'。'醉落舞钗遗'，宋板'醉'作'翠'。'回环节候催'，'催'字出韵，疑当作‘推’。‘坚守钓鱼坻’,宋板‘守’作‘待’。‘简威寒凛冽’,宋板‘寒’作‘霜’。‘谪去咏江篱’,蓠。‘王粲向荆夷’,‘夷’字与后重叶而意义不同。”冯班《二冯评点才调集》云:“匀细整瞻,力自有余。长诗有叙置次第,此文章自然之势,其妙处全不在此。《品汇》之作,高棅不解声病,便以长诗为排律,无识妄作。今人则排字已入骨矣,板拙不贯穿,只被排字误了。起承转合,不可不知,却拘不得,须变化飞动为佳。此二篇匀整之至,却细腻省净,无叠辞累句、妃红媲紫之病。长诗忌词太烦,如此最善。”《删正二冯评阅才调集》则云:“一意衍至千言,虽李、杜亦不能力余于词。但首尾妥帖,即是难事,勿概以‘元轻白俗’忽之。长篇作古体,方翕张如意;限以声病,但有修词工夫矣。此种只备诗家一体,无烦专意为之。”梁启超批点《白香山诗集》:“笔太平直,此体非公所长。”

八月十五日夜禁中独直对月忆元九

银台金阙夕沉沉[①],独宿相思在翰林。三五夜中新月色,二千里外故人心。渚宫东面烟波冷[②],浴殿西头钟漏深[③]。犹恐清光不同见,江陵卑湿足秋阴。

【注释】

① 银台:大明宫右银台门。金阙:指皇宫。

② 渚宫:春秋楚国别宫。《左传·文公十年》:“子西……沿汉溯江将入郢,王在渚宫下见之。”孔颖达疏:“渚宫,当郢都之南。”《通典》卷一八三古荆州:“江陵,故楚之郢地。秦分郢,置江陵县。……又有纪南城、楚渚宫。”

③ 浴殿：浴堂殿。

【评析】

作于元和五年（810），白居易时年39岁，在长安任京兆户曹参军、翰林学士。颔联写今夜月色分外明朗，我独值禁中，月光之下铺满了难耐的寂寞，对着月色在想念你；你远在两千里之外，想必也在赏月，也在想念着我。以己之心，推友之心，友情之重，千里同思，颇为感人。方回《瀛奎律髓》卷二十二云："元微之为江陵法曹，乐天在翰林。"纪昀曰："香山最沉著之笔。结处弥见沉挚。（一本作：通体修洁，结尤深至，异香山他作之潦倒。）"《唐宋诗醇》："次联本色语，属对却极工。后来惟苏轼深得此妙，他人效颦，则浅率无味矣。"《唐七律选》卷三："色相虽变，犹饶声势（'渚宫东面'二句下）。"《唐诗近体》："忆元九（'二千里外'句下）。禁中（'浴殿西头'句下）。恐秋阴之蔽月（末二下）。"王寿昌《小清华园诗谈》卷上："情之深者，白乐天之'银台金阙夕沉沉……'是也。"

庾顺之以紫霞绮远赠以诗答之[①]

千里故人心郑重，一端香绮紫氛氲。开缄日映晚霞色，满幅风生秋水纹。为褥欲裁怜叶破，制裘将剪惜花分。不如缝作合欢被，寤寐相思如对君。

【注释】

① 紫霞绮：白居易《病中辱崔宣城长句见寄兼有觥绮之赠因以四韵总而酬之》："信题霞绮缄情重，酒试银觥表分深。"按，谢朓《晚登三山

还望京邑》“余霞散成绮”，以绮喻霞，唐人反以霞称绮之美者。

【评析】

作于元和五年（810），长安，白居易时为左拾遗、翰林学士。《唐诗镜》云：“白诗之佳，在倾囊而出，每觉意趣圆满浑成。”庾敬休，字顺之。两《唐书》有传。白居易诗涉及庾敬休者多作“庾三十二”，唯《梦与李七庾三十三同访元九》《浔阳岁晚寄元八郎中庾三十三员外》及元稹《酬乐天东南行诗一百韵》注作“庾三十三”，岑仲勉《唐人行第录》谓“三十三”当系“三十二”之讹。然花房英树据天海校本白集《东南行一百韵》注“庾三十三神貌迂徐，当时亦目为蔫庾”，谓作“三十二”者，系“三十三”之误。

隐　几

身适忘四支，心适忘是非。既适又忘适，不知吾是谁。百体如槁木[①]，兀然无所知。方寸如死灰，寂然无所思。今日复明日，身心忽两遗。行年三十九，岁暮日斜时。四十心不动[②]，吾今其庶几？

【注释】

①“百体”句：《庄子·田子方》：“夫天下也者，万物之所一也。得其所一而同焉，则四支百体将为尘垢，而死生终始将为昼夜，而莫之能滑，而况得丧祸福之所介乎。”

②“四十”句：《孟子·公孙丑上》：“公孙丑问曰：‘夫子加齐之卿相，得行道焉，虽由此霸王，不异矣。如此，则动心否乎？’孟子曰：‘否，

我四十不动心。'"

【评析】

陈振孙《白文公年谱》、汪立名《白香山年谱》、朱金城《白居易集笺校》皆谓作于元和五年(810),下邽。非也。当为元和六年(811),白居易时退居下邽渭村,白居易集此诗前面的《遣怀》作者自注"自此后诗,在渭村作"可证。"隐几",原意是指靠着几案,伏在几案上,或"倚着几案",但主要的旨意是阐发道家坐忘思想,所以查慎行《初白庵诗评》云:"《隐几》'既适又忘适'二句,蒙庄之理。"《庄子·齐物论》:"南郭子綦隐机而坐,仰天而嘘,荅焉似丧其耦。颜成子游立侍乎前,曰:'何居乎?形固可使如槁木,而心固可使如死灰乎?今之隐机者,非昔之隐机者也。'子綦曰:'偃,不亦善乎,而问之也。今者吾丧我,汝知之乎?……'"成玄英疏:"隐,凭也。……子綦凭几坐忘,凝神遐想。"隐几不仅出于《庄子》,《孟子·公孙丑下》亦云:"有欲为王留行者,坐而言,不应,隐几而卧。"白居易此诗,将孟子的四十心不动与道家坐忘思想联系起来,体现了对儒道两家相近思想的打通。永贞元年(805)白居易所作《感时》:"今我犹未悟,往往不适意。胡为方寸间,不贮浩然气?贫贱非不恶,道在何足避?富贵非不爱,时来当自致。所以达人心,外物不能累。唯当饮美酒,终日陶陶醉。"以老庄思想为主,但杂有孟子善养浩然之气的思想,将儒家安贫乐道与道家人生如寄、追求适意的思想结合在一起。

陈师道《除夜》云:"七十已强半,所余能几何。悬知暮景促,更觉后生多。"方回《瀛奎律髓》卷十六云:"前四句即'四十明朝过,飞腾暮景斜'之意,乐天亦云:'行年三十九,岁暮日斜时。'前辈竞辰如此,晚辈可不勉哉!"洪亮吉《北江诗话》卷五云:"有心作衰飒之诗,白香山是也。如'行年三十九,岁暮日斜时'。夫年始三十九,何便至岁暮日斜？此有心作衰飒之诗也。若无心作衰飒之诗，则亦非佳兆。如顾况之‘老夫年七十，不作多时别’，柳宗元之‘从此忧来非一事，岂容华发待流年’等诗是矣。余友黄君仲则，方盛年，忽作一诗云：‘茫茫来日愁如海，寄语羲和快着鞭。’余窃忧之，果及中岁而卒。余六十后，忽以不得已事，重赴汉江，将归，同人饯于黄鹤楼江岸，以为不更能作楚游矣。余故反其意，作留别一首云：‘未觉山公兴便颓，残年短景苦相催。濒行不与仙人别，此世偏应一再来。’或亦自相慰藉之语耳。”朱熹：“‘行年三十九，岁莫日斜时。孟子心不动，吾今其庶几！’此乐天以文滑稽也。然犹雅驯，非若今之作者村里杂剧也！方子。佐同。”明万历间郭良翰《问奇类林》卷七遇合云：“贾谊《惜誓赋》不知作于何时。谊死时，年才三十三耳。赋已有‘惜余年老而日衰，岁忽忽而不反’语，韩退之作《五箴》，自谓生三十有八年，发白齿脱，聪明不及前矣。白居易诗云：‘行年三十九，岁暮日斜时。’苏子瞻于此因有‘劳生强半’之叹，嗟呼！贾之志，韩之学，乐天、东坡之襟度，而犹有此慨，况其他乎？胡文定公平生出处，未尝谋于朋友，如人饮水，冷暖自知，噫！是真知出处矣。”梁启超批点《白香山诗集》：“‘身适忘四支，心适忘是非。既适又忘适，不知吾是谁。’真有官止神行之乐。”

白居易这首诗，后人多有拟仿，如宋苏轼《除夜病中赠段屯田》诗云：“龙钟三十九，劳生已强半。岁暮日斜时，还为昔人叹。”注云：“乐天诗云：行年三十九，岁暮日斜时。”宋姜特立《东坡除夜三十九遂引乐天行年三十九岁暮日斜时之句赋诗余亦于生朝有感》：“昔人三十九，已叹日斜时。吾今七十六，屈指一倍之。岂唯桑榆晚，正自入崦嵫。灰中炭暗尽，岂不心自知。且饮生朝酒，更赋梅山诗。”

慈乌夜啼[①]

慈乌失其母，哑哑吐哀音。昼夜不飞去，经年守故林。夜夜夜半啼，闻者为沾襟。声中如告诉，未尽反哺心。百鸟岂无母，尔独哀怨深。应是母慈重，使尔悲不任。昔有吴起者，母殁丧不临[②]。嗟哉斯徒辈，其心不如禽。慈乌复慈乌，鸟中之曾参[③]。

【注释】

① 慈乌：《艺文类聚》卷九二引《春秋元命苞》："火流为乌，乌孝鸟。何知孝鸟？阳精，阳天之意，乌在日中，从天，以昭孝也。"《文选》束晳《补亡诗》李善注："《小雅》曰：纯黑而反哺者，乌也。"又张协《七命》李善注："蔡邕曰：乌，反哺之鸟，至孝之应也。"

② "吴起"二句：《史记·孙子吴起列传》："吴起者，卫人也。好用兵，尝学于曾子，事鲁君。……鲁人或恶吴起曰：起之为人，猜忍人也。……与其母决，啮臂而盟曰：'起不为卿相，不复入卫。'遂事曾子。居顷之，其母死，起终不归。曾子薄之，而与起绝。……鲁君疑之，谢吴起。"

③ 曾参：《史记·仲尼弟子列传》："曾参，南武城人，字子舆，少孔子四十六岁。孔子以为能通孝道，故授之业。作《孝经》，死于鲁。"

【评析】

作于元和六年（811），下邽。这首咏物诗寄托着白居易对慈母的感恩和思念。汪立名《白香山年谱》云："（元和六年）四月，公丁母陈县君丧退居渭上。"白居易母亲白陈氏是一位慈祥而有教养的女性，其父陈润明经出身，是一位有影响的诗人，唐张为《诗人主客图》录其诗四句，列为高古奥逸主孟云卿名下及门二人之一，《全唐诗》著录其诗八首，《全唐诗补编》录其诗二首。陈润宝应元年（762）早逝，白居易外祖母一直依靠白家生活，直到贞元十六年（800）去世。白居易母亲，在丈夫谢世后，上要奉养相依为命的寡母，下要抚育教导年纪尚幼的诸子，终于使诸子成才成名，重振家风，光耀门楣。这一切得以实现，白母功不可没。关于母亲，白居易《襄州别驾府君事状》回忆："及别驾府君即世，诸子尚幼，未就师学，夫人亲执诗书，昼夜教导，恂恂善诱，未尝以一呵一杖加之，十余年间，诸子皆以文学仕进，官至清近，实夫人慈训所致也。"沈德潜《唐诗别裁集》重订本卷三："仁孝之人，其言蔼然。"

重到渭上旧居

旧居清渭曲，开门当蔡渡[①]。十年方一还，几欲迷归路。追思昔日行，感伤故游处。插竹作高林，种桃成老树。因惊成人者，尽是旧童孺。试问旧老人，半为绕村墓。浮生同过客[②]，前后递来去。白日如弄珠，出没光不住。人物日改变，举目悲所遇。回念念我身，安得不衰暮。朱颜销不歇，白发生无数。唯有山门外，三峰色如故。

【注释】

①"旧居"二句：《清一统志》卷一七九西安府二："白居易宅，在渭南县东北。居易有《重到渭上旧居》诗。《县志》：宅在故下邽县东紫兰村。有乐天南园在宅南，至金时为石氏园。"王士禛《居易录》卷十三："偶阅《渭南县图经》云：渭水至临潼县交口渡，东入渭南境，又东折至县城，北

曰上涨渡。又东南流曰下涨渡。又东北折而流曰蔡渡。以汉孝子蔡顺得名。其地有蔡顺碑。与乐天故居紫兰村正隔渭河一水耳。”

② 浮生：人生。《庄子·刻意》：“其生若浮，其死若休。”

【评析】

作于元和六年（811），下邽。《唐诗镜》云：“绝无惊窘语色。”梁启超批点《白香山诗集》：“与陶《还旧居》诗合读，真觉古今人不相及。”陶渊明《还旧居》：“畴昔家上京，六载去还归。今日始复来，恻怆多所悲。阡陌不移旧，邑屋或时非。履历周故居，邻老罕复遗，步步寻往迹，有处特依依。流幻百年中，寒暑日相推。常恐大化尽，气力不及衰。拨置且莫念，一觞聊可挥。”

病中哭金銮子

岂料吾方病，翻悲汝不全。卧惊从枕上，扶哭就灯前。有女诚为累①，无儿岂免怜。病来才十日，养得已三年。慈泪随声迸，悲肠遇物牵。故衣犹架上，残药尚头边。送出深村巷，看封小墓田。莫言三里地，此别是终天。

【注释】

① “有女”句：《颜氏家训·治家》：“太公曰：‘养女太多，一费也。’陈蕃曰：‘盗不过五女之门。’女之为累，亦以深矣。然天生蒸民，先人传体，其如之何？世人多不举女，贼行骨肉，岂当如此，而望福于天乎？”《艺文类聚》卷三五引《六韬》：“太公曰：盗在其室，计之不熟。一盗收种不时，二盗取得无能，三盗养女太多，四盗弃事就酒，五盗衣服过度。”

【评析】

诗题自注“小女子名”，可见金銮子是白居易的小女。陈振孙《白文公年谱》系于元和五年（810），误。陈振孙《白文公年谱》元和四年（809）己丑，“是岁生女曰金銮”。此诗云：“病来才十日，养得已三年。”朱金城《白居易集笺校》据以推算，谓应作于元和六年（811），下邽。白居易集此诗上一首《寄上大兄》诗题自注：“已后诗在下邽村居作。”可为旁证。元和五年（810），白居易有《金銮子晬日》：“行年欲四十，有女曰金銮。生来始周岁，学坐未能言。惭非达者怀，未免俗情怜。从此累身外，徒云慰目前。若无夭折患，则有婚嫁牵。使我归山计，应迟十五年。”元和八年（813），又有《念金銮子二首》：“衰病四十身，娇痴三岁女。非男犹胜无，慰情时一抚。一朝舍我去，魂影无处所。况念夭化时，呕哑初学语。始知骨肉爱，乃是忧悲聚。唯思未有前，以理遣伤苦。忘怀日已久，三度移寒暑。今日一伤心，因逢旧乳母。”“与尔为父子，八十有六旬。忽然又不见，迩来三四春。形质本非实，气聚偶成身。恩爱元是妄，缘合暂为亲。念兹庶有悟，聊用遣悲辛。惭将理自夺，不是忘情人。”《云仙杂记》卷三引《丰宁传》：“乐天女金銮，十岁忽书《北山移文》示家人，乐天方买终南紫石，欲开文士传，遂辍以勒之。”而据此诗所云“病来才十日，养得已三年”，则知《云仙杂记》所引甚误，笔记小说之不可据也。查慎行《初白庵诗评》云：《病中哭金銮子》“有女诚为累”二句，“二语写得出，说得完”。

清夜琴兴

月出鸟栖尽，寂然坐空林。是时心境闲[①]，可以弹素琴。

清泠由木性[2]，恬淡随人心。心积和平气，木应正始音[3]。响余群动息，曲罢秋夜深。正声感元化[4]，天地清沉沉。

【注释】

① 心境：心与境。《圆觉经》："慧目肃清，照耀心境。"张说《清远江峡山寺》："静默将何贵，惟应心境同。"

② 清泠：宋玉《风赋》："清清泠泠，愈病析酲。"《文选》李善注："清清泠泠，清凉之貌也。"王褒《洞箫赋》："朝露清泠而陨其侧兮，玉液浸润而承其根。"

③ 正始音：《诗大序》："《周南》《召南》，正始之道，王化之基。"萧统《文选序》："《关雎》《麟趾》，正始之道著。"白居易《五弦弹》："正始之音其若何，朱弦疏越清庙歌。"

④ 元化：犹言大化。陈子昂《感遇诗》："深居观元化，悱然争朵颐。"

【评析】

作于元和六年（811）至元和八年（813），下邽。钟惺等《唐诗归》评"随人心"云："三字深澹难了，下二语以妙理解之，反觉多言。""心积和平气，木应正始音。响余群动息，曲罢秋夜深。"钟惺评云："此句妙于上句。"《唐诗归》依初盛中晚之例编排，中唐诗人中白居易诗选录较少，仅有七首，这与白诗所存数量（唐人中存诗最多）相比实在微不足道。

遣　怀

寓心身体中，寓性方寸内[1]。此身是外物，何足苦忧爱。

况有假饰者，华簪及高盖[②]。此又疏于身，复在外物外。操之多惴栗，失之又悲悔。乃知名与器[③]，得丧俱为害[④]。颓然环堵客，萝蕙为巾带。自得此道来，身穷心甚泰。

【注释】

①“寓心”二句：敦煌本《坛经》：“心即是地，性即是王；性在王在，性去王无；性在身心存，性去身心坏。”

② 高盖：《汉书·于定国传》：“定国父于公，其闾门坏，父老方共治之，于公谓曰：‘少高大闾门，令容驷马高盖车。我治狱多阴德，未尝有所冤，子孙必有兴者。’”

③ 名与器：一作“器与名”，又作“名与利”。《左传·成公二年》：“唯器与名，不可以假人，君之所司也。”

④“得丧”句：《老子》所谓“得之若惊，失之若惊”。《荀子·大略》：“故天子不言多少，诸侯不言利害，大夫不言得丧，士不通货财。”

【评析】

作于元和六年（811）至元和九年（814），下邽。诗题作者自注“自此后诗，在渭村作”。宋人晁迥《法藏碎金录》卷五云：“唐白氏诗中颇有遣怀之作，故近道之人，率多爱之。予友李公维录出其诗，名曰《养恬集》。予亦如之，名曰《助道词语》。盖于经教法门，用此弥缝其阙，而直截晓悟于人也。予记其有诗云：‘此身是外物，何足苦忧爱。’又有句云：‘已共身心要约定，穷通生死不惊忙。’夫如是，则身外悠悠不合意事，何用介怀。”许学夷《诗源辩体》卷二十八云：“乐天五言古，叙事详明者难以句摘，议论痛快者略摘以见。如……‘寓心身体中，寓性方寸内。此身是外物，何足苦忧爱。况有假饰者，华簪及高盖。此又疏于身，复在外物外’等句，皆议论痛快，以理为胜者也。邹彦吉云：‘夫莫不有理，而惟诗忌理障；莫不有事，而惟诗忌事障。’（已上彦吉语）若乐天此诗，则皆所谓理障也。”查慎行《初白庵诗评》云：“《遣怀》‘寓心身体中’八句，透快，醒人心目。”

元和十三年（818），白居易在江州又有同题之作，诗体改为七律。晁迥《法藏碎金录》卷五云：“予观白氏诗，凡有惬心之理者，每好依据而沿革之。往往得新意以自规耳。白氏诗中有题目云《遣怀》。其诗七言四韵，予今拟其语句，聊加变易，入于别韵，前四句依旧意，述时景之迅迁，后四句立新意，述世态之不一，而终篇亦断之以不惊也。白氏诗云：‘羲和走驭趁年光，不许人间日月长。遂使四时都似电，争教两鬓不成霜。荣销枯去无非命，壮尽衰来亦是常。已共身心要约定，穷通生死不惊忙。’予拟之而作诗云：‘羲和走驭趁年华，不许人间岁月赊。春正艳阳春即老，日方停午日还斜。时情莫测深如海，世事难齐乱似麻。已共身心要约定，古今如此勿惊嗟。’”

伤唐衢二首

自我心存道[①]，外物少能逼[②]。常排伤心事，不为长叹息。忽闻唐衢死，不觉动颜色。悲端从东来，触我心恻恻。伊昔未相知[③]，偶游滑台侧[④]。同宿李翱家，一言如旧识[⑤]。酒酣出送我，风雪黄河北。日西并马头，语别至昏黑。君归向东郑，我来游上国[⑥]。交心不交面，从此重相忆。怜君儒家子，不得诗书力。五十著青衫[⑦]，试官无禄食[⑧]。遗文仅千首[⑨]，六义无差忒[⑩]。散在京索间[⑪]，何人为收得。

忆昨元和初，忝备谏官位。是时兵革后，生民正憔悴[⑫]。但伤民病痛，不识时忌讳。遂作秦中吟，一吟悲一事。贵人皆怪怒，闲人亦非訾。天高未及闻[13]，荆棘生满地[14]。唯有唐衢见，知我平生志。一读兴叹嗟，再吟垂涕泗。因和三十韵，手题远缄寄。致吾陈杜间[15]，赏爱非常意。此人无复见，此诗尤可贵。今日开箧看，蠹鱼损文字。不知何处葬，欲问先歔欷。终去哭坟前，还君一掬泪。［陈、杜，谓子昂与甫也。此诗尤可贵，谓唐衢诗也。］

【注释】

① 存道：《论衡·儒增》："闻用精者，察物不见，存道以亡身。"曹植《孔子庙颂》："栖栖焉，皇皇焉，欲屈己以存道，贬身以救世。"

② 外物：《韩非子·解老》："人有愚智，莫不有趋舍。恬淡平安，莫不知祸福之所由来。得于好恶，怵于淫物，而后变乱。所以然者，引于外物，乱于玩好也。……今治身而外物不能乱其精神，故曰修之身，其德乃真。"

③ 伊昔：往昔。伊为发语词。陆机《答贾长渊》："伊昔有皇，肇济黎蒸。"《文选》李善注："《尔雅》曰：伊，惟也。郭璞曰：发语辞也。"

④ 滑台：即滑州。《元和郡县志》卷九河南道滑州："州城即古滑台城。……相传云卫灵公所筑小城。昔滑氏为垒，后人增以为城，甚高峻坚险。临河亦有台，慕容时宋公遣征虏将军王仲德攻破之，即魏武破袁绍、斩文丑于此岸者。"

⑤ "李翱"二句：李翱，字习之，两《唐书》有传。李翱《论故度支李尚书事状》云："故度支李尚书之出妻也，续有敕停官，及薨，亦无追赠。……翱尝从事滑州一年有余，李尚书具能详熟。……当时翱为观察判官。"度支李尚书，指李元素，贞元十六年（800）九月除滑州刺史、义成军节度使，元和元年（806）离任。见《旧唐书·德宗纪》及《宪宗纪》。白居易此诗云："偶游滑台侧，同宿李翱家。"翱从事滑州，仅一年有余。贞元十七年（801）至十九年（803），居易俱无游滑台之可能，其与唐衢相识

李翱家，约在贞元二十年（804）冬。可知翱之从事滑州，亦在贞元十九年（803）至二十年（804）间，贞元末，东都留守韦夏卿辟署幕府，永贞元年（805）迁京兆司录参军。

⑥ 上国：天子所居，指京城。王延寿《鲁灵光殿赋》："恭王始都下国，好治宫室。"《文选》李善注："韦昭《国语》注曰：曲沃在绛下，故曰下国。然以天子为上国，故诸侯为下国。"

⑦ 青衫：《唐会要》卷三一章服品第："贞观四年八月十四日，诏曰……于是三品已上服紫，四品、五品已上服绯，六品、七品以绿，八品、九品以青。"

⑧ "试官"句：《新唐书·选举志下》："长安二年，举人授拾遗、补阙、御史、著作佐郎、大理评事、卫佐凡百余人。明年，引见风俗使，举人悉授试官，高者至凤阁舍人、给事中，次员外郎、御史、补阙、拾遗、校书郎。试官之起，自此始。"此为武后时情况，试官之制则一直延续。《新唐书·陆贽传》："道有献瓜果者，帝嘉其意，欲授以试官，贽曰：'爵位，天下之公器，不可轻也。'帝曰：'试官虚名，且已与宰相议矣，卿其无嫌。'贽奏：'……按甲令，有职事官，有散官，有勋官，有爵号。其赋事受奉者，惟职事一官……勋、散、爵号，止于服色、资荫，以驭崇贵，以甄功劳，所谓假虚名佐实利者也。今员外、试官与勋、散、爵号同，然而突铦锋、排祸难者以是酬之，可谓重矣。'"可见试官既无职事，亦无俸禄，其待遇与员外、散官接近。

⑨ 仅：将及，言其多。杜甫《泊岳阳城下》："江国逾千里，山城仅百层。"

⑩ 六义：指诗之六义。差忒：差错。《吕氏春秋·仲冬纪》："大酋监之，无有差忒。"

⑪ 京索：指郑州荥阳一带。《史记·项羽本纪》："楚起于彭城，常乘胜逐北，与汉战荥阳南京、索间。"集解："应劭曰：京，县名，属河南，有索亭。晋灼曰：索音栅。"正义："《括地志》云：京县城在郑州荥阳县东

南二十里，郑之京邑也。《晋太康地志》云：郑太叔段所居邑。荥阳县即大索城。杜预云：成皋东有大索城，又有小索故城，在荥阳县北四里。”

⑫“是时”二句：《史记·秦始皇本纪》载琅琊台石刻：“黔首安宁，不用兵革。”按，此指元和元年（806）讨西川刘辟、二年讨浙西李锜及四年下诏讨成德军王承宗事。

⑬“天高”句：此反用《吕氏春秋·制乐》“天之处高而听卑”意，参见白居易《寄唐生》。

⑭“荆棘”句：喻谗言颠倒黑白。东方朔《七谏·怨世》：“行明白而曰黑兮，荆棘聚而成林。”

⑮陈杜：陈子昂、杜甫。参见白居易《初授拾遗》。

【评析】

作于元和六年（811）至元和九年（814），在长安。第一首诗从听说唐衢之死写起，回忆二人早年的友谊与相知之情，最后，对唐衢的不幸一生，表示深切的同情和悲悯。情深意切，非常感人。第二首写与唐衢的友情中弥足珍贵的一件事：白居易为谏官时，伤时感物，写了十首《秦中吟》，对宦官专权、友道不古、贫富议婚等事进行抨击，得罪不少“贵人”和“闲人”，而此时唐衢读了《秦中吟》，大加赞赏，深为感动，并写诗以和；唐衢死后，白居易拿出和诗，深感物是人非，想前往唐衢坟前哭拜。第一首是全面地写自己与唐衢的友谊，第二首则是选取最感人至深的片断，两首诗在选材的角度上有所不同，但情真意切，感人至深的效果是一样的。《伤唐衢二首》其二“此人无复见，此诗尤可贵。今日开箧看，蠹鱼损文字”，梁启超批点：“愈简朴愈真挚。”白居易《与元九书》：“自登朝来，年齿渐长，阅事渐多，每与人言，多询时务；每读书史，多求理道，始知文章合为时而著，歌诗合为事而作。……其不我非者，举不过三两人。有邓鲂者，见仆诗而喜。无何而鲂死。有唐衢者，见仆诗而泣。未几而衢死。其余则足下，足下又十年来困踬若此。呜呼！岂六义、四始之风，天将破坏，不可支持耶？抑又不知天之意不欲使下人之病苦闻于上耶？不然，何有志于诗者不利若此之甚也！”

自吟拙什因有所怀

懒病每多暇，暇来何所为？未能抛笔砚，时作一篇诗。诗成淡无味，多被众人嗤。上怪落声韵[①]，下嫌拙言词。时时自吟咏，吟罢有所思。苏州及彭泽[②]，与我不同时。此外复谁爱，唯有元微之。谪向江陵府[③]，三年作判司。相去二千里，诗成远不知。

【注释】

①落声韵：落韵，不合韵。《太平广记》卷二六二《杨铮》（出《王氏见闻》）：“蜀秀才杨铮行恶思，或故作落韵，或丑秽语，取人笑玩，装修卷轴，投谒王侯门。”

②苏州：指韦应物。白居易《吴郡诗石记》：“贞元初，韦应物为苏州牧，房孺复为杭州牧，皆豪人也。韦嗜诗，房嗜酒，每与宾友一醉一咏，其风流雅韵，多播于吴中，或目韦、房为诗酒仙。时予始年十四五，旅二郡，以幼贱不得与游宴，尤觉其才调高而郡守尊。”彭泽：指陶渊明。陶渊明曾为彭泽令，萧统《陶渊明传》：“执事者闻之，以为彭泽令。……公田悉令吏种秫，曰：‘吾常得醉于酒，足矣。’妻子固请种秔，乃使二顷五十亩种秫，五十亩种粳。岁终，会郡遣督邮至县，吏请曰：‘应束带见之。’渊明叹曰：‘我岂能为五斗米折腰向乡里小儿！’即日解绶去职，赋《归去来》。……郡将常候之，值其酿熟，取头上葛巾漉酒，漉毕，还复著之。”

③谪向：一作“趁向”。趁，驱赶。《寒山诗注》一四八首：“一人好头肚，六艺尽皆通。南见趁归北，西风趁向东。”

【评析】

作于元和七年（812），白居易41岁，服母丧居于渭村时。诗写读自己诗稿时的感想，对于自己作诗的原因、诗歌的风格、诗歌在读者中的接受和反应等均有涉及，可以看作是一篇简短的创作经验谈。地位高贵之人，对白诗的艺术追求不满，认为其声韵不严格，读起来不雅顺；地位低微之人则对白诗的思想追求不满，认为其语言没有充分表达老百姓想要说的话。这就导致诗人的作品落得个两头都不讨好的尴尬境况。当然这是诗人对自己诗歌的社会影响的一个比较谦虚的估计，但也说明不同的读者对诗歌有不同的价值取向，想要调和各种欣赏品味其实是不可能的。诗末谈到因为知音稀少，想到好友元稹，二人厚谊可见一斑。但元稹被贬为江陵士曹参军已经有三年，离诗人所居之地距离两千余里，诗人所写的诗，好友是看不到了。诗歌的处境，实际上也揭示出诗人孤立无援的心态，这才是此诗真正值得同情的地方。《瓯北诗话》卷四：“香山诗恬淡闲适之趣，多得之于陶、韦。其《自吟拙什》云：‘时时自吟咏，吟罢有所思。苏州及彭泽，与我不同时。此外复谁爱？惟有元微之。’又《题浔阳楼》云：‘常爱陶彭泽，文思何高玄。又怪韦苏州，诗情亦清闲。’此可以观其趣向所在也。晚年自适其适，但道其意所欲言，无一雕饰，实得力于二公耳。”梁启超批点《白香山诗集》：“‘时时自吟咏，吟罢有所思。苏州及彭泽，与我不同时。’公所窃比者，陶、韦也。”

自觉二首

四十未为老，忧伤早衰恶。前岁二毛生，今年一齿落。形骸日损耗，心事同萧索。夜寝与朝餐，其间味亦薄。同岁崔舍人[①]，容光方灼灼。始知年与貌，衰盛随忧乐。畏老老转迫，忧病病弥缚。不畏复不忧，是除老病药。

朝哭心所爱，暮哭心所亲。亲爱零落尽，安用身独存？几许平生欢，无限骨肉恩。结为肠间痛，聚作鼻头辛。悲来四支缓，泣尽双眸昏。所以年四十，心如七十人。我闻浮图教[②]，中有解脱门。置心为止水，视身如浮云。斗薮垢秽衣[③]，度脱生死轮[④]。胡为恋此苦，不去犹逡巡。回念发弘愿[⑤]，愿此见在身。但受过去报，不结将来因[⑥]。誓以智惠水，永洗烦恼尘[⑦]。不将恩爱子，更种忧悲根！

【注释】

① 崔舍人：指崔群。白居易《七年元日对酒五首》之五“同岁崔何在”注：“余与吏部崔相公甲子同岁。”

② 浮图：又作“浮屠”，即佛陀之讹译。《魏书·释老志》：“浮屠，正号曰佛陀。佛陀与浮图声相近，皆西方言，其来转为二音。”

③ 斗薮：同“抖擞”。

④ 生死轮：佛教言人之生死轮转，不脱三界六道，有如车轮。《大智度论》卷五：“生死轮载人，诸烦恼结使。大力自在转，无人能禁止。”

⑤ 弘愿：佛教称入道所发誓愿为弘愿。如敦煌本《坛经》：“今既自归依三身佛已，与善知识，发四弘大愿。”

⑥ “过去”二句：过去、见在、未来，为佛教所谓三世。过去报，即过

去世业因之果报。

⑦“智惠”二句：《大乘悲分陀利经》卷五：“以智慧水灭世界众生烦恼苦结。”《楞严经》卷一：“一切众生不成菩提，及阿罗汉，皆由客尘烦恼所误。”

【评析】

汪立名《白香山年谱》谓作于元和六年（811），或据诗中所云“四十未为老”，白居易适为40岁。不过，诗中“同岁崔舍人”一语，也应作为系年之根据。据岑仲勉《翰林学士壁记注补》，崔群元和三年（808）五月五日加库部郎中知制诰，元和五年（810）五月五日加库部郎中、知制诰，充翰林学士，元和七年（812）四月二十九日迁中书舍人。可见白居易作此诗时，崔群犹未正拜中书舍人，故谢思炜《白居易诗集校注》云，此诗或当作于元和七年（812）四月后。诗中两言年“四十”者，盖举其约数。朱金城《白居易集笺校》则云，唐人知制诰亦得称舍人，故据汪立名《白香山年谱》系于元和六年（811），下邽。姑两存其说。查慎行《初白庵诗评》云：“《自觉二首》（其二）‘亲爱零落尽’二句，意本少陵，终觉彼胜于此。”

感　镜

美人与我别，留镜在匣中。自从花颜去，秋水无芙蓉①。经年不开匣，红埃覆青铜②。今朝一拂拭，自照憔悴容。照罢重惆怅，背有双盘龙③。

【注释】

① “自从”二句：意为镜中不再映照莲花般的容貌。秋水，喻镜。沈约《携手曲》：“斜簪映秋水，开镜比春妆。”

② 红埃：犹红尘，指飞扬的尘土。《魏书·崔光传》：“秋末久旱，尘壤委深，风霾一起，红埃四塞。”

③ 双盘龙：两条龙盘绕在一起的图案，喻成双结对。古诗常用来反衬情侣分离后的孤单。萧子显《日出东南隅行》：“明镜盘龙刻，簪羽凤凰雕。”

【评析】

作于元和七年（812）至元和八年（813），白居易时在下邽渭村。此诗写对镜怀念昔日赠镜的美人，美人当非泛指，或与作者早年恋爱有关，可能指白居易早年的恋人湘灵。感镜，乃对镜而感美人，故诗以“美人与我别”发端。“经年”“憔悴容”等语，表现别后至今的状况，感伤年华流逝，恋人别后不复相见。诗中用比喻手法寄托感情，表达难以明言的惆怅，“秋水无芙蓉”句，伤心于镜中不能再见到恋人如花的容貌，“背有双盘龙”句，则感慨于昔日情侣最终未能成双结对。查慎行《初白庵诗评》云：“《感镜》‘美人与我别’四句，信手拈来，如灯取影。”梁启超批点《白香山诗集》：“有古意。”元和十二年（817），白居易《感情》：“中庭晒服玩，忽见故乡履。昔赠我者谁，东邻婵娟子。因思赠时语，特用结终始。永愿如履綦，双行复双止。自吾谪江郡，飘荡三千里。为感长情人，提携同到此。今朝一惆怅，反复看未已。人只履犹双，何曾得相似？可嗟复可惜，锦表绣为里。况经梅雨来，色黯花草死。”这故乡履与镜子应该皆为婵娟子（湘灵）所赠信物。

村居卧病三首（其一）

戚戚抱羸病，悠悠度朝暮。夏木才结阴，秋兰已含露[①]。前日巢中卵，化作雏飞去。昨日穴中虫，蜕为蝉上树。四时未尝歇，一物不暂住。唯有病客心，沉然独如故。

【注释】

① "夏木"二句：夏木刚刚覆在树荫，秋兰就已笼住露珠。

【评析】

作于元和七年（812）至元和八年（813），下邽。对白居易此诗，曹试甘有续作，序云："村居卧病三首，白香山佳作也，偶戏续答六韵，俚词不堪。"续诗云："实则非如故，渐变终转突。突变将何成？丘墟苦烟雾。烟雾安所归？风飘无觅处。何有病客心？安在白少傅。骚騠过隙驹，人生何倏忽。唯有白傅诗，万代人争读。"以渐变与突变之理论解说白居易诗所言，可谓别开生面。

查慎行《初白庵诗评》云："《村居卧病三首》（其一）'唯有病客心'二句，东坡'唯有宿昔心，依然守故处'二语本此。"所引苏轼诗出自其《初秋寄子由》"百川日夜逝，物我相随去。惟有宿昔心，依然守故处"，此诗作于元丰六年（1083）秋天，诗意是一切都好像随着流水东逝，只有昔年的心意，依然不改如故。所谓"宿昔心"是一种什么心？那便是苏轼少年时的"振奋有当世志"。所以他深自有感，对弟弟说："少学不为身，宿志固有在。虽然敢自必，用舍置度外。天初若相我，发迹造弘大。岂敢负所付，捐躯欲投会。宁知事大缪，举步得狼狈。"一方面既怕宦海风波，而另一方面仍要努力奋斗："低回畏罪罟，黾勉

敢言退？”（《闻子由为郡僚所捃恐当去官》）

东陂秋意寄元八[①]

寥落野陂畔，独行思有余。秋荷病叶上，白露大如珠。忽忆同赏地，曲江东北隅。秋池少游客，唯我与君俱。啼蛩隐红蓼[②]，瘦马蹋青芜。当时与今日，俱是暮秋初。节物苦相似[③]，时景亦无殊[④]。唯有人分散，经年不得书。

【注释】

① 元八：元宗简，字居敬。白居易有《答元八宗简同游曲江后明日见赠》。

② “啼蛩”句：江洪《和新浦侯斋前竹》：“箨紫春莺思，筠绿寒蛩啼。”元稹《和乐天秋题曲江》：“绵绵红蓼水，扬扬白鹭鹚。”按，蛩即蟋蟀，螿为蝉属，红蓼为草本，作“啼螿”者误。

③ 节物：指各个季节的风物景色。陆机《拟明月何皎皎》：“踟蹰感节物，我行永以久。”

④ “时景”句：一作“时景亦无余”。查慎行《初白庵诗评》认为“余”应作“殊”。時景，指年光时令。李白《古风》：“容颜若飞电，时景如飘风。”

【评析】

作于元和七年（812）至元和九年（814），下邽。诗题中的东陂，即金氏陂。金氏陂，又名金氏村，俗名紫兰村，在白居易故乡下邽县渭河北岸边。白居易《村中留李三固言宿》：“春明门前别，金氏陂中遇。”《太平寰宇纪》卷二九下邽县：“金氏陂在县东二十里。按《地舆志》

云：汉昭帝时，车骑将军金日磾有功，赐其地。虞挚《三辅决录》云：金氏本下邽人也。今陂久废，即渠西废陂是也。唐武德二年引白渠入陂，复曰金氏陂。贞观三年陂侧置金监，十二年此监废，其田赐王公。古云此陂水满，即关内丰熟。西又有金氏陂，俗号曰东陂，南有月陂，形似月也，亦名金氏陂。”

闲居

深闭竹间扉，静扫松下地。独啸晚风前，何人知此意？看山尽日坐，枕帙移时睡。谁能从我游？使君心无事。

【评析】

作于元和七年（812）至元和九年（814），下邽。《唐宋诗醇》评云："萧疏蕴藉。"庆历六年（1046）夏，欧阳修时知滁州，有《会峰亭》诗，云："山势百里见，新亭压其巅。群峰渐靡迤，高下相绵联。下窥疑无地，杳霭但苍烟。是时新雨余，众壑鸣春泉。林籁静更响，山光晚逾鲜。岩花为谁开，春去夏犹妍。野鸟窥我醉，溪云留我眠。日暮山风来，吹我还醒然。醉醒各任物，云鸟徒留连。"宋俊《柳亭诗话》卷三十云："《会峰亭》结语四句，全同白香山《闲居》诗：'深闭竹间扉，静扫松下地。独啸晚风前，何人知此意。'二公胸次，固非寒瘦者可比。"

咏　拙

所禀有巧拙，不可改者性。所赋有厚薄，不可移者命[①]。我性拙且蠢，我命薄且屯[②]。问我何以知，所知良有因。亦曾举两足，学人踏红尘[③]。从兹知性拙，不解转如轮。亦曾奋六翮[④]，高飞到青云。从兹知命薄，摧落不逡巡[⑤]。慕贵而厌贱，乐富而恶贫。同出天地间，我岂异于人。性命苟如此，反则成苦辛。以此自安分，虽穷每欣欣。葺茅为我庐[⑥]，编蓬为我门[⑦]。缝布作袍被，种谷充盘飧[⑧]。静读古人书，闲钓清渭滨。优哉复游哉[⑨]，聊以终吾身。

【注释】

① "所禀"四句：禀，禀受。赋，禀赋。《庄子·天运》："性不可易，命不可变，时不可止，道不可壅。"《论衡·初禀》："命，谓初所禀得而生也。人生受性，则受命矣。性命俱禀，同时并得，非先禀性，后乃受命也。"又《幸偶》："俱禀元气，或独为人，或为禽兽。并为人，或贵或贱，或贫或富。富或累金，贫或乞食。贵至封侯，贱至奴仆。非天禀施有左右也，人物受性有厚薄也。"

② 屯：难。《庄子·外物》："心若悬于天地之间，慰暋沈屯。"司马彪注："屯，难也。"

③ 踏红尘：指涉足仕途。红尘，尘土飞扬，形容繁华热闹，后用以指俗世。班固《西都赋》："披三条之广路，立十二之通门。内则街衢洞达，闾阎且千。九市开场，货别隧分。人不得顾，车不得旋。阗城溢郭，旁流百廛。红尘四合，烟云相连。"

④ 六翮：健羽。《古诗十九首》："昔我同门友，高举振六翮。"《文

选》李善注："《韩诗外传》盖乘曰：夫鸿鹄一举千里，所恃者六翮耳。"

⑤ 摧落：受挫失败。潘岳《射雉赋》："毛体摧落，霍若碎锦。"逡巡：徘徊。这里指眷恋仕途。

⑥ 葺茅：以茅草覆盖房屋。颜延之《和谢监灵运》："采茨葺昔宇，翦棘开旧畦。"《文选》李善注："葺，覆也。"

⑦ 编蓬：用蓬草编织。东方朔《非有先生论》："遂居深山之间，积土为室，编蓬为户。"

⑧ 盘飧：饭菜。《左传·僖公二十三年》："乃馈盘飧，置璧焉。"

⑨ 优游：悠闲自得。《左传·襄公二十一年》："《诗》曰：优哉游哉，聊以卒岁。"

【评析】

作于元和七年（812）至元和九年（814），退居下邽渭上时期。此诗咏"拙"，自认性拙命薄，体现出白居易对养拙思想的领悟和阐发，既植根于老庄批判巧智的语境，同时也表达了他自居于世俗平常之人的思想。此诗之外，元和六年（811）至元和九年（814），白居易在长安还有一首《养拙》："铁柔不为剑，木曲不为辕。今我亦如此，愚蒙不及门。甘心谢名利，灭迹归丘园。坐卧茅茨中，但对琴与樽。身去缰锁累，耳辞朝市喧。逍遥无所为，时窥五千言。无忧乐性场，寡欲清心源。始知不才者，可以探道根。"论己又称"性拙"，长庆四年（824）《北院》诗中有"性拙身多暇"的诗句。"拙"的相对语一是"工"，《吕氏春秋·审分览》："夫能齐万不同，愚智工拙皆尽力竭能，如出乎一穴者，其唯圣人矣乎。"谢灵运《从游京口北固应诏》："工拙各所宜，终以反林巢。"白居易《常乐里闲居偶题十六韵》所谓"工拙性不同，进退迹遂殊"。二是"巧"。《老子》第四十五章"大直如诎，大巧如拙"，《韩非子·说林》"巧诈不如拙诚"，《淮南子·人间训》"事有所至，而巧不若拙”等,固为道家之常言。潘岳《闲居赋》中,“拙”字使用频繁,尤以序中为多,如“巧诚有之,拙亦宜然”;“抑亦拙者之效也……拙者可以绝意乎宠荣之事矣……孝乎惟孝,友于兄弟,此亦拙者之为政也”一段,是其主观的自称,加之参照他特意引用和长舆对其的客观批评“谓拙于用多……言拙信而有征”,可看出他人、特别是潘岳自身对“拙”字的肯定之意。赋中咏“巧智之不足,而拙艰之有余也”,还自称“拙者”。谢灵运《登池上楼》“进德智所拙”,《初去郡》“拙讷谢浮名”,陶渊明《归园田居》“守拙归园田”及诗中“若拙”“拙生”“以拙”等语,皆为白居易养拙咏拙之思想渊源。“拙”是合于大道天性的显露,守拙就是对天性的守护,也就是养真保和。

朱陈村[①]

徐州古丰县[②],有村曰朱陈。去县百余里,桑麻青氛氲。机梭声札札,牛驴走纭纭。女汲涧中水,男采山上薪。县远官事少,山深人俗淳。有财不行商,有丁不入军。家家守村业,头白不出门。生为陈村民,死为陈村尘。田中老与幼,相见何欣欣。一村唯两姓,世世为婚姻。[其村唯朱、陈二姓而已。]亲疏居有族,少长游有群。黄鸡与白酒,欢会不隔旬。生者不远别,嫁娶先近邻。死者不远葬,坟墓多绕村。既安生与死,不苦形与神。所以多寿考,往往见玄孙。我生礼义乡,少小孤且贫。徒学辨是非,只自取辛勤。世法贵名教,士人重官婚[③]。以此自桎梏,信为大谬人。十岁解读书,十五能属文。二十举秀才[④],三十为谏臣。下有妻子累,上有君亲恩。承家与事国,望此不肖身。忆昨旅游初,迨今十五春。孤舟三适楚，羸马四经秦。昼行有饥色，夜寝无安魂。东西不暂住，来往若浮云。离乱失故乡，骨肉多散分。江南与江北，各有平生亲[5]。平生终日别，逝者隔年闻。朝忧卧至暮，夕哭坐达晨。悲火烧心曲，愁霜侵鬓根。一生苦如此，长羡陈村民。

【注释】

① 朱陈村：《清一统志》徐州府二："朱陈村在丰县东南。"

② 丰县：《旧唐书·地理志一》河南道徐州："丰，汉县。北齐置永昌郡，寻省为丰县。"

③ 官婚：官宦婚姻。《魏书·崔光韶传》："至于儿女官婚荣利之事，未尝不先以推弟。"《北齐书·魏兰根传》："中年以来，有司乖实，号曰府户，役同厮养，官婚班齿，致失清流。"

④ 举秀才：《后汉书·左周黄列传》论："汉初诏举贤良、方正，州郡察孝廉、秀才，斯亦贡士之方也。"《旧唐书·职官志一》："有唐已来，出身入仕者，著令有秀才、明经、进士、明法、书算……其秀才，有唐已来无其人。"此指举进士。

⑤ 平生：指旧交友人。谢灵运《山居赋》："谢平生于知游，栖清旷于山川。"自注："曰与知游别，故曰谢平生。"

【评析】

朱金城《白居易集笺校》谓约作于元和三年（808）至元和五年（810），徐州。但是，据白居易《唐故坊州鄜城县尉陈府君夫人白氏墓志铭》，白居易外祖母陈白氏，贞元十六年（800）"疾殁于徐州古丰县官舍。其年冬十一月，权窆于符离县之南偏。至元和八年春二月二十五日，改卜宅兆于华州下邽县义津乡北原"。盖白家在徐州丰县旧有住宅，因此，谢思炜《白居易诗集校注》认为此诗最有可能为元和八年（813）回徐州迁葬外祖母时所作。明都穆《南濠诗话》："朱陈村在徐州丰县东南一百里深山中，民俗淳质，一村惟朱、陈二姓，世为婚姻。白乐天有《朱陈村》诗三十四韵。……予每诵之，则尘襟为之一洒，恨不生长其地。后读坡翁《朱陈村嫁娶图》诗云：'我是朱陈旧使君，劝农曾入杏花村。而今风物那堪画，县吏催钱夜打门。'则宋之朱陈，已非唐时之旧。若以今视之，又不知其何如也。"许学夷《诗源辩体》卷二十八云："乐天五言古，语既率易，中复间用律句，是厥体中所短。如《贺雨》云'欢呼相告报，感泣涕在胸'，《朱陈村》云'孤舟三适楚，羸马四经秦'等句，皆律句也。学乐天者最宜慎之。"梁启超批点《白香山诗集》："气极浑灏，无集中习见语，少作之佳者。"

村居苦寒

八年十二月，五日雪纷纷[①]。竹柏皆冻死，况彼无衣民[②]！回观村闾间[③]，十室八九贫。北风利如剑，布絮不蔽身。唯烧蒿棘火[④]，愁坐夜待晨。乃知大寒岁，农者尤苦辛。顾我当此日，草堂深掩门。褐裘覆絁被[⑤]，坐卧有余温。幸免饥冻苦，又无垄亩勤。念彼深可愧，自问是何人。

【注释】

①"八年"二句：王楙《野客丛书》卷二三："乐天诗有纪年月日者，于以见当时之气令，亦足以裨史之阙，如曰：'皇帝嗣宝历，元和三年冬。自冬及春夏，不雨旱爞爞。'有以见宪宗即位三年，久旱如此。又诗曰：'元和岁在卯，六年春二月。月晦寒食天，天阴夜飞雪。连宵复竟日，浩浩殊未歇。'又以见元和六年二月晦为寒食，当和暖之时，而雰霈大雪，其气候

乖谬如此。又诗曰：'八年十二月，五日雪纷纷。竹柏皆冻死，况彼无衣民！'又见元和八年十二月五日大雪寒冻，民不聊生如此。仆按东汉延熹间大寒，洛阳竹柏冻死，襄楷曰：'闻之师曰，柏伤竹槁，不出三年，天子当之。'乐天此语，正所以纪异也。"

② "竹柏"二句：《汉书·王莽传》："（天凤）三年二月乙酉，地震，大雨雪，关东尤甚，深者一丈，竹柏或枯。"《后汉书·桓帝纪》："（延熹九年）冬十二月，洛城傍竹柏枯伤。"又《襄楷传》载楷上疏："其冬大寒，杀鸟兽，害鱼鳖，城傍竹柏之叶有伤枯者。臣闻于师曰：柏伤竹枯，不出三年，天子当之。"

③ 村闾：乡村，乡里。《旧唐书·李君球传》："父义满，属隋乱，纠合宗党，保固村闾。"又《韦景骏传》："时河北饥，景骏躬抚合境村闾。"

④ 蒿棘：泛指野草。江淹《待罪江南思北归赋》："步庭庑兮多蒿棘，顾左右兮绝亲宾。"

⑤ 褐裘：布面裘皮的外衣，旅行游猎所服。《太平广记》卷一一八《韦丹》（出《河东记》）："俄而有一老人，须眉皓然，身长七尺，褐裘韦带，从二青衣而出。"程大昌《演繁露》卷八褐裘："褐者，裾垂至地。《张良传》有老父衣褐至良所。师古曰：'褐制若裘，今道士所服者是也。'裘即如今之道服也，斜领交裾，与今长背子略同。其异者，背子开胯，裘则缝合两腋也。然今世道士所服，又略与裘异。裘之两裾，交相掩拥，而道士则两裾直垂也。师古略举其概，故不能详也。长背子古无之，或云近出宣政间。"绝：粗绸。《太平广记》卷二二一《袁天柢》（出《定命录》）："是时帝数幸宰相宅，见（李）峤卧青绝帐，帝叹曰：'国相如是，乖大国之体。'赐御用绣罗帐焉。"

【评析】

作于元和八年（813）十二月，下邽。在题材广泛的讽谕诗中，这一首叙写流畅，不事藻绘，而格外真切感人，具有纪实的史诗性质，闪熠着“推己及人”的人道主义光辉。前一部分写农民在北风如剑、大雪纷飞的寒冬，缺衣少被，夜不能眠，“乃知大寒岁，农者尤苦辛”二句，可谓画龙点睛之笔，凸现出诗人对农民饥寒交迫的深切同情。后一部分写自己在这样的大寒天却是深掩房门，有吃有穿，又有好被子盖，既无挨饿受冻之苦，又无下田劳动之勤。诗人把自己的生活与农民的痛苦作了对比之后，深感惭愧和内疚，以致发出“自问是何人”的慨叹，自剖自责，难能可贵。唐代中后期，内有藩镇割据，外有吐蕃入侵，唐王朝中央政府控制的地域大为减少，却供养了大量军队，加上官吏、地主、商人、僧侣、道士等，不耕而食的人甚至占到人口的一半以上。农民负担之重，生活之苦，可想而知。白居易对此深有体验。查慎行《初白庵诗评》云：“诗境平易，正以数见不鲜。”

游悟真寺诗一百三十韵①

元和九年秋，八月月上弦。我游悟真寺，寺在王顺山。去山四五里，先闻水潺湲。自兹舍车马，始涉蓝溪湾②。手拄青竹杖，足蹋白石滩。渐怪耳目旷，不闻人世喧。山下望山上，初疑不可攀。谁知中有路，盘折通岩巅。一息幡竿下，再休石龛边③。龛间长丈余，门户无扃关。俯窥不见人，石发垂若鬟④。惊出白蝙蝠，双飞如雪翻。回首寺门望，青崖夹朱轩。如擘山腹开，置寺于其间。入门无平地，地窄虚空宽。房廊与台殿，高下随峰峦。岩崿无撮土⑤，树木多瘦坚。根株抱石长，屈曲虫蛇蟠。松桂乱无行，四时郁芊芊。枝梢袅清吹⑥，韵若风中弦。日月光不透，绿阴相交延。幽鸟时一声,闻之似寒蝉。首憩宾位亭[7],就坐未及安。须臾开北户,万里明豁然。拂檐虹霏微,绕栋云回旋。赤日间白雨,阴晴同一川。野绿簇草树,眼界吞秦原。渭水细不见,汉陵小于拳。却顾来时路,萦纡映朱栏。历历上山人,一一遥可观。前对多宝塔[8],风铎鸣四端。栾栌与户牖[9],恰恰金碧繁[10]。云昔迦叶佛[11],此地坐涅槃[12]。至今铁钵在[13],当底手迹穿。西开玉像殿,百佛森比肩[14]。抖擞尘埃衣[15],礼拜冰雪颜。叠霜为袈裟[16],贯雹为华鬘[17]。逼观疑鬼功,其迹非雕镌。次登观音堂[18],未到闻栴檀[19]。上阶脱双履,敛足升净筵。六楹排玉镜[20],四座敷金钿[21]。黑夜自光明,不待灯烛燃。众宝互低昂,碧佩珊瑚幡。风来似天乐,相触声珊珊[22]。白珠垂露凝,赤珠滴血殷。点缀佛髻上,合为七宝冠[23]。双瓶白琉璃,色若秋水寒。隔瓶见舍利[24],圆转如金丹。玉笛何代物?天人施祇园[25]。吹如秋鹤声,可以降灵仙。是时秋方中,三五月正圆。宝堂豁三门[26],金魄当其前。月与宝相射,晶光争鲜妍。照人心骨冷,竟夕不欲眠。晓寻南塔路,乱竹低婵娟[27]。林幽不逢人,寒蝶飞翾翾[28]。山果不识名,离离夹道蕃。足以疗饥乏,摘尝味甘酸。道南蓝谷神,紫伞白纸钱。若岁有水旱,诏使羞蘋蘩[29]。以地清净故,献奠无荤膻。危石叠四五,嵔嵬欹且刓。造物者何意,堆在岩东偏。冷滑无人迹,苔点如花笺[30]。我来登上头,下临不测渊。目眩手足掉[31],不敢低头看。风从石下生,薄人而上抟[32]。衣服似羽翮,开张欲飞骞。岈岈三面峰[33],峰尖刀剑攒。往往白云过,决开露青天。西北日落时,夕晖红团团。千里翠屏外,走下丹砂丸。东南月上时,夜气青漫漫。百丈碧潭底,写出黄金盘。蓝水色似蓝,日夜长潺潺。周回绕山转,下视如青环。或铺为慢流,或激为奔湍。泓澄最深处[34]，浮出蛟龙涎。侧身入其中，悬磴尤险难[35]。扪萝踏樛木[36]，下逐饮涧猿。雪迸起白鹭，锦跳惊红鳣[37]。歇定方盥漱，濯去支体烦。浅深皆洞彻，可照脑与肝。但爱清见底，欲寻不知源。东崖饶怪石，积甃苍琅玕。温润发于外，其间韫玙璠[38]。卞和死已久，良玉多弃捐[39]。或时泄光彩，夜与星月连。中顶最高峰，拄天青玉竿。䶊黔上不得[40]，岂我能攀援。上有白莲池[41]，素葩覆清澜。闻名不可到，处所非人寰。又有一片石，大如方尺砖。插在半壁上，其下万仞悬。云有过去师，坐得无生禅[42]。号为定心石，长老世相传。却上谒仙祠，蔓草生绵绵。昔闻王氏子[43]，羽化升上玄[44]。其西晒药台，犹对芝术田[45]。时复明月夜，上闻黄鹤言。回寻画龙堂，二叟鬓发班。想见听法时[46]，欢喜礼印坛[47]。复归泉窟下，化作龙蜿蜒。阶前石孔在，欲雨生白烟。往有写经僧，身静心精专[48]。感彼云外鸽，群飞千翩翩。来添砚中水，去吸岩底泉。一日三往复，时节长不愆。经成号圣僧，弟子名杨难。诵此莲花偈[49]，数满百亿千。身坏口不坏，舌根如红莲[50]。颅骨今不见，石函尚存焉。粉壁有吴画[51]，笔彩依旧鲜。素屏有褚书[52]，墨色如新干。灵境与异迹，周览无不殚。一游五昼夜，欲返仍盘桓。我本山中人，误为时网牵。牽率使读书[53]，推挽令效官[54]。既登文字科，又忝谏诤员。拙直不合时，无益同素餐。以此自惭惕，戚戚常寡欢。无成心力尽，未老形骸残。今来脱簪组，始觉离忧患。及为山水游，弥得纵疏顽。野麋断羁绊，行走无拘挛。池鱼放入海，一往何时还。身著居士衣[55]，手把南华篇[56]。终来此山住，永谢区中缘[57]。我今四十余，从此终身闲。若以七十期，犹得三十年。

【注释】

① 悟真寺：在蓝田县东南二十里王顺山。《长安志》卷十六蓝田县："崇法寺即唐悟真寺也，在县东南二十里王顺山。"参见道宣《续高僧传》卷二八《释法诚传》、《太平广记》卷一百九《悟真寺僧》（出《宣室志》）。

② 蓝溪：即蓝谷水。《长安志》卷十六蓝田县："蓝谷水南自秦岭，西流经蓝关、蓝桥，过王顺山下，水出蓝谷，西北流入霸水。"白居易《游蓝田山卜居》："朝蹋玉峰下，暮寻蓝水滨。"

③ 石龛：即《续高僧传》卷二八《释法诚传》所言"青泥坊侧有古佛龛"。

④ 石发：《尔雅·释草》："薄，石衣。"郭璞注："水苔也，一名石发，江东食之。或曰薄叶似薤而大，生水底，亦可食。"《初学记》卷二七引《风土记》："石发，水苔也。青绿色，皆生于石。"然此诗所写，不类生水底者。《清异录》卷上："石发，吴越亦有之，然以新罗者为上，彼国呼为金毛菜。"或与此近同。

⑤ 岩崿：江淹《杂体诗三十首·谢临川灵运游山》："岩崿转奇秀，岑崟还相蔽。"《文选》李善注："《文字集略》曰：崿，崖也。"

⑥ 清吹：清音。陶渊明《诸人共游周家墓柏下》："今日天气佳，清吹与鸣蝉。"

⑦ 宾位：佛教僧院山寺通常以右为主位，左为宾位。若山寺向南，则东为主位，西为宾位。参见《禅苑清规》卷一。

⑧ 多宝塔：安奉多宝如来之塔。《法华经·见宝塔品》："尔时，佛前有七宝塔高五百由旬，纵广二百五十由旬，从地涌出，住在空中……佛告大乐说菩萨，此宝塔中有如来全身，乃往过去东方无量千万亿阿僧祇世界国名宝净，彼中有佛号曰多宝。"唐人崇信《法华经》，多依此建多宝塔。

⑨ 栾栌：左思《魏都赋》："枌橑复结，栾栌叠施。"《文选》李善注："《广雅》曰：曲枅谓之栾。《说文》曰：欂栌，柱枅也。然栾、栌一也，

有曲直之殊耳。”

⑩ 恰恰：亦作“袷恰”“洽恰”，多而密集貌。杜甫《江畔独步寻花七绝句》：“留连戏蝶时时舞，自在娇莺恰恰啼。”《敦煌变文集·降魔变文》：“峻岭高岑总安致，恰恰遍布不容针。”蒋礼鸿《敦煌变文字义通释》：“‘狎洽’‘压恰’‘洽恰’有多而密的意思。”“袷恰”亦是同一词的异写。

⑪ 迦叶：全名大迦叶、摩诃迦叶，佛陀十大弟子之一，被尊为头陀第一。传说佛陀入灭后，迦叶承旨，主持正法，结集既已，至第二十年，乃往鸡足山寂灭。见《佛本行集经》卷四五、《大唐西域记》卷九等。

⑫ 涅槃：梵语音译，旧译“泥亘”“泥洹”，意译“灭”“灭度”“寂灭”“圆寂”等，是佛教全部修习所要达到的最高理想，即熄灭生死轮回后的境界。晋僧肇《涅槃无名论》：“涅槃之道，盖是三乘之所归，方等之渊府。”

⑬ 钵：为僧人化缘所持。《四分律》卷九：“时阿难往至世尊所，头面礼足在一面立，白佛言世尊：‘世尊与比丘结戒，若比丘畜长钵者，尼萨耆波逸提。我今得苏摩国贵价钵，意欲与大迦叶，然不在。不知云何？’佛问阿难：‘大迦叶更几日当还？’阿难白佛言：‘却后十日当还。’时世尊以此因缘集比丘僧，随顺说法无数方便，赞叹头陀严整，少欲知足，乐出离者，告诸比丘：‘自今已去听诸比丘畜长钵至十日，当如是说戒。若比丘畜长钵不净，施得斋十日，过者尼萨耆波逸提。’比丘义如上。钵者有六种：铁钵、苏摩国钵、乌伽罗国钵、忧伽赊国钵、黑钵、赤钵。大要有二种：铁钵、泥钵。”

⑭ 百佛：诸佛名号数千，见于多种《佛名经》，隋那连提耶舍所译名《百佛名经》。又造佛供养，绘画或雕刻同型之佛像，称千尊佛。下引出《宣室志》之《悟真寺僧》称寺有“千佛殿”，此称“百佛”，所言一也。

⑮ 抖擞：亦作“斗擞”“斗薮”，振举之义，在佛语中为头陀之意译。《法苑珠林》卷一百：“西云头陀，此云抖擞。能行此法，即能抖擞烦恼，去离贪著，如衣抖擞能去尘垢，是故从喻为名。”

⑯ 袈裟：僧衣。《四分律》卷一："剃发被袈裟以信坚固，出家学道，精勤不懈，得阿罗汉。"

⑰ 华鬘：以丝缀花，印度风俗以结于颈项，或装饰身上，僧人以供养佛。玄应《一切经音义》卷一："俱苏摩，此译云华；摩罗，此译云鬘。案西国结鬘师多用苏摩那华行列结之，以为条贯，无问男女贵贱，皆此庄严，或首或身，以为饰好。则诸经中有华鬘、天鬘、宝鬘等，同其事也。"

⑱ 观音堂：即观音殿，供奉观音菩萨。

⑲ 栴檀：同"旃檀"，即旃檀树，可制檀香。《楞严经》卷三："阿难，汝又嗅此炉中旃檀，此香若复然于一铢，室罗筏城四十里内，同时闻气。"

⑳ "玉镜"句：佛堂悬镜为庄严具，又取其象征法性清净之义。《楞严经》卷七："又取八镜，覆悬虚空，与坛场中所安之镜，方面相对，使其形影，重重相涉。"

㉑ "金钿"句：佛殿宝座饰以金钿，如萧纲《下僧正教》："且广厦云垂，崇甍鸟跂，若施之玉座，饰以金钿，必不尘霭日姿，亏点月面。"

㉒ 珊珊：宋玉《神女赋》："动雾縠以徐步兮，拂墀声之珊珊。"《文选》李善注："珊珊，声也。"

㉓ 七宝：《大智度论》卷十等称七宝为金、银、琉璃、颇梨、车渠、赤珠、玛瑙。

㉔ 舍利：亦名舍利子，佛或高僧的遗骨。《魏书·释老志》："香木焚尸，灵骨分碎，大小如粒，击之不坏，焚亦不焦，或有光明神验，胡言谓之舍利。"

㉕ 天人：住于欲界六天及色界诸天之有情，亦指住于天界或人界之众生。《法华经·如来寿量品》："众生见劫尽，大火所烧时，我此土安隐，天人常充满。"祇园：即祇树给孤独园，舍卫城给孤独长者买祇陀太子花园，欲献佛陀为精舍，太子要其以黄金铺地，长者依言而办，太子为其诚心所感，亦将园中所有林木奉施佛陀。见《杂阿含经》卷二三、《大智度论》

卷三、《大唐西域记》卷六等。后以代称佛寺。

㉖ 三门：寺院之大门称三门，亦作“山门”，含有智慧、慈悲、方便三解脱之义。《释氏要览》卷上：“凡寺院有开三门者，只有一门亦呼为三门者何也？《佛地论》云：大宫殿三解脱门为所入处。”然此句所指为殿堂之门。

㉗ 婵娟：左思《吴都赋》：“檀栾婵娟，玉润碧鲜。”《文选》引刘逵注：“婵娟，言竹妍雅也。”

㉘ 翾翾：潘岳《笙赋》：“如鸟斯企，翾翾歧歧。”《文选》李善注：“《字林》：翾翾，初起也。”

㉙ 羞：进荐。《周礼·天官·庖人》：“以共王之膳，与其荐羞之物。”郑注：“备品物曰荐，致滋味乃为羞。”蘋蘩：《诗·召南·采蘩》序：“《采蘩》，夫人不失职也。夫人可以奉祭祀，则不失职矣。”《采蘋》序：“《采蘋》，大夫妻能循法度也。能循法度，则可以承先祖共祭祀矣。”

㉚ 花笺：彩笺。任华《怀素上人草书歌》：“或逢花笺与绢素，凝神执笔守恒度。”《太平广记》卷四九一《非烟传》：“乃取薛涛笺题绝句”，“乃复酬篇，写于金凤笺”，“因授象以连蝉锦香囊并碧苔笺”，均为花笺之类。

㉛ 掉：摇、晃之义，如掉臂、掉尾。《说文》：“掉，摇也。”

㉜ 薄人：逼人。江逌《述归赋》：“微寒凄其薄人，凝霜粲其朝坠。”抟：盘旋。《庄子·逍遥游》：“鹏之徙于南冥也，水击三千里，抟扶摇而上者九万里。”

㉝ 㟲㟲：杜甫《封西岳赋》：“风御冉以纵㟲。”仇注：“《韵会》：嵸，或作㟲。”《正字通》：“音悚，山峰貌。”按，纵㟲、㟲㟲，义同。

㉞ 泓澄：水深而清。左思《吴都赋》：“泓澄奫潫，澒溶沆瀁。”《文选》李善注：“《说文》曰：泓，下深大也。澄，湛也。”

㉟ 悬磴：孙绰《游天台山赋》：“跨穹隆之悬磴，临万丈之绝冥。”《文选》李善注：“悬磴，石桥也。”

㊱ 扪萝：攀援葛藤。樛木：枝向下弯曲的树。孙绰《游天台山赋》："揽樛木之长萝，援葛藟之飞茎。"《文选》李善注："《毛诗》曰：南有樛木，葛藟累之。毛苌曰：木下曲曰樛。"

㊲ 鳣：《诗·卫风·硕人》："施罛涉涉，鳣鲔发发。"毛传："鳣，鲤也。"陆云《答车茂安书》："鳣鲔赤尾，鋸齿比目。"

㊳ 玙璠：《左传·定公五年》："阳虎将以玙璠敛。"杜预注："玙璠，美玉，君所佩。"曹植《赠徐幹》："亮怀玙璠美，积久德逾宣。"

㊴ "卞和"二句：《韩非子·和氏》："楚人和氏得玉璞楚山中，奉而献之厉王。厉王使玉人相之，玉人曰：'石也。'王以和为诳而刖其左足。及厉王薨，武王即位，和又奉其璞而献之武王，武王使玉人相之，又曰：'石也。'王又以和为诳而刖其右足。武王薨，文王即位，和乃抱其璞而哭于楚山之下，三日三夜，泪尽而继之以血。王闻之，使人问其故，曰：'天下之刖者多矣，子奚哭之悲也？'和曰：'吾非悲刖也，悲夫宝玉而题之以石，贞士而名之以诳，此吾所以悲也。'王乃使玉人理其璞而得宝焉，遂命曰和氏之璧。"

㊵ 鼯鼪：即鼫鼠。《广韵》："鼯鼪，斑鼠。"皮日休《缥缈峰》："时惊鼯鼪鼠，飞上千丈松。"

㊶ 白莲池：莲花出污泥而不染，佛教用以象征法性清净。庐山东林院中多植有白莲，北宋陈舜俞《庐山记》卷二："神运殿之后有白莲池，昔谢灵运恃才傲物，少所推重，一见远公，肃然心服，乃即寺翻《涅槃经》。因凿池为台，植白莲池中，名其台曰翻经台。今白莲亭即其故地。"按，世称慧远与十八高贤立白莲社，其说出于中唐以后，多所附会。或说莲社之名，与东林寺多种白莲有关。皎然《送演上人之抚州觐使君叔》已提及东林寺白莲："便道须过大师寺，白莲池上访高踪。"白居易有《东林寺白莲》。晚唐诗人屡屡言及，如齐己《题东林白莲》，其文集名曰《白莲集》；李咸用《和人游东林》"黄鸟不能言往事，白莲虚发至如今"。

㊷ 无生禅：即证得无生之禅法。疑指神秀一系北宗禅法，如敦煌本《大乘无生方便门》所传。无生，《圆觉经》："一切众生，于无生中，妄见生灭，是故说名轮转生死。"智𫖮《摩诃止观》卷五下："因果不生，亦复不灭。不生不灭，名无生忍。是为无生门，通于止观。"

㊸ 王氏子：疑指王顺。《长安志》卷十六蓝田县："王顺山，在县东南二十里。旧《图经》曰：昔道人王顺隐此山得道。"

㊹ 上玄：扬雄《甘泉赋》："惟汉十世，将郊上玄。"《文选》李善注："上玄，天也。"

㊺ 芝术：药草名。《抱朴子·仙药》："仙药之上者丹砂，次则黄金，次则白银，次则诸芝……"，"术饵令人肥健，可以负重涉险，但不及黄精甘美易食，凶年可以与老小休粮，人不能别之，谓为米脯也"。

㊻ 听法：龙王听法故事，亦出佛经。《海龙王经》载海龙王诣灵鹫山，闻佛陀说法。《龙王兄弟经》《独异志》也有相关记载。盖类似传说颇多。白诗所叙画龙堂壁画，或为王顺山当地传说。

㊼ 印：契印、印相，佛、菩萨、天部诸尊所示之外相如各种手印及所执器物等。坛：音译曼荼罗，供奉佛、菩萨像之所，或修行所用，有各种形制及安置法。广义之曼荼罗亦包括诸尊所示之手印、器杖等，称三昧耶曼荼罗。参见《陀罗尼集经》卷一、《略出念诵经》卷一等。

㊽ "写经僧"二句：道宣《续高僧传》卷二八："释法诚，姓樊氏，雍州万年人。童小出家。止蓝田王效寺，事沙门僧和。和亦乡族所推，奉之比圣。……素善翰墨，乡曲所推。山路岩崖，勒诸经偈，皆其笔也。手写《法华》，正当露地。"《太平广记》卷一一四《释法诚》，注出《高僧传》，即此文节要。

㊾ 莲花偈：即《妙法莲华经》偈。《法华经》诸品结尾皆以偈重宣经义。

㊿ "身坏"二句：《太平广记》卷一百九《悟真寺僧》（出《宣室志》）：

"唐贞观中,有王顺山悟真寺僧,夜如蓝溪,忽闻有诵《法华经》者,其声纤远。……明日穷表下,得一颅骨,在积壤中。其骨槁然,独唇吻与舌,鲜而且润。遂持归寺,乃以石函置于千佛殿西轩下。自是每夕,常有诵《法华经》声在石函中。"按,《高僧传》卷四《鸠摩罗什传》:"什未终日,少觉四大不愈,乃口出三番神咒,令外国弟子诵之以自救,未及致力,转觉危殆。于是力疾与众僧告别曰:'因法相遇,殊未尽伊心。……愿凡所宣译,传流后世,咸共弘通。今于众前发诚实誓:若所传无谬者,当使焚身之后,舌不燋烂。'……即于逍遥园,依外国法,以火焚尸,薪灭形碎,唯舌不灰。"《法华经》为鸠摩罗什所译,故后世由此演绎出《法华》信仰之灵异事迹,类似记载颇多。又《续高僧传》记法诚事与《宣室志》记悟真寺僧发现灵异事均在贞观中,而白诗记舌根不坏者为写经僧之弟子,在时间上显有不合,恐传说有异。

(51) 吴画:吴道子画。《唐朝名画录》:"吴道玄,字道子,东京阳翟人也。……时明皇知其名,召入内供奉。……凡画人物、佛像、神鬼、禽兽、山水、台殿、草木,皆冠绝于世,国朝第一。张怀瓘尝谓道子乃张僧繇之后身,斯言当矣。又按《两京耆旧传》云:寺观之中,图画墙壁,凡三百余间,变相人物,奇踪异状,无有同者。上都兴唐寺御注金刚经院,妙迹为多,兼自题经文。慈恩寺塔前文殊、普贤,西面庑下降魔、盘龙等壁,及景公寺地狱壁,帝释、梵王、龙神,永寿寺中三门两神,及诸道观寺院,不可胜纪,皆妙绝一时。"

(52) 褚书:褚遂良书。《法书要录》卷四:"太宗尝谓侍中魏徵曰:'虞世南死后,无人可与论书。'征曰:'褚遂良下笔遒劲,甚得王逸少之体。'太宗即日召令侍书。"《唐国史补》卷上:"后辈言笔札者,欧、虞、褚、薛,或有异论。"

(53) 牵率:为人勉强。《后汉书·孔融传》:"曲媚奸臣,为所牵率。"《三国志·蜀书·张翼传》:"自翼建异论,(姜)维心与翼不善,然常牵率同行,翼亦不得已而往。”

㊹ 推挽：受人推举助力。《太平广记》卷一五六《张正矩》(出《续定命录》)：“故吏部崔群与(刘)禹锡深于素分，见禹锡蹭蹬如此，尤欲推挽咸允。”

㊺ 居士：佛教称在家修行者。《法华玄赞》卷十：“守道自恬，寡欲蕴德，名为居士。”《十诵律》卷六：“居士者，除王、王臣及婆罗门种，余在家白衣，是名居士。”

㊻ 南华篇：指《庄子》。《唐会要》卷五十杂记：“天宝元年二月二十二日敕文，追赠庄子南华真人，所著书为《南华真经》。”

㊼ 区中：犹区寰。人世间。《史记·孟子荀卿列传》：“中国外如赤县神州者九，乃所谓九州也，于是有裨海环之，人民禽兽莫能相通者，如一区中者，乃为一州。”

【评析】

作于元和九年(814)，蓝田。王维之弟王缙曾撰有《游悟真寺》，仅五言十二韵一百二十字；白居易却用了五言一百三十韵，共计一千三百字，成为十倍前作的长篇。《诚斋诗话》：“五言长韵古诗，如白乐天《游悟真寺一百韵》，真绝唱也。”钱良择《唐音审体》：“用韵之多至此，亦前人所未得。平铺直叙，不用意，不用力，不用章法，画工化工，天造地设，不可有二。”查慎行《初白庵诗评》云：“《游悟真寺》诗‘风从石下生’十六句，似柳州小记。”《兰丛诗话》：“韩昌黎受刘贡父‘以文为诗’之谤，所见亦是。但长篇大作，不知不觉，自入文体。汉之《庐江小吏》已传体矣，杜之《北征》序体，《八哀》状体，白之《游悟真寺》记体，张籍《祭退之》竟祭文体，而韩之《南山》又赋体，《与崔立之》又书体。他家尚多，不及遍举，安得同短篇结构乎？”

《唐宋诗醇》云：“洋洋洒洒，一气读去，几于千岩竞秀，万壑争流，目不给赏矣。就其中细寻之，则步骤井然，一丝不紊。首四句点清因游寺而登山，并年月日俱细叙出。‘去山四五里’至‘置寺于其间’，写寺外之景，曲折灵异，迥隔尘世，如入仙境。妙在以‘回头寺门望’四句作一顿，遂觉心神荡漾，宛是初到神情。‘入门无平地’一句，作提笔，至‘闻之似寒蝉’，叙寺中路径之逶迤，树木之苍郁。‘首憩宾位亭’至‘可以降灵仙’，细叙寺中所历之境，与相传之法物。开北户而前行，又回顾而见来路，是以对多宝塔也。玉像殿、观音堂，皆寺西界。‘是时秋方中’至‘竟夕不欲眠’，摹写夜中之景，与‘八月月上弦’一句相映，又作一束。‘晓寻南塔路’至‘欲返仍盘桓’，历叙连日所游之境，变化出之。由南而东、而中、而上，不言北者，自入寺门，大抵皆向北行也。其间有神像、有峰岩、有水、有怪石、有白莲、有祠、有台、有画、有书，细细写出，日落月上，复带叙次日由昼入夜之景，更不拖沓。写经僧、诵经弟子只虚写，在传闻上叙出。‘灵境与异迹’四句作一总束，‘一游五昼夜’又与‘八月月上弦’照应。‘我本山中人’至末收足游字意，四十余、三十年，又与元和九年照应。细玩全诗，分明以作记序手笔，用之于诗，韩愈《南山》诗以奇肆胜，此以秀折胜，可谓匹敌。谢灵运游山诗，柳宗元山水记，素称奇构，以彼方此，不无广狭之别矣。”

赵翼《瓯北诗话》卷四：“唐人五言古诗，大篇莫如少陵之《北征》、昌黎之《南山》。二诗优劣，黄山谷已尝言之。然香山亦有《游王顺山悟真寺》一首，多至一千三百字，世顾未有言及者。今以其诗与《南山》相校，《南山》诗但侊侗摹写山景，用数十‘或’字，极力刻画，而以之移写他山，亦可通用。《悟真寺》诗则先写入山，次写入寺，先憩宾位，次至玉像殿，次观音岩，点明是夕宿寺中，明日又由南塔路过蓝谷，登其巅，又到蓝水环流处，上中顶最高峰，寻谒一片石、仙人祠，回寻画龙堂，有吴道子画、褚河南书。总结登历，凡五日。层次既极清楚，且一处写一处景物，不可移易他处，较《南山》诗似更过之。又《北征》《南山》皆用仄韵，故气力健举。此但用平韵，而逐层铺叙，沛然有余，无一语冗弱，觉更难也。而诗人不知，则以香山有《长恨》《琵琶》诸大篇脍炙人口，遂置此诗于不问耳。”

翁方纲《石洲诗话》卷一：“元相作《杜公墓系》，有‘铺陈’‘排比’‘藩翰’‘堂奥’之说，盖以‘铺陈终始，排比声韵’之中，有‘藩篱’焉，有‘堂奥’焉，语本极明。至元遗山作《论诗绝句》，乃曰：‘排比铺张特一途，藩篱如此亦区区。少陵自有连城璧，争奈微之识碔砆。’则以为非特‘堂奥’，即‘藩翰’亦不止此。所谓‘连城璧’者，盖即《杜诗学》所谓参苓、桂术、君臣、佐使之说，是固然矣。然而微之之论，有未可厚非者。诗家之难，转不难于妙悟，而实难于‘铺陈终始，排比声律’。此非有兼人之力，万夫之勇者，弗能当也。但元、白以下，何尝非铺陈排比！而杜公所以为高曾规矩者，又别有在耳。此仍是妙悟之说也。遗山之妙悟，不减杜、苏，而所作或转未能肩视元、白，则铺陈排比之论，未易轻视矣。即如白之《和梦游春》五言长篇以及《游悟真寺》等作，皆尺土寸木，经营缔构而为之，初不学开宝诸公之妙悟也。看之似平易，而为之实艰难。元、白之铺陈排比尚不可跻攀若此，而况杜之铺陈排比乎？微之之语，乃真阅历之言也。自司空表圣造《二十四品》，抉尽秘妙，直以元、白为屠估之辈。渔洋先生韪之，每戒后贤勿轻看《长庆集》。盖渔洋之教人，以妙悟为主者，故其言如此。当时宣城施氏已有顿、渐二义之论。韩文公所谓‘及之而后知，履之而后难’耳。”

朱庭珍《筱园诗话》卷三：“五言长篇，始于乐府《孔雀东南飞》一章，而蔡文姬《悲愤诗》继之。唐代则工部之《北征》《奉先述怀》二篇，玉溪《行次西郊》一篇，足以抗衡。退之《南山》稍次一格，然古香古色，并峙词坛，皆文章家冠冕也。香山《悟真寺》诗多至百三十韵，在集中亦是巨制，然雅秀清圆，而乏浑厚高古之旨，用笔用法又鲜变化，所以不能与杜、韩、李诸诗并立。”

梁启超批点《白香山诗集》:“此篇当为公得意之作,布局用笔,命句遣词,皆经研炼。”“手拄青竹杖”眉批:“以上发端。”“绿阴相交延”眉批:“以上叙寺之位置形势。”“赤日间白雨”眉批:“前段写蟠曲窅窱之境,愈托出此段之旷远壮阔,与杜、岑诸公慈恩寺塔诗气象相敌。”“历历上山人”眉批:“以上总揽寺外全景。”“六楹排玉镜”眉批:“此处夜游。”“不待灯烛燃”眉批:“有此铺叙,乃见秾郁,长篇例宜尔。”“白珠垂露凝”眉批:“全用珠宝等字,愈见庄严。”“是时秋方中”眉批:“插点时序,生气横溢。”“月与宝相射”眉批:“以上分称寺中诸胜。”“紫伞白纸钱”眉批:“中间散宕之笔,章法应尔。”“往往白云过”眉批:“西北东南,两排极酣恣排奡之致。长篇巨制,非得此不能镇纸。”“濯去支体烦”眉批:“处处有见道语。”“又有一片石”眉批:“以上一大段,揽全山之胜,为一篇中坚。”“一游五昼夜”眉批:“以上游之余兴。”“未老形骸残”眉批:“末段无刻意精警语,微嫌收束不住,然自是香山本色。”“一往何时还”眉批:“以上述怀。”“永谢区中缘”眉批:“昌黎《南山》诗有意矜奇,品格在此篇下。”

眼　暗

早年勤倦看书苦,晚岁悲伤出泪多。眼损不知都自取,病成方悟欲如何。夜昏乍似灯将灭,朝暗长疑镜未磨。千药万方治不得,唯应闭目学头陀①。

【注释】

① 头陀:佛教头陀行。白居易《和思归乐》:“身委逍遥篇,心付头

陀经。”头陀经,指《十二头陀经》之类,讲说修治身心、除净烦恼之十二梵行,有刘宋求那跋陀罗译本(《大正藏》册十七)。

【评析】

作于元和九年(814),下邽。同年,白居易《寄元九》“一病经四年,亲朋书信断”,又《得钱舍人书问眼疾》“春来眼暗少心情,点尽黄连尚未平”,皆指在下邽守制时所患之眼疾,可与此诗参看。查慎行《初白庵诗评》云:“《眼暗》‘早年勤倦看书苦’四句,妙在前一层说。”

村 夜

霜草苍苍虫切切,村南村北行人绝。独出前门望野田[1],月明荞麦花如雪。

【注释】

① 前门:一作“门前”。

【评析】

作于元和九年(814),下邽。此诗写初春乡村的夜景,绝无惊人之笔,也不用艳词丽句,只充分调动视觉、听觉和感觉,以白描手法绘出常见之村景、村色、村音。苍苍霜草,点出秋色浓重;切切虫吟,渲染秋夜凄清。行人绝迹,万籁无声,勾画出村夜的特征。“独出前门望野田”,由村庄转向田野,展开耳目一新的画面:皎洁的月光朗照在一望无际的荞麦田,远远望去,如同晶莹的白雪。美景如画,诗人暂时忘却孤寂,发出惊喜的赞叹。奇丽壮观的景象,与前两句形成对比。看似信手拈来，娓娓道出，却清新恬淡，诗意很浓。《唐宋诗醇》云："一味真朴，不假妆点，自具苍老之致，七绝中之近古者。"《带经堂诗话》："稻花、豆花、麦秀、黍离，皆以入诗。荞麦为五谷最下之品，而其花殊娇艳。唐人诗云：'日落鸦飞散，满庭荞麦花。'荞麦自田野间物，讵可植之庭中？……白乐天诗'自起开门望野田，月明荞麦花如雪'，差不谬耳。"

夜　坐

斜月入前楹[①]，迢迢夜坐情[②]。梧桐上阶影，蟋蟀近床声。曙傍窗间至，秋从簟上生。感时因忆事，不寝到鸡鸣。

【注释】

① 楹：堂屋前部的柱子。《礼记·檀弓上》："予畴昔之夜，梦坐奠于两楹之间。"

② 迢迢：远貌。潘岳《内顾诗》其一："漫漫三千里，迢迢远行客。"

【评析】

作于元和九年（814），下邽。朱宝莹《诗式》评："发句上句系对景兴起法，下句点题。颔联写景，梧桐之影上阶，蟋蟀之声近床，确是夜深情景，何等贴切。颈联承颔联，写景兼写情。盖曙至秋生，却有一种感触。落句写夜坐之故，下句意犹绝体云'灯下有时坐彻明'也。"白居易还有一首七言绝句体《夜坐》："庭前尽日立到夜，灯下有时坐彻明。此情不语何人会，时复长吁一两声。"

渭村酬李二十见寄

百里音书何太迟，暮秋把得暮春诗。柳条绿日君相忆，梨叶红时我始知。莫叹学官贫冷落[①]，犹胜村客病支离[②]。形容意绪遥看取[③]，不似华阳观里时。

【注释】

①学官：指主管学务的官员和官学教师，包括国子祭酒、博士、助教等。李绅时任太学助教。

② 支离：谢灵运《永初三年七月十六日之郡初发都》："良时不见遗，丑状不成恶。曰余亦支离，依方早有慕。"《文选》李善注："《庄子》曰：支离疏者，颐隐于齐，肩高于顶，会撮指天，五管在上，两髀为胁。《七贤音义》曰：形体离，不全正也，名疏。"按，见《庄子·人间世》。

③ 意绪：意想，志意。何逊《临行公车》："平生多意绪，怀抱皆徂谢。"

【评析】

作于元和九年（814），下邽。诗题之"李二十"，指李绅。此诗追忆二人昔日在长安交游应试时的情景。永贞元年（805）至元和元年（806），白居易与元稹居华阳观准备应制试，时绅亦至长安应进士试，三人过从甚密。同年冬，白居易初授右赞善大夫之际，又有《初授赞善大夫早朝寄李二十助教》；元和十年（815），又有《靖安北街赠李二十》云："还似往年安福寺，共君私试却回时。"安福寺在长安皇城安福门，是应试时的必经之处。《杜阳杂编》："四月八日，佛骨入长安，自开远门安福楼夹道佛声振地……上御安福寺，亲自顶礼。"大和七年（833）《醉送李二十常侍赴镇浙东》"靖安客舍花枝下，共脱青衫典浊醪”，再次回忆永贞、元和之际李绅、白居易二人交游情形，可见那段日子的美好与难忘。

读张籍古乐府

张君何为者？业文三十春[①]。尤工乐府诗，举代少其伦。为诗意如何，六义互铺陈[②]。风雅比兴外，未尝著空文[③]。读君学仙诗，可讽放佚君[④]。读君董公诗[⑤]，可诲贪暴臣。读君商女诗，可感悍妇仁。读君勤齐诗[⑥]，可劝薄夫敦[⑦]。上可裨教化，舒之济万民。下可理情性，卷之善一身。始从青衿岁[⑧]，迨此白发新。日夜秉笔吟，心苦力亦勤。时无采诗官[⑨]，委弃如泥尘[⑩]。恐君百岁后，灭没人不闻。愿藏中秘书[⑪]，百代不湮沦。愿播内乐府[⑫]，时得闻至尊。言者志之苗，行者文之根[⑬]。所以读君诗，亦知君为人。如何欲五十[⑭]，官小身贱贫。病眼街西住，无人行到门[⑮]。

【注释】

① 业文：习文、作文。刘禹锡《送李二十九兄员外赴邠宁使幕》：“家袭韦平身业文，素风清白至今贫。”

② 六义：《毛诗序》：“故诗有六义焉：一曰风，二曰赋，三曰比，四曰兴，五曰雅，六曰颂。”

③ 空文：不实之文，不切实用之文。《盐铁论·非鞅》：“言之非难，行之为难。故贤者处实而效功，亦非徒陈空文而已。”

④ 放佚：放荡。《晋书·高光传》：“子韬，字子远，放佚无检。”

⑤ 董公诗：见《张司业集》卷七、《全唐诗》卷三八三。诗为赞颂汴

州节度使董晋而作，作于贞元十三年（797）张籍至汴州拜谒韩愈时。

⑥ 勤齐诗：咏勤思齐之诗。勤思齐，和州历阳人。李白《历阳壮士勤将军名思齐歌序》："历阳壮士勤将军，神力出于百夫，则天太后召见，奇之，授游击将军，赐锦袍玉带，朝野荣之。后拜横南将军，大臣慕义结十友，即燕公张说、馆陶公郭元振为首，余壮之，遂作诗。"据乾隆《江南通志》卷三六《舆地志古迹》，勤将军宅在（和）州西北鸡笼山。张籍亦家和州，宅在州通淮门内，两人有乡里之谊。

⑦ 薄夫：性情不敦厚，薄情的人。《孟子·万章下》："故闻柳下惠之风者，鄙夫宽，薄夫敦。"赵岐注："薄浅者更深厚。"

⑧ 青衿：《诗·郑风·子衿》："青青子衿，悠悠我心。"毛传："青衿，青领也，学子之所服。"后以指学生，亦以指幼年。萧统《七契》："黄发击壤，青衿兴歌。"

⑨ 采诗官：《汉书·艺文志》："故古有采诗之官，王者所以观风俗，知得失，自考正也。"又《食货志上》："孟春之月，群居者将散，行人振木铎徇于路以采诗，献之太师，比其音律，以闻于天子。"

⑩ 委弃：丢弃。《汉书·谷永传》："书陈于前，陛下委弃不纳。"《后汉书·五行志一》："麦多委弃，但有妇女获刈之也。"

⑪ 秘书：唐有秘书省，监掌经籍图书之事，领著作局。见《旧唐书·职官志》《新唐书·百官志》。

⑫ 乐府：唐以太常寺所属太乐署掌管音乐，又于禁中置内教坊。唐人亦沿前代之名称为乐府。《说郛》卷三八曹邺《梅妃传》："上览诗，怅然不乐，令乐府以新声度之，号《一斛珠》。"

⑬"言者"二句：《左传·僖公二十四年》："言，身之文也。"《论语·述而》："子以四教：文，行，忠，信。"《文心雕龙·宗经》："夫文以行立，行以文传，四教所先，符采相济。"白居易《与元九书》："诗者，根情、苗言、华声、实义。"与此说稍有不同。

⑭ 欲：已。杜牧《书怀》："只言旋老转无事，欲到中年事更多。"

⑮ "病眼"二句：孟郊《寄张籍》："西明寺后穷瞎张太祝，纵尔有眼谁尔珍？"白居易《酬张十八访宿见赠》："怜君将病眼，为我犯埃尘。远从延康里，来访曲江滨。"《长安志》卷十延康坊："西南隅西明寺。"《唐两京城坊考》卷四："次南延康坊……水部郎中张籍宅。"知张籍为太祝时居延康坊西明寺后。

【评析】

作于元和十年(815)，白居易时任太子左赞善大夫，此为东宫属官，负责陪侍太子读书，向太子劝善规过，虽是闲职，品秩却为正五品上，属于常参官之列，得每天参与朝谒。张籍方官太常寺太祝，与居易时相往还酬唱。张籍，字文昌。两《唐书》有传。郡望吴郡(今江苏苏州)，少时侨寓和州乌江(今安徽和县乌江镇)。官太常寺太祝、国子助教，韩愈荐为国子博士，历水部员外郎、主客郎中，仕终国子司业，有《张司业集》。张籍贞元十五年(799)进士，早白居易一年，而座主均为高郢，谊属同门。登第后，张籍未入仕，旋即取道徐州返回和州。白居易元和十年(815)《重到城七绝句》之三《张十八》"独有咏诗张太祝，十年不改旧官衔"，则元和元年(806)张籍始调补太常寺太祝。此年张籍41岁，开始"寓城阙下"，赁居于延康坊西南隅西明寺后。因为张籍有《病中寄白学士拾遗》："秋亭病客眠，庭树满枝蝉。凉风绕砌起，斜影入床前。梨晚渐红坠，菊寒无黄鲜。倦游寂寞日，感叹蹉跎年。尘欢久消委，华念独迎延。自寓城阙下，识君弟事焉。君为天子识，我方沉病缠。无因会同语，悄悄中怀煎。"据诗中"自寓城阙下，识君弟事焉"之句，可知张籍、白居易二人相识，始于元和元年(806)张籍始调补太常寺太祝至长安时。张籍此诗，白居易有《酬张太祝晚秋卧病见寄》作答，尊张籍为"高才"，而自称"短羽"："高才淹礼寺，短羽翔禁林。西街居处远，北阙官曹深。君病不来访，我忙难往寻。差池终日别，寥落经年心。露湿绿芜地，月寒红树阴。况兹独愁夕，闻彼相思吟。上叹言笑阻，无嗟时岁侵。容衰晓窗镜，思苦秋弦琴。一章锦绣段，八韵琼瑶音。何以报珍重？惭无双南金。”

钱锺书《谈艺录》二五《张文昌诗》谓：“其多与元白此喁彼于，盖出韩之门墙，实近白之坛坫。”今存二人诗集中 29 首交往诗，白居易所作 15 首，张籍所作 14 首，是两人交谊之见证。因张籍一直在朝为官，故两人交往唱和之诗，以白居易在京城时居多。元和九年（814）冬，白居易结束在渭上的丁忧生活，召授太子左赞善大夫，居长安昭国里，两人交往更加密切起来，于是有《读张籍古乐府》这样的肺腑之评，它同随后的《与元九书》成为今天考察新乐府文学思想的重要文献。白居易之所以敬重和亲近张籍，一是看重他傲视权贵，淡泊名利，视富贵如浮云的高尚人品；二是因为他与元、白在诗歌创作上志同道合，关注现实和民生疾苦。葛立方《韵语阳秋》卷二：“张籍，韩愈高弟也。愈尝作《此日足可惜》赠之，八百余言。……（韩愈）《醉赠张彻》有‘张籍学古淡，轩鹤避鸡群’之句，则知籍有意于慕大，而实无可取者也。……白太傅尝称之曰：‘尤攻乐府词，举代少其伦。’由是论之，则人士所称者（乐府），非以诗也。”潘德舆《养一斋诗话》卷十：“香山《读张籍古乐府》云：‘为诗意如何，六义互铺陈。风雅比兴外，未尝著空文。上可裨教化，舒之济万民。下可理情性，卷之善一身。言者志之苗，行者文之根。所以读君诗，亦知君为人。’数语可作诗学圭臬。予欲取之以为历代诗人总序，合乎此则为诗，不合乎此，则虽思致精刻，词语隽妙，彩色陆离，声调和美，均不足以为诗也。学者可以知所从事矣。”

题卢秘书夏日新栽竹二十韵

湘竹初封植，卢生此考槃[①]。久持霜节苦，新托露根难。等度须当砌[②]，疏稠要满栏。买怜分薄俸，栽称作闲官。叶翦蓝罗碎，茎抽玉琯端[③]。几声清淅沥，一簇绿檀栾[④]。未夜青岚入，先秋白露团。拂肩摇翡翠，熨手弄琅玕。韵透窗风起，阴铺砌月残。炎天闻觉冷，窄地见疑宽。梢动胜摇扇，枝低好挂冠。碧笼烟幂幂[⑤]，珠洒雨珊珊。晚箨晴云展，阴牙蛰虺蟠。爱从抽马策，惜未截鱼竿。松韵徒烦听，桃夭不足观[⑥]。梁惭当家杏[⑦]，台陋本司兰。[古诗云："卢家兰室杏为梁。"又，秘书府即兰台也。]撑拨诗人兴，勾牵酒客欢。静连芦簟滑，凉拂葛衣单。岂止消时暑，应能保岁寒。莫同凡草木，一种夏中看[⑧]。

【注释】

① 考槃：成德乐道。《诗·卫风·考槃》："考槃在涧，硕人之宽。"毛传："考，成也。槃，乐也。"陈奂传疏："成乐者，谓成德乐道也。"《考槃序》则言此诗为刺庄公"不能继先公之业，使贤者退而穷处"，故后即以喻隐居。

② 等度：度量相等。谢灵运《游名山志》："又有石帆，修广与破石等度。"

③ 玉琯：古代玉制管乐器。《风俗通义》卷六："《尚书大传》：舜之时，西王母来献其白玉管。昔章帝时，零陵文学奚景于冷道舜祠下得笙，白玉管。知古以玉为管，后乃易之以竹耳。"庾信《赋得鸾台诗》："九成吹玉管，百尺上瑶台。"

④ 檀栾：秀美貌。多形容竹子。枚乘《梁王菟园赋》："修竹檀栾，夹池水，旋菟园。"

⑤ 幂幂：浓密貌。张说《蜀路二首》："磷磷含水石，幂幂覆林烟。"

⑥ 桃夭：《诗·周南·桃夭》："桃之夭夭，灼灼其华。"毛传："桃有华之盛者。夭夭，其少壮也。"

⑦ "梁惭"句：杏梁，文杏木所制的屋梁，言其屋宇的高贵。司马相如《长门赋》："刻木兰以为榱兮，饰文杏以为梁。"

⑧ 一种：一样，同样。萧纲《咏美人观画》："分明净眉眼，一种细腰身。"

【评析】

作于元和十年(815)，长安，时为太子左赞善大夫。卢秘书，指卢拱。元和十年(815)为秘书郎。同年，白居易有《酬卢秘书二十韵》："谬历文场选，惭非翰苑才。云霄高暂致，毛羽弱先摧。识分忘轩冕，知归返草莱。杜陵书积蠹，丰狱剑生苔。晦厌鸣鸡雨，春惊震蛰雷。旧恩收坠履，新律动寒灰。凤诏容徐起，鹓行许重陪。衰颜虽拂拭，蹇步尚低徊。睡少钟偏警，行迟漏苦催。风霜趁朝去，泥雪拜陵回。上感君犹念，傍惭友或推。石顽镌费匠，女丑嫁劳媒。倏忽青春度，奔波白日颓。性将时共背，病与老俱来。闻有蓬壶客，知怀杞梓材。世家标甲第，官职滞麟台。笔尽铅黄点，诗成锦绣堆。尝思豁云雾，忽喜访尘埃。心为论文合，眉因劝善开。不胜珍重意，满袖写琼瑰。"元稹《酬卢秘书》序云："予自唐归京之岁，秘书郎卢拱作《喜遇白赞善学士诗二十韵》，兼以见贻。白诗酬和先出，予草蹙未暇皇，颇有致师之挑。"致师，指挑战。《逸周书·克殷》："周车三百五十乘陈于牧野，帝辛从。武王使尚父与伯夫致师。"孔晁注："挑战也。"《唐宋诗醇》云："正写、旁写、虚写、实写，曲尽新栽竹之趣。雕镂组织，异样新鲜，既不笨拙，又不纤巧，此变盛唐之格调而自出机杼者也。晚唐以后，多学此种。"

欲与元八卜邻先有是赠

平生心迹最相亲，欲隐墙东不为身①。明月好同三径夜②，绿杨宜作两家春③。每因暂出犹思伴，岂得安居不择邻。可独终身数相见④，子孙长作隔墙人。

【注释】

①“平生”二句：言他和元八都宁愿在这个蹩脚地方隐居下来，不想挤入省台高位，有表示谦迟的意思。墙东，喻隐者所居处。用王君公典故。《后汉书·逸民传·逢萌》：“初，萌与同郡徐房、平原李子云、王君公相友善，并晓阴阳，怀德秽行。房与子云养徒各千人，君公遭乱独不去，侩牛自隐。时人为之论曰：避世墙东王君公。”唐代“墙东”还用来指官运不通的人居住的地方。《唐诗纪事》卷十三载，唐玄宗先天中吏部郎中张敬忠咏诗嘲膳部员外郎王主敬云：“有意嫌兵部，专心望考功。谁知脚蹭蹬，几落省墙东。”

② 三径：指归隐者的家园。陶渊明《归去来兮辞》：“三径就荒，松菊犹存。”

③“绿杨”句：借南朝陆慧晓与张融比邻之典，表示欲与元氏卜邻之意。《南史·陆慧晓传》：“慧晓与张融并宅，其间有池，池上有二株杨柳。点叹曰：‘此池便是醴泉，此木便是交让。’及武陵王晔守会稽，上为精选僚吏，以慧晓为征虏功曹，与府参军沛国刘琎同从述职。琎清介士也，行至吴，谓人曰：‘吾闻张融与慧晓并宅，其间有水，此必有异味。’故命驾往酌而饮之。曰：‘饮此水，则鄙吝之萌尽矣。’”

④ 可独：“岂独”之意。可，即“岂”。可能，即“岂能”。白居易《夏旱》：“感此因问天，可能长不雨？”

【评析】

作于元和十年(815),白居易时在长安为太子左赞善大夫。元八,指元宗简,字居敬,行八,卒于长庆二年(822)春,是白居易结交二十年的诗友。白居易《故京兆少尹文集序》:“居敬姓元,名宗简,河南人。自举进士,历御史府、尚书郎,讫京兆亚尹,二十年。”白居易诗中之“元八侍御”“元八郎中”“元少尹”“元八”均指元宗简。卜邻,指选择邻居,《左传·昭公三年》:“且谚曰:‘非宅是卜,唯邻是卜。’二三子先卜邻矣。”杜预注:“卜良邻。”杜甫《寄赞上人》诗:“一昨陪锡杖,卜邻南山幽。”也指向他人表示愿为邻居,王安石《送陈谔》诗:“乡闾孝友莫如子,我愿卜邻非一日。”元宗简宅在长安升平坊,白居易时居昭国坊,地虽邻近,然亦非隔墙之邻。《唐两京城坊考》卷三升平坊:“京兆府少尹元宗简宅。《白居易集》有《和元八侍御升平新居四绝句》,元八即宗简,《元稹集》所谓居敬兄也。杨巨源亦有《和元员外题升平里新斋》诗。按白居易诗,每言与元八卜邻,其后《哭元尹诗》云‘水竹邻居竟不成’,是终未结邻也。”白居易《和元八侍御升平新居四绝句》自注“时方与元八卜邻”,亦指愿卜邻而言。

元和十年(815)春,白居易和元宗简都在朝廷供职,元宗简在长安升平坊购了一所新宅,白居易很想同他结邻而居,于是作这首七律相赠。颔联脍炙人口,诗人驰骋想象,描绘明月在天、绿柳拂地的画面,抒写对结邻情景的憧憬:在明月的清辉之中,“三径”那几株青松显得苍郁深沉,夹径黄花也不减其清芬淡雅。两家同饮的一池清水,闪着鱼鳞般的银光,池边杨柳春风轻拂,细软的长条轻蘸着池水。两位挚友闲庭散步,月下对酌,池畔观鱼,柳荫赋诗,恬然陶然,优哉游哉。查慎行《初白庵诗评》评论这一联云:“对更好。”《唐诗别裁集》重订本卷十五:“两家意,语语夹写,一步深是一步。”《唐诗近体》:“为有邻(首二句下)。前写卜邻之契(‘明月好同’二句下)。又深一层(末二句下)。”方东树《昭昧詹言》卷十八:“《欲与元八卜邻先有是赠》此诗亦无可学处,‘不为身’三字,终未亮。”《唐宋诗醇》云:“句句细贴,一层深一层。”王尧衢《唐诗合解笺注》卷十一七言律诗:“前解写卜邻之美,后解推原卜邻之故而极言之。”王文濡《历代诗评注读本·唐诗评注读本》卷四:“起句‘最相亲’三字,是通首主脑。以下言卜邻之美,及所以卜邻之故,皆从此三字生出。”俞陛云《诗境浅说》曰:“此诗论句法则层层推进,论交情则愈转愈深。在七律中此格甚少,词句亦流转而雅切也。首二句生平至友,独数君家,所以卜邻者,欲与吾友联踪叠迹,不仅为身谋也。三、四言素月当天,绿杨拂地,虽佳景天然,只能独赏;今与卜邻,三径则清辉同照,两家则春色平分,其乐弥多。后人结邻诗,如吴企晋诗云:‘两岸人烟分市色,一溪灯火共书声。’梅圣俞诗云:‘隔篱分井水,穿壁共灯光。’徐铉诗云:‘井泉分地脉,砧杵同秋声。’皆结邻之佳句,比类纪之,俾初学者知题同句异,各有思致也。后半首意极明畅,言暂出犹思,何况久住,更愿子孙芳邻永结。交情至此,深挚无伦矣。杜牧《街西》诗‘名园相倚杏交花’,与‘绿杨’句同妙,而工细过之。”

听水部吴员外新诗因赠绝句

朱绂仙郎白雪歌[①],和人虽少爱人多。明朝与向诗家道,水部如今不姓何[②]。

【注释】

① 朱绂:犹言朱袍。《汉书·韦贤传》载韦孟谏诗:“黼衣朱绂,四牡龙旗。”唐五品以上衣朱,因用以指五品以上官服。仙郎:唐人称尚书

省各部郎中、员外郎。李白《江夏使君叔席上赠史郎中》："仙郎久为别，客舍问何如。"

②"明朝"二句：《梁书·何逊传》："逊八岁能赋诗，弱冠，州举秀才。……迁中卫建安王水曹行参军，兼记室。王爱文学之士，日与游宴，及迁江州，逊犹掌书记。还为安西安成王参军事，兼尚书水部郎。"秦系《山中奉寄钱起员外兼简苗发员外》："借问省中何水部，今人几个属诗家。"

【评析】

作于元和十年（815），白居易正在长安任太子左赞善大夫。诗题之"水部吴员外"，指吴丹，字真存，行七，贞元十六年（800）白居易同年进士，元和间官水部员外郎。白居易《故饶州刺史吴府君神道碑铭》："君讳丹，字真存。……以进士第入官，历正字，协律郎，大理评事，监察殿中侍御史，太子舍人，水部库部员外郎，都官驾部郎中，谏议大夫，大理少卿，饶州刺史。……宝历元年六月某日，薨于饶州官次。……履仕途二十七年，享寿命八十二岁。"并见《登科记考》卷十四。白居易有《赠吴丹》："巧者力苦劳，智者心苦忧。爱君无巧智，终岁闲悠悠。尝登御史府，亦佐东诸侯。手操纠谬简，心运决胜筹。宦途似风水，君心如虚舟。泛然而不有，进退得自由。今来脱豸冠，时往侍龙楼。官曹称心静，居处随迹幽。冬负南荣日，支体甚温柔。夏卧北窗风，枕席如凉秋。南山入舍下，酒瓮在床头。人间有闲地，何必隐林丘。顾我愚且昧，劳生殊未休。一入金门直，星霜三四周。主恩信难报，近地徒久留。终当乞闲官，退与夫子游。"佩红色绶带如神仙般的年轻人唱着《白雪歌》，酬和的人虽然少，但喜欢的人多。将吴丹与前代曾任尚书水部郎的著名诗人何逊相比，这是白居易对吴丹所作新诗的赞美之词。

赠杨秘书巨源

早闻一箭取辽城，相识虽新有故情。清句三朝谁是敌？白须四海半为兄①。贫家薙草时时入②，瘦马寻花处处行。不用更教诗过好，折君官职是声名③。

【注释】

① 四海半为兄：《论语·颜渊》："四海之内，皆兄弟也。"

② 薙草：除去野草。

③ 折：减损。

【评析】

作于元和十年（815），白居易正在长安任太子左赞善大夫。诗题自注："杨尝有赠卢洺州诗云：'三刀梦益州，一箭取辽城。'由是知名。"杨巨源，字景山，行十二，河中（今山西永济）人，贞元五年（789）擢进士第，元和十年（815）为田弘正魏博节度掌书记，自秘书郎擢太常博士。元和十三年（818），迁虞部员外郎，旋出为凤翔少尹。长庆三年（823），召除国子司业。次年，年满七十，白丞相去归其乡，韩愈有《送杨少尹序》，中云："国子司业杨君巨源，方以能诗训后进，一旦以年满七十，亦白丞相，去归其乡。"出为河中少尹，食其禄终身，大和四年（830）犹在任，卒年当在此后不久。《因话录》云："巨源在元和中，诗韵不为新语，体律务实，功夫颇深……以高文为诸生所宗。"白居易有《答元八郎中杨十二博士》《答元郎中杨员外喜乌见寄》《闻杨十二新拜省郎遥以诗贺》。《唐宋诗醇》云："结是戏语，欧阳修谓愈穷愈工，则有慨乎其言之也。"其实，末尾的感慨，一方面赞美其诗，一方面同情其处境，开玩笑的成分不多，并非戏语也。

首联用典。《唐诗纪事》卷三五载："巨源以'三刀梦益州，一箭取辽城'得名，故乐天诗云：'早闻一箭取辽城……'"此盖本之于白居易诗题自注，《全唐诗话》卷二所记略同。"三刀"之典，出自《晋书·王濬传》："梦悬三刀于卧屋梁上，须臾又益一刀。濬警觉，意甚恶之。主簿李毅再拜贺曰：'三刀为州字，又益一者，明府其临益州乎？'及贼张弘杀益州刺史皇甫晏，果迁濬为益州刺史。"后遂以"三刀"作为刺史之代称。朱金城谓，唐人"一箭"典故多用鲁仲连事，"辽城"疑为"聊城"之误。然冯浩《玉溪生诗笺注》于李商隐《街西池馆》"太守三刀梦，将军一箭歌"注早云："白香山赠杨诗所云'早闻一箭取辽城'也。其事未详，亦似不合。或作'聊'，谓用鲁仲连事，更谬也。""一箭"之典，出自《册府元龟》卷八四六："王栖曜，贞元初为浙西都知兵马使，从节度使韩滉入觐，授左龙武将军知军事，岁余为鄜坊节度观察使。久之，检校礼部尚书。栖曜性谨厚，善骑射，始起兵涉寇境太深，遇游骑四合，百步内立表，俾之环视，发必破的。虏相顾恐惧，徐而解去。尝猎会稽山，有白额兽卒起草中，应弦而毙。在苏州，尝与诸文士游虎丘寺，平野霁日，先一箭射空，再发贯之。江东文士自梁肃以下歌咏焉。"先一箭射于空处，随即再发一箭，贯穿先发的那一箭，以此来夸奖王栖曜善射。

白牡丹

白花冷淡无人爱，亦占芳名道牡丹。应似东宫白赞善[①]，被人还唤作朝官。

【注释】

① 应似：一作“应是”。白赞善：白居易时为太子左赞善大夫。赞善大夫，唐代始设；东宫属官，正五品上阶，左右赞善大夫各五人，执掌传令、讽过、赞礼、授经等。

【评析】

作于元和十年（815），白居易正在长安任太子左赞善大夫。唐代长安豪贵多喜红牡丹、紫牡丹，即所谓“君看入时者，紫艳与红英”（白居易《白牡丹［和钱学士作］》），“一丛深色花，十户中人赋”（白居易《买花》），不太在意素朴的白牡丹。王维有《红牡丹》：“绿艳闲且静，红衣浅复深。花心愁欲断，春色岂知心。”

大历才子卢纶有《裴给事宅白牡丹》：“长安豪贵惜春残，争玩街西紫牡丹。别有玉盘承露冷，无人起就月中看。”“争玩街西”，《文苑英华》卷三百二十一原校：“《诗选》作‘争赏新开’。”此诗一作裴士淹《白牡丹》，首二句为“长安年少惜春残，争认慈恩紫牡丹”，见《全唐诗》卷一二四。裴士淹，河东（今山西永济）人，天宝十四载（755），以给事中巡抚河南、河北、淮南诸道。此诗作者或作“开元名公”，当源于此。唐段成式《酉阳杂俎》前集卷十九载：“开元末，裴士淹为郎官，奉使幽冀回，至汾州众香寺，得白牡丹一窠，植于长安私第。天宝中，为都下奇赏。当时名公有《裴给事宅看牡丹》诗，时寻访未获。”白牡丹，自属裴给事宅，而《白牡丹》诗未必是裴给事（士淹）所撰。时隔近百年，又有一位裴给事来搅局。宋钱易《南部新书》卷丁载：“长安三月十五日，两街看牡丹，奔走车马。慈恩寺元果院牡丹，先于诸牡丹半月开，太真院牡丹，后诸牡丹半月开。故裴兵部潾《白牡丹》诗，自题于佛殿东颊唇壁之上。大和中，车驾自夹城出芙蓉园，路幸此寺，见所题诗，吟玩久之，因令宫嫔讽念。及暮归大内，即此诗满六宫矣。其诗曰：'长安豪贵惜春残，争赏先开紫牡丹。别有玉杯承露冷，无人起就月中看。'兵部时任给事。"《全唐诗》卷五百七据此收录，署裴潾《白牡丹》（又题《长安牡丹》）。裴潾，河东闻喜（今属山西）人，以门荫入仕，历宪、穆、敬、文四朝，"以道义自处，事上尽心，尤嫉朋党，故不为权幸所知"。敬宗宝历初，任给事中。文宗大和四年（830）调汝州（今河南汝州）刺史，兼御史中丞，后贬左庶子，任职洛阳。大和七年（833）升左散骑常侍，充集贤殿学士。后历任刑部侍郎、华州刺史、河南尹等，卒于文宗开成三年（838），赠户部尚书，谥曰"敬"。裴潾与白居易是同代人，无论在长安，还是洛阳，两人都有机会彼此交往。有可能是裴潾在长安慈恩寺佛殿东颊唇壁之上题写了卢纶的《裴给事宅白牡丹》，被误认为是裴潾本人之作。翁俊雄《唐代牡丹》认为是卢纶之作，可从。

宋胡仔《苕溪渔隐丛话》前集卷三十二："苕溪渔隐曰：裴璘《咏白牡丹诗》云：'长安豪贵惜春残，争赏先开紫牡丹。别有玉杯承露冷，无人起就月中看。'时称绝唱。以余观之，语句凡近，不若胡武平《咏白牡丹诗》云：'璧堂月冷难成寐，翠幄风多不奈寒。'其语意清胜，过裴璘远矣。如皮日休《咏白莲诗》云'无情有恨何人见，月冷风清欲堕时'，若移作咏白牡丹诗，有何不可，弥更亲切耳。"裴璘，当即上云裴潾。

《裴给事宅白牡丹》时称绝唱，尽管胡仔以为"语句凡近"，却正是唐代牡丹市场重深轻浅世风的真实写照。其"无人起就月中看"的寂寞之感，正与白赞善"白花冷淡无人爱"的萧条冷落异代而同调。五代南唐李中《书小斋壁》诗云："其谁肯见寻，冷淡少知音。"此情此景，也是宋代词人李光《减字木兰花》所道"冷淡谁看，月转霜林怯夜寒"的情与境，尽管怜赏的对象换成了梅花。异代不同时，怀才不遇之感，乃如斯之类似。

吴仰贤《小匏庵诗话》卷一评云：“咏花诗刻画颜色，易落下乘，惟唐贤最工此体。如裴士淹咏白牡丹云：‘别有玉盘承露冷，无人起向月中看。’此烘托之法也。薛能咏黄蜀葵云：‘记得玉人初病起，道家装束压禳时。’此比喻之体也。陆鲁望咏白莲花云：‘无情有恨何人觉，月晓风清欲堕时。’此传神之笔也。白乐天咏白牡丹云：‘应似东宫白赞善，被人还唤作朝官。’则现身说法，自写寄托。后操觚家，大率不能脱此诸窠臼。喜涂泽者，每用紫玉、绿珠、绛仙、息夫人等字以为效。广平之咏梅花，其实皆筌蹄也。王渔洋咏白莲花云：‘香来月白风清里，花放丛祠水驿前。’不脱不粘，最为高致。金匮孙平叔咏绿牡丹云：‘千叶相扶不辨花。’此句不用渲染，自然移置他花不得，然亦意尽句中，不若王又曾咏白莲花云：‘莫怪花容浑似雪，看花人亦鬓成丝。’洗尽铅华，遂推绝唱。”

在白居易现身说法、自比己喻之后，白牡丹乃为素心人所留意。至晚唐，徐夤有《追和白舍人咏白牡丹》：“蓓蕾抽开素练囊，琼葩薰出白龙香。裁分楚女朝云片，剪破姮娥夜月光。雪句岂须征柳絮，粉腮应恨帖梅妆。槛边几笑东篱菊，冷折金风待降霜。”徐夤牡丹诗亦很多，其中《惜牡丹花》：“今日狂风揭锦筵，预愁吹落夕阳天。闲看红艳只须醉，谩惜黄金岂是贤。南国好偷夸粉黛，汉宫宜摘赠神仙。良时虽作莺花主，白马王孙恰少年。”《郡庭惜牡丹》：“肠断东风落牡丹，为祥为瑞久留难。青春不驻堪垂泪，红艳已空犹倚栏。积藓下销香蕊尽，晴阳高照露华干。明年万叶千枝长，倍发芳菲借客看。”与前引白居易《惜牡丹花二首》其一韵脚相近或相同，立意相仿相似，诗题亦云“惜牡丹”，也可视为变相的追和。

唐人王贞白有《白牡丹》：“穀雨洗纤素，裁为白牡丹。异香开玉合，轻粉泥银盘。晓贮露华湿，宵倾月魄寒。家人淡妆罢，无语倚朱栏。”描画更加细腻，但远不如白诗的知名度高。正如清人吴铭道《沈石田画白花牡丹一枝》所云："老笔狂居士，清于剪水刀。白香山妙句，最洁最孤高。"

微之到通州日[①]

十五年前似梦游，曾将诗句结风流。偶助笑歌嘲阿软[②]，可知传诵到通州。昔教红袖佳人唱，今遣青衫司马愁。惆怅又闻题处所，雨淋江馆破墙头。

【注释】

① 通州：今四川达州，在四川东北部，大巴山之南，长江之北。《旧唐书·地理志二》山南西道："通州上，隋通川郡。武德元年，改为通州，领通川、宣汉、三冈、石鼓、东乡五县。"元稹元和十年（815）三月，自唐州（治所在今河南泌阳）从事移任通州司马。

② 阿软：长安歌妓。明人蒋一葵《尧山堂外纪》卷三十二："白乐天及第时，《赠长安妓阿软》绝句云：'绿水红莲一朵新，千花万草无颜色。'贞元末，阿软产一女，求小名于乐天，乐天曰：'此儿甚白晰，可名之曰皎皎。'有文士过之，见呼皎皎，为释其义，始悟乐天之戏。盖其种姓不明，取古诗云'皎皎河汉女'也。"

【评析】

作于元和十年（815），时在长安为太子左赞善大夫。诗题全称《微之到通州日，授馆未安，见尘壁间有数行字，读之，即仆旧诗，其落句云：'绿水红莲一朵开，千花百草无颜色。'然不知题者何人也。微之吟叹不足，因缀一章，兼录仆诗本同寄，省其诗乃是十五年前初及第时，赠长安妓人阿软绝句，缅思往事，杳若梦中，怀旧感今，因酬长句》。绿水，一作"渌水"。明人屠隆《论诗文》评论此诗云："香山诗有伤于妍媚浅俗者，此特其游戏三昧语。读其全集，禅乘名理，往往深入玄解。百代而下，窥香山一斑。岂惟后代，虽当时亦然矣。"白居易诗题所谓"微之吟叹不足，因缀一章"，指元和十年（815）通州司马元稹所撰《见乐天诗》："通州到日日平西，江馆无人虎印泥。忽向破檐残漏处，见君诗在柱心题。"

得微之到官后书备知通州之事怅然有感因成四章

来书子细说通州[①]，州在山根峡岸头。四面千重火云合，中心一道瘴江流。虫蛇白昼拦官道，蚊蟆黄昏扑郡楼。何罪遣君居此地？天高无处问来由。

【注释】

①子细：清晰，分明。杜甫《观李固请司马弟山水图》诗之三："高浪垂翻屋，崩崖欲压床。野桥分子细，沙岸绕微茫。"

匼匝巅山万仞余，人家应似甑中居。寅年篱下多逢虎，亥日沙头始卖鱼[①]。衣斑梅雨长须熨，米涩畬田不解锄。努力安心过三考，已曾愁杀李尚书[②]。［李实尚书先贬此州，身殁于彼处。］

【注释】

①"寅年"二句：《抱朴子·登陟》："山中寅日，有自称虞吏者，虎也。"

此谓寅年虎多，盖唐时迷信。吴景旭《历代诗话》卷五一："《青箱杂记》：荆、吴俗有寅、申、巳、亥日集于市，故谓亥市。蜀有痎市，间日一集，如痎疟之发，其俗又以冷热发歇为市喻。徐筠《水志》云：分宁县，本常州亥市也。西蜀曰痎，如疟疾间日复作也。江南人恶以疾称，故止曰亥耳。《豫章漫抄》云：南中每以丑、卯、酉日为市，故曰兔场、牛场、鸡场。岂用亥日为市，故谓之亥？余按《月令广义》云：亥音皆。《释名》：亥，核也。收藏百物，核取其好恶真伪也。市之以亥，或取此义，当从亥日为正。"

② 李尚书：《旧唐书·李实传》："李实者，道王元庆玄孙。……贞元十九年，为京兆尹……寻封嗣道王。自为京尹，恃宠强愎，不顾文法，人皆侧目。二十年春夏旱，关中大歉，实为政猛暴，方务聚敛进奉，以固恩顾，百姓所诉，一不介意。因入对，德宗问人疾苦，实奏曰：'今年虽旱，谷田甚好。'由是租税皆不免。……顺宗在谅暗逾月，实毙人于府者十数，遂议逐之，乃贬通州长史。……后遇赦量移虢州，在道卒。"

人稀地僻医巫少，夏旱秋霖瘴疟多。老去一身须爱惜，别来四体得如何？侏儒饱笑东方朔[①]，薏苡谗忧马伏波[②]。莫遣沉愁结成病，时时一唱濯缨歌[③]。

【注释】

①"侏儒"句：《汉书·东方朔传》："居有顷，闻上过，朱儒皆号泣顿首。上问：'何为？'对曰：'东方朔言上欲尽诛臣等。'上知朔多端，召问朔：'何恐朱儒为？'对曰：'臣朔生亦言，死亦言。朱儒长三尺余，奉一囊粟，钱二百四十。臣朔长九尺余，亦奉一囊粟，钱二百四十。朱儒饱欲死，臣朔饥欲死。臣言可用，幸异其礼；不可用，罢之，无令但索长安米。'上大笑，因使待诏金马门。"

②"薏苡"句：《后汉书·马援传》："初，援在交址，常饵薏苡实，用

能轻身省欲，以胜瘴气。南方薏苡实大，援欲以为种，军还，载之一车。时人以为南土珍怪，权贵皆望之。援时方有宠，故莫以闻。及卒后，有上书谮之者，以为前所载还，皆明珠文犀。马武与于陵侯侯昱等，皆以章言其状，帝益怒。援妻孥惶惧，不敢以丧还旧茔，裁买城西数亩地槁葬而已。宾客故人莫敢吊会。严与援妻子草索相连，诣阙请罪。帝乃出松书以示之，方知所坐，上书诉冤，前后六上，辞甚哀切，然后得葬。”

③ 濯缨歌：《孟子·离娄上》：“有孺子歌曰：沧浪之水清兮，可以濯我缨；沧浪之水浊兮，可以濯我足。”

通州海内恓惶地，司马人间冗长官。伤鸟有弦惊不定，卧龙无水动应难①。剑埋狱底谁深掘？松偃霜中尽冷看②。举目争能不惆怅，高车大马满长安。

【注释】

① “伤鸟”二句：《战国策·楚策四》：“更羸与魏王处京台之下，仰见飞鸟，更羸谓魏王曰：‘臣为王引弓虚发而下鸟。’魏王曰：‘然则射可至此乎？’更羸曰：‘可。’有间，雁从东方来，更羸以虚发而下之。……更羸曰：‘此孽也。’王曰：‘先生何以知之？’对曰：‘其飞徐而鸣悲。飞徐者，故疮痛也。鸣悲者，久失群也。故疮未息，而惊心未去也。闻弦音，引而高飞，故疮陨也。’”

② “剑埋”二句：《晋书·张华传》：“初，吴之未灭也，斗牛之间常有紫气，道术者皆以吴方强盛，未可图也，惟华以为不然。及吴平之后，紫气愈明。华闻豫章人雷焕妙达纬象，乃要焕宿，……华曰：‘是何祥也？’焕曰：‘宝剑之精，上彻于天耳。’……华大喜，即补焕为丰城令。焕到县，掘狱屋基，入地四丈余，得一石函，光气非常，中有双剑，并刻题，一曰龙泉，一曰太阿。其夕，斗牛间气不复见焉。……遣使送一剑并土与华，

留一自佩。或谓焕曰：‘得两送一，张公岂可欺乎？’焕曰：‘本朝将乱，张公当受其祸。此剑当系徐君墓树耳。灵异之物，终当化去，不永为人服也。’……华诛，失剑所在。焕卒，子华为州从事，持剑行经延平津，剑忽于腰间跃出堕水，使人没水取之，不见剑，但见两龙各长数丈，蟠萦有文章，没者惧而反。须臾光彩照水，波浪惊沸，于是失剑。”

【评析】

作于元和十年（815），长安，时为太子左赞善大夫。葛立方《韵语阳秋》卷十六：“元微之谪通州，白乐天有诗云：‘寅年篱下多逢虎，亥日沙头始卖鱼。’后人有《东南行》云：‘亥日饶虾蟹，寅年足虎貙。’张籍云：‘江村亥日长为市。’山谷亦有‘鱼收亥日妻到市’之句。”智按：“后人”疑为“后又”之误。“江村亥日长为市”见张籍《江南曲》，《张司业集》卷二。“鱼收亥日妻到市”见黄庭坚《古渔父》，《山谷外集》卷十三，“鱼”作“渔”。方回《瀛奎律髓》卷四十三云：“予读至此，乃知古人初无忌讳。元微之贬移通州司马，今蜀之开州也，未为甚恶。乐天在江州，乃引死人事寄诗，足见前辈直情。”纪昀曰：“（其一）结太直。（其二）结亦太直。（其三）结复第二首。（其四）‘有弦’二字圆对‘无水’，未免凑泊。结尤鄙猥。”

元稹有《酬乐天得微之诗知通州事因成四首》，卞孝萱《元稹年谱》、杨军《元稹集编年笺注·诗歌卷》、周相录《元稹集校注》系于元和十年（815），吴伟斌《关于元稹通州任内的几个问题》（《贵州文史丛刊》1987年第1期）、《元稹白居易通江唱和真相述略：〈元稹年谱〉献疑之十一》（《苏州大学学报》1988年第2期）认为是元和十三年（818）追和。

燕子楼三首（并序）

徐州故张尚书有爱妓曰眄眄[①]，善歌舞，雅多风态。予为校书郎时，游徐、泗间。张尚书宴予，酒酣，出眄眄以佐欢，欢甚。予因赠诗云："醉娇胜不得，风袅牡丹花。"一欢而去[②]，迩后绝不相闻，迨兹仅一纪矣。昨日，司勋员外郎张仲素缋之访予[③]，因吟新诗，有《燕子楼》三首，词甚婉丽。诘其由，为眄眄作也。缋之从事武宁军累年，颇知眄眄始末，云："尚书既殁，归葬东洛。而彭城有张氏旧第，第中有小楼，名燕子。眄眄念旧爱而不嫁，居是楼十余年，幽独块然，于今尚在。"予爱缋之新咏，感彭城旧游，因同其题，作三绝句。

满窗明月满帘霜，被冷灯残拂卧床。燕子楼中霜月夜，秋来只为一人长。

钿晕罗衫色似烟，几回欲著即潸然。自从不舞霓裳曲，叠在空箱十一年。

今春有客洛阳回，曾到尚书墓上来。见说白杨堪作柱，争教红粉不成灰？

【注释】

① 张尚书：一作"尚书张"。眄眄：一作"盼盼"。眄、盼二字，宋人版刻常混淆。

② 一欢：一作"尽欢"。

③ 张仲素缋之：张仲素，字绘（一作缋）之。郡望河间（今河北任丘），符离（今安徽宿州）人。唐代诗人。

【评析】

作于元和十年（815），长安，时为太子左赞善大夫。《唐宋诗醇》云：“一唱三叹，余音绕梁。似此风调，虽起王昌龄、李白辈为之，何以复加。”朱存孝《（朱选）玉台新咏》卷十曰：“树犹如此，人何以堪。”《类说》卷二九引《丽情集》之《燕子楼》（又见《绀珠集》卷十一）云：“张建封仆射节制武宁，舞妓盼盼，公纳之燕子楼。白乐天使经徐，与诗曰:‘醉娇无气力，风袅牡丹花。’公薨，盼盼誓不他适，多以诗代问答。有诗近三百首，名《燕子楼集》。尝作三诗云：‘楼上残灯伴晓霜，独眠人起合欢床。相思一夜情多少，地角天涯不是长。’‘北邙松柏锁愁烟，燕子楼中思悄然。自埋剑履歌尘散，红袖香销一十年。’‘适看鸿雁岳阳回，又睹玄禽过社来。瑶琴玉箫无意绪，任从虫网任从灰。’乐天和曰……”此后所录即居易此三诗。《才调集》卷十已录“盼盼一首《燕子楼》”，即《丽情集》所载盼盼诗第一首。《丽情集》谓白又赠一绝云“黄金不惜买蛾眉”，即白居易《感故张仆射诸妓》：“黄金不惜买蛾眉，拣得如花三四枝。歌舞教成心力尽，一朝身去不相随。”作于元和元年（806）以后。《丽情集》又载:“盼盼泣曰:‘妾非不能死，恐百载之后，人以我公重于色。乃和白诗云：‘自守空楼敛恨眉，形同春后牡丹枝。舍人不会人深意，刚道泉台不去随。’”《丽情集》所载《燕子楼三首》原作不见于今本白集，而据白诗序，恐非盼盼之作，当为张仲素之作，存于唐五代白集传本中，故后人得以附会改编。

《唐诗纪事》卷七八《张建封妓》亦引居易《燕子楼三首》序，唯“诘其由，为盼盼作也”作“诘其由，乃盼盼所作也”，亦载居易所和三诗，以为盼盼所作。余同《丽情集》。《唐诗纪事》又谓盼盼得诗后，快快旬日，不食而卒，吟诗云：“儿童不识冲天物，漫把青泥污雪毫。”后人多沿《丽情集》及《唐诗纪事》之说。清人汪立名《白香山诗集》以白居易所和《燕子楼三首》原诗为盼盼作，《全唐诗》亦连盼盼和白公诗及临终绝句，均归于关盼盼名下。明人郎瑛《七修类稿》卷十九“重名美妇”又谓：“建封娶者，关盼盼。”卷三六“燕子楼”：“姓关，或曰许。”其实，此事宋人陈振孙《白文公年谱》早已有辨：“燕子楼事，世传为张建封。按，建封死在贞元十六年，且其官为司空，非尚书也。尚书乃其子愔，《丽情集》误以为建封耳。”张愔，建封子。以父荫授虢州参军。父死，士卒作乱，杀判官等人，推愔为帅，朝廷不许，并出师围剿。征讨失败后，授愔为武宁军节度。后染病请代，召拜检校兵部尚书，元和元年（806）十二月卒。若据白诗所云“自从不舞霓裳曲，叠在空箱十一年”（序云“十余年”），当从张愔卒年算起，则《燕子楼三首》当作于元和十二年（817）左右。但若据白居易诗序所云“迨兹仅一纪”推算，《燕子楼三首》当作于元和十年（815）前后，宋绍兴本《燕子楼三首》前后亦皆元和十年（815）所作。未知孰是，姑且存疑。

张宗泰《质疑删存》卷下有“辨白乐天无赠盼盼诗讽以死事，盼盼所答诗亦出附会说”一则，他认为，前人谓盼盼是张建封之子张愔之妾是正确的，但说张建封不曾任过尚书，是不对的。因为张建封贞元七年（791）就检校礼部尚书，贞元十二年（796）又检校右仆射，既加右仆射就不能再称尚书。白居易贞元二十年（804）春校书郎任上“游徐、泗间，张尚书宴予”，“张尚书”即张愔。盖张建封已于四年前的贞元十六年（800）五月去世，此后张愔征为兵部尚书。白居易元和十年（815）《燕子楼三首》序云“徐州故张尚书有爱妓曰眄眄”，时在张愔逝后，故曰“徐州故张尚书”，可见盼盼为张愔之妾无疑。张宗泰所考，有一点或可商榷。白居易拜中书舍人确在长庆元年（821），盼盼和诗中称“舍人”确不得当，但是否即为此诗作伪之确证，还有待斟酌。盖《丽情集》等小说家所转述，往往难以深究细节，而叙述和转述中间，亦往往时间错位，细节舛误，未必即可据以断定史实皆误。张宗泰所考，还有几点微误：（一）所谓“汪立名《白公年谱》辨《丽情集》以为张建封有误”，当为陈振孙《白文公年谱》，陈冠汪戴，未免失察。（二）务遣樊素，时在开成四年（839），其云“一朝身去不相随”（《感故张仆射诸妓》），作于元和元年（806），所谓“即推务遣樊素之意，以叹张公之不能耳”，以后推前，徒淆滋乱。（三）元和终十五年，并非十六年。（四）张愔被疾请代在元和元年（806）十一月，并非元和二年（807）。（五）“白公之为校书郎”在贞元十九年（803），并非贞元二十年（804）。

张宗泰又有“附辨《燕子楼》原诗非盼盼所作”一则云：“《七修类稿》引《燕子楼》诗首尾两章，冠之曰盼盼诗云，汪立名白诗笺注，亦引为盼盼《燕子楼》诗。夫言为心声，盼盼能以妙年守义、甘处小楼，则必心如死灰，岂犹复作绮语而云‘独眠人起合欢床’耶？今按《燕子楼诗序》末云：‘予爱绩之新咏，感彭城旧游，因同其题。’则是原诗乃绩之所作。绩之者，司勋员外郎张仲素也。撰以误作盼盼之由，殆因序前半有云‘诘其由为盼盼作也’，误读去声之‘为’作平声耳，此亦序事家见请即往之失也。（又按，‘绩’当为‘绘’之误，以名仲素也。俟考。）”

燕子楼屡毁屡建，基址几经变迁，历经沧桑。唐景福二年（893）朱全中攻打徐州，徐州行营兵马都统时溥战败，携妻子登此楼自焚而死，楼亦被烧毁。此后，州人多次续建续修燕子楼。明万历二十一年（1593），重修燕子楼于城西北隅。清光绪九年（1883），徐州知府曾广照移至城西南隅城垣上重建。光绪十五年（1889），徐州道段喆迁建于城西北隅。1914 年燕子楼再次重修，1915 年张勋有《重修燕子楼记》。1928 年，城墙被拆除，燕子楼亦被毁。1932 年，又于西南隅重建燕子楼，日伪时期拆楼改建平房，千古名楼遂再次湮没。1985 年，徐州市人民政府在云龙公园知春岛重建燕子楼，一代历史名楼乃重张新彩，楼为双层，秀丽典雅，中悬赵朴初书白居易诗句。登楼眺瞩，近水远山，花木扶疏，回廊环绕，四面临水，水浮绿洲，洲耸琼楼，正与北宋诗人陈蔫《燕子楼》诗中“侍儿犹住水边楼”所述相合，正可谓：血泪洒鸾笺，七字清吟酬白傅；香魂依燕幕，千秋遗迹并黄楼。

自诲

乐天乐天，来与汝言。汝宜拳拳，终身行焉。物有万类，锢人如锁。事有万感，爇人如火。万类递来，锁汝形骸。使汝未老，形枯如柴。万感递至，火汝心怀。使汝未死，心化为灰。乐天乐天，可不大哀，汝胡不惩往而念来。人生百岁七十稀，设使与汝七十期。汝今年已四十四，却后二十六年能几时。汝不思二十五六年来事，疾速倏忽如一寐。往日来日皆瞥然[1]，胡为自苦于其间。乐天乐天，可不大哀。而今而后，汝宜饥而食，渴而饮；昼而兴，夜而寝[2]；无浪喜，无妄忧；病则卧，死则休。此中是汝家，此中是汝乡，汝何舍此而去，自取其遑遑。遑遑兮欲安往哉，乐天乐天归去来。

【注释】

① 瞥然：忽然。《太平广记》卷八六《抱龙道士》（出《野人闲话》）：“复同行十里，瞥然不见。”

② “饥而食”四句：《祖堂集》卷三懒瓒《乐道歌》：“我不乐生天，亦不爱福田。饥来即吃饭，睡来即卧瞑。”《大珠慧海禅师语录》卷下：“有源律师来问：‘和尚修道，还用功否？’师曰：‘用功。’曰：‘如何用功？’师曰：‘饥来吃饭，困来即眠。’曰：‘一切人总如是，同师用功否？’师曰：‘不同。’曰：‘何故不同？’师曰：‘他吃饭时不肯吃饭，百种须索，睡时不肯睡，千般计较，所以不同也。’”

【评析】

作于元和十年(815),长安,时为太子左赞善大夫。元和十年(815)六月三日凌晨,藩镇李师道派人刺杀力主以武力平藩的宰相武元衡,伤御史中丞裴度,京城大骇,朝野震动,左赞善大夫白居易迅疾做出反应,第一个站出来上书言事,亟请捕贼雪耻。不料,被素恶于自己的执政者责怪他在谏官之前言事,又诬告他作诗不忌讳母亲看花坠井而死的事,于是奏贬江表刺史,继而又遭到中书舍人王涯落井下石,上疏论"居易所犯状迹,不宜治郡,追诏授江州司马"(《旧唐书·白居易传》)。白居易百口莫辩,信而见疑,忠而被谤,冤愤难抑,写下《自诲》。晁迥《法藏碎金录》卷十:"人皆以即时称我者为己身,梦中亦然,一生之中其梦无数,定以何者为我身,是以古人有作普示道俗用心偈云:'莫认纷纷境,唯观了了心。知身不是我,烦恼更何侵。'又以即时所居之宇为己家,或士或庶,改卜经营不定,果以何处所居之宇为己家,又以先世相承生育之地为己乡,亦有迁移隔绝,别成故里者,果以何处之地为己乡。复有舟居之民舟中生子,其子但以舟为家,舟之往来不停,亦有改造易换其舟者。此舟中所生之子,果以何舟为家,何处为乡耶?故白乐天有《自诲》之词云:'无妄喜,无浪忧,此中是汝家,此中是汝乡。汝何舍此而去,自取其遑遑。'又有诗云:'我生本无乡,心安是归处。'白公大达,能警觉迷妄坚执之人也。"

舟 行

帆影日渐高,闲眠犹未起。起问鼓枻人,已行三十里。船头有行灶,炊稻烹红鲤。饱食起婆娑[1],盥漱秋江水。平生沧浪意，一旦来游此。何况不失家，舟中载妻子。

【注释】

①婆娑：《诗·陈风·东门之枌》："东门之枌，宛丘之栩。子仲之子，婆娑其下。"毛传："婆娑，舞也。"此为闲适、舒展之态。姚合《游阳河岸》："醉时眠石上，肢体自婆娑。"

【评析】

作于元和十年（815），自长安赴江州途中。诗题自注："江州路上作。"《元和郡县志》卷二八江州："武德四年讨平林士弘，复置江州。五年，又置总管。七年，改为都督。贞观二年罢都督府。州理城，古之湓口城也"，"管县三：浔阳，彭泽，都昌"。元和十年（815）七月下旬，贬谪江州司马的诏书下达。按当时律例，凡外贬官员，必须及时离京，兼程赶赴贬所，沿途亦不得逗留。所以诗人稍事收拾，降诏次日即匆匆上路。事业不顺、漂泊在外，心境不免凄楚，但看到妻子在身边就感到安心，有"不失家"的感觉，可见妻子带给白居易家的温暖和他对妻子的爱。《唐宋诗醇》云："迁谪远行，绝不作牢骚语，非实有见地者不能，如谢灵运《初发石首城》便云：'苕苕万里帆，茫茫将何之。'岂复成胸襟耶？"梁启超批点《白香山诗集》："此初谪时作也，绝无怨尤。"虽有难以排遣的忧伤，心态却出奇的平淡。看来白居易对宦海沉浮，已初具得失平衡的能力，虽还未到"不以物喜，不以己悲"的境界，但"达则兼济天下，穷则独善其身"的后半句，已有了实践的机会。

寄微之三首

江州望通州，天涯与地末[①]。有山万丈高，有江千里阔。间之以云雾，飞鸟不可越。谁知千古险，为我二人设。通州君初到，郁郁愁如结。江州我方去，迢迢行未歇。道路日乖隔，音信日断绝。因风欲寄语，地远声不彻。生当复相逢，死当从此别。

君游襄阳日，我在长安住。今君在通州，我过襄阳去。襄阳九里郭，楼雉连云树。顾此稍依依，是君旧游处。苍茫蒹葭水，中有浔阳路[②]。此去更相思，江西少亲故。

去国日已远，喜逢物似人。如何含此意，江上坐思君。有如河岳气，相合方氛氲。狂风吹中绝，两处成孤云。风回终有时，云合岂无因？努力各自爱，穷通我尔身。

【注释】

①“江州”二句：元和十年（815）三月，元稹自唐州从事移任通州司马。徐陵《答族人梁东海太守长孺书》：“燕南赵北，地角天涯。”

② 浔阳：《旧唐书·地理志三》江南西道江州：“天宝元年，改为浔阳郡。乾元元年，复为江州。”“浔阳，州所理。……武德四年，复为浔阳，浔水至此入江为名。”

【评析】

作于元和十年（815），长安至江州途中。《唐宋诗醇》云：“清空一气如话，三首直如一首。反复读之，令人心恻恻，殊难为怀。似古乐府，似苏、李河梁诗，似杜甫《梦李白》二章，要自成为香山之诗，惟其真也。诗文到真处，则千古流传，不可磨灭矣。”梁启超批点《白香山诗集》“谁知千古险”，夹批：“句嫌太硬。”“生当复相逢，死当从此别”，眉批：“肫挚沉郁。”

舟中雨夜

江云暗悠悠，江风冷修修[①]。夜雨滴船背，夜浪打船头。船中有病客，左降向江州。

【注释】

①修修：象声词，形容风声。王建《江南杂体二首》其一：“江上风修修，竹间湘水流。”

【评析】

作于元和十年（815），长安至江州途中。在贬赴江州的漫漫旅途中，冤愤难抑的谪迁感，一直沉重地横亘于诗人的心头，沿途写景纪行之作，无不触景伤怀，流露出难以掩抑的惆怅与感伤。前四句层层布景，一气蝉联。暗云、冷风、苦雨、恶浪之凄凉，景物烘托，渲染“病客”“左降”之悲苦心情，尤觉凄恻感人。

夜闻歌者

夜泊鹦鹉洲[①]，秋江月澄澈[②]。邻船有歌者，发调堪愁绝[③]。歌罢继以泣，泣声通复咽。寻声见其人，有妇颜如雪。

独倚帆樯立[4]，娉婷十七八。夜泪似真珠，双双堕明月。借问谁家妇，歌泣何凄切？一问一沾襟，低眉终不说。

【注释】

① 鹦鹉洲：《初学记》卷八："《舆地志》曰：夏口江中有鹦鹉洲。"《元和郡县志》卷二七："鹦鹉洲在（江夏）县西南二里。" 鹦鹉洲之得名，源自三国祢衡及其《鹦鹉赋》。祢衡，恃才傲物，曹操召之不往，怀忿送刘表。祢衡复侮慢于刘表，刘表不能容，便又送给性急的江夏太守黄祖，值黄祖之子大会宾客，有人送鹦鹉，请衡为赋。祢衡作《鹦鹉赋》，辞彩甚丽，但后终为黄祖杀，时年二十六，世乃称洲为鹦鹉洲。

② "秋江"句：一作"江月秋澄澈"。

③ 愁绝：愁到极点。杜甫《自京赴奉先县咏怀五百字》："放歌破愁绝。"

④ 帆樯：船上的桅杆。

【评析】

诗题作者自注："宿鄂州。"鄂州，今湖北武昌。《旧唐书·地理志三》江南西道："鄂州上，隋江夏郡。……在京师东南二千三百四十六里，至东都一千五百三十里。"元和十年（815）秋，白居易由京城长安谪赴江州，出任江州司马途中，途经鄂州，夜泊鹦鹉洲。在清幽的江岸，诗人偶闻邻船有歌者，发调愁绝。歌罢泣咽，于是难捺好奇之心，凭借知音之赏的勇气，寻声觅其人，只见一妇，其颜如雪，十七八岁的样子，倚帆而立，问她为谁而歌，为谁而泣，又为何如此凄切。然一问一沾襟，却低眉终不说。黄周星《唐诗快》云："毕竟是说不出口。可怜，可怜！（《夜闻歌者》末句下）"

此诗与《琵琶行》前后傍行，多有酷似之处，虽描写记叙不那样详细，情感表达之细腻、深切也远不及，诗人的个人情感也没有与歌者融为一体，限于体裁，音乐描写也还不精细、生动，创作心境、诗歌体式、人物形象、艺术手法、叙事方式、创作旨意等方面也存在差异，但这一切其实都成为了后面《琵琶行》的契机与素材。

洪迈《容斋三笔》卷六“白公《夜闻歌者》”云：“白乐天《琵琶行》，盖在浔阳江上为商人妇所作。而商乃买茶于浮梁，妇对客奏曲，乐天移船，夜登其舟与饮，了无所忌。岂非以其长安故倡女，不以为嫌邪？集中又有一篇，题云《夜闻歌者》，时自京城谪浔阳，宿于鄂州，又在《琵琶》之前。其词曰……陈鸿《长恨传序》云：‘乐天深于诗，多于情者也。’故所遇必寄之吟咏，非有意于渔色。然鄂州所见，亦一女子独处，夫不在焉，瓜田李下之疑，唐人不讥也。今诗人罕谈此章，聊复表出。”

虽然洪迈此段涉及文字叙述和唐代社会风俗方面容有不妥，但将其与《琵琶行》联系在一起，很有见地。何焯云：“亦自谓也，容斋之语真痴绝。”赵翼《瓯北诗话》卷四：“《琵琶行》亦是绝作。然身为本郡上佐，送客到船，闻邻船有琵琶女，不问良贱，即呼使奏技，此岂居官者所为？岂唐时法令疏阔若此耶？盖特香山借以为题，发抒其才思耳。然在鄂州，又有《夜闻歌者》一首云……则闻歌觅人，竟有其事，恬不为怪矣。”

《夜闻歌者》收在《白居易集》卷十“感伤二”中，全诗基调正是所谓“感伤诗”，首二句写景，接四句写歌，着重描写歌声的凄切。后六句写歌者，突出其哀伤。末四句写诗人询问，从人物情态加强悲凉感。诗人以歌的曲调与人的情感的一致性特征，集中表现人物内心的凄凉悲伤，主要从人物外部表情加以描绘。乔松年《萝藦亭札记》卷四云：“白乐天有《夜闻歌者》一诗，在《琵琶行》之前。”在季节时间、环境气氛、人物情节、语言表达上，二诗多有相似，《夜闻歌者》诗中的主人公是“颜如雪”的年青妇人，与《琵琶行》老大嫁作商人妇的琵琶女，虽有年龄之差别，但其“发调堪愁绝”，与“未成曲调先有情”之情致，可谓前后相依，一脉相通。在某种程度上，《夜闻歌者》堪称《琵琶行》的本源。《夜闻歌者》为五言古体，全诗 8 韵 16 句 80 字，音韵绵密、一韵到底，篇幅短小精悍，风格简朴含蓄，有不尽之意见于言外的情致。《琵琶行》是运用律句的七言歌行，全诗 44 韵 88 句 616 字，篇幅大概是《夜闻歌者》的 8 倍，节奏繁复，语词华丽，分组换韵，音韵谐美，体式壮大，气势流走。体制上的优长，视角上的变化，确保了读者可以全面、详细、深入地透视琵琶女和诗人的过往、处境乃至情感、灵魂的交流，获得酣畅痛快的阅读体验。

初贬官过望秦岭

草草辞家忧后事①，迟迟去国问前途②。望秦岭上回头立，无限秋风吹白须。

【注释】

① 草草：匆忙。当时规定官吏被贬后要闻诏即行。

② 去国：离开京城。

【评析】

诗题作者自注："自此后诗，江州路上作。"诗题之"望秦岭"，是秦岭山之别名，在商州（今属陕西）境内。《通典》卷一七五商州："上洛，汉旧县，有秦岭山。"《史记·封禅书》正义引《括地志》："灞水，古滋水也，亦名蓝谷水，即秦岭水之下流，在雍州蓝田县。"元稹《望云骓马歌》："橐它山上斧刃堆，望秦岭下锥头石。五六百里真符县，八十四盘青山驿。"写德宗自凤翔幸梁州路程。《舆地纪胜》

卷一八四洋州："骆驼岭……在兴道县东北三十里。"与赴商洛道不同，然亦属秦岭山脉。长庆二年（822），白居易自长安至杭州途中有《自望秦赴五松驿马上偶睡睡觉成吟》。

此诗是长安至江州途中第一首诗，表现对京城的留恋及离京后的悲凉心绪。前两句对仗，写出对家庭和朝廷的不同形式的留恋。三句点题，转折有力，四句收束自然。末两句宛如自画像，萧瑟秋风中，遭受严重打击的诗人，岭上回望长安，秋风拂面吹须，容颜苍老，去国离家之悲，前路茫茫之忧，义而遭贬之恨，纷至沓来，万千感触，俱从"无限秋风吹白须"句中传出，妙在即景微逗，包孕丰富。王禹偁《登秦岭》："巉岩石上候肩舁，因想前贤似坦途。韩愈谪官忧瘴疠，乐天左宦白髭须。商于郡僻何人到，秦岭峰高我仆痡。且咏诗章自开解，任从霄汉落泥涂。"

蓝桥驿见元九诗

蓝桥春雪君归日，秦岭秋风我去时。每到驿亭先下马[1]，循墙绕柱觅君诗。

【注释】

① 每到：一作"每去"。

【评析】

诗题作者自注："诗中云：江陵归时逢春雪。"蓝桥驿，地处长安东南要道上，蓝桥在陕西蓝田东南蓝溪。《长安志》卷十六蓝田："蓝桥驿在县东南四十里。"元和十年（815）初春，元稹在经历了五年贬谪生活之后，自唐州奉诏还京，经过蓝桥驿，心情不错，题七律于驿亭壁，题为《留呈梦得子厚致用》（题下注“题蓝桥驿”），诗中有“心知魏阙无多地，十二琼楼百里西”那样得意之句。然而到长安不久，三月就又远谪通州。其《西归绝句十二首》末二首亦为咏蓝桥之作：“云覆蓝桥雪满溪，须臾便与碧峰齐。风回面市连天合，冻压花枝着水低。”“寒花带雪满山腰，着柳冰珠满碧条。天色渐明回一望，玉尘随马度蓝桥。”

元和十年（815）八月，被贬为江州司马的白居易，途经蓝桥驿，读到元稹的诗，想想朝政风云多变，不禁感慨万千，写下了《蓝桥驿见元九诗》这首绝句。这来来往往的变故，就是“蓝桥春雪君归日，秦岭秋风我去时”的故事，其中当然寄寓了其怀友之情，满含同病相怜的身世之感，相互慰勉的无限情思，及对世事无常、仕宦险恶的感慨。后两句表面是说“觅君诗”，其实真正的意思是说我们两人先后经历着同样坎坷的人生道路，同是天涯迁客。白诗向以晓畅著称，然此诗却比较含蓄蕴藉。富寿荪选注《千首唐人绝句》云：“微之还京，乐天南贬，蓝桥来去，悲欢自异，遍觅故人之题咏，正欲慰迁谪之深愁。语似平淡，意极沉挚，为乐天独造之境。”

白　鹭①

人生四十未全衰，我为愁多白发垂。何故水边双白鹭，无愁头上亦垂丝？

【注释】

①白鹭：白鹭多生活在沼泽地、湖泊等环境中，在外形上跟仙鹤相似，

同样是嘴长、颈长和腿长，区别在于白鹭的头上有一根长翎子，颈部下方有明显下垂的细羽毛。白鹭属共有13种鸟类，其中有大白鹭、中白鹭、白鹭（小白鹭）和雪鹭四种体羽皆是全白，通称白鹭。大白鹭体型大，既无羽冠，也无胸饰羽；中白鹭体型中等，无羽冠但有胸饰羽；白鹭和雪鹭体型小，羽冠及胸饰羽全有。白鹭在繁殖期所生的冠羽和蓑羽可作装饰用，俗称白鹭丝毛。

【评析】

作于元和十年（815），长安至江州途中。宋俊《柳亭诗话》卷二十八："香山诗：'何故水边双白鹭，无愁头上亦垂丝。'杨诚斋全用其意曰：'君道愁多头易白，鹭丝从小鬓成丝。'宋子虚亦云：'吴霜两鬓早先秋，闻道愁多会白头。溪上鹭丝浑似雪，想应无那一身愁。'"智按：杨万里《有叹》："老来无面见毛锥，犹把闲愁付小诗。若道愁多头易白，鹭鸶从小鬓成丝！"宋无，字子虚，诗见其《发白解嘲》（《两宋名贤小集》卷三七六《翠寒集》）。

舟夜赠内

三声猿后垂乡泪，一叶舟中载病身。莫凭水窗南北望，月明月暗总愁人。

【评析】

作于元和十年（815），长安至江州途中。此前一年，白居易在下邽亦有《赠内》："漠漠暗苔新雨地，微微凉露欲秋天。莫对月明思往事，损君颜色减君年。"而陆时雍《唐诗镜》所选白诗，这一首《舟夜赠内》

是最后的压卷之作。白居易一生关于寄妻怀妻的诗章,不下十首,伉俪情深,可见一斑。这一首写贬官离家,舟中夜泊,随波沉浮,凭窗眺望,江水茫茫,足堪悲伤。何况又是病身,何况又耳闻令人泪沾衣的猿鸣,此情此景,更倍感思念之苦,与下邽《赠内》情境已大有不同。苏轼熙宁六年(1073)《九日舟中望见有美堂上鲁少卿饮处以诗戏之二首》其一"谁知爱酒龙山客,却在渔舟一叶中",施注引白诗"三声猿后思乡泪,一叶舟中载病身"为释,但二诗情调则迥然有别。

浦中夜泊

暗上江堤还独立,水风霜气夜棱棱①。回看深浦停舟处,芦荻花中一点灯。

【注释】

① 棱棱:高峻貌,又深重貌。鲍照《芜城赋》:"棱棱霜气,蔌蔌风威。"《文选》李善注:"棱棱霜气,严冬之貌。"

【评析】

作于元和十年(815),长安至江州途中。诗写谪宦天涯之孤独感,诗意婉曲而自然天成。桂馥《札朴》卷六:"乐天《浦中夜泊》云……自家泊舟之景,却是自家从堤上回看得之,船中人不知也。此意最婉曲。义山《夜雨寄北》云:'君问归期未有期,巴山夜雨涨秋池。何时共剪西窗烛,却话巴山夜雨时。'眼前景反作后日怀想,此意更深。"

舟中读元九诗

把君诗卷灯前读，诗尽灯残天未明。眼痛灭灯犹暗坐，逆风吹浪打船声。

【评析】

作于元和十年（815），长安至江州途中。近体诗，尤其是绝句最忌“犯复”，即一诗中不宜用重复的字，但这首绝句，却一反故常，四句中三用“灯”字。我们读起此诗，却丝毫不感重复，只觉得较之常作更为自然流泻。原来，诗人以这个“灯”字作为一根穿起一串明珠的彩线，在节律上形成一句紧连一句的效果。音节蝉连，委蛇曲折，如金蛇盘旋而下，加强了表达的力量。诗的前三句蓄势，于叙事中抒情；后一句才哗然打开感情的闸门，让激浪涡流咆哮奔鸣而下，让乐曲终止在最强音上，收到了“四弦一声如裂帛”的强烈效果。元稹《酬乐天舟泊夜读微之诗》：“知君暗泊西江岸，读我闲诗欲到明。今夜通州还不睡，满山风雨杜鹃声。”张嵲《如吴兴舟中读白乐天诗有作》：“离离云树泛朝舣，十月江南未变衰。纵棹千寻霅溪水，散怀一卷乐天诗。平生名宦休回顾，随分追游且自欺。不敢将心比余事，逍遥何似洛川时。”《唐宋诗醇》卷二三：“字字沉着，二十八字中无限层折。元微之《闻乐天左降江州》诗云：‘残灯无焰影幢幢，此夕闻君谪九江。垂死病中惊坐起，暗风吹雨入寒窗。’居易以为：‘此句他人尚不可闻，况仆心哉！’此诗真可谓同调。”《诗辩坻》卷三：“太白‘杨花落尽’，与乐天‘残灯无焰’，体同题类，而风趣高卑，自觉天壤。”沈其光《瓶粟斋诗话》初编卷三：“奉贤庄漱润孝廉礼本，耆酒好内，不拘仪检，卒年才三十有五。尝见其《送华亭雷君曜孝廉瑨自彝陵归省》一绝云：

‘长江此去四千里，送子东归欲断魂。我已无家归未得，天涯岁晚又黄昏。’神韵凄然。盖客中送人还乡已属难堪，况其地远在天涯，而其时又岁晚又黄昏乎？此法全从乐天《舟中读元九诗》及《寒食夜有怀》等绝句得来，所谓四、五层写法也。”

岁晚旅望

朝来暮去星霜换[①]，阴惨阳舒气序牵[②]。万物秋霜能坏色，四时冬日最凋年。烟波半露新沙地，鸟雀群飞欲雪天。向晚苍苍南北望，穷阴旅思两无边[③]。

【注释】

① 星霜：犹言岁月。杜甫《秋日荆南述怀三十韵》：“星霜玄鸟变，身世白驹催。”

② “阴惨”句：张衡《西京赋》：“夫人在阳时则舒，在阴时则惨，此牵乎天者也。”《文选》薛综注：“阳谓春夏，阴谓秋冬。”

③ 穷阴：指冬尽年终之时。鲍照《舞鹤赋》：“于是穷阴杀节，急景凋年。”旅思：一作“离思”。

【评析】

作于元和十年（815），长安至江州途中。诗人遭贬，心情沮丧，写景寓情，情发于中，蕴藉深沉，韵味悠长。颔联写秋霜能使万物改变颜色，一年四季中，冬日万物凋谢，景象萧条、寂寥。《唐宋诗醇》云：“倚天拔地，字字奇警，与杜甫《阁夜》诗极相似。”

晏坐闲吟

昔为京洛声华客①，今作江湖老倒翁②。意气销磨群动里，形骸变化百年中。霜侵残鬓无多黑，酒伴衰颜只暂红。赖学禅门非想定③，千愁万念一时空。

【注释】

① 声华：声名。韦应物《送刘评事》："声华满京洛，藻翰发阳春。"

② 老倒：同"潦倒"。《太平广记》卷八二《郑相如》（出《广异记》）："虔因之叙叔侄，见其老倒，未甚敬之。"

③ "赖学"句：《大般涅槃经》卷上："有八解脱……七者非想非非想处解脱。八者灭尽定解脱。"《楞严经》卷九："识性不动，以灭穷研，于无尽中，发宣尽性，如存不存，若尽非尽，如是一类，名为非想非非想处。"

【评析】

作于元和十年（815），长安至江州途中。在两京白居易声名卓著，而今却成了漂泊江湖的老倒翁。原有的锐气被消磨得荡然无存，形体也越变越羸弱；风霜雨雪使他的鬓发已没有几根黑丝，颜面上的暂时红润，只是喝了酒而已，而实际掩盖不了未老先衰。幸赖学习禅门"非想定"法，才使得千愁万念皆化为虚空。禅门中的"非想定"，不过是四定中的一定。按照印度佛教的说法，定，在梵语里叫"三摩地"或"三昧"，意思指人的内心专注于一境而不散乱的精神状态，原来是天竺各宗教派别较为普遍遵循的一种宗教实践行为。禅，在梵语中叫"禅那"，意思是安静的思虑，只是定中的一个门类。在早期佛教中，有四禅之说，即通过特定的思维形式，把人的思维引向佛教信仰，形成一种特殊的心理感受，依阶次由低向高逐步脱离迷妄，达到清净无念、不苦不乐的境地。修炼四禅的人，死后可以脱离世俗欲界，升入大神所居的色界四禅天。定呢，也有四定，即空无边处定、识无边处定、无所有处定、非想非非想处定，强调把人的注意力全部高度集中到佛教，依阶次对一阶段的思维认识进行不断否定、超越。乐天说的“非想定”，即这四定的最后一定“非想非非想定”，这一定要求超越所有的观想而进入任何观想都不存在的绝对寂静、虚空的状态。据说，修此定的人，死后将进入五色界。显然，在早期佛教那里，四定要比四禅高出一个档次。然而，佛教传入中国后，人们又习惯把禅与定合称为“禅定”。不过，从乐天的这句话可以看出，他对早期佛教的禅与定之分是清楚的。

读庄子

去国辞家谪异方，中心自怪少忧伤。为寻庄子知归处，认得无何是本乡[①]。

【注释】

①“无何”句：《庄子·逍遥游》：“今子有大树，患其无用，何不树之于无何有之乡，广莫之野。”无何有之乡，意为没有任何东西的地方，后用以指空想的或虚幻的境界，常用以咏梦。《庄子·列御寇》：“彼至人者，归精神乎无始而甘冥乎无何有之乡。”

【评析】

作于元和十年（815），长安至江州途中。道家哲学是一种困境哲学，其主要精神就是引导人们在乱世和险境中全身远祸，在困境和逆境中求得解脱,保持安时处顺、随遇自适的精神状态。《庄子》云:“吾以为得失之非我也,而无忧色而已矣。”(《田子方》)“得者,时也;失者,顺也。安时而处顺,哀乐不能入也。”(《大宗师》)这种思想,在江州谪居时期的白居易诗歌中有着集中的表现。如《咏怀》:“五十不为夭,吾今欠数年。知分心自足,委顺身常安。故虽穷退日,而无戚戚颜。”《我身》:“外貌虽寂寞,中怀颇冲融。赋命有厚薄,委心任穷通。”《遣怀》:“荣销枯去无非命,壮尽衰来亦是常。”而这些诗作的思想源泉就是老庄。详参张瑞君《庄子思想与白居易人生境界》(《文学评论》2011 年第 3 期)、鲍鹏山《白居易与〈庄子〉》(复旦大学出版社,2017 年 1 月)等。

放言五首(并序)[①]

元九在江陵时,有《放言》长句诗五首[②],韵高而体律,意古而词新。予每咏之,甚觉有味,虽前辈深于诗者,未有此作。唯李颀有云[③]:“济水至清河自浊,周公大圣接舆狂。”斯句近之矣。予出佐浔阳,未届所任[④],舟中多暇,江上独吟,因缀五篇,以续其意耳。

【注释】

① 放言:指放纵其言,不受拘束。《后汉书·荀韩钟陈传论》:“汉自中世以下,阉竖擅恣,故俗遂以遁身矫洁放言为高。”李贤注:“放肆其言,不拘节制也。”

② 长句诗:即七言诗。杜甫《苏端薛复筵简薛华醉歌》:“近来海内为长句,汝与山东李白好。”

③ 李颀：颍阳（今河南登封）人。开元二十三年（735）进士，官新乡尉。久不得升迁，遂弃官归隐。颀于诗，长于七古、七律。七古道劲奔放，酣畅恣肆；七律风格朗畅，声韵铿锵。有集，已佚，《全唐诗》编其诗为三卷。生平事迹见元辛文房《唐才子传》卷二。

④ 未届所任：还没有到达任所。

朝真暮伪何人辨？古往今来底事无？但爱臧生能诈圣①，可知宁子解佯愚②？草萤有耀终非火，荷露虽团岂是珠③？不取燔柴兼照乘，可怜光彩亦何殊④？

【注释】

① 臧生：臧武仲。武仲，臧孙氏，名纥，官为司寇。《左传·襄公二十二年》："臧武仲如晋，雨，过御叔。御叔在其邑，将饮酒，曰：'焉用圣人？我将饮酒，而已雨行，何以圣为？'穆叔闻之，曰：'不可使也，而傲使人，国之蠹也。'令倍其赋。"杜预注："武仲多知，时人谓之圣。"又二十三年："仲尼曰：知之难也。有臧武仲之知，而不容于鲁国，抑有由也，作不顺而施不恕也。"

② 宁子：宁武子。《论语·公冶长》："子曰：宁武子，邦有道，则知；邦无道，则愚。其知可及也，其愚不可及也。"集解："孔曰：佯愚似实，故曰不可及也。"

③"草萤"二句：用萤之非火、露不是珠来比拟人世间的一切假象。《论衡·定贤》："故萤火之明，掩于日月之光。"陆云《芙蓉诗》："盈盈荷上露，灼灼如明珠。"

④ "不取"二句：假如不兼用明亮的火焰和照乘珠的光彩就不能发现它们的区别。《仪礼·觐礼》："祭天，燔柴。"《史记·田敬仲完世家》："梁王曰：'若寡人国小也，尚有径寸之珠照车前后各十二乘者十枚，奈

何以万乘之国而无宝乎？'”高适《涟上别王秀才》：“何意照乘珠，忽然欲暗投。”

世途倚伏都无定，尘网牵缠卒未休。祸福回还车转毂，荣枯反复手藏钩[①]。龟灵未免刳肠患[②]，马失应无折足忧[③]。不信君看弈棋者，输赢须待局终头。

【注释】

① 藏钩：《艺文类聚》卷七四引《风土记》：“义阳腊日饮祭之后，叟妪儿童，为藏钩之戏，分为二曹，以效胜负。若人偶即敌对，人奇即人为游附，或属上曹，或属下曹，名为飞鸟，以齐二曹人数。一钩藏在数手中，曹人当射知所在。一藏为一筹，三筹为一都。”又引辛氏《三秦记》：“昭帝母钩弋夫人，手拳而有国色，先帝宠之，世人藏钩法此也。”

② “龟灵”句：灵龟刳肠，《庄子·外物》：“宋元君夜半而梦人被发窥阿门曰：‘予自宰路之渊，予为清江使河伯之所，渔者余且得予。’元君觉，使人占之，曰：‘此神龟也。’……龟至，君再欲杀之，再欲活之，心疑，卜之，曰：‘杀龟以卜，吉。’乃刳龟，七十二钻而无遗策。仲尼曰：‘神龟能见梦于元君，而不能避余且之网；知能七十二钻而无遗策，不能避刳肠之患。如是，则知有所困，神有所不及也。’”白居易《答桐花》：“老龟被刳肠，不如无神灵。”

③ “马失”句：《淮南子·人间训》：“近塞上之人有善术者，马无故亡而入胡，人皆吊之。其父曰：‘此何遽不为福乎？’居数月，其马将胡骏马而归，人皆贺之。其父曰：‘此何遽不能为祸乎？’家富良马，其子好骑，堕而折其髀，人皆吊之。其父曰：‘此何遽不为福乎？’居一年，胡人大入塞，丁壮者引弦而战，近塞之人，死者十九，此独以跛之故，父子相保。”

赠君一法决狐疑[①],不用钻龟与祝蓍[②]。试玉要烧三日满[③],[真玉烧三日不热。]辨材须待七年期[④]。[豫章木生七年而后知。]周公恐惧流言后[⑤],王莽谦恭未篡时[⑥]。向使当初身便死[⑦],一生真伪复谁知?

【注释】

①狐疑:犹豫不决。《颜氏家训·书证》:"狐之为兽,又多猜疑,故听河冰无流水声,然后敢渡。今俗云:狐疑虎卜,则其义也。"《太平御览》卷九百九引《水经注》:"狐性多疑,故俗有狐疑之说。"

②钻龟与祝蓍:钻龟壳后看裂纹以卜凶吉,拿蓍草的茎来占卦。《易·系辞上》:"是故蓍之德圆而神,卦之德方以知,六爻之义易以贡。……成天下之亹亹者,莫大乎蓍龟。"

③"试玉"句:《淮南子·俶真训》:"譬若钟山之玉,炊以炉炭,三日三夜而色泽不变,则至德天地之精也。"白居易《答友问》:"良玉同其中,三日烧不热。"

④"辨材"句:辨材,即豫章,枕木和樟木的并称。《墨子·公输》:"荆有长松、文梓、楩楠、豫章。"《史记·司马相如传》:"其北则有阴林巨树楩楠豫章。"《正义》云:"豫,今之枕木也;章,今之樟木也。二木生至七年,枕樟乃可分别。"

⑤"周公"句:周公,名旦,周武王之弟,成王之叔。武王死,成王年幼,周公旦摄政,管、蔡、霍三叔,阴谋陷害,造作流言,说周公要篡位。《史记·鲁周公世家》:"周公恐天下闻武王崩而畔,周公乃践阼代成王摄行政当国。管叔及其群弟流言于国曰:'周公将不利于成王。'"集解:"孔安国曰:放言于国,以诬周公,以祸成王也。"

⑥"王莽"句:王莽,字巨君,东平陵(今山东济南东)人。王莽未篡汉前曾伪装谦恭下士。事见《汉书·王莽传》。白居易《有木诗八首》序:

"见色仁行违,先德后贼,如王莽辈者。"

⑦ 当初:一作"当时"。

谁家第宅成还破?何处亲宾哭复歌?昨日屋头堪炙手,今朝门外好张罗[①]。北邙未省留闲地[②],东海何曾有定波[③]。莫笑贱贫夸富贵,共成枯骨两如何[④]。

【注释】

① "昨日"二句:崔颢《长安道》:"莫言炙手手可热,须臾火尽灰亦灭。"《史记·汲郑列传》:"始翟公为廷尉,宾客阗门。及废,门外可设雀罗。翟公复为廷尉,宾客欲往,翟公乃大署其门曰:一死一生,乃知交情。一贫一富,乃知交态。一贵一贱,交情乃见。"

② 北邙:北邙山,在洛阳郊外,汉魏以来为墓地,亦用作墓地之代称。陶渊明《拟古九首》之四:"一旦百岁后,相与还北邙。"王建《北邙行》:"北邙山头少闲土,尽是洛阳人旧墓。"未省:未曾。白居易《寻春题诸家园林》:"平生身得所,未省似而今。"

③ "东海"句:《神仙传》卷七:"麻姑自说:'接待以来,已见东海三为桑田。向到蓬莱,水又浅于往者会时略半也。岂将复还为陵陆乎?'方平笑曰:'圣人皆言,海中行复扬尘也。'"

④ "莫笑"二句:《列子·杨朱》:"然而万物齐生齐死,齐贤齐愚,齐贵齐贱。十年亦死,百年亦死,仁圣亦死,凶愚亦死。生则尧舜,死则腐骨。生则桀纣,死则腐骨。腐骨一矣,孰知其异。"白居易《浩歌行》:"贤愚贵贱同归尽,北邙冢墓高嵯峨。"

泰山不要欺毫末,颜子无心羡老彭[①]。松树千年终是朽,槿花一日自为荣[②]。何须恋世常忧死,亦莫嫌身漫厌生。生去死来都是幻，幻人哀乐系何情？

【注释】

① 颜子：颜回。《论语·先进》："季康子问：'弟子孰为好学？'孔子对曰：'有颜回者好学，不幸短命死矣，今也则亡。'"老彭：彭祖。《庄子·齐物论》："天下莫大于秋豪之末，而大山为小；莫寿于殇子，而彭祖为夭。"

② 槿花：木槿之花，朝开夕落。阮籍《咏怀》："墓前荧荧者，木槿耀朱华。荣好未终朝，连飙损其葩。"

【评析】

据序文，可知是元和十年（815）白居易44岁被贬后，由长安赴江州途中所作。诗题"放言"，就是无所顾忌，畅所欲言。七律《放言五首》是一组政治抒情诗，组诗就社会人生的真伪、祸福、贵贱、贫富、生死诸问题纵抒己见，宣泄对时政的不满，对自身遭遇的忿忿不平。既然是为发泄牢骚而作，其感情基调自然是激越的。但白居易对未来并未完全丧失信心，认为自己蒙受的冤抑，还有洗雪的希望，所以诗中唱出"草萤有耀终非火，荷露虽团岂是珠"，"不信君看弈棋者，输赢须待局终头"之类自勉自慰的调子，既为了自励，也为了同挚友共勉。元稹《放言五首》云："近来逢酒便高歌，醉舞诗狂渐欲魔。五斗解酲犹恨少，十分飞盏未嫌多。眼前仇敌都休问，身外功名一任他。死是老闲生也得，拟将何事奈吾何？""莫将心事厌长沙，云到何方不是家。酒熟铺糟学渔父，饭来开口似神鸦。竹枝待凤千茎直，柳树迎风一向斜。总被天公沾雨露，等头成长尽生涯。""霆轰电烻数声频，不奈狂夫不藉身。纵使被雷烧作烬，宁殊埋骨扬为尘？得成蝴蝶寻花树，傥化江鱼棹锦鳞。必若乖龙在诸处，何须惊动自来人！""安得心源处处安？

何劳终日望林峦？玉英惟向火中冷，莲叶元来水上干。宁戚饭牛图底事？陆通歌凤也无端。孙登不语启期乐，各自当情各自欢。”“三十年来世上行，也曾狂走趁浮名。两回左降须知命，数度登朝何处荣？乞我杯中松叶满，遮渠肘上柳枝生。他时定葬烧缸地，卖与人家得酒盛。”元和五年(810)至九年(814)作于江陵，元稹时为江陵士曹参军。后人称许此诗为“意之奇者”。

楼钥《跋白乐天集目录》：“香山居士之诗，爱之者众，亦有轻之者。山谷由贬所寄十小诗，如：‘老色日上面，欢情日去心。今既不如昔，后当不如今。’又：‘轻纱一幅巾，短簟六尺床。无客日自静，有风终夕凉。’妙绝一时。皆香山诗中句也。‘周公恐惧流言日，王莽谦恭下士时。若使当时身便死，一生真伪有谁知。’今在王文公集中，不知亦香山诗也。此特其佳句尔。”赵与虤《娱书堂诗话》：“白乐天云：‘周公恐惧流言日，王莽谦恭未篡时。若使当时身便死，一生真伪有谁知？’此诗乃二十八字史论。”俞文豹《吹剑录》：“作文援经须对经，史须对史，三代须对三代，汉唐须对汉唐，荆公诗：‘一水护田将绿绕，两山排闼送青来。’护田排闼，皆汉事。东坡诗：‘嵇绍似康为有子，郗超叛鉴似(是)无孙。’皆晋人。稼轩上梁文：‘吾亦爱吾庐，卿自用卿法。’皆晋语。若乐天诗：‘周公恐惧流言日，王莽谦恭下士时。’则非类矣。”

许学夷《诗源辩体》卷二十八：“乐天七言律，如‘万里清光’‘岳阳楼下’‘来书子细’等篇，亦为小变；如‘我转官阶常自愧，君加邑号有何功’(《妻初授邑号告身》)、‘翠黛不须留五马，皇恩只许住三年’(《西湖留别》)、‘借问连宵直南省，何如尽日醉西湖’(《代诸妓寄严郎中》)等句，始入游戏；如‘试玉要烧三日后，辨材须待七年期’‘松树千年终是朽，槿花一日自为荣’‘只见火光烧润屋，不闻风浪覆虚舟’‘虫全性命缘无毒，木尽天年为不才’‘荣枯事过都成梦，忧喜心忘便是禅’‘学调气后衰中健，不用心来闹处闲’‘当君白首同归日，是我青山独往时’‘尽离文字非中道，长住虚空是小乘’等句，亦大入议论；如‘夜眠身是投林鸟，朝饭心同乞食僧’‘寒松纵老风标在，野鹤虽饥饮啄闲’‘二三月里饶春睡，七八年来不早朝’‘闻有酒时须笑乐，不关身事莫思量’‘五千言里教知足，三百篇中劝式微’等句，亦快心自得；如‘新诗传咏’‘艳阳时节’‘忆除司马’等篇，则两股交串；如‘昔年八月’‘非庄非宅’‘案头历日’等篇，又隔句扇对；至‘早闻元九’一篇，体制更奇，此皆以文为诗，实开宋人之门户耳。”

汤宾尹《王昭文论草序》：“余最爱白乐天《放言》诗：‘周公恐惧流言日，王莽谦恭下士时。向使当年身便死，一生真伪复谁知？’时时讽诵，以为名言。一日抹杀，填其尾云：死则必不死，知则必定知，不劳乃公担念。”黄周星《唐诗快》云：“（《放言五首》其三）真正千古名言。佛说真经，不过如是。”袁枚《随园诗话》卷五：“白香山诗云：‘周公恐惧流言日，王莽谦恭下士时。若使当时身早死，两人真伪有谁知？’宋人反其意，曰：‘少年胯下安无忤，老父圯边愕不平。人物若非观岁暮，淮阴何必减文成？’”纪昀曰：“五首皆俚词野调。乃以此传世，实所未喻。”

马星翼《东泉诗话》：“香山《放言》七律数首，调虽不高，多有名言。如：‘周公恐慌流言后，王莽谦恭未篡时。向使当时身便死，一生真伪复谁知？’此其诗之有议论者，若莽与周公，初亦不能相假，斯不待言，句中两时字复，盖有意重用之。”梁启超批点《白香山诗集》“韵高而体律，意古而词新”，眉批：“八字，公自道也。”“朝真暮伪何人辨，古往今来底事无”，眉批：“《击壤集》学此而未至者也。”

读李杜诗集因题卷后

翰林江左日，员外剑南时①。不得高官职，仍逢苦乱离。暮年逋客恨②，浮世谪仙悲③。吟咏流千古，声名动四夷。文场供秀句④，乐府待新辞⑤。天意君须会，人间要好诗。［贺监知章目李白为谪仙人。］

【注释】

①“翰林”二句：范传正《唐左拾遗翰林学士李公新墓碑》：“天宝初，召见于金銮殿，玄宗明皇帝降辇步迎……遂直翰林，专掌密命。”《旧唐书·文苑传·李白》：“禄山之乱，玄宗幸蜀，在途以永王璘为江淮兵马都督、扬州节度大使，白在宣州谒见，遂辟为从事。永王谋乱，兵败，白坐长流夜郎。”元稹《唐故工部员外郎杜君墓系铭》：“京师乱，步谒行在，拜左拾遗。岁余，以直言失官，出为华州司功，寻迁京兆功曹。剑南节度使严武拔为工部员外、参谋军事。旋又弃去，扁舟下荆楚间，竟以寓卒。”

②逋客：谓杜甫晚年漂泊。孔稚珪《北山移文》：“请回俗士驾，为君谢逋客。”《文选》李善注：“孔安国《尚书传》曰：逋，亡也。”

③浮世：犹言浮生，言生世空虚非实。耿湋《春日游慈恩寺寄畅当》：“浮世今何事，空门此谛真。”谪仙：指李白。《本事诗·高逸》：“李太白初自蜀至京师，舍于逆旅。贺监知章闻其名，首访之。既奇其姿，复请所为文。出《蜀道难》以示之。读未竟，称叹者数四，号为谪仙，解金龟换酒，与倾尽醉。”

④文场：科举考试的场所。《唐摭言》卷一散序进士：“进士科始于隋大业中，盛于贞观、永徽之际……其有老死于文场者，亦所无恨。”

⑤“乐府”句：《松窗杂录》：“开元中，禁中初重木芍药，即今牡丹

也。得四本红、紫、浅红、通白者,上因移植于兴庆池东沉香亭前。会花方繁开,上乘月夜召太真妃以步辇从。诏特选梨园弟子中尤者,得乐十六色。李龟年以歌擅一时之名,手捧檀板,押众乐前欲歌之。上曰:‘赏名花,对妃子,焉用旧乐词为?’遂命龟年持金花笺宣赐翰林学士李白,进《清平调》词三章。白欣承诏旨,犹苦宿酲未解,因援笔赋之。”元稹《乐府古题序》:“在音声者,因声以度词,审调以节唱……斯皆由乐以定词,非选调以配乐也。……近代唯诗人杜甫《悲陈陶》《哀江头》《兵车》《丽人》等,凡所歌行,率皆即事名篇,无复倚傍。予少时与友人乐天、李公垂辈,谓是为当,遂不复拟赋古题。”

【评析】

作于元和十年(815),白居易44岁,长安至江州途中。白居易对李白、杜甫十分尊崇,其《李白墓》赞李白“曾有惊天动地文”,《初授拾遗》赞杜甫“才名括天地”。一方面,此行赴江州贬所,多舟行江中,风雨飘摇之际,精神颓唐之时,心境落寞的诗人,于谪仙逋客沦落不偶之悲恨,自然感受加深。此诗对李杜沦落动荡的不幸遭遇,寄以深切同情;藉称赞李杜传世不朽的诗篇,表达仰慕之意。另一方面,李杜身后声名显赫的事实,也启迪和鼓励着诗人,给他增添了几分前进的信心和勇气;因此兼寓自励之意与个人身世之慨。“吟咏流千古,声名动四夷”,与韩愈所云“李杜文章在,光焰万丈长”一道,成为对李杜诗歌伟大成就的确评。程大昌《考古编》云:“白乐天题李杜诗卷,历叙二公流落而诗名动四夷者,末乃曰‘天意君须会,人间要好诗’,此欧公所谓‘非诗穷人,穷而后工’者也。”今读其诗,思其人,感其遇,一方面感叹他李杜白三人生不逢时,仕途多艰,浮世终生;另一方面又感叹他们生当乱世,抱负不得施展,有丰富的人生阅历,丰厚的社会生活,坎坷的生活际遇,因而创作出流芳千古的不朽诗篇,说明“文章憎命达”“诗穷而后工”，扎根于现实的土壤，才能写出流传人间的好诗。

初到江州

浔阳欲到思无穷，庾亮楼南湓口东[①]。树木凋疏山雨后，人家低湿水烟中。菰蒋喂马行无力[②]，芦荻编房卧有风。遥见朱轮来出郭，相迎劳动使君公。

【注释】

①“浔阳”二句：陆游《入蜀记》卷三：“庾亮尝为江、荆、豫州刺史，其实则治武昌。若武昌南楼名庾楼犹有理，今江州治所，在晋特柴桑县之湓口关耳。此楼附会甚明。然白乐天诗固已云：‘浔阳欲到思无穷，庾亮楼南湓口东。’则承误亦久矣。张芸叟《南迁录》云：‘庾亮镇浔阳，经始此楼。’其误尤甚。”洪亮吉《北江诗话》卷四：“九江府署后距城有楼三楹，人传为晋庾亮与殷浩等登眺之所，不知非也。亮镇荆州时，治所实在今湖北武昌县，土人名为小武昌，以别于今。武昌府在江之北，楼正面江，故名南楼。若九江府在江南，有楼面江，乃北楼耳，何得云亮与浩等所登乎？余同年方太守体以为亮弟翼镇江州时所筑楼，近之。”

②菰蒋：多年生草本植物，生在浅水里，嫩茎称“茭白”“蒋”。张衡《南都赋》：“其草则藨苎薠莞，蒋蒲蒹葭。”《文选》李善注：“《说文》曰：蒋，菰蒋也。”

【评析】

作于元和十年（815），江州，时任江州司马。方回《瀛奎律髓》卷四十三云:“乐天元和十年乙未贬江州司马,年四十四。”经历了两月左右枯寂的舟行生活,在这一年初冬,白居易终于抵达江州。当诗人在烟雨黄昏中,自“江回望见双华表,知是浔阳西郭门”(《望江州》)时,不免如释重负。令他感到意外和高兴的是,江州刺史对一位左降官,竟亲率吏员出郭郊迎。这位“使君公”崔能,是初唐著名诗人崔融的曾孙,宣宗朝翰林学士崔慎由的伯父,“元和初为蜀州刺史,六年转黔中观察使,坐为南蛮所攻,陷郡邑,贬永州刺史”(《旧唐书·崔慎由传》)。白居易贬江州时,崔能自永州量移江州刺史不久。这位崔使君能够对被贬为自己下属的白居易屈尊相迎,固然是因为白居易当时已是诗名满天下的“《秦中吟》《长恨歌》主”(《与元九书》),但也体现出秉承诗礼家风、礼贤下士的开明态度。在谪居江州的几年中,白居易同崔能相处得很好。崔能亦能诗,二人曾有唱酬。白居易《题崔使君新楼》云:“忧人何处可销忧,碧甃红栏溢水头。从此浔阳风月夜,崔公楼替庾公楼。”崔公楼竟然成为“销忧”的好去处,可见崔能的礼遇和优容。这对诗人来说,是不幸中的幸事。

江楼闻砧

江人授衣晚[①],十月始闻砧。一夕高楼月,万里故园心。

【注释】

①江人:唐汝询《唐诗解》作“江南”。查慎行《初白庵诗评》认为当作“江城”。

【评析】

诗题作者自注:“江州作。”当作于元和十年(815),时任江州司马。汪立名《白香山年谱》云:“初到江州有诗云:‘树木凋疏山雨后。’又《江楼闻砧》诗云:‘江人授衣晚,十月始闻砧。’当是秋末冬初始到也。”唐汝询《唐诗解》卷二十四:“卒然而闻,所以动故园之思。”

编集拙诗成一十五卷因题卷末戏赠元九李二十

一篇长恨有风情①,十首秦吟近正声②。每被老元偷格律③,[元九向江陵日,尝以拙诗一轴赠行,自后格变。]苦教短李伏歌行④。[李二十常自负歌行,近见予乐府五十首,默然心伏。]世间富贵应无分,身后文章合有名。莫怪气粗言语大,新排十五卷诗成。

【注释】

① 长恨:指《长恨歌》。风情:风人之情。

② 秦吟:指《秦中吟》十首。正声:雅正之声,《荀子·乐论》:“凡奸声感人而逆气应之,逆气成象而乱生焉。正声感人而顺气应之,顺气成象而治生焉。”

③格律:格诗、律诗。然唐人亦常以“格律”概称作为法律的律令格式,故格律亦可单指诗之格调或律法。高仲武《中兴间气集序》:“今之所收,殆革斯弊。但使体格风雅,理致清新。斯观者易心,听者竦耳。则朝野通载,格律兼收。”白居易《与元九书》:“至于贯穿今古,覼缕格律,尽工尽善,又过于李。”陈寅恪《元白诗笺证稿》:“元微之《连昌宫词》实深受白乐天、陈鸿《长恨歌》及《传》之影响,合并融化唐代小说之史才、诗笔、议论为一

体而成。其篇首一句及篇末结语二句，乃是开宗明义及综括全诗之议论，又与白香山《新乐府序》所谓‘首句标其目，卒章显其志’者，有密切关系。乐天所谓‘每被老元偷格律’，殆指此类欤？”

④“苦教”句：“格律”易“偷”，而“歌行”难“伏”，“苦”字道出此体创作的甘苦。歌行，唐人指七言杂言乐府之体。武元衡《刘商郎中集序》：“著歌行等篇，皆思入窅冥，势含飞动。”

【评析】

作于元和十年（815），时任江州司马。诗题“元九”即元稹。“李二十”即李绅，即诗中所云“短李”，这一绰号的来历，白居易《东南行一百韵》“笑劝迂辛酒，闲吟短李诗”自注：“李二十绅，形短能诗，故当时有迂辛短李之号。”诗题“编集拙诗成一十五卷”，白居易《与元九书》：“仆数月来，检讨囊帙中，得新旧诗，各以类分，分为卷目……凡为十五卷，约八百首。”此在江州第一次编集诗集所得，后来所作诗文，又陆续编订，录写副本，分藏多处。白居易不是唐代第一个编辑自己诗集的诗人，但确是最为成功的。

一般认为“一篇长恨有风情”的“风情”，是指男女相爱之情。南唐李煜《柳枝》词：“风情渐老见春羞，到处芳魂感旧游。”《太平广记》卷六八《封陟》（出《传奇》）：“仙姝遂索追状曰：‘不能于此人无情。’遂索大笔判曰：‘封陟往虽执迷，操惟坚洁，实由朴戆，难责风情。宜更延一纪。’”卷二七三《杜牧》（出《唐阙史》）：“僧孺于中堂饯，因戒之曰：‘以侍御史气概达驭，固当自极夷途。然常虑风情不节，或至尊体乖和。’”《奉天录》卷一：“时有风情女子李季兰上泚诗，言多悖逆。”柳永《雨霖铃》词：“便纵有千种风情，更与何人说。”以上“风情”之用例，皆指男女相爱之情。不过，在白居易的时代和唐以前，风情主要有三种含义：其一，指丰采，神情。《晋书·庾亮传》：“元帝为镇东时，闻其名，辟西曹掾。及引见，风情都雅，过于所望，甚器重之。”《南史·齐衡阳元王钧传》：“衡阳王飘飘有凌云气，其风情素韵，弥足可怀。”其二，指怀抱，志趣。《晋书·文苑传·袁宏》：“宏有逸才，文章绝美，曾为《咏史》诗，是其风情所寄。”南朝宋鲍照《送从弟道秀别》诗：“以此苦风情，日夜惊悬旗。”其三，指风雅的情趣、韵味。元稹《上令狐相公诗启》：“常欲得思深语近，韵律调新，属对无差，而风情宛然，而病未能也。”

白居易自己的诗中，“风情”一词前后出现过16次，《编集拙诗成一十五卷因题卷末戏赠元九李二十》是首见。此后有《蔷薇正开春酒初熟因招刘十九张大崔二十四同饮》：“试将诗句相招去，倘有风情或可来。”《湖亭与行简宿》：“浔阳少有风情客，招宿湖亭尽却回。”《三月三日怀微之》：“良时光景长虚掷，壮岁风情已暗销。”《题峡中石上》：“诚知老去风情少，见此争无一句诗？”《湖上招客送春泛舟》：“欲送残春招酒伴，客中谁最有风情？”《奉和汴州令狐相公二十二韵》：“眷爱人人遍，风情事事兼。”《题笼鹤》：“岂是风情少，其如尘事多。”《酬刘和州戏赠》：“政事素无争学得，风情旧有且将来。”《忆梦得》：“年长风情少，官高俗虑多。”《想东游五十韵》：“志气吾衰也，风情子在不？”《座中戏呈诸少年》：“纵有风情应淡薄，假如老健莫夸张。”《侍中晋公欲到东洛先蒙书问期宿龙门思往感今辄献长句》：“闻说风情筋力在，只如初破蔡州时。”《酬梦得以予五月长斋延僧徒绝宾友见戏十韵》：“不唯忘肉味，兼拟灭风情。”《梦得前所酬篇有炼尽美少年之句因思往事兼咏今怀重以长句答之》：“生事纵贫犹可过，风情虽老未全销。”《寄黔州马常侍》：“可惜风情与心力，五年抛掷在黔中。”这些用例，皆非特指男女之情或儿女之情。因此，不能孤立地将“一篇长恨有风情”的“风情”局限于男女之情。应结合以上用例和此诗语境，联系下一句加以综合考虑。笔者以为，这首诗中的“风情”一词，主要是与“正声”（雅正之声）并举对称的风人之情，合而为风、雅两种诗歌。

《长恨歌》《秦中吟》都是白居易平生得意之作，是其诗集中感伤诗、讽谕诗两类作品的代表。元和十年(815)，白居易《与元九书》：“闻《秦中吟》，则权豪贵近者相目而变色矣。……诸妓见仆来，指而相顾曰：此是《秦中吟》《长恨歌》主耳。”《长恨歌》具有风诗之性情，《秦中吟》接近雅诗之声调，这两句诗在某种程度上有互文的意义，总的意思是说自己的诗具有风雅比兴的内容，也即高仲武《中兴间气集序》所云“体格风雅”，因而特地拈出。《韵语阳秋》卷三：“元白齐名，有自来矣。元微之写白诗于阆州西寺，白乐天写元诗百篇，合为屏风，更相倾慕如此。而乐天必言微之诗得己格律更进，所谓‘每被老元偷格律’是也。然微之《江陵放言》与《送客岭南》诗，乐天皆拟其作，何耶？东坡尝效山谷体作‘江’字韵诗，山谷谓坡收敛光芒，入此窘步。余于乐天亦云。”元稹、李绅都是白居易至交，也是诗友，各负盛名。被元偷格律，教李伏歌行，虽然只是同一流派诗人间相互学习和影响的情形，但其心中得意可想而知。五句闲插一笔，六句直陈得意。末二句谓不只有《长恨》《秦吟》诸篇，更有十五卷之多，更足自负。“莫怪气粗言语大”，其实是自知气甚粗，言甚大，恐人不知是游戏笔墨，故特地拈出，自占地步，扣题中“戏”字。戏言而天真烂漫，自负而又有分寸。虽然自谦“气粗言语大”，其实当白居易生前，诗文便已传遍大江南北，二十世纪更成为与李杜齐名的唐代三大著名诗人之一，“身后文章合有名”云云，原是当之无愧，故黄周星《唐诗快》评云：“值得卖弄，不差，不差！”何焯云：“虽自负，实自伤，徒以文章为勋绩，岂始愿哉！”《唐宋诗醇》亦评云：“自负语，实是苦心语，末学诋诃居易，殆杜甫所谓‘尔曹身与名俱灭，不废江河万古流’也。”梁启超批点《白香山诗集》“一篇长恨有风情，十首秦吟近正声”，眉批：“自负不浅。”

题浔阳楼

常爱陶彭泽，文思何高玄。又怪韦江州，诗情亦清闲。今朝登此楼，有以知其然。大江寒见底，匡山青倚天①。深夜湓浦月②，平旦炉峰烟③。清辉与灵气，日夕供文篇。我无二人才，孰为来其间？因高偶成句，俯仰愧江山。

【注释】

① 匡山：庐山。《元和郡县志》卷二八："庐山在（浔阳）县东三十二里，本名鄣山。昔匡俗字子孝，隐沦潜景，庐于此山，汉武帝拜为大明公，俗号庐君，故山取号。周环五百余里。"

② 湓浦：清《江西通志》卷十二山川九江府："湓浦港在府城西里许，西通龙开河，北通大江，渊深莫测。民居两岸，可泊舟楫。源发瑞昌县清湓乡。相传昔有人洗铜盆，水忽暴涨，失盆，没水取之，见一龙衔盆，夺之而出。故名盆水。浦口有亭，唐白居易听商妇弹琵琶即是处也。"

③ 炉峰：庐山香炉峰。《太平寰宇记》卷一一一江州："香炉峰在（庐）山西北，其峰尖圆，云烟聚散如博山香炉之状。"《庐山记》卷一："次香炉峰。山南山北皆有，其形圆耸，常出云气，故名以象形。李白诗曰：'日照香炉生紫烟，遥看瀑布挂长川。'即谓在山南者也。"白居易诗文中所云之香炉峰在山北。白居易《草堂记》："匡庐奇秀甲天下山，山北峰曰香炉，峰北寺曰遗爱寺。介峰寺间，其境胜绝，又甲庐山。"

【评析】

作于元和十年（815）至十一年（816），时任江州司马。诗题原注："自此后诗，江州司马时作。"诗题之"浔阳楼"，即南楼。光绪《江西通志》卷二八《胜迹略》:“《九江府志》古迹无浔阳楼,审其诗意,仍是南楼。”白居易推崇晋代诗人陶渊明和本朝诗人韦应物,恰好这两人都与浔阳相关,陶渊明就是浔阳人,韦应物曾任江州刺史。现在白居易自己也在江州任司马。首先,表白自己“常爱陶彭泽”,一个“爱”字,传达出对陶渊明的敬慕。陶诗文思高妙,韦诗诗情清闲,其原因何在?接下来,写原来是自然美景给诗人以创作上的灵感,“清辉与灵气,日夕供文篇”。最后四句,既是诗人自谦,同时也是自励,表示自己要像陶、韦一样,创作出无愧于江山的诗篇。赵翼《瓯北诗话》卷四:“香山诗恬淡闲适之趣,多得之于陶、韦。其《自吟拙什》云:‘时时自吟咏,吟罢有所思。苏州及彭泽,与我不同时。此外复谁爱?惟有元微之。’又《题浔阳楼》云:‘常爱陶彭泽,文思何高玄。又怪韦苏州,诗情亦清闲。’此可以观其趣向所在也。晚年自适其适,但道其意所欲言,无一雕饰,实得力于二公耳。”卷十一又云:“白香山又宗陶、韦,有诗云:‘时时自吟咏,吟罢有所思。苏州及彭泽,与我不同时。’又云:‘尝爱陶彭泽,文思何高玄!又怪韦苏州,诗情亦清闲。’是香山亦已推韦诗以比彭泽,不待东坡始重之也。”

晋宋以降,自然山水逐渐成为诗歌的独立主题和重要元素,关于各地山川名胜、文人遗迹诗歌吟咏的记载和品评,也一向不绝于缕。到了盛唐,山水与田园题材相互渗透,更成为盛极一时的诗歌流派。中唐诗人的流派意识无疑更为明确,在自然山水之外,对营建园林的壶中天地也情有独钟,伴随唱和、雅集等,开启了唐宋转型的新面貌。中国文学与自然山水可谓有着不解之缘。柳宗元《邕州马退山茅亭记》云:“夫美不自美,因人而彰:兰亭也,不遭右军,则清湍修竹,芜没于空山矣。”确实,地不自美,借诗而显;迹难自胜,因诗而彰。山川名胜,因为诗歌吟咏而魅力倍增。假设在自然风土中没有文人的吟咏,那么,其风土的魅力至少要减少一半。正因为有诗文名篇名作的情感抒发，那些自然风土和地理地名才具有强烈的召唤魅力，永远闪耀在历史的天空。前人所谓江山之助，也即白居易《题浔阳楼》诗中所云“清辉与灵气，日夕供文篇”，正道出诗与他的山河之间的血肉关联。

移牡丹栽

金钱买得牡丹栽，何处辞丛别主来？红芳堪惜还堪恨[1]，百处移将百处开。

【注释】

① 红芳：指红花。陈子昂《感遇诗》：“但恨红芳歇，雕伤感所思。”

【评析】

作于元和十年（815）至长庆二年（822）。白居易不仅爱牡丹，惜牡丹，赏牡丹，咏牡丹，而且还亲自动手移栽牡丹。牡丹栽，也叫牡丹栽子，或称花篦子，即野生牡丹幼株，加以嫁接，培植一年，开花更佳。欧阳修《洛阳牡丹记》载：“大抵洛人家家有花，而少大树者，盖其不接则不佳。春初时，洛人于寿安山中斫小栽子卖城中，谓之山篦子。人家治地为畦塍，种之，至秋乃接。”有人以为这是一首讽谕诗，借花喻人，讽刺那些弃旧恩媚新主者，这未免深文周纳了。作为名贵花卉，被人买卖移栽，培育欣赏，自是无可非议。非要将红芳理解为屈于金钱、乐意任人摆布者，未免堪惜堪恨。

访陶公旧宅（并序）

予夙慕陶渊明为人，往岁渭川闲居，尝有《效陶体诗》十六首。今游庐山，经柴桑[①]，过栗里[②]，思其人，访其宅，不能默默，又题此诗云。

垢尘不污玉，灵凤不啄膻。呜呼陶靖节[③]，生彼晋宋间。心实有所守，口终不能言。永惟孤竹子，拂衣首阳山[④]。夷齐各一身，穷饿未为难。先生有五男，与之同饥寒。肠中食不充，身上衣不完。连征竟不起，斯可谓真贤。我生君之后，相去五百年。每读五柳传[⑤]，目想心拳拳[⑥]。昔常咏遗风，著为十六篇。今来访故宅，森若君在前。不慕樽有酒，不慕琴无弦[⑦]。慕君遗荣利，老死此丘园。柴桑古村落，栗里旧山川。不见篱下菊，但余墟中烟[⑧]。子孙虽无闻，族氏犹未迁。每逢姓陶人，使我心依然。

【注释】

① 柴桑：《宋书·陶潜传》："陶潜字渊明，或云渊明字元亮，寻阳柴桑人也。"《江西通志》卷四二"古迹"："陶公旧宅在府西南九十里柴桑山。《晋史》：陶潜家于柴桑……唐白居易有《访陶公旧宅》诗。"《庐山志》卷十三："晋柴桑县即今德化县楚城乡，柴桑山即今面阳、马首、桃花尖诸山是也。"

② 栗里：《宋书·陶潜传》："潜尝往庐山，弘令潜故人庞通之赍酒具于半道栗里要之。"《太平寰宇记》卷一一一江州："栗里源在（庐）山南，当涧有陶公醉石。"《庐山记》卷二："又三里过栗里源，有陶令醉石。……所居栗里，两山间有大石，仰视悬瀑，平广可坐十余人，元亮自放以酒，故

名醉石。”

③ 陶靖节：颜延之《陶征士诔》：“若其宽乐令终之美，好廉克己之操，有合谥典，无愆前志。故询诸友好，宜谥曰靖节征士。”萧统《陶渊明传》：“自以曾祖晋世宰辅，耻复屈身后代，自宋高祖王业渐隆，不复肯仕。元嘉四年，将复征命，会卒，时年六十三。世号靖节先生。”

④ “孤竹”二句：《史记·伯夷列传》：“伯夷、叔齐，孤竹君之二子也。……武王已平殷乱，天下宗周，而伯夷、叔齐耻之，义不食周粟，隐于首阳山。”

⑤ 五柳传：《宋书·陶潜传》：“潜少有高趣，尝著《五柳先生传》以自况，曰先生不知何许人，不详姓字。宅边有五柳树，因以为号焉。”

⑥ 目想：闭目凝思。曹操《祭桥玄文》：“幽灵潜翳，心存目想。”

⑦“不慕”二句：《宋书·陶潜传》：“潜不解音声，而畜素琴一张，无弦，每有酒适，辄抚弄以寄其意。贵贱造之者，有酒辄设，潜若先醉，便语客：‘我醉欲眠，卿可去。’”

⑧ “不见”二句：陶渊明《饮酒》：“采菊东篱下，悠然见南山。”《归园田居》：“暧暧远人村，依依墟里烟。”

【评析】

作于元和十一年（816），白居易时任江州司马。黄彻《䂬溪诗话》卷四：“用自己诗为故事，须作诗多者乃有之。……乐天：‘须知菊酒登高会，从此多无二十场。’明年云：‘去秋共数登高会，又被今年减一场。’《过栗里》云：‘昔尝咏遗风，著为十六篇。’盖居渭上，酝熟独饮，曾效渊明体为十六篇。”即元和八年（813），白居易42岁下邽服丧中所作《效陶潜体诗十六首》。钱振锽《名山诗话》卷五：“乐天《访陶公旧宅》云：‘夷齐各一身，穷饿未为难。先生有五男，与之同饥寒。’是谓夷、齐无子也。然《广韵》谓夷、齐之后以竹为氏，后汉有下邳相竹曾。是夷、齐固有子，不知首阳槁卧时曾在侧否？哀哉！不可言也。”

官舍内新凿小池

帘下开小池，盈盈水方积。中底铺白沙，四隅甃青石。勿言不深广，但取幽人适。泛滟微雨朝[1]，泓澄明月夕。岂无大江水，波浪连天白。未如床席前，方丈深盈尺。清浅可狎弄，昏烦聊漱涤。最爱晓暝时，一片秋天碧。

【注释】

① 泛滟：浮光闪耀貌。谢灵运《怨晓月赋》：“浮云褰兮收泛滟，明舒照兮殊皎洁。”

【评析】

作于元和十一年（816），白居易时任江州司马。对美有天生觉悟的白居易常常独具审美眼光，善于发现被常人忽略的生活中的美。池不在大，有趣则灵。方寸小池带给诗人无穷的生活乐趣。一年后，白居易在香炉峰下建了草堂，经过精心设计，草堂周边有石涧古松，有山有池，可以养鱼种莲，环境优美。为此他又撰写了《草堂前新开一池养鱼种荷日有幽趣》，也是表达对方寸小池的无限喜爱之情。王尧衢《唐诗合解笺注》卷二五言古风：“微雨吹波，明月弄影，此小池之取适也（‘泛滟’二句下）。开一笔，将大水比小池，固自各异；然吾适意处，在床席之前，正取此盈尺之水耳（‘岂无’四句下）。水清且浅，吾可狎而弄；吾昏且烦，水可漱而涤，水之为用如此。且尤爱天晓及暝之时，俯而视之，一片秋天之碧在水中。见之不知是水之碧，天之碧，足以清心醒目，智者之乐也（末四句下）。白香山诗坦夷平直，辄问老妪能解，其佳处泠然清响，韵致甚逸，然觉唐音之散漫矣。（总评）”

读谢灵运诗

吾闻达士道，穷通顺冥数①。通乃朝廷来，穷即江湖去。谢公才廓落，与世不相遇②。壮志郁不用，须有所泄处。泄为山水诗③，逸韵谐奇趣。大必笼天海，细不遗草树。岂唯玩景物，亦欲摅心素。往往即事中，未能忘兴谕④。因知康乐作，不独在章句。

【注释】

①穷通：困厄与显达。《庄子·让王》：“古之得道者，穷亦乐，通亦乐。所乐非穷通也，道德于此，则穷通为寒暑风雨之序矣。”《吕氏春秋·高义》：“然则君子之穷通，有异乎俗者也。”冥数：旧谓上天所定的气数或命运。江淹《杂体诗三十首·刘太尉琨伤乱》：“时或苟有会，治乱惟冥数。”《文选》李善注：“冥，幽冥也；数，历数也。”

②“谢公”二句：《宋书·谢灵运传》：“灵运少好学，博览群书，文章之美，江左莫逮。从叔混特知爱之，袭封康乐公。……少帝即位，权在大臣。灵运构扇异同，非毁执政，司徒徐羡之等患之。出为永嘉太守。郡有名山水，灵运素所爱好，出守既不得志，遂肆意游遨。”

③“山水”句：《宋书·谢灵运传论》：“爰逮宋氏，颜谢腾声。灵运之兴会标举，延年之体裁明密，并方轨前秀，垂范后昆。”《文心雕龙·明诗》：“宋初文咏，体有因革，庄老告退，而山水方滋。”

④兴谕：指诗歌创作手法的兴与比。《文心雕龙·比兴》：“观夫

兴之托谕，婉而成章，称名也小，取类也大。”

【评析】

作于元和十一年（816），白居易45岁，时任江州司马。文以达意为要，诗以抒情为主。正如白居易《与元九书》所说：“诗者，根情、苗言、华声、实义。”在这首诗中，白居易同情谢灵运“壮志郁不用”的遭遇，认为其山水诗贵在以诗泄情，寄情吟咏，寓有讽谕，乃“摅心素”之作。实际上也是白居易自己以诗言志、以诗讽谕的表白。故评赏谢诗，亦可视为自评。“乐天标致元非俗，灵运襟怀本爱山”（释道潜《次韵通守杨叔丰大夫游狼山二首》其二），“乐天名位微堪酒，灵运池塘不废诗”（释元肇《上水心先生三首》其二）。

谢灵运，陈郡阳夏（今河南太康）人，生于会稽始宁（今浙江上虞），出生后寄养于钱塘杜明师道观，故小名“客儿”，世称“谢客”。晋安帝元兴元年（402），袭封康乐公，故世亦称“谢康乐”。他在诗歌史上最突出的贡献，是大力创作山水诗。他以其对山水的工笔式描写，把山水升格为独立的审美对象，而不是一种背景或陪衬。这对白居易的山水诗有着深刻的影响。

谢客“池塘生春草，园柳变鸣禽”，与乐天“野火烧不尽，春风吹又生”，可谓同一神理，各臻厥妙。谢客“虑澹物自轻，意惬理无违”（《石壁精舍还湖中作》）的诗句，可谓乐天体之先声，乐天《春游二林寺》“身闲易澹泊，官散无牵迫”，简直就是其翻版，其时间正在元和十一年（816）春，江州。

此外，谢客“绿筱媚清涟”（《过始宁墅诗》），乐天用为“花叶媚清涟”（《京兆府新栽莲（时为盩厔尉趋府作）》）；谢客“蒲稗相因依”（《石壁精舍还湖中作》），乐天化为“愿我比蒲稗，永得相因依”（《裴侍中晋公以集贤林亭即事诗三十六韵见赠》）；谢客“排雾属圣明，披云对清朗”(《拟魏太子邺中集·王粲》),乐天凝为“或遇云雾披”(《寄唐生》);谢客“拂衣五湖里”(《述祖德诗二首》之二),乐天化为“拂衣向西来”(《哭孔戡》);谢客“而不缨垢氛”(《述祖德诗二首》之一),乐天转为“忽如遗垢氛”(《登乐游园望》);谢客“居常以待终,处顺故安排”(《登石门最高顶》),乐天变为“推此自豁豁,不必待安排”(《谕友》);谢客“春晚绿野秀,岩高白云屯”(《入彭蠡湖口》),乐天续为“茫茫绿野中,春尽孤客情”(《续古诗十首》其二);谢客“击节当歌”(《善哉行》),乐天续为“击节独长歌”(《续古诗十首》其三)……举不胜举。

谢灵运曾多次到江州,登庐山,留下《入彭蠡湖口》《登庐山绝顶望诸峤》等名作,庐山之麓的东林寺,为晋武帝太元九年(384)慧远开创,谢灵运恃才傲物,少所推重,一见慧远,肃然心服,乃即寺翻《涅槃经》。因凿池为台,植白莲池中,号莲社,名其台曰翻经台。今白莲亭即其故地(白居易有《东林寺白莲》)。在慧远圆寂后,谢灵运写下《远公祖师塔铭》《庐山慧远法师诔》等悼念文字。谢灵运在江州遗迹,应该是触发白居易这首《读谢灵运诗》的直接诱因。

夜　雪

已讶衾枕冷,复见窗户明[①]。夜深知雪重,时闻折竹声[②]。

【注释】

①“已讶”二句:本来已惊讶于被子和枕头冰冷,抬眼望去又看到窗户被映得明亮。衾枕,被子和枕头。泛指卧具。谢灵运《登池上楼》:“衾枕昧节候,褰开暂窥临。”

②“夜深”二句：通过积雪压折竹枝的声音，判断雪很大，且雪势有增无已。

【评析】

这首五绝作于元和十一年(816)，白居易45岁，时任江州司马。雪，是天公奇妙的造化，是大自然美丽的精灵，也是诗人们情有独钟的诗思寄托物。古人咏雪，历代不乏佳作。如“昔我往矣，杨柳依依。今我来思，雨雪霏霏”；“北风其凉，雨雪其雱”；“明月照积雪，朔风劲且哀”；“胡风吹朔雪，千里度龙山。集君瑶台里，飞舞两楹前。兹晨自为美，当避艳阳年。艳阳桃李节，皎洁不成妍”；“洒空深巷静，积素广庭闲”；“五月天山雪，无花只有寒”；“燕山雪花大如席，片片吹落轩辕台”；“忽如一夜春风来，千树万树梨花开”，等等。不过，以“夜雪”为题的并不多见。因此，白居易的这首小诗可说是一朵别具风采的小花。

这首小诗充分体现了诗人通俗易懂、明白晓畅的语言特色。它朴实自然，却韵味十足；诗境平易，而浑成熨帖，无一丝雕琢和安排的痕迹。这正是白体特有的风格。全诗短短二十字，无一字一句直接写及如何下雪，却句句紧扣诗题，从各个不同侧面衬托出夜间下雪的情景，可谓另有云天之妙。

开篇先从触觉(冷)写起，再转到视觉(明)。“冷”字，暗点出落雪已多时。一般来讲，雪初落时，空中的寒气全被水汽吸收以凝成雪花，气温不会骤降，待到雪大，才会加重寒意。“讶”字，也是在写雪。人之所以起初浑然不觉，待寒冷袭来才忽然醒悟，皆因雪落地无声。这就于“寒”之外写出雪的又一特点，正如陶渊明写雪名句所谓“倾耳无希声，在目皓已洁”(《癸卯岁十二月中作与从弟敬远》)。这两句是写人的所感所见，虽全用侧写，却扣题很紧。感到“衾枕冷”正说明夜来人已拥衾而卧，从而点出是“夜雪”。“复见窗户明”，从视觉的角度进一步写夜雪。夜深却见窗明，正说明雪下得大、积得深，是积雪的强烈反光给暗夜带来了亮光。后两句变换角度，从听觉（闻）写出。用的是倒装方式，上句是果，下句是因，构思巧妙，曲折有致。诗人选取“折竹”这一细节，衬托出“重”字。诗人的感觉确实细致非常。“折竹声”于“夜深”而“时闻”，显示出雪夜的宁静。这一结句以有声衬无声，使全诗的画面静中有动、清新淡雅，真切地呈现出一个万籁俱寂、银装素裹的清宁世界。可与王维《鸟鸣涧》诗句“月出惊山鸟，时鸣春涧中”相媲美。

全诗既没有色彩的刻画，也不作姿态的描摹，初看简直毫不起眼。但细细品味，便会发现它不仅凝重古朴、清新淡雅，而且新颖别致，立意不俗。试想，雪无声无味，只能从颜色、形状、姿态见出分别，而在沉沉夜色里，雪的形象自然难以捕捉。然而，乐于创新的白居易正是从这一特殊情况出发，依次从触觉（冷）、视觉（明）、感觉（知）、听觉（闻）四个层次叙写，一波数折，曲尽其貌其势、其情其状。

寄行简

郁郁眉多敛，默默口寡言。岂是愿如此，举目谁与欢。去春尔西征，从事巴蜀间①。今春我南谪，抱疾江海壖②。相去六千里，地绝天邈然。十书九不达，何以开忧颜？渴人多梦饮，饥人多梦餐。春来梦何处？合眼到东川。

【注释】

①“去春”二句：朱金城《白居易集笺校》：“白行简于元和九年春赴东川卢坦幕，居易元和十年八月贬江州，而此诗云：‘去春尔西征，从事

巴蜀间。今春我南谪,抱疾江海堧。'时间所叙不合,疑'去春'二字乃'前春'之误。"按,言"今春我南谪"亦与八月贬江州不合。诗人之词,不可过泥。

② 堧:城郭旁、宫殿庙宇外和河边的空地。《史记·河渠书》:"五千顷故尽河堧弃地。"集解:"韦昭曰:堧,音而缘反,谓缘河边地也。"

【评析】

作于元和十一年(816),白居易时任江州司马。诗题之"行简",指白居易之弟白行简,字知退。元和九年(814)赴东川卢坦幕。《旧唐书·白行简传》:"元和中,卢坦镇东蜀,辟为掌书记。府罢,归浔阳。居易授江州司马,从兄之郡。十五年,居易入朝为尚书郎,行简亦授左拾遗,累迁司门员外郎、主客郎中。"葛立方《韵语阳秋》卷一:"近观山谷《黔南十绝》,七篇全用乐天《花下对酒》《渭川旧居》《东城》《寻春》《西楼》《委顺》《竹窗》等诗,余三篇用其诗略点化而已。乐天云:'相去六千里,地绝天邈然。十书九不到,何以开忧颜?'山谷则云:'相望六千里,天地隔江山。十书九不到,何用一开颜'……乐天诗云:'渴人多梦饮,饥人多梦餐。春来梦何处?合眼到东川。'山谷云:'病人多梦医,囚人多梦赦。如何春来梦,合眼见乡社。'"洪迈《容斋随笔》卷一:"(黄鲁直)《黔南十绝》,尽取白乐天语,其七篇全用之,其三篇颇有改易处。乐天《寄行简》诗,凡八韵,后四韵云:'相去六千里,地绝天邈然。十书九不达,何以开忧颜!渴人多梦饮,饥人多梦餐。春来梦何处?合眼到东川。'鲁直剪为两首,其一云:'相望六千里,天地隔江山。十书九不到,何用一开颜?'其二云:'病人多梦医,囚人多梦赦。如何春来梦,合眼在乡社!'"梁章钜《退庵随笔》卷二十:"古诗多展转相袭……白香山《寄行简》诗'相去六千里……合眼到东川',黄山谷截为两首,一云:'相望六千里,天地隔江山。十书九不到,何用一开颜。’一云:‘病人多梦医,囚人多梦赦。如何春来梦,合眼在乡社。’又《黔南十绝》亦全用香山《花下对酒》《渭川旧居》诸作,此在古人,或居然暗合,或偶尔戏为。今人无庸相訾,学者亦未可藉口也。”

琵琶引(并序)

元和十年[1],予左迁九江郡司马[2]。明年秋,送客湓浦口,闻舟船中夜弹琵琶者。听其音,铮铮然有京都声。问其人,本长安倡女,尝学琵琶于穆、曹二善才[3]。年长色衰,委身为贾人妇。遂命酒,使快弹数曲。曲罢悯默,自叙少小时欢乐事,今漂沦憔悴,转徙于江湖间。予出官二年,恬然自安。感斯人言,是夕始觉有迁谪意。因为长句歌以赠之。凡六百一十二言[4],命曰《琵琶行》。

浔阳江头夜送客[5],枫叶荻花秋索索[6]。主人下马客在船,举酒欲饮无管弦[7]。醉不成欢惨将别,别时茫茫江浸月[8]。忽闻水上琵琶声,主人忘归客不发[9]。寻声暗问弹者谁,琵琶声停欲语迟[10]。移船相近邀相见,添酒回灯重开宴[11]。千呼万唤始出来,犹抱琵琶半遮面[12]。转轴拨弦三两声,未成曲调先有情[13]。弦弦掩抑声声思,似诉平生不得意[14]。低眉信手续续弹,说尽心中无限事[15]。轻拢慢捻抹复挑,初为霓裳后绿腰[16]。大弦嘈嘈如急雨,小弦切切如私语[17]。嘈嘈切切错杂弹,大珠小珠落玉盘[18]。间关莺语花底滑[19],幽咽泉流冰下难[20]。冰泉冷涩弦凝绝,凝绝不通声暂歇[21]。别有幽愁暗恨生,此时无声胜有声[22]。银瓶乍破水浆迸,铁骑突出刀枪鸣[23]。曲终收拨当心画，四弦一声如裂帛[24]。东船西舫悄无言，唯见江心秋月白[25]。沉吟放拨插弦中，整顿衣裳起敛容[26]。自言本是京城女，家在虾蟆陵下住[27]。十三学得琵琶成，名属教坊第一部[28]。曲罢曾教善才伏，妆成每被秋娘妒[29]。五陵年少争缠头，一曲红绡不知数[30]。钿头云篦击节碎，血色罗裙翻酒污[31]。今年欢笑复明年，秋月春风等闲度[32]。弟走从军阿姨死，暮去朝来颜色故[33]。门前冷落鞍马稀，老大嫁作商人妇[34]。商人重利轻别离，前月浮梁买茶去[35]。去来江口守空船，绕船月明江水寒[36]。夜深忽梦少年事，梦啼妆泪红阑干[37]。我闻琵琶已叹息，又闻此语重唧唧[38]。同是天涯沦落人，相逢何必曾相识[39]。我从去年辞帝京，谪居卧病浔阳城[40]。浔阳小处无音乐，终岁不闻丝竹声[41]。住近湓江地低湿，黄芦苦竹绕宅生[42]。其间旦暮闻何物，杜鹃啼哭猿哀鸣[43]。春江花朝秋月夜，往往取酒还独倾[44]。岂无山歌与村笛，欧哑嘲哳难为听[45]。今夜闻君琵琶语，如听仙乐耳暂明[46]。莫辞更坐弹一曲，为君翻作琵琶行[47]。感我此言良久立，却坐促弦弦转急[48]。凄凄不似向前声，满座重闻皆掩泣[49]。就中泣下谁最多，江州司马青衫湿[50]。

【注释】

①元和十年：一作“元和十五年”。有学者据以推断，《琵琶引》不是元和十一年（816）白居易在江州遇到琵琶女所作，而是从贬地回到长安不久的长庆初年创作的虚构作品。参见下定雅弘《白居易的〈琵琶引〉——名作成立的四个谱系》（《白居易研究年报》第13辑；中文版载于《东华汉学》第20期，2014年12月）。

②九江郡：即江州。《旧唐书·地理志三》：“江州……隋九江郡。”

③ 穆、曹二善才：元稹《琵琶歌》："继之无乃在铁山，铁山已近曹穆间。"原注："二善才姓。"李绅《悲善才》序："顷在内庭日，别承恩顾，赐宴曲江，敕善才等二十人备乐。自余经播迁，善才已没。因追感前事，为悲善才。"诗云："东头弟子曹善才，琵琶请进新翻曲。"唐段安节《乐府杂录》卷上琵琶："贞元中有王芬、曹保，保其子善才、其孙曹纲，皆袭所艺。"

④ 凡六百一十二言："二"当为"六"字的传刻之误。宋人戴复古《琵琶行》："为渠感激作歌行，一写六百六十字。"六百六十，又作"六百一十"（《两宋名贤小集》卷二七三），或当作"六百十六"。

⑤ "浔阳"句：首句寥寥七字，就把人物（主人和客人）、地点（浔阳江头）、时间（夜）、事件（送客）概括其中，言简而意明。浔阳江，长江流经江西九江的一段。《明一统志》九江府："浔阳江在府城北，源自岷山，至此下流四十里，会彭蠡湖水东流入海。"

⑥ "枫叶"句：秋夜送客的环境烘染和渲染，使诗一开头就带着凄冷苍茫的意味。荻花，多年生草本植物，生长在水边，根茎都有节似竹，叶抱茎生，秋天生紫色或白色、草黄色花穗。索索，风起草木摇落状。一作"瑟瑟"，犹言飒飒，指草木被秋风吹动发出的声音。杨慎《升庵诗话》卷十一："白乐天《琵琶行》：'枫叶荻花秋瑟瑟。'今详者，多以为萧瑟，非也。瑟瑟本是宝名，其色碧。此句言枫叶赤、荻花白、秋色碧也。或者咸怪今说之异。余曰：曷不以乐天他诗证之。其《出府归吾庐》诗曰：'嵩碧伊瑟瑟。'《重修香山寺》排律云：'两面苍苍岸，中心瑟瑟流。'《蔷薇》云：'猩猩凝血点，瑟瑟蹙金匡。'……诸诗以瑟瑟对斑斑，对苍苍，对猩猩，岂是萧瑟乎？唐诗惟白公用瑟瑟字多。"但陈耀文《正杨》卷四引刘桢《赠从弟》诗"亭亭山上松，瑟瑟谷中风"后，驳之云："《水经》云：'汉水东径岚谷北口，嶂远溪深，涧峡近吹，气潇潇以瑟瑟，风飕飕而飗飗，故川谷擅其目矣。'此'瑟瑟'岂珍宝也耶？"何良俊《四友斋丛说》卷三十六同意

杨说,云:“杨升庵云:‘白乐天《琵琶行》“枫叶荻花秋瑟瑟”,此瑟瑟是珍宝名,其色碧,故以影指碧字。’最为赏音。而陈晦伯以‘瑟瑟谷中风’正之。夫诗人吟讽,用意不同,白自言色,刘自言声,又岂相妨,而必泥以萧瑟之瑟字耶?杨又引白‘一道残阳照水中,半江瑟瑟半江红’证之,尤为妙绝。”马元调刊本“瑟瑟”下注云:“半红半白之貌。”当亦据此而来。按,白居易诗集“瑟瑟”一词凡十五见,杨慎所引白诗“瑟瑟”用例亦有遗漏,详见拙作《关于白居易诗中“瑟瑟”一词的解释》。杨慎据明本作“秋瑟瑟”者为说,亦实不足据,此句“索”为铎韵,与陌韵“客”通押。瑟为质(栉)韵,作“秋瑟瑟”者出韵。

⑦“主人”二句:主人下马,走进客人船中;举起酒杯却没有音乐助兴。枫叶荻花,秋风索索,景是凄凉景;客中送客,举杯冷落,情是寂寞情。“无管弦”三字,既与后面的“终岁不闻丝竹声”遥相呼应,又为琵琶女的出场做铺垫。管弦,指管乐器与弦乐器,这里泛指音乐。

⑧“醉不成欢”二句:闷闷地喝醉了,凄凄惨惨地将要分别;要分别的时候,茫茫的江面上,映着一轮明月。前句已将黯然低沉的情绪做了铺垫,后句进一步渲染环境,使心情显得更加沉郁感伤。全诗三次写到江月,各有妙用。这是第一次。江浸月,是说月影倒映在江中,就好像月亮浸在水中一般。

⑨“忽闻”二句:忽然听到江面上传来琵琶弹奏的声音;听着听着,主人忘记了回去,客人也不肯开船启程。忽闻,传达诗人正思音乐而音乐即来的惊喜。送者忘归,行者不发,暗示音乐美妙动人。在茫茫江月的背景烘托下,有空谷足音之感。

⑩“寻声”二句:依循着声音寻找,低声询问,弹奏者是谁?琵琶声停了下来,那人想要回答,却又迟疑不决。从“忽闻”“忘归”“不发”到“暗问”,均着力刻画人物心态,亦为说明音乐的感染力。欲语迟,是说犹疑之中暗含心事。

⑪“移船”二句：将船只移过去，慢慢靠近，邀请那人出来相见。大家添了酒，把灯拨亮，重新设宴。诗人写琵琶女的出场，是因闻声而动情，因动情而寻人。琵琶声的不同凡响，衬托出弹奏者的不同寻常，故听者赏慕，颇有知音相遇之感。回灯，添油拨芯，使灯光回亮。

⑫“千呼万唤”二句：经过再三邀请呼唤，才勉强走出来；出来时，还抱着琵琶，半遮着脸儿。一方面是急急以求，一方面是默默以待；一方面是频频呼唤，一方面是迟迟而出。强烈的对比，区别出双方不同的心情和个性。诗人抓住这一点，逼真地描绘了琵琶女的出场之态。尽管用语平实，但欲露还藏的情态，已入木三分。“千呼万唤始出来”，并非孤傲忤慢，而是因为自有志趣，不露才扬己；更是由于有一肚子天涯沦落的难言之恨，不便说明，也不愿见人。这种拘谨、腼腆而又稳重的样子，恰恰是萍水相逢时一个女子应有的情态。“犹抱琵琶半遮面”与上文的“琵琶声停欲语迟”，皆曲折细腻揭示了琵琶女复杂的内心活动。抱，同“把”。盖抱于怀中是无法“半遮面”的。

⑬“转轴拨弦”二句：她转好弦轴，拨动琴弦，顺手试着弹了三两声；虽然还没弹出曲调，却已流露出情感。前句写校弦试音。后句以乐音传达人的思想感情，叩开听者的心扉，让人神往。“情”字是诗眼，有传神之妙。“转轴拨弦”，是弹琵琶之前校正音阶、调正丝弦的准备动作。

⑭“弦弦”二句：每一弦都是那样低沉压抑，每一声都充满愁思，似乎在倾诉一生的不得意。这两句进一步借音乐写人，在抑郁之情中点出身世之悲。掩抑，压抑，以手压弦而弹，弹出的音调低沉压抑，是幽咽悲伤的情调，同时形容音乐起伏低昂。谢朓《咏琵琶诗》：“掩抑有奇态，凄锵多好声。”不得意，一作“不得志”，给“情”定了一个基调。

⑮“低眉”二句：低着眉、随着手继续弹奏下去，仿佛要一吐为快，说尽自己无限心事。以上三联，都是上句写琵琶女弹奏乐曲的情景，下句借听者的感受揭示她的内心活动。

⑯“轻拢”二句：手指在弦上一会儿轻轻叩动，一会儿慢慢揉动，一会儿顺手下拨，一会儿反手回拨。起先弹的是《霓裳羽衣曲》，后来又弹《绿腰曲》。这两句是写琵琶女娴熟的技艺。《乐府杂录》琵琶：“次有裴兴奴，与纲同时。曹纲善运拨，若风雨，而不事扣弦。兴奴长于拢捻，指拨稍软。时人谓曹纲有右手，兴奴有左手。”霓裳，指《霓裳羽衣曲》。绿腰，唐大曲名，即《乐世》，又作《六幺》《录要》。《碧鸡漫志》卷三：“六幺，一名绿腰，一名乐世，一名录要。”

⑰“大弦”二句：大弦弹出的声音深沉悠长，像阵阵疾雨；小弦弹出的声音轻细柔慢，就好像人在窃窃私语。自此至以下十四句，借助语言摹写音乐的时候，都运用了各种生动的比喻以加强形象性。这两句是说弹奏琵琶音响之精微。用“嘈嘈”“切切”叠字摹声，又用“急雨”“私语”使它形象化。琵琶有四弦或五弦。大弦，指其中最粗的弦；小弦，指其中最细的弦。王延寿《鲁灵光殿赋》：“耳嘈嘈以失听，目矒矒以丧精。”《文选》李善注：“《埤苍》曰：嘈嘈，声众也。”

⑱“嘈嘈切切”二句：大弦嘈嘈，小弦切切，交错杂弹，就像大珠小珠泻落在玉盘。前一句已经再现了“如急雨”“如私语”两种旋律的交错出现，这里再用后一句一比，视觉形象与听觉形象就同时显露出来，令人眼花缭乱，耳不暇闻。双声和重音叠韵词的运用，更加强了悦耳的听感和韵律的节奏。

⑲“间关”句：有时弦声轻快悠扬，就像宛转悦耳的黄莺在花下啼鸣。间关，像鸟鸣声。张骏《东门行》：“鸠鹊与鹙黄，间关相和鸣。”李孝贞《听百舌鸟诗》：“好鸟从西苑，流响入南宫。间关既多绪，变转复无穷。”

⑳“幽咽”句：有时弦声艰涩低沉，好像呜咽的泉水在冰下面流转。这里，诗人将琵琶声同时诉诸听觉与视觉，分别表现出轻快与冷涩的不同感受。幽咽，指悲抑哽塞。《梁鼓角横吹曲·陇头歌词》：“陇头流水，鸣声幽咽。”隋炀帝《隋秦孝王诔》：“风飕飕而吟树，泉幽咽而悲湍。”“冰

下难”三字另有三种异文：“水下难”“水下滩”“冰下滩”，版本上看“冰下难”和“水下难”较早，语义上看“冰下滩”和“水下滩”更胜。

㉑“冰泉”二句：冰下的流泉，渐渐地冻结了；那弦也像被冻住了，快要断绝；就这样，弦声越来越弱，暂时停歇下来。诗人以丰富多彩、精妙新巧的比喻，将变化多端的音乐描绘得出神入化，惟妙惟肖。其才华不仅表现在再现音乐之美上，更重要的是，通过音乐形象的千变万化，展现出琵琶女起伏回荡的心潮，为下面诉说身世做了铺垫。

㉒“别有”二句：琵琶声音暂停的时候，只觉得另有一种深藏的愁绪和恨意产生。此时，虽然静默无声，却更胜过那有声之境。“有声”之时，听者的思想感情随着曲调奔腾跳跃，无暇细味。而“无声”之时，给人以时间去整理思绪，体味曲中之情；同时将听者引向未来，因为不知道下面又会怎样。《唐诗别裁集》重订本卷八云：“诸本‘此时无声胜有声’，即无声矣，下二句如何接出？宋本‘无声复有声’，谓住而又弹也。古本可贵如此。”

㉓“银瓶”二句：低沉徘徊、近似停顿之后，猛然爆发出一阵强音，就像银瓶突然迸裂，里面的水浆喷溅而出；又像铁骑冲出、刀枪撞击一样，是那样雄壮铿锵，激越昂扬。当听者置身“无声”之境时，满以为就要结束，谁知“幽愁暗恨”在“声渐歇”的过程中，已积聚无穷的力量，不可压抑，终于爆发出来。于是，全曲推向高潮。

㉔“曲终”二句：最后，一曲终了，收取拨子，在几根弦的中心奋力一划；琵琶就像撕裂的布帛一样，发出脆厉的一声。至此，全曲戛然而止，但荡气回肠、惊心动魄的音乐魅力，仍余音绕梁，久久难息。拨，即拨子，弹奏弦乐器时用的工具。当心画，是一种演奏手法，即用拨子在琵琶的中部横划，行话叫作“扫”。画，同“划”。裂帛，指绷紧的丝绢突然断裂，这里是形容“当心画”时声音的强烈冲击感。

㉕“东船西舫”二句：四周的大船小舫都静悄悄的，没有一点声音，

只看见江心倒映着一轮皎洁的秋月。一声裂帛般的音响之后，一切又归于静寂。一直沉浸在音乐中的听众，如梦初醒。这里，诗人从侧面写出琵琶声的妙绝入神。置身斯时斯境，同怀天涯沦落之感的作者与弹者心境如何，让人不由揣想。而由刹那间宁静所构成的音响空白，无言更胜有言，给读者留下涵泳回味的广阔空间。这里第二次写到月亮，静谧的意象与诗意再次呼应，烘托出凄美的情境。

㉖“沉吟”二句：若有所思，将拨子插在弦缝间；然后整顿衣裳，神态凝重端庄地站了起来。这里略去关于身世的询问，用两个描写肖像的句子向下文“自言”过渡。“沉吟”的神态，大概是从听者的询问引发。但是，叫人从何说起呢？于是，一面收拾，一面思忖。“敛容”，刚才弹奏时由于情绪激越，不单衣裳有些乱了，悲欢也都形于色。至谈话时，自然要整理情绪，从音乐意境中收回心来，于是收敛起脸上的表情。这既是尊重别人，也是自重。琵琶女并非轻薄浮躁之人，前面已经写出了她的人格：“琵琶声停欲语迟”，“犹抱琵琶半遮面”，正代表着女性的羞怯和矜持。

㉗“自言”二句：自叙本是京城长安女子，家住虾蟆陵。虾蟆陵，在长安城东南曲江附近，是歌女聚居之地。旧说董仲舒葬此，门人经过这里，都下马步行，所以叫下马陵。后人误传为虾蟆陵。《唐国史补》卷下：“旧说董仲舒墓门，人过皆下马，故谓之下马陵。后人语讹为虾蟆陵。”《长安志》卷十一万年县：“虾墓陵在县南六里。韦述《两京记》：本董仲舒墓。”

㉘“十三”二句：十三岁就学成了琵琶，名字编排在教坊之中，属于第一流。上面是叙籍贯，这里是叙出身。教坊，古时管理宫廷音乐的官署，专管雅乐以外的音乐、舞蹈、百戏的教习、排练、演出等事务。唐高祖武德后，在禁中设内教坊。玄宗开元二年（714），在蓬莱宫侧置内教坊，洛阳、长安又各设左右教坊二所，以中官为教坊使。内教坊兼习雅乐和俗乐，外教坊则皆为俗乐。这位琵琶女大概是挂名外教坊的。崔令钦《教坊记》：“西京右教坊在光宅坊，左教坊在延政坊。右多善歌，左多工舞，盖相因

习。”任半塘《教坊记笺订》考外教坊在宫禁之外，即崔书所言左右教坊。第一部，指首席乐队。《太平广记》卷二百四《李謩》（出《逸史》）：“謩，开元中吹笛为第一部，近代无比。有故，自教坊请假至越州。”朱金城《白居易集笺校》：“‘第一部’系‘坐部’之代称，亦隐含‘第一流’‘第一等’之意。”按，“坐部”“立部”隶太常，与所谓“教坊第一部”者无关。“教坊第一部”盖即“第一部音声”，亦即《新唐书》所云“第一曹”。

㉙“曲罢”二句：一曲弹完后，让琵琶师傅也佩服；妆扮之后常被秋娘嫉妒。这两句写琵琶女色艺双绝。善才，唐代对琵琶师的称谓。伏，通“服”，敬佩。秋娘，当时的一位著名歌妓，这里是泛指歌妓女伶。元稹《赠吕三校书》：“共占花园争赵辟，竞添钱贯定秋娘。”白居易《和元九与吕二同宿话旧感赠》：“闻道秋娘犹且在，至今时复问微之。”《元白诗笺证稿》引以上诸诗谓：“即此《琵琶引》中之秋娘，盖当时长安负盛名之倡女也。乐天天涯沦落，感念昔游，遂取以入诗耳。而坊本释此诗，乃以杜秋娘当之，妄谬极矣。”

㉚“五陵”二句：京师的富贵子弟争着赏赐，赠送缠头；每当一曲弹罢，不知要给多少彩绸。两句写琵琶女追忆当年在长安时的生活，语含感叹。五陵年少，指富贵人家子弟。五陵，指西汉五个皇帝的陵墓：高帝之长陵、惠帝之安陵、景帝之阳陵、武帝之茂陵及昭帝之平陵，都在长安城北。唐时，曾将各地的一些富豪迁到陵邑周围，以繁荣邑址。故五陵多富家子弟。《汉书·原涉传》：“郡国诸豪及长安、五陵诸为气节者皆归慕之。”颜师古注：“五陵，为长陵、安陵、阳陵、茂陵、平陵也。”李白《少年行》：“五陵年少金市东，银鞍白马度春风。”缠头，锦缠头，也叫“缠头彩”，歌舞艺人表演完毕，客人以罗锦等丝织品为赠。后来多用钱物代之。杜甫《春日戏题恼郝使君兄》：“舞处重看花满面，尊前还有锦缠头。”红绡，红色薄绸或绫缎等丝织品。

㉛“钿头”二句：用钿头云篦等贵重首饰来打拍子，哪怕碎了也毫不

可惜；纵酒欢歌中，红色的罗裙常因酒杯翻覆而污损。钿，是用金、银、玉、贝等制成的花朵状的首饰。云篦，即云状的篦，是一种比梳子密的梳头用具。云，一作“银”。

㉜“今年”二句：一年又一年的欢笑作乐，多少良辰美景就这样随随便便地消磨掉了。可以看出，琵琶女在忆昔思今中，有着悔和惜，也有淡淡的留连。秋月春风，比喻美好的青春年华。

㉝“弟走”二句：一起出道的师妹随军去了，阿姨也去世了；暮去朝来，时光流逝，容貌渐衰。《教坊志》《北里志》《唐国史补》记载，唐代倡优妓女惯以兄、弟相称，以至影响到宫廷教坊，出现女兄女弟这类称呼。这里所说的“从军”，是指做随军娼妓。阿姨，是歌妓对其所居坊曲之主的称呼。以上十二句，言青春欢笑。以下六句，言老大沦落。盛衰之感，对比强烈。

㉞“门前”二句：因容颜衰老，无人光顾，来往的车马越来越少，门前冷冷清清；年华老去，最后嫁给商人做妻子。两句以如泣如诉的抒情笔调，概括出古今大抵相同的歌女命运。

㉟“商人”二句：商人只重财利，不把别离当一回事，上个月他到浮梁买茶去了。这里不说“卖茶”，而说“买茶”，与当时的榷茶、税茶制度有关。“榷”的本义是独木舟，引申为专利。榷茶就是唐代官府采取的茶叶专卖制度。白居易写此诗是元和十一年（816），榷茶法已推行多年。浔阳的茶商经营茶叶，先要到就近的浮梁进货，即“买茶”。商人流动性较大，琵琶女与丈夫自然是聚少离多。这两句叙写，强化了琵琶女天涯沦落之恨。浮梁，唐时属饶州，治所在今江西景德镇市北浮梁。浮梁之茶虽非名品，但产量丰富，是当时茶叶的重要集散地。《元和郡县志》卷二八饶州浮梁县：“每岁出茶七百万驮，税十五余万贯。”《唐国史补》卷下：“风俗贵茶，茶之名品益众。……而浮梁之商货不在焉。”《元白诗笺证稿》：“盖浮梁之茶，虽非名品，而其产量极丰也。”

㊱“去来”二句：他走了之后，留下我一人，在江口独守着这艘空船；围绕着船外的，只有一轮明月，映着一片清冷的江水。这是诗中第三次描写月亮。独守空船，唯有清冷的江水和明月作伴，与昔日长安的繁华形成强烈对比。去来，去后。来，表以来、以后。李白《长干行》：“八月西风起，想君发扬子。去来悲如何，见少别离多。”张籍《寄远曲》：“美人去来春江暖，江头无人湘水满。”诸诗“去来”均为去后之意。

㊲“夜深”二句：夜深时，忽然梦见年轻时候的事，禁不住啼哭起来；泪水纵横，和着胭脂，流得满脸都是。凄苦中犹有娇憨与率真，哀感顽艳，合乎身份。啼妆，啼眉妆。白居易《代书诗一百韵寄微之》：“风流夸坠髻，时世斗啼眉。”自注：“贞元末，城中复为坠马髻、啼眉妆也。”按，白居易《时世妆》亦云：“妆成尽似含悲啼。”然《文苑英华》作“啼妆泪落”，辞意较顺。“红”本指胭脂色，这里作动词。阑干，（泪水）纵横流淌的样子。

㊳“我闻”二句：听到弹奏的琵琶曲，已让我感伤；现在听了这一番叙述，更加让我叹息不已。重，更加。唧唧，叹息声。

㊴“天涯”二句：彼此同是流落天涯的人，虽说今夜初次相逢，又何必曾经互相认识？琵琶女的身世，激起诗人情感的共鸣。同病相怜，同声相应，他将自己贬谪江州和琵琶女流落江头的悲惨遭遇联系在一起，酝出这传诵千古的名句。诗人发自肺腑地感慨，道出人生旅程中无数孤独者的心声，是全诗主旨所在。孙洙《唐诗三百首》称：“一句作诗之旨。”它已超越时代，成为后世饱经沧桑的人邂逅时的共同感受。毛泽东读《琵琶行》时，曾在这两句下面划了加重号，还批道：“江州司马，青衫泪湿。同在天涯，作者与琵琶演奏者有平等心情。白诗高处在此，不在他处。”

㊵“去年”二句：我从去年离开京城，被贬官来到浔阳城，经常卧病在床上。以下作者剖露心曲。在琵琶女的命运激起的感情波澜中，他坦露自我形象，将平生遭遇和谪居僻所的失意心情倾诉出来。

㊶“浔阳”二句：浔阳地处偏僻，没有什么音乐，整年听不到美妙的

音乐声。这里实际是说自己孤独寂寞，没有知音。

㊷“湓江”二句：住处靠近湓江，又低又湿，黄芦、苦竹绕着宅院丛生。湓江，今名龙开河，源出江西省瑞昌市清湓山，东流经九江入长江。其江口就是“序”所说的“湓浦口”。苦竹，伞柄竹。

㊸“其间”二句：这种环境，早晚能听到什么呢？只能听到杜鹃凄楚的啼叫，猿猴哀鸣的声音。杜鹃，又名杜宇、子规，相传为古蜀国的一位国君杜宇（又称望帝）魂魄所化。春末夏初，常昼夜啼鸣，其声哀切凄婉。

㊹“春江”二句：每当春江花开之时、秋月皎洁之夜，往往取酒，自斟自酌。“春江”“花朝”“秋月夜”，都是迷人的景色。在景色迷人的大好时光里，他人邀朋聚友，吟诗作赋，开怀畅饮；诗人却独自喝着闷酒，寂寥难遣。这种贬谪外任的苦闷心情，使诗句浸透着伤与愤。花朝，指百花盛开的春晨，亦泛指大好春光。白居易《喜与杨六侍御同宿》：“岸帻静言明月夜，匡床闲卧落花朝。”

㊺“山歌”二句：难道连山歌或村笛都没有吗？有，但是声音杂乱刺耳，实在难听。欧哑，同“呕哑”，象声词。陆龟蒙《北渡》：“江客柴门枕浪花，鸣机寒橹任呕哑。”嘲哳，同“啁哳”。《楚辞·九辩》：“雁廱廱而南游兮，鹍鸡啁哳而悲鸣。”《文选》潘岳《藉田赋》李善注引作“嘲哳”。呕哑嘲哳，形容乐声杂乱难听。诗人之意或许并非实说音乐难听，而是借不如意的环境衬托自己“不得意”的境遇。

㊻“今夜”二句：今夜听了你琵琶的旋律，好像听到仙乐一样，使耳朵一时清爽起来。仙乐，形容乐声美妙动听，仿佛来自仙界。

㊼“莫辞”二句：请不要推辞，重新坐下，再来弹一曲，让我来为你写一首《琵琶行》。更坐，即再次坐下来。翻作，是说按曲填写歌词。

㊽“感我此言”二句：被我这些话感动，站立了很久，然后重新坐下来。调紧丝弦，弦声顿时变得急促起来。这里巧妙写出琵琶女与诗人内心复杂感情的契合，着笔不多，却十分传神。却坐，回头重新坐下。却，退回。

㊾“凄凄”二句：琵琶曲声凄凉哀伤，已不像先前的乐声，满座的人听了都忍不住掩面哭泣。究竟为何不似“向前声”，未说。其实也不用说，因为前面已有大段描写做铺垫，只说满座哭泣，即已表明凄凉哀切之情。

㊿“就中”二句：在座的谁眼泪流得最多？当然是我这个江州司马，你看，青衫已湿。相遇知音人，一洒同情泪。一个是飘零江湖的长安歌妓，一个是得罪遭贬的朝廷命官；一个是“红妆泪”，一个是“青衫泪”。明写前者，暗写后者。二者彼此地位悬隔，却能产生强烈的感情共鸣和交流，这是最为难得和感人的。陈寅恪《元白诗笺证稿》云：“作此诗之人与此诗所咏之人，二者为一体。真可谓能所双亡，主宾俱化，专一而更专一，感慨复加感慨。”青衫，唐代文官品级最低（八品、九品）的服色。当时白居易职为州司马，为从五品，但“唐制服色不视职事官，而视阶官之品。至朝散大夫方换五品服色，衣银绯，封赠荫子。未至朝散，虽职事官高，未许易服色”（宋王楙《野客丛书》卷二七）。阶官，是有官名而无固定职事的散官品级的称号，相别于职事官而言。当时白居易官阶是将仕郎，为从九品下阶，故应穿青衫。

【评析】

诗题又作《琵琶行》。琵琶，弹拨乐器，原流行于波斯、阿拉伯等地，汉代传入中国。发展到隋唐，已成为非常流行的乐器，上至宫廷乐队，下至民间演唱，都常有它。作为文化范畴内的琵琶，从它问世之日起，就往往与伤悲事件相联。“行”和“引”，都是古乐府的诗体，与“歌”体相近，故常称歌行体。诗作于唐宪宗元和十一年（816）深秋，白居易45岁，时任江州司马。州司马是州刺史的佐官，掌管军事，但白居易此时是有虚职而无实权。白居易无辜遭贬江州司马后，开始还恬然自安，与三五知己登山游水。一个偶然的机会，在浔阳江头，他遇到一位来自京都、漂泊江湖的琵琶女，往还之际，顿生强烈的天涯沦落之感。

这首长篇叙事诗，正是有感而发。

洪迈《容斋五笔》卷七云：“白乐天《琵琶行》一篇，读者但羡其风致，敬其词章，致形于乐府，咏歌之不足，遂以谓真为长安故倡所作。予窃疑之。唐世法网虽于此为宽，然乐天尝居禁密，且谪官未久，必不肯乘夜入独处妇人船中，相从饮酒，至于极弹丝之乐，中夕方去。岂不虞商人者它日议其后乎？乐天之意，直欲摅写天涯沦落之恨尔。”《类苑》卷七十引《倦游杂录》：“史沆以进士第，为著作佐郎。……常过江州琵琶亭，作诗榜于栋，其略曰：‘座上骚人虽有咏，江边寡妇不难欺。若使王涯闻此曲，织罗应过赏花诗。’”已开容斋议论之先。又赵翼《瓯北诗话》卷四说略同。对此，陈寅恪《元白诗笺证稿》谓：“盖江州司马移其客之船，以就浮梁茶商外妇之船，而邀此长安故倡从其所乘之船出来，进入江州司马所送客之船中，故能添酒重宴。否则江口茶商外妇之空船中，恐无如此预设之盛筵也。……夫此诗所叙情事，既不如洪氏之诠解，则洪氏抵触法禁之疑问可以消释，即本无其事之假设，亦为赘剩矣。然容斋所论礼法问题，实涉及吾国社会风俗古今不同之大限，故不能不置一言。考吾国社会风习，如关于男女礼法等问题，唐宋两代实有不同。……惟其关于乐天此诗者，有二事可以注意：一即此茶商之娶此长安故倡，特不过一寻常之外妇。其关系本在可离可合之间。……二即唐代自高宗武则天以后，由文词科举进身之新兴阶级，大抵放荡而不拘守礼法，与山东旧日士卒甚兴。……乐天亦此新兴阶级之一人，其所为如此，固不足怪也。”

朱熹《朱子语类》卷一百四十《论文》下“诗”：“白乐天《琵琶行》云‘嘈嘈切切错杂弹，大珠小珠落玉盘’云云，这是和而淫。至‘凄凄不似向前声，满座重闻皆掩泣’，这是淡而伤。”高棅《唐诗品汇》：“其抑扬顿挫、流离沉郁之态，虽千载之下，宛然琵琶哀怨之声也。”文徵明《书琵琶行后》（题拟）：“右乐天作此词，乃自寓其迁谪无聊之意，未必事实也。后人不知有嘲之日，公乃见琵琶成大叹，何须涕泣满青衫，盖失其旨矣。丁巳冬日偶书此漫为识之，时年八十有八。”张凤翼《跋书琵琶行后》：“予读《琵琶行》，而重有感焉。夫在迁谪中送饯，正毁誉易生之日，乃因闻琵琶声，召商人妇弹之座上，且为作《琵琶行》传播之。见者不以为骇闻者，不以为非，乐而不淫，有若国人不称其乱者，其风流率真可想也。自宋季讲学以来，动欲绳趋尺步，此事遂罕闻见。即有之，则谤议滋起矣。古今悬绝如是哉？”郝敬《批选唐诗》卷一：“（《琵琶行》）以诗代叙记情兴，曲折婉转，《连昌宫词》正是伯仲。”

周珽《删补唐诗选脉笺释会通评林》卷二十五“中唐七古下”云：“‘饮无管弦’，埋琵琶话头。一篇之中，‘月’字五见，‘秋月’三用，各自有情，何尝厌重！‘声沉欲语迟’，‘沉’字细，若作‘停’字便浅；‘欲语迟’，形容妙绝。‘未成曲调先有情’，‘先有情’三字，一篇大机括。‘弦弦掩抑’下四语总说，情见乎辞。‘大弦’以下六语，写琵琶声响，曲穷其妙。‘冰泉冷涩’四语，传琵琶之神。‘银瓶’二语，已歇而复振，是将罢时光景。‘唯见江心秋月白’，收用冷语，何等有韵！‘自言本是京城女’下二十二句，商妇自诉之词，甚夸、甚戚，曲尽青楼情态。‘同是天涯’二句，钟伯敬谓：‘止此，妙；亦似多后一段。’若止，乐天本意，何处发舒？惟以沦落人转入迁谪，何等相关！香山善铺叙，繁而不冗，若百衲衣手段，如何学得？通篇散缓，末段□□□注水一□，便□更无余适，惹厌。□□曰：‘“凝绝不通声暂歇”，以此说曲罢，情理便深。“门前冷落”二句，唤醒人语，不怕说得败兴。’陆时雍曰：‘形容仿佛。’又曰：‘作长歌须得崩浪奔雷、蓦涧腾空之势，乃佳；乐天只一平铺次第。’”

钟惺等《唐诗归》卷二十八：“钟云：妙在真情不讳（‘是夕始觉有迁谪意’句下）。钟云：以此说曲罢，情理便深（‘水泉冷涩’二句下）。

钟云：唤醒人语，不怕说得败兴（‘门前冷落’二句下）。钟云：止此，妙，亦似多后一段（‘同是天涯’二句下）。”陆时雍《唐诗镜》卷四十三云：“乐天无简炼法，故觉顿挫激昂为难，形容仿佛。”黄周星《唐诗快》云：“乐天诗如《长恨歌》《琵琶行》，皆所谓老妪解颐者也。然无一字不深入人情，而且刺心透髓，即少陵、长吉歌行皆不能及。所以然者，少陵、长吉虽能为情语，然犹兼才与学为之；凡情语一夹才学，终隔一层，便不能刺透心髓。乐天之妙，妙在全不用才学，一味以本色真切出之，所以感人最深。由是观之，则老妪解颐，谈何容易！”徐增《而庵说唐诗》卷六“七言古诗”细读曰：“此篇铺叙甚佳，语多情至，顿挫之法颇有，若较子美之陟健，则相去远矣，滥觞从此始。”

唐汝询《唐诗解》卷二十云：“此宦游不遂，因琵琶以托兴也。言当清秋明月之夜，闻琵琶哀怨之音，听商妇自叙之苦，以动我逐臣久客之怀，宜其泣下沾襟也。《连昌》纪事，《琵琶》叙情，《长恨》讽刺，并长篇之胜，而高、李弗录，余采而笺释之，俾学者有所观法焉。”《删补唐诗选脉会笺释通评林》卷二十五、《御选唐宋诗醇》卷二十二引此则。《删订唐诗解》卷十略作：“清秋月夜，闻琵琶哀怨之音，听商妇自叙之苦，逐臣久客，宜其泣下沾襟也。《连昌》纪事，《琵琶》叙情，《长恨》讽刺，并长篇之胜，而高、李弗录，余播而笺释之，俾学者有所观法焉。”杜诏、杜庭珠《中晚唐诗叩弹集》：“庭珠按：以上琵琶妇自叙；下，乐天自言迁谪之感也（‘梦啼妆泪’句下）。”沈德潜《唐诗别裁集》重订本卷八云：“写同病相怜之意，恻恻动人。”黄子云《野鸿诗的》：“香山《琵琶行》婉折周详，有意到笔随之妙，篇中句亦警拔。音节靡靡，是其一生短处，非独是诗而已。”

宋宗元《网师园唐诗笺》卷六云：“此诗及《长恨歌》，诸家选本率与元微之《连昌宫词》并存，然细玩之，虽同是洋洋大篇，而情辞斐亹，无论元词之远不逮白歌，即此与李亳州之《悲善才》，并为闻琵琶作，而亦几有仙凡之判，固不但以人品高下为去取也。”又批曰：“为下二段伏线（‘醉不成欢’二句下）。即声暂歇时言（‘此时无声’句下）。应首段作一束（‘惟见江心’句下）。映上重作一束，为文章留顿法（‘绕船明月’句下）。双收上二段，转到自己（‘同是天涯’二句下）。自叙踪迹，与起处相应（‘其间旦暮’句下）。”史承豫《唐贤小三昧集》：“感商妇之飘流，叹谪居之沦落，凄婉激昂，声能引泣。”《唐宋诗醇》：“满腔迁谪之感，借商妇以发之，有同病相怜之意焉。比兴相纬，寄托遥深，其意微以显，其情哀以思，其辞丽以则。《十九首》云：‘清商随风发，中曲正徘徊。一弹再三叹，慷慨有余哀。’及杜甫《观公孙大娘弟子舞剑器行》，与此篇同为千秋绝调，不必以古近、前后分也。”严元照《蕙櫋杂记》：“予向读吴梅村《琵琶行》，喜其浏离顿挫，谓胜白文公《琵琶行》，久而知其谬也。白诗开手便从江头送客，说到闻琵琶，此直叙法也。吴诗先将琵琶铺陈一段，便成空套。昌黎《平淮西碑》，非不裔皇冠冕，然不免柳子厚之讥，病亦坐此。”施补华《岘佣说诗》：“《琵琶行》较有情味，然‘我从去年’一段又嫌繁冗，如老妪向人谈旧事，叨叨絮絮，厌读而不肯休也。”邹弢《精选评注五朝诗学津梁》：“结以两相叹感收之，此行似江潮涌雪，余波荡漾，有悠然不尽之妙。凡作长题，步步映衬，处处点缀，组织处，悠扬处，层出不穷，笔意鲜艳，无过白香山者。”

《琵琶行》和《长恨歌》是白居易诗中的双璧。即使没有其他作品，只凭这两首诗，白居易就足以不朽。与早年的《长恨歌》写历史题材有所不同，《琵琶行》转到了现实题材。读这首叙事诗，不能忽略序言。序言不仅交代了时间、背景和写作原因，而且巧妙地点明了全诗的主旨，为我们准确把握全诗的思想内容起到了提示作用。诗人通过亲身见闻，叙写了琵琶女的沦落命运，并由此关合到自己的被贬遭际，发出“同是天涯沦落人”的深沉感慨。因为有切身体验，所以感情特别真诚深挚；因为是在贬所深秋月夜的江面巧遇琵琶女，所以诗情特别哀婉苍凉。《琵琶行》一出，不仅当即风靡宫廷里巷，而且千百年来一直传颂不衰，显示了强大的艺术生命力。唐宣宗有“童子解吟《长恨》曲，胡儿能唱《琵琶》篇”（《吊白居易》）之赞，清代张维屏有“一曲琵琶说到今”（《琵琶亭》）之叹。

这首长诗结构严谨，层次分明，可分为四部分。从开头到“犹抱琵琶半遮面”为第一部分，通过秋夜浔阳江头景色与送客场面的描写，烘托出凄凉冷落的氛围。第二部分从“转轴拨弦三两声”到“唯见江心秋月白”，正面描述琵琶女的高超技艺和感人至深的音乐效果，并为她自叙身世做了有力的铺垫。这一部分有三个层次：第一层是序奏，饱含深情，低缓哀婉；第二层是弹奏的第一个高潮；第三层是转折，琴音由疾速强劲转入舒缓。第三部分从“沉吟放拨插弦中”到“梦啼妆泪红阑干”，介绍琵琶女由少年欢乐到老年伤悲的不同寻常的经历。第四部分从“我闻琵琶已叹息”到结束，把琵琶女和诗人自身的命运联系起来，抒发了诗人政治失意的抑郁之情。

全诗语言平易简洁，却又极有表现力，不求其工而自工；而且画意鲜明，诗情浓郁，清词妙喻，络绎不绝。尤其是对琵琶女弹奏乐曲的描写，达到了出神入化的境界。正如《傅雷家书》所说：“白居易对音节与情绪的关系悟得很深。凡是转到伤感的地方，必定改用仄声韵。《琵琶行》中‘大弦嘈嘈’‘小弦切切’一段，好比 staccato（断续），像琵琶的声音极切；而‘此时无声胜有声’的几句，等于一个长的 pause（中止）。‘银瓶……水浆迸’两句，又是突然的 attack（起奏），声势雄壮。”为表现动人的乐曲，诗人运用了一连串新鲜生动的比喻：“大弦嘈嘈如急雨”——深沉繁密，撼人心魄；“小弦切切如私语”——轻柔幽细，缠绵悱恻；“大珠小珠落玉盘”——清脆悦耳，圆润动听；“间关莺语花底滑”——宛转流滑，生机盎然；“幽咽泉流冰下难”——低沉缓慢，悲抑哽咽；“凝绝不通声暂歇”——暂时休止,余韵无穷；“银瓶乍破水浆迸,铁骑突出刀枪鸣”——乐声骤起,高亢激越；“四弦一声如裂帛”——强烈干脆,戛然而止。这些比喻,形象地再现了丰富的音乐情节,使读者真切地感受到乐曲中激扬幽抑、喜乐哀怨的变化。这种变化复杂却不混乱,是经过诗人匠心安排的。音色音调也是衔接的,其变化又起着对比的作用,从而构成优美而丰富的音乐情节,产生了荡气回肠、惊心动魄的艺术效果。

庾楼晓望

独凭朱槛立凌晨,山色初明水色新。竹雾晓笼衔岭月,蘋风暖送过江春①。子城阴处犹残雪②,衙鼓声前未有尘。三百年来庾楼上,曾经多少望乡人。

【注释】

① 暖送：一作“送暖”。

② 子城：大城所属的小城,即内城及附郭的瓮城或月城。

【评析】

作于元和十一年(816),江州,时任江州司马。庾楼,即庾亮楼,又称庾公楼。白居易《初到江州》“浔阳欲到思无穷,庾亮楼南湓口东”,《咏意》“秋上庾公楼”,《山中酬江州崔使君见寄》“庾楼春好醉”,《重到江州感旧游题郡楼十一韵》“再上庾楼行”,又有《庾楼新岁》《三月三日登庾楼寄庾三十二》,可见庾楼为江州重要建筑,白居易诗中屡屡咏及。

这一首写清晨登上庾楼，尚有寒意，子城墙脚阴处残雪未消；衙鼓声声，清晰入耳，街市上尚无喧嚣之声。所见、所感、所闻，将江州城清晨景象的特征概括无余。颔联和颈联对仗工稳。《唐宋诗醇》云："中两联写景，一远一近，结十四字，如生铁铸成，有千钧之力。"《唐诗近体》："（'竹雾晓笼'句下）切'晓望'。（末二句下）结更感慨情深。"《唐诗肤诠》："深细闲远，绰有大历风味。此诗亦刻乐天集中，恐乐天不能为此也。"方东树《昭昧詹言》卷十八曰："按此诗笔路，诚开俗人作俗诗一派，不可入选。"

晚春登大云寺南楼赠常禅师[1]

花尽头新白，登楼意若何？岁时春日少，世界苦人多。愁醉非因酒，悲吟不是歌。求师治此病，唯劝读楞伽[2]。

【注释】

① 大云寺：《旧唐书·则天皇后纪》："载初元年春正月……有沙门十人伪撰《大云经》，表上之，盛言神皇受命之事。制颁于天下，令诸州各置大云寺，总度僧千人。"常禅师：僧智常。《宋高僧传》卷十七唐庐山归宗寺智常传："释智常者，挺拔出伦，操履清约，遍参知识，影附南泉，同游大寂之门，乃见江西之道。元和中，驻锡庐山归宗净院。……无何，白乐天贬江州司马，最加钦重。"《祖堂集》卷十五："归宗和尚嗣马大师，在江州庐山。师讳智常，未详姓氏。……白舍人为江州刺史，颇甚殷敬。"李渤为江州刺史在长庆二年（822）。

② 楞伽：《楞伽经》。《楞伽师资记》卷一："宋朝求那跋陀罗三藏，中天竺国人，大乘学时号摩诃衍。元嘉年，随船至广州。宋太祖迎于丹阳

郡，译出《楞伽经》，王公道俗请开禅训"，"魏朝三藏法师菩提达摩，承求那跋陀罗三藏后，其达摩禅师，志阐大乘，泛海吴越游洛至邺。沙门道育惠可，奉事五年，方诲四行，谓可曰：有《楞伽经》四卷，仁者依行，自然度脱"。《续高僧传》卷十六慧可传："初，达摩禅师以四卷《楞伽》授可曰：'我观汉地，惟有此经，仁者依行，自得度世。'"

【评析】

作于元和十一年（816），江州。查慎行云："三、四至理名言。"何焯云："前一篇已不似梦得，但非白耳，更考之。"纪昀曰："起得峭拔，收得清楚，题中字字俱到。第四句近俚，不可效。"

题元十八溪居

溪岚漠漠树重重，水槛山窗次第逢。晚叶尚开红踯躅[①]，秋房初结白芙蓉[②]。声来枕上千年鹤，影落杯中五老峰[③]。更愧殷勤留客意，鱼鲜饭细酒香浓。

【注释】

①红踯躅：山踯躅，即杜鹃花，春天开红花，故称"红踯躅"。白居易《山石榴寄元九》："山石榴，一名山踯躅，一名杜鹃花，杜鹃啼时花扑扑。"

②白芙蓉：白莲。白居易《东林寺白莲》："中生白芙蓉，菡萏三百茎。"

③五老峰：《太平寰宇记》卷一一一江州："五老峰在（庐）山东，悬崖突出，如五人相逐罗列之状。"

【评析】

作于元和十一年(816),江州,时任江州司马。诗题之“元十八”,原作“元八”,盖误。元十八,指元集虚,白居易元和十二年(817)又有《题元十八溪亭》(亭在庐山东南五老峰下)。《庐山志》卷九:“唐元集虚,河南人。贞元、元和间避地来庐山,居相辞涧。白乐天在江州时常与往来。隐居今不知处。”清康熙间文行远《浔阳蹠醢》卷三:“元集虚,河南人。贞元、元和间辟地来居庐山相辞涧。白香山在江州时,尝与往还。白《题元八溪居》诗……又《雨夜赠元十八》诗:‘早湿沙头宅,连阴雨夜天。共听檐溜滴,心事两茫然。把酒循环饮,移床曲尺眠。莫言非故旧,相识已三年。’又有《题元十八溪亭》诗,二元皆居庐山下,不知孰为集虚。”文行远其实未考“元八”当作“元十八”。

诗从作者赴友人溪居途中写起,远近结合,层层推进。首联写溪水潺潺,岚气弥漫,茂密的森林,措置有序的水栅,面山而凿的小窗。颔联是将视线推进到主人溪居周围,实写环绕溪居的近景。通过杜鹃、芙蓉,以红白两色鲜明对比,展现一幅夏秋之交的优美境界;再用“尚开”“初结”修饰,此开彼落,绵延不绝。颈联转入虚写。溪居依山傍水,建在庐山附近,前面的刻画,已有人间仙境气氛,再以“千年鹤”加深,用丁令威典故。《搜神后记》载,汉辽东人丁令威,学道成仙后化鹤归来,落在城门华表柱上,有少年欲射之,鹤乃飞鸣作人语说:“有鸟有鸟丁令威,去家千年今始归。城郭如故人民非,何不学仙冢累累。”借用此典,点逗看破红尘,超然世间沧桑。“影落”句,言处于淡雅绝俗之居室,饮酒品茶之际,远眺窗外的山川景物,令人惬意,更为奇妙的是,远处五老峰影,倒映杯中,溪居明净不言自明。尾联写主客开怀畅饮,欢融无间,进一步显示溪居及其主人的可爱。《唐宋诗醇》评云:“通首娟静,腹联对句更超妙。”

百花亭

朱槛在空虚，凉风八月初。山形如岘首①，江色似桐庐②。佛寺乘船入，人家枕水居。高亭仍有月，今夜宿何如？

【注释】

① 岘首：即岘山。沈炯《归魂赋》："望隆中之大宅，映岘首之沉碑。"

② 桐庐：《旧唐书·地理志三》江南东道睦州："桐庐……（武德七年）以桐庐属睦州。"按，衢州与睦州为邻州。

【评析】

作于元和十一年（816），江州，时任江州司马。百花亭，据《舆地纪胜》卷三十江州："百花亭在都统司，梁刺史邵陵王纶建。梁元帝诗：'极目才千里，何由望楚津。落花洒行路，垂柳拂砌尘。'"方回《瀛奎律髓》卷四云："此贬江州司马时作。大抵中唐以后，人多善言风土，如西北风沙酪浆毡幄之区，东南水国蛮岛夷洞之外，亦无不曲尽其妙。乐天《送人游岭南》有云：'诃陵国方界，交趾郡为邻。土民稀白首，洞主尽黄巾。'又：'红旗围卉服，紫绶裹文身。面苦桄榔裛，浆酸橄榄新。牙樯迎海舶，铜鼓赛江神。不冻贪泉暖，无霜毒草春。云烟蟒蛇气，刀剑鳄鱼鳞。'又云：'天黄生飓母，雨黑长枫人。'而结之曰：'须防杯里蛊，莫受橐中珍。'亦可谓尽南中之俗矣。学诗者不可不深造黄、陈，摆落膏艳，而趋于古淡，亦不可无此等一二语也。"何焯云："杼山《诗式》云：'虽欲废巧尚直而思致不得置，虽欲废词尚意而典丽不得遗。'此唐人笃论，虚谷辈何以不加研味耶？"陆贻典评云："乐天诗于淡素之中有意议者为妙。太枯率者不足读。此首尚可也。"纪昀曰：

“清浅可诵。”潘德舆《养一斋诗话》卷一：“近人好看白诗，乃学其率易之至者。试随意举其五律，如‘寻泉上山远，看笋出林迟’，‘松湾随棹月，桃浦落船花’，‘雨埋钓舟小，风扬酒旗斜’，‘早梅迎夏结，残絮送春飞’，‘佛寺乘船入，人家枕水居’，‘江暗管弦急，楼明灯火高’，‘近海江弥阔，迎秋夜更长’……此例一二十句，皆灵机内运，锻炼自然，何等慎重落笔！专以率易为白之流派者，试参之。”

暮江吟

一道残阳铺水中，半江瑟瑟半江红①。可怜九月初三夜，露似真珠月似弓②。

【注释】

①“残阳”二句：一道夕阳，铺映在水中；阳光照射下，江面上波光粼粼，一半呈现出深深的碧色，一半呈现出红色。和戎昱《采莲曲》“日落半江阴”所写之景相似。瑟瑟，本来是宝珠名，其色碧，故影指“碧”字。这里形容背阴处江水的碧绿色。《太平广记》卷二三七《同昌公主》（出《杜阳编》）：“更有瑟瑟幕、纹布巾、火蚕绵、九玉钗。其幕色如瑟瑟，阔三尺，长一百尺。”

②“可怜”二句：让人怜爱的是九月初三凉露下降的月夜；滴滴清露就像粒粒珍珠，一弯新月仿佛一张精巧的弓。用“真珠”比喻露珠，不仅形象地道出其圆润，而且写出在新月的清辉下露珠闪烁的光泽。月似弓，农历九月初三，上弦月，其弯如弓。

【评析】

这是一首很有名的七言绝句。其写作时间，朱金城《白居易集笺校》认为是元和十一年（816）至元和十三年（818）白居易任江州司马时，也有人认为是长庆二年（822）白居易在赴杭州任刺史的途中所写（高步瀛《唐宋诗举要》，顾学颉与周汝昌《白居易诗选》，黄肃秋选、陈新注《唐人绝句选》及《唐诗鉴赏辞典》《全唐诗佳句赏析》等）。王汝弼《白居易选集》、富寿荪《千首唐人绝句》、龚克昌与彭重光《白居易诗选》认为是长庆元年（821）秋季，长安游曲江时作。据张培瑜《三千五百年历日天象》，长庆元年（821）寒露节气恰在九月初三，长庆二年（822）寒露则在九月十四，故贺严《〈暮江吟〉写作时间考辨》认为长庆元年（821）是正确的。此说新颖可喜。

诗中之江，或谓长江，或谓长安东南之曲江。如果是指曲江，则应作于长安。现在已经难以确考。这首七绝是一首写景佳作。其映像之美，写景之微妙，历来备受称道。《对床夜话》云："唐人绝句，有意相袭者，有句相袭者。王昌龄《长信宫》云：'玉颜不及寒鸦色，犹带昭阳日影来。'孟迟《长信宫》亦云：'自恨身轻不如燕，春来还绕御帘飞。'……又杜牧《沈下贤》云：'一夕小敷山下路，水如环佩月如襟。'白乐天《暮江吟》云：'可怜九月初三夜，露似真珠月似弓。'刘长卿《送朱放》云：'莫道野人无外事，开田凿井白云中。'韩偓《即目》云：'须信闲中有忙事，晓来冲雨觅渔师。'此皆意相袭者。"明代杨慎《升庵诗话》卷三评云："诗有丰韵。言残阳铺水，半江之碧，如瑟瑟之色；半江红，日所映也。可谓工致入画。"《唐宋诗醇》评云："写景奇丽，是一幅着色秋江图。"清代王士禛《唐人万首绝句选》评云："丽绝韵绝，令人神往。"

全诗语言清丽流畅，格调清新，绘影绘色，细致真切。诗人选取红日西沉到新月东升这一段时间里的两组景物进行描写，前一组像一幅油画，后一组犹如精描细绘的工笔画，画中时时刻刻变化的美妙色彩，蕴含着喜悦热爱之情。第一句中的“铺”字用得高妙，不仅形象表现出太阳接近地平线时斜射在水面上的状态，而且写出秋天夕阳的柔和，显得很平缓，给人以亲切、安闲的感觉。第二句运用了新颖巧妙的比喻，抓住残阳照射下江中细波粼粼、光色瞬息呈现出的两种颜色变化：受光多的部分，呈现一片反射着阳光的红色；受光少的地方，呈现出江水本身的深碧色，创造出和谐、宁静的意境。后两句写九月初三新月初升的夜景，诗人流连忘返，直到新月初上，凉露下降，最后用“可怜”二字，点逗出内心深处的情思，对自然之美不由自主地热爱。全篇由描绘一江暮色，到赞美月露，中间看似少了时间上的衔接，其实“九月初三夜”的“夜”，无形中把时间连接起来。它上与“暮”接，下与“露”“月”相连，这就意味着诗人从黄昏时起，一直玩赏到月上露下，视线由晚霞夕照的天空转向江面，由岸边转向夜空，追随着初生的月亮和西沉的落日而去……俞陛云《诗境浅说续编》曰：“此诗分两段写景。上二句言薄暮之景。大江空阔，阴晴划分，半为云气所掩，作瑟瑟秋光，半则一道斜阳，平铺水面，映江水而皆红。写江天晚景入妙。后二句言，一至深宵，如弓新月，斜挂楼头，正初三之夕，其时露气渐浓，如珠光的皪，正九月之时，夜色清幽，诵之觉凉生袖角。通首皆写景，惟第三句‘谁怜’二字，略见惆怅之思，如水清愁，不知其着处也。”

寒闺怨

寒月沉沉洞房静①，真珠帘外梧桐影。秋霜欲下手先知，灯底裁缝剪刀冷。

【注释】

① 洞房：犹言深屋，在很多进房屋的后部，通常是富贵人家女眷所居。

【评析】

约作于元和十一年（816）至长庆二年（822）。诗写暮秋深夜，闺中少妇赶制寒衣，要寄给远方的征夫。前两句写景，后两句写情。冷清之景与幽独之情，印证了诗题寒闺之怨。唐代府兵制规定，兵士自备甲仗、粮食和衣装，存入官库，行军时领取备用。但征戍日久，衣服破损，就要由家中寄去补充更换，特别是需要御寒的冬衣。所以唐诗常常有秋闺捣练、制衣和寄衣的描写。在白居易的时代，府兵制已破坏，但家人为征夫寄寒衣，仍然是需要的。宋宗元《网师园唐诗笺》卷十六曰："意本崔国辅《怨词》。崔诗他本又作张祜。"崔国辅《怨词二首》："妾有罗衣裳，秦王在时作。为舞春风多，秋来不堪著。""楼头桃李疏，池上芙蓉落。织锦犹未成，蛩声入罗幕。"张祜《墙头花二首》其一："蟋蟀鸣洞房，梧桐落金井。为君裁舞衣，天寒剪刀冷。""妾有罗衣裳，秦王在时作。为舞春风多，秋来不堪著。"

闺　妇

斜凭绣床愁不动，红销带缓绿鬟低。辽阳春尽无消息[①]，夜合花前日又西。

【注释】

① 辽阳：府、路名。沈佺期《古意》："九月寒砧催木叶，十年征戍忆

辽阳。”

【评析】

约作于元和十一年(816)至长庆二年(822)。白居易《思妇眉》《空闺怨》及这一首《闺妇》,皆代思妇抒情之词。三首各从一点着想,各用一种语言,各极其致。廖莹中《江行杂录》:“白乐天诗云:‘倦倚绣床愁不动,缓垂绿带髻鬟低。辽阳春尽无消息,夜合花开日又西。’好事者画为‘倦绣图’。”陆游有《白乐天诗云……好事者画之为倦绣图此花以五六月开山中多于茨棘人殊不贵之为赋小诗以寄感叹》。胡应麟《题白乐天集》:“唐诗文至乐天,自别是一番境界、一种风流,而世规规以格律掎之,胡耳目之隘也?《倦绣图》诗:‘辽阳春尽无消息,夜合花开日又西。’中唐后第一篇,而《正声》不收,暨《品汇》亦失之。”朱存孝《(朱选)玉台新咏》卷十:“流光弹指,何堪误此青春。”黄叔灿《唐诗笺注》:“上二句写其态,下二句写其情。‘夜合花前日又西’脱得妙,此亦是白描手法。”梁启超批点《白香山诗集》:“以上数首,疑是少作。”

登香炉峰顶

迢迢香炉峰,心存耳目想。终年牵物役[1],今日方一往。攀萝蹋危石,手足劳俯仰。同游三四人,两人不敢上。上到峰之顶,目眩神恍恍。高低有万寻,阔狭无数丈。不穷视听界,焉识宇宙广[2]。江水细如绳,湓城小于掌。纷吾何屑屑,未能脱尘鞅[3]。归去思自嗟,低头入蚁壤[4]。

【注释】

① 物役：为外物所役使。任昉《齐竟陵文宣王行状》："虽牵以物役，孜孜无怠。"

②"不穷"二句：王羲之《兰亭诗序》："仰观宇宙之大，俯察品类之盛，所以游目骋怀，足以极视听之娱，信可乐也。"

③ 尘鞅：谓尘世之羁绊。刘长卿《游四窗》："对此脱尘鞅，顿忘荣与辱。"

④ 蚁壤：蚁穴之壤，此喻尘寰。鲍照《代君子有所思》："蚁壤漏山河，丝泪毁金骨。"

【评析】

作于元和十二年（817），江州，时任江州司马。从登山之前心存向往（登山原由），登山过程的经历和感受，登顶的所见，以及所见后的所感，一一写来，结构颇为完整。对于登山过程和登顶所见，就山水诗写作传统而言，当是诗歌描写的高潮，这往往是诗笔出彩的精工之处。但此诗没有像谢灵运那样倾力于风景的刻画。对于登山过程，只是从人出发，更像纪事之笔；对于登顶所见，只是用概述性的语言点明其所见空间之广大。这本来无甚出彩之处。但读到诗歌最后一个词"蚁壤"时，这些描写始觉出彩。形容所见之大，正是要反衬人之渺小：不仅是世人之渺小，"我"也像世人一样，渺小如蚁。这是一种"自悲"，若局限于风景描写就难以写出此意味。查慎行《初白庵诗评》云："《登香炉峰》'上到峰之顶'至末，不到其上，不知此诗之工。"

庾楼新岁

岁时销旅貌，风景触乡愁。牢落江湖意[①]，新年上庾楼。

【注释】

①牢落：犹寥落。这里指孤寂，无聊。陆机《文赋》："心牢落而无偶，意徘徊而不能揥。"

【评析】

作于元和十二年（817），江州，时任江州司马。唐汝询《唐诗解》卷二十四曰："此登楼而感谪宦也。羁旅之貌，随时而销；怀乡之愁，触景而发，人情之常也。若乃牢落江湖之意，则于新年登庾楼而益甚焉。时乐天为江州司马。"周珽《删补唐诗选脉笺释会通评林》卷四十九曰："三句言情，一句收之，五绝中别是一法。"黄叔灿《唐诗笺注》："'新年上庾楼'，位置此五字在末句，是五绝擅场处。"《唐人万首绝句选》评："客中佳节，转触乡愁，写得邈然意远。"

大林寺桃花

人间四月芳菲尽，山寺桃花始盛开[①]。长恨春归无觅处，不知转入此中来[②]。

【注释】

①"人间"二句：四月里，山下世间的花儿都纷纷落尽了；山上大林

寺里的桃花，却刚刚灼灼盛开。诗人登山时已届孟夏，正是大地春归、芳菲落尽之时，没想到在高山古寺中，遇上又一片春景。从紧跟后面的"长恨春归无觅处"可以得知，诗人在登临之前，曾为春光易逝而叹怨。因此，当这始所未料的春景映入眼帘时，该是多么惊喜！这两句中，"芳菲尽"与"始盛开"，在对比中遥相呼应。字面上是纪事写景，而言外是写感情和思绪的跳跃：由愁绪满怀的叹逝之情，突转为惊喜之情。在首句开头，诗人着意斟选"人间"二字，似乎是在表达一种特殊感受：这一奇遇、这一胜景，让人仿佛从人间的现实世界，突然步入到神话中的仙境。人间，指庐山下的平地村落。《梦溪笔谈》卷二十六："古法采草药多用二月、八月，此殊未当。……用花者取花初敷时，用实者成实时采，皆不可限以时月。缘土气有早晚，天时有愆伏。如平地三月花者，深山中则四月花。白乐天《游大林寺》诗云：'人间四月芳菲尽，山寺桃花始盛开。'盖常理也，此地势高下之不同也。"

② "长恨"二句：春天归去的时候，我常常怨恨无处把她寻找；谁料得到，她竟悄悄地溜到这深山寺庙来。正是在这一突来美景的刺激、触发下，诗人想象的翅膀飞腾起来了。他想到，自己曾因为惜春、恋春，以致怨恨春去的无情，谁知却是错怪了。这里把春光拟人化，仿佛她真有脚似的，可以转来躲去；而且岂止是有脚而已，你看它简直还具有顽皮惹人的性格呢。

【评析】

这是一首纪游诗，作于元和十二年（817）四月九日，白居易时任江州司马。大林寺，在庐山香炉峰顶，相传为晋代僧人昙诜所建，为佛教圣地。关于这首诗的写作情况，白居易集有《游大林寺序》可参考："余与河南元集虚、范阳张允中、南阳张深之、广平宋郁、安定梁必复、范阳张时，东林寺沙门法演、智满、士坚、利辩、道建、神照、云皋、息慈、寂然凡十七人，自遗爱草堂历东西二林，抵化城，憩峰顶，登香炉峰，宿大林寺。大林穷远，人迹罕到。环寺多清流苍石、短松瘦竹，寺中唯板屋木器，其僧皆海东人。山高地深，时节绝晚，于时孟夏月，如正二月天，梨桃始华，涧草犹短，人物风候与平地聚落不同。初到恍然若别造一世界者。因口号绝句云：'人间四月芳菲尽，山寺桃花始盛开。长恨春归无觅处，不知转入此中来。'既而周览屋壁，见萧郎中存、魏郎中弘简、李补阙渤三人姓名文句，因与集虚辈叹且曰：'此地实匡庐间第一境。'由驿路至山门，曾无半日程，自萧、魏、李游，迨今垂二十年，寂寥无继来者。嗟乎！名利之诱人也如此。时元和十二年四月九日，乐天序。"《清一统志》卷二四四九江府："上大林寺在庐山西大林峰南，晋建，元末毁，明宣德中重建。寺前有宝树二，曲干垂枝，圆旋如盖。又中大林寺在庐山锦涧桥北。下大林寺在桥西。"白诗所言乃上大林寺。

这首诗以趣胜。全诗短短四句，从内容到语言似乎都没有什么深奥、奇警的地方，只不过是把"山高地深，时节绝晚""与平地聚落不同"的景物节候，做了一番记述和描写。但细读之下，就会发现这首平淡自然的小诗，却写得意境深邃，富于情趣。它不仅写出了在山寺看见迟开桃花的喜出望外之情，而且蕴含了人间事所谓"别有一番天地"的理趣。诗人用对比和拟人的手法，把自然界的春光描写得如此生动具体、天真可爱。如果没有对春的留恋与热爱，没有诗人的一片童心，是写不出来的。这首小诗的佳处，正在立意新颖，构思灵巧；而戏语雅趣，又启人神思。可谓唐人绝句中不可多得的珍品。黄周星《唐诗快》云："只恐'此中'亦不能久驻，奈何！"宋俊《柳亭诗话》卷二十五："白香山与元集虚十七人游庐山大林寺，时已孟夏，见桃花盛开，乃作诗曰：'人间四月芳菲尽……'梅花尼子行脚归，有诗曰：'着意寻春不见春，芒鞋踏破岭头云。归来笑捻梅花嗅，春花枝头已十分。’二绝可谓得禅机三昧矣。”

所咏同样是桃花,杜甫《题桃树》“五株桃树亦从遮……来岁还舒满眼花……寡妻群盗非今日,天下车书正一家”,融情于桃花,“就眼前景物,写出一番仁民爱物之意”(清仇兆鳌《杜诗详注》卷十三《题桃树》一诗后评),而迥别于斯;郎士元《听邻家吹笙》“重门深锁无寻处,疑有碧桃千树花”,写出一种向往;崔护《题都护南庄》“人面不知何处去,桃花依旧笑春风”,写出一种惆怅;白居易《大林寺桃花》,写出一种惊喜。

建昌江

建昌江水县门前,立马教人唤渡船。忽似往年归蔡渡,草风沙雨渭河边。

【评析】

作于元和十二年(817),江州。诗写在去往贬地的江边待渡,联想起家乡渭河边的蔡渡,同样是江边渡口,但一远一近,情味迥别,对照而言,寄慨自深。建昌江,《旧唐书·地理志三》江南西道:“洪州上都督府……旧领县四:豫章、丰城、高安、建昌。”建昌县临修水,有渡口。建昌江盖指修水。后来居然因为白居易这首诗,成就了当地唤渡亭这一景点。《明一统志》卷五十二南康府宫室:“唤渡亭,在建昌县治。南康。白居易谪江州司马,尝过此赋诗:‘建昌江水县门前,立马教人唤渡船。好似昔年归蔡渡,草风莎雨渭河边。’因摘诗中二字名亭。宋黄庭坚书于亭中。碑刻尚存。”《(正德)南康府志》卷三:“唤渡亭,在县治前。唐白乐天诗云:‘建昌江水县门前,立马教人唤渡船。好似当年归蔡渡，草风花雨渭河边。’黄太史书斯亭，欧阳修亦尝游此。”据王士禛介绍，明代当地知县梁崧曾经重刻，“石今存”。《带经堂诗话》卷十三《遗迹》上又引王士禛《南来志》云：“过唤渡亭，亭以白傅诗得名，有白诗石刻。堤行二里，人家种竹为藩篱。鸡声人语，皆在竹中。”李调元《唤渡亭（建昌县）》诗云：“元和迁客此题诗，山谷名亭即以之。欲问青山谁句好，草风莎雨唤船时。”

读灵澈诗

东林寺里西廊下，石片镌题数首诗①。言句怪来还校别，看名知是老汤师②。

【注释】

①镌题：在金石器物上刻写。

②老汤：品茶用语。指煎沸时间过长的茶汤。明顾元庆《茶谱》：“凡茶须缓火炙，活火煎……当使汤无妄沸，庶可养茶。始则鱼目散布，微微有声；中则四边泉涌，累累连珠；终则腾波鼓浪，水气全消，谓之老汤。”

【评析】

作于元和十二年（817），白居易46岁，时任江州司马。诗题中的“灵澈”，据刘禹锡《澈上人文集纪》介绍，“上人生于会稽，本汤氏子。聪察嗜学，不肯为凡夫，因辞父兄出家。号灵澈，字源澄。虽受经论，一心好篇章，从越客严维学为诗，遂籍籍有闻。维卒，乃抵吴兴，与长老诗僧皎然游，讲艺益至。皎然以书荐于词人包侍郎佶，包得之大喜，又以书致于李侍郎纾。是时以文章风韵主盟于世者曰包李，以是上人之名，由二公而扬。……贞元中，西游京师，名振辇下。缁流疾之，造飞语激动中贵人。因侵诬得罪，徙汀州。会赦归东越。时吴楚间诸侯，多宾礼招延之。元和十一年，终于宣州开元寺，年七十有一”。李肇《东林寺经藏碑铭并序》：“元和四年，云门僧灵澈，流窜而归，栖泊此山。”

闲　吟

自从苦学空门法，销尽平生种种心[1]。唯有诗魔降未得，每逢风月一闲吟。

【注释】

①“自从”二句：《楞严经》卷一：“由心生故，种种法生。由法生故，种种心生。”《祖堂集》卷二惠能：“故经云：心生即种种法生，心灭即种种法灭。”

【评析】

作于元和十二年（817），白居易46岁，时任江州司马。白居易嗜诗如命，一生未辍吟咏，近乎痴迷，直达魔境。其《与元九书》自道：“知我者以为诗仙，不知我者以为诗魔。何则？劳心灵，役声气，连朝接夕，不自知其苦，非魔而何？”这首《闲吟》所云“唯有诗魔降未得，每逢风月一闲吟”，也是此意。元和十三年（818）《山中独吟》又云：“人各有一癖，我癖在章句。万缘皆已销，此病独未去。”大和九年（835）《裴侍中晋公以集贤林亭即事诗三十六韵见赠猥蒙征和才拙词繁辄广为五百言以伸酬献》：“客有诗魔者，吟哦不知疲。”

江楼夜吟元九律诗成三十韵

昨夜江楼上，吟君数十篇。词飘朱槛底，韵堕渌江前。清楚音谐律①，精微思入玄。收将白雪丽②，夺尽碧云妍③。寸截金为句，双雕玉作联。八风凄间发④，五彩烂相宣。冰扣声声冷，珠排字字圆。文头交比绣⑤，筋骨软于绵。澒涌同波浪⑥，铮拟过管弦⑦。醴泉流出地，钧乐下从天⑧。神鬼闻如泣，鱼龙听似禅⑨。星回疑聚集，月落为留连。雁感无鸣者，猿愁亦悄然。交流迁客泪，停住贾人船。暗被歌姬乞，潜闻思妇传。斜行题粉壁，短卷写红笺。肉味经时忘⑩，头风当日痊⑪。老张知定伏⑫，短李爱应颠⑬。［张十八籍、李二十绅皆攻律诗，故云。］道屈才方振，身闲业始专。天教声烜赫，理合命迍邅⑭。顾我文章劣，知他气力全。功夫虽共到，巧拙尚相悬。各有诗千首，俱抛海一边。白头吟处变，青眼望中穿。酬答朝妨食，披寻夜废眠。老偿文债负，宿结字因缘⑮。每叹陈夫子⑯，［陈子昂著《感遇诗》称于世。］常嗟李谪仙⑰。［贺知章谓李白为谪仙人。］名高折人爵，思苦减天年。［李竟无官，陈亦早夭。］不得当时遇，空令后代怜。相悲今若此，湓浦与通川。

【注释】

① 清楚：清越嘹亮。《太平广记》卷四四四《王长史》（出《宣室志》）："闻其哀啸之音，极清楚，若风籁焉。"

② 白雪：《淮南子·览冥训》："昔者，师旷奏白雪之音，而神物为之下降，风雨暴至。"

③ 碧云：江淹《杂体诗三十首·休上人怨别》："日暮碧云合，佳人

殊未来。”吴曾《能改斋漫录》卷三江文通杂拟诗：“《文选》有江文通《杂拟诗》，如《拟休上人》云：‘日暮碧云合，佳人殊未来。’非休上人作也。白乐天《题道宗上人》诗云：‘不似休上人，空多碧云思。’又唐次休上人亦有诗与白云：‘闻有余霞千万首，何妨一句乞闲人。’白答之云：‘禅心不合生分别，莫爱余霞嫌碧云。’则白直以碧云合之句为汤惠休作矣。”白此诗亦同。

④ 八风：《左传·隐公五年》：“夫舞，所以节八音而行八风。”杜预注：“八风，八方之风也。”《通典》卷一四三五声八音名义：“八音者，八卦之音。卦各有风，谓之八风也。一曰乾之音石，其风不周。二曰坎之音革，其风广莫。三曰艮之音匏，其风融。四曰震之音竹，其风明庶。五曰巽之音木，其风清明。六曰离之音丝，其风景。七曰坤之音土，其风凉。八曰兑之音金，其风阊阖。”

⑤ 文头：文句、文章。犹制词称词头。杨巨源《酬崔驸马惠笺百张兼贻四韵》：“百张云样乱花开，七字文头艳锦回。”

⑥ 澒涌：水势汹涌。应玚《灵河赋》：“纷澒涌而腾骛兮，恒亹亹而徂征。”

⑦ 铮摐：同“铮鏦”，拨弦声。刘禹锡《伤秦姝行》：“蜀弦铮摐指如玉，皇帝弟子韦家曲。”

⑧“钧乐”句：《史记·赵世家》：“简子寤，语大夫曰：‘我之帝所甚乐，与百神游于钧天，广乐九奏万舞，不类三代之乐，其声动人心。’”

⑨“鱼龙”句：《般泥洹经》卷下：“于是佛作一禅之思惟……从一禅思复至三禅，便从四禅反于无知，弃所受余泥洹之情，便般泥洹。当此之时，地大震动，诸天龙神，侧塞空中，散华如雨，莫不叹慕，而来供养。”

⑩“肉味”句：《论语·述而》：“子在齐，闻《韶》，三月不知肉味。”

⑪“头风”句：《三国志·魏书·陈琳传》裴注引《典略》：“琳作诸书及檄，草成呈太祖。太祖先苦头风，是日疾发，卧读琳所作，翕然而起曰：

'此愈我病。'"

⑫ 老张：张籍。

⑬ 短李：李绅。

⑭ 迍邅：处境不利；困顿。左思《咏史》："英雄有迍邅，由来自古昔。"

⑮ 宿缘：先世之缘。《佛说兴起行经·佛说头痛宿缘经第三》："如来头痛如是，佛尔时说宿缘偈曰……故说先世缘，阿耨大泉中。"

⑯ 陈夫子：陈子昂。

⑰ 李谪仙：李白。

【评析】

作于元和十二年（817），白居易46岁，时任江州司马。起联点题，极赞元稹之诗，"道屈才方振"四句，诗意略作转轴。自"顾我文章劣"至"宿结字因缘"，讲述白居易自己之诗以及遭际。"每叹陈夫子"至"空令后代怜"，又举古人之能诗不遇者，以况元、白二人，结于现在的状况，含蓄不尽。这首诗本身是一篇极好的诗论。元、白两人同调，堪比俞伯牙、钟子期之知音。查慎行《初白庵诗评》云："'道屈才方振'八句，属对至此，可谓浑脱浏漓。"载华按："剑器、浑脱，各为舞曲之名，详见王渔洋先生《居易录》中。先生点阅杜诗序从浑脱句，此盖偶沿世俗之误耳。"《唐宋诗醇》云："起联点题，因极赞元九之诗。'道屈才方振'四句，作转轴。'顾我文章劣'至'宿结字因缘'叙自己之诗并及遭际，'每叹陈夫子'至'空令后代怜'又举古人之能诗不遇者，以况两人，结出现在之地，含蓄不尽。其说诗处，譬如饮水，冷暖自知，又如食蜜，中边皆甜。两人同调，可方伯牙钟期矣。"

问刘十九

绿蚁新醅酒，红泥小火垆[①]。晚来天欲雪，能饮一杯无[②]？

【注释】

①“绿蚁”二句：新酿的米酒还未过滤，酒面上泛起一层绿渣，香气扑鼻；烫酒用的小火炉，也已准备好，是用红泥烧制成。绿蚁，是指新酿的米酒，在未过滤时，酒液面上浮有一层酒渣，色微绿，细如蚁，故称为“绿蚁”。李百药《和许侍郎游昆明池》：“羽觞倾绿蚁，飞日落红鲜。”一作“渌蚁”，谢朓《在郡卧病呈沈尚书》：“嘉鲂聊可荐，渌蚁方独持。”刘熙《释名》卷四：“酒有泛齐，浮蚁在上，泛泛然也。”醅，指没有滤去糟的米酒。两句以“绿蚁”“红泥”相对列出，色彩的配合鲜艳明丽，赏心悦目。酒是新酿的，迫不及待地等人共品。红泥做的小火炉，小巧又朴素；炉火旺旺的，既可取暖，又可温酒。真挚的情意，真是比酒还淳厚。

②“晚来”二句：天色阴沉，看样子晚上要下雪，能来共饮一杯吗？“天欲雪”，说明天气正当寒冷。此时，与朋友围炉对酒、促膝夜话，不失为人生一大乐趣。俗话说，“酒逢知己千杯少”。喝酒，讲究的是“兴”；酒中，又寄托着情。两句正道出酒中真趣，洋溢着美好人情。晚来，就是晚上。来，是语助词。雪，即下雪，此处用作动词。无，是表疑问的语气词，相当于“否”“么”。俞陛云《诗境浅说续编》评价：“末句之‘无’字，妙作问语；千载下，如闻声口也。”

【评析】

这是一首邀朋友喝酒的诗，知名度极高，作于元和十二年（817）。

白居易时年46岁，已经从中央朝廷的高官，被贬为地位卑微的江州司马。刘十九大概是作者在江州时的朋友，十九，是指排行，名字不详。很多选本认为是彭城人刘轲，据朱金城考证，非也。元和十二年（817）白居易另有《刘十九同宿（时淮寇初破）》诗“唯共嵩阳刘处士，围棋赌酒到天明”，可知刘十九为嵩阳（今属河南洛阳）人。淮西吴元济诛于元和十二年（817）十一月，此诗作于淮寇初破之时。元和十三年（818）春，白居易在江州又有《雨中赴刘十九二林之期及到寺刘已先去因以四韵寄之》《蔷薇正开春酒初熟因招刘十九张大崔二十四同饮》，其中的“刘十九”，应该都是指这位白居易在江州时的友人——嵩阳刘处士。

在诗体上，这是一首五言绝句。作为篇幅和字数最少的一种诗体，如何以少纳多，值得考量。此诗堪称典范。全诗简练含蓄，轻松洒脱，信手拈来，即成妙作，而其间脉络十分清晰。从层次上看，首句先出酒，二句再示温酒之具，三句又说寒天饮酒最好，末句问对方能否来共饮，而且又点破诗题中的“问”字。从关系上看，首末句相呼应，二三句相承递。诗句之间，意脉相通，一气贯之。诗作写尽人情之美，从日常生活中的一个侧面落笔，以如叙家常的语气，朴素亲切的语言，富于生活气息的情趣，不加雕琢地写出朋友间恳诚亲密的关系。至今读来，仍有余温。

对这首诗的意境和情调，后代的批评家在钦羡之余，可谓好评如潮。比如，明代黄周星《唐诗快》评论说：“岂非天下第一快活人。”清代孙洙《唐诗三百首》评价：“信手拈来，都成妙谛。诗家三昧，如是如是。”邹弢《精选评注五朝诗学津梁》：“气盛言直，所谓白诗妇孺都解也。”王文濡《唐诗评注读本》卷三曰：“用土语不见俗，乃是点铁成金手段。”俞陛云《诗境浅说》曰：“寻常之事，人人意中所有，而笔不能达者，得生花江管写之，便成绝唱。此等诗是也。即以字面论，当天寒欲雪之时，家酿新熟，炉火生温，招素心人清谈小饮，此境正复佳绝。”其实，在白居易之前，杜甫《对雪》有“瓢弃樽无绿，炉存火似红”；在白居易之后，宋人唐庚《雪意二首》其二有“绿尝冬至酒，红拥夜深炉”，但是，都不如白诗流畅而精彩。

梁启超批点《白香山诗集》认为，白居易《招东邻》“小榼二升酒，新簟六尺床。能来夜话否？池畔欲秋凉”与此诗“晚来天欲雪，能饮一杯无”是“同一意境”。读《招东邻》《问刘十九》二诗，可知白居易之好客，有酒则呼友同饮。今存长沙窑瓷器有两首题诗：“二月春丰酒，红泥小火炉。今朝天色好，能饮一杯无？”“八月新风酒，红泥小火炉。晚来天色好，能饮一杯无？”可以明显地看出拟仿改写白居易原诗的痕迹，这正是此诗流行一时的最佳案例。原迹字体的俗写，乃至讹误，充分透露出白诗在走入世俗民间时产生的变形轨迹，这一点颇有《诗三百》重章叠韵的遗韵。

“愿保乔松质，青青过大寒。”（耿湋《晚登虔州即事寄李侍御》）在自己远贬江州之际，46岁的诗人白居易能够苦中作乐，寒中送暖，期盼一份最平凡的友情，这与他42岁时，在村里的农民苦寒之际，愿意站出去，写下来，同情并呼喊，其实是心同此理、情同此怀的，皆岁寒然后知乔松之后凋也。

夜送孟司功

浔阳白司马①，夜送孟功曹②。江暗管弦思③，楼明灯火高。湖波翻似箭，霜草杀如刀。且莫开征棹，阴风正怒号。

【注释】

① 白司马：一作"鱼司马"。何逊《日夕望江山赠鱼司马》："湓城带湓水，湓水萦如带。"傅璇琮谓白诗盖用此。平冈武夫谓"鱼"为"鲁"之破体，"鲁司马"指晋良吏鲁芝，不确。

② 孟功曹：金泽本作"范功曹"，平冈武夫谓指后汉范滂。《后汉书·党锢传·范滂》："太守宗资先闻其名，请署功曹，委任政事。"

③ 思：愁思。《毛诗序》："亡国之音哀以思。"《释文》："思，息吏反。"孔颖达疏："亡国之音既哀又以愁思者，由其民之困苦故也。"

【评析】

作于元和十二年（817），江州，时任江州司马。诗题之"孟司功"，其名不详。《旧唐书·职官志三》："上州……司功、司仓、司户、司法、司士六曹参军事各一人。……功曹、司功掌官吏考课、祭祀、祯祥、道佛、学校、表疏、医药、陈设之事。"《唐宋诗醇》云："一气旋折，全以神行，不知是情是景，笔墨之痕俱化。五律中此种境界，开自老杜，意到笔随，非可以规仿而得者也。"朱宝莹《诗式》："《送孟司功》有一'夜'字，须从'夜'字写去，然后切题。发句上句先写主人，下句入孟司功，即出'夜送'二字。颔联写景，不特切'夜'字，且切'浔阳'，又非有意刻画，而自得神味。颈联写景兼写情。盖送司功而湖波正翻，以'似箭'状之，言其险恶也；霜草欲杀，而以'如刀'状之，言其萧瑟也。对司功言，俾戒于行也，已起落句。落句'且莫'二字，承上意来，言姑漫前去，下句却明言风色正恶矣。此结法含情不尽格也。〔品〕雅健。"

题诗屏风绝句（并序）

十二年冬，微之犹滞通州[1]，予亦未离湓上，相去万里，不见三年，郁郁相念，多以吟咏自解。前后辱微之寄示之什，殆数百篇，虽藏于箧中，永以为好，不若置之座右，如见所思。由是掇律句中短小丽绝者，凡一百首，题录合为一屏风，举目会心，参若其人在于前矣。前辈作事，多出偶然。则安知此屏，不为好事者所传，异日作九江一故事尔？因题绝句，聊以奖之。

相忆采君诗作障，自书自勘不辞劳。障成定被人争写，从此南中纸价高[2]。

【注释】

① “十二年冬”二句：元和十年（815）三月，元稹移任通州司马。

② 南中：蜀之南中诸郡。《华阳国志》卷四南中志：“南中在昔盖夷越之地，滇濮、句町、夜郎、叶榆、桐师、嶲唐侯王国以十数。”

【评析】

作于元和十二年（817），白居易46岁，时任江州司马。同年，白居易有《答微之》，序云：“微之于阆州西寺，手题予诗。予又以微之百篇，题此屏上。各以绝句，相报答之。”诗曰：“君写我诗盈寺壁，我题君句满屏风。与君相遇知何处？两叶浮萍大海中。”梁启超批点《白香山诗集》“相忆采君诗作障，自书自勘不辞劳”：“事甚韵，诗却太率。”

弄龟罗

有侄始六岁，字之为阿龟。有女生三年，其名曰罗儿。一始学笑语，一能诵歌诗。朝戏抱我足，夜眠枕我衣。汝生何其晚，我年行已衰。物情小可念，人意老多慈。酒美竟须坏[1]，月圆终有亏。亦如恩爱缘，乃是忧恼资[2]。举世同此累，吾安能去之。

【注释】

① 竟须：终须。嵇康《答张辽叔释难宅无吉凶摄生论》："今复以卜成之，成命之具三，而犹不知相命竟须几个为足也。"

② "亦如"二句：佛教以为，如不能摆脱父子、夫妻之恩爱束缚，则不能得解脱。《长阿含经》卷一："离于恩爱狱，无有众结缚。"《圆觉经》："一切众生，从无始际，由有种种恩爱贪欲，故有轮回。"

【评析】

龟，指白居易弟行简之子阿龟。白居易《刘白唱和集解》："因命小侄龟儿，编录勒成两卷，仍写二本，一付龟儿，一授梦得小儿仑郎。"《祭弟文》："龟儿颇有文性，吾每自教诗书。"罗，白居易之女罗子，即罗儿，生于元和十一年（816）。白居易元和十二年（817）《罗子》诗云："有女名罗子，生来才两春。"则此诗当作于元和十三年（818），江州，时任江州司马。查慎行《初白庵诗评》云："'汝生何其晚'四句，白描高手，只是善达性情。"全诗先说阿龟、罗儿的年纪和名字，再说他们现在各自的能耐，三岁的罗儿才会说话不久，言笑可人，六岁的阿龟却已会诵咏诗歌，这一点白居易在同年所作

《闻龟儿咏诗》中也提到："怜渠已解咏诗章，摇膝支颐学二郎。"阿龟学着伯父吟诗的样子可笑复可爱，令人忍不住被感染。两个小孩子日间戏乐不已，有时还会抱着大人的腿撒娇，夜里睡着了还枕着诗人的衣服。已经四十七岁的诗人不禁感叹：你们出生得太晚了，我即将步入衰朽之年。看着天真粉嫩的小孩子，一般人大概都不免有这样的感慨，何况是"赏物太深"的诗人白居易。生命周而复始，一代又一代，落红亦有情，诗人感慨于自身终将迟暮凋残的命运。"物情小可念，人意老多慈"两句，最堪玩味。幼小的生命多显可爱，因为他们往往依赖成人的善意和喜爱，而成人日渐衰老，盛气和自尊日渐降低，人世沧桑成为宽容接纳的保证，于是变得慈爱柔软。

山中独吟

人各有一癖，我癖在章句[①]。万缘皆已销[②]，此病独未去。每逢美风景，或对好亲故。高声咏一篇，恍若与神遇。自为江上客，半在山中住。有时新诗成，独上东岩路。身倚白石崖，手攀青桂树。狂吟惊林壑，猿鸟皆窥觑。恐为世所嗤，故就无人处。

【注释】

① "人各有"二句：《晋书·杜预传》："时王济解相马，又甚爱之，而和峤颇聚敛，预常称'济有马癖，峤有钱癖'。武帝闻之，谓预曰：'卿有何癖？'对曰：'臣有《左传》癖。'"

② 万缘：一切内外业因缘起。《顿悟入道要门论》卷上："万缘俱绝

者,即一切法性空是也。”

【评析】

作于元和十三年(818),江州,时任江州司马。吴开《优古堂诗话》云:“乐天:‘自从苦学空门法,销尽平生种种心。惟有诗魔降未得,每逢风月一闲吟。’又云:‘人各有一癖,我癖在章句。万缘皆已销,此病独未去。’此意凡两用也。”柳无忌主编《中国文学概论》在“中晚唐诗人”一章中,对白居易生平用了简短的文字高度概括后,从内容上探讨他的诗歌,介绍了他“无事不可以入诗”的特点,以《山中独吟》和《咏慵》两诗为例,认为诸如此类的即事诗,是自白居易以来才出现的。阿瑟·韦利(Arthur Waley)的学生伊文·莫里斯(Ivan Morris)曾借用《山中独吟》为题,易“独吟”为“狂吟”,编有《山中狂吟——阿瑟·韦利译文及评论选》,他阐述说:“书的题目,出自白居易最优秀的今古讽谏诗。一位朋友曾警示我说:借此为题,会给某些读者一种错觉,那就是阿瑟·韦利是个神经病患者。我大胆冒险,以此为题,因为这句诗恰到好处地表达出:自我被别人忽略的一面,那就是快乐。在韦利看来,文学不像后来许多专家认为的那样,是用一连串的行话或学术术语去攻克的坚强壁垒,这些壁垒因问题和挑战让人毛发耸立,文学应该是让人欣喜若狂的永恒的源泉。”莫里斯的评述,抓住了韦利乃一诗狂,白居易所谓诗魔的主要特点。尽管他将闲适的《山中独吟》归入讽谏诗是错误的,但这并不影响他对韦利嗜诗如命这一特点的准确理解和把握。

早秋晚望兼呈韦侍御

九派绕孤城①,城高生远思。人烟半在船,野水多于地。穿霞日脚直②,驱雁风头利。去国来几时,江上秋三至。夫君亦沦落,此地同飘寄。悯默向隅心,摧颓触笼翅。且谋眼前计,莫问胸中事。浔阳酒甚浓,相劝时时醉。

【注释】

① 九派:郭璞《江赋》:“源二分于崌崃,流九派乎浔阳。”《文选》李善注:“应劭《汉书注》曰:江自庐江浔阳,分为九也。”

② 日脚:从云缝射下的日光。岑参《送李司谏归京(得长字)》:“雨过风头黑,云开日脚黄。”

【评析】

作于元和十三年(818),江州,时任江州司马。韦侍御,名未详。白居易有《清明日送韦侍御贬虔州》《山中戏问韦侍御》,与此诗俱作于江州,则诗中所指之韦侍御,当同为一人。《唐诗镜》云:“‘人烟’二语,墅趣最佳。湘亭晚望,登亭望湘水,水缩湖底出,亦佳。”

司马宅

雨径绿芜合①,霜园红叶多。萧条司马宅,门巷无人过。唯对大江水,秋风朝夕波。

【注释】

① 绿芜：丛生的绿草。韩偓《船头》诗："两岸绿芜齐似剪，掩映云山相向晚。"

【评析】

作于元和十三年（818），江州，时任江州司马。司马宅，光绪《江西通志》卷二八："白司马故宅，宋祥符三年十二月癸卯，令江州修白居易旧第，以庐山有居易草堂，江州有故宅，画像犹存，故命葺之。"《唐宋诗醇》云："濒江冷署，如在目前。"

浩歌行

天长地久无终毕，昨夜今朝又明日。鬓发苍浪牙齿疏①，不觉身年四十七。前去五十有几年？把镜照面心茫然。既无长绳系白日，又无大药驻朱颜②。朱颜日渐不如故，青史功名在何处？欲留年少待富贵，富贵不来年少去。去复去兮如长河，东流赴海无回波。贤愚贵贱同归尽，北邙冢墓高嵯峨。古来如此非独我，未死有酒且高歌。颜回短命伯夷饿，我今所得亦已多。功名富贵须待命，命若不来知奈何。

【注释】

① 苍浪：鬓发斑白貌。韩偓《秋郊闲望有感》："心为感恩长惨戚，鬓缘经乱早苍浪。"

② "长绳"二句：《能改斋漫录》卷八："白乐天：'既无长绳系白日，又无大药驻朱颜。'盖本陈沈炯《幽庭赋》：'那得长绳系白日，年年月月

俱如春。’然江总《岁暮还宅》诗亦云：‘长绳岂系日，浊酒倾一杯。’”《猗觉寮杂记》卷上：“太白云：‘恨不挂长绳于青天，系西飞之白日。’李长吉云：‘长绳系日乐当年。’乐天云：‘既无长绳系白日。’二公用太白意也。”按，《太平御览》卷七六六引傅玄《九曲歌》：“岁暮景迈群光绝，安得长绳系日月。”《选诗拾遗》录入。逯钦立云：“此诗可疑。”然李镜远《咏日诗》：“回戈安得中，长绳不可羁。”萧大圜《闲放之言》：“人生若浮云朝露，宁俟长绳系景。”均有其意。

【评析】

作于元和十三年（818），江州，时任江州司马。《乐府诗集》卷六八杂曲歌辞李贺《浩歌》注云：“《楚辞》屈原《九歌》曰：‘望美人兮不来，临风恍而浩歌。’浩，大也。”陈与义《寄若拙弟兼呈二十家叔》：“退之送穷穷不去，乐天待富富不来。政须青山映白发，顾着皂盖争黄埃。何如父子共一壑，庞家活计良不恶。阿奴况自不碌碌，白鸥之盟可同诺。三间瓦屋亦易求，着子东头我西头。中间共作老莱戏，世上乐复有此不。问梦膏肓应已瘳，归来归来无久留。竹林步兵非俗流，为道此意思同游。”蔡戡《丁未立春日读白乐天浩歌行不觉身年四十七之句时方悼亡有感而作》：“不觉身年四十七，此身虽在鬓如霜。平生意气空摧索，老去功名付渺茫。愁里不知佳节至，尊前那复少年狂。梅花纸帐焚香坐，感旧伤怀泪两行。”后世拟仿唱和之作颇多，其中还有域外诗人，如岳珂《浩歌行》、成汝学《次白乐天浩歌行》等。

寻郭道士不遇

郡中乞假来相访，洞里朝元去不逢①。看院只留双白鹤，入门唯见一青松。药炉有火丹应伏[②]，云碓无人水自舂[③]。[庐山中云母多，故以水碓捣炼，俗呼为云碓。]欲问参同契中事[④]，更期何日得从容？

【注释】

① 朝元：朝见元君。《抱朴子·金丹》："元君者，老子之师也。"李益《登天坛夜见海》："八鸾五凤纷在御，王母欲上朝元君。"

② "药炉"句：伏火，炼丹术语。《云笈七签》卷六九陈少微《七返灵砂论》："论曰：火之成数是七，七度变转，以应阳九极体也。且七度变转者，是丹砂炼冶得伏火也，鼓成白银出砂，令伏火鼓成黄花银，即是第二返。将黄花银化出砂，伏火鼓成青金砂，即是第三返。……只如第一返伏火丹砂，服饵一两，即去除万病。"

③ "云碓"句：《玉篇》："碓，所以舂也。"李白《送内寻庐山女道士李腾空二首》："水舂云母碓，风扫石楠花。"

④ 参同契：《周易参同契》，传魏伯阳作。《太平广记》卷二《魏伯阳》（出《神仙传》）："伯阳作《参同契》，五行相类，凡三卷，其说是《周易》，其实假借爻象，以论作丹之意。而世之儒者，不知神丹之事，多作阴阳注之，殊失其旨矣。"

【评析】

作于元和十三年（818），江州，时任江州司马。郭道士，指道士郭虚舟，先在荆州为僧，后移住庐山为道士。白居易早就受益于道家知足知止思想，也接受过道教金丹派方术的影响，在郭虚舟指点下，更有过烧丹炼汞的实践。只是因为"火候参差"，未能成功。本年，白居易有《郭虚舟相访》："朝暖就南轩，暮寒归后屋。晚酌一两杯，夜棋三数局。寒灰埋暗火，晓焰凝残烛。不嫌贫冷人，时来同一宿。"元稹有

《和乐天寻郭道士不遇》。宝历元年(825),白居易又有《同微之赠别郭虚舟炼师五十韵》。宋人周弼《唐贤绝句三体诗法》选录白诗只有三首,此诗为其中之一,另两首是《送客之湖南》《池上》。金圣叹《贯华堂选批唐才子诗》卷五云:"一添'郡中乞假',二添'洞里朝元',可惜手中已是添写无数字,而纸上乃更并无好处,终竟只是'来相访''去不逢'之六字,为可嗤也。三、四,'白鹤''青松',已是道士家中刻板字样,若是再加'双'字'一'字,遂觉刻板更甚。取之者,只为'看院只留'承'去'句,'入门惟见'承'访'句,实是律诗旧样耳。(前解)五、六,还丹火伏,云母水春,此正是《参同契》中事。唐人律诗,从无七八外之五六,此虽粗鄙,犹是旧样也。(后解)"

南湖早春

风回云断雨初晴,返照湖边暖复明。乱点碎红山杏发,平铺新绿水蘋生。翅低白雁飞仍重,舌涩黄鹂语未成。不道江南春不好,年年衰病减心情。

【评析】

作于元和十三年(818),江州,时任江州司马。南湖,这里指鄱阳湖。湛方生《帆入南湖》诗:"彭蠡纪三江,庐岳主众阜。"《梁书·陈伯之传》:"寻转江州,据寻阳以拒义军。……众军遂次寻阳,伯之退保南湖,然后归附。"《陈书·陈详传》:"王琳下据栅口,详随吴明彻袭湓城,取琳家口,不克,因入南湖,自鄱阳步道而归。"《南史·臧质传》:"质不知所为,亦走至寻阳,焚府舍,载妓妾,入南湖,摘莲啖之。"岑参《送张升卿宰新淦》:"遥知南湖上,只对香炉峰。"以上诸例均谓鄱阳湖。

《唐宋诗醇》云:“刻画早春,有色泽,腹联尤警。”

闻龟儿咏诗

怜渠已解咏诗章[①],摇膝支颐学二郎[②]。莫学二郎吟太苦,才年四十鬓如霜。

【注释】

① 渠:他。

② 支颐:以手托下巴。白居易《除夜》:“薄晚支颐坐,中宵枕臂眠。”二郎:当指白行简。居易兄弟三人,行简为三弟。长兄幼文非同母生,居易或因此称行简为二郎。

【评析】

作于元和十三年(818),白居易时任江州司马。诗题之“龟儿”,指白行简子,白居易有《弄龟罗》。白行简元和十三年(818)春自梓州至江州,此诗当作于是年。汪立名《白香山年谱》系于元和六年(811),非是。一闪即逝的一个景象,被诗人定格为一首饶有情致的小诗,折射着诗人家居生活的一个有情趣的侧面。

李白墓

采石江边李白坟,绕田无限草连云。可怜荒垄穷泉骨,曾有惊天动地文。但是诗人多薄命[①],就中沦落不过君。

【注释】

① 但是：只要是。刘禹锡《和杨师皋给事伤小姬英英》："但是好花皆易落，从来尤物不长生。"

【评析】

作于元和十三年（818），白居易47岁，时任江州司马。李白墓，范传正《唐左拾遗翰林学士李公新墓碑》："访公之子孙，欲申慰荐，凡三四年，乃获孙女二人。……因云先祖志在青山，遗言宅兆，顷属多故，殡于龙山东麓，地近而非本意。坟高三尺，日益摧圮，力且不及，知如之何？闻之悯然，将遂其请，因当涂令诸葛纵会计在州，得谕其事。……卜新宅于青山之阳，以元和十二年正月二十三日迁神于此，遂公之志也。西去旧坟六里，南抵驿路三百步。北倚谢公山，即青山也。"赵令畤《侯鲭录》卷六："李白坟在太平州采石镇民家菜圃中，游人亦多留诗。然州之南有青山，乃有正坟。或云太白平生爱谢家青山，葬其处，采石特空坟耳。世传太白过采石，酒狂捉月。窃意当时藁殡于此，至范侍郎为迁窆青山焉。"《方舆胜览》卷十五太平州："采石山，在当涂北三十里。山下有矶。《江源记》：人于此取石，因名。……李白恳求还山，帝赐金放还，白尝乘月与崔宗之自采石至金陵，着宫锦袍坐舟中，旁若无人。"可怜那躺在荒野黄泉下的寒骨，当李白活在人世的时候，曾经写出过惊天动地的诗文。"可怜""曾有""但是"等词语，富有浓厚的感情色彩，表达出强烈的悲愤之情。尽管死时凄凉寂寞，但身后声名是不朽的，李白惊天地泣鬼神的诗文，永远长留人间，为人们所喜爱。

晓 寝

转枕重安寝，回头一欠伸。纸窗明觉晓，布被暖知春。莫强疏慵性，须安老大身。鸡鸣一觉睡[1]，不博早朝人。

【注释】

① 一觉睡：一作"犹独睡"。

【评析】

作于元和十三年（818），江州，时任江州司马。方回《瀛奎律髓》卷十四云："三、四好快活自在人，尾句尤爽。"尾句爽在哪里呢？可以用周密《浩然斋雅谈》卷中的话来解释："余家向有小廨，在杭之曲阜桥，每夕五鼓，闻早朝传呼之声，虽大雨风雪中亦然。于是慨叹虚名之役人也如此。既而于壁间得一绝云：'霜拂金鞍玉坠腰，邻鸡催唤紫宸朝。争如林下饱清梦，残月半窗松影摇。'颇得予心之同。因以类得数篇，并书于此。乐天《寄陈山人》云：'待漏五门外，候对三殿里。髭须冻生冰，衣裳冷如水。忽思仙游客，暗谢陈居士。暖覆褐衣眠，日高应未起。'（智按：《早朝贺雪寄陈山人》，髭须，原作'须鬓'，陈山人指陈鸿，作于元和五年）又诗云：'重裘暖帽宽毡履，小阁低窗深地炉。身稳心安眠未起，西京朝士得知无？''软绫腰褥薄绵被，凉冷秋天稳暖身。一觉晓眠殊有味，无因说与早朝人。'（智按：《晓眠后寄杨户部》，说与，原作'寄与'，杨户部指杨汝士，作于开成元年）又云：'鸡鸣一觉睡，不博早朝人。'谚云：'骨边肉，五更睡，虽不多，最有味。'正此意也。"

题遗爱寺前溪松

偃亚长松树[①],侵临小石溪[②]。静将流水对,高共远峰齐。翠盖烟笼密,花幢雪压低。与僧清影坐,借鹤稳枝栖。笔写形难似,琴偷韵易迷。暑天风槭槭[③],晴夜露凄凄[④]。独憩依为舍,闲行绕作蹊。栋梁君莫采,留著伴幽栖。

【注释】

① 偃亚:低拂貌。白居易《司马厅独宿》:"荒凉满庭草,偃亚侵檐竹。"

② 溪:查慎行《初白庵诗评》云应作"蹊"。

③ 槭槭:一作"瑟瑟"。马元调本注云:"止戟切,陨落貌。"潘岳《秋兴赋》:"庭树槭以洒落兮,劲风戾而吹帷。"《文选》李善注:"槭,枝空之貌。"

④ 晴夜露:一作"晴夜雨",或"静夜雨"。

【评析】

作于元和十三年(818),江州,时任江州司马。诗题中的"遗爱寺",白居易《草堂记》云:"匡庐奇秀甲天下山,山北峰曰香炉,峰北寺曰遗爱寺。介峰寺间,其境胜绝,又甲庐山。"陈舜俞《庐山记》卷一:"白公草堂在(东林)寺之东北隅……公作记,见于本集。后与遗爱寺并废。"《唐宋诗醇》云:"咏物善取神韵,故著题而不呆板,若过于求切,转蹈剪彩为花之弊。"

闻杨十二新拜省郎遥以诗贺

文昌新入有光辉[①],紫界宫墙白粉闱。晓日鸡人传漏箭[②],春风侍女护朝衣。雪飘歌句高难和,鹤拂烟霄老惯飞。官职声名俱入手,近来诗客似君稀。

【注释】

① 文昌:尚书省。《唐会要》卷五七尚书省:“光宅元年九月五日,改为文昌台。”骆宾王《畴昔篇》:“挥戈出武帐,荷笔入文昌。文昌隐隐皇城里,由来奕奕多才子。”

② 鸡人:周官名。掌供办鸡牲。凡举行大典,则报时以警夜。《周礼·春官·鸡人》:“鸡人掌共鸡牲,辨其物。大祭祀,夜呼旦以嘂百官。凡国之大宾客、会同、军旅、丧纪,亦如之。凡国事为期,则告之时。凡祭祀,面禳衅,共其鸡牲。”郑玄注:“夜,夜漏未尽,鸡鸣时也。”孙诒让正义:“‘鸡人’者,叶钞《释文》作‘鸡人’。阮元云:‘从隹者小篆,从鸟者籀文。’”后指宫廷中专管更漏之人。白居易《浔阳岁晚寄元八郎中庾三十三员外》:“漏尽鸡人报,朝回幼女迎。”

【评析】

作于元和十三年(818),江州,时任江州司马。最后一联从字面上看,意思并不晦涩,其称赞之法也合乎唐人之常情。对读者来说,这甚至是相当直白的措词,看不出有什么特别新异难解之处。但是作者注曰:“顷曾有赠杨诗,落句云:‘不用更教诗过好,折君官职是声名。’今故云‘俱入手’。”声名,一作“诗名”。方回《瀛奎律髓》卷二云:“此杨巨源也。”可见,这一联看似平易晓畅,实则藏有特定的构思。其字面所示，是直接落笔于杨巨源有诗名而又获授新职的实况，实际上的措词却是从白居易元和十年（815）《赠杨秘书巨源》诗的立意开始，“官职声名俱入手”，正呼应《赠杨秘书巨源》中的“折君官职是声名”。因此，沈德潜《唐诗别裁集》卷十五云：“前有‘折君官职是诗名’句，故用末二句以解之。”《唐宋诗醇》评曰：“稳称中自饶风致。对句较出句必分外精警，固由机熟，亦本思长。”

自江州至忠州

前在浔阳日，已叹宾朋寡。忽忽抱忧怀，出门无处写。今来转深僻，穷峡巅山下。五月断行舟，滟堆正如马[①]。巴人类猿狖，矍铄满山野[②]。敢望见交亲[③]，喜逢似人者。

【注释】

① 滟堆：滟滪堆。瞿塘峡乃三峡之门，两岸对峙，中贯一江，滟滪堆当其口。李白《长干行》：“十六君远行，瞿塘滟滪堆。五月不可触，猿声天上哀。”

② 矍铄：《后汉书·马援传》：“矍铄哉，是翁也！”李贤注：“矍铄，勇貌也。”

③ 交亲：亲交，密友。《旧唐书·窦申传》：“若听流议，皆谓党私，自非甚与交亲，安可悉从贬累。”

【评析】

作于元和十四年（819），江州至忠州途中。忠州，《旧唐书·地理志二》山南东道：“忠州，隋巴东郡之临江县。……贞观八年，改临州为忠州。天宝元年，改为南宾郡。乾元元年，复为忠州。”《唐诗镜》云：“末语蕴而韵。”

行次夏口先寄李大夫

连山断处大江流，红旆逶迤镇上游①。幕下翱翔秦御史②，军前奔走汉诸侯③。曾陪剑履升鸾殿④，欲谒旌幢入鹤楼⑤。假著绯袍君莫笑，恩深始得向忠州。

【注释】

① 红旆：叶梦得《石林燕语》卷六：“节度使旌节门旗二，龙虎旌一，节一，麾枪二，豹尾二，凡八物。旗以红缯为之，九幅，上为涂金铜龙头，以揭旌，加木盘。……旗则绸以红缯，节及麾枪则绸以碧油，故谓之碧油红旆。”

② 秦御史：《史记·萧相国世家》：“秦御史监郡者与从事，常辨之。”集解：“苏林曰：秦时无刺史，以御史监郡。”

③ 汉诸侯：汉水诸侯，指当地官员。《左传·僖公二十年》：“随以汉东诸侯叛楚。”

④ 剑履：经帝王特许，重臣上朝时可不解剑，不脱履，以示殊荣。《史记·萧相国世家》：“于是乃令萧何，赐带剑履上殿，入朝不趋。”《隋书·礼仪志七》：“大臣优礼，皆剑履上殿。”鸾殿：《初学记》卷二四引《庙记》：“长安有披香殿、鸳鸾殿、飞翔殿。”

⑤ 鹤楼：黄鹤楼。

【评析】

作于元和十四年（819），江州至忠州途中。夏口，鄂州。《太平寰宇记》卷一一二鄂州："鄂州江夏郡……《汉志》应劭注云：沔水自江别至南郡华容为夏水，过郡入江，故江夏为名。……又《江夏记》云：一名夏口，一名鲁口。"李大夫，李程。《旧唐书·李程传》："（元和）十三年……六月出为鄂州刺史、鄂岳观察使。"《唐宋诗醇》云："用事典切，声调高亮，七律中正法眼藏，与刘禹锡最相似。"

题岳阳楼

岳阳城下水漫漫，独上危楼凭曲栏。春岸绿时连梦泽，夕波红处近长安[1]。猿攀树立啼何苦？雁点湖飞渡亦难。此地唯堪画图障，华堂张与贵人看。

【注释】

① 夕波：《舆地纪胜》卷六九岳州："夕波亭即合江亭也。旧名夕波。白乐天诗云：夕波红处是长安。"一作"夕阳"。

【评析】

作于元和十四年（819），江州至忠州途中。岳阳楼，《方舆胜览》卷二九岳州："岳阳楼在郡治西南，西面洞庭，左顾君山，不知创始为谁。唐开元四年中书令张说出守是邦，日与才士登临赋咏，自尔名著。"岳阳楼古今诗作很多，如张说《岳阳早霁南楼》："山水佳新霁，南楼玩初旭。夜来枝半红，雨后洲全绿。"李白《与夏十二登岳阳楼》："楼观岳阳尽，川迥洞庭开。雁引愁心去，山衔好月来。云间连下榻，天上接行杯。醉后凉风起，吹人舞袖回。”孟浩然《岳阳楼》“气蒸云梦泽，波撼岳阳城”，杜甫《登岳阳楼》“吴楚东南坼，乾坤日夜浮”，更是意高体律、境界雄浑的五律名篇。白居易此诗则是一首寄托遥深的七律，颔联和尾联写得十分出彩。《梁溪漫志》：“张芸叟词云：‘回首夕阳红尽处，应是长安。’人喜诵之。乐天《题岳阳楼》诗云：‘春岸绿时连梦泽，夕波红处近长安。’盖芸叟用此换骨也。”《焦氏笔乘续集》卷五亦云：“乐天《题岳阳楼》：‘春岸绿时连梦泽，夕波红处近长安。’张芸叟用之为词：‘回首夕阳红尽处，应是长安。’人善诵之，不知实出乐天也。”《唐宋诗醇》则评云：“结语振竦，洞庭之险更不待实写。”就此诗感情基调而言，其实惆怅而悲凉。迁客逐臣的失落感，仍沉重地压抑在诗人的心头，因而即使是登高临远，面对满眼风光，却丝毫提不起游赏的兴致。何义门谓“结句怨愤极矣”，可谓深得诗人之用心。

入峡次巴东

不知远郡何时到，犹喜全家此去同。万里王程三峡外①，百年生计一舟中。巫山暮足沾花雨，陇水春多逆浪风。两片红旌数声鼓，使君艛艓上巴东②。

【注释】

① 王程：奉王命登程。

② 艛艓：一种小船。韩偓《阻风》：“肥鳜香粳小艛艓，断肠滋味阻风时。”

【评析】

作于元和十四年（819），江州至忠州途中。巴东，在今重庆一带。《旧唐书·地理志二》山南东道："归州，隋巴东郡之秭归县。武德二年，割夔州之秭归、巴东二县，分置归州。三年，分秭归置兴山县，治白帝城。天宝元年，改为巴东郡。乾元元年，复为归州。"诗写奉朝廷之命，到忠州上任，奔波万里过了三峡。《容斋随笔》卷一："杜子美诗云'夜足沾沙雨，春多逆水风'，乐天'巫山暮足沾花雨，陇水春多逆浪风'全用之。"查慎行《初白庵诗评》亦云："《入峡次巴东》五、六联用少陵五言成句。"《唐宋诗醇》云："量移涉险，非乐境也。中两联写舟行之苦，落句偏结得有气色。"谭宗《近体秋阳》："晐而怆，下句浅语至境（'万里王程'联下）。"白居易乘坐的虽是气派的官船，但溯流逆浪而行，航行的速度缓慢，自峡州至忠州约一千三百里的航程，行驶了半个多月，不过正好便于游赏长江三峡旖旎如画的山光水色，因此尽管"量移涉险，非乐境也"，但此诗读来，已觉其沉郁之情稍解，心境渐见开朗，诗的情调也显得轻松自然。

送客回晚兴

城上云雾开，沙头风浪定。参差乱山出，澹泞平江净[①]。行客舟已远，居人酒初醒。袅袅秋竹梢，巴蝉声似磬。

【注释】

①澹泞：木华《海赋》："百川潜渫，泱漭澹泞。"《文选》李善注："澹泞，澄深也。"

【评析】

作于元和十四年（819），忠州，时任忠州刺史。唐代的忠州，属山南东道，北距长安约二千二百里，是一个人口不足五万的下州。州城坐落在长江北岸的山坡上，居民依山筑室而居，街道简陋狭小。代宗永泰初，杜甫赴夔州时路过此地，曾有《题忠州所居龙兴寺院壁》诗："忠州三峡内，井邑聚云根。小市常争米，孤城早闭门。空看过客泪，莫觅主人恩。淹泊仍愁虎，深居赖独园。"井邑所居竟然时有老虎出没，只得早早把城门闭上，其荒凉景况可以概见。《唐诗镜》云："'鸣蝉声似磬'，当是爽气高襟，能使声远。"《唐宋诗醇》云："江城风景，逐层写得凄凉，笔墨之外，逼出一愁字。"

初到忠州赠李六

好在天涯李使君①，江头相见日黄昏。吏人生梗都如鹿②，市井疏芜只抵村。一只兰船当驿路，百层石磴上州门。更无平地堪行处，虚受朱轮五马恩③。

【注释】

① 好在：唐人存问语。《太平广记》卷三八四《周子恭》（出《朝野佥载》）："子恭苏，问家中曰：'许侍郎好在否？'"

② 生梗：未开化。《周书·郭彦传》："蛮左生梗，未遵朝宪。"《隋书·令狐熙传》："州县生梗，长吏多不得之官。"

③ 朱轮、五马：太守的标配。《相和歌辞·陌上桑》："使君从南来，五马立踟蹰。"王建《从元太守夏宴西楼》："五马游西城，几杖随朱轮。"

【评析】

作于元和十四年（819），忠州，时任忠州刺史。李六，李景俭，字宽中，元、白之好友，两《唐书》有传。三月二十八日，当白居易一行乘坐的官船停泊于忠州城下岸边时，已是黄昏时分。卸任刺史李景俭前来江边迎接，这位原属“八司马”党中的李景俭，白居易是通过元稹而结识的，本是志趣相投的老友，相见于此时此地，自然格外高兴。岑仲勉《唐人行第录》：“按《旧书》一五，元和十一年九月，屯田郎中李宣为忠州刺史。余初检得此一条史料，认白氏替者必李宣。但《旧·景俭传》固云：‘坐贬江陵户曹，累转忠州刺史，元和末入朝。’白以元和十三年底授忠州，宣以十一年九月授忠州，中经两考，宣当已受代而去（参《元氏集》二〇《与李十一夜饮》诗），是白氏所替者仍属李六景俭，此居易诗中之景俭也。”方回《瀛奎律髓》卷四十三云：“元和末自江州司马移忠州刺史。此等迁谪作太守，未为恶也，而气象遽如此。”查慎行云：“一味条畅。”纪昀曰：“三句香山习径。”梁启超批点《白香山诗集》“吏人生梗都如鹿，市井疏芜只抵村”，眉批：“妙句。”

木莲树图①

如折芙蓉栽旱地，似抛芍药挂高枝。云埋水隔无人识，唯有南宾太守知。

红似燕支腻如粉，伤心好物不须臾。山中风起无时节，明日重来得在无？

已愁花落荒岩底，复恨根生乱石间。几度欲移移不得，天教抛掷在深山。

【注释】

① 木莲树：陆游《老学庵笔记》卷四："白乐天有《忠州木莲》诗。予游临邛白鹤山寺，佛殿前有两株，其高数丈，叶坚厚如桂，以仲夏发花，状如芙蕖，香亦酷似。寺僧云，花坼时有声如破竹。然一郡止此二株，不知何自至也。成都多奇花，亦未尝见。"或说即木兰。《本草纲目》卷三四木兰："释名：杜兰，林兰，木莲，黄心。时珍曰：其香如兰，其花如莲，故名。其木心黄，故曰黄心。""集解：……时珍曰：木兰枝叶俱疏，其花内白外紫，亦有四季开者，深山生者尤大，可以为舟。按白乐天集云：木莲生巴峡山谷间，民呼为黄心树。……此说乃真木兰也。其花有红黄白数色，其木肌细而心黄，梓人所重。"

【评析】

作于元和十五年（820），忠州，时任忠州刺史。诗题一作《木莲树生巴峡山谷间，巴民亦呼为黄心树。大者高五丈，涉冬不凋。身如青杨，有白文；叶如桂，厚大无脊；花如莲，香色艳腻皆同，独房蕊有异。四月初始开，自开迨谢，仅二十日。忠州西北十里，有鸣玉溪，生者秾茂尤异。元和十四年夏，命道士毋丘元志写。惜其遐僻，因题三绝句云》。或以此为诗序。《太平寰宇记》卷一四九忠州："鸣玉溪在州西十里，上有悬岩瀑布，高五十余丈，潭洞幽邃，古木苍然。前刺史房式嘉其幽绝，特置兰若，凡置五桥以渡溪水，今废。"《清一统志》忠州："木莲洞在州南北五里鸣玉溪滨，地产木莲树，巴人呼为黄心木。白居易有诗。"

葛立方《韵语阳秋》卷十六："珍木奇卉，生于深山穷谷之中，不遇赏音，与凡木俱腐，好事者之所深惜也。唐招贤寺有山花，色紫气香，秾丽可爱，以托根招提，偶赦于樵斧，固为幸矣，而人莫有知其名者。白乐天一日过之，而标其名曰'紫阳'。于是天下识所谓紫阳花者，其珍如是也。岂不为尤幸乎！乐天之诗曰：'何年植向仙坛上，早晚移栽到梵家。虽在人间人不识，与君名作紫阳花。’忠州鸣玉溪有花如莲，叶如桂，香色艳腻，当时亦无有识之者。乐天又赋诗云：‘如折芙蓉栽旱地，似抛芍药挂高枝。云埋人隔无人识，惟有南宾太守知。’呜呼，抱道怀才之士，埋光铲采于山林皋壤之间，如此花者多矣，求如乐天之赏鉴者，孰谓无其人乎！”

王良臣《诗评密谛》卷三：“白乐天《紫薇花》诗云：‘除却微之见应爱，世间少有别花人。’又《蔷薇花》诗云：‘移他到此须为主，不别花人莫使看。’今好事家奇花多矣，所谓别花，人未见也。唐招贤寺有山花，色紫气香，秾艳可爱，人莫有知其名者。乐天一日过之，标名曰紫阳，诗曰：‘何年植何仙坛上，早晚移栽到梵家。虽在人间人不识，与君名作紫阳花。’忠州鸣玉溪有花如莲，叶如桂，香色艳腻，当时亦无有识之者，乐天诗云：‘如折芙蓉栽旱地，似抛芍药挂高枝。云埋尘隔无人识，惟有南宾太守知。’呜呼！天下岂独花为然哉！”

宋俊《柳亭诗话》“黄心树”一则云：“忠州鸣玉溪，有花如莲，叶似桂，四月初开，土人呼为黄心树。白香山为刺史，见而咏之曰：‘如折芙蓉栽旱地，似抛芍药挂高枝。云埋水隔无人识，惟有南宾太守知。’或谓即木莲花也。陆放翁《老学庵笔记》云：临邛白鹤寺有之。周濂溪诗曰：‘枝悬缟带垂金弹，瓣落苍苔坠玉杯。’盖纯白也。黄山云谷寺亦有此花。余友铁公绘以为图，见示于武林。方虞臣谓即西域之宝檀花。（香山又有《画木莲花图寄元郎中》诗：‘花房腻似红莲朵，艳色鲜如紫牡丹。惟有诗人应解爱，丹青写出与君看。’则又有红色一种。江文通赞所云‘缃丽碧巘，红艳桂洲’也。）”

种桃杏

无论海角与天涯，大抵心安即是家。路远谁能念乡曲，年深兼欲忘京华。忠州且作三年计，种杏栽桃拟待花。

【评析】

作于元和十四年（819），忠州，时任忠州刺史。吴幵《优古堂诗话》“此心安处便是吾乡”一则云：“东坡作《定风波序》云：‘王定国歌儿曰柔奴，姓宇文氏。定国南迁归，予问柔广南风土应是不好？柔对曰：“此心安处，便是吾乡。”因用其语缀词云：“试问岭南应不好？却道，此心安处是吾乡。”’予尝以此语本出于白乐天，东坡偶忘之耶！乐天《吾土》诗云：‘身心安处为吾土，岂限长安与洛阳。’又《出城留别》诗云：‘我生本无乡，心安是归处。’又《重题》诗云：‘心泰身宁是归处，故乡可独在长安？’又《种桃杏》诗云：‘无论海角与天涯，大抵心安即是家。’”赵翼《瓯北诗话》卷四：“至如六句成七律一首，青莲集中已有之，香山最多，而其体又不一。如《忠州种桃杏》云：‘无论海角与天涯，大抵心安即是家……’前后单行，中间成对，此六句律正体也。”

画木莲花图寄元郎中

花房腻似红莲朵，艳色鲜如紫牡丹。唯有诗人应解爱[①]，丹青写出与君看。

【注释】

① 应解：一作“能解”。

【评析】

作于元和十四年（819），忠州，时任忠州刺史。王培荀《听雨楼随笔》卷六：“木莲花，生峨眉山谷，状似芙蓉，香亦类之，一云，叶似辛彝木干花，夏开枝条，茂蔚不为园圃所莳。白乐天云：‘生巴、峡山谷间，巴民亦呼黄心树，大者高五尺，涉冬不凋，身如青阳，有白文，叶如桂，厚大无脊，花如莲，香色艳腻，皆同。独房蕊有异，四月初始开，自开迨谢，仅二十日。’又《画图寄元微之》云：‘花房腻似红莲朵，艳色鲜如紫牡丹。’”梁启超批点《白香山诗集》：“香山能画，此处初见。”

冬至夜

老去襟怀常濩落①，病来须鬓转苍浪。心灰不及炉中火，鬓雪多于砌下霜。三峡南宾城最远，一年冬至夜偏长。今宵始觉房栊冷②，坐索寒衣泥孟光③。

【注释】

① 濩落：同“瓠落”。《庄子·逍遥游》：“今子有五石之瓠，何不虑以为大樽而浮乎江湖，而忧其瓠落无所容。”《释文》：“简文云：瓠落，犹廓落也。”

② 房栊：本指窗棂。左思《吴都赋》：“房栊对横，连阁相经。”《文选》李善注：“《说文》曰：栊，房室之疏也。”这里泛指房屋。

③ 泥：纠缠，犹今言腻。元稹《遣悲怀》其一：“顾我无衣搜荩箧，泥

他沽酒拔金钗。”孟光：与梁鸿举案齐眉的妻子。白居易《赠内》：“梁鸿不肯仕，孟光甘布裙。”

【评析】

作于元和十四年（819），忠州，时任忠州刺史。诗人心境不佳，情绪消沉，以致心如死灰，不如炉中之火还在熊熊燃烧；已届老年，两鬓的白发多于阶下的秋霜。比喻恰切，措词工巧，愤怨之情，跃然纸上。方回《瀛奎律髓》卷十六云：“‘心灰’‘鬓霜’，引喻亦佳，‘一年冬至夜偏长’，前未有人道也。”纪昀曰：“三、四殊俚，不得云佳。五、六自可。”

竹枝词四首

瞿唐峡口水烟低，白帝城头月向西[1]。唱到竹枝声咽处，寒猿暗鸟一时啼。

竹枝苦怨怨何人？夜静山空歇又闻。蛮儿巴女齐声唱，愁杀江楼病使君。

巴东船舫上巴西，波面风生雨脚齐。水蓼冷花红簇簇，江蓠湿叶碧凄凄。

江畔谁人唱竹枝？前声断咽后声迟。怪来调苦缘词苦，多是通州司马诗。

【注释】

① 白帝城：《华阳国志》卷一巴志巴东郡：“鱼复县，郡治。公孙述更名白帝，章武二年改曰永安，咸熙初复。”《初学记》卷二四引《荆州图

记》："鱼复县西北赤甲城，东南连白帝城，西临大江。"王应麟《通鉴地理通释》引《元和志》："白帝城周回七里，西南二面因江为池，东临瀼西，惟北一面小差逶迤，羊肠数转，然后得上。"

【评析】

作于元和十四年（819），忠州，时任忠州刺史。竹枝词，是巴渝一带民歌。刘禹锡《竹枝词》序："四方之歌，异音而同乐。岁正月，余来建平，里中儿联歌竹枝，吹短笛击鼓以赴节。歌者扬袂睢舞，以曲多为贤。聆其音，中黄钟之羽，卒章激讦，如吴声。虽伧儜不可分，而含思宛转，有淇澳之艳。"

明敖英《唐诗绝句类选》卷三："乐天《竹枝词》皆学王维，而音调迫促，句法不谐，相去远矣。"唐汝询《唐诗解》卷二十九评第一首曰："冷烟斜月之景，竹枝悲咽之声，即寒猿暗鸟，尚不胜情况，可使愁人听之耶？"《唐宋诗醇》卷二十四引此则。《删订唐诗解》卷十五略作："冷烟斜月之景，竹枝悲咽之声，猿鸟尚不胜情，况使愁人听之耶？"注云："张协诗：'寒猿拥条吟。'眉批云：'警在"一时"二字。'"《唐贤小三昧集》："浓至语不让梦得。"王尧衢《古唐诗合解》评第一首："斜月向西，风景凄然之候。（'白帝城头'句下）猿鸟闻其悲唱，俱不胜情而一时啼唤，然则愁人听之，当何如凄怆乎？（末句下）《竹枝》宜质而不俚，方入古调。（总评）"《历代诗法》："当前领悟最切。"朱宝莹《诗式》评第一首："首句'冷烟低'，言不朝即暮之时也；二句'月向西'，言风景凄然之候也。两句为三句伏根，盖此时唱《竹枝》，其声不能不悲凉矣。三句拍上故出然，'咽'字炼。四句言猿鸟闻此悲声，犹且欲啼，人听之更何以堪。具此两层意思，但说猿鸟一层，不必明言人何以堪一层，而自含在其中。此因物以寄兴，最能含蓄者也。按《竹枝》宜质而不俚，此为古调。〔品〕悲凉。"

《唐宋诗醇》云："声韵悠扬，最合竹枝之体。"俞陛云《诗境浅说续编》曰："竹枝词者，用其词之格调也。此诗乃专咏竹枝词之声。首句唱'竹枝'之地。次句唱'竹枝'之时。后二句言唱至最凄咽处，峡口之寒猿暗鸟，同时惊起而啼，异类皆为感动，极言其音调之悲。王渔洋诗'断雁哀猿和竹枝'，殆本此诗也。"

东坡种花二首

持钱买花树，城东坡上栽。但购有花者，不限桃杏梅。百果参杂种，千枝次第开。天时有早晚，地力无高低。红者霞艳艳，白者雪皑皑。游蜂遂不去，好鸟亦栖来。前有长流水，下有小平台。时拂台上石，一举风前杯。花枝荫我头，花蕊落我怀。独酌复独咏，不觉月平西。巴俗不爱花，竟春无人来。唯此醉太守，尽日不能回。

东坡春向暮，树木今何如？漠漠花落尽，翳翳叶生初。每日领童仆，荷锄仍决渠。铲土壅其本，引泉溉其枯。小树低数尺，大树长丈余。封植来几时，高下齐扶疏①。养树既如此，养民亦何殊？将欲茂枝叶，必先救根株。云何救根株？劝农均赋租。云何茂枝叶？省事宽刑书②。移此为郡政，庶几氓俗苏。

【注释】

①扶疏：枝叶繁茂分披貌。《吕氏春秋·任地》："树肥无使扶疏，树硗不欲专生而族居。肥而扶疏则多秕，硗而专居则多死。"

②"省事"句：《汉书·路温传》："省法制，宽刑罚，以废治狱，则太

平之风可兴于世。”《晋书·刘弘传》：“弘于是劝课农桑，宽刑省赋，岁用有年，百姓爱悦。”

【评析】

作于元和十五年（820）春，忠州，时任忠州刺史。汪立名《白香山年谱》系于元和十四年（819），非也。因为元和十四年（819）春暮，白居易方至忠州也。故陈振孙《白文公年谱》元和十五年（820）：“初春，有《东坡种花》诗。”东坡，《方舆胜览》卷六一咸淳府：“东坡亭，在郡圃。白公于此种花。”苏轼别号东坡本之居易诗，屡见前人记载。洪迈《容斋三笔》卷五：“苏公责居黄州，始自称东坡居士，详考其意，盖专慕白乐天而然。白公有《东坡种花》二诗云：‘持钱买花树，城东坡上栽。’又云：‘东坡春向暮，树木今何如？’又有《步东坡》诗云：‘朝上东坡步，夕上东坡步。东坡何所爱？爱此新成树。’又有《别东坡花树》诗云：‘何处殷勤重回首？东坡桃李种新成。’皆为忠州刺史时所作也。苏公在黄，正与白公忠州相似，因忆苏诗，如《赠写真李道士》云：‘他时要指集贤人，知是商山老居士。’《赠善相程杰》云：‘我似乐天君记取，华颠赏遍洛阳春。’《送程懿叔》云：‘我甚似乐天，但无素与蛮。’《入侍迩英》云：‘定是香山老居士，世缘终浅道根深。’……《去杭州》云：‘出处依稀似乐天，敢将衰朽较前贤。’……则公之所以景仰者，不止一再言之，非东坡之名，偶尔暗合也。”《施注苏诗》卷二二：“白乐天谪忠州，州有东坡，屡作诗以言之，故公在黄州亦作东坡，乃乐天之遗意也。”《二老堂诗话》曰：“苏文忠公不轻许可，独敬爱乐天，屡形诗篇。盖其文章皆主辞达，而忠厚好施，刚直尽言，与人有情，于物无着，大略相似。谪居黄州，始号东坡，其原必起于乐天忠州之作也。”《唐宋诗醇》云：“前一首细写种花之趣，静观物理，及时行乐，独善之义也。后一首推广言之，与柳宗元郭橐驼种树说同意，兼济之志也。

妙在说得极纤悉，极平淡，乃具真实本领。宋儒谓杜子美情多，得志必能济物，亦是此意。陈蕃不事扫除一室，而欲经营天下，宜其志大而才疏也。劝农、均赋、省事、宽刑，岂独治一郡哉，虽以治天下可矣。”第二首诗体现出白居易体恤下情，关心民瘼的民本主义思想。忠州是一个“安可施政教？尚不通语言”（《征秋税毕题郡南亭》）的蛮荒之地。白居易任忠州刺史约一年时间，轻徭薄赋，政省刑宽，在临政中务使一郡百姓获得苏息。

妻初授邑号告身①

弘农旧县授新封，钿轴金泥诰一通。我转官阶常自愧，君加邑号有何功？花笺印了排窠湿②，锦幖装来耀手红。倚得身名便慵坠，日高犹睡绿窗中。

【注释】

① 妻初授邑号：《旧唐书·职官志二》司封郎中：“三品已上母妻，为郡夫人。四品母妻，为郡君。五品若勋官，三品有封，母妻为县君。散官并同职事。”白居易《绣西方帧赞并序》：“有女弟子弘农郡君姓杨，号莲花性。”其后封为郡君，初封当为县君。

② 窠：印章。李贺《沙路曲》：“独垂重印押千官，金窠篆字红屈盘。”

【评析】

作于长庆元年（821），白居易50岁，时为主客郎中、知制诰。《旧唐书·穆宗纪》：“（元和十五年，十二月）丙申，以司门员外郎白居易为主客郎中、知制诰。”元稹撰《授白居易尚书主客郎中知制诰制》。

长庆元年（821）春，诗人还朝已半年有余，官职有所迁升，俸钱稍有积蓄，便在长安朱雀门街东第五街新昌坊购得新居。诗中所云“日高犹睡绿窗中”，当在新昌里宅。又有《新居早春二首》《题新昌所居》《新昌新居书事四十韵因寄元郎中张博士》。虽然不甚宽敞阔绰，“阶墀宽窄才容足，墙壁高低粗及肩”（《题新居寄元八》），但限于经济条件，总算满足了“游宦京都二十春，贫中无处可安贫……且求容立锥头地，免似漂流木偶人”（《卜居》）的夙愿。夏，白居易加朝散大夫著绯，接着又转视正二品的勋阶上柱国，妻子杨氏乃初授邑号——弘农县君。毛奇龄等《唐七律选》卷三：“弘农旧县授新封，钿轴金泥诰一通。我转官阶常自愧，君加邑号有何功？（只见女齷齪语，妙在□习，且原有书卷，非庸笔可□嚬也。）花笺印去排窠湿，锦卷装来耀手红。倚得身名便慵懒，日高犹睡绿窗中。（解颐处不厌轻薄。）”屈复《唐诗成法》卷十云：“一、二初授诰身，三横插一句，四到本题，法活。结带谐谑，正是喜处，然诗到趣极处，便有小说家气，故不足贵。”《唐七律隽》引毛秋晴云：“只儿女齷齪语，妙在齐习，且原有书卷气，非庸笔可效。”

送客南迁

我说南中事，君应不愿听。曾经身困苦，不觉语丁宁。烧处愁云梦[①]，波时忆洞庭。春畬烟勃勃[②]，秋瘴露冥冥。蚊蚋经冬活，鱼龙欲雨腥。水虫能射影[③]，山鬼解藏形。穴掉巴蛇尾[④]，林飘鸩鸟翎[⑤]。飓风千里黑[⑥]，莓草四时青[⑦]。客似惊弦雁，舟如委浪萍。谁人劝言笑？何计慰漂零？慎勿琴离膝，长须酒满瓶。大都从此去，宜醉不宜醒。

【注释】

① 烧：放火烧荒。《管子·轻重甲》："齐之北泽烧火，光照堂下。"注："猎而行火曰烧。式照反。"云梦：古泽名，在楚地。司马相如《子虚赋》："臣闻楚有七泽，尝见其一，未睹其余也。臣之所见，盖特其小小者耳，名曰云梦。云梦者，方九百里，其中有山焉。"

② 春畬：春季放火烧荒，整地备种。

③ "水虫"句：《诗·小雅·何人斯》："为鬼为蜮，则不可得。"《释文》："蜮，状如鳖，三足，一名射工，俗呼之水弩。在水中含沙射人，一云射人影。"

④"巴蛇"句：《山海经·海内南经》："巴蛇食象，三岁而出其骨。"《太平广记》卷四四一《蒋武》（出《传奇》）："猩猩曰：'象有难，知我能言，故负吾而相投耳。'……'此山南二百余里，有凿空之大岩穴，中有巴蛇，长数百尺，电光而闪其目，剑刃而利其牙，象之经过，咸被吞噬。'"

⑤ "鸩鸟"句：《晋书·石崇传》："崇在南中，得鸩鸟雏，以与后军将军王恺。时制，鸩鸟不得过江，为司隶校尉傅祗所纠，诏原之，烧鸩于都街。"

⑥ 飓风：《太平御览》卷九引《南越志》："熙安间多飓风，飓者，具四方之风也。一曰惧风，言怖惧也。"

⑦ 荨草：一种毒草，即荨麻，又称"火麻"，主要分布于西北、西南地区。植株似普通的麻而稍小，四季常青，生命力极强，遍生于房前屋后。其茎、枝、叶遍身长满毛刺，人的皮肤接触到这些毛刺会感觉像火苗灼伤一样的疼痛，伴有轻微瘙痒，还起疹疱，人人避之犹恐不及，当地人称之为"火毛草"，当是"火麻草"的音转。

【评析】

作于长庆元年（821），长安，时为主客郎中、知制诰。诗中描述"君应不愿听”的14种令人恐惧的南中“困苦”之事，其中“荨草四时青”的“荨草”，与杜甫《除草》诗描写的“其毒甚蜂虿”的毒草，是同一种毒草。张邦基《墨庄漫录》卷七：“川峡间有一种恶草，罗生于野，虽人家庭砌亦有之，如此间之蒿蓬也，土人呼为荨麻。其枝叶拂人肌肉，即成疮疱，浸淫溃烂，久不能愈。杜子美《除草》诗所谓：‘草有害于人，曾何生阻修。其毒甚蜂虿，其多弥道周。’盖谓此也。”明李时珍《本草纲目》据吴若注称“杜子美有除荨草诗”，但是“荨草”并不是山韭，而是荨麻。他进一步依据宋人苏颂《本草图经》解释：“颂曰：‘荨麻生江宁府山野中。’时珍曰：‘川黔诸处甚多。其茎有刺，高二三尺，叶似花桑，或青或紫，背紫者入药，上有毛芒可畏，触人如蜂虿螫蠚，以人溺濯之即解，有花无实，冒冬不凋，挼投水中，能毒鱼。’”

荨草蔓生，其多弥道，四季长势茂盛，因而成为诗人记忆深刻的南中“困苦”。与杜甫相似，白居易也曾在四川居住和游历，元和十三年（818）至十五年（820），还曾任忠州（今重庆忠县）刺史，因此对当地的风土十分熟悉。当他送客南迁时，自然会想起这一曾令前辈杜甫感慨“芟夷不可阙”的西南毒草。方回《瀛奎律髓》卷四十三云：“乐天一贬江州司马，移忠州刺史，后归朝为中书舍人，出知杭州，召复为苏州，未尝远贬，其殆借此为题，以夸笔端之富，妙于铺叙南土风景欤？微之相与倡和，尤长于斯，予所选五言律，止于十韵，惟此至十二韵，亦破例也。”《唐宋诗醇》云：“将欲详说南中之苦，而先著‘君应不愿听’五字，曲折深挚，中幅铺叙风土物产，末结出送之之情。此诗与前送客游岭南同一机局，然彼系宦游，故规以不贪。此系迁谪，故进以自遣。义各有取尔。”

紫薇花

丝纶阁下文书静①，钟鼓楼中刻漏长②。独坐黄昏谁是伴？紫薇花对紫微郎③。

【注释】

① 丝纶阁：中书省，是帝王颁发诏书的地方。丝纶，帝王的诏书，语出《礼记·缁衣》："王言如丝，其出如纶。"帝王的诏书也用丝绢书写。

② 钟鼓楼：专门报时辰的楼，常以敲钟、击鼓为号，故称钟鼓楼。

③ 紫微郎：中书舍人。《唐会要》卷五五中书舍人："开元元年十二月一日，改为紫微舍人。五年，复为中书舍人。"

【评析】

作于长庆元年（821），白居易在长安，时任中书舍人入值中书省。诗写翰林院值夜班闲暇的寂寞孤独，反映出诗人忧国忧民，以国事为重的高尚品质。翰林院夜值本是一件极为光彩的事情，然而国家正值多事之秋，所以诗人竟然有如此愁绪。此后魏了翁在《夏至日祀阙伯于开元宫前三日省中斋宿三首》写道："独坐黄昏谁是伴，紫微阁上四厨书。"第三句写出诗人的落寞，对后世也有影响，如姚述尧《减字木兰花·县斋见梅》写道："沉沉庭院，独坐黄昏谁是伴。"费唐臣《苏子瞻风雪贬黄州》："想着那丝纶阁上，常则是紫薇花对紫薇郎。"葛立方《韵语阳秋》卷十六："白乐天作中书舍人，入直西省，对紫薇花而有咏曰：'丝纶阁下文章静，钟鼓楼中刻漏长。独坐黄昏谁是伴，紫薇花对紫薇郎。'后又云：'紫薇花对紫薇翁，名目虽同貌不同。'则此花之珍艳可知矣。爪其本则枝叶俱动，俗谓之不耐痒花。自五月开，至九月尚烂熳，俗又谓之百日红。唐人赋咏，未有及此二事者。”然其所据本作“紫薇郎”。《缃素杂记》云：“唐故事，中书省植紫薇花，历世循用之，不以为非。至今舍人院紫薇阁前植紫薇花，用唐故事也。乐天诗云：‘独坐黄昏谁是伴，紫薇花对紫微郎。’案《天文志》：紫微，大帝之座也，天子之常居也。主命主度也，何关紫薇花事？”洪咨夔《六月十六日宣锁》诗：“禁门深锁寂无哗，浓墨淋漓两相麻。唱彻五更天未晓，一池月浸紫薇花。”《诗林广记》前集卷十：“愚谓洪平斋此诗，非特引用乐天紫薇花事，而其语度闲雅，有乐天之风焉。”吴景旭《历代诗话》卷五十：“《天文志》：紫微，大帝之座，天子之常居也。与花何涉？唐中书省植紫薇花，后世舍人院紫微阁前辄植此花，虽循唐故事，要亦何义？后余见《海录碎事》云：开元元年，改中书省为紫微省，改中书令为紫微令。则乐天入直西省，所谓紫薇郎指此耳。薇当作微。”证之宋本，白诗原作“紫微郎”，无“紫薇郎”之说。

勤政楼西老柳[①]

半朽临风树，多情立马人。开元一株柳，长庆二年春。

【注释】

① 勤政楼：在兴庆宫。《唐会要》卷三十兴庆宫：“后于西南置楼，西面题曰花萼相辉之楼，南面题曰勤政务本之楼。”“元和十四年三月，诏左右军各以官健二千人修勤政楼。”

【评析】

作于长庆二年（822），长安，时任中书舍人。《旧唐书·穆宗纪》：

“(长庆元年冬十月)壬午,以尚书主客郎中、知制诰白居易为中书舍人。”可见长庆元年(821)十月,白居易正拜中书舍人。这是秩五品上的清要之职,“专掌诏诰,侍从,署敕,宣旨,劳问,授纳诉讼,敷奏文表,分判省事……为文士之极任,朝廷之盛选,诸官莫比焉”(《通典》卷二一《职官三》)。

这首五言绝句,纯由对句组成,仿佛是五律的中间两联。全诗以柳写人,借景抒情。首句以“半朽”描画树,次句以“多情”形容人,结尾两句以“开元”和“长庆二年”交代时间跨度。诗人用简括的笔触勾勒了一幅临风立马图,语短情长,意境苍茫。何焯云:“此刺穆宗荒怠厥政,不得见开元之盛也。公元和时语多发露,此更蕴藏,抑所谓‘匡谏者微,哀叹而已’者耶?”凿实论之,反失其意味。《唐宋诗醇》云:“不著一字,尽得风流。”《唐人万首绝句选》评:“语似率易,而‘开元’‘长庆’四字中,寓无限俯仰悲感。”俞陛云《诗境浅说续编》曰:“四句皆作对语,而不异单行,由于语气贯注也。首二句言,勤政楼乃当日旌旗拂露、紫禁朝天之地,今衰柳临风,驻马徘徊,怆然怀旧。后二句言,自开元至长庆,岁月悠悠,其间国运之隆替,耆旧之凋零,等于无痕春梦。剩有当年垂柳,依依青眼,阅尽沧桑。诗仅言开元之树、长庆之人,不着言诠,而含凄无限也。”

喜张十八博士除水部员外郎

老何殁后吟声绝①,虽有郎官不爱诗。无复篇章传道路②,空留风月在曹司③。长嗟博士官犹屈,亦恐骚人道渐衰。今日闻君除水部,喜于身得省郎时。

【注释】

①老何：何逊。《梁书·何逊传》："逊八岁能赋诗，弱冠，州举秀才。……迁中卫建安王水曹行参军，兼记室。王爱文学之士，日与游宴，及迁江州，逊犹掌书记。还为安西安成王参军事，兼尚书水部郎。"《诗林广记》前集卷十："《蔡宽夫诗话》云：'官名有因人而重，遂为故事者，何逊为水部员外郎，以诗称。至张籍自博士复拜此官，乐天以诗贺之。籍答诗亦云："幸有紫薇郎见爱，独称官与古人同。"自是遂为诗人故事。'前辈片言之贵重如此。"

② 篇章：篇和章，泛指文字著作。

③ 风月：清风明月，泛指美好的景色。曹司：官署。诸曹郎中职司所在。

【评析】

作于长庆二年（822），长安，时任中书舍人。张十八博士，张籍。白居易有《张籍可水部员外郎制》，张籍除水部员外郎，在长庆二年（822）三月左右。方回《瀛奎律髓》卷二曰："何逊以诗名，老杜颂之曰：'能诗何水曹。'张籍是除，乐天贺之，五十六字，如一直说话，自然条畅。"无名氏（甲）评云："香山诗笔健而神远者为贵，此其一也。"冯班："白体如此。"无名氏（乙）评云："踊跃善写喜意，古人之真挚如此。"纪昀曰："此诗便嫌薄弱。虚谷评白诗'似一直说话，自然条畅'，白诗好处在此，病处亦在此。首句称呼杜撰，次句及中二联，凡五用虚字装头，未免犯复。且气格亦因之不健，凡七律须有健句撑住。三、四承次句而衍之，殊为支缀。此处自应拍合文昌，乃紧健。"查慎行《初白庵诗评》云："《喜张十八博士除水部员外郎》，八句一气呵成，章法亦本于杜。'今日闻君除水部'二句，足见交谊真切。"《唐宋诗醇》云："一气呵成，句句转，笔笔灵。章法亦本杜甫，不袭其貌，而得其神，故佳。宋人如杨廷秀辈，有意摹仿此种，徒成油腔滑调耳。”

路上寄银匙与阿龟

谪宦心都惯[①]，辞乡去不难。缘留龟子住，涕泪一阑干。小子须娇养，邹婆为好看[②]。银匙封寄汝[③]，忆我即加餐。

【注释】

① 谪宦：贬官另任新职。

② 邹婆：当为阿龟乳媪。好看：指善视，另眼相加。参钱锺书《谈艺录》所释元好问《蟾池》“从今见蟆当好看，爬沙即上青云端”。

③ 封寄：封缄寄递。封演《封氏闻见记·巨骨》：“刺史魏凌知萼爱奇，故封寄焉。”

【评析】

作于长庆二年(822)七月，长安至杭州途中。阿龟，即龟儿，白居易弟白行简之子。白居易另有《弄龟罗》《闻龟儿咏诗》。白居易老而无子，所以对寄养在家的小侄阿龟特别关爱。此次赴杭州不便携之同行，只好托付给一位姓邹的保姆照看。上路后放心不下，给阿龟寄去一把银匙。这是一首寄物诗，寄物诗是因身处异地的亲友间相互寄物而产生的诗作，是唐代才较多出现的一种新题材，源于唐代驿递制度与驿递业务的发展。白居易是唐代写作寄物诗最多的诗人，代表着中唐寄物诗的高峰。“寄物已不轻，意更在物先”（杨万里《谢苏州史君张子仪尚书赠衣服送酒钱》)，这首诗写给侄儿阿龟寄赠银匙，真挚的情谊，充满殷殷之怀，表现出诗人情感慈爱而细腻的一个侧面。蒋超伯《通斋诗话》："白香山《（路上）寄银匙与阿龟》诗'小子须娇养，邹婆为好看'，邹婆当即阿龟乳媪。顷阅叶云素诗集，与黄左田大农唱和'婆'字韵至十五叠。'升沉几辈同来婆'，本杨铁崖诗也。"

李豪伟（Howard S. Levy）《白居易作品选·中年（822—832）的格律诗》将这首诗归为"自我贬低"这一主题，并云："注意起始句，这是白居易轻视或忽视他的仕途成就和他身居高位的典型方式。即便在他即将成为杭州刺史，在那里会得到优厚俸禄和做任何爱做的事情的闲暇，他还是更愿意称呼自己是'被贬的官员'。这首诗遵从散文似的脉络，没有任何要创作一种句法平衡结构的企图，诗歌以命令孩子在他离开的日子里使用诗人赠予的礼物好好吃饭结束。第六行里的'邹婆'显然是指白居易侄子的保姆（这个侄子是白居易弟弟白行简的儿子）。诗中的情感是很轻松很自然地流露，没有装模作样的矫情，并与父辈挂念这个更大的主题相关联。白居易再次表明了他在引用一个微小的事例并通过它将人类处境做戏剧化表现的技巧，并超出了自我的限制。"其实，此次杭州刺史之任，有人认为是主动外放，有人认为是因事被贬。无论主动请求，还是因事被贬，总之，唐朝官员受命到都城以外的地方去任官，即使是天下名郡杭州刺史这样重要的职务，也是一种放逐，所以，罢去中书舍人，从朝官转为地方官，确属谪宦，并非"自我贬低"，故其《初罢中书舍人》云"自惭拙宦叨清贯，还有痴心怕素餐……性疏岂合承恩久，命薄元知济事难"，这首《路上寄银匙与阿龟》所云"谪宦心都惯"，及同时之作《赠江州李十使君员外十二韵》"左宦各朱轮"，亦可旁证。昏乱的长庆朝局，其实早就促使本已宦情黯淡的白居易，毅然做出寻求外任，以跳出长安这块是非之地的决定。

题别遗爱草堂兼呈李十使君

曾住炉峰下，书堂对药台。斩新萝径合[1]，依旧竹窗开。砌水亲开决，池荷手自栽。五年方暂至，一宿又须回。纵未长归得，犹胜不到来。君家白鹿洞，闻道亦生苔。

【注释】

① 斩新：新。杜甫《三绝句》："楸树馨香倚钓矶，斩新花蕊未应飞。"

【评析】

作于长庆二年（822），长安至杭州途中。诗题作者自注："李亦庐山人，常隐白鹿洞。"《文苑英华》作"李十亦尝隐庐山白鹿洞"。白鹿洞，《太平寰宇记》卷一一一江州："白鹿洞在庐山东南，本李渤书堂，今为官学。"《方舆胜览》卷十七南康军："白鹿书堂，唐李渤与兄涉俱隐于此山，尝养一白鹿，因名之。"遗爱草堂，据白居易《草堂记》："匡庐奇秀甲天下山，山北峰曰香炉，峰北寺曰遗爱寺。介峰寺间，其境胜绝，又甲庐山。元和十一年秋，太原人白乐天见而爱之，若远行客过故乡，恋恋不能去，因面峰腋寺，作为草堂。明年春，草堂成。"元和十二年（817）春，白居易《香炉峰下新置草堂即事咏怀题于石上》："香炉峰北面，遗爱寺西偏。"李十使君，指李渤，字濬之，洛阳人。不从科举，元和初自庐山隐嵩山，以读书业文为事。两《唐书》有传。《旧唐书》卷一七一《李渤传》云："隐于嵩山……元和初……以山人征为左拾遗。渤托疾不赴。……九年，以著作郎征之……渤于是赴官。岁余，迁右补阙。……穆宗即位，召为考功员外郎。……出为虔州刺史。……迁江州刺史。……长庆二年，入为职方郎中。三年，迁谏议大夫。……转给事中……大和五年，以太子宾客征至京师。月余卒，时年五十九。”逆推，生于大历八年（773）。长庆二年（822），长安至杭州途中白居易有《赠江州李十使君员外十二韵》。诗写造访阔别五年之久的遗爱寺草堂，以“斩新”反衬“依旧”，在时光流逝中，表达对往事和旧友的怀恋。《遁叟诗话》曰：“白乐天用‘斩新’，亦出杜‘斩新花蕊未应飞’，‘斩’字，正形容其新，在可解不可解之间。”《唐宋诗醇》云：“《草堂记》中有‘清泉白石，实闻斯言’之语。‘纵未长归得’二句，殆自为解嘲耶。”

九江北岸遇风雨

黄梅县边黄梅雨[1]，白头浪里白头翁。九江阔处不见岸，五月尽时多恶风。人间稳路应无限，何事抛身在此中？

【注释】

①“黄梅”句:《旧唐书·地理志三》淮南道蕲州:“黄梅，汉蕲春县地。”《初学记》卷二引萧绎《纂要》:“梅熟而雨曰梅雨。”

【评析】

这首诗作于长庆二年（822），长安至杭州途中，白居易时年51岁。贞元十六年（800）以前，白居易《临江送夏瞻》云：“愁见舟行风又起，白头浪里白头人。”二百多年后的熙宁六年（1073），苏轼撰《八月十五日看潮五绝》其三“江边身世两悠悠，久与沧波共白头”，旧注即以白居易这两联诗为释。文天祥的名句“惶恐滩头说惶恐，零丁洋里叹零丁”（《过零丁洋》），很可能也受到白居易此诗首两句启发。

舟中晚起

日高犹掩水窗眠，枕簟清凉八月天。泊处或依沽酒店，宿时多伴钓鱼船。退身江海应无用，忧国朝廷自有贤。且向钱塘湖上去①，冷吟闲醉二三年。

【注释】

① 钱塘湖：杭州西湖。《太平寰宇记》卷九三杭州："西湖在县西，周回三十里，源出武林泉，郡人仰汲于此。为钱塘之巨泽，山川秀丽，自唐以来为胜赏之处。"《咸淳临安志》卷三二："西湖在郡西，旧名钱塘湖，源出武林泉，周回三十里。"

【评析】

作于长庆二年（822），长安至杭州途中。金圣叹《贯华堂选批唐才子诗》卷五曰："前解写舟中晚起。佳处在起句自听，三、四承写，次句乃别自抽手轻衬七字，此为唐人佳笔。后解写舟中晚起之故。唐人有如此。五、六却不是用力语，只为引出'湖上去'三字也。"《唐宋诗醇》云："前四句即目之景，皆'退身''无用'实事也。第六句忽接云'忧国朝廷自有贤'，此岂无意于国，悻悻然漫诿之他人者，盖言既不用，乞身远出，系心不忘，触境生感，不觉冲口而出，既而思之，无可如何，且惟冷吟闲醉而已。命意深厚，直与杜甫同调，非刘禹锡辈轻薄者所及。"历代文人品题杭州山水名胜的诗作，以白居易的作品数量最多，影响最大。白居易不仅是最早题咏西湖的诗人，而且就其咏西湖风景诗作的数量和质量而言，在中国古代诗人中，亦无出其右者。以此篇发端，以后陆续有《钱塘湖春行》《西湖晚归回望孤山寺赠诸客》

《杭州春望》等九首七律以及五言诗《东楼南望八咏》《湖亭晚归》《孤山寺遇雨》等，构成全面再现西湖绮丽风光的写景系列。

闲　坐

暖拥红炉火，闲搔白发头。百年慵里过，万事醉中休。有室同摩诘①，无儿比邓攸②。莫论身在日，身后亦无忧。

【注释】

①“有室”句：《维摩经·问疾品》：“尔时长者维摩诘心念，今文殊师利与大众俱来，即以神力空其室内，除去所有及诸侍者，唯置一床，以疾而卧。”

②“无儿”句：《晋书·良吏传·邓攸》：“邓攸，字伯道……永嘉末，没于石勒。……石勒过泗水，攸乃斫坏车，以牛马负妻子而逃。又遇贼，掠其牛马，步走，担其儿及其弟子绥。度不能两全，乃谓其妻曰：‘吾弟早亡，唯有一息，理不可绝，止应自弃我儿耳。幸而得存，我后当有子。’妻泣而从之，乃弃之。其子朝弃而暮及。明日，故系之于树而去。……攸弃子之后，妻不复孕。过江，纳妾，甚宠之，讯其家属，说是北人遭乱，忆父母姓名，乃攸之甥。攸素有德行，闻之感恨，遂不复畜妾，卒以无嗣。时人义而哀之，为之语曰：天道无知，使邓伯道无儿。”

【评析】

作于长庆二年（822），杭州。方回《瀛奎律髓》卷二十三云：“乐天心事旷达，而诗律宽和，虽则云然，着力为诗者，终不能及也。三、四妙，陈后山偶相犯，末句尤妙。”

夜 归

半醉闲行湖岸东，马鞭敲镫辔珑璁[①]。万株松树青山上[②]，十里沙堤明月中[③]。楼角渐移当路影，潮头欲过满江风。归来未放笙歌散，画戟门开蜡烛红。

【注释】

① 珑璁：鲜明貌。刘禹锡《捣衣曲》：“长裾委襞积，轻佩垂璁珑。”李贺《河南府试十二月乐词·九月》：“鸡人罢唱晓珑璁，鸦啼金井下疏桐。”

② “万株”句：《咸淳临安志》卷二八：“万松岭在和宁门外西岭上，旧夹道栽松。白乐天《夜归》诗云：‘万株松树青山上，十里沙堤明月中。’东坡《腊梅》诗亦有‘万松岭下黄千叶’之句。今第宅民居，高高下下，鳞次栉比。”

③ “十里”句：毛奇龄《西河文集·诗话》卷三：“杭州钱塘湖中，有一堤穿于湖心，作志者初称白堤，后称白公堤，谓白乐天为刺史时所筑。及读乐天《杭州春望》诗有云：‘谁开湖寺西南路，草绿裙腰一道斜。’则并非白筑，未有己所开堤而反曰‘谁开’者。且诗下自注云：‘孤山寺路，在湖洲中，草绿时望如裙腰。’是必前有此堤，而故注以证己诗，其非初开可知也。是以张祜诗云：‘楼台映碧草，一径入湖心。’其诗不知何时作，但乐天出刺杭州在长庆末，而陆鲁望每推祜为元和诗人，则此堤非长庆后始筑断可知者。尝考此堤名白沙堤，乐天《钱塘湖春行》有云：‘最爱湖东行不足，绿杨阴里白沙堤。’则意此堤本名白沙，或有时去沙字，单称白堤，而不幸白字恰与乐天姓合，遂误称白公。观有时去白字，单称沙堤，如乐天又有诗云‘十里沙堤明月中’，是一沙一白，遂多误称。而不知白堤不得称白公堤，犹沙堤不得称宰相堤也。”

【评析】

作于长庆二年（822），白居易时任杭州刺史。这首七律遣词严谨，对仗工整，清新明快，景色迷人。汪立名云："按西湖苏、白堤，相传二公始筑。《新书》亦云：'居易为杭州刺史，始筑堤捍钱塘湖。'此公初到杭州诗已有'十里沙堤'句。又《钱塘湖石函记》但云：'修筑河堤，加高数尺。'《别杭民》诗注云：'增筑湖堤。'筑不自公始明矣。或以公诗有'绿杨阴里白沙堤'，为白堤所自来。然公诗如'护江堤白蹋晴沙'，亦用白沙，不独湖堤也。况公所修湖堤在湖之东北，接连下湖。《旧志》：'近昭庆有石函桥、溜水桥。'是其故址。即李泌设闸泄水引灌六井处。今杭人率指苏堤之西为白堤，益不相涉。又有指石径塘为白堤者，不知张祜已有'断桥荒藓合'之句矣。白诗：'谁开湖寺西南路，草绿裙腰一道斜。'自注云：'孤山寺在湖洲中，草绿时望如裙腰。'正指今石径塘也。"《唐宋诗醇》云："次联已尽西湖之景。五、六从空中摹拟而得。'潮头欲过满江风'，较许浑'山雨欲来风满楼'句，更为阔大。"《唐七律选》："景次之细，身历始解（'万株松树'四句下）。"方东树《昭昧詹言》卷十八曰："《夜归》起句平点，三、四远景，五、六警妙非常，以归后事收。只八句说去，往复一气中，层次情事，有如一幅画图，令人一一可按而见，固非小才能办。"

寒食野望吟

丘墟郭门外，寒食谁家哭？风吹旷野纸钱飞，古墓累累春草绿。棠梨花映白杨树，尽是死生离别处。冥寞重泉哭不闻[①]，萧萧暮雨人归去。

【注释】

① 重泉:一作“黄泉”。

【评析】

作于长庆三年(823)以前。《苕溪渔隐丛话》:“东坡云:与郭生游寒溪,主簿吴亮置酒,郭生善作挽歌,酒酣发声,坐为凄然。郭生言:恨无佳词。因改乐天《寒食》诗,歌之,坐客有泣者。其词曰:‘乌啼鹊噪昏乔木,清明寒食谁家哭。风吹旷野纸钱飞,古墓累累春草绿。棠梨花映白杨路,尽是死生离别处。冥寞重泉哭不闻,萧萧暮雨人归去。’每句杂以散声。”《唐诗镜》云:“浅浅语自惨澹。”宋宗元《网师园唐诗笺》卷六曰:“哀冷。(末二句下)”《唐贤小三昧集》:“顿觉尽情。”

简简吟

苏家小女名简简,芙蓉花腮柳叶眼[①]。十一把镜学点妆[②],十二抽针能绣裳。十三行坐事调品[③],不肯迷头白地藏[④]。玲珑云髻生菜样[⑤],飘飖风袖蔷薇香。殊姿异态不可状,忽忽转动如有光。二月繁霜杀桃李,明年欲嫁今年死。丈人阿母勿悲啼,此女不是凡夫妻。恐是天仙谪人世,只合人间十三岁。大都好物不坚牢,彩云易散琉璃脆。

【注释】

① 柳叶眼:萧绎《树名诗》:“柳叶生眉上,珠珰摇鬓垂。”骆宾王《王昭君》:“妆镜菱花暗,愁眉柳叶嚬。”此称“柳叶眼”,盖变言之。

② 点妆：犹言梳妆。白居易《题郡中荔枝诗十八韵兼寄万州杨八使君》："夕讶条悬火，朝惊树点妆。"

③ 调品：调音。《旧五代史·许寂传》："召对于内殿，会昭宗方与伶人调品筚篥。"

④ 迷头：将头遮掩。白地：空地。《三国志·魏书·高堂隆传》："今吴蜀二贼，非徒白地小虏聚邑之寇。"按，此指儿童游戏。

⑤ 生菜：蔬菜。《朝野佥载》卷二："袁守一性行浅促……乃于中书令宗楚客门饷生菜，除监察。"《证类本草》卷二七冬葵子："生菜中又有胡荽、芸台、白苣、邪蒿，并不可多食。"

【评析】

作于长庆三年（823）以前。简简，疑为苏弘之女。苏弘，蓝田人，苏端之子，白居易《会昌二年春题池西小楼》注："苏庶子弘、李中丞道枢及陈、樊二妓，十余年皆楼中歌酒中伴，或殁或散，独予在焉。"《赠苏少府》《答苏庶子》《答苏六》《答苏庶子月夜闻家僮奏乐见赠》诸诗，均为白居易与其酬弘之作。

窃以为，世间之美好，大概有三个要素：其一，时间忌太长，要短暂一些，如镜花水月才美好，也就是这首诗结尾所云"大都好物不坚牢，彩云易散琉璃脆"；其二，空间忌过近，须隔河相望，可望而难即，如蒹葭之境才美好；其三，结局忌圆满，略有遗憾才美好。作家木心说："快乐是小的，紧的，一闪一闪的。"其意亦与此相似。

花非花

花非花，雾非雾，夜半来，天明去。来如春梦几多时①，去似朝云无觅处。

【注释】

① 来如：一作“来时”。几多时：一作“亦多时”。

【评析】

作于长庆三年（823）以前。诗取前三字为题，近乎“无题”。在《白氏长庆集》中，编在卷十二《真娘墓》《长恨歌》《琵琶引》《简简吟》之后，归入感伤类，可见其主题基调是感伤。《长恨歌》《琵琶引》自不必说，《真娘墓》《简简吟》二诗，均为悼亡之作，抒发的都是往事虽美，却如梦如云、不复可得之叹。如《真娘墓》诗：“脂肤荑手不牢固，世间尤物难留连。”《简简吟》：“大都好物不坚牢，彩云易散琉璃碎。”《花非花》一诗紧编在《简简吟》之后，可以约略看出此诗归趣的消息。宋代词人张先有感于此诗，衍为《御街行》〔般涉调〕：“夭非花艳轻非雾。来夜半、天明去。来如春梦不多时，去似朝云何处。远鸡栖燕，落星沉月，紞紞城头鼓。参差渐辨西池树。珠阁斜开户。绿苔深径少人行，苔上屐痕无数。余香遗粉，剩衾闲枕，天把多情付。”

花，是诗的第一个关键意象。自古以来，花是诗人吟咏不衰的对象。白居易爱花，咏花诗很多，如“花房腻似红莲朵，艳色鲜如紫牡丹”（木莲花）；“宿露轻盈泛紫艳，朝阳照耀生红光”（牡丹花）；“春芽细炷千灯焰，夏蕊浓焚百和香”（石楠花）……花如美人，美人如花，是白诗常用的比喻，如“少府无妻春寂寞，花开将尔当夫人”（《戏题新栽蔷薇》），可是这首诗中的主角，却非花又非雾，是“夜半来，天明去”的人。这个人，“来如春梦”，犹如章台神女，倏忽来去，平添怀想，“去似朝云”，再无踪影。梦，是诗的第二个关键意象。人生如梦，浮生如梦，是白居易常常感慨咏叹的，如“人生同大梦，梦与觉谁分？况是梦中梦，悠哉何足云”；“荣枯事过都成梦，忧喜心忘便是禅”；“是非都付梦，语默不妨禅”。梦里欢乐，虽然美妙，却一切归于虚幻。梦醒之后，未免徒增悲伤。

白诗向来以浅近直白著称，但这首《花非花》却句式奇特，且通篇取譬，十分含蓄，甚至迷离，堪称中国文学史上最早的朦胧诗的代表。杨慎《词品》评价说：“盖其自度之曲，因情生文，虽《高唐》《洛神》，奇丽不及也。”是的，这就是一首因情生文的情诗。诗全用比喻，但所喻之事始终未明言，可能是追忆和一个美丽女子邂逅欢会的情景。作者欲言又止，却又止不住说出真情：春梦无多，回味无穷；朝云遽散，惋惜惆怅。元稹《梦游春七十韵》有句“不辨花貌人，空惊香若雾”，是以花比貌，以雾喻香，白居易则是以雾状美人之飘逸，颇富仙韵。退一步讲，即使难以确指为追忆和一个美丽女子邂逅欢会，诗中所言也必定是虽美好而难久远的事物。美好的人、事、物所显现出的光环往往转瞬即逝，不能不使人对美仅能存留一点朦胧的感觉。其实，美就在于短暂，在于朦胧，在于无法真正把握，难得长期拥有。这不正如花之早败，雾之易逝吗？

南浦别

南浦凄凄别[①]，西风袅袅秋。一看肠一断，好去莫回头[②]。

【注释】

①南浦：南面的水滨，送别之处的代名词，与“长亭”相仿。《楚辞·九歌·河伯》：“子交手兮东行，送美人兮南浦。”

②好去：送别之词，犹言好走，一路平安。白居易《送王处士》："好去采薇人，终南山正绿。"

【评析】

作于长庆三年（823）以前。这是一首送别诗，清淡如水，款款地流泻出依依惜别的深情，"凄凄""袅袅"都很传神。凄凄南浦，袅袅西风，此情此景，离愁倍增。俞陛云《诗境浅说续编》曰："首句凄凄南浦，为江淹恨别之乡。次句袅袅西风，乃宋玉悲秋之际。寄语征人，不若掉头竟去，强制离情，差胜于留恋长亭，赢得相看肠断也。皇甫曾《送友》诗云：'相望知不见，终是屡回头。'一言行者好去莫回头，一言送行者屡回头，皆情至之语。"

后宫词

泪尽罗巾梦不成，夜深前殿按歌声。红颜未老恩先断，斜倚薰笼坐到明[1]。

【注释】

①薰笼：亦作"熏笼"，一种覆盖于火炉上供熏香、烘物和取暖用的器物。

【评析】

作于长庆三年（823）以前。后宫词，《苕溪渔隐丛话》后集卷十四："予阅王建《宫词》，选其佳者，亦自少得，只世所脍炙者数词而已。其间杂以他人之词，如……'泪满罗巾梦不成，夜深前殿按歌声。

红颜未老恩先断，斜倚熏笼坐到明。’此白乐天诗也。”汪立名云：“按此诗旧作王建《宫词》，惟《纪事》作白诗。”此诗是代宫人所作怨词。首句写夜来不寐，梦想君王临幸；二句写忽闻前殿歌声，君王来幸无望；三句写红颜犹在，君恩已断之苦；四句写再幻想君王可能来幸，于是斜倚熏笼，坐待至天明，终成泡影。语言明快自然，感情真挚而多层次，细腻地刻画了失宠宫女百转千回的心理。

《诗人玉屑》：“诗有句含蓄者……白乐天云：‘泪满罗巾梦未成……’”徐用吾曰：“浅易中有思致。何仲德为富艳体。”周珽《删补唐诗选脉笺释会通评林》卷五十七曰：“色衰宠弛，情之常也。红颜未老而恩先断，非有夺爱在中，即为谗妒使然也。闻歌而泪尽，梦不成而坐到明，一腔幽思，谁得知之？怀才未试，贬黜旋及，何以异此！”《唐人万首绝句选》评：“极直致而味不减，所以妙也。”《精选评注五朝诗学津梁》：“十分幽怨，十分寂寞，禁宫中辄唤奈何。”俞陛云《诗境浅说续编》曰：“诗言露兰啼眼，夜不成眠，遥听前殿笙歌，悲乐之悬殊若是。方在盛年，已金环不御，此后身世茫茫，更将焉属。惟有耐寒倚火，坐待天明耳。作宫词者，多借物以喻悲。此诗独直书其事，四句皆倾怀而诉，而无穷幽怨，皆在‘坐到明’三字之中。犹元微之‘寥落古行宫’诗，亦直书其事，而前朝衰盛，皆在‘说玄宗’三字之中。元、白本一代齐名，诗格与诗心亦相似也。”

钱塘湖春行

孤山寺北贾亭西，水面初平云脚低[①]。几处早莺争暖树，谁家新燕啄春泥[②]？乱花渐欲迷人眼，浅草才能没马蹄[③]。最爱湖东行不足，绿杨阴里白沙堤[④]。

【注释】

①“孤山”二句：在孤山寺北、贾亭之西，春水新涨，湖面刚刚漫平；在水色天光的混茫中，天空舒卷的白云和湖面荡漾的水波连成一片，云彩显得是那样的低。孤山，在后湖与外湖之间，峰峦耸立，上有孤山寺，即永福寺。元稹《永福寺石壁法华经记》：“永福寺一名孤山寺，在杭州钱塘湖心孤山上。”《咸淳临安志》卷二三：“孤山在西湖中稍西，一屿耸立，旁无联附，为湖山胜绝处。旧有智果观音院、玛瑙宝胜院、报恩院、广化寺。中兴诏它徙，而即其地建延祥观。”贾亭，贾公亭。《唐语林》卷六：“贞元中，贾全为杭州（刺史），于西湖造亭，为‘贾公亭’，未五六十年废。”查慎行《初白庵诗评》云：“贾亭今失考。”白居易作此诗时，贾亭尚在，在当时也是西湖名胜。有了上句的叙述，下句的“水面”自然指的就是西湖湖面了。“水面”句，勾勒出湖上早春的轮廓。云脚，指流荡不定像在行走的云气，与“水面”有当句对的作用。李贺《崇义里滞雨》：“家山远千里，云脚天东头。”

②“几处”二句：有几处地方，黄莺争着栖身在向阳的树枝上；谁家刚飞来的燕子正忙于啄泥衔草，营建新巢？诗人对西湖景物的选择是典型的，用笔亦细致入微。说“几处”，可见不是“处处”；说“谁家”，可见不是“家家”，因为这还是初春季节。这样，“早莺”的“早”和“新燕”的“新”，就在意义上相互生发，构成一幅完整的画面。黄莺啼声清脆悦耳，燕子刚刚越冬归来，它们都富于季节的敏感，是春天来临的象征。诗人从莺歌燕舞的动态中，把大自然从冬睡中苏醒过来的早春活力生动地描绘了出来，给人一种清新明快、骀荡欢悦的感受。

③“乱花”二句：树上、地上，各种各样的花儿，有的含苞待放，有的争已吐艳，渐渐地有让人眼花缭乱之势；遍地的小草，绿绿茵茵，刚刚能没过马蹄。乱花，显出蓓蕾初绽，并非极盛。渐欲，反映了花儿将盛未盛之时、对人欲迷未迷之状。这一句透露出的消息是，这里很快地就会姹紫嫣红，

春色满湖山。浅草，状其细嫩。马踏浅草，舒而不碍，徐徐前行，点出游春之意。唐时，到西湖骑马游春的风俗极盛，连歌姬舞妓也不例外。这一联描绘精细生动，是构成全诗清新明快风格的主要一笔。写的虽是一般春景，却和下一联的“白沙堤”有着紧密的联系。

④“最爱”二句：我最爱的还是湖东，在那白沙堤上，杨柳吐翠，绿树成荫。徜徉其间，总让人流连忘返，怎么游也游不够。尾联即景抒情，直接吐露诗人对西湖的由衷喜爱。最爱，潜台词是所有的景物都很可爱。白沙堤，即通常所说的白堤，又叫沙堤，或断桥堤。西湖三面环山，白堤中贯，在湖东一带。此堤并非白居易倡导修筑。白居易在杭州时，曾在钱塘门之北修堤蓄水，灌溉民田。后人常常误以西湖白堤为白氏所筑。

【评析】

作于长庆三年(823)，白居易时年52岁，任杭州刺史。钱塘湖，即杭州西湖。提起西湖，人们就会联想到苏轼的名句：“欲把西湖比西子，淡妆浓抹总相宜。”不过在此之前，白居易的这首《钱塘湖春行》，是知名度最高的西湖诗。尽管此前有关西湖的题咏很多，但唯有这一首能够扣紧环境和季节的特征，把刚刚披上春衣的西湖，描绘得生意盎然，恰到好处，令人仿佛身临其境。

这是一首写景的七律。前四句写湖上春光，范围宽广；后四句专写湖东景色，归结到白沙堤。前面是先点明环境，再写景；后面是先写景，然后再点明环境。诗以孤山寺起，以白沙堤终，从点到面，又由面回到点，中间的转换，不见痕迹。结构之妙，正如清代薛雪《一瓢诗话》所说那样，乐天诗“章法变化，条理井然”。方东树《昭昧詹言》卷十八评价说：“《钱塘湖春行》章法意匠，与前诗(智按：《西湖留别》)相似。而此加变化。佳处在象中有兴，有人在，不比死句。”高步瀛《唐宋诗举要》曰：“句句回旋，曲折顿挫，皆从意匠经营而出。”这首诗的妙处不在于穷形尽相的刻画，而在于即景寓情。不仅写出西湖早春景物之美，而且传达出内在的生机与意态，展现出自然美景带给人们的美好、愉悦的感受。所谓“象中有兴，有人在”；所谓“随物赋形，所在充满”（金代王若虚《滹南诗话》），是应该从这个意义去理解的。

金圣叹《贯华堂选批唐才子诗》卷五：“前解先写‘湖上’。横开则为寺北亭西，竖展则为低云平水；浓点则为早莺新燕，轻烘则为暖树春泥。写‘湖上’，真如天开图画也。后解方写‘春行’。花迷草没，如以戥子称量此日春光之浅深也。‘绿杨阴里白沙堤’者，言于如是浅深春光中，幅巾单袷，款段闲行，即此杭州太守白居士也。（五、六是‘春’，七、八是‘行’）”王夫之《唐诗评选》卷四于白居易《钱塘湖春行》后评：“大历之诗，变为长庆，自如出黔中溪箐，入滇南佳地。元、白固以一往风味，流荡天下心脾，雅可以韵相赏。隐括微至，自非所长，不当以彼责此。”何焯《唐律偶评》：“平平八句，自然清丽，小才不知费多少妆点。”宋宗元《网师园唐诗笺》卷九曰：“娟秀无比。”杨逢春《唐诗绎》：“首领笔，言自孤山北贾亭西行起，下五句历写绕湖行处春景，七、八以行不到之湖东结，遥望犹有余情。”胡以梅《唐诗贯珠》：“三、四灵活之极，‘争’字既佳，而‘谁家’更有情。”赵臣瑗《山满楼笺注唐诗七言律》：“何言乎上半首专写湖上？察他口气所重，只在‘寺北’‘亭西’‘几处’‘谁家’，见其间佳丽不可胜纪，而初不在‘水平’‘云低’‘早莺’‘新燕’‘暖树’‘春泥’之种种布景设色也。何言乎下半首专写春行？察他口气所重，只在‘渐欲迷’‘才能没’‘绿杨阴’之一路行来，细细较量春光之浅深，春色之浓淡，而初不在‘湖东’‘白沙堤’几个印板上之衬贴字也。要之，轻重既已得宜，风情又复宕漾，最是中唐佳调。谁谓先生之诗近于俗哉！”王尧衢《唐诗合解笺注》卷十一七言律诗：“前解写湖上，而带起春行。后解写春行，而回顾湖上。”王文濡《历代诗评注读本·唐诗评注读本》卷四曰："写景处著'几处''谁家''渐欲''才能'等字，想见其一路行去，又确是湖上春行，移不到他处。所用'山''水''寺''亭''莺''燕''花''树''草''柳''云''泥'诸字，亦不觉其复，尤见手法灵动。"

西湖晚归回望孤山寺赠诸客

柳湖松岛莲花寺①，晚动归桡出道场②。卢橘子低山雨重③，栟榈叶战水风凉④。烟波澹荡摇空碧，楼殿参差倚夕阳。到岸请君回首望，蓬莱宫在海中央。

【注释】

① 柳湖：即西湖，因湖上垂柳掩映，故称。松岛：即孤山，因山矗立湖中，上多松树，故称。莲花寺：这里指孤山寺，夏季莲花盛开，故称。沈佺期《奉和圣制同皇太子游慈恩寺应制》："肃肃莲花界，荧荧贝叶宫。"

② 道场：僧侣诵经礼拜之处，即佛殿，亦指寺院。

③ 卢橘：司马相如《上林赋》："卢橘夏熟。"《文选》李善注："应劭曰：《伊尹书》曰：箕山之东，青鸟之所，有卢橘夏熟。晋灼曰：此虽赋上林，博引异方珍奇，不系于一也。卢，黑也。"

④ 栟榈：棕榈。《太平御览》卷九五九引《广志》："棕，一名栟榈。叶似车轮，乃在树颠下。下有皮缠之，附地起。"

【评析】

作于长庆三年（823），杭州，白居易时任杭州刺史。诗写孤山寺秀美之景，点染着诗人的喜悦之情。短短八句，句句写景，句句含情，读后如随诗人游踪，展现出一幕湖光山色的画图，更配有铿锵的韵致，乐章在耳，画卷在目，给人以情景交融的快感。金圣叹《贯华堂选批唐才子诗》卷五：“此诗又好。唐人每每有诗是因前顺生后，有诗是因后倒生前。如此晚出道场诗，看他前解细写湖上是岛，岛上是寺，又加柳、松、莲、花等字，装成异样清华好景。意犹未惬，即又尽借其日之暮雨凉风，卢橘栟榈，以加倍渲染之者，分明先生满心满眼，具有海山楼阁一段观想，先在胸中，因而倒撰此一解四句，悄地填补在前。若只是出道场时，信笔闲写，一顺写到后去，始有‘到岸回首’之一结，便当措笔措墨都不是如此二十四字也。朗吟而后信之。此‘到岸请君回首’，乃是未到岸，先请君必回首也。若既到岸已回首，则是更不必‘请君’之二字也。前解如写美人，后解如写美人影。（补注：五是‘海’，六是‘宫’，然而皆写影也。）”

沈德潜《唐诗别裁集》卷十五：“孤山一路风景，即名画家亦不能到（‘烟波淡荡’两句下）。”“白傅刺杭时，往来湖上，宴饮赋诗，艺林知重其诗。不知诸务就理，即建石函一事，泻西湖之水，润三邑之田，其功未有涯量也。乌得以诗人概之！”宋宗元《网师园唐诗笺》卷九：“有声画。”姚鼐《五七言今体诗钞》七言卷四：“非至西湖，不知此写景之工。”方东树《昭昧詹言》卷十八曰：“此题已如画，诗写景工而真，所以为佳。姚先生云：非至西湖，不知此写景之工。起二句点题，中四句小大远近分写，皆回望中所见。却以结句回棹点明，复总写一句收足，所谓加倍起棱也。起不过叙点‘归’字，而以密字攒炼出之。”《唐宋诗醇》：“句法挺健，由字法生新也。‘重’字、‘战’字、‘摇’字、‘倚’字俱下得警拔，遂觉全首生动，故曰炼句不如炼字。”

黄生《增订唐诗摘钞》卷三改题为《湖心寺》，评云：“环堤植柳，曰柳湖；满山皆松，曰松岛；莲花则寺之本色字。只此七字，三用花木装簇浓至，便自引入胜地。以后接去一派浑是写景，而结以云云，令人通身快乐，如在清凉国也。”批曰：“柳湖松岛莲花寺（花木装点），晚动归桡出道场。卢橘子低山雨重（相因句），棕榈叶战水风凉。（三、四承首句）烟波淡荡摇空碧，楼殿参差倚夕阳。（五、六承次句）到岸请君回首望，蓬莱宫在海中央。”黄叔灿《唐诗笺注》：“此篇章法又妙。上半是写‘西湖晚归’，下半是写‘回望孤山’；只‘请君’二字是‘赠诸客’也。其妙处在第八句与第一句相应，化实为虚；第七句与第二句相应，化板为活。五、六‘烟波’即‘柳湖’也，‘楼殿’即‘松岛莲花寺’也。以‘淡荡摇空碧’之烟波，映‘参差倚夕阳’之楼殿，即所谓‘蓬莱宫在水中央’也。然此二句，乃是到岸以后回首望中所见之景，却先举在前，用‘请君’字面轻轻倒结，不费半点笔墨，便觉空蒙无际。呜呼！诗律至此，微矣，妙矣，岂复老妪之所能解哉！”王尧衢《唐诗合解笺注》卷十一七言律诗：“前解写西湖晚归。后解写回望孤山寺。而‘请君’两字，乃赠客语也。”

杭州春望

望海楼明照曙霞①，[城东楼名望海楼。]护江堤白蹋晴沙。涛声夜入伍员庙，柳色春藏苏小家②。红袖织绫夸柿蒂，[杭州出柿，蒂花者尤佳也。]青旗沽酒趁梨花③。[其俗酿酒，趁梨花时熟，号为梨花春。]谁开湖寺西南路？草绿裙腰一道斜④。[孤山寺路在湖洲中，草绿时望如裙腰。]

【注释】

①“望海楼”句：写登楼远望海天瑰丽之景，雄伟壮丽，有笼住全篇之势。《咸淳临安志》卷五二府治：“东楼一名望海楼，在中和堂之北。《太

平寰宇记》名望潮楼。高一十丈，唐武德七年置。”

②“涛声”二句：正写点明题面的“春”字，以歌楼舞榭描画杭州繁华，上句气象雄浑，下句旖旎动人。伍员，伍子胥。《咸淳临安志》卷七一：“忠清庙在吴山，神伍氏名员。……《史记》云：吴人怜之，为立祠于江上，命曰胥山。唐元和十年刺史卢元辅修，并作《胥山铭》。唐景福二年封惠广侯。”苏小，即苏小小，南齐时钱塘名妓。汪立名曰：“按《能改斋漫录》云：刘次庄《乐府解题》曰：钱塘苏小歌，苏小非唐人，世见乐天、梦得诗多称咏，遂谓之同时耳。按郭茂倩所编引《广题》曰：苏小小，钱塘名娼也，盖南齐时人。西陵在钱塘江之西，故古词云：‘何处结同心，西陵松柏下。’”

③“红袖”二句：从自然景色移到风物人情。一句写妇女织绫，一句写游人沽饮。红袖，指织绫女子。柿蒂，指绫之花样。明姜南《蓉塘诗话》：“白乐天《杭州春望》诗，有‘红袖织绫夸柿蒂，青旗沽酒趁梨花’之句，所谓‘柿蒂’，指绫之纹也。《梦粱录》载杭土产绫曰‘柿蒂’‘狗脚’，皆指其纹而言，后人不知，改为‘柿业’，妄矣。”青旗，指卖酒家的酒旗。趁，赶。这句似说赶在梨花开时饮梨花春酒。

④“谁开”二句：再次放眼，以最能代表杭州山水之美的西湖结足春意。湖寺，指孤山寺。西南路，指由断桥向西南通往湖中到孤山的长堤，即白沙堤，简称白堤。《咸淳临安志》卷三二：“孤山路在孤山之下，北有断桥，南有西林桥，其西为里湖。乐天诗：‘谁开湖寺西南路，草绿裙腰一道斜。’……旧志云：不知所从始。”“裙腰”这一比喻，从远处俯瞰西湖，写出春日白堤烟柳芊绵的迷人景色，使人联想到裙，宛若看到彩裙飘逸如湖面的水光波影；由裙又使人联想到妩媚秀丽的西湖，岂非美丽少女的化身？

【评析】

作于长庆三年（823），杭州，白居易时任杭州刺史。诗写杭州春日景色，前六句一句一景，末两句为一景。七处景色以“望”字链接，构成完整的画面。画面以春柳、春草、春树及江水、湖水的翠绿为主色，又以梨花、红裙、彩绫、酒旗加以点染，朝日霞光映照其间。在写法上，由城外之东南，写到城内，又写到西湖，远近结合，错落有致，而次序井然。同时，写景同咏古，自然之景同风物人情结合起来，更加丰富多彩，富有诗味。

方回《瀛奎律髓》卷四云：“乐天守杭州，以和适之趣处繁华；子厚守柳州，以愁苦之怀处荒寂，情景异，欢戚殊，以乐天之二诗，视子厚之五诗，相去远矣。然子厚亦隘者也。东坡谪黄、谪惠、谪儋耳，无一言及于怨尤夷鄙，是亦可以观人焉。”冯班评云：“春望结。”无名氏（甲）评云：“乐天诗自得春气，然根源故不及柳州之深。”纪昀曰：“‘涛声夜入’‘红袖织绫’，虽俱是杭州事，然皆非春望之景，此亦口颂而不觉其非者。六句自然，五句终是凑泊。”

杨慎《升庵诗话》卷五：“‘无端春色上苏台，郁郁芊芊草不开。无风自偃君知否？西子裙裾拂过来。’此初唐人诗也。白乐天诗‘草绿裙腰一道斜’，祖其意也。”王夫之《唐诗评选》卷四：“韵度自非老妪所省，世人莫浪云‘元轻白俗’。”毛奇龄等《唐七律选》：“据此诗及自注，则湖洲中一堤，本旧时有之，而不知所始，故曰‘谁开’，且自注如此，未有乐天开此堤而反曰‘谁开’，且加一注脚者。今西湖诸志皆称为乐天所筑堤，误矣。按，乐天在长庆末始出刺杭州，而张祜早有诗云‘楼台映碧岑，一径入湖心’（智按：见张祜《题杭州孤山寺》。映，原作‘耸’）。陆鲁望每推祜元和诗人，则此堤非长庆后筑，断可知者。又考此堤名曰白沙堤，乐天《钱塘湖春行》有云‘最爱湖东行不足，绿杨阴里白沙堤’，则必以‘白沙’偶去‘沙’字而单称‘白堤’，遂误认白筑，然有时去‘白’字而单称‘沙堤’，如乐天诗‘十里沙堤明月中’，不得谓此堤为宰相筑也。故作杭志者，当称‘白沙堤’。或称‘白堤’，或称‘白公堤’,便误耳。”

《唐宋诗醇》云:“‘入’字、‘藏’字极写望中之景,落句结足春意。”屈复《唐诗成法》卷十云:“八句皆写春望,不用承接照应、一直排去,此一法也。‘夜’字不妥,易‘晓’字方与首句相应(‘涛声夜入’句下)。写时间不浮,况又雅甚。末亦常语,竟成故事。”《唐贤小三昧集》:“竟体绵丽。”《北江诗话》:“唐白傅‘草绿裙腰一道斜’,纤巧而俗。”《精选五七言律耐吟集》:“具有远致,自然冶丽,自尔不俗。”《唐诗笺注》:“涛声夜入,何等悲壮!柳色春藏,何等妩媚!有此妩媚,不可无此悲壮;有此悲壮,不可无此妩媚。若一味悲壮,或一味妩媚,吾不欲观之矣。”

余杭形胜

余杭形胜四方无,州傍青山县枕湖。绕郭荷花三十里,拂城松树一千株[①]。梦儿亭古传名谢,教妓楼新道姓苏[②]。[州西灵隐山上有梦谢亭,即是杜明浦梦谢灵运之所,因名客儿也。苏小小本钱塘妓人也。]独有使君年太老,风光不称白髭须。

【注释】

①“绕郭”二句:《咸淳临安志》卷五八:“白公郡斋诗云‘绕郭荷花三十里’,指西湖而言也。”“白公诗‘拂城松树一千株’,指万松岭言,今多不存。”

②“梦儿亭”二句:《咸淳临安志》卷二三:“晏公《舆地志》:晋谢灵运,会稽人。其家不宜子,乃寄养于钱塘杜明师。明师夜梦东南有贤人

相访，翌旦灵运至，故号梦谢亭。陆羽《记》云：一名客儿亭。在灵隐山间。卢刺史元辅《灵隐寺》诗云：‘长松晋家树，绝顶客儿亭。’”查慎行《初白庵诗评》云：“教妓楼失考。”苏，指苏小小。

【评析】

作于长庆三年（823），杭州，白居易时任杭州刺史。余杭，指杭州余杭郡。《旧唐书·地理志三》江南道：“杭州上，隋余杭郡。武德四年，平李子通，置杭州。……天宝元年，改为余杭郡。乾元元年，复为杭州。”白居易年轻时避难越中，颇仰慕当时苏、杭二州刺史韦应物、房孺复的诗酒风流，有感于“其才调高而郡守尊”，称“异日苏、杭苟获一郡，足矣”（《吴郡诗石记》），今日终偿夙愿！余杭形胜触目皆是：望海楼、竹阁、虚白堂、候仙亭、冷泉亭、固严亭、忘筌亭、樟亭驿、灵隐寺、孤山寺、白沙堤、恩德洞（风水洞），重湖叠巘，三秋桂子，十里荷花，触发了诗人的游兴与诗兴，写下大量题咏杭州山水的写景诗，使诗人写景诗作达到新的境界。而西湖周围的泉石佳处，一经诗人题咏，遂提高其知名度，有的因年代久远已多毁弃，但许多至今仍为富有历史文化内涵的名胜古迹。宋人方志如潜说友《咸淳临安志》、祝穆《方舆胜览》、王象之《舆地纪胜》，多因有白居易题咏而加以著录，至今仍为人们寻访游赏的胜地——“胜地本来无定主，大都山属爱山人”（白居易《游云居寺赠穆三十六地主》）。

冯舒评云：“如面语。”冯班评云：“起句似质，太直。”陆贻典评云：“白诗总之如面语。”纪昀曰：“此所谓长庆体也，学之易入浅滑。第四句‘一千株’凑泊。”《山满楼笺注唐诗七言律》：“如此诗固自条直疏畅，无不能解，然其中脉理不可不一一疏出。首句提纲在‘形胜’二字，次句注之。其所以‘四方无’之故，端不出此。三顶湖，四顶山，杭州佳丽只二语足以尽之。下别换笔，借梦儿亭，教妓楼边之无数风光，以衬起白须使君耳，不必再是写杭州形胜也。”黄周星《唐诗快》云：“足以敌微之之‘四面屏障’‘一家楼台’矣。文人之幸耶？抑山川之幸耶？”金圣叹《贯华堂选批唐才子诗》卷五云：“世必又有饭后无事，不能便卧，近窗摊腹，借书遮眼之人，极赏此等，以为大佳。我亦谓其实原是此辈之佳诗。何则？此真更不必用心于其间者也。收之者，为其‘绕郭’二句写尽余杭，并非与后‘梦儿’二句作成队好语，便是不走律诗原样故也。上解三、四，承州县句，已写尽余杭；此五、六，止为翻出‘风光不称’也。真不走律诗原样也。”

江楼夕望招客

海天东望夕茫茫，山势川形阔复长。灯火万家城四畔①，星河一道水中央②。风吹古木晴天雨③，月照平沙夏夜霜④。能就江楼销暑否，比君茅舍校清凉。

【注释】

① 四畔：四边。

② “星河”句：写映入江中的银河。星河，即银河。

③ 晴天雨：风吹古木，飒飒做响，像雨声一般，天空却是晴朗的，故云。

④ 夏夜霜：月照平沙，洁白似霜，却是夏夜，故云。

【评析】

作于长庆三年（823），杭州，白居易任杭州刺史的第二年。诗题所云“江楼”，又名“望潮楼”或“望海楼”，亦称“东楼”。白居易《东楼南望八韵》“江楼对海门”的“江楼”即是。这首七律写夏夜清凉优美的风光，快心自得，不加雕琢，自是乐天律诗本色。《唐宋诗醇》：“高瞻远瞩，‘坐驰可以役万景’，他人有此眼力，无此笔力。”姚鼐《五七言今体诗钞》七言卷四：“白傅俚俗不可耐，其佳处自不相掩。”方东树《昭昧詹言》卷十八：“《江楼夕望招客》起点叙，次句中联，皆夕望中景。‘招客’收。姚先生摘末句云：‘俚俗不可耐。’愚谓此尚无妨，清切有真趣，较《夜归》末句富贵气为优。”

颔联很精彩，葛立方《韵语阳秋》卷十三：“钱塘风物湖山之美，自古诗人，标榜为多……城中之景，惟白乐天所赋最多，所谓‘潮声夜入伍员庙，柳色春藏苏小家’，‘大屋檐多装雁齿，小航船亦画龙头’，‘灯火万家城四畔，星河一道水中央’，至今尚有可考。”吴曾《能改斋漫录》卷八：“东莱先生吕居仁，爱豫章少年时作《泰和县楼》诗：‘木叶千山天远大，澄江一道月分明。’然白乐天亦有《江楼夕望》诗云‘灯火万家城四畔，星河一道水中央’之句。”查慎行《初白庵诗评》云：“《江楼夕望招客》‘星河一道水中央’，黄山谷‘快阁’名句本此。”

颈联写风吹古木，声如落雨，月照平沙，其白如霜。“晴天雨”者，“晴天”不会有“雨”，风吹古木，声响萧瑟似雨；“夏夜霜”者，“夏夜”不会有“霜”，月照乎沙，颜色粲白似霜。两句引出“清凉”，比喻新奇，逼真传神，措词独特，意境高妙，因此曾令苏轼叹服。《侯鲭录》卷七：“东坡云：‘白公晚年诗极高妙。’余请其妙处，坡云：如‘风生古木晴天雨，月照平沙夏夜霜’，此少时不到也。”《养一斋诗话》卷三：“东坡谓白诗晚年极高妙。或问之，曰：‘风生古木晴天雨，月照平沙夏夜霜。’余按，此二语殊平浅，非白诗之妙者，不解东坡何以赏之？至如‘不知皇甫七，池上兴何如’，‘南檐纳日冬天暖，北户迎风夏日凉’，‘松排山面千重翠，月点波心一颗珠’，‘无奈娇痴三岁女，绕腰啼哭觅银鱼’，弥浅而俚矣。学之必成村巷盲词，不可不慎。”

江楼晚眺景物鲜奇吟玩成篇寄水部张员外

澹烟疏雨间斜阳,江色鲜明海气凉。蜃散云收破楼阁[①],虹残水照断桥梁[②]。风翻白浪花千片,雁点青天字一行。好著丹青图写取[③],题诗寄与水曹郎。

【注释】

① 蜃散:指彩虹。

② 断桥:《咸淳临安志》卷二一:"断桥,今名宝佑桥。孤山路口。"

③ 好著:即好用、好取。

【评析】

作于长庆三年(823),杭州,白居易时任杭州刺史。张员外,指张籍。长庆二年(822),白居易在长安有《张籍可水部员外郎制》《喜张十八博士除水部员外郎》。《唐宋诗醇》云:"起句便是极好画景,中四句四面摹写,总为'鲜明'二字设色,落句以图画结足,归到寄诗之意,篇法极紧。"

酬微之

满箧填箱唱和诗,少年为戏老成悲。声声丽曲敲寒玉,句句妍辞缀色丝[①]。吟玩独当明月夜,伤嗟同是白头时。由来才命相磨折,天遣无儿欲怨谁。[微之句云:天遣两家无嗣子,欲将文字付谁人。故以此举之。]

【注释】

①“妍辞”句：《世说新语·捷悟》：“魏武尝过曹娥碑下，杨修从。碑背上见题作‘黄绢幼妇，外孙齑臼’八字，魏武谓修曰：‘卿解不？’答曰：‘解。’魏武曰：‘卿未可言，待我思之。’行三十里，魏武乃曰：‘吾已得。’令修别记所知。修曰：‘黄绢，色丝也，于字为绝。幼妇，少女也，于字为妙。外孙，女子也，于字为好。齑臼，受辛也，于字为辞，所谓绝妙好辞也。’”

【评析】

诗前小序云：“微之题云：郡务稍简，因得整集旧诗，并连缀删削，封章谏草，繁委箱笥，仅逾百轴，偶成自叹。兼寄乐天。”作于长庆三年（823），白居易52岁，在杭州，任杭州刺史。白居易这首酬和元稹之诗，意在安慰好友无子之叹。陆龟蒙《书李贺小传后》云：“淫畋渔者谓之暴天物。天物且不可暴，又可抉摘削露其情状乎？……天能不致罚耶？长吉夭，东野穷，玉溪生官不挂朝籍而死，正坐是哉。”《唐宋诗醇》引述此言之后，说：“由此观之，元白之无后，未必非天之致罚也。玩落句意，香山其自知之矣。”但更重要的意义，是评论元稹诗歌的艺术特色。如果除掉其中的浮夸成分，元稹诗给予白居易以丽绝华美的印象，确是事实。李肇《唐国史补》卷下说：“元和已后……诗章……学浅切于白居易，学淫靡于元稹。”陆时雍《诗镜总论》也指出：“微之多深著色，乐天多浅著趣。”元、白同属一个诗派，都善于小碎篇章，运用白描手法来写景言情，语句鲜活而情思灵动，正如赵翼《瓯北诗话》所说：“眼前景，口头语，自能沁人心脾，耐人咀嚼。此元、白较胜于韩、孟。世徒以轻俗訾之，此不知诗者也。”但元、白同中有异，在平易坦荡中，呈现出丽绝华美，摇曳多姿，韵致飞扬，白诗所谓“声声丽曲敲寒玉，句句妍辞缀色丝”，这是元稹的特色。

余思未尽加为六韵重寄微之

海内声华并在身，箧中文字绝无伦。［美微之也。］遥知独对封章草，忽忆同为献纳臣。走笔往来盈卷轴，［予与微之前后寄和诗数百篇，近代无如此多有也。］除官递互掌丝纶。［予除中书舍人，微之撰制词；微之除翰林学士，予撰制词。］制从长庆辞高古①，［微之长庆初知制诰，文格高古，始变俗体，继者效之也。］诗到元和体变新②。［众称元白为千字律诗，或号元和格。］各有文姬才稚齿，［蔡邕无儿，有女琰，字文姬。］俱无通子继余尘。［陶潜小男名通子。］琴书何必求王粲，与女犹胜与外人。

【注释】

①“制从长庆”句：元稹《制诰序》：“元和十五年，余始以祠部郎中知制诰，初约束不暇……上曰：‘通事舍人不知书，便其宜，宣赞之外无不可。’自是司言之臣，皆得追用古道，不从中覆。然而余所宣行者，文不能自足其意，率皆浅近，无以变例。追而序之，盖所以表明天子之复古，而张后来者之趣尚耳。”白居易中书制诰有旧体、新体之别。旧体，指学习《尚书》文体的古体；新体，即骈体。陈寅恪《元白诗笺证稿》第四章：“其所谓‘新体’，即微之所主张，而乐天所从同之复古改良公式文字新体也。”岑仲勉《隋唐史》卷下《唐史》第十七节《文字由骈俪变为散体》：“抑当日散体改革，只行于一般文字，若朝廷授官之制敕，则终唐代以迄两宋，皆用骈俪行之。长庆初年，元稹、白居易同知制诰，曾一度提倡复古，卒不能变。盖当日制诰体裁，迁擢者须铺叙其资历、政绩，降谪者须指斥其罪过，散文难于措辞，骈体易得含糊而已。”

②“诗到元和”句：元稹《上令狐相公诗启》：“居易雅能诗，就中爱驱驾文字，穷极声韵，或为千言，或五百言律诗，以相投寄。小生自审不能过之，往往戏排旧韵，别创新辞，名为次韵相酬，盖欲以难相挑耳。自尔江湖间为诗者，复相仿效，力或不足，则至于颠倒语言，重复首尾，韵同意等，不异前篇，亦目为元和诗体。”李肇《唐国史补》卷下：“元和已后，为文笔则学奇诡于韩愈，学苦涩于樊宗师。歌行则学流荡于张籍。诗章则学矫激于孟郊，学浅切于白居易，学淫靡于元稹，俱名为元和体。”陈寅恪《元白诗笺证稿》附论《元和体诗》：“‘元和体诗’可分为二类，其一为次韵相酬之长篇排律……其二为杯酒光景间之小碎篇章，此类实亦包括微之所谓艳体诗中之短篇在内。……当时最为流行之元白诗，除‘千言或五百言律诗’外，唯此杯酒光景间小碎篇章之元和体诗耳。……元和体诗以此之故，在当日并非美词。”

【评析】

长庆三年（823），元稹将一部分旧诗稿整理后，寄诗赠与杭州刺史白居易。白居易读后，酬和了一首七律。诗成后，犹觉意未尽，又写了六韵十二句，即《余思未尽加为六韵重寄微之》。诗中除了对元稹文字的赞美，还总结了他们两人对诗文的改革创新的业绩及友情。方世举《兰丛诗话》：“余尝觉文格前一代高一代，文心后一代进一代。香山云‘诗到元和体变新’，岂元和前腐臭邪？但日益求新耳。老杜自喜有云：‘每于百僚上，猥诵佳句新。’然又云：‘赋诗新句稳，不觉自长吟。’则新必须稳。宜田册子中有言不可求冷癖事，不可用作态句，此便隐射着求新而不稳者。”

元稹有《酬乐天余思不尽加为六韵之作》以和之：“律吕同声我尔身，文章君是一伶伦。众推贾谊为才子，帝喜相如作侍臣。（乐天先有《秦中吟》及《百节判》，皆为书肆市贾题其卷云：‘白才子文章。’

又乐天知制诰词云：‘览其词赋，喜与相如并处一时。’）次韵千言曾报答，（乐天曾寄予千字律诗数首，予皆次用本韵酬和。后来遂以成风耳。）直词三道共经纶。元诗驳杂真难辨，（后辈好伪作予诗，传流诸处。自到会稽，已有人写宫词百篇及杂诗两卷，皆云是予所撰。及手勘验，无一篇是者。）白朴流传用转新。（乐天于翰林中书取书诏批答词等，撰为程式，禁中号曰‘白朴’，每有新入学士，求访宝重，过于六典也。）蔡女图书虽在口，（蔡琰口诵家书四百余篇。）于公门户岂生尘。（乐天常赠予诗云：“其心如肺石，动必达穷民。东川八十家，冤愤一言申。’因感无儿之叹，故予自有此句。）商瞿未老犹希冀，莫把籝金便付人。”

闲　卧

尽日前轩卧，神闲境亦空。有山当枕上，无事到心中。
帘卷侵床日，屏遮入座风。望春春未到，应在海门东①。

【注释】

① 海门：海门山，《咸淳临安志》卷三一：“海门在仁和县东北六十五里，有山曰赭山，与龛山对势，潮水出其间。”

【评析】

作于长庆三年（823），杭州，白居易时任杭州刺史。清人《全唐诗录》卷六十三云，《闲卧》一作贾岛诗。但据宋潜说友撰《咸淳临安志》卷九十五纪遗七作白乐天诗，时代更早，更可据信。翁方纲《石洲诗话》卷二：“白公之妙，亦在无意，此其似陶处也。即如宋人诗：‘有时俗物不称意，无数好山俱上心。’称为佳句。而白公则云：‘有山当枕上，无事到心中。’更为自然。”

“无事”为马祖道一门下洪州禅话头。《祖堂集》卷三懒瓒《乐道歌》：“心是无事心，面是娘生面。劫石可移动，个中难改变。无事本无事，何须读文字。”《景德传灯录》卷二八大珠慧海：“越州大珠慧海和尚上堂曰：诸人幸自好个无事人，苦死造作，要担枷落狱作么？每日至夜奔波，道我参禅学道解会佛法，如此转无交涉也。”又卷七盘山宝积禅师：“心若无事，万象不生。意绝玄机，纤尘何立。……故导师云：法本不相碍，三际亦复然。无为无事人，犹是金锁难。”又卷十四丹霞天然禅师：“元和三年，师于天津桥横卧，会留守郑公出，呵之不起。吏问其故，师徐曰：‘无事僧。’”白居易《自远禅师（远以无事为佛事）》：“令人见即心无事，每一相逢是道场。”

与诸客携酒寻去年梅花有感

马上同携今日杯，湖边共觅去春梅。年年只是人空老，处处何曾花不开。诗思又牵吟咏发，酒酣闲唤管弦来。樽前百事皆依旧，点检唯无薛秀才①。［去年与薛景文同赏，今年长逝。］

【注释】

①点检：清点。杜甫《赠献纳使起居田舍人澄》：“晓漏追飞青琐闼，晴窗点检白云篇。”薛秀才：薛景文。长庆二年（822），有白居易《闲夜咏怀因招周协律刘薛二秀才》。

【评析】

作于长庆四年(824),杭州,白居易时任杭州刺史。《唐摭言》卷十二“酒失”记元稹在浙东,宾府有薛书记,醉后因争令掷注子,击伤相公犹子,醒后作《十离诗》上献府主,元稹思之乃作诗。所引即此诗,词句小异。汪立名谓《唐摭言》误引,不足据。《唐诗镜》云:“三、四颠倒之法,似少陵来。”

正月十五日夜月

岁熟人心乐,朝游复夜游。春风来海上,明月在江头。灯火家家市,笙歌处处楼。无妨思帝里[1],不合厌杭州。

【注释】

① 帝里:犹言帝都,京都。

【评析】

作于长庆四年(824),杭州,白居易时任杭州刺史。方回《瀛奎律髓》卷十六云:“乐天以长庆二年冬十月杭州到任,长庆四年元宵诗也。杭自唐固已盛矣,然终未若京都长安之盛。三、四佳句也,如李易安‘月上柳梢头’,则词意邪僻矣。”何焯云:“结圆且有余味。”

答微之见寄

可怜风景浙东西，先数余杭次会稽。禹庙未胜天竺寺，钱湖不羡若耶溪[①]。摆尘野鹤春毛暖，拍水沙鸥湿翅低。更对雪楼君爱否，红栏碧甃点银泥。

【注释】

①“禹庙”二句：《嘉泰会稽志》卷六：“禹庙在（会稽）县东南一十二里。”天竺寺，《咸淳临安志》卷八十：“下（天）竺灵山教寺，在钱塘县西一十七里。隋开皇十五年僧真观法师与道安禅师建，号南天竺。唐永泰中赐今额。”钱湖，钱塘湖。若耶溪，《太平寰宇记》卷九六越州会稽县：“若耶溪在县东南二十八里。《越绝书》薛烛对越王曰：‘若耶之溪涸而出铜也。’古欧冶子铸剑之所。故《战国策》云：‘涸若耶以取铜，破堇山而出锡。’又《郡国志》云：欧冶子铸剑处，有孤潭而深青，有孤石耸出，潭上有大栎树。客儿与弟惠连作诗连句，刻于树上。唐吏部侍郎徐浩游之云：‘曾子不居胜母之间，吾岂游若耶之溪！’遂改为五云之溪。”

【评析】

作于长庆四年（824），杭州。诗题作者自注：“时在郡楼对雪。”元、白二人才名相当，诗风相近，情谊深厚，在生平交往中，往往以诗歌唱酬“相戒”“相勉”“相慰”“相娱”，杭、越又是相距不远的邻郡，二人以“诗酒主”（白居易《元微之除浙东观察使喜得杭越邻州先赠长句》）自居，唱和频繁，还曾引出一段以“诗筒”传诗的佳话。白居易长庆三年（823）《醉封诗筒寄微之》：“为向两川邮吏道，莫辞来去递诗筒。”长庆四年（824）《与微之唱和来去常以竹筒贮诗陈协律美而成篇因以此答》:“拣得琅玕截作筒,缄题章句写心胸。”宝历元年(825)《秋寄微之十二韵》“忙多对酒榼,兴少阅诗筒”句下自注云:“比在杭州,两浙唱和诗赠答,于筒中递往来。”明胡震亨《唐音癸签》卷二九:“诗筒始元、白。白官杭州,元官越州。每和诗,入筒中递之。”清赵翼《瓯北诗话》卷四:“古来但有和诗,无和韵。唐人有和韵,尚无次韵;次韵实自元、白始。依次押韵,前后不差,此古所未有也。而且长篇累幅,多至百韵,少亦数十韵,争能斗巧,层出不穷。此又古所未有也。他人和韵,不过一二首,元、白则多至十六卷,凡一千余篇,此又古所未有也。以此另成一格,推倒一世,自不能不传。盖元、白觑此一体,为历代所无,可从此出奇;自量才力,又为之而有余。故一往一来,彼此角胜,遂以之擅场……然二人创此体后,次韵者固习以为常,而篇幅之长且多,终莫有及之者。至今犹推独步也。”《唐宋诗醇》云:“腹联先将雪意写透,结句点出好景如画。”

春题湖上

湖上春来似画图,乱峰围绕水平铺。松排山面千重翠,月点波心一颗珠。碧毯线头抽早稻,青罗裙带展新蒲[1]。未能抛得杭州去,一半勾留是此湖。

【注释】

①裙带:系裙的带。李端《拜新月》诗:“细语人不闻,北风吹裙带。”

【评析】

作于长庆四年(824),杭州,白居易时任杭州刺史。《唐七律选》:

"物态新出('碧毯线头'二句下)。万千赞叹,尽此二句(末二句下)。"《唐诗镜》云:"五、六倒装句法。"《唐宋诗醇》云:"'画图'二字是诗眼,下五句皆实写画图中景,以不舍意作结,而曰'一半勾留',言外正有余情。"王尧衢《唐诗合解笺注》卷十一七言律诗:"前解写山水之胜,后解写物色之胜。总写得'湖上春'三字。"又批云:"以'湖'字起结,奇极。'一半勾留',湖未尝留人,而人自不能抛舍。兴之所适也;然亦只得'一半',那一半当别有瞻恋君国去处,若说全被勾留,岂不是个游春郎君,不是白傅口中语矣。"

得湖州崔十八使君书喜与杭越邻郡因成长句代贺兼寄微之

三郡何因此结缘,贞元科第忝同年。故情欢喜开书后,旧事思量在眼前。越国封疆吞碧海,杭城楼阁入青烟。吴兴卑小君应屈①,为是蓬莱最后仙。[贞元初同登科,崔君名最在后,当时崔自咏云:人间不会云间事,应笑蓬莱最后仙。]

【注释】

① 吴兴:《旧唐书·地理志三》江南东道:"湖州上,隋吴郡之乌程县。……天宝元年,改为吴兴郡。乾元元年,复为湖州。"

【评析】

作于长庆四年(824),杭州,白居易时任杭州刺史。崔十八,湖州刺史崔玄亮,字晦叔。两《唐书》有传。白居易有《唐故虢州刺史赠礼部尚书崔公墓志铭》。《嘉泰吴兴志》卷十四:"崔玄亮,长庆三年十一月二十二日自刑部郎中拜。"据《会稽掇英总集》卷十八《唐太守题名记》及《嘉泰会稽志》,元稹于长庆三年(823)八月除浙东,十月上任,则知崔上湖州在元稹上越州之后。汪立名曰:"按《纪事》崔玄亮刺湖州时,白公刺杭,元微之以观察刺越,有唱和诗,号三州唱和集。"《唐宋诗醇》云:"逐句相承,篇法绵密,却灭尽针线之迹,由其律熟而气厚也。"

诗 解

新篇日日成,不是爱声名。旧句时时改,无妨悦性情。但令长守郡,不觉却归城。只拟江湖上,吟哦过一生[1]。

【注释】

①吟哦:写作诗词,推敲诗句。李郢《偶作》:"一杯正发吟哦兴,两盏还生去住愁。"

【评析】

作于长庆四年(824),白居易53岁,在杭州,任杭州刺史。白居易痴心于诗,以作诗为志业,勤于作诗,一生未辍诗笔,他常常回头审视自己的旧作,并在润色旧作的过程中,获得愉悦之感。这是诗艺探索上又有新的领悟而获得的愉悦,而这一探索又是以反复玩味旧作为基础,修改旧作往往就意味着再度吟咏自己作品中可悦之性情。比如宝历元年(825),《洛城东花下作》首联"记得旧诗章,花多数洛阳",白居易自注云:"旧诗云:'洛阳城东面,今来花似雪。'又云:'更待城东桃李发。'又云:'花满洛阳城。'"惜春叹老的感慨,自然是由眼前所见的烂漫春花所引发,但在诗中却是从早年赏花之作开始。由此,眼前花事之盛，在这类主题的创作中经常扮演的角色，被记录昔日盛况的旧作所取代，或者说至少是经由旧作的触发和中介而催生新诗。其中，“更待城东桃李发”，见白居易宝历元年（825）《赠杨使君》一诗，其余二句今已不见现存白集。

又如《对镜吟》“白头老人照镜时，掩镜沉吟吟旧诗。二十年前一茎白，如今变作满头丝”，作于大和三年（829）至大和五年（831），洛阳。白居易自注云：“余二十年前尝有诗云：‘白发生一茎，朝来明镜里。勿言一茎少，满头从此始。’今则满头矣。”《初见白发》：“白发生一茎，朝来明镜里。勿言一茎少，满头从此始。青山方远别，黄绶初从仕。未料容鬓间，蹉跎忽如此。”约作于元和二年（807）至元和三年（808），长安。今日华发满头，是由当年初生一茎而来，这一自然而真切的生活体验，并未当然地成为今日之作的内容。诗人更愿意从当年感慨白发初生的诗作落笔。两首诗的创作时间相隔甚久。《对镜吟》所引以为注的原诗是《初见白发》，白居易自己明言是二十年前的作品。

再如大和四年（830），《秋游平泉赠韦处士闲禅师》“昔尝忧六十，四体不支持。今来已及此，犹未苦衰羸”，白居易自注云：“予往年有诗云：‘三十气太壮，胸中多是非。六十年太老，四体不支持。’今故云。”可知“昔尝”云云，是指自己旧作中的话，而不是直接指生活中的担忧。按，白居易《白云期（黄石岩下作）》：“三十气太壮，胸中多是非。六十身太老，四体不支持。四十至五十，正是退闲时。年长识命分，心慵少营为。见酒兴犹在，登山力未衰。吾年幸当此，且与白云期。”作于元和十三年（818），江州时期，与《秋游平泉赠韦处士闲禅师》诗相距十二年矣。这些自注显示出，白居易在诗歌写作中不断地回想并引用自己的旧作，作为缘情体物的旧作，可以再一次进入到诗歌创作的过程中，引发一次新的创作，成为一首新作的一部分。诚可谓“旧句时时改，无妨悦性情”。

豪华落尽始平淡，容易每自攻苦得。工夫深处却平夷，当时只道是寻常。葛立方《韵语阳秋》卷一：“大抵欲造平澹，当自绚丽中来，落其华芬，然后可造平澹之境。”绚烂之极，归于平淡。白诗看似平易，实则历经磨练。《诗人玉屑》引宋张耒云：“世以乐天诗为得于容易，而耒尝于洛中一士人家，见公诗草数纸，点窜涂抹，及其成篇，殆与初作不侔。”汪立名《白香山诗集》卷二十五曰：“平园周必大曰：‘香山诗语平易，疑若信手而成者。间观遗稿，则窜定实多。’观此诗信然。乃有伪造不经语，以阴刺公者。如《墨客挥犀》云：‘乐天每作诗，令一老妪解之，妪曰解则录之，不解则不复集。故唐末之弊至于俚。’其意不过欲竭力形容一俗字耳。且毋论其他，试举公晚年长律，其根柢之博，立格炼句之妙，果皆老妪所能解否邪？其说之邪缪，真可付一噱也。”《随园诗话》卷六：“周元公云：白香山诗似平易，间观所存遗稿，涂改甚多，竟有终篇不留一字者。余读公诗云：‘旧句时时改，无妨悦性情。’然则元公之言信矣。”王荆公评张文昌诗云：“看似寻常最奇崛，成如容易却艰难。”以此论香山，乃逾当耳。苏轼所谓“少小时须令气象峥嵘，文采绚烂，渐老渐熟乃造平淡，实非平淡，绚烂之极也”；“发纤秾于简古，寄至味于澹泊”；“质而实绮，癯而实腴”；“似澹而实美”。张问陶《论诗十二绝句》所谓“敢为常语谈何易，百炼工纯始自然”。梁启超批点《白香山诗集》“旧句时时改，无妨悦性情”：“旧句时改，知非率尔操觚。”

别州民

耆老遮归路，壶浆满别筵。甘棠无一树[①]，那得泪潸然？税重多贫户，农饥足旱田。唯留一湖水，与汝救凶年[②]。［今春增筑钱塘湖堤，贮水以防天旱，故云。]

【注释】

①甘棠：《左传·定公九年》："《诗》云：'蔽芾甘棠，勿翦勿伐，召伯所茇。'思其人，犹爱其树，况用其道，而不恤其人乎？"白居易《三年为刺史二首》其一："惭非甘棠咏，岂有思人不？"

②"一湖水"二句：白居易《钱塘湖石记》："钱塘湖一名上湖，周回三十里。北有石函，南有笕。凡放水溉田，每减一寸，可溉十五余顷。……往往旱甚，即湖水不充。今年修筑湖堤，高加数尺，水亦随加，即不啻足矣。……予在郡三年，仍岁逢旱，湖之利害，尽究其由。恐来者要知，故书于石，欲读者易晓，故不文其言。长庆四年三月十日，杭州刺史白居易记。"

【评析】

长庆四年（824）五月，杭州刺史任满，诏除太子左庶子，白居易不得不离开杭州，很不情愿。"吟山歌水嘲风月，便是三年官满时"（《留题郡斋》），杭州的湖山之美，郡中与之诗酒优游的僚属，邻州以诗筒唱和的挚友元稹，都使他为之不胜留恋，迟迟不忍离去。诗人虽然自谦"三年为刺史，无政在人口"（《三年为刺史二首》其一），但事实上，在杭州的三年，他做了不少简政宽刑，及筑堤疏井、兴修水利等勤政爱民的好事。所以当他离开杭州时，州民为表示感激之情，遮道相送，白居易此诗也流露出难以抑止的无限惆怅。《唐宋诗醇》云："后四句，经济政绩具见其中，慈惠之意蔼然言表，必如此留心民事，方许诗酒游遨，彼'长日惟消一局棋'者，那得借口风流也！"《唐语林》引其唐人李远残句，有"青山不厌三杯酒，长日惟消一局棋"之语，曾为宣宗所闻，可见在当时流传甚广。

西湖留别

征途行色惨风烟，祖帐离声咽管弦。翠黛不须留五马[1]，皇恩只许住三年。绿藤阴下铺歌席，红藕花中泊妓船。处处回头尽堪恋，就中难别是湖边。

【注释】

①翠黛：眉的别称。这里代指女子。五马：代指太守。

【评析】

作于长庆四年（824），杭州，白居易时任杭州刺史。毛奇龄等《唐七律选》："此首刻意作初唐调，不事佻子，观首二句便见。'未能抛得杭州去'，以迟回见留意；'皇恩只许住三年'，以促速见留恋。才人用意，两面皆见，故妙。"屈复《唐诗成法》卷十："题是'西湖留别'，却先写行色管弦之惨咽，已含不忍别意。三写翠黛之留，四写不得留，五、六方写西湖。以'回头'结上六，'难别'结前四。白公雅爱西湖，迁官亦所不愿也。"方东树《昭昧詹言》卷十八："起二句叙题，字字锤炼而出之，不觉其为对起。三、四跌出，空圆警妙盬脑，运虚为实。五、六周旋题面，收句倒转拍题，用笔用意，不肯使一直笔，句句回旋，曲折顿挫，皆从意匠经营锤炼而出，不似梦得、子厚但放笔直下也。先敛后放，变化沈约浮声切响，此等足取法矣。然犹经营地上语耳。杜公包有梦得、子厚、乐天，而有精深华美不测之妙。"《王闿运手批唐诗选》卷十二："（'翠黛不须留五马'）恰到好处。""风流深至，微嫌'翠''皇'对太纤，又未相称，然不可改易。"

洛下卜居

三年典郡归，所得非金帛。天竺石两片[①]，华亭鹤一只[②]。饮啄供稻粱，包裹用茵席。诚知是劳费，其奈心爱惜。远从余杭郭，同到洛阳陌。下担拂云根，开笼展霜翮。贞姿不可杂，高性宜其适。遂就无尘坊，仍求有水宅。东南得幽境，树老寒泉碧。池畔多竹阴，门前少人迹。未请中庶禄[③]，且脱双骖易。［买履道宅价不足[④]，因以两马偿之。］岂独为身谋？安吾鹤与石。

【注释】

①“天竺石”句：天竺石，天竺山（杭州飞来峰）之石。《咸淳临安志》卷二三飞来峰：“晏元献公《舆地志》云：晋咸和元年西天僧慧理登兹山叹曰：此是中天竺国灵鹫山之小岭，不知何年飞来。佛在世日，多为仙灵所隐，今此亦复尔邪？因挂锡造灵隐寺，号其峰曰飞来。”按，《水经注》泗水：“泗水西有龙华寺，是沙门释法显，远出西域，浮海东还，持龙华图，首创此制。法流中夏，自法显始也。其所持天竺二石，仍在南陆东基堪中，其石尚光洁可爱。”

②“华亭鹤”句：《世说新语·尤悔》：“陆平原河桥败，为卢志所谗，被诛。临刑叹曰：‘欲闻华亭鹤唳，可复得乎？’”陶弘景《瘗鹤铭》：“鹤寿不知其纪也。壬辰岁，得于华亭。”

③中庶：《旧唐书·白居易传》：“（除杭州刺史）秩满，除太子左庶子分司东都。”《通典》卷三十太子庶子：“古者天子有庶子之官……职诸侯卿大夫之庶子，掌其戒令，与其教理，有大事则帅国子而致于太子，唯所用之。秦因之，置中庶子、庶子员。”按，唐亦有称中庶子者。《旧唐书·王

维传》："乾元中，迁太子中庶子，中书舍人。"

④ 履道宅：《唐两京城坊考》卷五长夏门之东第四街履道坊："刑部尚书白居易宅。……按居易宅在履道西门，宅西墙下临伊水渠，渠又周其宅之北。宅去集贤裴度宅最近。故居易《和刘汝州诗》注云：'履道、集贤两宅相去一百三十步。'《新书》本传：'后履道第卒为佛寺。东都、江州人为立祠焉。'穆按《元史·塔里赤传》：也里里白奉旨南征，至洛阳得唐白乐天故址，遂家焉。是其时犹有遗迹。"

【评析】

作于长庆四年（824），洛阳，白居易时为太子左庶子分司。长庆四年（824）五月，白居易杭州刺史秩满，本来要回长安，但行至洛阳又改变了主意，要求分司东都。陈振孙《白文公年谱》长庆四年（824）五月称："是月，除右〔左〕庶子……至洛，求分司，有《寄牛相公及分司诗》。"元和三年（808），牛僧孺应制举，白居易为制策考官，故视其为门生。（《洛下送牛相公出镇淮南》诗云："何须身自得，将相是门生。"）加之居易与牛党要人杨虞卿兄弟为姻亲，故就其政治态度而言，与僧孺关系亦较亲近。牛僧孺此时居相位。白居易以太子左庶子分司东都的愿望得以实现，与牛僧孺的关照有关。查慎行《初白庵诗评》云："《洛下卜居》'岂独为身谋'二句，好结束。"《唐宋诗醇》云："清况可掬，却是抒写真趣，非矫语鸣廉也。鹤石分承细写，一句结足，不曰点缀新居，而曰安鹤与石，妙甚！"

池畔二首

结构池西廊[1],疏理池东树。此意人不知,欲为待月处。
持刀间密竹,竹少风来多。此意人不会,欲令池有波。

【注释】

① 结构:左思《招隐》诗:"岩穴无结构,丘中有鸣琴。"《文选》李善注:"结构,谓交结构架也。"

【评析】

约作于长庆四年(824)至宝历元年(825),洛阳,白居易时为太子左庶子分司。池畔,在履道里,地处洛阳外郭城东南部。"竹木池馆有林泉之致"(《旧唐书·白居易传》),规模与格局虽说不上宏敞与豪华,但主人经心修葺与营造,亭台池馆,一木一石,无不契合主人的情趣与好尚,成为名噪一时的洛阳名园。第一首,徐增《而庵说唐诗》卷八:"园亭最要疏旷,若把树木房屋塞实,便是俗汉胸头矣。兹先将池来作主,乃分出池东池西来,真匪彝所思!夫池上所最不可少者是廊,廊妙处又在月;若造廊在池东,则背却月矣,故造廊于池西。若池东无树,则空豁不好看,必须种树;若已被树充塞,不去疏理,则月出亦不妙。疏理者,删其繁枝。既不损树,却又得月,此老胸襟真不可及!千载来,使读者恍置身于池西廊下也。"

第二首,《唐诗镜》云:"好格致。"徐增《而庵说唐诗》卷八:"乐天作是诗,即用造廊法,最为窈窕。起云'结构池西廊',承云'疏理池东树'。夫'池东树'与'池西廊'有何关涉,而以为承说?是为树稠密,故要疏理,即不'结构池西廊',亦须疏理。说是为池西廊疏理,何不少待池西廊成，然后去疏理池东树未晚。今将此二句平列看去，一边是池西、一边是池东，一边是廊、一边是树，一边去结构、一边去疏理。人初看去，不知是为了树结构那廊，还是为了廊疏理那树。鸳鸯虽绣得好，金针却在何处见？转云‘此意人不知’，若不说出，真个人不知其故，又要待第四句道破。吾想此老落此句，必且停住笔，要人去思想，不能不说出，又不肯即说出者，乃曰‘欲为待月处’。方知疏理树不是为廊，是为月；连结构廊，立在闲空里，盖为待月设也。譬如说笑话，好笑处必要留在末一句，起初听去，不知说那一边话，全不露一些风缝，自己又不要先笑，方使人大好笑。今人不善作诗，只是不明白作笑话的道理，请以愚论思之。”

郡中西园

闲园多芳草，春夏香靡靡。深树足佳禽，旦暮鸣不已。院门闭松竹，庭径穿兰芷①。爱彼池上桥，独来聊徙倚。鱼依藻长乐，鸥见人暂起。有时舟随风，尽日莲照水。谁知郡府内②，景物闲如此。始悟喧静缘，何尝系远迩。

【注释】

①兰芷：兰草与白芷，皆香草。《楚辞·离骚》：“兰芷变而不芳兮，荃蕙化而为茅。”

②郡府：郡守的官署。

【评析】

作于宝历元年（825），苏州，白居易54岁，时任苏州刺史。宝历元年(825)三月四日,白居易除苏州刺史,二十九日自洛阳出发赴任,写下“老除吴郡守,春别洛阳城”(《除苏州刺史别洛城东花》),过汴州,渡淮水,经常州,五月五日端午节到任苏州。东南名郡苏州,因城西四十里有姑苏山而得名,是春秋时吴国的都城;地处长江下游,人口稠密,土地肥沃,物产丰富;外郭城周回四十七里,相传为伍子胥所筑。元和中,辖吴、长洲、嘉兴、海盐、常熟、昆山、华亭等七县,户数增至十万八百八,号称雄郡。西园,据《吴郡志》卷六:“西园在郡圃之西隙,地直子城甚袤。唐谓之西园,今以作教场。”《唐宋诗醇》云:“妙谛从心远地偏悟出。”梁启超批点《白香山诗集》“鱼依藻长乐,鸥见人暂起”,眉批:“道心。”

霓裳羽衣歌(和微之)

我昔元和侍宪皇,曾陪内宴宴昭阳[①]。千歌百舞不可数,就中最爱霓裳舞。舞时寒食春风天,玉钩栏下香案前。案前舞者颜如玉,不著人家俗衣服。虹裳霞帔步摇冠,钿璎累累佩珊珊。娉婷似不任罗绮,顾听乐悬行复止。磬箫筝笛递相搀,击擫弹吹声逦迤。[凡法曲之初,众乐不齐,唯金石丝竹次第发声,霓裳序初亦复如此。]散序六奏未动衣,阳台宿云慵不飞[②]。[散序六遍无拍,故不舞也。]中序擘騞初入拍[③],秋竹竿裂春冰拆。[中序始有拍,亦名拍序。]飘然转旋回雪轻,嫣然纵送游龙惊[④]。小垂手后柳无力[⑤],斜曳裾时云欲生。[四句皆霓裳舞之初态。]烟蛾敛略不胜态,风袖低昂如有情。上元点鬟招萼绿[⑥],王母挥袂别飞琼。[许飞琼、萼绿华,皆女仙也。]繁音急节十二遍,跳珠撼玉何铿铮。[霓裳曲十二遍而终。]翔鸾舞了却收翅,唳鹤曲终长引声。[凡曲将毕,皆声拍促速,唯霓裳之末,长引一声也。]当时乍见惊心目,凝视谛听殊未足。一落人间八九年,耳冷不曾闻此曲。湓城但听山魈语,巴峡唯闻杜鹃哭。[予自江州司马转忠州刺史。]移领钱唐第二年,始有心情问丝竹。玲珑箜篌谢好筝,陈宠觱篥沈平笙。清弦脆管纤纤手,教得霓裳一曲成。[自玲珑已下,皆杭之妓名。]虚白亭前湖水畔⑦,前后只应三度按。便除庶子抛却来,闻道如今各星散。今年五月至苏州,朝钟暮角催白头。贪看案牍常侵夜,不听笙歌直到秋。秋来无事多闲闷,忽忆霓裳无处问。闻君部内多乐徒,问有霓裳舞者无?答云七县十万户,无人知有霓裳舞。唯寄长歌与我来,题作霓裳羽衣谱。四幅花笺碧间红,霓裳实录在其中。千姿万状分明见,恰与昭阳舞者同。眼前仿佛睹形质,昔日今朝想如一。疑从云梦呼召来,似著丹青图写出。我爱霓裳君合知,发于歌咏形于诗。君不见,我歌云,惊破霓裳羽衣曲。[《长恨歌》云。]又不见,我诗云,曲爱霓裳未拍时⑧。[钱唐诗云。]由来能事皆有主,杨氏创声君造谱⑨。[开元中,西凉府节度杨敬述造。]君言此舞难得人,须是倾城可怜女。吴妖小玉飞作烟,[夫差女小玉死后,形见于王。其母抱之,霏微若烟雾散空。]越艳西施化为土。娇花巧笑久寂寥,娃馆苎萝空处所⑩。如君所言诚有是,君试从容听我语。若求国色始翻传,但恐人间废此舞。妍媸优劣宁相远,大都只在人抬举。李娟张态君莫嫌,亦拟随宜且教取。[娟、态,苏妓之名。]

【注释】

① 昭阳：《三辅黄图》卷三未央宫："武帝时后宫八区，有昭阳、飞翔、增成、合欢、兰林、披香、凤凰、鸳鸾等殿"，"成帝赵皇后居昭阳殿……贵倾后宫"。

② "阳台"句：宋玉《高唐赋》："昔者先王尝游高唐，怠而昼寝，梦见一妇人曰：'妾，巫山之女也，为高唐之客。闻君游高唐，愿荐枕席。'王因幸之。去而辞曰：'妾在巫山之阳，高丘之阻。旦为朝云，暮为行雨。朝朝暮暮，阳台之下。'"

③ 擘骣：象声词。《庄子·养生主》："砉然向然，奏刀騞然。"杜甫《有事于南郊赋》："柴燎窟块，騞砉擘赫。"

④ "飘然"二句：曹植《洛神赋》："翩若惊鸿，婉若游龙……仿佛兮若轻云之蔽月，飘飖兮若流风之回雪。"回雪，形容舞姿如雪飞舞回旋。张衡《舞赋》："裾似飞燕，袖如回雪。"

⑤ 小垂手：舞名。《乐府诗集》卷七六吴均"大垂手"引《乐府解题》："大垂手、小垂手，皆言舞而垂其手也。"

⑥ 上元：上元夫人。《汉武帝内传》："王母……又命侍女许飞琼鼓震灵之簧，侍女阮凌华拊五灵之石"，"王母乃遣侍女郭密香，与上元夫人相问。……帝因问上元夫人由。王母曰：'是三天真皇之母，上元之官，统领十方玉女之名录者也。'当二时许，上元夫人至，来时亦闻云中箫鼓之声"。萼绿：《云笈七签》卷九七《萼绿华赠羊权诗》序："萼绿华者，仙女也。年二十许，上下青衣，颜色绝整。以晋穆帝升平三年己未十一月十日夜降于羊权家，自云是南山人，不知何山也。"

⑦ 虚白亭：即虚白堂。《咸淳临安志》卷五二府治："虚白堂，唐长庆中，刺史白文公有诗刻石堂上。"杭州刺史治所在凤凰山。长庆二年（822），白居易有《虚白堂》。

⑧ "又不见"三句：长庆四年（824），白居易《重题别东楼》："宴宜

云髻新梳后，曲爱霓裳未拍时。”

⑨ 杨氏：《新唐书·礼乐志十二》作“河西节度使杨敬忠”，郑嵎《津阳门诗》注：“会西凉都督杨敬述进《婆罗门曲》，与其声调相符，（玄宗）遂以月中所闻为之散序，敬述所进曲作其腔，而名《霓裳羽衣》法曲。”

⑩ 娃馆：即馆娃宫。《太平寰宇记》卷九一吴县：“砚石山在县西三十里胥门外，山西有石鼓，亦名石鼓山。又有琴台。《越绝书》云：吴人于砚石置馆娃宫。刘逵注《吴都赋》引扬雄《方言》云：吴有馆娃宫，吴人呼美女为娃。故《三都赋》云：幸乎馆娃之宫。”苎萝：《吴越春秋》卷九：“乃使相者国中得苎萝山鬻薪之女，曰西施、郑旦，饰以罗縠，教以容步，习于土城，临于都巷，三年学服而献于吴。”

【评析】

作于宝历元年（825），苏州，白居易时任苏州刺史。《霓裳羽衣舞》，是风行唐代的宫廷乐舞；元和、长庆年间，元、白俱为朝廷近臣，曾多次亲见亲闻这一声情并茂、意态万千、动人心魄的宫廷乐舞，白居易守杭、镇苏之日，曾自教官妓演练此舞。得以留下这首描绘《霓裳舞》服饰、结构与体制的长诗，成为艺术史的珍贵文献。程大昌《演繁露》卷七：“案：此乃乐天守杭日自教官妓玲珑习为《霓裳舞》，至乐天镇苏时，习舞者已皆不存。元微之为越守，乐天求此舞人于越而越中无之，但寄得《霓裳歌》以为之谱耳。”

葛立方《韵语阳秋》卷十五：“《霓裳羽衣舞》，始于开元，盛于天宝，今寂不传矣。白乐天作歌和元微之云：‘今年五月至苏州，朝钟暮角催白头。贪看案牍常侵夜，不听笙歌直到秋。秋来无事多闲闷，忽忆霓裳无处问。闻君部内多乐徒，问有霓裳舞者无？答云苏州七县十万户，无人知有霓裳舞。唯寄长歌与我来，题作霓裳羽衣谱。’想其千姿万状，缀兆音声，具载于长歌，按歌而谱可传也。今元集不载此，惜哉！

赖有白诗，可见一二尔。‘虹裳霞帔步摇冠，钿璎累累佩珊珊’者，言所饰之服也。又曰‘散序六奏未动衣’，‘中序擘騞初入拍’，‘繁音急节十二遍’，‘唳鹤曲终长引声’，言所奏之曲也。而《唐会要》谓《破阵乐》《赤白桃李花》《望瀛》《霓裳羽衣》，总名法曲。今世所传《望瀛》，亦十二遍，散序无拍，曲终亦长引声。若乐奏《望瀛》，亦可仿佛其遗意也。又曰：‘君言此舞难得人，须是倾城可怜女。’言所用之人也。然所用之人，未详其数。若曰‘玉钩栏下香案前，案前舞者颜如玉’，则疑用一人。若曰‘李娟张态君莫嫌，亦拟随宜且教取’，则又疑用二人。然明皇每用杨太真舞，故《长恨词》云：‘风吹仙袂飘飘举，犹似霓裳羽衣舞。’则当以一人为正。郑嵎《津阳门诗》注：‘叶法善引明皇入月宫，闻乐归，笛写其半。会西凉府杨敬述进《婆罗门曲》，声调相合，按之便韵，乃合二者制《霓裳羽衣》之曲。’沈存中云：‘《霓裳曲》用叶法善月中所闻为散序，以杨敬述所进为其腔。’未知所据也。又谓《霓裳》乃道调法曲。若以为道调，则误矣。乐天《嵩阳观夜奏霓裳》云：‘开元遗曲自凄凉，况近秋天调是商。’则《霓裳》用商调，非道调，明矣。”

按，葛立方所引郑嵎《津阳门诗》注与《全唐诗》小异。邱琼荪《燕乐探微》亦辨《霓裳羽衣曲》为商调。马令《南唐书·昭惠周后传》、王灼《碧鸡漫志》卷三、江少虞《事实类苑》卷十九、姜夔《白石道人歌曲》卷三《霓裳中序第一》序、周密《齐东野语》卷十等，又记后世流传之《霓裳羽衣曲》，真伪难悉。如《碧鸡漫志》卷三：“《霓裳羽衣曲》，说者多异，予断之曰：西凉创作，明皇润色，又为易美名；其他饰以神怪者，皆不足信也。唐史云：‘河西节度使杨敬述献，凡十二遍。’白乐天和元微之《霓裳羽衣曲歌》云：‘由来能事各有主，杨氏创声君造谱。’自注云：‘开元中，西凉节度使杨敬述造。’……宣和初，普府守山东人王平，词学华赡。自言得夷则商《霓裳羽衣》谱，取陈鸿、白乐天《长恨歌传》，并乐天寄元微之《霓裳羽衣曲歌》，又杂取唐人小诗长句及明皇太真事，终以微之《连昌宫词》补缀成曲，刻板流传。曲十一段，起第四遍、第五遍、第六遍、正攧、入破、虚催衮、实催衮、歇拍、杀衮，音律节奏与白氏歌、注大异，则知唐曲今世决不复见，亦可恨也。”

《梦溪笔谈》卷五：“《霓裳羽衣曲》。刘禹锡诗云：‘三乡陌上望仙山，归作霓裳羽衣曲。’又王建诗云：‘听风听水作霓裳。’白乐天诗注云：‘开元中，西凉府节度使杨敬述造。’郑嵎《津阳门诗》注云：叶法善尝引上入月宫，闻仙乐。及上归，但记其半，遂于笛中写之。会西凉府都督杨敬述进《婆罗门曲》，与其声调相符，遂以月中所闻为散序，用敬述所进为其腔，而名《霓裳羽衣曲》。诸说各不同。今蒲中逍遥楼楣上有唐人横书，类梵字，相传是《霓裳谱》，字训不通，莫知是非。或谓今燕部有《献仙音曲》，乃其遗声。然《霓裳》本谓之道调法曲，今《献仙音》乃小石调耳。未知孰是。”陆时雍《唐诗镜》曰：“作长歌，须得崩浪奔雷、蓦涧腾空之势乃佳，乐天只平铺次序。”毛奇龄《西河文集·诗话》卷五：“白乐天工声吕，故诗中每寓歌格、舞法。如《霓裳羽衣舞曲》，此世人所最难想象者。乐天有《答微之霓裳羽衣谱歌》一首，仿佛有舞法存乎其中。”

查慎行《初白庵诗评》云：“《霓裳羽衣歌》‘四幅花笺碧间红’，以下说谱之妙。‘君言此舞难得人’，以下说舞人。”《唐宋诗醇》云：“‘我昔元和侍宪皇’至‘唳鹤曲终长引声’，叙霓裳羽衣之节奏声容也。‘当时乍见惊心目’至‘闻道如今各星散’，叙自己之仕途迁移而选伎以教霓裳也。‘今年五月至苏州’至‘似著丹青图写出’，叙微之之寄霓裳羽衣谱也。‘我爱霓裳君合知’至末，以和诗意作结，而言此舞之不可失其传也。曰‘就中最爱霓裳舞’‘教得霓裳一曲成’‘无人知有霓裳舞’‘恰与昭阳舞者同’‘但恐人间废此舞’，叙次分明，层层照应，可当一篇霓裳羽衣记。情致缠绵往复，极一唱三叹之妙。”翁方纲《石洲诗话》卷二："白公之为《长恨歌》《霓裳羽衣曲》诸篇，自是不得不然，不但不蹈杜公、韩公之辙也，是乃'浏漓顿挫，独出冠时'，所以为豪杰耳。始悟后之欲复古者，真强作解事。"

曾国藩《读书录·白氏长庆集》："自首至'长引声'句，叙元和时，曾于内宴时见霓裳舞；自'当时'至'各星散'句，叙在杭州时，曾教妓学霓裳舞；自'今年五月'至'图写出'句，叙在苏州以书问元，元以霓裳谱答之；自'我爱'至末，言将取苏妓教之。"梁启超批点《白香山诗集》"飘然转旋回雪轻，嫣然纵送游龙惊"，眉批："读此犹能仿佛舞态，洵极笔墨能事。""疑从魂梦呼召来，似著丹青图写出"，眉批："此等句法，不许人学。""妍蚩优劣宁相远，大都只在人抬举"，眉批："达语。"

白云泉①

天平山上白云泉，云自无心水自闲。何必奔冲山下去，更添波浪向人间！

【注释】

① 白云泉：天平山山腰的清泉。《吴郡志》卷十五："天平山，在吴县西二十里。此山在吴中最为峭崒，高耸一峰，端正特立。《续图经》以为吴镇，不诬也。山皆奇石，卓笔峰为最。山半白云泉，亦为吴中第一水。比年有寺僧师寿，搜采岩峦，别立数亭，皆奇峭。又于白云之上石壁中，得一泉如线，尤清冽云。"卷二九："白云泉，在天平山腰，乳泉也。"自白居易题以绝句，白云泉之名乃大显于世。

【评析】

作于宝历元年（825）至二年（826），苏州，时任苏州刺史。《白云泉》是一首七言绝句，前两句盛称吴中奇山丽水，风景形胜。天平山上青松郁郁葱葱，号称“吴中第一水”的白云泉，清冽而晶莹；白云随风飘荡，舒卷自如，无牵无挂，泉水淙淙潺流，自由奔泻，从容自得。“云自无心水自闲”，连用两“自”字，凸显白云自由自在，自得自乐，逍遥而惬意，颇有“云无心以出岫”意境。这种景况，对身为州刺史政务繁忙的白居易来说，太惬意了，于是，与世无争之思油然而起：“何必奔冲山下去，更添波浪向人间！”《精选评注五朝诗学津梁》评云：“小小题目，说得高超，唤醒热中人不少。”《唐诗近体》则感慨：“四皓亦未免多事（‘何必奔冲’二句下）。”

寄韬光禅师

一山门作两山门，两寺原从一寺分。东涧水流西涧水，南山云起北山云。前台花发后台见，上界钟声下界闻。遥想吾师行道处[①]，天香桂子落纷纷。

【注释】

① 行道：修道。贾岛《哭柏岩和尚》：“写留行道影，焚却坐禅身。”

【评析】

作于宝历元年（825）至二年（826），时任苏州刺史。韬光禅师为蜀人，穆宗时，卓锡杭州灵隐之巢沟坞。白居易守郡时，与之交往，题其堂曰法安。长庆四年（824），白居易《招韬光禅师》：“白屋炊香饭，荤膻不入家。滤泉澄葛粉，洗手摘藤花。青芥除黄叶，红姜带紫牙。命师相伴食，斋罢一瓯茶。"《咸淳临安志》卷七九："法安院在灵隐寺西。天福三年吴越王建。旧额广严。唐长庆中，有诗僧结庵于院之西，自号韬光，尝与乐天唱和。……白侍郎长庆四年正旦，请韬光斋……韬光不赴，云：'山僧野性好林泉，每向岩阿倚石眠。不解栽松陪玉勒，惟能引水种金莲。白云乍可来青嶂，明月难教下碧天。城市不能飞锡去，恐妨莺啭翠楼前。'"

苏轼《天竺寺》诗序："予年十二，先君自虔州归，为予言：'近城山中天竺寺，有乐天亲书诗云……笔势奇逸，墨迹如新。'今四十七年矣。予来访之，则诗已亡，有刻石存耳，感涕不已，而作是诗。"诗云："香山居士留遗迹，天竺禅师有故家。空咏连珠吟叠璧，已亡飞鸟失惊蛇。林深野桂寒无子，雨浥山姜病有花。四十七年真一梦，天涯流落涕横斜。"又《东坡题跋》卷二《书乐天诗》："唐韬光禅师自钱塘天竺来住此山，乐天守苏日以此诗寄之。庆历中，先君游此山，犹见乐天真迹。后四十七年轼南迁过虔，复经此寺，徒见石刻而已。绍圣元年八月十七日。"《方舆胜览》卷二十赣州："天竺寺，在水东三里。白乐天赠韬光禅师墨迹旧存。眉山老苏尝至寺观焉。后四十七年东坡南迁再访，惟见石刻。"《咸淳临安志》卷二三："灵山之阴、北涧之阳即灵隐寺，灵山之南、南涧之阳即天竺寺。二涧流水号钱源泉，绕寺峰南北而下，至峰前合为一涧。"又卷八十下竺灵山教寺题咏："东坡《虔州天竺寺诗》引云：'予年十二，先君自虔州归，谓予言：近城山中天竺寺有乐天亲书诗云：一山门作两山门……'据此，则乐天诗非为杭作，故旧志不收。但坡公赠杭州上天竺辩才二诗，一云：'想见南北山，花发前后台。'一云：'南北一山门，上下两天竺。'又皆采乐天语。姑附著于此，以俟知者。"《七修类稿》卷六、《订讹类编》续补卷下，已留意到白居易题天竺寺的诗，是题虔州城外天竺寺，杭州府收入钱塘天竺寺不妥，因此汪立名云：“要之，白诗自是寄杭州，后韬光移锡，与诗俱去，故遗迹在虔耳。”其说可谓圆通。

此诗构思巧妙，前六句在相同的位置重用同字，一句中前后相映，两句间上下相对，语若连珠，回环贯带，笔势飘逸，如珠走玉盘，流动自然，人称连珠篇法，意致连绵而流丽，音节紧凑而活泼，虽有山歌风调，但显示出圆熟的技巧，是七律之创格，对后世颇有影响。晚唐如张祜《所居即事六首》其二“杜鹃花落杜鹃叫，乌臼叶生乌臼啼”；杜牧《题宣州开元寺水阁阁下宛溪夹溪居人》“鸟去鸟来山色里，人歌人哭水声中”；李商隐《杜工部蜀中离席》“座中醉客延醒客，江上晴云杂雨云”。宋人如梅尧臣《春日拜垄经田家》“南岭禽过北岭叫，高田水入低田流”；苏轼《与毛令方尉游西菩提寺二首》其二“白云自占东西岭，明月谁分上下池”；王安石《江雨》“北涧欲通南涧水，南山正绕北山云”。元人如萨都剌《望吴山》“后岭楼台前岭接，上方钟鼓下方闻”。清人如邵长蘅《西湖》“南高云过北高宿，里湖水出外湖流”。（参见钱锺书《谈艺录》二、五七）

这一诗格，钱锺书《谈艺录》谓“创于少陵，而名定于义山”，尚未甚确。这种“当句对”，名称已见唐释皎然《诗议·诗有八对》：“三曰当句对。”早于李商隐。所举杜甫、白居易、李商隐诸例，是一种间隔重用同字的对偶法，既句中自对，又上下句相对，系当句对中的变格，冒春荣《葚原诗说》卷二举为“掉字句法”，俗称“掉字对”。这种对法，追溯起来，在杜甫之前，王维诗中已出现。王维《送方尊师归嵩山》“山压天中半天上，洞穿江底出江南”，杜甫《闻官军收河南河北》“即从巴峡穿巫峡，便下襄阳向洛阳”，卢纶《春日题杜叟山下别业》“云影断来峰影出，林花落尽草花生”，元稹元和四年（809）《使东川·江楼月》亦有“月色满床兼满地，江声如鼓复如风”，李绅《忆汉月》“花开花落无时节，春去春来有底凭”，刘禹锡《乐天见示伤微之敦诗晦叔三君子皆有深分因成是诗以寄》"芳林新叶催陈叶,流水前波让后波",皆可见"掉字对"端倪。《瓯北诗话》卷十二:"古人句法,有不宜袭用者。白香山'东涧水流西涧水,南山云起北山云',盖脱胎于'东家流水入西邻'之句,然已逊其酝藉。梅圣俞又仿之为'南岭禽过北岭叫,高田水入低田流',则磨牛之踏陈迹矣,乃欧阳公诵之不去口。黄山谷又仿之为'野水自流田水满,晴鸠却唤雨鸠来',周少隐《竹坡诗话》亦谓其'语意高妙',而不知愈落窠臼也。邵长蘅《西湖》诗'南高云过北高宿,里湖水出外湖流',亦同此病。"

屈复《唐诗成法》卷十云:"韬光诗此为第一,最切最真。但重字一连六句,嫌于急口令。离之则双美,合之则两伤,信哉!"陈衍《石遗室诗话》卷十九:"此七言律之创格也。惟灵隐、韬光两寺实一寺,一山门实两山门者,用此格最合。其余'东西涧''南北峰''前后台''上下界',无一字不真切。故此诗不可无一,不能有二。惟东坡能变化学之。《游西菩寺》次联云:'白云自占东西岭,明月谁分上下池。'略翻乐天意说之也。据《咸淳临安志》,寺前有东西双峰,寺中有清凉池、明月池,有似灵隐、韬光,故东坡亦分东西上下言之。又《赠上天竺辩才师》云:'南北一山门,上下两天竺。'又《自普照游二庵》云:'长松吟风晚细雨,东庵半掩西庵闭。'皆用此例。亦以天竺寺有上下、庵有东西故也。王摩诘《访吕逸人》诗云:'城上青山如屋里,东家流水入西邻。'又乐天诗所自出。"

醉赠刘二十八使君[1]

为我引杯添酒饮,与君把箸击盘歌。诗称国手徒为尔[2],命压人头不奈何。举眼风光长寂寞,满朝官职独蹉跎。亦知合被才名折，二十三年折太多③。

【注释】

① 刘二十八使君：刘禹锡时方罢和州刺史任赴洛阳。

② 国手：《太平广记》卷九九《十光佛》（出《宣室志》）："其壁有画十光佛者，笔势甚妙，为天下之标冠。有识者云：'此国手蔡生之迹也。'"又卷二二八《日本王子》（出《杜阳编》）："王子善围棋，上敕待诏颜师言对手。……师言实称国手。"盖当时对技艺最优者有国手之称。

③"二十三年"句：朱金城《白居易集笺校》："刘诗亦谓'二十三年弃置身'，彼此皆言'二十三年'，当有实据。惟禹锡永贞元年贬官，永贞一年，元和十五年，长庆四年，宝历二年，合计实止二十二年。扬州初逢在宝历二年岁杪，岂大和元年预计入耶？"王汝弼《白居易选集》："此非误记年月，而是为了要调平仄，所以改二为三。"

【评析】

作于宝历二年（826），苏州至洛阳途中。当时刘禹锡卸任和州刺史，经扬州回洛阳，"岁暮，罢归洛，与公相遇于扬楚间"（陈振孙《白文公年谱》敬宗宝历二年），与自苏州北归的白居易相逢于扬子津。刘禹锡大和元年（827）《鹤叹二首》小引云："友人白乐天，去年罢吴郡……余相遇于扬子津，闲玩终日。"两位相契已久的好友，几乎同时罢郡归洛阳，在扬州意外相逢，自然感到格外兴奋。白居易赋七律《醉赠刘二十八使君》，诗中以"国手"盛赞梦得的诗才，并对他被视为"永贞逆党"而迭遭放逐，沦落不偶长达二十三年之久而深致惋惜与同情。刘禹锡答以《酬乐天扬州初逢席上见赠》："巴山楚水凄凉地，二十三年弃置身。怀旧空吟闻笛赋，到乡翻似烂柯人。沉舟侧畔千帆过，病树前头万木春。今日听君歌一曲，暂凭杯酒长精神。"刘诗回赠接过白诗话头，既抒写出那一特定环境中的感情，又蕴含着贬官二十多年后回乡的深沉感叹。那一年两人都是五十五岁，回溯到贞元十九年（803），他们都是三十二岁，禹锡在京官监察御史，居易职为校书郎，住常乐里。二十三年过去，难免欷歔慨叹。二人才力大体相若，而刘诗格调似更雄健。特别是颈联写沉舟侧畔，千帆竞发；病树前头，万木争荣，意象新奇壮丽，寓意深长，较之乐天"命压人头不奈何"确实较胜一筹。难怪乐天称赞这两句诗"神妙"，"在在处处应当有灵物护之"（《刘白唱和集解》），清人赵执信《谈龙录》更推许为"有道之言"，至今仍常常被人引用。

偶　眠

放杯书案上，枕臂火炉前。老爱寻思事，慵多取次眠[①]。妻教卸乌帽[②]，婢与展青毡。便是屏风样[③]，何劳画古贤？

【注释】

① 取次：随意、随便。北齐乐歌："日日饮酒醉，国计无取次。"杜甫《送元二适江左》："经过自爱惜，取次莫论兵。"

② 乌帽：乌纱帽。刘禹锡《插田歌》："路旁谁家郎，乌帽衫袖长。自言上计吏，年初离帝乡。"

③ 屏风样：画样。《唐朝名画录》："范长寿，国初为武骑尉，善画风俗田家景候人物之状，人间多有。今屏风是其制也。凡画山水树石牛马畜产，屈曲远近，放牧闲野，皆得其妙，各尽其微。"《历代名画记》卷九："薛稷字嗣通……尤善花鸟人物杂画。画鹤知名，屏风六扇样，自稷始也。"

【评析】

作于大和元年(827),长安,白居易时为秘书监。大和元年(827)三月十七日,白居易被征为秘书监,此为秘书省主管官员,秩从三品,"掌邦国经籍图书之事"(《唐六典》卷十《秘书省》),是职事不多而品秩甚重的清要官职。在忙少闲多的日子里,白居易饮酒、赋诗、闲行,"尽日后厅无一事,白头老监枕书眠"(《秘省后厅》),撰写了大量闲适诗,如《闲行》:"五十年来思虑熟,忙人应未胜闲人。林园傲逸真成贵,衣食单疏不是贫。专掌图书无过地,遍寻山水自由身。傥年七十犹强健,尚得闲行十五春。"《闲出》:"兀兀出门何处去,新昌街晚树阴斜。马蹄知意缘行熟,不向杨家即庾家。"这一首格外得到后人的青睐。宋徽宗曾题写此诗于南唐画院周文矩所画《重屏图》(《研北杂志》卷上)。《诗话总龟》卷二十引李颀《古今诗话》:"白乐天以诗名,与元微之同时,号元白。诗词多比图画,如《重屏图》,自唐迄今传焉,乃乐天《醉眠》诗也。诗曰……且诗之所以能尽人情物态者,非笔端有口未易到也。诗家以画为无声诗,诚哉是言。"元虞集有《白乐天重屏图》诗。

题洛中第宅

水木谁家宅,门高占地宽。悬鱼挂青甃,行马护朱栏[①]。春榭笼烟暖,秋庭锁月寒。松胶粘琥珀,筠粉扑琅玕。试问池台主,多为将相官。终身不曾到,唯展宅图看。

【注释】

①"悬鱼"二句:《唐会要》卷三一:"六品七品已下,堂舍不得过三

间五架，门屋不得过一间两架，非常参官不得造轴心舍及施悬鱼对凤瓦、兽通袱乳梁装饰。”程大昌《演繁露》卷一：“晋魏以后，官至贵品，其门得施行马。行马者，一木横中，两木互穿，以成四角。施之于门，以为约禁也。《周礼》谓之梐枑。今官府前叉子是也。”

【评析】

作于大和二年（828），洛阳，时为秘书监。大和元年（827）十二月，白居易奉使赴洛阳，大和二年（828）春，方回到长安。在洛阳履道里小住期间，白居易不禁为庭院中“低风洗池面，斜日拆花心。暝助岚阴重，春添水色深”（《履道春居》）的恬静园林风光所陶醉，有感于高门大户所占洛中宅第，尽管富丽阔绰，然而“终身不曾到，唯展宅图看”（《题洛中第宅》），形同虚设，从而在思想深处浮现出“林泉应问我，不住意如何”（《洛下诸客就宅相送偶题西亭》）的踌躇，萌生了“好住旧林泉，回头一怅然……欲作栖云计，须营种黍钱。更容求一郡，不得亦归田”（《答林泉》）的退意。蔡正孙《诗林广记》前集卷十：“愚谓此绝与前首（智按：《履道居》诗）大意略同。读者当有顿悟，处世之汲汲于求田问舍者，可以自省矣。”方回《瀛奎律髓》卷三十五云：“尾四句，尽贵人第宅终不能归之态。”明高鹤《见闻搜玉》卷二：“士大夫家，往往崇构堂宇，巧结台榭，以为游宴之所，然而久羁宦邸，终不获享其乐，是可叹也。白乐天诗曰：‘试问池台主，多为将相官。终身不曾到，惟展画图看。’在今时亦有然者。”胡应麟《诗薮》内编卷六：“乐天云：‘试问池台主，当为将相官。终身不曾到，但展画图看。’谢盖因此而误。然白自咏达官园囿，非缘羁旅作也。”谢指谢枋得，其《注解章泉涧泉二先生选唐诗》卷三选许浑《客有卜居不遂薄游汧陇》，评云：“此诗解其卜居不遂之郁结也。五侯之家，富贵极矣，今遥望其庐，‘楼台深锁无人到，落尽春风第一花’。人生如寄，英雄以宇宙为家，此身所到，等逆旅耳，何必以无家为忧？彼五侯有楼台而不得居，寒士无室庐者，亦以宽心矣。”许浑诗《客有卜居不遂薄游汧陇因题》，见《全唐诗》卷五三八。

寄殷协律

五岁优游同过日，一朝消散似浮云。琴诗酒伴皆抛我，雪月花时最忆君。几度听鸡歌白日，亦曾骑马咏红裙①。［予在杭州日，有歌云：听唱黄鸡与白日。又有诗云：著红骑马是何人？］吴娘暮雨萧萧曲，自别江南更不闻②。［江南吴二娘曲词云：暮雨萧萧郎不归。］

【注释】

①“几度”二句：敦煌曲《十二时》：“日入酉，金樽多泻蒲桃酒。劝君莫弃失途人，结交承仕须朋友”，“鸡鸣丑，莫惜黄金结朋友。蓬蒿岂得久荣华，飘飖万里随风走”。入矢义高《白居易作品中的口语表达》：“白氏这一作品，确是运用了‘十二时歌’的形式。……‘黄鸡催晓丑时鸣’就是扩展了的‘鸡鸣丑’；‘白日催年酉前没’就是扩展了的‘日入酉’。”（中译文载《传统文化与现代化》，1996 年第 6 期）白居易《醉歌》：“黄鸡催晓丑时鸣，白日催年酉前没。”《代卖薪女赠诸妓》：“一种钱塘江畔女，著红骑马是何人？”汪立名云：“按《尧山堂外记》云：唐时杭妓承应宴会皆得骑马以从。”

②“吴娘”二句：杨慎《升庵诗话》卷四：“吴二娘，杭州名妓也。有《长相思》一词云：‘深花枝，浅花枝，深浅花枝相间时。花枝难似伊。巫山高，巫山低，暮雨潇潇郎不归。空房独守时。’白乐天诗：‘吴娘暮雨潇潇

曲，自别江南久不闻。'又：'夜舞吴娘袖，春歌蛮子词。'自注：'吴二娘歌词有暮雨潇潇郎不归之句。'《绝妙词选》以此为白乐天词，误矣。吴二娘亦杜公之黄四娘也。聊表出之。"《吟窗杂录》卷五十亦载吴二娘《长相思令》，文字稍异。清人徐釚《词苑丛谈》、叶申芗《本事词》、冯金伯辑《词苑萃编》皆谓白乐天诗盖指吴二娘《长相思》词。王国维《人间词话·补录》："'暮雨潇潇郎不归'，当是古词，未必即白傅所作。故白诗云'吴娘夜雨潇潇曲，自别苏州更不闻'也。"曾昭岷等《全唐五代词》云："据此，则词为白居易作而吴二娘歌唱，未知《本事词》有无确据。……究属谁作，尚难断定，姑两存之，俟考。"王小盾《唐代酒令艺术》则认为吴二娘先唱此曲，撰辞起舞。白居易依令唱和，另撰曲词之上片，遂有两辞。

【评析】

作于大和二年（828），洛阳，时为秘书监。诗题作者自注："多叙江南旧游。"陈增杰《白居易诗殷协律考辨》谓白居易诗中的"殷协律"非殷尧藩，证据有四条。其中前两条是语句或诗句理解方面的，尚难以确证。第三条据《别杨颖士卢克柔殷尧藩》"匹马往秦关"句，断为元和元年（806）授盩厔县尉自长安赴任时作，恐非；所引殷尧藩《送白舍人渡江》，陶敏《〈全唐诗·殷尧藩集〉考辨》已考为明人史谨之作。第四条所引白居易《忆旧游》"周五殷三归夜台"中的"殷三"是否确指殷尧藩，则着实有待重新考察。此处姑从旧说。按，殷尧藩元和九年（814）登进士第，苏州嘉兴（今属浙江）人，长庆中，殷尧藩曾以协律郎为白居易苏、杭二州从事，累官至侍御，是元白诗派重要成员，详见拙著《元白诗派研究》。

这首七言律诗造语凝练，意境俱佳，情辞并茂。通过记述与殷尧藩曾经的过往，一朝分离，就如浮云飘散，实难相聚，怎能不令人思念？听唱黄鸡与白日，曾咏著红骑马人，追叙江南旧游，回忆一起游玩，激起对往日的无限怀思。《唐诗别裁集》重订本卷十五：“追忆佳冶，转觉凄凉。”《唐宋诗醇》云：“无限感慨，结（冶）语更凄凉。”方东树《昭昧詹言》卷十八曰：“起以叙事为点题，‘浮云’自比，三句与般为一类，跌出四句如今寄诗，往复一气。五、六又回应首句，收句又应次句。此等犹见章法，用笔用意，随手宛转，变化之妙，不比作死诗。”

临都驿答梦得六言二首

扬子津头月下[①]，临都驿里灯前。昨日老于前日，去年春似今年。

谢守归为秘监[②]，冯公老作郎官[③]。前事不须问著，新诗且更吟看。

【注释】

① 扬子津：李白《横江词六首》：“横江西望阻西秦，汉水东连扬子津。”杨齐贤注：“《唐志》：扬州广陵郡，永淳元年析江都县置扬子县。扬子县有瓜步镇，即渡江处。横江，建康之西津。扬子，建康之东津也。”

②“谢守”句：用谢灵运事。《宋书·谢灵运传》：“出为永嘉太守。……太祖登祚，诛徐羡之等，征为秘书监，再召不起。上使光禄大夫范泰与灵运书敦奖之，乃出就职。”

③“冯公”句：用冯唐事。《史记·张释之冯唐列传》：“武帝立，求贤良，举冯唐。唐时年九十余，不能复为官。”

【评析】

作于大和二年（828），洛阳，时为秘书监。临都驿，在洛阳西。《太平广记》卷二百《卢渥》(出《唐阙史》):"及赴任陕郊,洛城自居守分司朝臣以下,互设祖筵,遮于行路,洛城为之一空。都人观者肩望击毂,盛于清明洒扫之日,自临都驿以至于行,凡五十里,连翩不绝。"白居易《临都驿送崔十八》:"勿言临都五六里,扶病出城相送来。"第一首,《唐诗镜》云:"颠倒得佳。"第二首,《唐宋诗醇》云:"节短音长。"刘禹锡《答乐天临都驿见赠》:"北固山边波浪,东都城里风尘。世事不同心事,新人何似故人。"

杏园花下赠刘郎中

怪君把酒偏惆怅,曾是贞元花下人。自别花来多少事,东风二十四回春[①]。

【注释】

①"东风"句:刘禹锡永贞元年(805)贬官,至大和二年(828)为二十四年。宝历二年(826),白居易《醉赠刘二十八使君》:"亦知合被才名折,二十三年折太多。"

【评析】

作于大和二年(828),长安,时为刑部侍郎。大和二年(828)二月十九日,白居易自洛阳回到长安不久,即自秘书监除刑部侍郎。刑部侍郎"掌天下刑法及徒隶句覆,关禁之政令"(《唐六典》卷六《尚书刑部》),品秩正四品下,虽稍低于秘书监(从三品),但因其为尚书六部副长官之一,较之掌管图书经籍的秘书监更为清要。刘郎中,刘禹锡。明敖英《唐诗绝句类选》卷一:"'多少'二字,甚有含蓄。"周敬曰："乐天语尚真率，浅中风韵自多。"周珽《删补唐诗选脉笺释会通评林》卷五十七："一别二十四年，其间迁使忧乐等事，不堪备举，但记得当年同为花下之人耳。所以'把酒'不觉'偏惆怅'也。'怪君'二字，直贯终篇，彼此深情，依然言表。"查慎行《初白庵诗评》云："'东风二十四回春'，澹而旨。"刘禹锡《杏园花下酬乐天见赠》："二十余年作逐臣，归来还见曲江春。游人莫笑白头醉，老醉花间有几人。"元稹《酬白乐天杏花园》："刘郎不用闲惆怅，且作花间共醉人。算得贞元旧朝士，几人同见太和春。"张籍《同白侍郎杏园赠刘郎中》："一去潇湘头欲白，今朝始见杏花春。从来迁客应无数，重到花前有几人。"风采各现，杏园为之增色。

伊　州

老去将何散老愁，新教小玉唱伊州①。亦应不得多年听，未教成时已白头。

【注释】

①小玉：此指歌女。

【评析】

作于大和二年（828），长安，时为刑部侍郎。伊州，《大唐传载》："天宝中，乐章名以边地为名，若《凉州》《甘州》《伊州》之类是焉。其曲遍繁声，名入破。后其地尽为西番所没，其破兆矣。"沈括《梦溪笔谈》卷五："古乐有三调声，谓清调、平调、侧调也。王建诗云：'侧商调里唱伊州。'是也。"《西清诗话》："余尝观唐人《西域记》云：龟兹国王与臣庶知乐者，于大山间听风水之声，均节成音，后翻入中国。如《伊州》《凉州》《甘州》，皆自龟兹至也。此说近之。但不及《霓裳》耳。”王灼《碧鸡漫志》卷三：“《伊州》见于世者凡七：商曲大石调、高大石调、双调、小石调、歇指调、林钟商、越调，第不知天宝所制七商中何调耳。王建《宫词》云：‘侧商调里唱伊州。’林钟商，今夷则商也，管色谱以凡字杀，若侧商即借尺字杀。”查慎行《初白庵诗评》云：“‘亦应不得多年听’二句，绮语作达，分外风流。”俞陛云《诗境浅说续编》曰：“诗谓垂老多愁，令歌姬小玉，学唱伊州一曲，以遣有涯之生。乃曲未教成，而鬓丝已白。世之沉酣醉梦者，罗衣尚在，而春舞已休，金穴未成，而玉棺遽降。作者明知过客光阴，且及时行乐耳。亦有若‘野人闲种树，树老野人前’，亲见手种成阴者，白傅倘能亲见教成乎？”

杨柳枝词八首

六么水调家家唱[①]，白雪梅花处处吹[②]。古歌旧曲君休听，听取新翻杨柳枝。

陶令门前四五树，亚夫营里百千条[③]。何似东都正二月，黄金枝映洛阳桥？

依依袅袅复青青，勾引春风无限情。白雪花繁空扑地，绿丝条弱不胜莺。

红板江桥青酒旗，馆娃宫暖日斜时。可怜雨歇东风定，万树千条各自垂。

苏州杨柳任君夸，更有钱塘胜馆娃。若解多情寻小小，绿杨深处是苏家。

苏家小女旧知名，杨柳风前别有情④。剥条盘作银环样，卷叶吹为玉笛声。

叶含浓露如啼眼，枝袅轻风似舞腰。小树不禁攀折苦，乞君留取两三条。

人言柳叶似愁眉，更有愁肠似柳丝。柳丝挽断肠牵断，彼此应无续得期。

【注释】

① 六么：乐曲名，即《绿腰》《乐世》。水调：《乐府诗集》卷七九《水调歌》："《乐苑》曰：《水调》，商调曲也。旧说《水调》《河传》，隋炀帝幸江都时所制，曲成奏之，声韵怨切。……唐又有《新水调》，亦商调曲也。"

② 白雪：属清乐琴曲。《旧唐书·音乐志一》："（显庆）二年，太常奏《白雪》琴曲。……太常上言曰：'……是知《白雪》等曲，本宜合歌，以其调高，人和遂寡。自宋玉以后，迄今千祀，未有能歌《白雪》曲者。臣今准敕，依于琴中旧曲，定其宫商，然后教习，并合于歌。辄以御制《雪诗》为《白雪》歌辞。又按古今乐府，奏正曲之后，皆别有送声，君唱臣和，事彰前史。辄取侍臣等奉和《雪诗》以为送声。各十六节，今悉教讫，并皆谐韵。'上善之，乃付太常，编于乐府。六年二月，太常丞吕才造琴歌《白雪》等曲，上制歌辞十六首，编入乐府。"梅花：即《梅花落》，又名《落梅》，汉乐府横吹曲名。《乐府诗集》卷二一引《乐府解题》："汉横吹曲，二十八解，李延年造。魏晋已来，唯传十曲。……后又有《关山月》《洛阳道》《长安道》《梅花落》《紫骝马》《骢马》《雨雪》《刘生》八曲，合十八曲。"又卷二四横吹曲辞："《梅花落》，本笛中曲也。按唐大角曲亦有《大单于》《小单于》《大梅花》《小梅花》等曲，今其声犹有存者。"

③"陶令"二句：陶渊明《五柳先生传》："先生不知何许人也，亦不详其姓字，宅边有五柳树，因以为号焉。"《史记·绛侯周勃世家》："以

河内守亚夫为将军，军细柳，以备胡。”

④“苏家”二句：钱易《南部新书》戊：“白乐天任杭州刺史，携妓还洛，后却遣回钱唐。故刘禹锡有诗答曰：‘其那钱唐苏小小，忆君泪染石榴裙。’”此处借以暗喻其妾柳枝（樊素）。“杨柳风前别有情”，盖追写樊之杭州旧居，白居易《杭州春望》“柳色春藏苏小家”，与此所写当为一事。

【评析】

约作于大和二年（828）至开成三年（838），洛阳。白居易《杨柳枝二十韵》题注：“杨柳枝，洛下新声也。洛之小妓有善歌之者，词章音韵，听可动人，故赋之。”又白居易《不能忘情吟》序：“妓有樊素者，年二十余，绰绰有歌舞态，善唱杨枝，人多以曲名名之，由是名闻洛下。”唐段安节《乐府杂录》：“杨柳枝，白傅闲居洛邑时作，后入教坊。”王灼《碧鸡漫志》卷五：“杨柳枝，《鉴戒录》云：柳枝歌，亡隋之曲也。前辈诗云：‘万里长江一旦开，岸边杨柳几千栽。锦帆未落干戈起，惆怅龙舟更不回。’又云：‘乐苑隋堤事已空，万条犹舞旧春风。’皆指汴渠事。而张祜《折杨柳枝》两绝句，其一云：‘莫折宫前杨柳枝，玄宗曾向笛中吹。伤心日暮烟霞起，无限春愁生翠眉。’则知隋有此曲，传至开元。《乐府杂录》云：‘白傅作《杨柳枝》。’予考乐天晚年，与刘梦得唱和此曲词，白云：‘古歌旧曲君休听，听取新翻杨柳枝。’又作《杨柳枝二十韵》云：‘乐童翻怨调，才子与妍词。’注云：‘洛下新声也。’刘梦得亦云：‘请君莫奏前朝曲，听唱新翻杨柳枝。’盖后来始变新声，而所谓乐天作《杨柳枝》者，称其别创词也。今黄钟商有《杨柳枝》曲，仍是七字四句诗，与刘、白及五代诸子所制并同。但每句下各增三字一句，此乃唐时和声，如《竹枝》《渔父》，今皆有和声也。旧词多侧字起头，平字起头者十之一二。今词尽皆侧字起头，第三句亦复侧字起，声度差稳耳。”参见任半塘《唐声诗》下编考证。

洪迈《容斋随笔》卷七：“薛能者，晚唐诗人，格调不能高，而妄自尊大。……有《柳枝词》五首，最后一章曰：‘刘白苏台总近时，当初章句是谁推？纤腰舞尽春杨柳，未有侬家一首诗。’自注云：‘刘、白二尚书继为苏州刺史，皆赋《杨柳枝》词，世多传唱，虽有才语，但文字太僻，宫商不高耳。’能之大言如此；但稍推杜陵，视刘、白以下蔑如也。今读其诗正堪一笑。刘之词曰：‘城外春风吹酒旗，行人挥袂日西时。长安陌上无穷树，唯有垂杨管别离。’白之词云：‘红板江桥清酒旗，馆娃宫暖日斜时。可怜雨歇东风定，万树千条各自垂。’其风流气概，岂能所仿佛哉！”

范晞文《对床夜语》卷五：“白乐天《杨柳枝》云：‘陶令门前四五树，亚夫营里百千条。何似东都正二月，黄金枝映洛阳桥。’刘禹锡云：‘金谷园中莺乱啼，铜驼陌上好风吹。城东桃李须臾尽，争似垂杨无限时。’张祜云：‘凝碧池边敛翠眉，景阳楼下绾青丝。那胜妃子朝元阁，玉手和烟弄一枝。’薛能云：‘和风烟树九重城，夹路春阴十万营。惟向边头不堪望，一株憔悴少人行。’三诗皆仿白。独薛能一首变为凄楚耳。李商隐亦有二绝，立意颇新，其辞云：‘暂凭樽酒送无憀，莫损愁眉与细腰。人世死前惟有别，春风争拟惜长条。’‘含烟惹雾每依依，万绪千条拂落晖。为报行人休尽折，半留相送半迎归。’”

《柳枝词》多有寓意，非纯粹咏物也，如其四以红板桥比卑微者，馆娃宫比尊贵者。末二句见盛时一过，同样无聊，故皆可怜也，可知白居易有庄子“齐物”之思想。黄生《增订唐诗摘钞》卷四评云：“咏杨柳，未有不咏其舞风者，此独从风定时著笔，另是一种风致。只写景，不入情，情自无限。”批点“红板江桥青酒旗”曰：“本色点缀。”其四“可怜雨歇东风定”二句，写雨歇风定之后，万树千条的柳枝，各自垂头，枝嫩叶绿，十分逼真，查慎行《初白庵诗评》评云：“无意求工，自成绝调。”其七“小树不禁攀折苦”二句，则评云：“楚楚动人怜。”《石洲诗话》卷二：“白公《杨柳枝词》‘叶含浓露如啼眼……’，于咏柳之中，寓取风情，此当为《杨柳枝词》本色。”《唐人万首绝句选》评：“于闲冷处传神，情味悠然。”《唐宋诗醇》评其三、四、五、七首云：“四诗风格，不减盛唐。”

华州西

每逢人静慵多歇，不计程行困即眠。上得篮舆未能去，春风敷水店门前①。

【注释】

①敷水：《水经注》渭水：“渭水又东，敷水注之，水南出石山之敷谷，北径告平城东。……敷水又北径集灵宫西。”《明一统志》卷三二：“敷水，在华州城东南一十五里，源出小敷谷，流经华阴县西北，合渭河，名敷水渠。唐开元中，姜师度凿以泄水害，刺史樊忱复凿之，使通渭漕。”

【评析】

文宗大和三年（829）春，白居易以太子宾客分司东都，此诗作于长安至洛阳途中。对华州敷水驿，白居易有特别的记忆，元和五年（810），他的好友元稹在此与宦官刘士元争厅被贬江陵，白居易上书争辩。大和元年（827），白居易自洛阳至长安途中，有《过敷水》：“垂鞭欲渡罗敷水，处分鸣驺且缓驱。秦氏双蛾久冥寞，苏台五马尚踟蹰。村童店女仰头笑，今日使君真是愚。”大和九年（835），自洛阳至下邽途中，有《罗敷水》：“野店东头花落处，一条流水号罗敷。芳魂艳骨知何在，春草茫茫墓亦无。”《与裴华州同过敷水戏赠》：“使君五马且踟蹰，马上能听绝句无？每过桑间试留意，何妨后代有罗敷。”这几首诗，只有《华州西》这一首得到后人青睐。

王士禛《香祖笔记》卷五：“（白乐天）古诗晚岁重复什而七八，绝句作眼前景语，却往往入妙，如‘上得篮舆未能去，春风敷水店门前’‘可怜八月初三夜，露似珍珠月似弓’之类，似出率易，而风趣复非雕琢可及。（敷水在华州东，水出罗敷谷。郦注：‘敷水又北径集灵宫西。’予过其地，忆白诗，亦为之流连而不发也。）”《唐人万首绝句选》曰：“情景俱绝，流连无尽。”

中　隐

大隐住朝市，小隐入丘樊。丘樊太冷落，朝市太嚣喧。不如作中隐，隐在留司官。似出复似处，非忙亦非闲。不劳心与力，又免饥与寒。终岁无公事，随月有俸钱。君若好登临，城南有秋山。君若爱游荡，城东有春园。君若欲一醉，时出赴宾筵。洛中多君子，可以恣欢言。君若欲高卧，但自深掩关。亦无车马客，造次到门前[①]。人生处一世，其道难两全。贱即苦冻馁，贵则多忧患。唯此中隐士，致身吉且安。穷通与丰约，正在四者间。

【注释】

①造次：轻易，随便。《敦煌变文集·伍子胥变文》：“君莫造次，大须三思。”

【评析】

作于大和三年（829），洛阳，时为太子宾客分司。从大和三年（829）四月下旬始，至会昌六年（846）八月病逝，白居易前后十七年，五十八岁到七十五岁这段晚年岁月，是在洛阳度过，可分为三个阶段：第一阶段，大和三年（829）春到九年（835）秋，以太子宾客分司（其中，四年末到七年初为河南尹）；第二阶段，大和九年（835）冬到会昌元年（841）初，“七年为少傅”分司；第三阶段，会昌元年（841）罢少傅分司，继而以刑部尚书致仕，至会昌六年（846）病逝。

“大隐住朝市”六句，指出“中隐”是不同于“大隐”和“小隐”的中庸选择，留司官职是其得以实现的条件。“似出复似处”至“造次到门前”十八句，着力描写隐在东都留司官职的生活及特点：非忙非闲，得全俸，不劳心力，或登临，或游荡，或畅饮，或高卧，尽可随心。“人生处一世”八句概括“中隐”生活的妙处：中隐者处身穷通、丰约之间，远离祸患，身心安泰。明高鹤《见闻搜玉》卷二：“白乐天诗曰：‘大隐在朝市，小隐在丘樊。不如作中隐，隐在留司间。’则隐又有二者之不同矣。”“中隐”既区别于隐于山林的“小隐”，也与隐于朝市的“大隐”不同，而是隐于地方官，最佳选择是散官或闲官。中隐思想兼顾富贵与闲逸、山林与朝市，在传统的高尚型、节操型、避祸型、待时型隐逸之外，别树一型，体现着白居易的人生选择，非忙非闲，任职留司的中隐者可谓折中于“穷通丰约”四者之间，远离祸患，身心安泰。《御选唐宋诗醇》卷二十五评《中隐》诗：“胸中无挂碍，乃得此空明洒脱之境。”所言极是。这种在入世与出世之间进退裕如的“中隐”之道，融汇着道家“知足知止”和儒家“乐天知命”思想，并借助于“执两用中”的儒家中庸之道的思维模式，由生活方式升华为处世哲学，堪称白居易的一大发明。“中隐”哲学，巧妙平衡了集权专制与个体独立意识之间的矛盾，是有机继承与整合传统仕隐观念基础之上的创新和发展。

与传统吏隐观之身心分离不同，“中隐”说强调身心的自然合一。晚年白居易着意于自我身心、形神、外内的安顿，追求身心自然合一的生命境界。诗中多次表达这一思想。不同于隐于喧嚣朝市的大隐，也不同于隐于冷落山林的小隐，而是“进退处中央”（《奉和裴令公新成午桥庄绿野堂即事》），“红尘闹热白云冷，好于冷热中间安置身”（《雪中晏起偶咏所怀兼呈张常侍韦庶子皇甫郎中》），选择中隐，意味着同时避开山林之寂寥与朝市之危机。山中之木以不材得终其天年，主人之雁却因不能鸣而死，庄周选择“处乎材与不材之间”以保全自己。白居易几次化用《庄子·山木》中这一典故，来表达自己的认同。如元和间，在长安有《养拙》：“始知不才者，可以探道根。”开成二年（837）有《偶作》：“篮舁出即忘归舍，柴户昏犹未掩关。闻客病时惭体健，见人忙处觉心闲。清凉秋寺行香去，和暖春城拜表还。木雁一篇须记取，致身才与不才间。”虽有行香、拜表等公事在身，却身心闲适悠哉，深感置身才与不才间的妙处。大和九年（835），《咏怀》云“高人乐丘园，中人慕官职”，“我今幸双遂，禄仕兼游息”；开成三年（838），《咏怀寄皇甫朗之》云“养病未能辞薄俸，忘名何必入深山。与君别有相知分，同置身于木雁间”，皆道出中隐者的心境和态度，不必入深山，园林就是中隐者诗意的栖居地，在这里，中隐者内心无比自得。

池上篇（并序）

都城风土水木之胜在东南偏，东南之胜在履道里，里之胜在西北隅，西闬北垣第一第即白氏叟乐天退老之地。地方十七亩，屋室三之一，水五之一，竹九之一，而岛树桥道间之。

初乐天既为主，喜且曰：虽有台池，无粟不能守也，乃作池东粟廪。又曰：虽有子弟，无书不能训也，乃作池北书库。又曰：虽有宾朋，无琴酒不能娱也，乃作池西琴亭，加石樽焉。乐天罢杭州刺史时，得天竺石一，华亭鹤二以归，始作西平桥，开环池路。罢苏州刺史时，得太湖石、白莲、折腰菱、青板舫以归[①]，又作中高桥，通三岛径。罢刑部侍郎时，有粟千斛，书一车，洎臧获之习管磬弦歌者指百以归[②]。先是颍川陈孝山与酿法酒[③]，味甚佳。博陵崔晦叔与琴[④]，韵甚清。蜀客姜发授《秋思》[⑤]，声甚淡。弘农杨贞一与青石三[⑥]，方长平滑，可以坐卧。大和三年夏，乐天始得请为太子宾客，分秩于洛下，息躬于池上。凡三任所得，四人所与，洎吾不才身，今率为池中物矣。每至池风春，池月秋，水香莲开之旦，露清鹤唳之夕，拂杨石，举陈酒，援崔琴，弹姜《秋思》，颓然自适，不知其他。酒酣琴罢，又命乐童登中岛亭，合奏《霓裳散序》。声随风飘，或凝或散，悠扬于竹烟波月之际者久之。曲未竟而乐天陶然已醉睡于石上矣。睡起偶咏，非诗非赋，阿龟握笔[⑦]，因题石间。视其粗成韵章，命为《池上篇》云尔。

十亩之宅，五亩之园。有水一池，有竹千竿。勿谓土狭，勿谓地偏。足以容膝，足以息肩。有堂有亭，有桥有船。有书有酒，有歌有弦。有叟在中，白须飘然。识分知足，外无求焉。如鸟择木，姑务巢安。如蛙居坎，不知海宽[⑧]。灵鹤怪石，紫菱白莲。皆吾所好，尽在我前。时引一杯，或吟一篇。妻孥熙熙，鸡犬闲闲。优哉游哉，吾将终老乎其间。

【注释】

①“太湖石”句：参见白居易《太湖石》《问江南物》《白莲池泛舟》

《池上小宴问程秀才》。汪立名《白香山诗集》卷三十八："按公有《奉和牛思黯太湖石兼呈梦得》诗，其末云：'共嗟无此分，虚管太湖来。'自注：'与梦得俱典姑苏，而不获此石。'而此诗序中又云：'罢苏州刺史时，得太湖石。'岂归洛既久，旧物皆不复存耶。"

② 臧获：奴婢。白居易《小庭亦有月》"红绡信手舞，紫绡随意歌"自注："菱、谷、紫、红，皆小臧获名也。"

③ 陈孝山：陈岵。

④ 崔晦叔：崔玄亮。

⑤《秋思》：《乐府诗集》卷五九《蔡氏五弄》引《琴集》："五弄：《游春》《渌水》《幽居》《坐愁》《秋思》，并宫调，蔡邕所作也。"引《琴书》："邕性沉厚，雅好琴道。嘉平初，入青溪访鬼谷先生。所居山有五曲，一曲制一弄……西曲灌水吟秋，故作《秋思》。"

⑥ 杨贞一：杨归厚。刘禹锡《管城新驿记》："大和二年闰三月，荥阳守归厚上言……太守姓杨氏，字贞一，华阴弘农人。"

⑦ 阿龟：即龟儿。白居易有《和晨兴因报问龟儿》。

⑧ "如蛙"二句：《庄子·秋水》："子独不闻夫坎井之蛙乎？谓东海之鳖曰：'吾乐与！吾跳梁乎井干之上，入休乎缺甃之崖。赴水则接腋持颐，蹶泥则没足灭跗。还虷蟹与科斗，莫吾能若也。且夫擅一壑之水，而跨跱坎井之乐，此亦至矣，夫子奚不时来入观乎？'东海之鳖左足未入，而右膝已絷矣。"

【评析】

作于大和三年（829），洛阳，时任太子宾客分司。《唐宋诗醇》云："池上佳境，详于序中，诗更不覼缕，淡淡写来，自见老洁。'识分知足'四字是乐天一生得力处，真实受用在此，序中未及，诗中特为清出，可为奢汰逾分、营营无厌者，痛下针砭。"诗人梅尧臣《邵郎中姑苏园亭》

开篇即称“公爱乐天池上篇”，白居易能有今日之声名，除了水平高，数量多，寿命长这些原因之外，与其善于藏书也颇有关系。为了完整妥善且久远的藏书，综合权衡誊录成本与散佚的风险，白居易做出周密安排，将著作抄写五部，分藏给家人和不同的寺院。在私人藏书方面，白居易有其专属的“池北书库”。池北书库建造在哪里呢？在东都洛阳东南偏点儿，那儿是当时风土水木最佳胜之处！东南偏哪里呢？当时的黄金地段——履道里！履道里何处？西北隅，当时更是风土水木最佳胜之处！西北隅第几处宅第呢？第一第！

中唐以下，诗文中池水之景的描写渐多，而白居易堪称代表。每到一处新址，白居易即造池水景，书斋院落的清雅明丽，与书斋眼前的池塘水景，提供给读者另一方天光云影，淡去了江湖风波的承载，人生至此开启歇息与归隐的新篇。白居易的池北书库，方圆十七亩，屋室三之一，水五之一，竹九之一，其间还有岛，有树，有桥，有路。水香莲开之旦，露清鹤唳之夕，主人酒酣琴罢，吟风弄月，这样的藏书之所，读书之地，可谓古今无两。这篇小品将池上佳境，淡淡写来，疏淡点染而已，而欣然之意，已出言外。

“一编长庆集，三复池上篇。”清代颐道堂主人陈文述是白香山的粉丝，他倾心香山之处，即其“随遇皆欣然”的人生态度，《画屏怀古诗》其二十八的这句，正点出《池上篇》是白居易思想要义之体现。不同于后世藏书家，池北书库主人的藏书并非意在收藏，主要是为了阅读和利用。白居易曾利用藏书，编纂《事类集要》，又称《白氏经史事类》，即后来通称的《白氏六帖》。

白居易的池北书库，在唐代诗人中绝无仅有，引来后人无数艳羡。北宋名相韩琦营造醉白堂，所醉之白即白乐天，苏东坡为之撰《醉白堂记》，称其“取乐天《池上》之诗，以为醉白堂之歌”，一段说魏公之所有，乐天之所无；一段是乐天之所有，又魏公之所无；一段论乐天魏公之所同，并非王安石所云，只是“韩白优劣论”。韩宰相《醉白堂》云：“戆老新成池上堂，因忆乐天池上篇。乐天先识勇退早，凛凛万世清风传。古人中求尚难拟，自顾愚者孰可肩。但举当时池上物，愧今之有殊未全。……吾今谋退亦易足，池南大屋藏群编。一车岂若万籍富，子孙得以精覃研。……人生所适贵自适，斯适岂异白乐天？未能得谢已知此，得谢吾乐知谁先？”诗酒年华，覃研万籍，藏书池上，风流林下，如此自适的人生，悟尽识分知足者，深谙及早勇退者，足堪先乐，足堪先醉。正所谓：十亩园，意自闲。池有泉，竹千竿。伴灵鹤，赏白莲。琴一张，书万卷。诗与酒，随遇安。歌与弦，欣欣然。己所好，在目前。陶然醉，静参禅。天地瞬，忘其年。香山老，白乐天。长庆集，池上篇。虽为宦，若游仙。

魏王堤

花寒懒发鸟慵啼，信马闲行到日西[①]。何处未春先有思，柳条无力魏王堤。

【注释】

①信马：任马行走而不加约制。

【评析】

作于大和四年（830），洛阳，时为太子宾客分司。魏堤，指洛阳魏王池堤。《新唐书·李讷传》：“召为河南尹，时久雨洛暴涨，讷行水魏王堤。惧漂泊，疾驰去，水遂大坏民庐。”《剧谈录》卷上洛中大水：“咸通四年秋，洛中大水。……先是皇城守阍者白昼闻五凤楼中有人歌云：

‘天津桥畔火光起，魏王堤上看洪水。’时郑相国涯留守洛师，闻之，以为妖妄。……及潦将兴，谷洛先涨，魏王与月波二堤俱坏，乃明阍者之言。”徐松辑《永乐大典》本《河南志》唐城阙古迹：“洛水西自苑内上阳宫之南，流入外郭城。东流经积善坊之北，分三道，当端门之南，立桥三。过桥，又合而东流，经尚善、旌善二坊之北，南溢为魏王池。”注：“与洛水隔堤。初建都，筑堤壅水北流，余水停成此池。下与洛水潜通，深处至数顷，水鸟翔泳，荷芰翻覆，为都城之胜地。贞观中，以赐魏王泰，故号为魏王池。泰黜后，赐东宫，属家令寺。”《唐两京城坊考》卷七略同。俞陛云《诗境浅说续编》曰：“岁暮凄寒，鸟慵花懒。斜日西沉之际，在魏王堤上，信马行吟。其时春气已萌，虽枯干萧森，而堤柳已含有回青润意，万缕垂垂。自来诗家，鲜有咏及者。乐天以‘无力’二字，状柳意之含春，与刘梦得之‘秋水清无力’状水势之衰，皆体物之工者。”称堤柳“鲜有咏及”，实在疏漏。杜甫《腊日》早有“漏泄春光有柳条”之句，然白诗“未春先有思”则更进一层。“花懒”“鸟慵”“柳条无力”，皆是未春景象，柳之春思，为诗人先觉，可见其敏感，不必待“漏泄”而已知。

除　夜

病眼少眠非守岁，老心多感又临春。火销灯尽天明后，便是平头六十人[①]。

【注释】

①平头：计数逢十，如十、百、千、万等不带零头，俗谓之齐头，亦称平头。白居易《登龙尾道南望忆庐山旧隐》：“青山举眼三千里，白发平头

五十人。”

【评析】

作于大和四年（830），洛阳，时为河南尹。大和四年（830）十二月岁末，太子宾客分司白居易除授河南尹，职位由“终岁无公事”的分司官变成了主宰一府的地方官，秩从三品，品秩虽稍低于正三品的太子宾客分司，但因为工资级别与行政级别有异，所以俸禄更为优厚，更适合资身养家。查慎行《初白庵诗评》云：“《除夜》，东坡《常州除夕》诗直用起一句。”梁启超批点《白香山诗集》亦云：“‘病眼’句，东坡亦全同。”《苏轼诗集》卷十一《除夜野宿常州城外二首》其一：“行歌野哭两堪悲，远火低星渐向微。病眼不眠非守岁，乡音无伴苦思归。重衾脚冷知霜重，新沐头轻感发稀。多谢残灯不嫌客，孤舟一夜许相依。”查注：“病眼”句，白乐天《除夜》诗也，先生一时偶用之耶？

宴散

小宴追凉散，平桥步月回。笙歌归院落[1]，灯火下楼台。残暑蝉催尽，新秋雁带来。将何迎睡兴，临卧举残杯。

【注释】

① 笙歌：合笙之歌。这里泛指奏乐唱歌。白居易《夜归》：“归来未放笙歌散，画戟门开蜡烛红。”

【评析】

作于大和五年（831），洛阳，时为河南尹。欧阳修《归田录》卷二：

"晏元献公善评诗,尝曰'老觉腰金重,慵使枕玉凉',未是富贵语;不如'笙歌归院落,灯火下楼台',此善言富贵者也。人皆以为知言。"陈师道《后山诗话》云:"白乐天云:'笙歌归院落,灯火下楼台。'又云:'归来未放笙歌散,画戟门前蜡烛红。'非富贵语,看人富贵者也。"又云:"黄鲁直谓白乐天云'笙歌归院落,灯火下楼台',不如杜子美云'落花游丝白日静,鸣鸠乳燕青春深'也。"周必大《二老堂诗话》:"白乐天集第十五卷《宴散》诗云……此诗殊未睹富贵气象,第二联偶经晏元献公拈出,乃迥然不同。"

郎瑛《七修类稿》卷三十四:"晏元献喜论诗,尝曰'老觉腰金重,慵便枕玉凉',未是富贵;不如'笙歌归院落,灯火下楼台',此方善言富贵。殊不知乐天以道此二句非富贵语,是看人富贵者也。故鲁直矫之曰:不如'落花游丝白日静,鸣鸠乳燕青春深'好。予以'老觉'之联,固不如'笙歌'者矣;而笙歌灯火之说为看人富贵,亦求之深远;鲁直矫之二句,恐亦僧堂道院之所有耶。元献何不自思己句:'梨花院落溶溶月,柳絮池塘淡淡风'可矣。至于'舞低杨柳楼心月,歌罢桃花扇底风',富贵气象,形容尽矣。"

方回《瀛奎律髓》卷八云:"三、四,人所共知。"查慎行云:"三、四,即俗所云无不散之筵席也,虚谷引此谓是富贵语,失其旨矣。"何焯云:"腰联本是繁华散场,晏元献盖断章取之。"许印芳评云:"三、四,善写贵人事,本是传句,是看与否,勿关得失,何足深辩耶?"无名氏评云:"上四句不过叙事,却得力于'残暑'二句,方有归结。"纪昀曰:"五、六警。前人讥三、四非富贵语,乃看富贵语,此就句论耳。此诗原是看富贵也。"《唐诗别裁集》重订本卷十一:"三、四传出富贵气象。"宋宗元《网师园唐诗笺》卷九:"实景即是佳景('笙歌'二句下)。"冒春荣《葚原诗说》卷一:"诗句中有眼,须炼一实字,句便雅健。如'行云星隐见,叠浪月光芒''古砌碑横草,阴廊画杂苔'……'残暑蝉催尽,新秋雁带来’。”《精选评注五朝诗学津梁》：“‘笙歌’二句从热闹中写冷静之趣,句法则先动后静,‘来’字韵,用‘催’字、‘带’字,沉著之至。”《王闿运手批唐诗选》卷二：“主人去而客独醒,无限凄凉,非富贵语也。”

新制绫袄成感而有咏

水波文袄造新成,绫软绵匀温复轻。晨兴好拥向阳坐,晚出宜披蹋雪行。鹤氅毳疏无实事①,木绵花冷得虚名②。宴安往往欢侵夜,卧稳昏昏睡到明。百姓多寒无可救,一身独暖亦何情。心中为念农桑苦,耳里如闻饥冻声。争得大裘长万丈,与君都盖洛阳城?

【注释】

① 鹤氅：鸟羽制成的外衣。白居易《雪夜喜李郎中见访兼酬所赠》：“可怜今夜鹅毛雪,引得高情鹤氅人。”

② 木绵：《资治通鉴》卷二八三：“地衣,春夏用角簟,秋冬用木绵。”胡三省注：“木绵,今南方多有焉。于春中作畦种之,至夏秋之交结实,至秋半,其实之外皮四裂,中踊出,白如绵。土人取而纺之,织以为布,细密厚暖,宜以御冬。”

【评析】

作于大和五年(831),洛阳,时为河南尹。陈岩肖《庚溪诗话》卷上：“白乐天有《新制绫袄》诗曰：‘水波纹袄造新成,绫软绵匀温复轻。百姓多寒无可救,一身独暖亦何情。’卒章曰：‘争得大裘长万丈，与君都盖洛阳城。'可谓善推其所为之心矣。又观《新制布裘》诗曰：'桂布白似雪，吴绵软于云。布重绵且厚，为裘有余温。谁知严冬月，支体暖如春。中夕忽有念，抚裘起逡巡。丈夫贵兼济，岂独善一身。安得万里裘，盖里周四垠？稳暖皆如我，天下无寒人！'后诗正与杜子美《茅屋为秋风所破歌》曰'安得广厦千万间，大庇天下寒士俱欢颜，风雨不动安如山'。观乐天前诗，则与'楚人亡弓，楚人得之'相类；观乐天后诗及子美诗，可与'人亡弓，人得之'其意同也。"黄彻《䂬溪诗话》卷九："老杜《茅屋为秋风所破歌》云：'自经丧乱少睡眠，长夜沾湿何由彻？安得广厦千万间，大庇天下寒士多欢颜，风雨不动安如山？呜呼！眼前突兀见此屋，吾庐独破死亦足。'乐天《新制布裘》：'安得万里裘，盖裹周四垠？稳暖皆如我，天下无寒人。'《新制绫袄成》云：'百姓多寒无可救，一身独暖亦何情！心中为念农桑苦，耳里如闻饥冻声。争得大裘长万丈？与君都盖洛阳城！'皆伊尹身任一夫不获之辜也。或谓：子美诗意，宁苦身以利人，乐天诗意，推身利以利人；二者较之，少陵为难。然老杜饥寒而悯人饥寒者也，白氏饱暖而悯人饥寒者；忧劳者易生于善虑，安乐者多失于不思，乐天宜优。或又谓：白氏之官稍达，而少陵尤卑，子美之语在前，而长庆在后，达者宜急，卑者可缓也，前者唱导，后者和之耳。同合而论，则老杜之仁心差贤矣。"龚颐正《芥隐笔记》亦称："乐天与子美诗一意。"都穆《南濠诗话》："老杜诗云：'安得广厦千万间，大贮天下寒士俱欢颜。'白乐天诗云：'安得大裘长万丈，与君都盖洛阳人。'二公其'先天下之忧而忧者'与！"所言正是，其实不必就此在少陵与乐天之间计高较短，白居易的人道主义思想正是对杜甫的继承。

闲　夕

一声早蝉发，数点新萤度。兰釭耿无烟，筠簟清有露[①]。未归后房寝，且下前轩步。斜月入低廊，凉风满高树。放怀常自适，遇境多成趣。何法使之然，心中无细故[②]。

【注释】

① 筠簟：竹席。

② 细故：细小而不值得计较的事。

【评析】

作于大和六年（832），洛阳，时为河南尹。陆时雍《唐诗镜》曰："好作解语，亦诗家所病。陶令'问君何能尔，心远地自偏'，意味尽佳，乐天'何法使之然，心中无细故'，语亦不恶，固知言无定趣，惟真假何如耳。"王文濡《历代诗评注读本·唐诗评注读本》卷一曰："恬淡冲漠，得解脱法。读其诗，便知其人品矣。"

失　婢[①]

宅院小墙卑，坊门帖榜迟。旧恩惭自薄，前事悔难追。笼鸟无常主，风花不恋枝。今宵在何处，唯有月明知。

【注释】

① 失婢：刘禹锡有《和乐天诮失婢榜者》。此诗与刘诗俱为逃婢而作，

含有为无告女子鸣不平之意,不可以游戏笔墨视之。

【评析】

作于大和六年(832),洛阳,时为河南尹。方回《瀛奎律髓》卷七云:“三、四乃失婢之主罪己而不责婢之为淫奔,亦近厚矣。末句尤深而不露。《失鹤》诗所谓‘想应只在秋江上’,盖本于此。”纪昀曰:“观起二句及刘诗和题,此乃诮人之失婢帖榜,非香山失婢也,而三、四句乃似自失,未详。”

香山寺二绝

空门寂静老夫闲,伴鸟随云往复还。家酝满瓶书满架,半移生计入香山。

爱风岩上攀松盖,恋月潭边坐石棱[①]。且共云泉结缘境,他生当作此山僧。

【注释】

① 坐石:一作“住日”。

【评析】

作于大和七年(833),洛阳,时任太子宾客分司。俞陛云《诗境浅说续编》曰:“此乐天晚年自述也。先言以闲人爱此空门,惟孤云野鸟,伴我往还。后言香山寺为其生计所在,佳酿满瓶,良书满架,已占其生计之半。第三句,即其自号醉吟先生之本意。乐天晚居香山,与僧如满结社,称香山居士。诗盖入山时作也。”

思　旧

闲日一思旧，旧游如目前。再思今何在，零落归下泉。退之服硫黄[①]，一病讫不痊。微之炼秋石[②]，未老身溘然。杜子得丹诀[③]，终日断腥膻。崔君夸药力，经冬不衣绵[④]。或疾或暴夭，悉不过中年。唯予不服食，老命反迟延。况在少壮时，亦为嗜欲牵。但耽荤与血，不识汞与铅。饥来吞热物，渴来饮寒泉。诗役五藏神，酒汩三丹田[⑤]。随日合破坏，至今粗完全[⑥]。齿牙未缺落，肢体尚轻便。已开第七秩，饱食仍安眠[⑦]。且进杯中物[⑧]，其余皆付天。

【注释】

① 退之：或谓即韩愈。

② 微之：元稹。炼秋石：《云笈七签》卷六六《丹论诀旨心照五篇·明辨章》："《金碧经》云：炼银于铅，神物自生，灰池炎铄，铅沉银浮，洁白见宝，可造黄金牙。又隐言名黄轻，又曰黄牙，又名秋石。"

③ 杜子：杜元颖。《旧唐书·杜元颖传》："（大和三年）坐贬循州司马……六年，卒于贬所。"

④ "崔君"二句：崔君，崔玄亮。白居易《唐故虢州刺史赠礼部尚书崔公墓志铭》："公夙慕黄老之术，斋心受箓，伏气炼形，暑不流汗，冬不挟纩。"与此句所言"经冬不衣绵"合。又白居易《感事》："服气崔常侍，烧丹郑舍人。"

⑤ 三丹田：《抱朴子·地真》："子欲长生，守一当明，思一至饥，一与之粮；思一至渴，一与之浆。一有姓字服色，男长九分，女长六分，或在脐下二寸四分下丹田中，或在心下绛宫金阙中丹田也，或在人两眉闲，却

行一寸为明堂，二寸为洞房，三寸为上丹田也。”《云笈七签》卷六四《王屋真人口授阴丹秘诀灵篇》：“三丹田者，上丹田，脑髓是也；中丹田者，心虚是也；下丹田，精室是也。”

⑥“随日”二句：《云笈七签》卷六十《中山玉柜服气经》圣正规法第四：“故吾有大患，为吾有身，故有其患，患在毁伤形体，莫若寄寓神精。譬于器中安物，物假器而居之，畏器之破坏，物乃不得安居。”

⑦“已开”二句：龚颐正《芥隐笔记》：“《礼》：年八十日有秩。故以八十为八秩。又道家流用此语。白乐天屡用之，自注：‘行开第八秩，可谓尽天年。’时俗谓七十以上为开第八秩。又云：‘已开第七秩，屈指几多人。’”《礼记·王制》：“九十，日有秩。”郑玄注：“秩，常也，有常膳。”

⑧且进：一作“且尽”。

【评析】

作于大和八年（834），洛阳，时任太子宾客分司。陶谷《清异录》卷上：“昌黎公愈晚年颇亲脂粉。故事，服食用硫黄末搅粥饭啖鸡男，不使交，千日烹庖，名火灵库。公间日进一只焉。始亦见功，终致绝命。”有辨之以为非韩愈者。汪师韩《韩门缀学》卷五：“孔毅夫《杂说》称退之晚年有声妓而服金石药，引张文昌诗云：‘为出二侍女，合弹琵琶筝。’白香山诗云：‘退之服硫黄，一病讫不痊。’谓退之尝讥人不解文字饮，而自败于女妓，作《李博士墓志》戒人服金石药，而自饵硫黄。陈后山《诗话》亦同。俗人故援此为口实也。尝考韩公二妾号绛桃、柳枝者，仅见王谠《唐语林》及《邵氏闻见录》。其引韩集诗云：‘不见园花并巷柳，马头惟有月团团。’以为寄意二姝之作。又云：‘别来杨柳街头树，摆乱春风只欲飞。’并疑柳枝有逾垣追获之事。窃谓绛桃、柳枝之名，亦由诗中有园花巷柳杨柳桃李之字（因诗云‘惟有小园桃李在’，遂以桃为绛桃），设为之名，而文昌所指二侍女者，侍女而已矣，

霎时合不及。除非此老迟些来，则不见藏，则再无神通也。不解，妙，乐天意中正喜其不解；若解，则不去采莲，浮萍中又安得有此一道天光哉？此种诗着不得一些拟议，犹之西子面上，着不得一些脂粉。今人胸中不干净，那有此好诗作出来也？”

九年十一月二十一日感事而作

祸福茫茫不可期，大都早退似先知。当君白首同归日，是我青山独往时①。顾索素琴应不暇②，忆牵黄犬定难追③。麒麟作脯龙为醢④，何似泥中曳尾龟⑤？

【注释】

①“白首”二句：用晋人潘岳、石崇之典故。《世说新语·仇隙》：“后收石崇、欧阳坚石，同日收岳。石先送市，亦不相知。潘后至，石谓潘曰：‘安仁，卿亦复尔邪？’潘曰：‘可谓白首同所归。’潘《金谷集诗》云：‘投分寄石友，白首同所归。’乃成其谶。”白居易元和十二年（817）至元和十三年（818），江州诗《昔与微之在朝日同蓄休退之心迨今十年沦落老大追寻前约且结后期》已云：“岁晚青山路，白首期同归。”

②索素琴：《世说新语·雅量》：“嵇中散临刑东市，神气不变，索琴弹之，奏《广陵散》。曲终，曰：‘袁孝尼尝请学此散，吾靳固不与，《广陵散》于今绝矣。’”

③牵黄犬：《史记·李斯列传》：“具斯五刑，论腰斩咸阳市。斯出狱，与其中子俱执，顾谓其中子曰：‘吾欲与若复牵黄犬，俱出上蔡东门逐狡兔，岂可得乎？’遂父子相哭，而夷三族。”

④麒麟脯：《神仙传》卷三王远：“王远字方平，东海人也。……

其后方平欲东之括苍山，过吴，往胥门蔡经家。……麻姑至，蔡经亦举家见之。……入拜方平，方平为之起立。坐定，召进行厨，皆金玉杯盘无限也。肴膳多是诸花果，而香气达于内外，擘脯而行之，如松柏炙，云是麟脯也。”《太平御览》卷八六二引葛洪《神仙传》作“麒麟脯”。龙为醢：《左传》昭公二十九年：“有陶唐氏既衰，其后有刘累，学扰龙于豢龙氏，以事孔甲，能饮食之。夏后嘉之，赐氏曰御龙，以更豕韦之后。龙一雌死，潜醢以食夏后。夏后飨之，既而使求之。”杜预注：“潜，藏也。藏以为醢，明龙不知。”

⑤ 曳尾龟：《庄子·秋水》：“庄子钓于濮水，楚王使大夫二人往先焉，曰：‘愿以境内累矣。’庄子持竿不顾，曰：‘吾闻楚有神龟，死已三千岁矣，王巾笥而藏之庙堂之上。此龟者，宁其死为留骨而贵乎？宁其生而曳尾于涂中乎？’二大夫曰：‘宁生而曳尾涂中。’庄子曰：‘往矣！吾将曳尾于涂中。’”

【评析】

作于大和九年（835），洛阳，时为太子宾客分司。诗题自注：“其日独游香山寺。”乾隆《河南府志》卷十一引《名胜志》：“香山在洛阳南三十里，地产香葛，故名。有香山寺。”白居易《修香山寺记》：“洛都四郊山水之胜，龙门首焉。龙门十寺观游之胜，香山首焉。”此诗为感甘露之变而作。梁启超批点《白香山诗集》：“王涯当公以言获谴时落井下石，公是以有江陵之贬。其年，涯以党李训、郑注见诛。此诗所感，即其事也。潘安仁赠石崇诗有‘白首同所归’句，后潘、石同伏诛东市。临命时，石谓潘曰：‘可谓白首同所归。’公诗用此典，盖深愍其亢进致败，非常哭乐祸也。”

由于十一月二十一日正是甘露事变发生当日，后人多认为白居易所感之事即甘露事变。不过，此诗不可能作于事变当天，因为洛阳距离长安六百余里，不可能获知当日长安突发事变的消息。况且诗人于题下注云:“其日独游香山寺。”显然是事后追记的口吻。那么此诗究竟作于何日?不妨从甘露事变的进程稍作推测:十一月二十一日,事变爆发,宰相王涯被宦官逮捕,不胜拷掠之苦,自诬谋反。二十二日,文宗在宦官的胁迫下使令狐楚草制宣告王涯反状。贾竦被捕。二十三日,李训于奔亡途中被捕,自请押送者斩其首。二十四日,神策军用李训的首级引领王涯、贾竦、舒元舆至刑场处死。白居易诗用潘岳、石崇之典故咏王涯、贾竦、舒元舆、李训等“甘露四相”同日遭戮之事,极为精切,说明此诗的写作定在“甘露四相”被戮之后,题中所云“九年十一月二十一日”,追记之辞也。

中唐宦官气焰嚣张,劫胁天子如制婴儿,白居易对此深恶痛绝,曾公开宣言“危言诋阍寺,直气忤钧轴”(《和梦游春诗一百韵》)。早在宪宗元和年间,时任学士和拾遗的白居易就曾奋不顾身地上书抨击宦官头子俱文珍、李辅光、吐突承璀等,甚至不惜批皇帝之逆鳞。可是当甘露事变发生的时候,白居易已经不是三十年前的那位无所畏惧的英年朝士了。早在大和三年(829),白居易以太子宾客分司东都,便开始了中隐生涯。到了大和九年(835)九月,朝廷任命他为同州刺史,辞疾不赴,十月改授太子少傅分司东都,那是一个“月俸百千官二品”(《从同州使史改授太子少傅分司》)的闲职,白居易相当满意。当甘露事变的惊人消息传到洛阳时,白居易的心情十分复杂。其《咏史(九年十一月作)》也是为甘露之变而作,诗云:“秦磨利刀斩李斯,齐烧沸鼎烹郦其。可怜黄绮入商洛,闲卧白云歌紫芝。彼为菹醢机上尽,此作鸾皇天外飞。去者逍遥来者死,乃知祸福非天为。”梁启超批点《白香山诗集》:“咏李训、郑注事。”可见一方面,白居易痛恨宦官的倒行逆施。另一方面,又庆幸自己急流勇退,及时避开了朝廷里的政治风波,从而没有像朝中诸臣那样横遭杀身之祸。那么,白居易对王涯等“甘露四相”又持什么态度呢?正是在这一点上,后人见仁见智,歧见纷纭。

马永卿《嬾真子》卷四引此诗，谓："右白乐天《游玉泉寺》诗。李训、郑注初用事，公知其必败，辄自刑部侍郎乞分司而归。时宰相王涯好琴，舒元舆好猎，故及之。而曳尾龟所以自谕也。龙醢事，见《左氏》。麟脯事，见《列仙传》。"按，诗题非《游玉泉寺》，马永卿误置。叶梦得《避暑录话》卷上："白乐天与杨虞卿为姻家，而不累于虞卿。与元稹、牛僧孺相厚善，而不党于元稹、僧孺。为裴晋公所爱重，而不因晋公以进。李文饶素不乐，而不为文饶所深害者，处世如是人，亦足矣。推其所由得，惟不汲汲于进，而志在于退。是以能安于去就，爱憎之际，每裕然有余也。……然吾犹有微恨，似未能全忘声色杯酒之类，赏物太深，若犹有待而后遣者。故小蛮、樊素，每见于歌咏。至甘露十家之祸，乃有'当君白首同归日，是我青山独往时'之句，得非为王涯发乎？览之使人太息。空花妄想，初何所有？而况冤亲相寻，缴绕何已？乐天不唯能外世，故固自以为深得于佛氏，犹不能旷然一洗，电扫冰释于无所有之地。习气难除至是。要之，若飘瓦之击，虚舟之触，庄周以为至人之用心也宜乎。"陈振孙《白文公年谱》：大和九年（835）乙卯，"又有《二十日独游香山感事》诗云：'当君白首同归日，是我青山独往时。'时新有甘露之祸。初江州之贬，王涯有力焉，说者因是谓公幸之。惟东坡苏公云：'乐天岂幸人之祸者哉！盖悲之也。'以愚观之，其悲涯辈之祸，而幸己之不与者乎？鸾凰盖自况也。公又尝有诗云：'今日怜君岭南去，当时笑我洛中来。'未知为何人作。亦此意也"。《白香山诗集》卷三十三汪立名按："'白首同所归'乃阮籍（智按：当为潘岳）、石崇临刑时语。大和九年甘露事，李训、郑注、舒元舆、王涯、贾𫗧皆被害。味诗中'同归'句，本就事而言，不专指王涯也。公自苏州召还，秩位渐崇，见机引退，宦官之祸，固早计及者，何致追憾王涯？况公之迁谪，本由宦官恶之，附宦官者成之，岂反以中人诛夷士大夫为快？

幸祸之说盖出章子厚,谚所谓‘以小人心度君子腹’耳。”查慎行《初白庵诗评》云:“此诗不知因何人被祸而作,须考。”载华附识:“东坡《志林》论此诗三、四两句,极为平允。先生评阅《律髓》,已评载格上。按甘露之变,在大和九年,与本题正合。此条评语云云,想偶尔遗忘故耶。”

苏轼《书乐天香山寺诗》云:“乐天为王涯所谗,谪江州司马。甘露之祸,乐天在洛,适游香山寺,有诗云:‘当君白首同归日,是我青山独往时。’不知者,以乐天为幸之。乐天岂幸人之祸哉!盖悲之也。”(《苏轼文集》卷六七)苏轼未点明“不知者”之名,考魏庆之《诗人玉屑》卷十六《甘露诗》条云:“沈存中谓:乐天诗不必皆好,然识趣可尚。章子厚谓不然,乐天识趣最浅狭,谓诗中言甘露事处,几如幸灾。虽私仇可快,然朝廷当此不幸,臣子不当形之歌咏也,如‘当公白首同归日,是我青山独往时’。”沈存中即沈括,章子厚即章惇,都与苏轼有所交往,苏轼所谓“不知者”或即章惇。苏、章二人乃进士同年,入仕后交往密切。章惇所言,苏轼当有所闻,但驳议时姑隐其名。章惇称白居易与王涯有“私仇”,当指苏轼所云“为王涯所谗,谪江州司马”之事。元和十年(815),宰相武元衡被刺。身居卑职的白居易最早上书要求捕贼雪耻,得罪了朝中权贵,被执政者奏贬江表刺史。时任中书舍人的王涯落井下石,上疏论“居易所犯状迹,不宜治郡,追诏授江州司马”(《旧唐书·白居易传》)。况且王涯其人,“贪权固宠,不远邪佞”,为相后因行苛政而招民怨,甘露事变中赴刑场,“百姓怨恨,诟骂之,投瓦砾以击之”(《旧唐书·王涯传》)。即使白居易对其下场有幸灾之意,亦不过分。但事实并非如此。白居易与王涯虽有前嫌,其后的关系也很疏远,但白居易从未在诗文中对王涯有过微词。王涯在甘露事变中惨遭宦官杀害,白居易更不可能在这个时刻产生幸灾之心。况且“当君白首同归日”所用之典乃潘岳、石崇同日罹难,这个典故的重点是同归于尽，不能用于单数的对象。如果此句中的“君”独指王涯，那样怎能用“同归”二字？所以“君”字应是泛指甘露事变中遇害的多位朝官，尤其是指“甘露四相”。白居易与贾悚、舒元舆一向交好，两个月前被任命为同州刺史即因舒元舆之荐。“甘露四相”同时遇害虽出偶然，但那确是朝士与宦官长期斗争的必然结果，身为朝士的白居易怎会对遇害朝士幸灾乐祸！

苏轼与章惇对白诗有不同解读，可归因于学养或见识有异，但与他们的人品相殊也不无关系。苏轼胸襟坦率，潇洒磊落，虽在政治风波中树敌甚多，但从未因私怨而怀恨于心，即使对政敌王安石也是如此。章惇却性格褊狭，睚眦必报。宋仁宗嘉祐二年（1057），章惇与苏轼同时进士及第。因是年状元乃章惇之侄儿章衡，章惇耻其名次居于章衡之下，竟于两年后重新应举高中后方肯出仕。苏、章二人入仕后一向交好，即使在苏轼遭受乌台诗案时，章惇还曾上书论救。但到了哲宗绍圣年间，新党重掌政权，章惇登上宰相宝座后，却对苏轼一贬再贬，直到“非人所居”的海南，必欲置之死地而后快。章惇对苏轼的迫害，虽有党争的因素，但也未尝没有自私自利的阴暗心理在起作用。黄庭坚说“时宰欲杀之”（《跋子瞻和陶诗》），佛印说“权臣忌子瞻为宰相尔”（见《钱氏私志》），可见章惇之用心路人皆知。相反，苏轼却以不念旧恶的胸怀对待章惇。元符三年（1100）宋哲宗突然去世，朝局又变，章惇罢相，并于次年远贬雷州。遇赦北归的苏轼在途中获知此事，立即写信给章惇的外甥黄寔，说雷州并无瘴疠，让他转劝章惇之母以宽心。此后朝野相传苏轼即将还朝拜相，章惇幼子章援持书来见苏轼，为其父求情。苏轼当即亲笔给章惇回信，多方劝慰，且在书信背面亲笔抄录一道“白术方”，让章惇服用以养年。南宋刘克庄《跋章援致平与坡公书》评此事曰：“君子无纤毫之过，而小人忿忮，必致之死。小人负丘山之罪，而君子哀怜，犹欲其生。此君子小人之用心之所以不同欤！”苏轼与章惇对白居易诗的不同解读，与“君子小人之用心不同”不无关系。由此可见当后人对古诗意蕴产生完全相反的评判时，见仁见智固然是可能的原因，以己度人也是不容忽视的因素。

赠谈客

上客清谈何亹亹[①]，幽人闲思自寥寥[②]。请君休说长安事，膝上风清琴正调。

【注释】

① 亹亹：犹滔滔，不绝貌。亦形容言谈动听。

② 寥寥：空虚明澈。白居易《五弦弹》：“五弦弹，五弦弹，听者倾耳心寥寥。”

【评析】

作于开成元年（836），白居易65岁，在洛阳任太子少傅分司。甘露事变后，朝政日非，早已置身散地的白居易，心绪更加懒放颓唐。此诗正反映了他对政治的淡漠，对朝政的振兴不抱任何希望。谈客，朱金城《白居易集笺校》：“疑为谈弘谟，居易之婿。”谢思炜据诗意，认为指清谈之客。《唐宋诗醇》云：“移床远客，那容著一点尘氛。”

小岁日喜谈氏外孙女孩满月[①]

今旦夫妻喜，他人岂得知。自嗟生女晚，敢讶见孙迟。

物以稀为贵，情因老更慈。新年逢吉日，满月乞名时。［因名引珠。］桂燎熏花果，兰汤洗玉肌。怀中有可抱，何必是男儿。

【注释】

①小岁日：腊明日。《太平御览》卷三三引崔寔《四民月令》："腊明日谓小岁，进酒尊长，修刺贺君师。"谈氏外孙女孩：居易婿谈弘谟之女。《文苑英华》卷九四五白居易《自撰墓志》（马元调本《白氏长庆集》卷七一收入，题《醉吟先生墓志铭》）："一女，适监察御史谈弘谟。"

【评析】

作于开成二年（837），白居易66岁，在洛阳任太子少傅分司。白居易晚年常有老而无子之叹，他前后生养了四个女儿，元和四年（809）所生女名金銮子，在元和六年（811）三岁时不幸而夭。在江州又生了三个女儿，《自到浔阳生三女子因诠真理用遣妄怀》诗有句云："远谪四年徒已矣，晚生三女拟何如？"但所生三女只养活了一个，即罗子，或昵称罗儿、阿罗。大和九年（835），嫁给监察御史谈弘谟。两年后，白居易做了姥爷。喜出望外之情，此诗一一俱见。"怀中有可抱"，慰情聊胜于无，亦喜不自胜也。纪昀曰："直写真情，尚不涉俚语。华而情伪，非也。情真而语鄙，亦非也。"

凭李睦州访徐凝山人①

郡守轻诗客，乡人薄钓翁。解怜徐处士②，唯有李郎中。

【注释】

① 山人：指隐居在山中的士人。

② 处士：本指有才德而隐居不仕的人，后亦泛指未做过官的士人。

【评析】

作于开成二年（837），白居易66岁，在洛阳任太子少傅分司。诗题原注："凝即睦州之民也。"李睦州，睦州刺史李善白。白居易此诗意在通过睦州刺史李善白，给予山人徐凝一些关照。《严州图经》卷一："李善白，大和九年十月□日"，"郑仁弼，开成二年八月七日自卫尉少卿拜"。朱金城《白居易集笺校》："据此则善白必为郑仁弼之前任，开成三年已不在睦州。故此诗当作于开成二年。"《旧唐书·地理志三》江南东道："睦州，隋遂安郡。……天宝元年，改为新定郡。乾元元年，复为睦州。"徐凝，睦州分水（今属浙江桐庐）人，布衣终身。《全唐诗》存有徐凝诗101首，编为一卷。《主客图》列为白居易及门，白居易与之屡加赏识厚待，徐凝亦深致知遇之感，称"一生所遇唯元白，天下无人重布衣"（《自鄂渚至河南将归江外留辞侍郎》）。详见拙著《元白诗派研究》。

与梦得沽酒闲饮且约后期

少时犹不忧生计，老后谁能惜酒钱[①]。共把十千沽一斗，相看七十欠三年[②]。闲征雅令穷经史，醉听清吟胜管弦[③]。更待菊黄家酝熟，共君一醉一陶然[④]。

【注释】

①“少时”二句：年轻时尚且不担忧生计，到老来谁又会吝惜几个酒钱？“少时”句，写出稚气与豪气；“老后”句，流露出沧桑。

②“共把”二句：一起买来名贵的酒，举杯共饮；两相对看，你我距七十岁都只差三年。白、刘二人都曾经历坎坷，又都很通达。于上句中，可见出诗友聚会时的豪情；下句转为顿挫，骨子里有凄凉沉痛之意。白、刘生于同年，此时都已六十七岁，故谓“七十欠三年”。十千，即十千钱，形容酒的名贵。

③“闲征”二句：闲饮中，征引经史文句以行酒令；醉意中，吟诵诗句，胜过那管弦之乐。《蔡宽夫诗话》：“唐人饮酒必为令以佐欢，其变不一。乐天所谓‘闲征雅令穷经史’，韩退之‘令征前事为’者，今犹有其遗习也。”醉，似醉而非真醉。与其说是醉于美酒，不如说是醉于心。一般的丝竹可以悦耳动听，却无法像知己那样心灵相契，获得感情上的慰藉与共鸣。雅令，典雅的酒令。穷，穷尽，此言广征博引。清吟，指吟咏诗句，自得其乐。

④“更待”二句：等到秋后菊黄，家酿的美酒熟了之时，你我再一醉方休，共享那陶然之乐。把眼前的聚会引向未来，把友情和诗意推向高峰。家酝，自家酿造的酒。与“沽酒”相比，又进一层，倍觉亲切与醇美。虽是写酒，实是道情。

【评析】

作于开成三年（838），白居易在洛阳，时任太子少傅。刘禹锡，字梦得，洛阳（今属河南）人，与白居易同龄，是白居易晚年心心相印的挚友，所谓前有“元白”，后有“刘白”。白居易对刘禹锡的诗非常推崇，称他为“诗豪”。刘禹锡 71 岁逝世时，白居易曾写下《哭刘尚书梦得二首》，说：“四海齐名白与刘，百年交分两绸缪。同贫同病退闲日，一死一生临老头。”白居易写此诗时,刘禹锡也在洛阳,任太子宾客分司。当时两人任的都是闲职。诗题之意是:与梦得买酒闲饮,并约定今后相会之期。

白居易晚年大部分时间都在东都洛阳,过着中隐生活,这一时期的诗作也以闲适诗为主。这首诗就是其中的代表。两位性情趣味相投的老朋友,在一起诗酒相娱,将前生不快之事尽抛脑后,纵情安享晚年余生,“共君一醉一陶然”,纯然闲雅情怀。超脱如陶渊明,而惬意则过之。全诗言简意富,语淡情深,通篇用赋体却毫不平板呆滞,见出炉火纯青的艺术功力。刘禹锡读过此诗后,以《乐天以愚相访沽酒致欢因成七言聊以奉答》相应和,诗云:“少年曾醉酒旗下,同辈黄衣颔亦黄。蹴踏青云寻入仕,萧条白发且飞觞。令征古事欢生雅,客唤闲人兴任狂。犹胜独居荒草院,蝉声听尽到寒蛩。”

方东树《昭昧詹言》卷十八:“起得突兀老气,挥斥奇警,可比杜公矣。妙在第四句,自外来招之入伴,而融洽成一片,故妙。后半平衍而已,却本色。”黄叔灿《唐诗笺注》卷五:“诗境自然,不假雕镂,而写来总异凡俗。公与梦得同庚,故有‘相看’句,亦及时行乐之意也。”颔联评论有褒有贬,贬者,如毛奇龄等《唐七律选》评云:“全乎猾口,只是近情。”褒者,如《唐宋诗举要》引吴闿生评云:“一气喷薄。”

不能忘情吟(并序)

乐天既老,又病风,乃录家事,会经费,去长[音丈]物。妓有樊素者[①],年二十余,绰绰有歌舞态,善唱《杨枝》。人多以曲名名之,由是名闻洛下。籍在经费中,将放之。马有骆者[②],駔壮骏稳,乘之亦有年。籍在长物中,将鬻之。圉人牵马出门，马骧首反顾一鸣，声音间似知去而旋恋者。素闻马嘶，惨然立且拜，婉娈有辞[辞具下]。辞毕涕下。予闻素言，亦愍默不能对。且命回勒反袂，饮素酒，自饮一杯，快吟数十声。声成文，文无定句，句随吟之短长也，凡二百三十五言。噫！予非圣达，不能忘情，又不至于不及情者。事来搅情，情动不可柅。因自哂，题其篇曰《不能忘情吟》。吟曰：

鬻骆马兮放杨柳枝，掩翠黛兮顿金羁。马不能言兮长鸣而却顾，杨柳枝再拜长跪而致辞。辞曰：主乘此骆五年，凡千有八百日，衔橛之下③，不惊不逸。素事主十年，凡三千有六百日，巾栉之间，无违无失。今素貌虽陋，未至衰摧。骆力犹壮，又无虺隤④。即骆之力，尚可以代主一步。素之歌，亦可以送主一杯。一旦双去，有去无回。故素将去，其辞也苦。骆将去，其鸣也哀。此人之情也，马之情也，岂主君独无情哉？予俯而叹，仰而咍，且曰：骆骆尔勿嘶，素素尔勿啼。骆反厩，素反闺。吾疾虽作，年虽颓，幸未及项籍之将死，亦何必一日之内弃骓兮而别虞兮。乃目：素兮素兮，为我歌《杨柳枝》，我姑酌彼金罍。我与尔归醉乡去来。

【注释】

① 樊素：白居易的家妓，善唱《杨柳枝》，人多以曲名名之。

② 骆马：《诗·小雅·四牡》："四牡騑騑，啴啴骆马。"毛传："白马黑鬣曰骆。"

③ 衔橛：马嚼子。《韩非子·奸劫弑臣》："无棰策之威，衔橛之备，虽造父不能以服马。"

④ 虺隤：《诗·周南·卷耳》："陟彼崔嵬，我马虺隤。我姑酌彼金罍，维以不永怀。"毛传："虺隤，病也。"

【评析】

作于开成四年(839),洛阳。此诗可谓一出颇富浪漫情调和人情味的悲喜剧。开成四年(839)十月,年已68岁的白居易,始得风痹之疾,体疲目眩,左足不支,病风之后不久,写下这篇《不能忘情吟》。《冷斋夜话》卷一:“东坡南迁,侍儿王朝云者请从行,东坡佳之,作诗,有序曰:世谓乐天有鬻骆放杨枝词,佳其至老病不忍去也。然梦得诗云:‘春尽絮飞留不得,随风好去落谁家?’乐天亦云:‘病与乐天相共住,春同樊素一时归。’则是樊素竟去也。予家有数妾,四五年相继辞去,独朝云随予南迁。因读乐天诗,戏作此赠之云:‘不学杨枝别乐天,且同通德伴伶玄。伯仁络秀不同老,天女维摩总解禅。经卷药炉新活计,舞裙歌板旧因缘。丹成随我三山去,不作巫阳云雨仙。’”《容斋五笔》卷九:“予既书白公钟情蛮、素于前卷,今复见其《不能忘情吟》一篇,尤为之感叹,辄载其文,因以自警。其《序》云……《吟》曰……观公之文,固以遣情释意耳,素竟去也。此文在一集最后卷,故读之者未必记忆。东坡犹以为柳枝不忍去,因刘梦得‘春尽絮飞’之句方知之。于是美朝云之独留,为之作诗,有‘不似杨枝别乐天,恰如通德伴伶玄’之语。然不及二年而病亡,为可叹也。”明人陈天定《古今小品》卷四评价此文:“情之所钟,正在我辈,使我汩汩尘土中者,此文也。”《唐宋诗醇》卷二十六评论说:“借樊素语问答成篇,亦因序中摹写尽致,故作此变化避就之法。”

桂馥《札樸》卷六“白傅诗意”一则云:“乐天《杨柳枝词》云:‘永丰西角荒园里,尽日无人属阿谁。’此为樊素作也。素善歌《杨柳枝》,人以杨枝呼之。时乐天老病,故托兴于杨柳。又有《不能忘情吟》,盖欲遣素而未能也。又有《别柳枝》绝句,是樊素终去也。又有《春尽日》诗云:‘春随樊素一时归。’又云:‘思逐杨花触处飞。’此素初去而犹系念也。又有《答梦得》诗云:‘柳老春深日又斜,任他花(智按:集作飞）向别人家。谁能更作孩童戏，寻逐春风捉柳花。’又有《咏怀》诗云：‘院静留僧宿，楼空放妓归。衰残强欢宴，此事久知非。’去后不得已之决绝也。汉武《秋风辞》云：‘欢乐极兮哀情多，少壮几时兮奈老（智按：老字原阙）何！’乐天盖有感于此。”

春尽日宴罢感事独吟

五年三月今朝尽，客散筵空独掩扉。病共乐天相伴住，春随樊子一时归[①]。闲听莺语移时立，思逐杨花触处飞[②]。金带缒腰衫委地[③]，年年衰瘦不胜衣。

【注释】

① 樊子：即白居易家妓樊素。

② 触处：犹云到处或随处。参见张相《诗词曲语辞汇释》。

③ “金带”句：指身体变瘦弱，使得腰带松弛，衣衫拖地。缒，本意是以绳拴人或物从上往下放。这里指下垂。刘禹锡《酬乐天晚夏闲居欲相访先以诗见贻》：“林密添新竹，枝低缒晚桃。”

【评析】

作于开成五年（840），洛阳，白居易时为太子少傅分司。诗题作者自注：“开成五年三月三十日作。”这里表现了对樊素的想念。首联叙述题意“春尽日宴罢”。颔联应题中“感事”，第三句言自己多病，第四句感叹爱妓远去。后面以细节来刻画。方回《瀛奎律髓》卷四十四云：“‘樱桃樊素口，杨柳小蛮腰。’《长庆集》中无此诗。（乐天）《别柳枝》诗云：‘两枝杨柳小楼中，袅娜多年伴醉翁。明日放归归去后，世间应不要春风。'为病风痹，遣二妾，故有是作。'觞咏罢来宾阁闭，笙歌散后妓房空。'亦病中所赋。又明年，有诗云：'去岁楼中别柳枝。'自注云：'樊、蛮也。'二妓者，皆以柳枝目之云。"胡仔《苕溪渔隐丛话》后集卷二九："东坡云：世谓乐天有《鬻骆马》《放杨柳枝》词，嘉其主老病不忍去也。然梦得有诗云：'春尽絮飞留不得，随风好去落谁家。'乐天亦云：'病与乐天相伴住，春随樊子一时归。'则是樊素竟去也。"《唐宋诗醇》云："未免有情，谁能遣此，然亦不堪回想矣。"梁启超批点《白香山诗集》："据《不能忘情吟》，似樊素将遣复留。据此诗则已遣也。彼盖寓言耳。"其实《不能忘情吟》并非寓言，白居易于开成四年（839）冬患风痹后，打算遣去能歌善舞的家妓樊素，但还是欲遣又止，至开成五年（840），才将去年冬欲遣又止的歌妓樊素最终遣送。樊素的离去，带有象征意义，意味着白居易的青春和风月情怀也随之而去，更何况此日又是具有象征意义的"春尽日"，面对莺语花飞的残春景象，自顾"年年衰瘦"的身影，不觉顿生往事不堪回首的满腹惆怅。

大和八年（834），白居易有《杨柳枝二十韵》长诗。开成三年（838）《天寒晚起引酌咏怀寄许州王尚书汝州李常侍》云："四海故交唯许汝，十年贫健是樊蛮。"开成四年（839）《别柳枝》："两枝杨柳小楼中，袅娜多年伴醉翁。明日放归归去后，世间应不要春风。"两枝杨柳，指樊素与小蛮。同年《不能忘情吟》序中称樊素善唱《杨柳枝》，人多以曲名名之，《追欢偶作》又云："金谷风前舞柳枝。"开成五年（840）《老病幽独偶吟所怀》："觞咏罢来宾阁闭，笙歌散后妓房空。"会昌元年（841）《对酒有怀寄李十九郎中》："往年江外抛桃叶，去岁楼中别柳枝。"注："樊、蛮也。"皆追忆柳枝二妓之作。

会昌二年（842），白居易《宴后题府中水堂赠卢尹中丞》又有"莫言杨柳枝空老"句，注云："府妓有歌《杨柳枝曲》者，因以名焉。"这位歌《杨柳枝曲》的府妓还是樊素吗？难道白居易的家妓樊素，在被放还后，又入为河南府妓？三年后在河南府尹的宴会上重逢？从上下文看，不大像，若是樊素，白居易不致采用如此置身事外的措词。从该注措词来看，白居易此诗，只是临时将该妓命名为“杨柳枝”而已，是受樊素得名的启发，而不是此前就已经广为通用。这与樊素之称“柳枝”不同。但是，可以说，很有可能受到樊素因善唱《杨柳枝》而被“以曲名名之”的启发，趁便拈来“杨柳枝”代指宴席上侑酒的歌妓，以与下句“樱桃树”形成偶对，这也正是白居易流易诗风的体现。

梦微之

夜来携手梦同游，晨起盈巾泪莫收。漳浦老身三度病[①]，咸阳宿草八回秋[②]。君埋泉下泥销骨，我寄人间雪满头。阿卫韩郎相次去，夜台茫昧得知不[③]？［阿卫，微之小男。韩郎，微之爱婿。］

【注释】

①“漳浦”句：漳浦，漳水之滨。这里是以卧病漳浦的刘桢自比。刘桢《赠五官中郎将诗四首》其二：“余婴沉痼疾，窜身清漳滨。自夏涉玄冬，弥旷十余旬。常恐游岱宗，不复见故人。”

②“咸阳”句：元稹卒于大和五年（831）七月，次年七月归葬咸阳，至开成五年（840），已届八秋。又，白居易开成四年（839）《病中五绝》之三注亦云：“微之少予七年，薨已八年矣。”

③夜台：泉下。借指阴间。白居易《忆旧游》：“李娟张态一春梦，周五殷三归夜台。”

【评析】

作于开成五年（840），洛阳，白居易时为太子少傅分司。诗写因梦而怀念故友元稹，沉痛悲伤，“感悼凄怆，如在初没”（汪立名《白香山诗集·览卢子蒙侍御旧诗多与微之唱和感今伤昔因赠子蒙题于卷后》按语）。首联写梦中同游，醒来伤感。中二联表现对元稹的思念，以元稹长眠地下与自己多病衰老并提，情在其中，含孤单之感。尾联以元稹家人死讯相告，则是为其身后事而悲哀。诗以泪写成，如泣如诉，毫无雕饰，感人至深。

梦是人类心理的补偿机制，也开启了现实之外的虚拟空间，与以幻想为翅膀的诗歌历来有着不解之缘。元稹生前的元和十二年（817），白居易就曾写过同题之作《梦微之（十二年八月二十日夜）》：“晨起临风一惆怅，通川湓水断相闻。不知忆我因何事，昨夜三回梦见君。”元稹酬和以《酬乐天频梦微之》：“山水万重书断绝，念君怜我梦相闻。我今因病魂颠倒，唯梦闲人不梦君。”元和十三年（818），元稹又有《寄乐天》：“无身尚拟魂相就，身在那无梦往还。直到他生亦相觅，不能空记树中环。”三十二年后，元稹去世九年之际，白居易重梦微之，可谓旧梦重续，而生死两隔矣。

自戏三绝句

心问身

心问身云何泰然，严冬暖被日高眠。放君快活知恩否，不早朝来十一年[①]。

身报心

心是身王身是宫[2],君今居在我宫中。是君家舍君须爱,何事论恩自说功?

心重答身

因我疏慵休罢早,遣君安乐岁时多。世间老苦人何限,不放君闲奈我何。

【注释】

① 十一年:一作“十二年”。

② 身是宫:一作“身自宫”。

【评析】

作于开成五年(840),白居易69岁,在洛阳为太子少傅分司。诗题自注:“予闲卧独吟,无人酬和,聊假身心相戏,往复偶成三章。”梁启超批点《白香山诗集》:“虽戏论,实含妙谛。”开成五年(840)春,白居易风疾稍痊。十一月,编《洛中集》十卷成,藏于香山寺。冬,以疾请百日长假。此年文宗去世,武宗即位,李德裕拜为宰相,李党独掌朝政,牛党多被贬职流放。《自戏三绝句》立意虽承自陶潜的《形影神》,但别有所创,造语更为浅易,陶潜的形影神三元关系,被乐天简为身心两重关系;六朝时期寓意深奥的玄言之辨,化为轻松诙谐的自戏问答;“不喜亦不惧”的超然,转为“悲喜随所托”(赵翼《读香山诗》)的泰然,超越了自己41岁时亦步亦趋式的效陶。而从形神之辨,到身心之辨,则是玄学至宋学一大转关。(参见拙作《从形影神到身心意——中华文艺思想史脉络中的陶、白、苏》)

元祐六年(1091),苏轼作有《刘景文家藏乐天身心问答三首戏书一绝其后》,诗云:“渊明形神自我,乐天身心相物。而今月下三人,他日当成几佛。”刘景文,即刘季孙,苏轼的名作“荷尽已无擎雨盖,菊残犹有傲霜枝。一年好景君须记,正是橙黄橘绿时”,就是赠给他的,这首《赠刘景文》作于元祐五年(1090)任杭州太守时,即苏轼戏书一绝于其所藏乐天身心问答的前一年;而戏书一绝的后一年,刘景文就形销神逝、身亡心灭了。周密《齐东野语》卷九:“靖节作形影相赠、神释之诗,谓贵贱贤愚莫不营营惜生,故极陈形影之苦,而以神辨自然,以释其惑。……此乃不以死生祸福动其心,泰然委顺,乃得神之自然,释氏所谓断常见者也。坡翁从而反之曰:‘予知神非形,何复异人天。岂惟三才中,所在靡不然。’又云:‘委顺忧伤生,忧死生亦迁。纵浪大化中,正为化所缠。应尽便须尽,宁复俟此言。’白乐天因之作《心问身》诗云……此则以心为吾身之君,而身乃心之役也。坡翁又从而赋六言曰:‘渊明形神自我,乐天身心于物。而今月下三人,他日当成几佛?’然二公之说虽不同,而皆祖之《列子》力命之论。力谓命曰:‘若之功,奚若我哉?’命曰:‘汝奚功于物,而欲比朕?’力曰:‘寿夭穷达,贵贱贫富,我力之所能也。’命遂历陈彭祖之寿,颜渊之夭,仲尼之困,殷纣之君,季札无爵于君,田恒专有齐国,夷、齐之饿,季氏之富:‘若是,汝力之所能,奈何寿彼而夭此,穷圣而达逆,贱贤而贵愚,贫善而富恶耶?’力曰:‘若如是言,我固无功于物,而物若此耶?此则若之所制耶?’命曰:‘既谓之命,奈何有制之者?朕直而推之,曲而任之。自寿自夭,自穷自达,自贵自贱,自富自贫,朕岂能识之哉?’此盖言寿夭穷达、贵贱富贫,虽曰莫非天命,而亦非造物者所能制之,直付之自然耳。此则渊明神释所谓‘大钧无私力’之论也。其后杨龟山有《读东坡和陶影答形》诗云:‘君如烟上火,火尽君乃别。我如镜中像,镜坏我不灭。’盖言影因形而有,无是生灭相。故佛云:‘一切有为法,如梦幻泡影。’正言其非实有也,何谓不灭?此则又堕虚无之论矣。”文末所引杨龟山语所谓“君如烟上火”云云，其实是东坡和陶诗，非杨时之作。“又堕虚无之论矣”云云，乃杨时批评苏诗之语。《苕溪渔隐丛话》后集卷三作：“《龟山语录》云：‘因读东坡《和渊明形影神诗》，其影答形云：君如烟上火，火尽君乃别。我如镜中像，镜坏我不灭。影因形而有，无是生灭相。故佛尝云：一切有为法，如梦幻泡影。正言非实有也，何谓不灭？他日读《九成台铭》云：此说得之庄周。然以江山吐吞，草木俯仰，众窍呼吸，鸟兽鸣号为天籁，此乃周所谓地籁也。但其文精妙，读之者咸不之察耳。’”分辨明晰。在苏轼之后，清代同光体浙派诗人代表袁昶《形将》（二首其一）又云：“形将影语陶元亮，身答心云白乐天。证入苦空都忘却，东山法里一逃禅。”将这一辨析引入唐代禅宗五祖弘忍与其师四祖道信共同缔造的东山法门，在苦空皆忘的禅宗观照之下，陶渊明的形影神释与白居易的身心问答，又有了新的理解平台。

从晋代陶渊明的形影神释，到唐代白居易的身心问答，再到宋代苏东坡的物我相忘，成为三位异代大诗人的心灵对话。这种对话，首先是通过向前代先贤追和的形式，建立起彼此互文的关系。这种对话，其次是立局、入局与破局的过程。立者高，入则套，破须巧。渊明形神乃自我而发，乐天身心需相物以待，东坡破之后曰：而今月下三人参禅，不知他日几人成佛。这种对话，最后也构筑起中国文人范式的三块重要基石，中国文人思想也随之经历了起转合的三个阶段。这三个阶段大致所处的元嘉、元和与元祐，正是中国诗学三个重要的转关时代，前人所谓三元或三关。转关之所以重要，一是因为时代变局的转折之际，往往最能考验一个人的反应能力，二是转折或转角往往要占据更大的空间，时代是否能够容许接纳，正需求与呼唤其代表者，分别由陶、白、苏三人为三元或三关之代表，可谓三英而无愧。以上构成中国古典文艺史上的三关三英之三题，由形影神释，经身心问答，至物我相忘，三个时代，三位巨人，三大问题，大循环中套着小循环，可谓中国文人的生命哲思理路，从魏晋玄学经佛学至宋学的三级跳，也可谓是文人心态由青春至壮而老成的三层境界之发展。

览卢子蒙侍御旧诗多与微之唱和感今伤昔因赠子蒙题于卷后

早闻元九咏君诗，恨与卢君相识迟。今日逢君开旧卷，卷中多道赠微之①。相看掩泪情难说，别有伤心事岂知。闻道咸阳坟上树②，已抽三丈白杨枝。

【注释】

① 多道：多是也。参见张相《诗词曲语辞汇释》。

② 咸阳坟：元稹大和五年（831）七月卒于武昌节度使任上，白居易《元相公挽歌词三首》其一："后魏帝孙唐宰相，六年七月葬咸阳。"白居易《河南元公墓志铭》："以六年七月十二日，祔葬于咸阳县奉贤乡洪渎原，从先宅兆也。"

【评析】

作于会昌元年（841），洛阳。《唐宋诗醇》评云："清空一气，直从肺腑中流出，不知是血是泪，笔墨之痕俱化。"卢子蒙侍御，指卢贞，即白居易《七老会诗》所载"前侍御史内供奉官范阳卢贞，年八十二"。此卢贞，元稹集中如《初寒夜寄卢子蒙》及《城外回谢子蒙见谕》等诗屡及之，与"河南尹卢贞"并非一人。元稹又有《卢十九子蒙吟卢七员外洛川怀古六韵命余和》，知其行十九。又《贻蜀五首》之《卢评事子蒙》，知其元和九年（814）时以大理评事为剑南西川节度使李夷简从事。

《唐诗纪事》卷四九卢贞："字子蒙，会昌五年为河南尹。乐天九老会，贞年未七十，亦与焉。时又有内供奉卢贞。"以河南尹卢贞字子蒙。《全唐诗》卷四六三亦同。朱金城《白居易集笺校》谓其大误。按，河南尹卢贞后为岭南节度使。《新唐书·孝友传》："王博武，许州人。会昌中，侍母至广州，及沙涌口，暴风，母溺死，博武自投于水。岭南节度使卢贞俾吏沉罟，获二尸焉。"《唐代墓志汇编》大中〇四七《何府君墓志铭》："拜循州刺史，荒陬谧靖，惠私洽闻。连帅范阳卢公贞复以表论。"又为太子宾客、某部尚书。《太平广记》卷二七八《卢贞犹子》（出《宣室志》）："太子宾客卢尚书贞，犹子为僧。会昌中，沙汰僧徒，斥归家以荫补光王府参军。"均为此卢贞。据居易会昌中诗，称"河南尹卢贞"与称"卢子蒙侍御"互不相涉，显非一人。《唐诗纪事》等实误。然因《唐诗纪事》等谓卢贞"字子蒙"，便移此"卢子蒙"以当九老会之"前侍御史内供奉官卢贞"，亦无据。盖据居易诗，其人会昌五年（845）年八十二，当生于代宗广德二年（764），长元稹十五岁，至元和间年已届五十。而元稹诗中所称之"卢子蒙"，元稹视为同辈，有"抚稚君休感，无儿我不伤"（《谕子蒙》）之句，与卢贞年辈实不类。《唐大诏令集》卷一一七《遣使宣抚诸道诏》："闻淮南等道歉旱颇甚……令殿中侍御史卢贞往浙东浙西道、殿中侍御史李行修往江南宣歙等道安抚。"《全唐文》卷六九三李虞仲《授李行修刑部员外郎制》："敕：登仕郎殿中侍御史内供奉护军李行修……可守刑部员外郎。"《册府元龟》卷一五三宝历元年（825）九月记事有"刑部郎中李行修"，知其自侍御史迁刑部当在此前。卢贞任殿中侍御史内供奉，当亦在元和末至长庆间。此即另一卢贞，与此"卢子蒙侍御"恐非一人。

此诗音调的特点值得留意，前四句一气盘旋而下，颔联也不讲究对仗，在律诗中很突出。后来苏轼《和子由渑池怀旧》七律前四句："人生到处知何似，应似飞鸿踏雪泥。泥上偶然留指爪，鸿飞那复计东西。”被人称赏，其实他学习的榜样，即白居易此诗。《北梦琐言》卷六：“白太傅与元相国友善，以诗道著名，时号元白。其集内有诗《挽元相》云：‘相看掩泪俱无语……’洎自撰《墓志》云‘与彭城刘梦得为诗友’，殊不言元公，时人疑其隙终也。”对此汪立名《白香山诗集》卷三十七按云：“此语在《醉吟先生传》中，非墓志也。传末曰‘于时开成三年，先生之齿六十有七’，则是微之殁久矣。其所谓如满为空门友，韦楚为山水友，梦得为诗友，皇甫朗之为酒友，皆就当时在洛之人而言，非该举平生也。且公晚年哭微之作甚多，有《梦微之》诗云：‘夜来携手梦同游，晨起盈巾泪莫收。’又《闻歌者唱微之诗》云：‘时向歌中闻一句，未容倾耳已伤心。’感悼凄怆，如在初没。隙终之语，岂不大谬邪！又考史传皆作白少傅，即公诗内止有少傅官停语，并无称太保者，不知何所本也。”

题文集柜

破柏作书柜，柜牢柏复坚。收贮谁家集，题云白乐天。我生业文字，自幼及老年。前后七十卷，小大三千篇。诚知终散失，未忍遽弃捐。自开自锁闭，置在书帷前。身是邓伯道[①]，世无王仲宣[②]。只应分付女，留与外孙传。

【注释】

① 邓伯道：邓攸，字伯道。白居易《酬赠李炼师见招》：“刘纲有妇仙同得，伯道无儿累更轻。”

② 王仲宣：王粲，字仲宣。白居易《余思未尽加为六韵重寄微之》：“琴书何必求王粲，与女犹胜与外人。”

【评析】

关于此诗的写作时间，朱金城认为约作于大和九年（835）至开成元年（836），洛阳。王汝弼《白居易选集》则认为，据此诗语气，似是最后一次编藏文集，白集最后编定，据《后记》在会昌五年（845），则此诗亦应作于会昌五年（845）。王淮生《诗海沉帆：杨贵妃马嵬后历史揭谜》则认为：一、诗中的“外孙”，显然是指白居易女儿阿罗的独子谈阁童。谈阁童生于开成五年（840），大和九年（835）时尚未出世，白氏怎么会冒出“留与外孙传”的想法呢？二、诗中写文集有“前后七十卷，小大三千篇”，但是在大和九年（835）编成的《白氏文集》只有六十卷，收诗文二千九百六十四篇，与上述数目不符。就是开成四年（839）编成的文集，也只有六十七卷，尚不足七十之数。三、会昌二年（842），白氏作《谈氏小外孙玉童》诗，中有“外翁七十孙三岁，笑指琴书欲遣传”句。显然，白氏对谈阁童寄以厚望，并萌发把自己的文集传给他的想法。这与《题文集柜》“只应分付女，留与外孙传”的想法同出一辙。由此认为，《题文集柜》应作于会昌二年（842）《白氏文集》七十卷本编成之后，与《谈氏小外孙玉童》一诗写作时间接近。查慎行《初白庵诗评》云：“‘诚知终散失’二句，此真达者之言。”

达哉乐天行

达哉达哉白乐天，分司东都十三年。七旬才满冠已挂，半禄未及车先悬[①]。或伴游客春行乐，或随山僧夜坐禅。二年忘却问家事，门庭多草厨少烟。庖童朝告盐米尽，侍婢暮诉衣裳穿。妻孥不悦甥侄闷，而我醉卧方陶然。起来与尔画生计，薄产处置有后先。先卖南坊十亩园，次卖东郭五顷田。然后兼卖所居宅，仿佛获缗二三千。半与尔充衣食费，半与吾供酒肉钱。吾今已年七十一，眼昏须白头风眩。但恐此钱用不尽，即先朝露归夜泉。未归且住亦不恶，饥餐乐饮安稳眠。死生无可无不可②，达哉达哉白乐天。

【注释】

①“半禄”句：唐制，致仕可得半俸，见《唐会要》卷六七致仕官条下。白居易七十岁罢少傅，未请到半俸前已先停官。因为未致仕，故罢少傅后亦停俸。车先悬，这里指罢少傅。

②无可无不可：《论语·微子》：“子曰：‘不降其志，不辱其身，伯夷、叔齐与！’谓柳下惠、少连，降志辱身矣。言中伦，行中虑，其斯而已矣。谓虞仲、夷逸，隐居放言，身中清，废中权。我则异于是，无可无不可。”

【评析】

作于会昌二年（842），洛阳，白居易71岁，刑部尚书致仕。诗末《全唐诗》注云：“此卷自此首以上，俱题作半格诗。”半格诗者，谓此卷中半是格诗也。许学夷《诗源辩体》卷二十八：“乐天七言古，《长恨》《琵琶》及《新乐府》虽成变体，然尚有唐人音调，至‘一日日’‘一年年’及《达哉乐天行》，则全是宋人声口，始为大变矣。”据诗中“七旬才满冠已挂，半禄未及车先悬”，应是在停少傅分司而犹未致仕请得半俸之际。诗写生计维艰，甚至全家老小，已经揭不开锅，而乐天身为一家之主，从容淡定，心态旷达，但筹划中的变卖田园与宅院以供衣食之需的景况，亦近于写实。白居易这里表现的“不戚戚于贫贱”的廉退境界，同其早年《不致仕》的讽刺对象形成鲜明对照。然明袁宏道《识伯修遗墨后》忆及其长兄宗道（字伯修），论评于此却说：“昔乐天七十致仕，尚自以为达,故其诗云‘达哉达哉白乐天’。此犹白头老寡妇以贞骄人,吾不学也。”如此苛评,似谑而虐,有失敦厚,殊少同情之理解,或源自未弄清白居易七十岁时乃自请长告满而停少傅分司,并未致仕请得半俸,“乐天七十致仕”,与白居易仕历不符。

白居易不慕荣利,唯求委顺自适,绝非贪恋官职之人。会昌二年(842)其《刑部尚书致仕》云:“十五年来洛下居,道缘俗累两何如?迷路心回因向佛,宦途事了是悬车。全家遁世曾无闷,半俸资身亦有余。唯是名衔人不会,毗耶长者白尚书。”《醉中得上都亲友书以予停俸多时忧问贫乏偶乘酒兴咏而报之》诗中又说:“一生耽酒客,五度弃官人。”自注:“苏州、刑部侍郎、河南尹、同州刺史、太子少傅,皆以病免也。”五度自求病免,并非人人都能轻易做到。皮日休《七爱诗·白太傅》:“吾爱白乐天,逸才生自然。谁谓辞翰器,乃是经纶贤。欻从浮艳诗,作得典诰篇。立身百行足,为文六艺全。清望逸内署,直声惊谏垣。所刺必有思,所临必可传。忘形任诗酒,寄傲遍林泉。所望标文柄,所希持化权。何期遇訾毁,中道多左迁。天下皆汲汲,乐天独怡然。天下皆闷闷,乐天独舍旃。高吟辞两掖,清啸罢三川。处世似孤鹤,遗荣同脱蝉。仕若不得志,可为龟镜焉。”皮日休对他的“不汲汲于富贵”的高洁情怀的赞颂,他当之无愧。

客有说

近有人从海上回,海山深处见楼台。中有仙龛虚一室[①],多传此待乐天来。

【注释】

① 仙龛：供陈灵牌、神像的小室。

【评析】

作于会昌二年（842），洛阳，刑部尚书致仕。诗题作者自注：“客即李浙东也，所说不能具录其事。”李浙东，浙东观察使李师稷。《会稽掇英总集》卷十八《唐太守题名记》：“李师稷，会昌二年二月自楚州团练使兼淮南营田副使授。”《太平广记》卷四八《白乐天》（出《逸史》）：“唐会昌元年，李师稷中丞为浙东观察使。有商客遭风飘荡，不知所止。月余，至一大山，瑞云奇花，白鹤异树，尽非人间所睹。山侧有人迎问曰：‘安得至此？’具言之。令维舟上岸，云：‘须谒天师。’遂引至一处，若大寺观，通一道人。道士须眉悉白，侍卫数十，坐大殿上，与语曰：‘汝中国人，兹地有缘，方得一到。此蓬莱山也。既至，莫要看否？’遣左右引于宫内游观。玉台翠树，光彩夺目。院宇数十，皆有名号。至一院，扃锁甚严。因窥之，众花满庭，堂有裀褥，焚香阶下。客问之，答曰：‘此是白乐天院。乐天在中国未来耳。’乃潜记之，遂别之归。旬日至越，具白廉使。李公尽录以报白公。先是，白公平生唯修上坐业。及览李公所报，乃自为诗二首，以记其事，及答李浙东云：‘近有人从海上回，海山深处见楼台。中有仙笼开一室，皆言此待乐天来。’又曰：‘吾学空门不学仙，恐君此语是虚传。海山不是吾归处，归即应归兜率天。’然白公脱屣烟埃，投弃轩冕，与夫昧昧者固不同也。安知非谪仙哉？”

答客说

吾学空门非学仙①,恐君此说是虚传。海山不是吾归处,归即应归兜率天②。[予晚年结弥勒上生业,故云。]

【注释】

① 空门:指佛法。大乘以观空为入门,故称。王维《叹白发》:"一生几许伤心事,不向空门何处销。"

② 兜率天:梵语音译。佛教谓天分许多层,第四层叫兜率天。它的内院是弥勒菩萨的净土,外院是天上众生所居之处。《法华经·劝发品》:"若有人受持读诵,解其义趣,是人命终……即往兜率天上弥勒菩萨所。"

【评析】

作于会昌二年(842),洛阳,刑部尚书致仕。白居易《画弥勒上生帧赞》,大和八年(834)作。又《画弥勒上生帧记》:"南赡部洲大唐国东都香山寺居士、太原人白乐天,年老病风,因身有苦,遍念一切恶趣众生,愿同我身,离苦得乐。由是命绘事,按经文,仰兜率天宫,想弥勒内众。以丹素金碧形容之,以香火花果供养之。一礼一赞,所生功德,若我老病苦者,皆得如本愿焉。本愿云何?先是,乐天归三宝,持十斋,受八戒者有年岁矣。常日日焚香佛前,稽首发愿,愿当来世与一切众生同弥勒上生,随慈氏下降。生生劫劫,与慈氏俱,永离生死流,终成无上道。今因老病,重此证明,所以表不忘初心,而必果本愿也。慈氏在上,实闻斯言。言讫作礼,自为此记。时开成五年三月日记。"《观弥勒菩萨上生兜率天经》:"若有精勤修诸功德,威仪不缺,扫塔涂地,以众名香妙花供养,行众三昧,深入正受,读诵经典,如是等人应当至心，虽不断结，如得六通，应当系念念佛形像，称弥勒名。如是等辈，若一念顷，受八戒斋，修诸净业，发弘誓愿，命终之后，譬如壮士屈申臂顷，即得往生兜率陀天，于莲华上结跏趺坐。”查慎行《初白庵诗评》云："'海山不是我归处'二句，出此入彼，便可作仙释优劣论。"

哭刘尚书梦得二首

四海齐名白与刘，百年交分两绸缪[①]。同贫同病退闲日，一死一生临老头。杯酒英雄君与操，［曹公曰：天下英雄，唯使君与操耳。］文章微婉我知丘。［仲尼云：后世知丘者《春秋》。又云：《春秋》之旨微而婉也。］贤豪虽殁精灵在，应共微之地下游。

今日哭君吾道孤，寝门泪满白髭须[②]。不知箭折弓何用，兼恐唇亡齿亦枯。窅窅穷泉埋宝玉[③]，骎骎落景挂桑榆[④]。夜台暮齿期非远，但问前头相见无？

【注释】

① 绸缪：情意殷切。李陵《与苏武诗》之二："独有盈觞酒，与子结绸缪。"

② 寝门：古礼天子五门，诸侯三门，大夫二门。最内之门曰寝门，即路门。后泛指内室之门。《仪礼·士丧礼》："君使人吊，彻帷，主人迎于寝门外，见宾不哭。"郑玄注："寝门，内门也。"《礼记·檀弓上》："师，吾哭诸寝。朋友，吾哭诸寝门之外。所知，吾哭诸野。"

③ 窅窅：冥冥，指阴间。《世说新语·伤逝》："庾文康亡，何扬州临葬，云：'埋玉树著土中，使人情何能已已！'"

④ 骎骎：急促，疾速。桑榆：日落时光照桑榆树端，因以指日暮，比喻晚年，垂老之年。

【评析】

作于会昌二年（842），洛阳，刑部尚书致仕。刘禹锡卒于会昌二年（842）七月，时年七十一。刘禹锡是元稹逝世后，白居易最钦服的诗友，白居易《刘白唱和集解》云："彭城刘梦得诗豪者也，其锋森然，少敢当者。"刘、白二人年齿相同，才名相当，晚年诗酒优游于洛下，唱酬频繁，成为诗坛佳话。《新唐书·白居易传》："（居易）初与元稹酬咏，故号元白。稹卒，又与刘禹锡齐名，号刘白。"《唐诗别裁集》重订本卷十五："大历后诗，梦得高于文房，与白傅唱和，故称刘白。实刘以风格胜，白以近情胜，各自成家，不相肖也。""杯酒英雄君与操"句，正喻二人诗名之堪与匹敌。"文章微婉"句，则概括刘禹锡一生遭际，感往伤今，惊心触目，与二人之契合，其旨甚深，"诚有无限难言者在也"（瞿蜕园《刘禹锡集笺证》附录二《刘禹锡交游录·白居易》）。

游赵村杏花

游村红杏每年开，十五年来看几回？七十三人难再到，今春来是别花来[1]。

【注释】

① 别花：与花分别。白居易《除苏州刺史别洛城东花》："别花何用伴，劝酒有残莺。"

【评析】

作于会昌四年(844),洛阳,刑部尚书致仕。赵村,开成二年(837),白居易有《洛阳春赠刘李二宾客》:“明日期何处,杏花游赵村。”注:“洛城东有赵村,杏花千余树。”又白居易《狂吟七言十四韵》:“洛堰鱼鲜供取足,游村果熟馈争新。”朱金城《白居易集笺校》:“疑赵村亦名游村。”对于致仕的白居易来说,洛阳赵村的杏花,可以充当昔日长安的曲江杏园,让他欢度春天。这位73岁的老干部已身心俱衰,知道自己余日无多,因此倍加珍惜春光。查慎行《初白庵诗评》云:《游赵村杏花》“今春来是别花来”,“未经人道,他人不能道,亦不肯道”。之所以如此,当联系七年前写给刘禹锡和李仍叔的《洛阳春赠刘李二宾客》,七年前的“明日”,转眼七年后成为“今春”,见证时光迁逝的赵村杏花,将看似轻描淡写的结尾,凝为蕴藏厚重的感慨。

开龙门八节石滩诗二首(并序)

东都龙门潭之南有八节滩、九峭石,船筏过此,例反破伤。舟人楫师推挽束缚,大寒之月,裸跣水中,饥冻有声,闻于终夜。予尝有愿,力及则救之。会昌四年,有悲智僧道遇,适同发心,经营开凿,贫者出力,仁者施财。於戏!从古有碍之险,未来无穷之苦,忽乎一旦尽除去之,兹吾所用适愿快心,拔苦施乐者耳!岂独以功德福报为意哉?因作二诗,刻题石上,以其地属寺,事因僧,故多引僧言见志。

铁凿金锤殷若雷,八滩九石剑棱摧。竹篙桂楫飞如箭,百筏千艘鱼贯来。振锡导师凭众力[1],挥金退傅施家财。他时相逐西方去，莫虑尘沙路不开。

七十三翁旦暮身，誓开险路作通津。夜舟过此无倾覆，朝胫从今免苦辛。十里叱滩变河汉[②]，八寒阴狱化阳春。［八寒地狱，见《佛名》及《涅槃经》，故以八节滩为此。］我身虽殁心长在，暗施慈悲与后人。

【注释】

①振锡：谓僧人持锡出行。锡，锡杖。《大乘本生心地观经》卷五："其旃陀罗每游行时，手执锡杖，不敢当路。若人逼近，振锡令闻。"

②叱滩：周煇《清波别志》卷二："归州西门蜀江叱滩，俗号人鲊瓮。大石四五，横截江道。夏秋舟行，多罹其害。"《清一统志》卷二七三宜昌府："叱滩，在归州西二里。宋范成大集：叱滩即人鲊瓮。亦名黄魔滩，在归州郭下。长石截然，据江三之二。水盛时漬淖极大，号峡中最险处。"

【评析】

作于会昌四年（844），洛阳，刑部尚书致仕。洛阳龙门山下伊水有八节滩、九峭石，颇碍舟行，尤以冬季水枯为烈。据毛晃《禹贡指南》卷三："伊阙龙门，其下有滩，名八节滩，白居易所开。"邵伯温《邵氏闻见录》卷十一："司马温公既居洛……涉伊水，至香山皇龛，憩石楼，临八节滩，过白公显堂，凡所经从，多有诗什。"大和六年（832），白居易《重修香山寺毕题二十二韵以纪之》："波翻八滩雪，堰护一潭油。"在73岁的垂暮之年，白居易终于完成这桩济世益人的善事，了却夙愿，内心感到格外欣慰。《欢喜二偈》之一有句云："心中别有欢喜事，开得龙门八节滩。"无名氏（甲）评云："'叱滩'，过此叱咤其险，今如'河汉'之直。'阴狱'，如寒门有八节，今皆变为'阳春'也。"纪昀曰："鄙俚至极，殆于不足掊摘。"苛评过甚，不足与辩。

杨柳枝词

一树春风千万枝，嫩如金色软于丝。永丰西角荒园里，尽日无人属阿谁[①]？

【注释】

①阿谁：疑问代词。犹言谁，何人。《乐府诗集》卷二五《紫骝马歌辞》："十五从军征，八十始得归。道逢乡里人：'家中有阿谁？'"

【评析】

作于会昌五年（845），洛阳，刑部尚书致仕。《杨柳枝》者，古题所谓《折杨柳》，本白居易洛中所制。诗题一作《和白尚书赋垂柳有序》，或题《永丰坊西南角园中，有垂柳一株，柔条极茂。白尚书曾赋诗，传入乐府，遍流京都。近有诏旨，取两枝植于禁苑。乃知一顾增十倍之价，非虚言也。因此偶成绝句，非敢继和前篇》。永丰坊，据《唐两京城坊考》卷五长夏门之东第一街："从南第一曰仁和坊……次北永丰坊。"河南尹卢贞和："一树依依在永丰，两枝飞去杳无踪。玉皇曾采人间曲，应逐歌声入九重。"白居易《诏取永丰柳植禁苑感赋》："一树衰残委泥土，双枝荣耀植天庭。定知玄象今春后，柳宿光中添两星。"

《本事诗·事感第二》："白尚书姬人樊素善歌，妓人小蛮善舞，尝为诗曰：'樱桃樊素口，杨柳小蛮腰。'年既高迈，而小蛮方丰艳，因为《杨柳》之词以托意，曰：'一树春风万万枝，嫩于金色软于丝。永丰坊里东南角，尽日无人属阿谁？'及宣宗朝，国乐唱是词，上问：'谁词？永丰在何处？'左右具以对之。遂因东使，命取永丰柳两枝，植于禁中。白感上知其名，且好尚风雅，又为诗一章，其末句云：'定知此后天文里，柳宿光中添两枝。’”《太平广记》卷一九八引《云溪友议》亦有类似记载。其实宣宗时，白居易已卒，《本事诗》所云失实。

查慎行《初白庵诗评》云：“《和白尚书赋垂柳》（有序）此诗不知何人所和；反将原唱附后，殊不可解。”载华按：“汪本‘一树春风’一首，题作《杨柳枝词》，‘一树衰残’一首，题作《诏取永丰柳植禁苑感赋》，其为香山原唱明甚。后附卢贞和一首，‘永丰坊西南角园中有垂柳一株’云云，乃卢作小引也。汪西亭凡例云：钱考功、马元调所刻白集，往往前后紊杂，即此数诗之颠倒舛讹，概可见矣。先生未经查阅，故评语云然。今订正。又按，汪本尚有韩琮和诗一首，此本失载。”韩琮《杨柳枝词》：“枝斗纤腰叶斗眉，春来无处不如丝。霸陵原上多离别，少有长条拂地垂。”韩琮，字成封，长庆四年（824）进士。初为陈许节度判官，后历中书舍人、湖南观察使。

周珽《删补唐诗选脉笺释会通评林》曰：“‘一树春风’四字，便为杨柳写神；嫩、软、金丝，极状其容态之妖娜。后二语乃‘君王行幸少，闲却舞时衣’之意。”《唐宋诗醇》云：“风致翩翩。”朱宝莹《诗式》：“《诗·葛覃》一篇，托于时物起兴。诗须能兴，为合于《三百篇》之旨。假如此题直写己年已高迈，小蛮方丰艳，则索然兴尽，全失诗人之旨。惟寄托于杨柳。首句、二句写杨柳之盛时，即言小蛮之丰艳。三句‘永丰西角’与‘荒园’，即言乐天之年迈。四句总收，合小蛮、乐天都到，仍跟三句来，题意、题面无不关照。昔称乐天诗老妪都解，谓乐天诗之平易近人则可，谓乐天率意写意、全不斟酌则不可。〔品〕含蓄。”俞陛云《诗境浅说续编》曰：“王渔洋《秋柳》七律，怀古而兼擅神韵，传诵一时。乐天以二十八字写之，柳色之娇柔，旧坊之寥落，裙屐之凋零，感怀无际，可见诗格之高。乐天尚有《杨柳枝》诗云：‘红板江桥青酒旗，馆娃宫暖日斜时。可怜雨歇东风定，万树千条各自垂。’专咏柳枝，不若永丰篇之有余味也。”刘永济《唐人绝句精华》云：“此喻贤才不得地也。如此婀娜之柳,乃在荒园无人知之地,岂不可惜。但诗只言‘尽日无人属阿谁’,而惜之之意自在言外。《本事诗》谓为放樊素而作,非也。”后苏轼《洞仙歌》词咏柳,有“永丰坊那畔,尽日无人,惟见金丝弄晴昼”之句,檃括白诗,仍令人有无限低回之感。

读道德经

玄元皇帝著遗文[①],乌角先生仰后尘[②]。金玉满堂非己物,子孙委蜕是他人[③]。世间尽不关吾事,天下无亲于我身。只有一身宜爱护,少教冰炭逼心神。

【注释】

① 玄元皇帝:指老子。《旧唐书·高宗纪》:麟德三年“二月己未,次亳州,幸老君庙,追号曰太上玄元皇帝”。

② 乌角:乌角巾。杜甫《南邻》:“锦里先生乌角巾,园收芋栗不全贫。”

③ “金玉”二句:《老子》九章:“金玉满堂,莫之能守。”《庄子·知北游》:“舜曰:‘吾身非吾有也,孰有之哉?’曰:‘是天地之委形也。生非汝有,是天地之委和也。性命非汝有,是天地之委顺也。子孙非汝有,是天地之委蜕也。’”

【评析】

《白居易集笺校》和《白居易诗集校注》谓此诗约作于会昌二年(842)至会昌六年(846),洛阳,刑部尚书致仕。蹇长春《白居易评传》则认为系于会昌五年(845)灭佛之际为宜,其说可从。佛教自东汉明帝时传入中国,在其流传过程中曾遭到三次大的打击,前两次在北魏和北周,毕竟受地域的限制,而会昌灭佛却是一次全国性的毁佛运动。毁佛同道教对佛教的排挤密切相关,在崇道抑佛的会昌年间,唐王朝对道教和道士的尊崇达到空前高度,写于此时的《读道德经》,讽刺狐假虎威的乌角先生,可谓耐人寻味。梁启超批点《白香山诗集》"子孙委蜕是他人",眉批:"此乃法身,非四大相也。"

斋居偶作

童子装炉火,行添一炷香。老翁持麈尾,坐拂半张床。卷缦看天色,移斋近日阳。甘鲜新饼果,稳暖旧衣裳。止足安生理,悠闲乐性场①。是非一以遣,动静百无妨。岂有物相累,兼无情可忘。不须忧老病,心是自医王②。

【注释】

①性场:泛指心性领域。白居易《养拙》:"无忧乐性场,寡欲清心源。"

②医王:指佛、菩萨。《维摩经·问疾品》:"勿生忧恼,常起精进,当作医王疗治众病。"

【评析】

作于会昌六年(846),白居易75岁,洛阳,刑部尚书致仕。梁启超批点《白香山诗集》:"此殆近绝笔之作,身心得大解脱,满腔都是活泼泼地气象。"清康熙间赵维藩、乾隆间刘墉皆有同题之作,赵维藩诗云:"阅尽风波已数春,归来始觉静相亲。少年志气消难得,犹对文章骂古人。"刘墉诗云:"习静悟昭旷,读书慕曩哲。耳息窗中飙,心空檐际月。疲茶苦智乏,穿穴亦云末。简编浩以繁,微言岂沦没。掘泉不九仞，如何救烦渴。悠悠我之思，扰扰日逐物。岁月费已多，程功未豪发。策蹇登长途，有生谅难歇。”后者诗体与白诗相同，其作者刘墉，就是人们熟知的宰相刘罗锅，其官职和年寿，与白居易均不相上下，还撰有《效白香山何处春深好二十首》，但这首《斋居偶作》却与白诗境界相差甚远，结尾太弱。可见编筐编篓，重在收口；不能语终而意穷，当令言尽而思远。